1921-2021
厦门大学
XIAMEN UNIVERSITY

厦门大学百年校庆系列出版物
百年学术论著选刊

石遗室诗话

陈 衍 著

厦门大学出版社
XIAMEN UNIVERSITY PRESS
国家一级出版社
全国百佳图书出版单位

图书在版编目(CIP)数据

石遗室诗话/陈衍著.—厦门：厦门大学出版社，2021.3
(百年学术论著选刊)
ISBN 978-7-5615-8163-6

Ⅰ.①石… Ⅱ.①陈… Ⅲ.①诗话—诗歌研究—中国 Ⅳ.①I207.22

中国版本图书馆 CIP 数据核字(2021)第 052736 号

出 版 人 郑文礼
责任编辑 薛鹏志 林 灿
美术编辑 蒋卓群
技术编辑 朱 楷

出版发行 厦门大学出版社
社 址 厦门市软件园二期望海路 39 号
邮政编码 361008
总 机 0592-2181111 0592-2181406(传真)
营销中心 0592-2184458 0592-2181365
网 址 http://www.xmupress.com
邮 箱 xmup@xmupress.com
印 刷 厦门兴立通印刷设计有限公司

开本 720 mm×1 000 mm 1/16
印张 55.75
插页 3
版次 2021 年 3 月第 1 版
印次 2021 年 3 月第 1 次印刷
定价 220.00 元

厦门大学出版社
微信二维码

厦门大学出版社
微博二维码

总序

厦门大学

党委书记　张　彦

校　　长　张　荣

二〇二一年四月六日，厦门大学百年华诞。百载风雨，十秩辉煌，这是厦门大学发展的里程碑，继往开来的新起点。全校师生员工和海内外校友满怀深情地期盼这一荣耀时刻的到来。

为迎接百年校庆，学校在三年前就启动了『百年校庆系列出版工程』的筹备工作，专门成立『厦门大学百年校庆系列出版物编委会』，加强领导，统一部署。各院系、部门通力合作，众多专家学者和相关单位的工作人员全身心地参与到这项工作之中。同志们满怀高度的责任感和紧迫感，以『提升质量，确保进度，打造精品』为目标，争分夺秒，全力以赴，使这项出版工程得以快速顺利地进行。在这个重要的历史时刻，总结厦大百年奋斗历史，阐扬百年厦大『四种精神』，抒写厦大为伟大祖国所做出的突出贡献，激发厦大人的自豪感和使命感，无疑是献给百岁厦大最好的生日礼物。

『百年校庆系列出版工程』包括组织编撰百年校史、百年组织机构史、百年院系史、百年精神文化、百年学术论著选刊、校史资料与学生名录……有多个系列近一百五十种图书将与广大读者见面。从图书规模、涉及领域、参编人员等角度看，此项出版工程极为浩大。这些出版物的问世，将为学校留下大量珍贵的历史资料，为学校深入开展校史教育提供丰富生动的素材，也将为弘扬厦门大学『自强不息，止于至善』校训精神注入时代的新鲜血液，帮助人们透过『中国最美大学校园』的山海空间和历史回响，更加清晰地理解厦门大学在中国发展进程中发挥的独特作用，扮演的重要角色，领略『南方之强』的文化与精神魅力。

百年校庆系列出版物将多方呈现百年厦大的精彩历史画卷。这些凝聚全校师生员工心血的出版物，让我们感受到厦大人弦歌不辍的精神风貌。图文并茂的《厦门大学百年校史》，穿越历史长廊，带领我们聆听厦大不平凡百年岁月的历史足音。《为吾国放一异彩——厦门大学与伟大祖国》浓墨重彩地记述厦门大学与全国三十四个省级行政区以及福建省九市一区一县血浓于水的校地情缘，从中可以读出厦门大学在中华民族伟大复兴征程中留下的深深烙印。参与面最广的『厦门大学百年院系史系列』、《厦门大学百年组织机构史》，共有三十多个学院和直属单位参与编写，通过对厦门大学各学院和组织机构发展脉络、演变轨迹的细致梳理，深入介绍厦门大学的党建工作、学科建设、人才培养、组织管理、社会服务等方面的发展历程，展示办学成就，彰显办学特色。《厦门大学校史资料选编（一九九二—二〇一七）》和《南强之星——厦门大学学生名录（二〇一〇—二〇一九）》，连同已经出版的同类史料，将较完整、翔实地展现学校发展轨迹，记录下每位厦大学子的荣耀。『厦门大学百年精神文化系列』涵盖人物传记和校园风采两大主题，其中《陈嘉庚传》在搜集大量史料的基础上，以时代精神和崭新视角，生动展现了校主陈嘉庚先生的丰功伟绩。此次推出《林文庆传》《萨本栋传》《汪德耀传》《王亚南传》四部厦门大学老校长传记，是对他们为厦大发展所做出了突出贡献的深切缅怀。厦大校友、红军会计制度创始人、中国共产党金融事业奠基人之一高捷成的传记《我的祖父高捷成》，则是首次全面地介绍这位为中国人民解放事业做出杰出贡献的烈士的事迹。新版《陈景润传》，把这位『最美奋斗者』『感动中国人物』，令厦大人骄傲的杰出校友、世界著名数学家不平凡的人生再次展现在我们眼前。抒写校园风采的《厦门大学百年建筑》、《厦门大学餐饮百年》、《建南大舞台》、《芙蓉园里尽芳菲》、《我的厦大老师》（百年华诞纪念专辑）、《创新创业厦大人二》、《志愿之光》、《让建南钟声传响大山深处》、《我的厦大范儿》以及潘维廉的《我在厦大三十年》等，都从不同的角度，引领我们去品读厦门大学的真正内涵，感受厦门大学浓郁的人文精神和科学精神。

此次出版的『厦门大学百年学术论著选刊』，由专家学者精选，重刊一批厦大已故著名学者在校工作期间完成的、具有重要价值的学术论著（包括讲义、未刊印的论著稿本等），目的在于反映和宣传厦门大学百年来的学术成就和贡献，挖掘百年来厦门大学丰厚的历史积淀和传统资源，展示厦门大学的学术底蕴，重建『厦大学派』，为学校『双一流』建设提供学术传统的支撑。学校将把这项工作列入长期规划，在百年校庆时出版第一辑共四十种，今后还将陆续出版。

『自强！自强！学海何洋洋！』一百年前，陈嘉庚先生于民族危难之际，抱着『教育为立国之本，兴学乃国民天职』的信念，创办了厦门大学这所中国历史上第一所由华侨独资建设的大学。一百年来，厦大人秉承『研究高深学术，养成专门人才，阐扬世界文化』的办学宗旨，在实现中华民族伟大复兴的征程上书写自己的精彩篇章。我们相信，当百年校庆的欢庆浪潮归于平静时，这些出版物将会是一串串熠熠生辉的耀眼珍珠，成为记录厦门大学百年奋斗之旅的永恒坐标，成为流淌在人们心中的美好记忆，并将不断激励我们不忘初心继承传统，牢记使命乘风破浪，向着中国特色世界一流大学目标奋勇前行！

张彦　张荣

二〇二〇年十二月

『厦门大学百年学术论著选刊』编纂说明

为反映和宣传厦门大学百年来的学术成就和贡献，挖掘厦大学术丰厚的历史积淀和传统资源，为学校『双一流』建设提供学术传统的支撑，『厦门大学百年校庆系列出版物』丛书下设『百年学术论著选刊』系列，以精选、重刊一批我校学者在校期间撰著的、具有重要价值的学术论著。

为此，学校设立『百年学术论著选刊』编纂组，在以校党委书记张彦、校长张荣为主任的『厦门大学百年校庆系列出版物』编委会指导下具体负责这项工作。编纂组组长：洪峻峰；成员：朱水涌、钞晓鸿、高和荣、蒋东明、石慧霞。

鉴于学校将把收集、整理和重刊我校学术论著列入长期规划，今后分辑继续此项工作，『百年学术论著选刊』系列划定选稿范围，内容为百年来在我校工作过的已故学者在校期间撰写或出版的论著，时间以『文革』之前刊印或完成（稿本）为限；确定刊印形式，为原书、原稿影印出版。编纂组于二〇一九年三月向全校各学院、研究院征集选题，同时利用图书馆及图书数据库检索渠道搜索相关文献、查找合适选题。论著的遴选侧重名家名著，同时关注民国时期稀见版本和未刊稿本，包括未曾正式出版的油印本教材。

经学院推荐、文献检索和专家筛选，学校『百年校庆系列出版物』编委会确定了四十种入选论著。我们随即展开对论著影印底本的选择和寻访，工作得到了有关图书馆、藏书家的支持和帮助。同时，约请我校各学科相关专业的专家学者分别为各书撰写出版前言，介绍作者生平学术和论著内容价值，揭示其学术史意义及在我校的学术传承。各书前言还将汇编成集，同时出版。

论著选刊工作得到了原著作者的亲属、弟子多方面的支持。部分作品的著作权尚在保护期内，我们也征得其继承人的支持并签约；个别作品无法联系到著作权继承人，我们将公布联系方式，敬请他们与出版社联系。

本系列丛书从启动到编成历时两年整。在编纂过程中，学校图书馆、社科处和出版社作为这项工作的协作单位，分别承担了大量的繁杂事务，编纂组秘书黄援生、林灿，以及朱圣明、刘心舜和校图书馆古籍特藏与修复部有关人员，做了许多具体工作。

『厦门大学百年学术论著选刊』的编纂，是对我校百年来学术文献资源的一次大规模的搜集、梳理和开发。厦大的学术底蕴和文献资源极为丰厚，第一次选刊难免挂一漏万。经过这次编纂工作的探索，学校今后的分辑整理出版规划将会更加完善。

厦门大学百年学术论著选刊　编纂组

二〇二〇年十二月

厦门大学百年学术论著选刊（四十种）

《中国文学变迁史略》 刘贞晦 著

《教育学原理》 孙贵定 编

《中国古代法理学》 王振先 著

《石遗室诗话》 陈衍 著

《历史哲学》 朱谦之 著

The Development, Significance and Some Limitations of Hegel's Ethical Teaching（《黑格尔的伦理学说》） 张颐 著

《汉文学史纲要》 鲁迅 著

《马哥孛罗游记》 张星烺 译

《闽南游记》 陈万里 著

《厦门音系》 罗常培 著

《教育概论》 庄泽宣 著

《艺术家的难关》 邓以蛰 著

The Li Sao: An Elegy on Encountering Sorrows（《离骚》） 林文庆 译

《老子古微》 缪篆 著

《教育与学校行政原理》 杜佐周 著

《教育社会学》 雷通群 著

《国际私法》 徐砥平 著

《地理学》 王成组 著

《货币银行原理》 陈振骅 著

《文化人类学》 林惠祥 著

《教育之科学研究法》 钟鲁斋 著

《厦门大学文学院文化陈列所所藏中国明器图谱》 郑德坤 编著

《因明学》 虞愚 著

《实用微积分》 萨本栋、郑曾同、杨龙生 编著

《大学普通化学讲义》 傅鹰 著

《中国文学史》 林庚 著

《史学方法实习题汇》 谷霁光 编

《语言学概要》 周辨明、黄典诚 译著

《英美法原理》 [美] 阿瑟·古恩 著，陈朝璧 译述

《中国官僚政治研究》 王亚南 著

《西洋经济思想》 郭大力 著

《古音学说述略》 余謇 著

《明清农村社会经济》 傅衣凌 著

《隋唐五代史纲》 韩国磐 著

《会计基础知识》 葛家澍 主编

《文昌鱼》 金德祥 著

《泛函分析》 李文清 著

《胚胎学讲义》 叶毓芬及山东大学胚胎学教研组、汪德耀 编

《浮游生物学概论》 郑重 著

《海水分析化学》 陈国珍 主编

前言

洪峻峰

陈衍是中国近现代著名诗人、诗论家和国学家，也是厦门大学建校初期最有声望的学者和厦大历史上最具代表性的旧派文人。《石遗室诗话》是陈衍的重要代表著。陈衍在厦门大学任教时将原刊载于报刊上的旧稿加以整理、增订，并交付商务印书馆刊行。刊本新增四卷，其中亦多记录其在厦大及厦门的诗词活动，评介厦大和厦门本地的诗人诗作。现收入『厦门大学百年学术论著选刊』系列，以商务印书馆一九二九年五月初版三十二卷本线装四册影印再版。

一、陈衍的生平与学术

陈衍（一八五六—一九三七），字叔伊，号石遗，福建侯官（今福州）人。一八八二年（清光绪八年）应乡试中举，同榜中有郑孝胥、林纾。癸未丙戌间（一八八三—一八八六年）与郑孝胥论诗，关注『同光以来诗人不默守盛唐者』，共同提出『同光体』之名。一八八六年九月赴台湾，入巡抚刘铭传幕府，不久赴湘任府试总襄校，后往上海，入江南制造局幕，一八九七年又任同乡陈季同等在沪创办之《求是》杂志主笔。一八九八年春，陈衍往武昌，应湖广总督张之洞之聘入其幕府，为其办理新政笔墨，就任《官报》局总编纂，兼两湖书院教习。戊戌政变后，张氏停办官报而改办《湖北商务报》（旬刊），陈衍仍任总纂，兼两湖总师范学堂教授。陈衍于张之洞幕府期间，与同在武昌的沈曾植、郑孝胥等名流诗家论诗谈艺，他的诗学理论体系逐步形成，其基本的诗学观念，如『同光体』概念、诗不分唐宋的观念、『三元』说、学人之诗，都在这一时期的诗文中有了明晰的表述。

一九〇七年三月，陈衍从清廷学部之调入京，后任学部总务司审定科主事。同月即兼任京师大学堂译学馆经学教习，京师大学堂开办分科后改聘为文科史学教授。辛亥鼎革后学部事毕，即辞教职归里。一九一二年五月，京师大学堂改名为北京大学校，校长严复以『以分科学生未毕业』请其续主经史学讲席。陈衍遂于九月返京就任北京大学校经文科教授，次年四月首届分科（本科）学生毕业考后，即谢续聘回闽。同年秋又多次接北京大学来电邀任文科讲席，乃于一九一三年十一月再次赴京就任北大文科教授，直至一九一六年年初大学分科学生二次毕业。

在京师大学堂及后来的北京大学的任职，是陈衍学术履历中最重要的环节。京师大学堂是当时国家最高学府，陈衍在十年间三度北上就任教职，其中包含了校方的多次挽留和邀请。尤其是一九一三年，北大以『学问卑下』而解聘其同乡好友、著名古文家林纾，却又先后四次致电恳请其返聘，这表明校方对其学术水平的充分肯定，从中也可以看出陈衍已拥有很高的学术地位。

在京十余年，陈衍在传统诗坛的地位也进一步提升。他入京后曾组织庚戌诗社和辛亥诗社，京城名流及诗坛后起之秀相率加入，聚会作诗，文酒之会愈盛，在萧寂了十余年的都下诗坛轰动一时；其寓庐宣南之小秀野草堂，则成为都下雅集和为年轻诗人说诗的重要场所。与此同时，他应梁启超之约撰写《石遗室诗话》，从一九一二年十二月起在梁氏主办的《庸言》杂志连载，接着又撰续编在《东方杂志》连载。他把雅集酬唱之作和品评之语及他的寓斋说诗，载入诗话，展示了他的评诗、说诗的宗师身份；又在诗话中把之前『同光体』诗人私下谈论的诗学观念明白地表达出来，并通过报刊媒介正式提出『同光体』概念，建构『同光体』诗派的诗论体系，成为其理论代表。

陈衍于一九一六年四月返回福州，先后应福建省长许世英、督军兼省长李厚基之请，主修《福建通志》。《福建通志》卷帙浩繁，陈衍带领修志总局同人，历时五年撰成初稿。

一九二三年九月，陈衍应厦门大学林文庆校长之聘，出任厦大国文系主任、国文正教授，至一九二六年五月辞职。一九三一年九月，陈衍应聘主无锡国学专修学校讲席，并在苏州购屋卜居。次年，与章太炎等在苏州筹组国学会，主编国学会会刊《国学论衡》。在此期间，陈衍完成并刊行了多种学术著作，包括《石遗室诗话续编》六卷。一九三七年七月暑假病逝于福州。

陈衍学识渊博，研究领域广泛。诚如钱基博所称：『学则博闻强记，自经史子集以逮小学、金石目录，山经地志，靡所不赅贯，随叩斯应。』①他著述繁富，主要有《石遗室诗话》及『续编』合三十八卷、《金、辽、元诗纪事》合五十二卷、《近代诗钞》二十四册，以及《宋诗精华录》《说文解字辨证》《周礼疑义辨证》《礼记疑义辨证》《尚书举要》《通鉴纪事本末书后》等，主修《福建通志》，并有《石遗室诗集》《石遗室文集》等诗文集刊行。

二、陈衍在厦门大学的教学、著述及传薪

陈衍于一九二三年九月出任厦门大学国文系主任、国文正教授。他年纪已大，便请学校聘其世侄龚乾义（惕庵）为国文讲师，做他的助手；后又举荐门人、本校教育系学生叶俊生（长青）为文字学教员，协助他教学。陈衍在厦大主要讲授经史和文学。他学识渊博，授课效果极佳，深受学生的敬佩和欢迎，是厦大早期名望最高的学者。在授课之余，陈衍常与厦大的同事、学生以及厦门当地诗人登山玩水、赋诗和韵。《石遗室诗话》第二十九卷，便记录了当时的部分游迹和佳什。

据《侯官陈石遗先生年谱》，林文庆校长通过其岳父、时任福建省长公署高等顾问黄乃裳向陈衍发出邀聘。黄乃裳在致陈衍的信中称：『公办学数十年，不能不为乡邦服务。且厦地亦世外桃源，既避兵在沪，不如来厦。』②其时陈衍因避兵乱，于一九二二年秋离闽往沪，泊居上海已逾一年，且所编《近代诗钞》也已完成。于是，陈衍在

离开北大教坛乡居七年多之后，再次应聘大学讲席，于九月初来到厦门大学。

陈衍在厦大的职务是国文系主任、国文正教授。厦门大学一九二一年开办之初，只设师范和商学两部，师范部分文、理两科；同年秋，改师范部为教育学部，并增设文学部和理学部。一九二三年四月改学部为科。至此，学校共开设文科、理科、教育科和商科四个大学科。而文科又分为语言文学门、社会科学门和哲理数学门三门，其中语言文学门设国文系、英文系、语言系等系。③一九二四年六月，学校根据实际情况再次对学科进行改组，只设置文、理两科，将原教育科、商科、新闻科并归文科，工科并归理科，改称学系。改组后，本科文科共设国文系、外国语言文学系、历史社会学系、哲学系、政治学系、教育学系、商学系，陈衍仍任国文系主任。④按当时教育部一九一六年九月颁布的《修正大学令》规定，大学教师职务等级设正教授、教授、助教授和讲师四级；而根据学校公布的教师职务，厦门大学当时的教师职务设置大约可分为：正教授、教授、副教授、讲师、教习、助教，以及未定级的『教员』。所谓『正教授』，大概相当于现在某些高校设置的『首席教授』。

陈衍在厦门大学任职近三个学年，业绩卓著，主要体现在如下三个方面。

（一）国文系的科目建构和课程建设

厦门大学初创之时，国文教师甚少，课程设置也不完备。陈衍来校担任国文系主任后，始建立起一个比较完备的国文系课程体系，开设比较完整的国文学科课程。这可以说是他在厦大的一项重要功绩。

据《厦门大学布告》第二卷第一册（一九二二—一九二四）所载《本科学程纲要》，国文系开设的必修课为十一门：选读及作文（周秦至唐宋之论议文、叙事文及作文，二学年）；中国文字学概论（第一学期）；中国文字学形义（第二学期）；文学史概要（第一学期）；文章通论（第二学期）；史传文（全年）；近体诗选（全年）；诗学史（第一学期）；群经通论（第二学期）；诸子文（全年）；古诗选习（全年）。而据《厦门大学布告》第五卷第四册（一九二六—一九二七）所载《文科学程纲要》，国文系开设的必修课已增至十七门：散体文（四学年）；古近诗选读（四学年）；文字学形义篇（一学年）；文学史（一学年）；诗学源流（一学期）；文字学音韵篇（一学期）；诸子哲学（周秦至宋元明清，一学年）；中国地理学（一学年）；群经通论（二学年）；史学（课本用《通鉴纪事本末》编讲义，二学年）；小说学（一学年）；词曲（一学期）；应用文（一学年）；骈体文（一学年）；目录学（一学年）；版本学（一学年）；金石学（一学年）。

从上述两份学程纲要可以看出，陈衍离开厦大时的国文系课程设置，与他来校时相比已有很大改进。开设的必修课程由十一门增至十七门，课程体系也较为完备。一方面是课程设置细化了。比如原来的『选读及作文』课，课程名称不具备科目意义，后来细分为『散体文』『骈体文』『应用文』三门课，又增加『小说学』课等，课程都是文体学科目。另一方面是科目扩展了，内容更为广泛。主要是新增加了一些相关学科课程，如『目录学』『版本学』『金石学』课程，又在保留经学课程『群经通论』外，增设『诸子哲学』『史学』『中国地理学』等其他部类的科目。

这个扩充了的国文系课程体系，与现在的中文系课程有很大的不同，既没有原理的课程也没有外国语言文学的课程；其内容超出了语言文学的范围，包含经、史、子、集以及治学方法等传统学术的各个方面。可以说，超越了『中文』的界域而趋向于『国学』。

陈衍离校不久，厦门大学于一九二六年秋季成立国学研究院，聘任了沈兼士、鲁迅、林语堂、顾颉刚等一批原北大名师，北京大学研究所国学门主任沈兼士出任国文系主任兼国学院主任，厦大文科国文系名师荟萃，极一时之盛。一九二六年九月，沈兼士等人制定了新的《国文系学程纲要》，重新提出一九二六年秋至一九二七年度的课程设置。新纲要设置的课程共二十二门，实际开设十五门，由十二位教师分担讲授：沈兼士、周树人、顾颉刚、张星烺、罗常培、陈万里、容肇祖、毛常、王振先、郝立权、汪煌辉和陈乃乾（未到任），其中六位教授、两位副教授，阵容壮观。这一课程体系分为『语言文字』、『文学』和『其他国故及治国学之方法』三大类，体现了当时的学术前沿，其显著特色是包含了超出语言文学范围的国学内容和治学方法，以至要把国文系改称国学系。⑤比较后两份学程纲要可知，国学院时期的课程体系，其实与陈衍的课程体系一脉相承，超出语言文学范围的国学内容和治学方法的六门课（两门未开），也为陈衍的课程体系原有。

陈衍在国文系不但建立比较完备的课程体系，而且主讲主要科目，提供大部分课程的教本。当时，国文系教师仅数人：陈衍（国文正教授）、毛常（国文教授）、王振先（国文教授）、龚乾义（国文讲师）、朱谦之（国文讲师）、叶俊生（国文助教）。[6]这些课程的开设和讲义，相当一部分来自陈衍。如重要科目『散文体』课程，四学年安排如下：第一学期讲《左传》《资治通鉴》记战事者，第二学期讲《史汉研究法》，第三学期至第八学期讲周秦至清代各散体文。《文科学程纲要》明确写道：『以上皆有石遗室稿本，如教员自编审定合用则用之。』第二学期讲义《史汉研究法》（『史汉』即《史记》《汉书》），已于一九二六年三月刊于《国学专刊》第一期（第四期续刊）。当时陈衍主讲诗、古文、词方面的科目，文字学课则由助手叶俊生（长卿）代讲，讲义也是陈衍旧稿。他为叶氏著《文字学名词诠释》所作序云：『时余方以诗古文词主教厦门大学，文字学厥维佐课。而老来肺力，艰于讲贯。则以旧刊《说文举例》《说文采证》二书，使长卿排比代讲之。』[7]这是文字学科目之『形义篇』教本；文字学科目另一课程『音韵篇』，陈衍亦有《音韵发蒙》旧稿（家刻本）。『史学』一课（二学年），《文科学程纲要》说明『课本用《通鉴纪事本末》编讲义』，指的是陈衍一九〇九年担任京师大学堂文科史学教授时所撰史学讲义《通鉴纪事本末书后》。

陈衍所用讲义和所提供的教本，包括已刊旧稿和未刊论著。如《要籍解题》（经学部，一九一九年刊本）以及《尚书举要》《周礼辨证》，应为『群经通论』课教本；《诗学概要》（稿本）、《钟嵘诗品平议》（修订稿刊于《国学专刊》第四期），应为『诗学源流』课教本。陈衍后来到无锡国学专修学校任教后，对部分旧稿加以修改完善，并付梓刊行，如《通鉴纪事本末书后》（『无锡国学专修学校丛书』之一，一九三四年版）、《史汉文学研究法》（『无锡国学专修学校丛书』之一，一九三四年版）、《钟嵘诗品平议》（家刻本，约一九三二年版）。可以肯定的是，这些后来刊行之学术名著，都曾是当年厦门大学的国文讲义。

（二）培养和提携有志于传统文化的青年学子

陈衍身处新旧鼎革之际，怀有传薪旧学的强烈使命感，特别重视培养和提携有志于传统文化的青年学子。十多年来，他先后应聘北大和厦大讲席，都是出于这一使命。《侯官陈石遗先生年谱》卷六『一九一三年九月』条载：『京师大学两电要任文科讲席，谢之。十月复两次电要。既而念前届大学颇多得佳士，当此旧学否塞，大学尚有文科，尚有为文科学生者，峻拒之何忍，遂许之。』⑧来厦门大学后，他于一九二五年在致王国维的信中也写道：『衍十数年来一切谢绝，独黽没各大学教授者数年，自顾生无益于人，惟稍扶书种于绝续交，犹劣能之。』⑨他来厦大任教，正是为着『扶书种于绝续交』，在新旧绝续之交培养传统学术的读书种子。

对于青年一代传统学术人才和读书种子的稀缺，陈衍十分痛心。他写道：『然千俊万杰，稀若晨星，有志者一知半解，未由深造，心私悼焉。厦门大学国文系学生百十人，可蕲成就者，廑得二人，曰叶俊生，曰游骞。』⑩叶俊生即叶长青（一八九九—约一九四五），原名俊生，字长卿，福建闽侯人，一九二一年四月入厦大第一届教育科本科，后入文科国文系。陈衍对他的教诲、提携和培养，是厦门大学育人史上的佳话。

陈衍来校后不久，便举荐叶长青为国文助教，代自己讲课。其时叶长青尚是大三学生，大学本科未毕业，但已著有《闽方言考》一书刊行。他承担了『国文法』、『文字学』和『音韵学』等课程，陈衍则提供讲义。为让他能够继续深造，陈衍曾多方设法，竭力推荐其免试入清华国学研究院受学，还专门为此事给清华国学院导师王国维作一长函。⑪叶长青在厦大期间所著多种著作，包括《闽方言考》（一九二三年十二月版）、《文字学名词诠释》（一九二三年油印本，一九二七年铅印版）、《版本学》（厦门大学一九二五年油印本），陈衍均为之作序，予以肯定。陈衍在《文字学名词诠释》序言中写道：『余教授南北学校三十年，于京师大学得中江刘复礼、象山陈汉章、诸暨徐道政、番禺黄式渔，皆精经学小学，为乾嘉诸老畏友无愧色。十余年投老乡井，与诸子天各一方。晚乃复得吾邑叶生长卿，能治文字学。既成《闽方言考》行世，益专力请业，昕夕不少倦。』⑫陈衍把叶长青与北大国学大家陈汉章等一起，列为自己最得意的门生。

对于陈衍的教诲和提携，叶长青也十分感激。他在一九二五年十二月十日上陈衍书中写道：『向者辱埘门墙，侧闻绪论，委蒙喻格奖借，矢心不忘。而书生无以为报，计惟努力纂道，上慰蕲望。』⑬他自入陈衍门墙，便致力于研究旧学，继承、阐扬陈衍的事业。叶长青于一九二六年春应聘就任金陵大学国学系教授，离开厦大；一九三〇年八月受聘为无锡国学专修学校教授，先后出版《文心雕龙杂记》（一九三三年）、《文史通义注》（一九三五年）等多种重要学术著作，并介绍乃师到无锡国专任教。抗战全面爆发后，他弃学从政。其中于一九四〇年十一月至一九四三年二月出任长汀县县长，时值厦门大学内迁长汀办学，使他得以再次为母校的办学和发展竭心尽力。厦大培养、陈衍提携的这位卓有成就的国学大家，在近现代学术史上销声匿迹数十年，直到近年才被重新发现，声名鹊起。如今，叶长青的学术成就已得到学界的重新肯定，多种学术著作，如《文史通义注》《汉书艺文志问答》《钟嵘诗品集释》也得以重刊和传播。

除了学术上的传薪旧学之外，陈衍来厦大后又论诗授徒、出题限韵，奖挹、扶持和培养了一批青年诗家。

陈衍初到之时，学校中写旧体诗的风气并不盛行。他说：『余初至厦门大学，可与言诗者惟叶生俊生（长青）、龚生达清。』（《石遗室诗话》卷二十九）在他的倡导和影响下，厦大学生中形成了吟诗斗句的风气，并成立诗社。第一届学生叶国庆曾回忆当时情景：『使我最不能忘的是这诗社。它叫做苔岑诗社。社员似有三十多人。每学期征诗一二次。出题的是毛夷庚师和陈石遗师。但我们每学期做诗不止二次。深夜课毕，三五互招，便拈题限韵。星期假日，登山玩水，便负手征吟。』⑭第一届学生林惠祥的遗稿中还有几首一九二四年的命题诗，如《荷花将开尽有感》（陈石遗师试）、《苦热》（国文十五古体诗考题，陈石遗师命题）、《冬日读书乐》（石遗师出题）。⑮前两题应是考题，后者则是征诗。

陈衍在厦大期间培养的门生，在诗词方面成就最大的是时在集美学校中学部任教的龙榆生。龙榆生在自传中回忆说：『那时我在集美教过的学生邱立等，已经升入厦大，从他老先生去受业了。我反而由学生的介绍，拿点诗给他老先生看，他说我的绝句很近杨诚斋。……我这才深深的佩服他老先生的眼光不错，也就备了些贽仪，向他碰了头，拜在他的门下。从这以后，我常常渡海到厦大去，向石遗先生领教——他给我论诗的信札，整整的一大本。』⑯很可惜，这些满载着陈衍培育门生心血的论诗信札，除了以《陈石遗先生答龙榆生君问诗学书》为题一篇于一九二六年在《国学专刊》第三期发表外，均已遗佚。陈衍还推荐龙榆生到上海国立暨南大学任教，把他介绍给沪上诗词界前辈和同行。龙榆生后来创办并主编第一份词学专门刊物《词学季刊》，成为中国词学大家。

（三）整理国故和近代文献，传薪旧学

陈衍一生勤于著述，著作等身。来厦门大学后，他继续致力于国学研究旧稿的修改、整理、发表和近代文献的收集、编纂、出版。除了整理和辑补《石遗室诗话》之外，主要有如下几项。

一是出版《近代诗钞》二十四册，并着手编纂《近代文钞》。

陈衍编纂的《近代诗钞》，商务印书馆一九二三年十一月初版。此书系陈衍避居上海时于一九二三年上半年编成，并交付商务印书馆，但却是在他来厦大后才出版。全书不分卷，初版分为二十四册。选录清道光、咸丰以来至民国初年诗家三百七十人的诗作（一九三五年五月再版时删去郑孝胥及其诗）五千余首，虽然于同乡及师友采录较多，也不免门户之见，但对于保存晚清民初诗作和诗家资料具有很大的价值，是中国近代的一部重要诗选。其卷首『近代诗钞叙』还明确提出『学人之言与诗人之言合』，申述『变雅变风』之说，进一步丰富了《石遗室诗话》所阐述的『同光体』诗派的诗学理论。

一九二四年十月十日《厦大周刊》第一〇四期载有一则关于陈衍著述的消息云：『本校国文系主任陈石遗先生为当代诗文家，去岁编纂《近代诗钞》，已经商务印书馆出版，现闻已售到七百余部。近闻先生又着手编纂《近代文钞》，对于近代文家著作搜罗颇多，想不久当能脱稿云。』⑰此事未见下文，但从这则校闻可知，编纂《近代文钞》是陈衍在厦大期间进行的一项工作，而那时他已做了大量的资料准备。

二是撰著《史汉研究法》，并修订、发表《通鉴纪事本末书后》等旧稿。

陈衍在校期间曾为各类专著和诗文集撰写了大量的序文，此外，为教学需要，陆续整理、修订部分未刊旧著，又撰著《史汉研究法》，并在厦大刊物上发表和连载。

《史汉研究法》及续编，刊于厦大国学专刊社创办的《国学专刊》第一期（一九二六年三月出版）和一九二七年出版的第四期，是陈衍在厦大所写讲义，也是后来出版的《史汉文学研究法》一书之一部分。此著主要论析《史记》与《汉书》两部史书之线索安排、描写层次等文章义法，旨在使学生了解二书之文学造诣而不及内容异同。陈衍嫡孙陈步《〈史汉文学研究法〉题解》写道：『《史汉文学研究法》作于一九三四年，同年编入「无锡国学专修学校丛书」出版。』[18]这部厦大讲义的修订版，至今仍被误认为陈衍到无锡国专后所作。

整理修订的旧稿，重要者，一为《通鉴纪事本末书后》，系陈衍一九〇九年秋季担任京师大学堂文科史学教授时所著，充作史学讲义。一九二六年四月出版的《厦门大学季刊》第一卷第一号刊载其中之一部分。另一为《周礼疑义辨证》，初稿完成于一八九一年。陈衍整理出其中一部分，以《周礼辨证》为题在《国学专刊》第一、二期（一九二六年三、五月出版）连载。这两种旧著，也在陈衍到无锡国专任教后付梓。

三是发起成立国学专刊社，出版《国学专刊》。

陈衍传薪旧学的一个重要之举，是在厦门大学发起成立国学专刊社，出版《国学专刊》，以尽『救亡之责』。国学专刊社成立的具体时间不详。一九二六年一月二十三日《厦大周刊》第一三七期『校闻』专栏刊载《国学专刊出世之先声》一则，称：『本校一部分教员学生因国学沦亡，斯文道丧，特与海内闻人，组织国学专刊社，以整理国故，发扬文化为己任。现先后入社者，已达五十余人。社费每年纳三元。经举定陈石遗为主任，叶长青为社长，叶培元为经理。预备每两月出版一次。』[19]其时陈衍因长子病逝告假未归，具体事务由叶长青操办。

《国学专刊》共出四期，由上海群众图书公司印刷、出版和发行。第一期卷首刊国学专刊社《宣言》，设通论、专著、诗文评、文录、诗录、专载、校注、通讯、书目介绍等栏目，刊发陈衍、缪篆、王振先、龚乾义、叶长青等厦大教师以及陈宝琛、吴曾祺、黄瀚等乡贤的诗文。据版权页，该刊第一期一九二六年三月出版，第二期同年五月出版，后两期则是在陈衍、叶长青相继辞职离厦后才出版。

三、《石遗室诗话》的出版、内容及影响

陈衍《石遗室诗话》，是晚清民国年间占据传统诗坛主导地位的「同光体」诗派最重要的诗论著作，也是传统诗话的集大成者。《石遗室诗话》从撰述、发表到辑补、出版，历时十多年，几经周折，是作者在厦大任教期间交付出版的。其中最后四卷的辑补，贯穿于陈衍在厦大任教期间，而内容也涵盖了在厦大的诗词活动。诗话刊布后风行海内，影响深远。

（一）《石遗室诗话》的出版及增补

《石遗室诗话》在成书和梓行之前，已先在杂志上连载。一九一二年十月，梁启超创办《庸言》杂志，邀陈衍为其撰写诗话。陈衍应约编撰《石遗室诗话》，「襞绩旧说，博依见闻，月成一卷，卷可万言」（《石遗室诗话·序》），在《庸言》连载，从一九一二年十二月创刊至一九一四年七月停刊，共刊载十三卷。一九一五年，他又应李拔可之邀，撰《石遗室诗话续编》在《东方杂志》连载，从一九一五年七月第一二卷第七号至一九一八年一月第一五卷第一、二号，共刊载十八卷。

一九二六年正月，陈衍将上述两刊所载《石遗室诗话》初集十三卷和续编十八卷，授权商务印书馆合刻刊行。《侯官陈石遗先生年谱》卷七「一九二六年正月」条云：

> 《石遗室诗话》初集十三卷，附《庸言》报分期发行，广益书局窃翻印为单行本，错误甚多。续集十八卷，附《东方杂志》分期发行，无单行本。海内寄书求合刻单行者甚众，因使商务印书馆刊行之。⑳

其时，陈衍因丧子请假回家，尚未回校销假。据《年谱》载，当月，「厦门大学校长林文庆电催开学」；三月（公历四月二十一日），陈衍乃返校。由此则可以推知，陈衍此时「使商务印书馆刊行」之诗话，当为《庸言》所载十三卷和《东方杂志》所载十八卷的「合刻单行」本，底本是否已经过整理、增删，未详。

陈衍交由商务印书馆刊行之《石遗室诗话》，于一九二九年五月正式出版，共三十二卷，分四册，线装。在《石遗室诗话》商务印书馆版之自序中，陈衍记述了诗话的撰写、刊载与成书过程，先叙述诗话在《庸言》和《东方杂志》两杂志连载的情况，接着写道：

> ……则鄙人有《福建通志》之役，事方殷也。久之十三卷之本，坊间私行翻印，既非完书，复多错误。十八卷之本，从未单行。阿好者欲购末由，时来问讯。乃取旧稿，删改合并，益以近来所得，都三十二卷，属涵芬楼主人印之，以饷海内之言诗者，商邃密焉。（《石遗室诗话·序》）

此序自署『岁在强圉单阏首夏』，即作于丁卯年（一九二七年）初夏。据自序所述，新编《石遗室诗话》三十二卷，既是对旧稿的『删改合并』，也增补『近来所得』。旧稿的删改，主要是删去《东方杂志》所载十八卷的部分内容，多是摘录他人说诗，与全书体例不尽合；又将原三十一卷删改合并成了二十八卷。增补部分为新撰四卷，即第二十九卷至第三十二卷。[21]

此次增补新撰四卷，陈衍称是『益以近来所得』，撰述时间并未确切。诗话有离开厦大后于一九二六年下半年重返厦门避兵期间邀游唱酬的长篇记载等内容，显然，在一九二六年正月『使商务印书馆刊行』之后，陈衍又有大量的撰述和增补。又，第三十一卷一则云：『今年春间余有三叠晨韵诗，因揖唐先有诗，五叠释戡韵，速余北游也。』『揖唐』即王逸塘。这几首叠晨韵诗收录于陈衍晚年刊刻《石遗室诗续集（卷三至卷八）》卷三，此卷所收诗起自一九二八年。[22]『三叠晨韵诗』之事也载于《侯官陈石遗先生年谱》卷七之一九二八年条目中。该条记说诗社同人雅集云：『花朝集匹园……适王逸塘、曹纕蘅二君远道寄诗述近状，次韵二首报之。寒食日又集，叠前韵，并寄逸塘、纕蘅。』[23]接着又记载作酬李释戡等诗，『四叠晨韵』。可见，此则所谓『今年』即一九二八年。由此可知，此次增补诗话四卷，并不仅仅是陈衍在一九二七年初夏所作自序中说的『近来所得』。直至完成删改合并和增益、写毕自序之后，陈衍仍在撰写、增补诗话内容。

《石遗室诗话》的删改增补应是个较长的过程。陈衍撰写诗话的兴致颇高。从自序可知，《石遗室诗话》在杂志连载三十一卷后未再续作，是因为他正倾力于纂修《福建通志》之盛事。一九二一年完成通志初稿后，他又避兵沪上，同时致力于编选《近代诗钞》，直至应聘来厦。而广益书局私行翻印之《石遗室诗话》十三卷本刊于一九一五年四月，『阿好者』问讯欲购全本也早已有之。所以说，陈衍欲刊印全本并不是一时心血来潮，而是早有准备的。况且撰写诗话的素材也充足，如一九二〇年在福州成立说诗社后，说诗评诗活动颇多。尤其是一九二三年编成出版的《近代诗钞》，在作者简介之下缀以诗话，且以『石遗室诗话』为题，而其中有一部分为新撰。这表明，那时陈衍便已在续撰诗话。所以说，陈衍对《石遗室诗话》的续写和增补，在来厦大任教之前即已开始。

陈衍晚年任教无锡国学专修学校，卜居苏州后，又续编诗话，并从一九三三年十一月起，以《石遗室诗话续编》之名在《青鹤》杂志连载一部分。后编为《石遗室诗话续编》六卷，由上海郁葆青出资，无锡国学专修学校于一九三五年陈氏八十寿诞（四月初八）之前为之刊行，[24]分上下两册。《石遗室诗话》三十二卷本，也由商务印书馆于一九三五年五月再版。此版除改正个别舛误、删除与郑孝胥相关的内容，以及开本改小外，内容、版式与装帧均与初版相同。至此，陈衍《石遗室诗话》全部梓行，包括商务印书馆出版之三十二卷本（一九二九年初版，一九三五年再版）和无锡国学专修学校刊印之续编六卷（一九三五年）。数十年来，《石遗室诗话》又有多种影印本和点校整理本出版，除了台湾广文书局一九八二年据广益书局一九一五年版十三卷本影印外，其余各版均以此两种为底本。

（二）《石遗室诗话》新增四卷的主要内容

在《石遗室诗话》的旧稿部分，尤其是最早刊载的前十三卷，陈衍完成了『同光体』诗派的理论建构，理论阐述和近人诗作品评并重。新增四卷（卷二十九至卷三十二）与旧稿有所不同，略于理论阐述和诗作品评而侧重于纪事、录诗，其主要价值在于为近代诗史提供新的材料。新增四卷的主要内容可归纳为三个方面：

一是记述归里后的个人经历，包括行踪、交游及丧子等家庭变故，其中任教厦大与避兵鹭岛占有很大分量。

陈衍晚年除了来厦大任教之外，还于一九二六年九月至十二月三十日、一九三一年六月至九月，两次携眷到厦门避兵。他在三次旅厦期间广交诗人墨客，邀游唱酬，留下了一批诗词佳作和诗话史料。最后一次来厦为一九三四年撰写《石遗室诗话续编》积累了素材，而前一次来厦避兵则与来厦大任教一起载入增补四卷。增补四卷选录诗作加以推介的厦大和厦门诗人共有二十二人，诗六十七首。其中包括厦大教师龚惕庵（乾义，国文系讲师）、王振先（孝泉，国文系教授）、谌湛溪（地质学教授），学生叶俊生（长青）、龚达清、游翰明（骞）、谢倬（幼安）、吴大玠（圭峰），以及集美学校教师龙榆生、何达安、刘松之，诗话中论及而未选录其诗的诗人更多。陈衍对在厦期间的邀游和酬唱活动及诗作多有述录，所录厦门本地诗人诗词即以登山临水与酬赠唱和之作为主，其中与周殿熏（墨史，厦门图书馆馆长）、黄瀚（雁汀，禾山商业学校校长）二人交游最多，对他们也最为赏识。陈衍旅厦期间的诗词活动为《石遗室诗话》的增补及续编积累了许多素材，丰富了诗话的内容。而《石遗室诗话》及其续编的出版，把一大批厦大和厦门诗人及其诗作介绍给了中国诗词界，使他们因诗话而得以留名，他们的许多作品因诗话而得以流传。

陈衍《石遗室诗话》新增四卷挹扬厦大风雅的一个重要之举，是浓笔推出国文系讲师、『同光体』闽派后劲诗人龚乾义。龚乾义（一八七一—一九三五），字惕庵，号华鬘，福建闽侯人，曾与陈衍等在福州发起成立诗社『秋社』。一九二三年九月随陈衍来校任教，成为以陈衍为中心的厦门大学早期诗人群体最重要的成员，有《慎埜庐诗稿》，未刊。陈衍在《近代诗钞》中已选录其古体诗，来厦后时相酬唱，对其诗又有新的发现、新的评说。《石遗室诗话》新增四卷大量收录他的近体诗，将他与福州近代著名诗人何梅生（振岱）并举，称为『二难』。陈衍写道，『吾乡中诗人之戛戛独创、不肯一语犹人者，梅生、惕庵可称二难，然二人面目又颇不同』；『君诗体格在近人沈子培、陈散原之间』。（《石遗室诗话》卷二十九）学界通常把清末『同光体』分为闽派、赣派和浙派，闽派以郑孝胥和陈衍为代表，赣派、浙派则分别以陈三立（散原）、沈曾植（子培）为代表。《石遗室诗话》卷三论晚清以来诗之风格流派，则分为『清苍幽峭』一派和『生涩奥衍』一派，把郑孝胥归入前派，而把沈、陈二人列入后一派。在陈衍看来，龚乾义是闽派诗人，他的诗却显示出赣派和浙派的『生涩奥衍』风格，有自家面目；其个性特色在于融合了『同光体』闽派、赣派、浙派等各派的特点，这在『同光体』诗派的发展中具有独特意义，因而给予很高的评价。

二是介绍说诗社同人诗作。

说诗社是陈衍归里后，于一九二〇年在福州创立的诗社，成员二十多人，大都是陈衍弟子，也是闽中诗坛的名家和后起之秀。诗社时有雅集、酬唱，陈衍也常招饮说诗，其寓宅匹园即是诗社雅聚的重要地点。诗社活动十多年，后陈衍将其历年诗作，选编为《说诗社诗录》四卷，于一九三七年刊行。《石遗室诗话》选录了说诗社几乎所有成员的大量诗作，包括：苏南（干宝）、陈元璋（梅峰）、马光桢（感沤）、林葆炘（谦宣）、林翰（西园）、陈樵（友渔）、张葆达（秀渊）、陈文翰（西园）、陈寿璚（鹿庄）、陈耀妫（省吾）、郑宗霖（守堪）、林苍（天遗）、张培挺（如香）、江古怀（伯修）、陈鸣则（泽观）、林宗泽（雪舟）、陈炘侯（肖絜）、董子良（仲纯）、黄曾樾（荫亭）、施景琛（涵宇）、王真（耐轩），以及陈海瀛（说洲）等。还辑录了诗社的同题诗和酬唱诗，如悼林西园、题陈友渔栖隐村图、游桑溪以及苏南《河园诗》唱和等。陈衍大都简要点评诗人风格特色，间或记述诗之本事。其评林翰（号西园）云：『西园初学昌谷，间以玉溪生，入社后尽捐故枝，一意为雅健沈挚之词，佳者不胜录。』（《石遗室诗话》卷三十）从中可见陈衍主持的说诗社对入社诗人的重大影响。

三是辑补《近代诗钞》。

陈衍编纂、在厦大任教期间出版的《近代诗钞》是一部近代诗总集，收录清咸丰初年至民国初之诗人作品，共三百七十家，每人名下附作者小传，间缀《石遗室诗话》略作评论。陈衍深具『以诗存史』意识，欲为近代诗史。然编选时『但就见闻所及甄录之』（《近代诗钞·凡例》），遗漏有之，可补充之处更多。所以，《近代诗钞》由商务印书馆一九二三年初版后，陈衍即有辑补和续编之意。《石遗室诗话》新增四卷的诗钞，有一部分即是为着这一目的，诗话中也写得很明确：『前数年有《近代诗钞》之役，故人之作，多未入选，其时方避兵沪上，未遑征集也。』（《石遗室诗话》卷二十九）诗话录同乡林步瀛（鼎燮）诗，先述与林氏过从，又云：『时余编《近代诗钞》已出版，未得钞鼎夔诗为憾。兹从干宝、谦宣觅得数首，亟录之。』（《石遗室诗话》卷二十九）补续《近代诗钞》是陈衍晚年的一大心愿。一九三五年陈衍完成《石遗室诗话续编》后，在书后题识中称，尚有大量已选佳作未能收入，『一限于篇幅，二限于时间，只得连呼负负。俟补续《近代诗钞》时，当次第收入也』[25]。

（三）《石遗室诗话》的意义与影响

『诗话』是中国传统诗学著作的一种重要体裁，也是中国诗学的一种主要的著述形式。这种传统体裁，具有论说、品评和纪事、录诗的基本功能。《石遗室诗话》作为传统诗话的集大成者，内容极为丰富、广泛，兼具了传统诗话的上述各种基本功能。

在《石遗室诗话》中，陈衍提出了『同光体』诗派的基本观念和理论主张，建立了『同光体』诗派的诗学理论体系，产生了深远影响。陈衍论诗主张唐宋兼学，提出『三元』之说，并倡导学人之诗。他认为，诗的兴盛莫过于唐之开元、元和与北宋元祐三个年代（即所谓『三元』），宋人皆推本唐人诗法，力破余地，故诗不能强分唐宋，推崇晚清同治、光绪年间不专宗盛唐而兼学唐宋之诗体（即所谓『同光体』）。《石遗室诗话》纪事、录诗和品评以近代为主。『论古人之诗者，居十之二三，论近人之诗者，居十之七八』[26]。以陈三立、沈曾植、郑孝胥及陈衍等为主要作家的『同光体』诗派，是清末民国影响最大的传统诗派，而陈衍则因所著《石遗室诗话》，成为『同光体』诗派的理论代表和晚清诗坛盟主。[27]

陈衍《石遗室诗话》的理论意义、社会影响和学术史地位，学界早有定评。一九三五年，当《石遗室诗话》三十二卷再版之时，钱仲联《梦苕盦诗话》即云：『丈故学者，诗特余事。然所著《石遗室诗话》三十二卷，衡量古今，不失锱铢，风行海内，后生奉为圭臬，自有诗话以来所未有也。』[28]汪辟疆在《近代诗派与地域》中亦称：『近人言诗者，奉为鸿宝，则沾溉正无穷也。日人铃木虎雄撰《支那文学》，列《石遗诗说》一章，认为近代诗派中坚，洵非无故。』[29]从日本汉学大家对『石遗诗说』的推介和评论，也可窥见陈衍诗话的崇高地位和深远影响。

厦门大学历代学人也都把《石遗室诗话》奉为圭臬，重视这部诗话的理论价值、历史影响以及对它的学术传承。

早在厦门大学创办之初，厦大人文学者就关注陈衍《石遗室诗话》，并在教学和著述中吸取其诗学资源和理论成果。一九二一年，即建校当年，早期国文教师刘贞晦撰著《中国文学变迁史略》（与沈雁冰著《近代文学体系的研究》合编为《中国文学变迁史》一册，新文学研究会一九二一年十二月初版），其中便大段援引《石遗室诗话》的论述。该著第十篇『清文学』论述清诗发展云：『到了清季，诗学变迁，有现代名诗人陈石遗氏所说的一番话，颇为简切，附录如下。』接着直接抄录：『前清诗学，道光以来，一大关捩。略别二派。一派为【清】苍幽峭。……其一派生涩奥衍……』[30]陈衍这段长论出自《石遗室诗话》卷三（原载于《庸言》一九一三年第一卷第七期），主要阐述清道光以来诗之两大风格流派，追源探流，直论至其所倡『同光体』之代表人物郑孝胥、沈曾植、陈三立诸人。刘贞晦述清季诗学变迁，完全接受《石遗室诗话》的学术观点，同时也把以陈衍为实际盟主的『同光体』诗派写进了中国文学史。

陈衍主厦大文科讲席之后，国文系同人以及他的学生，多自觉传承其诗学，他的弟子和教学助手叶长青等，更以阐扬其学术和诗学观点为己任。叶长青于一九二五年十二月提出为陈衍编修年谱和校注诗集，后又编撰《石遗室丛书提要》在《国学专刊》第四期刊布，介绍陈衍编著之书计二十九种，包括『指示门径，宏奖风流』的诗话大观《石遗室诗话》。[31]一九二六年四月十八日，叶长青特为日本学者铃木虎雄撰《石遗诗说》事致函作者。铃木虎雄是日本近现代中国文学研究的领军人物，他于一九二五年出版的论文集《支那文学研究》有『石遗诗说』一篇，是他一九二一年的讲演稿，分『略历』、『诗说』、『道光以来的诗流』和『交游』四个部分，对陈衍的生平学说、诗学观点和『同光体』诗派作了介绍和评论，而《石遗室诗话》是其主要依据。[32]这也就是上引汪辟疆所述之事。文集出版后即引起中国学者的关注，陈衍弟子也迅即回应。叶长青原信已佚，但从《国学专刊》第三期刊载的作者复函可知，叶氏的致书，一方面『告以先生近日著作之所在』，向作者提供新的研究资料；另一方面向作者表示要移译这篇文章，『以为中日学者沟通声气之助』。[33]其时，陈衍因丧子告假尚未归校，叶氏此举，旨在进一步宣传陈衍诗话，阐扬其诗学观点。

《石遗室诗话》三十二卷本出版之时，陈衍已经离开厦门大学，但并不影响厦大学人对这部诗话的重视。其中颇有代表性的是，抗战期间在厦大中文系任教的施蛰存于一九四七年八月发表《论〈石遗室诗话〉》一文（署名『劳无施』），对陈衍这部诗话给予很高的评价：『自宋至清历时四代，在诗话中，规模最大、流布最广、影响最深的作者要独推清末的陈石遗先生。他的《石遗室诗话》，几乎成为近代最好的诗话。……他是那时司诗家总记录的总代言人；……并且他又撰集了一部《近代诗钞》，与诗话相辅而行。诗话倡导了理论，诗钞提供了实例，正如鸟之两翼。又以印刷与交通的进步，流播愈广，故其沾溉也愈深。』[34]文章接着还讨论了《石遗室诗话》这类传统诗话的传承问题，指出中国诗论的著述，其体裁可以像《石遗室诗话》那样保留传统诗话原有的形式，抒写自由，而内容则应从大处立论，注重讨论些大的问题，避免过于琐碎。施氏于一九四一年至一九四五年任厦大中文系副教授，其时厦大内迁长汀办学，中文系的两任系主任余謇和李笠都是古典文学专家，亦擅诗词，在他们的倡导下，厦大师生组织诗社，传统诗词活动颇盛。施蛰存参加了龙山诗社活动，在他寓所北山楼也聚集一批学生，谈论话题以传统诗词为多。虽然施氏写此文时已离校，但其观点仍可体现厦大同人对于陈衍这部诗话的认识与评价。

此后数十年，陈衍诗论及《石遗室诗话》被置于现代文学新思潮的对立面而退出学界视域，乃至销声匿迹。然而，厦大学人并未遗忘这位前辈校友及这部带有本校深刻印记的著名诗话。一九八一年二月，重返厦大教坛未久、时任中文系主任的郑朝宗教授发表《陈衍的诗话》一文，率先呼吁学界重新关注陈衍诗论及其《石遗室诗话》，对其进行全面研究，给予合理评价。该文回顾陈衍及其诗话的历史遭遇，写道：『陈衍是值得研究的一个古典诗歌理论家。在前清光、宣两朝，他和林纾、严复等都是在全国范围内享有盛名并且影响很大的福建省文人。……入民国后，特别是在「五四」以后，他在旧派文人中继续受到尊崇，钱基博称他为「并世文章之雄」；许多人给他献诗，尊他为泰山北斗，并以「弥天诗教」「四海凿齿」之类的话来恭维他；还有更多的人把诗稿寄给他请求鉴定……另一方面，在新派文人中，林纾、严复的名字有人提起，而陈衍的则几可说是完全被遗忘了，即使有谁还记得他，也只是把他当作不值钱的老古董看待……跟林纾、严复他们的开风气之先的翻译是不可同日而语的。』[35]接着分析陈衍诗论及《石遗室诗话》的理论价值，强调『不容一笔抹杀』，『试图辨别精华和糟粕』。以这篇长文及同年五月发表的钱仲联《论『同光体』》[36]一文为标志，陈衍及其《石遗室诗话》重新回归学者的视野，并成为传统文学研究的课题。郑朝宗教授又携厦大中文系同人，着手校点整理《石遗室诗话》，为陈衍著述的重刊和传播增添一厦大学人整理的版本。[37]

随着二十世纪八十年代以来文化传统的复兴，陈衍及其《石遗室诗话》重新受到学术界、诗词界的推崇，《石遗室诗话》的理论价值和史料价值也得到重视和开发，影响愈广，沾溉愈深。然而，遗憾的是，陈衍及其诸多学术论著包括《石遗室诗话》与厦门大学的学术因缘却罕见论及，直被学界忽略。『厦门大学百年学术论著选刊』丛书收入《石遗室诗话》，重提近百年前陈衍在厦门大学的一段学术经历，揭示陈衍编纂诸多学术名著包括影响深远的《石遗室诗话》的厦门大学背景，不但对于厦门大学百年学术传统的继承和学术资源的开发，而且对于中国现代学术史研究，都具有重要意义。

二〇二〇年十一月

注释：

①钱基博：《陈石遗先生八十寿序》，《国专月刊》第一卷第一号，一九三五年三月；又见陈步编：《陈石遗集》下册，福州：福建人民出版社，二〇〇一年，第二一六七页。

②陈声暨编、王真续编、叶长青补订：《侯官陈石遗先生年谱》卷七，陈步编：《陈石遗集》下册，福州：福建人民出版社，二〇〇一年，第二〇四三页；又参见陈槻：《诗人陈衍传略》，台北：台北市林森文教基金会，一九九九年，第九二页。

③参见《厦门大学布告》第二卷第一册（一九二二—一九二四）之《校史》《本科课程·文科课程》，第一五～一七、五二页。

④参见《厦门大学布告》第三卷第二册（一九二四—一九二五）之《本校历史》《本科课程·文科》，第一九、五三～八四页；《本校分科与各主任的介绍》，《厦大周刊》第一〇四期第三版，一九二四年十月十日。

⑤《国文系改称国学系之理由草案》，《厦大周刊》第一五七期，一九二六年十月二日。

⑥参见《厦门大学布告》第三卷第二册（一九二四—一九二五）之表《教员》，第九～一三页。按：此表未著录助教叶俊生。

⑦陈衍：《序一》，叶长青：《文字学名词诠释》，上海：上海群众图书公司，一九二七年，第一页。

⑧陈声暨编、王真续编、叶长青补订：《侯官陈石遗先生年谱》卷六，陈步编：《陈石遗集》下册，福州：福建人民出版社，二〇〇一年，第二〇二三页。

⑨《陈衍与王国维书》，国家图书馆古籍馆编：《国家图书馆藏王国维往还书信集》第二册，北京：中华书局，二〇一七年，第五六二～五六八页。

⑩《陈衍与王国维书》，《国家图书馆藏王国维往还书信集》第二册，北京：中华书局，二〇一七年，第五六二～五六八页。

⑪《陈衍与王国维书》，《国家图书馆藏王国维往还书信集》第二册，北京：中华书局，二〇一七年，第五六二～五六八页。

⑫陈衍：《序一》，叶长青：《文字学名词诠释》，上海：上海群众图书公司，一九二七年，第一页。

⑬俊生：《为修年谱及注诗事上陈石遗先生书》，《厦大周刊》第一三五期，一九二六年一月九日。

⑭叶国庆：《我们那时候》，《厦大校刊》第一卷第一二期，一九三七年四月六日。

⑮见林惠祥著、蒋炳钊编：《天风海涛室遗稿》，厦门：鹭江出版社，二〇〇一年，第五九页。

⑯龙榆生：《自传：苜蓿生涯过廿年》，张晖编：《忍寒庐学记——龙榆生的生平与学术》，北京：生活·读书·新知三联书店，二〇一四年，第一七页。

⑰《新闻》，《厦大周刊》第一〇四期第二版，一九二四年十月十日。

⑱陈步：《〈史汉文学研究法〉题解》，陈步编：《陈石遗集》下册，福州：福建人民出版社，二〇〇一年，第一六三三页。

⑲《国学专刊出世之先声》，《厦大周刊》第一三七期，一九二六年一月二十三日。

⑳陈声暨编、王真续编、叶长青补订：《侯官陈石遗先生年谱》卷七，陈步编：《陈石遗集》下册，福州：福建人民出版社，二〇〇一年，第二〇四九～二〇五〇页。

㉑参见窦瑞敏：《〈石遗室诗话〉的连载与出版》，《文学遗产》二〇一八年第三期。

㉒参见廖菊楝：《〈石遗室诗续集〉（卷三至卷八）文献考略》，《文献》二〇〇七年第四期。

㉓陈声暨编、王真续编、叶长青补订：《侯官陈石遗先生年谱》卷七，陈步编：《陈石遗集》下册，福州：福建人民出版社，二〇〇一年，第二〇五四页。

㉔参见钱仲联：《梦苕盦诗话》第一五八、一七二节，《中央时事周报》第四卷第一四、二〇期，一九三五年四月二十日、六月一日；又见张寅彭主编：《民国诗话丛编（六）》，上海：上海书店出版社，二〇〇二年，第二七二、二八五～二八六页。

㉕陈衍：《石遗室诗话续编》下册，无锡：无锡国学专修学校，一九三五年，『卷六』第四四页。

㉖叶长青编撰：《石遗室丛书提要》之《〈石遗室诗话〉提要》，《国学专刊》第一卷第四期，一九二七年。

㉗参见钱仲联、严明：《袁枚和陈衍——论诗坛盟主对清诗发展的积极影响》，《江海学刊》一九九五年第一期。

㉘钱仲联：《梦苕盦诗话》第一五八节，张寅彭主编：《民国诗话丛编（六）》，上海：上海书店出版社，二

〇〇二年，第二七二页。

㉙汪辟疆：《近代诗派与地域》之『二、闽赣派』，国立中央大学《文艺丛刊》第二卷第一期，一九三五年六月；又见汪辟疆：《汪辟疆说近代诗》，上海：上海古籍出版社，二〇〇一年，第二六页。

㉚刘贞晦、沈雁冰合编：《中国文学变迁史》，上海：新文学研究会，一九二一年，第六六～六七页。

㉛参见俊生：《为修年谱及注诗事上陈石遗先生书》，《厦大周刊》第一三五期，一九二六年一月九日；叶长青编撰：《石遗室丛书提要》，《国学专刊》第一卷第四期，一九二七年。

㉜参见钱振民：《日本明治大正时期的中国近代文学研究文献》，复旦大学中国古代文学研究中心编：《中国文学研究》第一四辑，北京：中国文联出版社，二〇〇九年。

㉝参见《铃木虎雄博士与叶长青社长书》，《国学专刊》第一卷第三期，一九二六年。

㉞劳无施：《论〈石遗室诗话〉》，上海《京沪周刊》第一卷第三四期『诗叶』栏，一九四七年八月三十一日。

㉟郑朝宗：《陈衍的诗话》，中国古代文学理论学会编：《古代文学理论研究》丛刊第三辑，上海：上海古籍出版社，一九八一年，第二四〇～二四一页。

㊱钱仲联：《论『同光体』》，《文学评论》编辑部编：《文学评论丛刊》第九辑，北京：中国社会科学出版社，一九八一年。

㊲陈衍著，郑朝宗、石文英校点：《石遗室诗话》，北京：人民文学出版社，二〇〇四年。

作者洪峻峰，《厦门大学学报（哲学社会科学版）》原副主编、编辑部主任，编审。

石遺室詩話

(一)

陈衍著《石遗室诗话》，影印底本：商务印书馆一九二九年五月初版，原书尺寸：268mm×158mm。

數十年來多說詩意有所得輒拉雜筆之未成書也壬子秋客居都門梁任公編庸言雜志屬助臂指則請任詩話襞績舊說博依見聞月成一卷卷可萬言癸丑旋里寄稿偶有間斷迨甲寅夏日印行僅十三卷詩之可話者尙多而庸言則既停矣乙卯六月李拔可謀爲東方雜志增文苑材料復以詩話見委亦月成一卷卷萬言至十有八卷而復止則鄙人有福建通志之役事方殷也久之十三卷之本坊間私行翻印既非完書復多錯誤十八卷之本從未單行阿好者欲購末由時來問訊乃取舊稿删改合并益以近來所得都三十卷屬涵芬樓主人印之以餉海內之言詩者商邃密焉歲在彊圉單閼首夏石遺老人書

石遺室詩話卷一

侯官陳衍

乙酉之春鄭蘇堪孝胥歸自金陵嘗借余鍾嶸詩品因謂余曰盍仿其例作唐詩品後數年旅食上海聞蜀人宋芸子育仁撰有唐詩品從葉損軒大莊處翻閱之非吾意中之唐詩品也又數年戊戌客武昌張廣雅督部所子培蘇堪繼至夏秋多集兩湖書院水亭水陸街姚園墩子湖安徽會館多言詩子培欲余記所言爲詩話自是易中實順鼎曾重伯廣鈞陳伯嚴三立諸人過則急詢詩話而余實未之爲也

道咸以來何子貞紹基祁春圃雋藻魏默深源曾滌生國藩歐陽磵東輅鄭子尹珍莫子偲友芝諸老始喜言宋詩何鄭莫皆出程春海侍郎恩澤門下湘鄉詩文字皆私淑江西洞庭以南言聲韻之學者稍改故步而王壬秋闓運則爲騷選盛唐如故都下亦變其宗尚張船山黃仲則之風潘伯寅李蒓客諸公稍

爲翁覃谿吾鄉林歐齋布政壽圖亦不復爲張亨甫而學山谷嗣後樊榭定盦浙派中又分兩途矣

丙戌在都門蘇堪告余有嘉興沈子培者能爲同光體同光體者余與蘇堪戲目同光以來詩人不專宗盛唐者也見子培數詩雅健有意理後十年相見索舊作皆棄斥無一存者余謂君博採羣書治史學洎西北輿地余亦喜治考據之學其實皆爲人作計無與己事作詩尙是自家意思自家言說子培意不能無動閒一爲之次年余移居水陸街君居姚園相去不數武秋冬病瘧寒困臥遂日有所作或一日數首示之或夜三四鼓猶打門送詩不兩三月已積百餘首多可存中有威靈仙金雞那霜二詩至佳妙爲梁節菴持去不復得矣時余有冬述四首示子培其一云詣談無晨昏積雨斷還往泥塗敗馳道搏躍可過顙昨聞東山下寒色足泱漭千松聚一壑中有一泉響稍爲羣豬山一洗貌纍獷駕言思出遊懷哉幾吾黨梁公節菴勞教授鄭老蘇堪疲鞅掌寬閒尙有子

合作馬曹賞卻思去年雪招手鶴樓上薄寒中背呂拳曲不可彊波及居士裝
披簑代鶴氅今年詩逐瘧破膽到蝄蜽烏頭時爲帝腰腳藉稍養屢期閱市行
且抱樊口想稍晴具三餐聊用適莽蒼其二云與子既南來夏甑遭蒸炊屋旁
有廢圃徼幸南風吹露宿息喘汗稍蘇星漢移風濕作薄癬爬搔徧膚肌先生
屋打頭相從對唸吚藏冰渺北陸浮瓜非南皮借問清涼散寄書鄭當時答言
生地黃搗之以終葵焦焚至毒時沃之聊數匙皖公有鄉祠百畝環荷池追涼
仍揮汗薄啜荷葉糜蔚然苻婁庭移居惜微遲石臺撫雙梧涼露忽已滋子由
將北行瘦馬不獨騎追送平山堂茱萸仍分持癧寒豈杵臼乃以秋爲期淨名
久默然文字禪在茲其三云往余遊京華鄭君過我邸告言子沈子詩亦同光
體雜然見贈答色味若粢醴十年始會面輟樂正讀禮從之索舊作發篋空如
洗能者不自珍翻悔筆輕泚我言詩教微百喙乃爭啓風雅道殆喪尨言天方
痗內輕感外重怨悱遂醜詆何人抱微尙不絕似追蠡宋唐皆賢劫勝國空祖

爾當塗逮典午導江僅至澧先生特自牧頗謂語中綮年來積懷抱發洩出根柢雖肆百態妍石瀨下見底我雖不曉事老去目未眯諒有古性情汩汩任有瀰第四首不言作詩事

子培有寒雨積悶雜書遣懷襞積成篇爲石遺居士一笑詩八十餘韻余與君論詩語略具其中詩云寒雲如覆盂漏天不可補曜靈避面久畏客牢鍵戶黯霮江海蒸豫纚霰霄聚閉關且何事臥聽簷溜浮斷續綴殘更啌噎轢虛鬴失行雁濡翼噤曉雞上距水官厲威嚴雨師從呂鉅盡收天一氣併作銀潢抒代雲不成馬衛蝀空飲甀河亡九里潤海溢萬家滬南朔相倚伏亢霪不均普物固難量賤天奈何許雌風四維來龍具不能禦了無喁于唱亦不土囊怒翕習慣投隙披拂僅如縷俄焉目中曠惐若負尸疰老妻頗多智裝棉劑吳楚臧姍燕趙產縮朒甚饑鼠固知廣川谷實有異寒暑荊南五月來炙熱劇烹煮伏金骨俱爍秋暴背其腐啇颸一泠汱暫得寬腸肚甯復此愁霖而兼濕寒茹不

憂竈生鼃將恐皿爲蠱橘枳改柯實蜃爵紛介羽嗟惟人不化何用適風土狐
裘故黃黃掩形不如楮清川浴垢疥焉事資章甫西園蕃草木花葉故舉舉蟜
花實非梅滇茶詎能苦瑳瑳老櫧樹占地凍不瘨旁有南燭實浪稱仙飯糈名
雖疏藥錄味不厠菱葯鮮鮮若新沐風檻羣媚嫵茲族畏霜乾儌倖且濡滑甯
知膏澤羸蠋蝎益孳乳窮陰未肯釋蹩頦唏老圃陳君泥滑滑稅輿踐今雨幽
室共槃辟高吟忽揚詡長舒汲古綆高彍尅敵弩相君筆削資談笑九流敍乃
知古詩人心鬬日迎拒程馬蛻形骸杯槃代尊俎莫隨氣化運孰自喙鳴主開
天啓疆域元和判州部奇出日恢今高攀不輸古韓白劉柳騫郊島賀籍仵四
河道崑極萬派播溟渚唐餘逮宋興師說一香炷勃興元佑賢奪嫡西江祖尋
䀢薪火傳晢如斜上譜中州蘇黃餘江湖張賈緒譬彼鄱陽孫七世肖王父中
泠一勺泉味自岷觴取沿元虞范唱涉明李何數強欲判唐宋堅城捍樓櫓咄
茲盛中晚幟自閩嚴樹氏昧荀中行謂句弦偭矩持茲不根說一眇引羣瞽叢

棘限牆闉通塗成岨峿誰開人天眼玉振待君拊喝嘻奇揚搉名相遞參伍零星寒具油沾漬落毛塵奈何細字札銜袖忽持去坐令誦若人倍文失言詁鄭侯淩江來高論天尺五畫地說三關撰策籌九府癯顏戴火色烈膽執彫虎盪胸萬千字得句故難住粱鴻瓜廬身禮殿擘鼉鼓滄海浩橫流中嶧屹砥柱可憐灌灌口味肉失腒脯那復問尖叉秋蟲振翅股懷哉海陵生江草胥柔觵瘖瘖濟陽跛海燕對背字季子踏京華尺書重圭組太陰沈暮節病叟傴寒女出戶等夜行焉將燎庭炬百憂中繳繚四望眩方所賴君排偪側冰窟日謰謱消此雨森森鐲彼愁處處天門開詄蕩曷月日加午城隅卓刀泉中有鐵花黊樧栝百千株夾道儼圍籞樊口渺東望松風冷相語千載漫郎游招招若呼侶東坡眠食地固是余所佇鬱沒老涪皤赭山疇踵武興來舴艋艇徑欲掠江滸政恐迴颿撾啇羊復跳舞蓋余謂詩莫盛於三元上元開元中元元和下元元祐也君謂三元皆外國探險家覓新世界殖民政策開埠頭本領故有開天啓疆

域云云余言今人強分唐詩宋詩宋人皆推本唐人詩法力破餘地耳盧陵宛陵東坡臨川山谷后山放翁誠齋岑高李杜韓孟劉白之變化也簡齋止齋滄浪四靈王孟韋柳賈島姚合之變化也故開元元和者世所分唐宋人之樞斡也若墨守舊說唐以後之書不讀有日蹙國百里而已故有唐餘逮宋興及強欲判唐宋各云云

蘇堪三十以前專攻五古規橅大謝浸淫柳州又洗鍊於東野沈摯之思廉悍之筆一時殆無與抗手三十以後乃肆力於七言自謂爲吳融韓偓唐彥謙梅聖俞王荊公而多與荊公相近亦懷抱使然余敍君詩論之詳矣君嘗言作詩工處往往有在悵惘不甘者因舉荊公別浦隨花去迴舟路已迷暗香無覓處日落畫橋西二十字爲與神宗遇合不終感寓之作余謂貴人之不能詩者無論已其能詩而最有山林氣者莫如荊公遇亦隨之非居金陵後始然也陳仁先曾壽嘗本余此說作一七言古甚工

蘇堪多惘惘之作。如送檉弟入都有云。事業那可說。所憂寒與飢。我如風中帆。奔濤猛相持。不怨漂流苦。但恨常乖離。何時得停泊。甘心趨路歧。向來負盛氣。不自謂我非。立秋永田町日枝山下新居作有云。中宵起舒嘯。夜氣漫林谷。鄉心茫欲碎。離念牽更酷。我愁婦亦歎。身世類轉轂。又微官欲何道。一飽忍千辱。悲呻久不寢。人世寐正熟。濠堂落成云。惜哉此江山。與我俱不偶。歲暮云。妄懷當世意。端欠此心安。漢口春盡日北望有懷云。往事夢空春去後。高樓天遠恨來時。當時讀之。已恐其難以愚魯到公卿矣。督辦龍州邊防諸作。窮塞主語。猶不足異也。

蘇堪所刻海藏樓詩。盡棄少作。有一册尚存余處。爲舉數首於後。錄貞曜先生詩云。復古孤莫立。佞今羣所褒。初非榮世物。而亦爲名勞。風雅業墜地。士心滋淫慆。先生不偶世。結束歸堅牢。咄嗟浮游子。沒齒徒滔滔。其二云。高意屬秋迥。惠心屏春華。手揮海上琴。衣綴巖間霞。詩濤湧退之。束手徒咨嗟。羌以意表論。

邈玆神理遐不爲一世可坐使千秋諱其三云五年南國遊一卷東野詩寄余獨往意重此絕世辭連城必良玉三染必素絲勿驚絢爛文終與大璞期夸厚含陶思超異同謝規誰言中唐聲此是小雅遺太息貞懿士老死山嶷嶷其四云端人思無邪篤行言自文運思雖匪涯立義各有云下士逐紛華百年心如熏性情蕩不支榮枯隨世氛行跡而言夷此語非所聞余表先生節以振頑懦羣其五云畢生獨吟詩得此物外身中有感懷篇惻愴難具陳玉堂悲玄鳥故國望星辰素月忽經天鵙鴂不可因憂時匪吾事遠念何酸辛位卑懼爲罪言孫遇翁屯春暉一終曲忠孝兩斷斷咄哉眉山叟銅斗豈足論

又錄韋蘇州詩題後云違華卽冲漠散性難自整豈云與俗殊意獨得沈省平生一深念異代愛雋永三歎古之賢曾同惜徂景

又錄柳州詩畢題卷後云河東文章伯童冠拔時選翩飛觸世網壯歲坐遷轉盛名自取病衆詬實不淺懲疚辭徒悲晚景遇翁蹇麗思鬱欲流驚才踴未展

横經眇心貫。讀騷儼躬踐。蓄悲語離奇。取幽氣奧衍。發爲澹蕩作。噓吸出墳典。五言暨七言。老手廢雕篆。每放寂寞遊。偶託釋老辯。鮑謝方抗行。李杜足非靦。以兹夐妙篇。千古解宜鮮。當代競宗韓。北辰故易顯。那知東方曙。啓明上雲巘。晴窗與往復。塵慮得驅遣。心折弔屈文。語息特修謇。偉人不世出。我輩類狂狷。懷哉文先生。吾硯蝕秋蘚。

讀以上數詩。足以知蘇堪詩功所自出矣。君嘗使余題詩卷後。卽效其體云。幽人張玉琴。遠在江水湄。相思積素襟。忽誦懷袖詩。君詩我夙好。矜寵負高姿。發爲論詩言。審音多微辭。於唐知柳州。昭代知東癡。更端他說進。廓如辭闢之。匪嚴誰皋陶。非隘無伯夷。時人偶啖名。藉藉空嗟咨。未解嚌眞味。焉知辨豪釐。被服必顏朱。周旋動謝規。諒非志嘐嘐。夷考行已違。詩教本性情。六義各有宜。隘也匪直嚴。有間豈在微。君言信盤深。我道非駢枝。跂足苟有極。異同復何爲。君以此詩爲精進。尤賞微韻二語。

林暾谷旭年二十餘卽自刊其晚翠軒詩。余實主張之。因乞爲敘。草草不成文章也。尙有未刻詩數十首。視已刻者尤勝。稿多在余處。張園卽目呈石遺丈云。深篁傍水飄蛛網。中有拒霜照眼明。窮巷幽姿端可比。秋風斜日若爲情。殘荷前日看猶在。遠客臨行思自生。聊欲吟詩當報禮。仁人新敘敵連城。海西菴憶梁伯烈云。端坐能窮萬物姸。江波日日自洄漩。信知丈室維摩詰。得傍瓜廬焦孝然。賢守早亡長遠客。山僧深閉亦安眠。枇杷千樹眞過我。來値繁霜十月天。（自注節菴愛晚翠軒之名。欲爲作記。又言焦山此樹最多。宜以軒屬我。鄭蘇堪有幕中枇杷詩。皆繁霜身世也）無題云。錦車使者歸來日。霧閣雲牕又起家。楚岫夢回洵美矣。漢宮望久詎非耶。君王自失河南地。顏色能驕西海花。生不逢時尙傾國。肯將薄命續琵琶。南塘詩三首云。南塘水漲多新景。河瀆神祠壓淼潺。桅影檝檝過屋角。水鷗跕跕下花間。鋪行雜器堆船賣。士女春衣上冢還。風物荒城惟有此。卻思歸路可追攀。南塘水漲多新景。連日無妨取醉吟。窮眼難逢花滿院春愁誰見柳成林依依酒半將移晷朵朵闌前欲去心上已清明歸併了只除行樂總休侵南塘廟裏花爭好我與櫻桃獨有情來度清明思略似回尋詩句夢頻更（誰念離人愁欲絕櫻桃花下過清明甲午京寓詩）柁樓驚豔闌前過絃柱含聲醉後鳴拌合要將愁力勝不堪風景滿前生南堤桃花紅白雜開云堤根數樹對泱泱傅粉施朱自試妝淮水東流思不盡春陽欲暮日初長山僧栽種開誰管游女經過折亦強自被詩人誚輕薄柳陰不妒有鳴榔送春擬韓致光云循例作詩三月盡眼遭飄落太驚心折成片片思全盛綴得疏疏祝久禁肯記帽簷曾競戴無情屐齒便相侵多郎漫把傷春酒早日池塘已綠陰全是后山集中學杜得意之作第三首稍爲别調爲賽金花賦也賢守謂王可莊

蘇堪爲詩一成則不改在天津時與余書所謂骨頭有生所具任其支離突兀也陳弢菴寶琛則必改而後成過後遂不能改謂結構心思已打斷矣罷官鄉

居有作必就商於先伯兄木菴先生書伯兄有與弢菴夜談云貪涼初夜垂簾坐新月辭人早上樓斜漢漸中秋指顧空階如掃露沈浮咫聞乍愛貞元士癖好誰甄雅故流落與閒中商句法定交京兆馬籠頭又呈弢菴云元祐諸公天人姿慶曆聖德天所毗既清海甸卷懷已不殫厥鍔焉施爲鄉黨流風要人紀文獻晻昧煩探披泉虛石佇蓋可負況詠華黍賡參差青春登朝強仕歸猿鶴懽喜迎龍夔摩崖浯溪興不衰老於文學今其誰溫良顏色入座有時以句法相質疑龍章鳳姿愛龍跛亂頭粗服參旎氅東屯西瀼隔還往歲四五至窮昏曦坐公聽水之齋思松篁琴筑彈流澌山礐踏月夜半至挾卷報道詩尋醫又弢菴以詩商定復寄一首云窮巷誰敲月下門奇疑正許夜深論千金呂覽難加點五善皇華有夙根秋露如珠棉覺薄書燈帶穗墨無痕披衣作答旋攲枕反覆尋思勞夢魂又即事書懷示弢菴云句法危疑鯁在喉移時不吐是吾憂老來大事無他屬悟得勞生未放休食蟹看花行且近依仁游藝復何求料羊

甕甓皆前定此意當年況白頭伯兄既逝弢菴亦復出山在都數年有作則必商定於余今年六月復以全稿屬去取病中尙爲圈點數册約存六百首勸刊行之。

同年陳伯嚴弢菴典試江西所得士丙戌余在都門已丑在長沙聞張鐵君亨嘉屢稱其能文見其遊廬山詩一卷學韓與實甫諸人同作者後識李亦元希聖言君爲文在陳承祚范蔚宗之間遲之又久始相見君已中更患難憔悴垂垂老矣贈余一律云勝流沈乙盦鄭蘇堪抗顏行說子淵淵無盡藏狼籍詩篇爲客久摩挲擫具看人強過逢江漢頭俱白上薄風騷氣獨蒼更欲用心到聖處坐收俊語挂奚囊（自注君有選刻朋輩所爲詩之意）余次韻二首答之云匡阜東南一太行扶輿元氣久深藏陳徐不作憑誰繼虞揭而還覺汝強滾滾沅湘流涕盡栖栖江漢鬢毛蒼題襟贈縞酸寒否待轉風輪豰土囊東治亭邊字數行誰知懷袖卻收藏聞聲廿載纔今雨把臂千秋幾古強河嶽殷璠看

落落海山表聖說蒼蒼雁聲悽戾西風裏詩榻離披冷隱囊時余方喪伯兄曾重伯亦相知十餘年而後見面癸卯在都次冒鶴亭韻贈余因題余元詩紀事後云置酒新亭便可悲如山退筆未能奇見君磅礴傲新界告我踞觚捐故知楚士蒼涼窮北望閩山秀絕最南枝論詩常恨無周譜喜得因君獲導師余亦次韻答之云渭城唱徹總堪悲況汝驚才世所奇兩面又千萬里別二人早十五年知桓伊遜此笛三弄吾衍報之簫一枝欲識蓬萊深淺事只宜重問李師師謂亂後聯軍入都儀鸞殿中事

庚寅在上海從袁叔瑜緒欽處始見易實甫所刻丁戊行卷及出都吳蓬樊山沌水蜀船巴山錦里峨眉青城林屋游梁摩圍閣各詩卷學謝學杜學韓學元白無所不學無所不似而以學晚唐者爲最佳後又從葉損軒處見其魂東魂北各集古體務爲恣肆無不可說之事無不可用之典近體尤惟以裁對鮮新工整爲主則好奇之過古人所謂君患才多也庚子過武昌出魂西集屬題余

戲效其體用魂西二字爲韻云華裾客子過題門几上牛腰束筍存萬里麻鞵行在所一囊古錦樂遊原堂堂國事西臺哭草草交期北夢言欲喚臨川湯玉茗爲君宛轉記還魂體格唐三十六齊更將五十六評題潼關華岳新高掌林屋匡廬舊赫蹏令僕黑頭方衰衰才人白下尙栖栖樊南甲乙樊川兩肯讓樊山與漸西舉止生硬效顰終不似也

葉損軒郡丞爲詩三十年寢饋於漁洋樊榭語多冷雋梁節菴鼎芬亟稱之刻有寫經齋稿四卷余最愛其和先伯兄一絕句云敝廬校禮蘖垂成同谷羌村夢屢驚只算寒山尋拾得一無人處兩人行時吾閩方有馬江之敗損軒方讀禮招伯兄避兵陶江陶江一名陽崎兄居上崎楞巖損軒居下崎玉屏山莊中隔一水日夕過從兩人外皆田夫野老也未幾損軒官江南見實甫魂東諸集喜之頓改故步續稿又續稿七律詩十居八九惟求裁對工整視舊作若出兩人矣

舊在損軒齋頭見節菴詩卷經其評題圈點者佳處多在悲慨超逸兩種如與往思友生悲來涕山川到門驚老大臨水與徘徊兩湖舊種應成果他日重逢莫問年纔見一筵笑俄分百里天千齡一日積此日誠艱哉觴急可以綴花落還當開百年紅燭短一水夕陽深花前絮後無人在檢點青苔月色昏江水不可涸我淚不可乾客行頭漸白人坐燭微紅一水飲人分冷暖衆花經雨有安危聞鶯未識誰家柳臨水難回少日顏園丁未服生疎鶴春色猶妍老大藤漸與世疏詩筆放偶緣春好酒杯寬衝船雙鷺去列岫一亭收事過百年人始貴我無一物意還多啼風一鳥驕臨水數花諂諸聯皆可入主客圖者節菴少入詞林言事鐫級歸里又避地讀書焦山海西菴乃肆力爲詩時窺中晚唐及南北宋諸名家堂奧時王可莊修撰仁堪方出守鎭江素弟畜節菴時資給之故有謝王二太守兄送米詩云侏儒欲死君弗治淸談可飽吾不飢山樓曉覺叩門急行人喘汗知爲誰忍菴吾兄念覊獨新收官俸聊分遺尙嫌薄少意未盡

那用鄰僧乞送爲我生天幸百不死適吳一賦猶五噫疏慵未寫魯公帖覩此溝壑如居時艱難一粒亦民力無功坐食還自嗤丈夫會須飽天下豈以瑣屑矜其私江南百姓待澤久請從隗始鋪仁慈書生喜作大言亦作詩成例應爾也後可莊既逝君有過鎭江一首云脫葉嘶風欲二更燈船夜泊潤州城芳菲一往成凋節言笑重來已隔生寒鳥淒淒背江去疎星歷歷向人明此行不敢過衢市怕聽窮簷涕淚聲屢見君以此詩書扇贈人蓋黃壚之感深矣伯嚴亦有二詩詩意極相似由九江之武昌夜半羈郵亭待船不至云廬峰長影插江流濤白煙靑頰唾秋強臥郵亭數星斗孤明燈火聚鳧鷗支離皮骨殘宵見生死親朋一念收魂夢十年迷玉笛茫茫開眼此淹留過黃州憶癸巳歲與楊叔喬屠敬山汪穰卿同游云提攜數子經行處絶好西山對雪堂勝地空憐縱歌詠諸峰猶自作光芒黿鼉夜立邀人語城郭燈歸隔雨望頭白重來問興廢江流繞盡九迴腸山陽子期所思尤悲苦也

伯嚴論詩最惡俗惡熟嘗評某也紗帽氣某也館閣氣余謂亦不盡然即如張廣雅之洞詩人多譏其念念不忘在督部時督武昌其實則何過哉此正廣雅詩長處如正月十七日發金陵夕至牛渚云牛渚春波濺漲時武昌官柳已成絲東來溫嶠曾無效西上陶桓抑可知九曲亭云華顛文武兩無成羞見江山照旆旌只合巖棲陪老衲虛樓掃榻聽松聲其二云矜此勞人作少留卻煩冠蓋滿汀洲隔江欲喚楊夫子載酒攜書伴我遊（自注黃岡教諭楊君守敬）胡祠北樓送楊舍人云煙攬離腸酒易醒搴蓉絹芷送揚舲鬢邊霜雪秋催白山勢龍蛇雨洗青剩有讀碑思峴首不辭攢淚灑新亭淒清喜有寥天雁且破愁顏北向聽秋日同賓客登黃鵠山曾胡祠望遠云羣公整頓好家居又見邊塵戰伐餘鼓角猶思助飛動江山何意變凋疏三年榮色灾仍潛一樹巖香老未舒我亦浮沈同湛輩登盤愧食武昌魚九月十九日八旗館露臺登高賦呈節菴伯嚴諸君云磯上巖城晚吹涼凌風壯觀補重陽柳仍婀娜秋生色荷已離披

水吐光風動白波寒楚佩夢回青瑣在江鄉寒煙去雁窮懷抱強爲羣賢一舉觴以上數詩皆可謂緜邈尺素滂沛寸心廣雅堂集中之最工者然東來溫嶠西上陶桓牛渚江波武昌官柳文武也旆旌也鼓角也汀洲冠蓋也以及峴首之碑新亭之淚江鄉之夢青瑣湛輩之同浮沈秋色寒煙之窮塞主事事皆節鎮故實亦復是廣雅口氣所謂詩中有人在也伯嚴不甚喜廣雅詩故余語以持平之論伯嚴亦以爲然廣雅有和日本長岡子爵詩非不語語雅切但隸事太夥而江城習悴慚陶侃齊國多艱語晏嬰一聯以平仄不調改習勞爲習悴幾於不詞然對句自佳

人亦有言弢菴詩有館閣氣余曰弢菴是館閣中人雖罷官居鄉二十餘年究與眞村夫野老不同滄趣名樓則滄江青瑣之思亦詩人循例事也上巳花下悵然有感因和俶玉用昌黎寒食日出遊韻云幽棲近水花不病臘雪孕春開特盛海棠紅過藤始華紫雲羃天百重映人稀野僻足孤賞雀啅蜂喧故無競

懸知京國輸罄妍祇惜禊辰欠觴詠惡風掀空如掃籜狼籍頓毀容妝正明年會有豔陽天似此爛熳恐難更衰榮更迭固其所排斥須臾詎非命風姨很婞少女狂誰使操弄靑帝柄念昔螭頭賜沐歸衆香得氣一陽慶液池瓊島蓬蓬春立馬諦看矍然敬南尋天寧北極樂西上翠微豁清夐側帽平窺韋杜天衙杯自樂堯舜聖鳳城回首十寒食一散風花難合併滄江病臥倘天憐故遺繁英娛野性難消薄福且招妒稍負殊芳例遭橫情緣禪力戰勝難清淚如泉繞花迸春光向闌致可戀新秧貼罽夾荷鏡批風抹月吾猶人種樹養魚是亦政止酒從教議醒狂懶吟翻喜當敵勁君如爲花來已遲除坐綠陰及夏令可謂哀感頑豔矣

論詩文者每有大家名家之分此文人結習也或以位尊徒衆而覬爲大家或以壽長詩多而覬爲大家或以能爲大言託於忠君愛國稷契許身而亦覬爲大家其實傳不傳不關於此昔傳宋牧仲犖位尊金多表章風雅見漁洋詩名

蓋世求得其二十八字引爲比肩云尙書北闕霜侵鬢開府江南雪滿頭誰識當時兩年少王揚州與宋黃州詩出一時聲價增重然百年後西陂一集有不能舉其名者漁洋則全由錢牧齋延譽增重旣爲其詩集作序又贈長句有云麒麟奮蹴踏萬馬喑不驕勿以獨角麟儷彼萬牛毛用宋文憲贈方正學語也又采其詩入所撰吾炙集詩序至云貽上之詩文繁理富銜華佩實感時之作惻愴於杜陵緣情之什纏綿於義山其談藝四言曰典曰遠曰諧曰則沿波討原平原之遺則也截斷衆流杼山之微言也小雅之復作也微斯人其誰與歸推挹無以復加矣牧齋黨同伐異極詆竟陵故盛獎馮定遠及漁洋以敵之漁洋筆記詩話屢舉以夸示於人又復位尊年高門弟子衆所謂橫山門下尙有詩人者沈歸愚德潛受業吳江葉氏爲漁洋再傳弟子一時又以年高位尊主持壇坫也貪多愛好朱王並稱竹垞亦壽高而詩不少然以檢討退休飲水著書則位不尊矣吳慶伯詩多過於劍南世無能舉其名者錢香樹陳羣亦年高

位尊與歸愚有天下二大老之目今誰問其集者蔣藏園士銓袁簡齋枚趙甌北翼皆以詩篇富有有志爲大家蓋明以來何李王李之徒大抵然也然劍南萬首樂天三千首外杜則僅踰千首韓則不過數百又何嘗以多爲貴哉近人樊樊山增祥已屆萬首易實甫略相等余送實甫之官詩所謂漸西樊山舊同調賦詩刻燭乘公餘艱辛容易各有致樊易叉手袁撚鬚冰堂高足得三子于湖牛渚悲云殂者也袁爽秋昶有于湖集所著書皆署漸西村舍作詩冷澀用生典與樊易二君皆抱冰堂弟子而詩派迥然不同葉損軒嘗以況晚翠軒集故東谷有夫子談詩迥不羣及絕似蕪湖袁使君之句

樊山詩才華富有歡娛能工不爲愁苦之易好余始以爲似陳雲伯楊蓉裳荔裳而樊山自言少喜隨園長喜甌北請業於張廣雅李越縵心悅誠服二師而詩境並不與相同自喜其詩終身不改塗易轍尤自負其豔體之作謂可方駕冬郎疑雨集不足道也嘗見其案頭詩稿用薄竹紙訂一厚本百餘葉細字密

圈極少點竄不數月又易一本矣余緝有師友詩錄以君詩美且多難於選擇擬於往來贈答諸作外專選豔體詩使後人見之疑爲若何翩翩年少豈知其淸臞一叟旁無姬侍且素不作狎斜遊者耶

實甫少作工者至多山水遊第一詠物次之疊韻詠芍藥句云春疑三月閏夢醒十年狂北地傾城色西天聚窟香自憐天下色生不作花王西子歸時恨東皇去後香春似中唐晚人如小杜狂疊韻詠牡丹句云七寶樓臺臨洛下六宮粉黛讓昭陽樓臺露重衣裳濕宮殿風微笑語莊雲如赤帝來時氣風在紅兒立處香剪來十萬雲霞片收盡三千世界香平望句云眺來平楚蒼然色聽到中吳白者聲（宋書樂志有白者歌即白苧也）錢唐雜感句云陌上有歌歸緩緩江東無氣鬱葱葱北人自昔難歸北西子而今尙住西荊州懷古句云無邊野色朱公冢不斷江聲白帝城景升兒子皆豚犬秦國婚姻是虎狼六代霸圖終翼軫一家兵禍起晨參哀江南賦如哀郢悽絕才人異代心白帝城懷古

句云。漢朝未改黃皇室。蜀土終成赤帝家。峨眉登眺句云。五嶽外留餘氣厚。九州西見此山高。山行至常道觀句云。樵聲應谷如千萬。僧影臨溪恰一雙。雨後返常道觀句云。十里白雲如墮海。半天紅葉欲燒樓。舟中卽事句云。綠頭呼鴨鴨。白項聽烏烏。天竺道中句云。一笠夕陽色。來從黃葉中。竹禽穿冷翠。山果墮危紅。略舉十數聯。古錦囊中物。未易悉數也。

醉後短歌云。秋色太湖來。漁竿落吾手。釣得四顋鱸。攜歸貫之柳。三高祠下帆八測。塘邊酒一醉。水天寬。浮名復何有。三生石云。夢裏還將舊夢尋。吳山越水淚痕深。千人石與三生石。知我南來一片心。西湖柳枝詞云。天替湖山聘阿嬌。唐宮眉樣楚宮腰。儂家第六橋邊住。讓與梅花住斷橋。萬縷鴉痕染夕陽。一般顏色女兒箱。趙家銷盡金多少。糁得西湖似酒黃。枯樹傷心賦幾行。替他南渡寫滄桑。垂楊自是多情種。莫化才人化帝王。千年風月百年人。一樣湖山兩樣春。輸與楊枝管哀樂。送完南渡又南巡。松滋渡云。紗帽隨鷗鳥。（杜子美句）

漁歌激楚辭（孟襄陽句）詩人何處所惆悵過松滋巴東秋風亭懷寇萊公題二十八字云學術深時心術亡澶淵相業自堂堂諸公解讀霍光傳更請從頭讀孔光題道旁紅梅云豔色空絕世荒山猶冠春頹顏不可犯似遇高唐人司馬相如云賦筆徒閗冠兩京朱絃纔識倦遊情梁園雪與文園雨便爲相如送一生

余九歲時先伯兄講授唐詩自秋徂冬王孟韋柳詩成誦一二百首上及陳伯玉張曲江之作次年乃及李杜與晚唐十餘歲時已習舉業然有終年學爲詩日課一首者時閩人詩極陳腐襲杜之皮而木菴先兄年二十餘出語高雋渾成絕無所師承天才超逸然也所與遊者惟陳子駒明經（遹祺）徐雲汀孝廉（一鶚）李星村太學（應庚）楊子恂庶常（仲愈）林希村秀才（如玉）數人則才華自喜自命能爲玉溪生杜樊川近體者伯兄久而厭之同治季年乃與葉損軒中書徐仲眉副將陳芸敏編修倡爲厲樊榭金冬心萬柘坡祝芷塘輩淸幽刻削之詞

京師淨名社降神移至閩劍池冶亭烏石山雙驂園陶江玉屏山莊時時夜集驂鸞倡和集動厚盈寸今此册已亡甚可惜所存零星殘闕猶記至閩示同社諸子其一云江波綠上郭西門潑眼山光媚酒尊鴨脚雞頭生事足兔葵燕麥幾家存半扉水落留魚髮一桁霜晴曬犢褌來向荒龕尋十子寒泉秋菊剪燈論其二云綠榕城郭畫中來海氣層空撥不開鸛鶴高秋盤大野蛟龍獨夜嘯危臺叩闕金鼓三傳箭橫槊樓船數舉杯瘦馬羸童渡江去將軍孤負令如雷其三首二句忘之餘云自擕方竹尋華洞又裹乾魚禮幔亭寂寂落花書庫改茫茫秋水墓門扃九原泉路交期在頭白山陽倚笛聽其四忘之矣第一首言由上游入閩先至西郭外小西湖訪湖上宛在堂詩龕諸先生及所見景物次首言明末清初唐魯二王鄭成功耿精忠諸割據事釣龍臺王氣已銷也三首又回溯所經西路山水武夷玉華洞諸處結言生死交情也

又冬夜一首云南方雨硬不成雪東道風流只憶雲雲在山中正高臥因風過

雨又逢君漁衫袯襫寒於島詩祭篬篔掃向墳十種楞嚴一摩勒紅爐雪點欲何云又鬼語一首云鬼語出深竹細聽殊寂然搴帷下階立松際月初弦清露泠泠下蛛絲濕可憐蒼苔怨延佇化石早梅邊猶憶見其下筆時一語一轉愈轉愈僻至第七句幾於無可著筆矣第八句出共歎語有化工

又一夜黃石齋先生降神五古三十韻字大如斗只記首四句云蚌枯珠走盤蠶死絲在籰文章有光焰妙手乃丹雘末十一韻云著錄九經富擁書萬卷拓號宅五柳排編籬六枳絡倉皇赴時難此事竟濩落衣冠歸首邱述作散寒槖發輿渡江水夜闖星影爍羣喧何崩騰此士實謇諤信知歲已寒嘹唳感孤鶴風雅久悼喪惟以資浮掠海濱昔何地倏忽閉氣索文章辨器識願子舍盧駱西方念碩人毋爲長秉籥余素不信有鬼神事亦坡公對米老辯顛所謂吾從衆而已

木菴伯兄四十以後倦遊能爲醫奉母不出者十餘年村居陶江城居龔氏雙

驂園武陵園損軒芸敏皆出山乃與陳弢菴閣學龔靄仁布政易圖劉特舟州牧玉墀游具林壑琴尊之樂歲得詩百十首盡棄少作論詩宗旨略見前後與損軒諸詩有損軒見過去後擬作論詩僅得六首云萬派同流學海瀾豈知古調是重彈更相爲笑都無當止作貧兒暴富看八代文章枉起衰馬班爛調豎儒知由來耳目爭新樣不廢江河果是誰焚書豈識更求書萬古洪荒到石渠黔首不曾愚一箇翻教人世重鈔胥博奕能消飽食身一般無益敝精神翰林土地倡家柳各有千秋抹淚人當時雅頌萃承平捷徑終南結伴行今日妝成屬天寶不應情性太憨生新城秀水名家子愛好貪多亦自佳若使編詩容諫諍盡刪蜀道削風懷又論詩示損軒云亂頭粗服吾何敢鳥語蟲吟得自由不信古人傳作地篇篇札闥寫洪休春蘭秋菊不同時下筆先知認我儀燈火光村魂魄在那能更和達官詩乾坤眞氣漸淪亡剩有毛錐一寸長不與前人塡故實自家一一說衷腸驊騮捕鼠不如狌補履干將勢不行各自分茅何礙事

故人情性太分明

又答損軒云偶然問答託神形不擬詩來款竹扃寫意蟲魚非注雅驚心山海不溫經縣官手段武虛谷教諭頭銜宋既庭落向水郵覓秋興止宜同醉莫同醒又作詩云作詩未必輸古人傳詩未必到細民國風十二多題者考亭作傳休斷斷又題漁洋精華錄云一代唐音起射洪不爭才力盡沈雄于公陰德瑯琊蔭想見昇平氣象同又戲爲絕句儆杜老云健筆盤拏不肯直費人懸解是吾師他年嗤點關何事且復相逢千載期句法若能順流俗須知此事市門如師資一遠塵容出不讀法華須讀書漫興尋花老不聊尙餘酒美得相招儂今終歲不把盞日出茶湯空自料

任是如何景象俱寫得字字逼眞者惟有老杜其餘則如時手寫眞肖得六七分已歡喜過望矣杜如旁見北斗向江低仰見明星當空大寫出曠野夜行景暗水流花徑春星帶草堂飛星過水白落月動沙虛擇木知幽鳥潛波想巨魚

寫出無月夜景雷聲忽送千峰雨花氣渾如百和香寫出暑天鬱蒸將雨景震雷翻幕燕驟雨落河魚則眞大雨景矣樓雪融城濕宮雲去殿低眞雪後陰天景

西川有杜鵑東川無杜鵑涪萬無杜鵑雲安有杜鵑此殆學魚戲蓮葉東四句而不可常爲者也巨刃摩天揚刺手拔鯨牙舉瓢酌天漿此大言欺人非眞有其事者也奇莫奇於千巖無人萬壑靜十步回頭五步坐妙莫妙於一重一掩吾肺腑山鳥山花吾友于快莫快於靑惜峰巒過黃知橘柚來江流大自在安坐興悠哉壯莫壯於豫章翻風白日動鯨魚跋浪滄溟開横莫横於白摧朽骨龍虎死黑入太陰雷雨垂及其細膩風光也則一蝴蝶而云娟娟戲蝶過閒幔穿花蛺蝶深深見矣一蜻蜓而云點水蜻蜓款款飛無數蜻蜓飛上下矣一鷗也而云片片輕鷗下急湍但見羣鷗日日來相親相近水中鷗矣一螢火也而云暗飛螢自照巫山秋夜螢火飛疏簾巧入坐人衣矣所謂體物瀏亮也世徒

賞其孤雁不飲啄促織甚微細而已

堂前撲棗任西鄰無食無兒一婦人不爲困窮寧有此祗緣恐懼轉相親開宋人無限法門世徒賞其帶甲滿天地致此自僻遠而已

漁洋山人自喜其螢火出深碧池荷聞暗香之句謂可擬范德機雨止修竹間流螢夜深至二語漁洋最工摹擬見古人名句必唐臨晉帖曲肖之而後已持斯術也以之寫景時復逼眞以之言情則往往非由衷出矣蘇堪少日嘗書韋詩後云爲己爲人之歧趣其微蓋本於性情矣性情之不似雖貌其貌神猶離也夫性情受之於天胡可強爲似者苟能自得其性情則吾貌吾神未嘗不可以不似似之則爲己之學也世之學者慕之斯貌之貌似矣曰異在神神似矣曰異在性情嗟乎雖性情畢似其失已不益大歟吾終惡其爲佞而已矣韋詩淸麗而傷雋亞於柳多存古人舉止則高於王遺王而錄韋與其不苟隨時然亦不可與入古柳之五言可與入古矣以其淵然而有渟也柳之論文也曰得

之爲難韋之爲韋亦曰得之而已矣弗能自得其性情而希得古人之得盡爲人者也蘇堪論入古處尙有古之見存其論性情神貌則固淵明問答之旨濠梁魚我之機也戊戌余與子培同居武昌夏暵如坐甑中一日逭暑於漢陽伯牙琴臺傍晚隔江有雨稍分涼氣入夜月出呑吐壞雲裏俯視臺下湖水萬荷不辨花葉螢火數十點浮沈其間微風蕩之高不及臺而墜忽忽坐達曉有句云風螢升復沈雲月出還閉露坐遂到明俯仰是何世寫螢火尙未蹈襲前人意當時眞景物如是也後在都中夏夜獨遊翠微山靈光寺寺故閟壯兵火後壞垣榛莽佛屋僅有存翠微公主墳已頹大半一畝廢池在其下荷葉數百柄少花高柳數株池上爲寶竹坡先生廷讀書處罷官歲必數宿焉其廬已燬有泉涓涓出石竇注於池坐池上待月得詩云寺後孤峰冠翠微畫師偏喚虎頭癡空山待吐二更月淨土唯存一畝池螢火荷香深碧裏流泉石竇細鳴時坡公百宿題詩處桑海茫茫愴痞思則猶是漁洋先生之螢火矣

竹坡先生壬午典閩試歸途取江山船女兒爲妾自上書舉劾落職在官喜言事繼吳柳堂可讀後爲穀帝爭繼嗣者蠭起公言最切直遂不復起用生平嗜酒耽詩好山水遊使車所至必搜奇訪勝流連旬月不能去登泰岱入武夷泛太湖上金焦足跡徧兩峯三竺罷官後時與窮交數人及伯福仲福兩公子徧遊京東西諸山歲得詩數百首居常貧乏不能自存賴友朋資助得錢則買花沽酒呼故人賦詩酣醉余嘗春初見公着敝緼袍面破殆盡綿見焉偶遊昆明湖遇公於湖上酒家則酩酊而行踸踔矣公詩天才豪宕以曲達爲主五言近體時近右丞嘉州餘則香山擊壤放翁誠齋近人則初白隨園北江船山長短數千首遊山者居其七八田盤一集尤爲劖刻妙峰香山翠微桑乾戒壇潭柘諸處公之龍門八節灘也冷家莊三家店靈光寺諸處公之行窩也公有西山紀遊行田盤歌及七樂三長篇皆一二千字可當遊記古賦讀

雨中登南嶺靜室云冒雨登南山行行雨漸歇俯見滿澗花仰見滿峯雪山中

見杏花云今年春歸早行矣留不住相追入深山餘春猶未去南風穿澗來殘花紅滿樹綠陰迫難待新葉已潛露生機無暫停觀物理可悟田盤云田盤如瘦人骨節皆露外山靈戲遊人有意弄奇態徑無十步直石有萬種怪燕薊多名山屈指此爲最冷家莊云山村四面花花多人家少山靜不逢人滿樹啼春鳥日落暮雲深山氣寒於曉夢醒偶成云夢中見青山彷彿曾遊處驚醒不開眸恐放奇峰去山中卽景云暮色四圍合峰巒漸杳冥殘春寒間暖薄酒醉如醒月上花逾白煙生山更青泉聲在深澗入夜尙泠泠季夏之望大雨晚晴二更偕大兒壽富登東峰望月云夜涼雲盡散露氣滿羣峰絕頂一登眺林巒青萬重天空惟有月山靜偶聞鐘賴有兒扶杖無須二客從靈光寺題壁云冒冷赴山寺危途仗短笻尋詩呼客共扶老許兒從冰下水聲細雪中松色濃明朝合開霽同上最高峰山雨用廣化寺春日題壁韻云卽景索新句牆頭舊韻存黑雲山角寺紅樹雨中村恍惚峰難辨迷離澗半呑同遊少佳客詩律與兒論

季春之望遊西山和公玉韻云煙霞眞有癖行樂忘艱辛忍負春如海欣逢月滿輪鶯花嫌老病山水愛閒人莫說來遊易登臨亦夙因之西山途中口占云秋深出西郭迢遞望禪關霜後換新樹雲中忘舊山好遊愁老近多病幸身閒賴有同懷客孱顏不憚攀西山卽景與伯從集詩牌云閒遊任行坐無處不春光一水高峰護數家深谷藏山雲濕芳草花氣煖斜陽遠望重重隔紅桃雜白棠靈光寺溪上偶成云南園韶景最宜人稱著多愁積病身水滿山溪隄柳潤雪消巖洞石苔新久看髮白寧中歲纔見花紅已暮春歎息浮生如此速且將歡笑易悲辛下愁兒嶺隔河望藥王廟云年來有例作春遊天許閒身得自由欲藉煙霞祛老病聊將詩句寫心憂隔河村近難分路繞寺花多但見樓振刷精神對佳景愁兒嶺過莫言愁以上皆先生山中之作閒適可誦者憶丙戌在都公留飲分韻賦詩極道西山紅葉之勝約秋來同遊怱怱南返迄未追陪後二十餘年同弢菴畏廬至祕魔崖壁間題字尙如新賦二十八字云尙餘二客

話山邱卅載門生共白頭絕似平山堂下過龍蛇飛動壁間留

都下詩人十餘年來頗復蕭寂自余丁未入都廣雅相國入樞廷樊山實甫芸子俱至繼而弢菴蘇堪右衡病山梅菴確士子言先後至計余居都門五年相從爲五七言詩者無慮數十人討論之契無如趙堯生（熙）陳仁先（曾壽）進學之猛無如羅掞東（惇曧）梁衆異（鴻志）黃秋岳（濬）堯生以詩名有年所作無慮數千首掞東諸子肆力爲詩不三數年也

石遺室詩話卷二

舊歲冬月秋岳有感事詩一百十韻云天女威靈替黃神統緒彰過秦餘賈誼興漢起張良薄雪消寒會殘燈獨夜房孤吟勞躑躅長句著興亡勢轉擒胡月歌成破虜章握乾臨夏宇出震溯東方女直山長白曼珠氣內黃申胥初拯楚回紇竟侵唐讖應三宮桂城屠十日揚魯唐膏斧鑕闖獻笑蜩螗編籍龍區種遷藩虎戮倀雷霆嚴禁網雲日護靈囊南闕三苗地西降兩面羌但誇清海岱幾見棄河湟青海來回部金川蹋犍牂耀功七德舞横海十花檣猛鷙威如贙沈猜疾比狼峥嵘文字獄拖沓狒猩裝四庫盈緗帙長渠浚竹塘羅名千叟宴鞠臆八旬觴自信施長策常期永耿光積威弦上箭鉅痛檻中羊敧器盈斯溢淫刑法已涼撫躬矜帶礪迴念欸滄桑妖孽延川陝潛兵犯殿牆曾無戢亂意足慰輟耕望粵海輸鸎粟舟山覆雀航逋臣增國恥幻夢侈天欀兵燹圓明刼乘輿避暑莊驟驚龍駕迴竟羅豹房殃五嶺烽烟急三江羽檄忙艱難憐左李

忼慨歎洪楊已見傾全局居然復舊疆神符猶在握天弩自收芒元結中興頌
盧循續命湯梯航通遠譯風會貫重洋臥榻容鼾睡陰謀搤項吭一人忘顧諟
羣牧任披猖宮掖成相厄巖廊乃不聾舳艫亡日本藩屬失狼胱感悟迴明睿
憂虞飭紀綱層陰方訿訿郅治遏泱泱變法爭譏鞅懷忠竟殺萇駴疑藥瞑眩
緜惙疾膏盲減膳堯衰顇垂簾姒假裳斂財侔地媼事鬼惑天潢槐簡巫迴儛
紅燈咒渺茫戈船環渤海車駕蒞咸陽和局元臣殉軍需歲幣償肉懸人鼎俎
魚累火池隍回馭哀初切端居志已荒虎神千壘燼龍刼兩宮喪太極臨軒穆
東平攝政蒼小侯兼宿衛大吏恣賕贓集苑多烏烏踰垣等寇攘桐珪分管蔡
貂珥列金張京兆雙瓊博邯鄲大道倡上書刀斷指下詔肉醫瘡社鬼東鄰哭
靈星北戶禳爾曹傾一旦先帝淚千行敝俗銷清議名流溷濁漳休徵箕掃井
騷擾蟹將糖新檄馳巴郡嚴兵墮武昌退朝憂咄咤毁室恨徬徨傳箭初蒐乘
投籤遽拊髀貔貅臨漢口旌旆據秦倉破竹原無敵乘流固莫當揭竿咸禡纛

裂土各珪璋山左蕘吳漢江州拒史祥張巡誠勇決高克任翺翔設險紅衣礮崩雷突火槍歃盟書衵服失水棄餘皇露布收安陸降旛出建康南封征鹵將北築翦吳堂霸楚推黃歇征川殺魏卬車書新軌畫槊戟動參商父老三章約風波一葦杭北軍除呂祿季漢倚袁滂大寶知難祕同舟力共劻威弧張殺伐義旅迓壺漿富弼專和議蕭何窘轉糧郡王誰北地帝子泣芒碭輓粟愁爲繼團沙孰與量枉令懷翳綬唯解鐍金箱叔寶心肝盡淮南肺腑傷輸緡招卜式竊國議田常兵諫非云譎人謀實不臧豆萁休喑泣斤斧鎮相戕江轉新林浦雲屯石子岡弭兵辭向戌縱敵諫文鴦必死千夫指難迴百鍊鋼楚弓同得失漢幟覩飛颺不逝烏騅馬還驚赤尾魴六師風振籜羣命草凋霜棋局終誰負干戈且未央羣龍无首吉鬭虎股創妨踽踳憂天步嵯峨拜國殤詞華悲庾信身世感黃香顧惜三縑字蕭閒萬里駟玉壺澄素志畫省學潛郎入抱蛟龍筆蟠胸鐵石腸棲遲青瑣闥惆悵綠榕坊舊侶懷蕭艾深憂爲稻粱熒熒窺太白

渺渺望沅湘絲染知難免歧多涕正長貞元原剝復厄閏愼扶將霜露仍南國松楸憶北邙摴蒱劉毅癖麴蘖畢郎狂愍切恒沙刼飯思廣利王笑人聲寂寂投筆淚浪浪他日編唐曆誰當擬柳芳此詩中之過秦論哀江南賦也

衆異自遊遼陽歸詩益深摯哭丁叔雅云恆幹不解捨不祥未可離夙昔具此意持以當告誰叔雅未中壽云胡脫羇羈眞宰豈主張此中存天倪憂貧賤士事達者固不爲至非冠蓋徒憔悴寧所悲獨惜長安市氣類隨風披未來有世界心源終在茲其二云人生有家室苦樂已均半解脫向文字無異益憂患吁嗟吾與子寧免墮此漩長安一攜手文酒見崖岸今年斷還往衡宇幸可望矑情未相接存沒遽爾判過車折馬箠腹痛雜微歎化鶴君倘歸忍見舊時卷送眴谷之官蜀中云朝官勝外吏文酒與韡版舍茲說官味得失當不掩時流落世諦乞外動驚惋延眞去隨牒此意誠不淺峨峨劍門路細雨隨小蹇詩人例遊蜀陳迹那可免堂堂趙侍御贈別語微婉不言行路難但與志游覽延眞幸

念此嗔喝任官長其二云郡將豈足貴所貴能親民親民亦虛語仕宦祗爲身臥治已上考畫諾稱絕倫吁嗟此黔首肥瘠越與秦吏治譬烹魚人才猶積薪積重未可返坐念楊侯仁連帥今世賢懷哉余所陳其三云我詩初不工爲之亦非久就中有甘苦不敢喻諸友何生夙好事鋟版落人手延眞最先覩譽我不去口方今論文字名位爲美醜官卑詩竟好所得恐多苟君今遠作吏此事還廢否絕臺有止境高詠儻不朽吟成幸郵我賸以嘉妙酒

掞東有弔寄禪和尙詩云生死臂屈伸人世無去住法緣彈指頃歸雲無尋處酸辛我豈免亦曰有情故天潼憶兩宿雲氣入巾屨論詩見燭跋示我天痕句（師宿天台詩袖底白生知海色眉端青壓是天痕寫以示余蓋得意句也）他年藏骨地笑指手植樹歸舷得長篇因循滯尺素初驚飛錫來云當十日聚良晤甫隔夕宿約不及曙（師言是夕過訪余謝焉乃約翌晨已示寂矣）西風遲掃門馬背馱禪去（是日師訪雷西楞出門西楞問和尙的禪帶去否師

言你見那裏有禪西楞曰馬上馱的甚麼師曰請乃揚鞭去）禪宗失龍象大雅歇韶濩聲聞兩俱寂問師了無語（師戒體陳涅槃室余入視焉）沈沈法源鐘葉落風自渡幽明我所解夢示王文度向見掞東日購金銅小佛無數積唐人寫經多多益善羅列迦音閣下讀此詩乃知佛馱如意文簡之詩室簡栖之文字禪也馬背馱禪可入破山語錄矣

掞東游天潼呈寄禪上人詩云祇役苦炎威涼颸覓山牖天潼渺何許欲往但搔首午氣勢無逭臨流聊自救一葉從所往清風與之守遠林日已沈大月皓如晝平匳雙鏡動文縠千波皺螢燈亂漁火蛙鼓催鳴漏科頭臥船唇仰面數星斗夢迎風露深一枕試曲肘驚眼明朝暾維舟已谷口僧將箯輿迎幷挾嵐光誘魚磯聚谿童兜籬立村婦山泉奮秔稻畦缺補蔬韭巖居爾何娛不識胥徭宥叢篁翳高厓呼吸涼雲受距剎尙十里山容歷如繡連峰翠逶迤聳秀失培塿高鬟恣萬態姸枝無一醜妙績赴我前一晌落輿後心知難追摹延景疲

左右秀嶺忽當面萬綠入懷袖危磴巀林杪俯氣狎猿狖川原廚列罫谿若揭蒙蔀初疑靈境竭忽笑蠡測陋踰嶺闢前扃下趨落深臼一輿山所圍折旋變昏晝林靄綠如瀉界白但巖溜高松排空來蚪柯恣蟠糾數里深列衙大材足堂構睥睨數百祀儻借佛力佑豈感斤斧赦直犯風雷鬭天半萬玉鳴強聒笙璈奏渺不覩匹練但見雲氣覆四山青濛濛大竹森千畝據高此聚族厚積非自寇崇峰破天慳太白鎮地紐千畝朝所尊肅肅誰敢友禪關豁雄深巖穴儻齊壽琳宮瞥霞起祕閣衒瓊鏤奎章先朝煥經藏勝代有緇徒嚴戒律廣座洪鐘扣寄師出家雄異材挺天授行腳半天下奮髯氣抖擻宏交盡人豪投詩盈篋杻思力幽扃破高論玄穹剖眞宰一何私爲師闢靈鷲噫余困塵鞅老鶴笑顏厚入山豈不深信宿行太驟歸舷袖巖雲合眼飛泉吼

余由暾谷識梁任公當時任公剛弱冠見者方疑爲賈長沙陸宣公蘇長公復生而暾谷言其將深探釋典未幾暾谷寄余一詩蓮池大師塔下作者詩意悲

苦心甚惡之自是遂成佛生天萬古一瞑矣任公一去十數年世界學問無所不究歎其心血何止多人數斗惟詩不多見近見其謝掞東惠寄唐人寫維摩經二首云雷音居士不宿飽日抱唐人手寫經因想上方香積國飯餘毛孔出芳馨燉煌石室森寶書隨風散墮天一隅故人多情遠相餉吉光夜夜生吾廬如見賢刧初成未有日月光音天下降皆有身光飛行自在未餐地肥林藤香稻時也曒谷詩云天外飛禽逐磬音石壇幡影見深深詩人宿具開山手世難旋移卜隱心老樹刺天青自直空潭留日綠還沈有情多是栖栖者初地微茫豈易尋

楊昀谷增犖湛深佛理今年爲佛學會奔馳南北萬里路而未聞其挽寄禪詩君數年來一官都下塊然獨處如苦行僧終歲苦吟有作必以示余與堯生瘦公亂後篋衍零落僅存數首秋日同香宋侍御游西山宿戒壇云秋風吹白雲挂在城西岑一山如馬鞍中有七寶林唐碑漸苔沒石罅花深深坐久夕陽下

數蟬調古琴松濤與鐘磬幷起作梵音吾曹抱冷性涼月初在襟有酒且復酌此樂難重尋倦後夢無據山靈知此心山中同香宋作云亂後石幢在到來秋味眞一龕松入定三日雨留人老至思殘衲山空得古春酒闌同說夢和月問前身贈曇寬上人云卅年留得破袈裟鎭日關門誦法華愛衆常聞申五戒安禪不廢演三車參山度海身將老食粥棲茅願已奢記取松風傳妙偈人間何地似君家壽堯公云坐對黃花憶生日一杯重屬傳鶉觚近來鬬事復安在老去閒情頗不孤詩力驅風斸松石夢痕和月落江湖與君脈脈共秋味誰信人間有腐儒

京都近郭無山重九登高陶然亭幾無容足地己酉余同堯生天寧寺荒臺登高攜酒對飮有詩云趙公健遊者萬里下峨眉隨意登高去聊紓作客悲廢臺遲落木衰鬢短交期只有源源醉多爲數首詩堯生和作云古人不盡當時意歷歷登高總自悲爲客經秋仍往節去年看雪正峨眉（光明厓作重九）功

名歲晚非天予法喜宵寒共石遺（我室惟法喜坡公句也予今年六月事）塔影山光黃葉外因君迴首菊花期第六句言吾兩人共悼亡也次年登高又同在天寧寺則有衆異秋岳諸子皆有詩余與堯生無詩又次年武昌兵事起渡海過登州停船蓬萊閣下又次年重至京師同陳劍潭仍往天寧寺登高寺駐兵不得入時堯生東遊日本因憶舊遊寄堯生去悲哉秋爲氣草木忽變衰蕭瑟僇慄中遠行思將歸往年兩登高西郊挹翠微趙侯及二黃（嘿園秋岳）載酒慰孤羈後至追梁生（衆異）草堂還賦詩去年逢亂離戰場菊方開停舟過之罘傑閣望蓬萊今年尋舊遊趙侯安在哉哦詩上日光秋色正西來紅葉共酡顏流霞入深杯聯轡惟吾宗簪萸雙鬢摧兄弟各終鮮憔悴疑同懷適逢羅（掞東）與黃（嘿園）老兵阻登臺萬事那可必到門車空回其己酉前一年堯生在八里莊摩訶菴登高云樹邊人語見郵莊酒旆風微葉漸黃小坐一餐如旅客出城八里屬良鄉寺經刼火猶留塔秋老山容漸有霜不負騎驢尋野色寒花十

日古重陽其衆異詩云中年哀樂各有在佳節何嘗與人事登山臨水送將歸強借春秋供感慨長安客話今五稔白日堂堂不相貸胥來風雨乍滿城失喜朝暾破秋睡出遊寒食已陳迹到手重陽那可棄傷高懷遠要有託便歷城西訪隋寺避俗逢僧殊可憫入門看塔誰能會塔鈴不作近時語塗人那解西來意平生乘興百不撓少日心情略能記朱顏漸與明鏡辭孤往人間定何世邇來赴事常苦晚要似疲癃難起廢誰知槐市石遺翁早挈秋光歸馬背秋岳詩云秋士困俗喧佳節亦憂惱言尋招提境望遠散襟抱放車出烟郭塵堁沒馳道平林生高風墉陰日色縞浮圖矗雲外峭拔俯蘭橑寺門破袱僧蕪碧勤芟掃荒臺匿樹罅乘興恣探討連山豁西北瘦嶂天所造幽燕入搔首城市聲浩浩今年寒事晚衆綠尚娟好朱顏終難恃嚴霜焉可保蘭臺有詩人攜酒登臨早自慚秦少章得伴後山老（陳無已有九日寄秦覯詩）

江叔海瀚有登石景山同堯生侍御作云勞勞車馬黃塵陌惟有西山不厭看

與客初來登石景去年曾此渡桑乾（客冬由此過渾河游潭柘戒壇）遙峰鳥道高秋出廢院虬松白日寒宦豎豐碑隨處有（西山各寺多明代諸璫建）可憐民力勝朝殫又題堯生石景山詩後云西郊嵐翠待高吟詩思曾看策蹇尋頓使山川發奇彩似聞鸞鶴有遺音三秋不盡登臨興五夜難忘諫諍心抗疏餘閒還蠟屐衝寒更擬入雲深此又燕京登高一故事也詩舉止大方不廢唐響

余初至都冒鶴亭（廣生）爲余賃居上斜街羣木繞屋古槐夭矯拏空是數百年物層楹軒爽稍具亭樹繚以朱藤海棠丁香諸雜花間以湖石棗樹覆之袁珏生（勵準）謂是顧俠君先生小秀野草堂何猨叟題有楹聯云草堂小秀野花市下斜街者也余居半載遂賦悼亡朋輩相慰藉者時過從談讌賦詩樊樊山云傾蓋逢君勝故知春明何意聚牙期悲懷早止辛樓酒選本新添癸集詩（君曾著元詩紀事數十卷尚有續刻）老作斜街花市長貧無背郭草堂資絳雲

舒卷丹霄上比似淵明此最宜又次韻云門多長者駐騑驂門內佳花湧鉢曇
善本棗梨同秀野小園楊柳異江潭選詩斷爛嗤貽上（漁洋十種詩選余雅
不喜）縋井幽光闡所南風雅衰於嘉慶末笑他祭酒詡詩龕（詩龕主人特
好事耳詩實不工）掞東云背城幽築占春深傴石疎花柳十尋舊主尙聞尊
酒帝荒菴今已屬詩淫相從餔啜誇餘子每喜風騷得嗣音更酹清觴慰猨叟
斜街花事未銷沈（石遺精庖節菴誇爲冠絕何道州草堂小秀野楹帖濤園
爲石遺書之）吳絅齋士鑑次韻云居鄰秀野慣停驂相約精廬訪竺曇結夏
槐風舞龍樹尋秋蘆雪滿覓潭眼中廚顧高京雒別後珠厓感海南苦爲潛擘
補遺憾論功計厲合同龕（竹汀先生著元詩紀事未有流傳君銳意成書刊
於江南近又重緝多至數十卷可與唐宋詩紀鼎峙矣）昀谷云斜街記訪俠
君廬小坐貪看月上初便具杯盤皆雅澹微吟草樹亦淸疎秋風一別驚殘臘
閩海應能著老漁傻僕臨池如谷口寄詩端合使渠書（君有僕能詩草書酷

似鄭蘇堪）余詩云三雅門前昔駐驂而今戒酒住瞿曇芳菲合署棗花寺犖确疑分積水潭竹垞舊聞賡日下草堂雕本共江南元詩大有因緣在留得編排地一龕（余舊嗜酒悼亡後大病戒之）

丁叔雅惠康有奉懷石遺老人病狀詩云苦念空齋老病夫近來詩思定何如斜街短屋飛花滿蕭寺華年把琖虛與汝安心寧已了偷閒作計未全疏憑誰更話溫存味慵捲晶簾對道書此見過視病歸後作也余答詩云畸人丁野鶴能訪老迦陵春去愁如海詩來意似冰斜街婪尾藥老屋半身藤君看繩床客枯眠即是僧君又有石遺老人答以新詩覺前意有未盡重申一首云君爲秋士悲多病我久春明意未舒獨夜悽惶竅蚯蚓盈襟塵淚泣枯魚繩床經案原非病藥椀齋糜奈已癯萬事不如痲木好可能言說亦刪除招余集江亭云精藍舊事傳江總座上詩人是古靈半日浮生餘覺夢十年小刼有孤亭無多名士垂垂老如此長條故故青最是道心無住著落英芳甸眼曾經叔雅爲丁禹

生撫部少子家有園林富藏書多精槧鈔本旁及書畫金石瓷器皆足雄視一時而皆棄不顧一身流轉江湖若窮士之飄泊無依者能詩善書精鑒別聲名藉甚當世士夫無不知有丁叔雅在同時三公子中當兄事伯嚴弟畜彥復後留滯京師余識之不數年蹤跡至相密邇事余如兄長余時方喪妻君亦喪其愛妾愛子支離憔悴殆不可爲懷然余遇悲從中來能痛自發洩極之於其所往雖根株碻不可拔亦所謂蹂躪其十二三蓋拗怒而少息者叔雅意既不廣口復不能自宣其湮鬱其不言而自傷者臣精暗已銷亡竟夭天年聞者無不悼痛年來每有所作輒用舊紙錄存余所若預知其將死者少與其鄉曾剛甫參議（習經）齊名客邸所需及病中醫藥身後棺殮皆剛甫一人任之可謂古道可風者矣余哭之二首云叔雅蘊藉人天懷復淡蕩云胡凶短折此理足惘惘我觀人間世攻取日擾攘六極終曰弱寇賊所滋長雖云情與理遣恕時自廣行爲輒拂亂微愠積何往所恃戰勝力摧陷見開朗君胡久相忍譬若癰暗養

我時決使道亦或豁以爽剛柔終異質變化非可強仲宣既尪羸孝章復惝怳
遂令歸無形寒郊送決漭入春哭嘯桐入夏哭叔雅毅豹乃同歸各自發癥瘕
造物汝何仇友朋不我假意行或臨水看花每適野長安塵堁中似此人蓋寡
吹笙彈鳴琴聊復我心寫（嘗與章曼仙伍叔葆數人爲古樂會）風月不用
錢方謂恣陶冶愁人秋夜長詎料燈燭灺聯翩錄新詩蛙紙足揮灑似知生有
涯貽我動盈把行當印千本祭告詩窮者性靈化煙雲知識空般若
叔雅外仁先最憐余者常以詩相慰有云見法空聞喜悅多不堪隱几老維摩
詩能遣恨尋醫去酒可忘憂奈病何在昔高眠動湖海祇今袖手看關河大江
東去風流盡愁絕當筵一曲歌君善飲每對酒酣時余歌大江東去則浮一大
白又次韻答余云早識癰羹勝醢醬如何車馬易鋤犁堂堂人與詩爭老緩緩
春來意更悽萬事都如杯覆水先生不復酒成醯從知千偈初無語應候何妨
故故啼余原韻云刀劍瘢創肉欲虆世間舍我孰泥犁法如可喜妻何戀春縱

非秋月亦悽朱髓青肝歸紂絕冰床雪被試摩醢此寒更比堯年甚漫向旁人作浪啼

觸忤三年傷逝淚花枝不照九原紅漁洋山人梧臺道中詩句也自注云先宜人及兄渾沒踰一年沂沒二年先兄西樵沒亦半載矣又哭兄東亭先生詩注云亡室張宜人以丙辰九月歿予有詩云三載西風雁影分登高淚盡隴頭雲而今腸斷重陽節又採寒花酹細君時方哀西樵先生也是漁洋數年之間喪二兄二子及妻余甲辰十二月喪仲兄乙巳正月喪第三子八月喪伯兄丙午三月喪蘋女丁未八月喪妻而第二子已先喪於庚子噫何其相似也弢菴有詩輓先室人云鸞龍一淚已伶俜潘鬢秋來又損青鶼鳥平生惟比翼鰥魚從此剩長醒檢書睹茗成追憶割俸營齋自寫銘無可奈何還強慰南華元自有眞經自注石遺來告悼亡距哲兄木菴之沒才三載耳

石遺室詩話卷三

工詩難言詩尤不易在孔門惟賜與商可與言詩而文學之子游不與焉子貢穎悟故淇澳之切磋琢磨自知取譬始可云者引重之辭若謂不如是便不足以言詩子夏篤謹倩盼素絢直苦思不解而問之譬以繪事而始喻始可云者僅可之辭若謂今而後乃可與言詩矣子貢聞一知二故曰告諸往而知來者子夏之起予則答問而已康成之箋詩子夏之謹守也孟子曰誦其詩讀其書不知其人可乎是以論其世也又曰固哉高叟之爲詩也又曰說詩者不以文害辭不以辭害志以意逆志是爲得之此子貢言詩之旨不同於子夏者也後世詩話汗牛充棟說詩焉耳知作詩之人論作詩之人之世者十不得一焉不論其世不知其人漫曰溫柔敦厚詩教也幾何不以受辛爲天王聖明姬昌爲臣罪當誅嚴將軍頭嵇侍中血舉以爲天地正氣耶

王逸之注楚辭施宿之注蘇任淵之注黃陳稍資論世錢牧齋之箋杜雖訾之

者謂非君子之言然已十得七八何可厚非李義山陳后山詩有非注斷斷不知其好處者得注乃歎其眞善學杜桐鄉馮氏之注義山考訂翔實實足知人論世諸家無能及者而筆墨之拖沓乃不可耐蘄水陳太初先生沅之詩比興箋眞能撥雲霧而覩靑天縋幽沈而出井底由先生旣深於詩功覈於史事而胸次雅亮文筆高潔又足以發明之學詩者不可不肄業及之也曾滌生十八家詩鈔僅錄一二

比興詩箋亦間有可議者如李陵與蘇武詩箋云蘇李之別友朋與文姬之別母子皆自古至今更無比況之事故文姬悲憤蘇子瞻斥爲贋作以其淺露徑盡與蘇李相反也竊謂不然文姬與蘇李時代相後三百餘年文姬究一婦女耳母子之親非止朋友可比故二詩哀痛質直非身親其境者不能道若出贋作正有許多文飾之詞耳白頭吟箋云玉臺新詠載此篇題作皚如山上雪不云白頭吟亦不云何人作宋書大曲有白頭吟作古辭御覽樂府詩集同之亦

無文君作白頭吟之説自西京雜記僞書始傅會文君然亦不著其辭未嘗以此詩當之及宋黄鶴注杜詩混合爲一後人相沿遂爲妒婦之什云云案信白頭吟爲文君作不始於宋黄鶴李太白云一朝將聘茂陵女文君因贈白頭吟郭茂倩樂府白頭吟末尚有郭東亦有樵諸句殊不易解潘岳哀詩箋云此亦安仁悼亡詩也而有十九首之風遠軼悼亡三章比興之與鋪述含意之與直情固不侔耳案詩中如摧如葉落樹邈若雨絶天雨絶有歸雲葉落何時連葉落五字固足抵千百然必謂流芳遺挂之爲辭費則三百篇蒙楚之錦衾角枕誰與獨旦大車之異室同穴有如皦日皆賦體而非比興也

前清詩學道光以來一大關捩略別兩派一派爲清蒼幽峭自古詩十九首蘇李陶謝王孟韋柳以下逮賈島姚合宋之陳師道陳與義陳傅良趙師秀徐照徐璣翁卷嚴羽元之范梈揭傒斯明之鍾惺譚元春之倫洗鍊而鎔鑄之體會淵微出以精思健筆蘄水陳太初簡學齋詩存四卷白石山館手稿一卷字皆

人人能識之字句皆人人能造之句及積字成句積句成韻積韻成章遂無前人已言之意已寫之景又皆後人欲言之意欲寫之景當時嗣響頗乏其人魏默深源之清夜齋稿稍足羽翼而才氣所溢時出入於他派此一派近日以鄭海藏爲魁壘其源合也而五言佐以東野七言佐以宛陵荊公遺山斯其異矣後來之秀效海藏者直效海藏未必效海藏所自出也其一派生澀奧衍自急就章鼓吹詞鐃歌十八曲以下逮韓愈孟郊樊宗師盧仝李賀黃庭堅薛季宣謝翺楊維楨倪元璐黃道周之倫皆所取法語必驚人字忌習見鄭子尹珍之巢經巢詩鈔爲其弁冕莫子偲足羽翼之近日沈乙菴陳散原實其流派而散原奇字乙菴益以僻典又少異焉其全詩亦不盡然也其樊榭定盦兩派樊榭幽秀本在太初之前定盦瑰奇不落子尹之後然一則喜用冷僻故實而出筆不廣近人惟寫經齋漸西村舍近焉一則麗而不質諧而不澀才多意廣者人境廬樊山琴志諸君時樂爲之

學古集四卷，嘉慶間仁和宋左彝大樽著，後附詩論一卷。世之有志於古者盛稱之，傳本頗罕，楊昀谷、胡瘦唐皆向余借鈔。詩論甚正，惟爲詩跬步必求合於古，與所論實有不掩者。詩論云：「太白有云：『將復古道，非我而誰？』古道必何如而復也？三百後有補亡，離騷後有廣騷、反騷，蘇李贈答、古詩十九首、樂府後有雜擬，非復古也，勦說雷同也。三百後有離騷，離騷後有蘇李贈答、古詩十九首，蘇李贈答、古詩十九首外有樂府，後有建安體，有嗣宗詠懷詩，有陶詩，陶詩後有李杜，乃復古也，擬議以成其變化也。」又云：「詩以寄興也，有意爲詩，復有意爲他人之詩，修詞不立其誠，未或聞之前訓矣。蔡中郎曰：『諸生競利，作者鼎沸，其高者頗引經訓風喻之言，下則連偶俗語，有類俳優，或竊成文，虛冒名氏。』雖言辭賦，厥後詩之仿效，亦莫不然。子雲作賦，常擬相如以爲式，尋以爲非賢人君子詩賦之正也，於是輟不復爲，而大覃思渾天，作玄文。桓譚以爲文義至深，而論不詭於聖人。前之擬相如，猶不寄興之詩也，競利也；後之作玄文，猶寄興之詩也非競利也乃吳德旋敍其詩述其言謂法古歌謠作雜言一卷法漢魏六朝作五言古詩一卷法太白作七言古詩一卷法王孟李三家作五言今體詩一卷餘體皆不爲餘人皆不法則陶詩後有李可不復有杜矣孔子曰信而好古昌黎曰不懈而及於古好古非復古及於古非擬古也有作必擬古必求復古非所謂有意爲詩有意爲他人之詩乎明之何李王李所以爲世詬病也茗香之詩之擬古不如太初之自及於古矣茗香之復古不如太初詩比興箋之善於好古矣

詩論又云詩之鑄鍊云何曰善讀書縱遊山水周知天下之故而養心氣其本乎感變云何曰有可以言言者有可以不言言者其可以不言言者亦有不能言者也其可以言言者則又不必言者也夫可以不言而亦有不能言者則不言固矣若可以言而又不必言不幾於無言矣乎當云其可以言言者又有其不必言者也

詩論又云不佇興而就皆迹也軌儀可範思識可該者也有前此後此不能工適工於俄頃者此俄頃亦非敢必覬也而工者莫知其所以然此又誤於王文簡模糊惝怳欺人之談也夫古今所傳佇興而得者莫如孟浩然之微雲淡河漢疎雨滴梧桐挂席幾千里名山都未逢泊席潯陽郭始見香爐峰諸語然當時實有微雲疎雨河漢梧桐諸景物謀於目謀於耳實是千里未逢名山至潯陽始遇香爐峯謀於目謀於心並無一字虛造但寫得大方不費力耳然如此人人眼中之景人人口中之言而必待孟山人發之者他人一腔俗慮挂席千里並不爲看山計自襄陽下漢水至於九江黃州赤壁武昌西山皆卑不足道惟匡廬東南偉觀久負大名但俗人未逢名山不覺其鬱鬱逢名山亦不覺其欣欣耳河漢有雲梧桐有雨至爲常事粗心人所不留意自胸襟高雅者遇之則古人所謂輕雲蔽月桐間露滴者兩相湊泊不覺以淡字疎字寫之而成佳語所以適工於俄頃而前此後此不能工其俄頃不能必工者則皆粗心領會

與下字未當耳又何至莫知其所以然耶

又云武帝令他夫人飾從御者數十人爲邢夫人來前尹夫人前見之曰非邢夫人身也此不足當人主矣於時帝乃詔使邢夫人衣故衣獨身來前尹夫人望見之曰此眞是也於是乃低頭俛而泣自痛其不如也誦古人詩不可憎其故衣獨身來前時然佳人不同面美人不同體李夫人之於邢夫人夷光鄭旦之於李夫人同不同未可知也夫李夫人之於邢夫人夷光鄭旦之於李夫人必是不同何不可知之有

又云詩至靖節色香臭味俱無然乎曰非也此色香臭味之難可盡者以極澹不易見耳夫靖節之詩色香臭味俱備亦並不極澹何不易見之有夫必太羹玄酒而後可謂之極澹不特靖節即三百篇亦何嘗太羹玄酒哉

茗香詩佳者至多實有神與古會者然如詠懷之客遠狗猶吠飯香農恰歸之恰字自臨平山暮歸之誰與諸重來有客惠然肯倒押肯字韻似非學古集中

應有語

陳仁先爲太初先生曾孫詩學自有淵源初相見於武昌兩湖書院梁節菴山長座上弱冠璧人飲酒溫克喜就余言詩出其所作則皆抗希騷選唐以下若無足留意者余不敢深言置可否但曰君甚似蘇堪年少不作七言詩之時恐可言者尠耳自是相見不言詩者數年別去不相見者又數年丁未余入都君已中甲科官刑部調學部聞余至約遊棗花寺觀牡丹稍談詩知常與周少樸樹模左笏卿紹佐兩侍御倡和所祁嚮乃在昌黎義山荊公山谷大異昔日宗旨繼讀近作則古體雄深雅健今體悱惻纏綿不禁爲之狂喜急贈詩云昔讀君詩筆嶄然祇愁寶劍罕成篇豈知江海頻年別忽覩雲霞變態妍興會每從探討出深蒼也要取材堅羌無利祿荒寒路肯與周旋定是賢仁先有游天寧寺同左笏丈作云驅車塵冥冥隱見孤塔圓大佛相接引一徑凝蒼煙升堂坐初定微風度旃檀開窗納遠秀小幅橫輞川春芳滿秋砌悴葉猶扶妍想見腰

鼓發車馬何喧闐暫榮悟常寂愛此蕭境閒茶餘恣遊眺奥複窮諸天殿古金界壞樹老秋陽殷何代萬石鐘橫身臥高阡出手試一擊龍吼殷河山煌煌乾隆碑天筆矜如椽明政移寺璫狐鼠多功緣眞源一飄瀉薰腐爲洗澣惜哉灑掃缺歲久生荆營園陵虛有神運化悲循環俯仰日向暮勝迹空流連松風無世情謖謖吹面寒又天寧寺聽松聲云斜陽紅滿地雷雨忽在顚仰看四泬寥聲出雙松間厲耳倐已遠飛度萬壑泉老龍動鱗甲破碎還蒼堅金剛萬豪毛一一威神全仰屈尋丈地開闔成諸天落落孤直胸迴蕩生高寒提挈四天下度入太古年想見陶隱居擁衣但高眠無聞茲未能且證聲音禪又秋日同李伯虞侍郎左笏卿給事周孝甄御史往太清觀尋菊不得遂至龍泉寺歸過酒樓小飲次周孝丈韻云節寒氣逾爽逸興當秋闌輕車赴晚道影墮蒼茫間當年亭館地今日斜陽寬靈宮訪秋菊落葉空池壇人在菊成畝人去餘荒園因知隱逸士豈不視所餐迴步過蕭寺著屐蒼苔乾長松迤古徑雜卉羅修欄龍

蛇動四壁贊賞還微歎文字爲小技今成空谷蘭歷歷鐘梵音諸天度鳳鸞地清坐忘瞑茶罷神愈完妙境如追逋瞬瞥迹已殘歸車就市飲嘈切千指彈一心造喧寂同境殊悲歡百年非可知放懷尋所安戒壇臥松歌云戒壇之松天下奇尋常所見皆十圍一松據臺獨下垂橫出十丈猶夔蜺健鵬探爪風在下渴蛟飲澗鱗之而縋幽欲引陰蟄出承敧力負蒼崖危萬鈞壓空不及殆反走潛根隱過倍雨洗蒼骨未濡足眼底渾河犯高墱雲開穿枝落日黃萬里暮色浮孤觴欲憑咫尺精靈意貫入冥搜百怪腸前三首工於發端嘉州少陵登慈恩寺塔玉華宮大雲寺贊公房諸詩皆其例至全首音節高抗如空堂之答人響則以平韻古體詩出句末字多用平音也此祕韓孟始發之韓如譴瘧鬼示兒庭湫讀東方朔雜事等篇皆是孟尤多驅車塵冥冥四句寫往天寧寺一路如畫屬耳二句從淵明雪詩昌黎琴詩得來臥松歌透爪陷胸全是杜骨韓濤矣

詩有六義興居一焉興觀羣怨皆是也後世謂之詩情其鄰於樂者曰興趣曰興會鄰於哀者曰感觸故工詩者多不能忘情之人也任公有臘不盡二日遣懷云淚眼看雲又一年倚樓何事不淒然獨無兄弟將誰懟長負君親只自憐天遠一身成老大酒醒滿目是山川傷離念遠何時已捧土區區塞逝川元日放晴二日雨三日陰霾云入春三日覺春深隔日春如判古今容我曹騰行坐臥從渠翻覆雨陰晴擁爐永夕成微醉袖手看雲得短吟落盡檐花無一語百年誰識此時心庚戌歲暮感懷云歲云暮矣夜冥冥自照寒燈問影形萬種恨埋無量刼有情天老一周星催人鬢雪搖搖白撩夢家山歷歷青今古茲晨同一慨祇應長醉不成醒鼎湖雞犬不能仙一慟龍髯歲再遷禹域大同勞昨夢堯臺深恨閟重泉斧聲燭影由來事馬角烏頭不計年忍望海西長白路崇陵草勁雪漫天夢短雞鳴第一聲明朝冠蓋盛春明家家柏葉宜春酒處處駝蹄七寶羹聞道天門開詄蕩儘容卿輩答昇平官家閒事誰能管萬一黃河意外

淸故園歲暮足悲風吹入千門萬戶中是處無衣搜杼柚幾人鬻子算租庸近聞誅斂空羅雀儻肯哀鳴念澤鴻金穴如山非國富流民休亦怨天公風雨吾廬舊嘯歌故人天末意如何急難風義今人少傷世文章古恨多力盡當年從爛石淚還天上莫成河由來力命相回薄山鬼何從覓薜蘿入骨酸風盡日吹那堪念亂更傷離九洲無地容伸脚一盞和花且祭詩運化細推知有味癡頑未賣漫從時勞人歌哭爲昏曉明鏡明朝知我誰奉懷南海先生星加坡兼請東渡云共有千秋萬古情爲誰歲歲客邊城讒言苦妒齊三士世務寧勞魯兩生漢月依微連海氣蠻花悱惻吐冬榮相逢莫話中原事恐負當年約耦耕不道桃源許再來舊時魚鳥費疑猜風吹弱水蓬萊近春逐先生杖履回萬事忘懷惟酒可十年有約及櫻開（先生以己亥二月去日本有詩云櫻花開罷我來遲我正去時花滿枝半歲看花住三島盈盈春色最相思）何時一舸能相卽已剔沈槍掃綠苔以上十首所謂遠託異國昔人所悲蘇子卿之河梁耶蔡

文姬之笳拍耶沈初明通天臺之表耶庾子山哀江南之賦耶同時善作悲呻之語者尙有太夷如殘秋去國人如醉憂天已分身將壓感逝還期骨易灰往事夢空春去後高樓天遠恨來時北風吹客忽已晚壯歲辭人殊不回兀兀只成天共醉茫茫始信世無才與君之獨無兄弟將誰懟長負君親只自憐天遠一身成老大酒醒滿目是山川催人鬢雪搖搖白撩夢家山歷歷青官家閒事誰能管萬一黃河意外淸勞人歌哭爲昏曉明鏡明朝知我誰可以把臂共懷抱者

稚辛詩不多見壬子冬月相遇里中皆暫歸卽去故鄉翻成客裏也向之索近作有云曾聞共命是頻伽啼落曼陀一樹花七字題詩猶疥壁廿年歸客已無家遠峰掃黛眉如語舊事成塵眼欲遮祇有湖波流不盡照人靑鬢點霜華題云歲丙申將去福州留詩西湖禪壁和者數十首頃歸自吳滄桑換世壞壁重題他日又當若何悵觸也丙申舊作云一天離緒望吳門彳亍湖壖晝易昏山

槲葉黃詞客面水蕻花瘦女兒魂上方聽法傳淸梵他日尋詩拂壞垣誰爲慰留行不得癡禽着意太溫存山槲一聯極似放翁斷橋煙雨梅花瘦絕澗風霜槲葉深七字一聯極似東坡老僧已死成新塔壞壁無因見舊題亦情景天然無意遇之也放翁之沈沙舟畔千帆過翦翮籠邊百鳥翔豈故襲沈舟側畔千帆過病樹前頭萬木春乎縱轡迎涼看馬影袖鞭尋句聽蟬聲豈故襲晚涼看洗馬灌木亂鳴蟬乎讀詩多作詩多不覺其然也或異曲而同工或貌同而心異或前賢反畏後生或今人不及古人若放翁此二聯則猶未足以追蹤而方駕矣稚辛名孝樫蘇堪同懷眞難爲弟者然蘇堪精悍而稚辛婉約嘗論余揚州雜詩云七絕句少變平時聲調故知風物移人此地最宜絕句詩漁洋老人眞君之成連哉今附錄余詩於後不能不歎君之知言也詩云詩人垂老到揚州禪榻茶煙兩鬢愁猶及花時看芍藥平山堂下一句留荳蔻微吟杜牧之紅橋腸斷冶春詞最宜中晚唐人筆此地來題絕句詩斜陽紅向小樓過明月三

分占最多若道徐凝詩句惡竹西佳處奈君何廢池喬木罷吹簫何處波心廿四橋一上平山堂上望山眞隱隱水迢迢風亭彷彿半山寺水樹依稀印月潭認取小金山塔子居然江北是江南月白風淸過露筋梅花嶺上鬱孤墳人生如此揚州死禪智山光黯暮雲

鐵崖道人竹枝詞漫興各絕句專學杜者漁洋冶春詞專學鐵崖余酷喜之以爲漁洋集中無出此數首及懷人絕句右者今人習於沈歸愚先生各別裁集之說以爲七言絕句必如王龍標李供奉一路方爲正宗以老杜絕句在盛唐爲獨創一格變體也由其才力橫絕偶爲短韻不免有蟠屈之象惟貽花卿逢李龜年數首乃爲絕唱云云不思七言絕句和樂皆五句其平仄相間惟作四句則始於湯惠休秋思引亦爲古竹枝柳枝之音跌宕奇古何嘗必如盛唐哉必學盛唐者王阮亭標舉神韻沈歸愚墨守明人議論故耳花卿龜年諸作在老杜正是變調偶效當時體宋芷灣湘有絕句二首云豈果開元天寶間文章

司命付梨園諸公自有旗亭見不愛田家老瓦盆滿眼餘波爲綺麗少陵家法必風騷千秋尚有昌黎老流出崑崙第二條題云人皆議少陵絕句爲短予以爲少陵自不肯爲人之所長若夫古今派別焉可誣也杜自云法自儒家有心從弱歲疲或輒以別調目之是可異已作二絕句可謂獨見語先我而實獲我心者矣王蘭泉翁覃谿於嶺南詩人稱馮魚山黎二樵輩而不及芷灣芷灣刻意學杜寫景言情幽秀一路所刻詩只見豐湖漫草續草二卷不易居齋一卷近體居八九語多不猶人湖居後十首短古最工世僅傳其伯牙琴臺七古一首非其至也

吾鄉同輩之爲詩者又有沈愛蒼撫部瑜慶林琴南孝廉紓皆不專心致志於此事然時有可觀者愛蒼號濤園以二百四十萬錢買福州城內烏石山甌香許氏舊濤園爲其父文肅公祠園有古松故以濤名余識濤園時方總角行坐誦吳梅村詩庚子山哀江南賦忽忽四十年其子女皆受業於余重以姻婭會

出資爲余刋元詩紀事見人佳文字輒咨嗟歎賞不自已親炙知名士如蟻之附羶有左癖作詩文未有不撦撏及之者以外則施注三合注蘇詩圈點數遍動以自隨古體詩才筆自喜雖用蘇法亦不盡然往往序長於詩時與元朮王逢梧溪集周霆震石初集張憲玉笥集相彷彿余序君正陽集嘗言之正陽集者君權鹽淮北正陽關時以旬月補綴舊題成詩二三百首之名也其懷朱軍門洪章一首最爲妥帖排奡云每飯意不忘鉅鹿眼前魏尙翻爲戮少年不自惜功勳垂老對人羨蒲穀蒼頭特起黔中黔太守益陽與蕭沐潁川罵坐雄萬夫酒失豈眞棄心腹一爲楚將亦冠軍遷地爲良敢雌伏屯兵堅城勢欲紲連營百里氣轉蹙忽驚地道隳垂成四百兒郎糜血肉卽今豐碑龍脖子空使詩人歎同谷破敵收京誰第一再接再厲瘡垂復衝鋒居後受賞前公等因人何碌碌當時大樹恥言功今夕灞陵還止宿文吏刀筆錯鑄鐵幕府文書罪罄竹誰知東海又傳箭矍鑠據鞍更踴躍不俟枉自矜長臂再植何堪擬羣木飄零

草疏訟陳湯。鼙鼓聞聲思李牧。白首忘年悵較遲。奮筆成詩助張目。行空甲馬
如有聞。我有長歌方當哭。全首隸事穩切。惟同谷句與此題無涉。似宜改用陳
濤斜事。有序甚長。極有聲色。錄後云。壬辰四月。余管江南水師學堂。值新寧尙
書大閱禮成。方盛服陪侍。有韎韋跗注趨而過余。則雲南鶴麗鎭總兵朱公洪
章也。款曲傾吐。立談未能畢其辭。豐碑屹立於道左。迺曾威毅伯爲公紀所部
四百人同日死事之壟也。正値忌日。健兒具酒脯待公。奠畢。與余登鍾山絕頂。
指示賊所築天保城。拳石列坐。下瞰形勢。遂縱所談。公貴州鎭遠人。益陽文忠
爲守時。以親軍從殺賊。文忠甚壯之。隨下武漢。無役不從。文忠母壽。諸將畢賀。
公中酒傷其曹。文忠辭焉。密使曾文正收之。遂隸曾部。與畢公金科攻吉安城。
文正以憂歸。江撫滿州某挾糧臺夙嫌。靳餉促戰。畢公戰歿。公突圍奪尸還。文
正再出。令選精銳數千人。從威毅擣金陵。時威毅所部皆楚將。公以黔軍特立。
有危險事。公任其衝。以此知名。威毅亦信任之。開龍脖子地道。垂成而陷。四百

人無一全者公僅以身免二次地道成威毅集諸將問誰當前鋒莫對公憤退而出隊從火燄中躍衝缺口上賊辟易以矛授所部肉薄蟻附而登諸將從之城復論功李臣典於克城次日以傷殞威毅慰公以李列首公次之呈報安慶大營文正按官秩敍先後公列第四故諸將有列封五等者公賞輕車都尉世職以提督記名而已公謁威毅語不平威毅以韡刀授之曰奏名易次吾兄主之實幕客李某所爲高下也盍刃之公笑而罷湘中王闓運成湘軍志乖曾氏意威毅使東湖王定安改訂之亦緣官書未改正公前事時承平日久公感髀肉之生不能無觖望於威毅因論其書至抵几而罵威毅雖優容之新進排擠幾不能自全公悲懷慷慨乞余爲文爲詩訟之久之未就甲午東海事起南皮張公移節江南檄余總籌防事以將才問首以公應南皮亦夙耳其名令募十營守吳淞在防各營統歸節制嗣移駐江浙連界之金山衛修臺築壘市廛不擾軍民肅然公久廢驟用又嚄唶宿將同事者輒訾議牽掣之使不得行其意

未幾傷發卒南皮公屬余草疏請卹於朝遂得以所聞於公略敍曲折得旨賜謚建祠飾終典禮備焉公可以掀髯於地下矣余因贅言不敢負亡友略具顛末賦詩紀之雲霄張目庶無諸責侯官沈瑜慶記

琴南號畏廬多才藝能畫能詩能駢體文能長短句能譯外國小說百十種自謂古文辭爲最沈酣於班孟堅韓退之者三十年所作兼有柏梘柈湖之長而世人第以小說家目之且有深詆之者余常爲辯護謂曾滌生所分陽剛陰柔之美雖不過言其大概未必眞畫鴻溝然畏廬於陰柔一道下過苦功少時詩亦多作近體爲吳梅村古體爲張船山張亨甫識蘇堪後悉棄去除題畫外不問津此道者殆二十餘年庚戌辛亥同人有詩社之集乃復稍稍爲之雅步媚行力戒甚囂塵上矣今先錄題畫者數首已與吳仲圭王山農沈石田諸人相仿佛高者可追文與可米元章雜題云蘆蕩不可見竹雞亦好聽絕憐歸路迴溪暗一林星末五字眞工爲太夷作畫二首云曾從留下過秦亭無數雲松作

隊青飽飯僧寮無别事長廊坐看少微星年來酷似藍田叔復社詩流頗見知寫寄漢陽江上客看山莫待晚秋時鄙見欲易莫待作且過又雜題云時時昭慶寺前過三兩梧桐蔭酒壚我自關心南宋局旁人只說重西湖末二句太直鄙見欲易作只道關心南宋局我來原自愛西湖用太白自愛名山入剡中意較含蓄些水榭蕭蕭弄薄寒哦詩偎熱碧闌干江南江北多紅葉畫與詞人一路看百折扶欄搭柳絲鶯啼草長禁煙時房櫳容得春多少長日湘簾蹴地垂寫西溪竹坪云萬竹連雲蘸碧流分明畫裏是杭州南漳若買田三頃生計當隨烏牸牛寫蘆花小艇云曾記西溪載酒時櫓聲軋軋入蘆漪不知渦水南僧壁尚否留吾數首詩寫溪上小樓云長日松聲聒枕頭何人來上水邊樓年年供菊兼儲釀樊榭祠南過一秋又雜題云晚葉蓄秋絳曉峰蘇夜青二年京洛客夢到望耕亭憶甲申秋馬江既敗余避地建溪畏廬嘗寄懷云野王昔流寓臺城方破裂又秋感見寄云錢溪不失險洄洑亦屏障劉胡縱跳盪傴仄病轉

餉用事均切。

庚戌一春，堯生、瘦唐、剛甫、毅夫、叔海、揆東諸同人創爲詩社。上巳余與叔海爲主人，集於天寧寺，晚飲余寓齋。剛甫云：好遊共城郭，觴詠連上巳。豈伊排日歡，固云暫得美。主人陳后山，閉門參太始。春風入戶牖，明月耀桃李。慨然撫流節，拂拭事巾履。既遊還命酌，澄觀究今視。草堂迹未掃，邇來三日祀。年年惜餘春，日日取寸筆。政爾事言句，終然趣轍軌。淨業妙雙遣，澈悟惟一唯。逐世謝勇功，端居貴明恥。庶屏元規汙，來歌滄浪水。毅夫云：庾信臨江宅，由來宋玉居。地偏重郭外，樹老七朝餘。牓戶今無酒，藏山各有書。竹垞文在否，懷古一愁余。逸雲云：數里城西路，無花祇見塵。昔年曾此聚（庚子五月侍堯生師遊此），斜日少遊人。風厲春難治，松高塔與隣。禪堂容小坐，所悵是芳辰。瘦唐云：陳侯晚歲游京國，笑拂詩龕作寄廬。騁說故應傾稷下，論才直欲到黃初。攢眉入社愁無酒，叉手閉門貪著書。坐誤芳辰花事去，夕陽古寺獨迴車。逸雲名庸，叔海令子留學日本法政高才舊官大理院推事今官高等廳丞而雅嗜舊學詩筆清超此首風厲十字尤似其師香宋集中刻意之作是日叔海至寺中待客余料理飲饌未至逸雲瘦唐皆以爲客至主人不來也故詩中均及之胡鐵華（琳章）云秀野堂今屬石遺鉤沈本事出元詩老逢上巳花經眼客散禪天酒滿巵舊夢湖山成大隱昔人晉宋有深期江淹彩筆陳遵轄一瓣心香叩導師（謂香宋師）

庚戌花朝後一日余招毖威芷青仲毅次公秋岳數子集小秀野寓廬小飲限各賦五言律一首毖威云草堂小秀野花事下斜街（成語）人意誰能適天懷固自佳點茶供弈局飣坐檢詩牌良夜厭厭永應知酒似淮芷青云樹閣花朝雨杯分秀野春詩圖翻主客茶夢破天人數子湛冥意高齋清淨因乾嘉舊風味一往動心塵又和余韻云槐街一片月人海照清尊閱世東京錄排愁北夢言髯絲憐杜牧斗酒狎齊髠夫子風光主郎潛漫共論仲毅云絕代迦陵老

箋詩秀野堂憐余能寂寞刻意問行藏微抱關朝局閒身稱酒場殘春花自好聊復慰流芳次公云狂生舉世棄夫子意徒然樹禿人偏集街斜月自圓微官增感喟氣類足雕鐫爲問陳無已誰如國寶賢秋岳云羣植斂春陰簷牙夜氣沈花晨餘小雨酒病雜疎吟刻燭成何促扶輪愧未任詩盟寧敢後書報渼陂岑又二首云帝闉滿冠蓋金粉解留人賴有支離客能尋寂寞春郎潛寧宿願名隱遂天眞亂世儒誰貴聊懷席上珍乍暖輕寒節嶔崎歷落人斜街留雅躅佳節值長春何遜諳臻妙梁鴻語最眞已題神秀偈何以慰盧珍諸子皆年少出筆各極其勝一時之盛也余詩云春來人事集久不對方尊好我二三子（中惟毖威不在二三子之列）起余五七言南中花已粲北地樹猶髠居易他年錄行藏嬾細論四月八日又同仲毅秋岳崇效寺看牡丹仲毅觴余酒樓秋岳賦詩云庭除酹餘春郊原見初夏吾師湖海志老意崛難下縱轡排風埃一往尋蘭若繁花倘蓓蕾顏色閉嬌奼唯餘雙虬臂蒼瘦立楸檟摩挲輒三歎

貞心汝能寫迴車成小讌髩髮照杯斝相從梁伯鸞談吐見澹雅賞春尋常事
高躅世所寡更持一觴酒以祝長壽嘏

石遺室詩話卷四

萚石齋詩造語盤崛專於章句上爭奇而罕用僻字僻典蓋學韓而力求變化者如觀眞晉齋圖云張丑性僻畫與書旣購小楷寶章待訪錄米菴自號志厥初後得宣和祕玩此事帖麻箋廿字游龍如從子豪奪去去者曰以疎豈知九行章草士衡平復帖又得海嶽翁所跋李公炤所儲謝公慰問向同軸況更遠勝索靖月儀乎名齋遂仿寶晉意齋曰眞晉良不誣文柟作圖以當記丑乃自記書於圖圖纔數筆若未了山無多山屋無多屋石腳三兩松竹俱我嬾欲詩只爲愛觀畫卻復隳括丑記詩則無題王太守祖庚春江歸釣圖云吾禾有武原武原有華亭華亭有張溪本隸一圖經居雖分地久名忝同徵早相望廿餘年髩鬢各成老云云竝洞庭東岸行云羣山趨暫頓脈已落湖腹浸所未及呑岸亦頗如谷實則湖之餘非能自盈縮朝煙荒汊間有堤接兩麓我思萬壑豬車馬失其陸終更厭風波去舟常必速洞庭繫何心閱世任相逐引領見青岡

依雲且餐宿遊澹山巖云觀書昔和澹山句今到兩詩鐫壁處萬翠堆巖力收怒洞天呀豁歡喜具深下髮寒仄滑步項隆且橈屋式度幾百尺空懸未仆可容千人席寬布石牀石几不可數亂落如星大小互云云過鈷鉧潭未及遊云柳侯詭構勝浼鬱游于辭深樹道左潭舍旃聊繫思次山所題美柳顧鮮及之柳記所感寓魯直亦少推古人太重己動不屑屑爲留語西山西觀月方臨茲石鼓書院云瀟湘隨我零陵北恰與邵陽烝水即浸江石起如大磯右顧回雁峰開霏夕陽滿身偕二令朱陵洞外風飄衣處士之廬講習所邦人猶記朱張侶西溪草碧沒窪尊檻俯東流去何許題名可識餘史杠惜無琴客彈秋江王蘭泉湖海詩傳乃謂擇石爲詩多率意而成非知言也

巢經巢集正月陪黎雪樓舅游碧霄洞作效昌黎南山而變化之詩云黃螾翻刼波誤落荒服外睚眦恚五嶽中原各尊大胸蓄不分涎要唾盡始快日月不照灼深閟神鬼怪吐洩奪造化撓鍊鼓橐鞴天動九地裂頓闢一世界雷電下

搥撼投楔卻奔潰面帝彈不法情天轉嫪愛顧留與遐土廣彼耳目隘不計數萬載莫能啓鐍祕始見此誰子魘死者應再十年詫靈境寤寐騁神軼宿糧得阿舅攜小妹共載谽谺見巨口俯瞟赫然退定魂下窅複窔篠半明晦一謦欬嘯呼響砰磅磞磕非雷而非霆隱隱硔硔會舉藴照嶺峒廣容數萬輩眈眈深廈中具千百狀態大孔雀迦陵寶瓔珞幢蓋鐘鼓干羽帔叉杵臼磨磑虎獅並犀象舞盾劍旌旆礎楹棼藻井釜登豆鬲鼎更龜鼉蠅蟾及擂礮鍪鎧厥仙佛菩薩拱立坐跪拜攜籧篨戚施與彼瞽兀癩倒茄垂瓜盧懸人頭肝肺盤杅間橙榻可以臥與礦人世盡纖末悉備硿鑿內黠哉山之靈乃逞茲狡獪殘竇與勝穴得一即勝概視區區諸洞竇不啻蒂芥如何老窮僻似爲地所晝元柳目未經陶謝屐不逮焉能驅夸娥徙安行窩背持壺走大暑鑿谷指公在移山空浩然發我惜奇嘅試假生鐵筆爲爾破荒昧後來應有人咄嗜同感喟視用或某或某者又有生熟之別惟陶謝句陶字似湊不如徑用謝公

固始秦右衡（樹聲）一字晦鳴今之孫樵劉蛻也癸卯廷試經濟特科首場列一等覆試卷中用[illegible]字閱卷大臣不識時廣雅督部述職在都特派爲總裁羣問焉廣雅曰似見逸周書然仍抑置二等由水曹郎出守雲南曲靖官至廣東提學使余始與相見於武昌偶談相撲故事某君曰即漢角觝余曰似本公羊君曰宋萬搏閔公是也余心識之再見都門贈余以所著駢體文一册余曰可方石笥山房君意未足余曰然則唐四傑何如少作詩惟見和滬尹枉贈五古云三蟲告天歸亂笑飛廋語吾君太行獶畢數在雕虎肝腎日淪剝蒜髮擢春縷夜氣何淒淒銀釭欲終古丙申作於都門者或以爲造說奇詭昌谷嗣音實則樊紹述鄂州城樓之倫聞其在官時上書大吏言事字寫十七帖發電文用駢體余辛亥歲暮懷人絕句云中州人物推秦七奇字蟠胸揚子雲奏記長官皆草聖聱牙急遞盡駢文

王聘三（乃徵）四川中江人自署病山由翰林擢御史著直聲出守西江與右衡

皆以治績稱最被薦可大用入都時共吟集不輕易下筆旋尹京兆連典大藩由豫將赴黔薄游嵩洛寄余嵩洛吟草一卷乃知其詩功不淺也遊嵩山道中雜詩云野性頻年官裏錮遊心一夜客中生呼僮爲蠟登山屐未到看山已眼明小國當年稱鄭固聯岡疊阜衛周遭古人設險今人笑半晷飛車過虎牢斗大山城水國同官衙如艇碧漪中三更破夢藕花雨六月生寒楊柳風驅車十二轘轅道馬爲飢嘶僕慍含自入崎嶇還自慰人間捷徑有終南太室峰西少室旁溪泉流韻草花香蘼蕪薜荔停輿處欲繼盧鴻作草堂投宿少林荒寺裏達摩面壁至今傳亭亭石影二千載當日工夫祇九年天半蓮花少室峰蒼崖路斷碧雲封山靈不耐紅塵客祇有樵蹤與虎蹤嵩陽觀漢柏云嵩洛精靈幾千載翦柯拂榦吐嵯峨人間斤斧虛劖削天上風雷與盪摩未異散材辭匠石稍留香葉映巖阿少陵無事憂傾廈萬古空山孰與多渡洛水云立馬灘頭晚渡空孤城西峙亂流東八荒雲淨暮天碧身在河聲嶽色中千年此地兵爭局

久付悠悠洛水聲今日八方無險易欲摛鴻藻賦東京伊闕佛龕云兩山束伊
流奇功自神禹崎嶔百丈崖闢作雙闕俯後世務荒誕斤鑿思踵武玲瓏萬竅
穴邃密千堂廡恒河沙數佛一一靈光吐就中傳三龕傾想遍寰宇是時夏氣
清孤嵐洗新雨飛泉流百道石罅排若弩瀹泉試吳桐清韻日亭午摩挲殘碣
字慷慨獨思古元魏昔末造貴賤憂俘虜靈祐乞偶像金錢糜山隖謀國術不
臧癡愚計何補我疑西方教眞諦非斯取涓涓生昔哀悠悠觸今憮披襟向晚
歸涼風射輕縷百泉詩云南人說江南春水如煙碧北士詡百泉江南無此敵
我來費平章從容與捃摭方塘不百畝萬竅宣地脈一鑑直窺底奄有衆象積
樓臺四森列樹影倒成壁無風生漪瀾不雨疑淅瀝一寸二寸魚遊唼萬隊蕩
翠荇浴微波掀舞虬鬚磔日落四山暮澹澹沒飛翮稍聞石溜淸俯視星點白
少焉月東上殊光射的皪珠琲十萬斛縠文幾千尺炫晃驚鵲棲空明盪蟾魄
湧金與歕玉（泉上兩亭名）擬似容未覈平生幽賞意探勝恣遊屐匡盧及

羅浮以泉名藉藉豈期殊異境到此若創獲美物在天地信匪繩一格超然悟眞諦聽爾勞揀擇流連炎暑消信宿心顏懌作詩補唐賢（唐人前無百泉詩）待證後遊客夏峰祠云公和清嘯後復有夏峰尊峨峨蘇門山天使屬兩孫松高修竹寒白雲棲入軒清化觀竹塢句云綠陰覆屋家家徧碧澗分泉處處通登太室絕頂云千盤翠磴臨無地一線黃流遠際天

樊山有蘇門集一卷實遊記日記也詩數十首並載其中刻成先印紅樣本示余請題詩余謂劍南石湖遊覽詩不入入蜀記驂鸞錄吳船錄金王寂遼東行部記元長春眞人西遊記乃與詩並載因書三絕句於卷端云入蜀驂鸞攬勝來先無詩句漫疑猜遼東行部西遊記此例金元北派開明月清風四萬錢倘移鄂杜價無邊沃洲且買人知處何必巢由始是賢（君有買地卜居議）遺山曾上湧金亭鸞鳳餘音彷彿聽突兀太行元氣句定應蔓草付飄零（記中有讀碑揭碑諸詩而不及遺山詩刻）集中詩如至百泉云道人勸我洗征衫

雲影天光上下涵還我滿身煙水氣卜居何必定江南雲窗露閣俯淸漪水月光中洗眼時題作弄珠樓第二最高寒處坐塡詞（余家有弄珠樓）孫登嘯臺云先生嘯旨隱而深把臂安能入竹林不預浮江龍馬事似聞隔嶺鳳鸞音並無巢父瓢兼樹冷笑嵇生鍛與琴新世界中無石隱高臺吾欲易黃金湧金亭云千石魚陂上有亭眉山大字鑿寒瓊明明玉水三危露突突珍珠萬顆星輞水煙波應借色（金屑泉）杭州門榜欲爭名（湧金門）卅年何限紅塵夢直到滄浪水上醒晚至閘上望太行積雪云金屑泉邊過夕陽亂峰如戟拱天閶時人不識鳶肩客獨倚橋欄看太行昨夜瑤天下玉龍琪花密綴滿山松何須遠說祁連塞橫跨中原有雪峰池上絕句云耕煙秋樹麓臺山都在淸暉閣下看閒倚石欄掩書坐滿腔畫意水精寒冬筍穿籬犢角斜草深泉暖足魚鰕林亭盡得江南意祇少秦淮賣酒家山如碧玉水如銀也要亭臺點綴新待得裝成金粉樣可無瀟灑六朝人句云光搖雲水曈人活氣得淸空肺葉蘇

（曉起開南窗看水）諸作以視病山詩王蒼秀而樊瀟灑譬諸泉上兩亭王猷玉而樊湧金矣

實甫與伯嚴諸人遊廬山詩舊有合刻本實甫又別錄其最得意者若干首名廬山詩錄請廣雅相國評定青玉峽龍潭云蒼崖天所圜徑轉吐雄瀑靈山孕眞源金膏出其腹奔雲從空來數里勢屢曲意嫌鴻濛隘未肯受迫束化工惜元氣萬古與之蓄跌爲孤潭幽神物有起伏紆徐向平川餘響戛寒玉誰云一泓窘百竇可沐浴倒穿大瀛底日月出亦綠地深雲霞多自暮抵朝旭如聞清猿啼下飲澗水淥茲區實琴德冥接軒與項遂令遺世士無言轉溫肅鐫痕洗春苔萬石盡可讀我遊豈云屢終老難饜足若有離騷人攀蘿照奇服廣雅評化工至沐浴數語云眞實體物力量甚大棲賢澗石歌云棲賢澗谷有奇石倒臥青冥神所擘鼇背驚翻海水飛龍鬚陡接天雲立奔霆日夜搖撼之萬古空山皆霹靂跌勢紛如矢墜空涓流巧作珠穿隙其旁清穩百盤陀倚澗臨流可

敷席水石相遭豈不平自從天籟發噌吰道人兩耳癡聾久問是水鳴還石鳴
試撫孤琴動山響方知水石兩無聲廣雅評云沈著而又超妙噴雪亭瀑云驚
雷破山龍衙衙數里已聞飛瀑譁隔山兩重可望見猶被青嶂微相遮連岡疊
嶺起又伏其徑屈曲常山蛇先聞絕境早神往一旦得路如奔麏適逢峻壁梯
磴險以手代足相鉤爬滿山石鏡亦可悅日光照耀瑩丹霞三步回看五步坐
遠銜鄱嶺明金沙力窮足繭瀑始出兩谷跌斷中谽谺觀龍垂胡各叫絕乃歎
述者言非夸泣珠恍探泉客窟織綃疑入鮫人家細如煙紈襲霧縠危若冰柱
轉雪車何年共工陷鼇柱海水傾向東南斜九洲天驚雨腳逗袖手頗復哀神
媧青霄倒垂星宿海客欲往泛愁無槎力穿深潭九地破對足或抵歐羅巴橫
飛水氣百步外色有黱綠兼頳赮淒寒頓成滿肌粟奇幻疑是雙眼花石梁界
空何代造我意未較天台差其旁獨樹張大蓋太古冰霰融根芽得非神蓧茁
五葉否則奇卉開三椏小僮相從頗解事支鑪煮瀑烹新茶瀑似天龍下聽講

我如佛坐圍袈裟更從石屋訪遺迹殘塼壞薜空盤蝸士有山林往不返問名與氏知誰耶吾儕疎嬾本天放晚殉一壑非窮奢奔馳不歸少至老人海一墮終無涯誅茅枕流願莫遂相對惟有長咨嗟廣雅評云此詩並青玉峽栖賢澗石數首可稱偉觀乃覺前人詠瀑詩非傷淺卽嫌空耳織綃紈縠嫌複易煙紈五字尤勝余意以手代足四字終嫌傷雅竹坡先生亦喜用之無已易代爲佐何如對足當抵美利堅非歐羅巴可否删去此韻三步回看句只改杜詩兩字似可酌實甫通人必不余慍故敢言之萬杉寺五爪樟云萬杉化去無一杉惟有寺前老樟在樟分五體共一本身歷百齡更千載旁達澗壑根已深直上干霄氣不餒雲垂太陰逗雷霆風翻白日動光彩危柯半入煙冥冥細葉還鋪雪嚾嚾化人偉奇丈六身猛士雄健尺八股全張數爪鱗之而俯視衆木形傀儡古來賢豪誰撫摩其人已死不相待惟有五老之奇峰共對青天無倦怠雖言乾坤要支拄未免得罪庸與猥下穿已愁傷富媪上拏又恐妨眞宰獨立無友

大哉謦欬人皆忌甚矣殆自恃刀斧莫能入皮堅有類披鐵鎧大材詎肯腐山林神物猶思避葅醢吾聞豫章生七年便可與龍鬬滄海何況此樹世希有壽過凡樟逾百倍願爲橫海大樓船知君九死終不悔廣雅評云雄偉恣肆如張顚以頭濡墨狂叫作得意草書眞世間奇作也以詩境論惟韓昌黎有之耳余謂此首若與陳仁先戒壇松歌並驅中原未知鹿死誰手

俞確士學使明震庚戌入都訪余於秀野草堂云有近詩一册在弢菴處請余商定旋提學甘肅寄示紀行數詩附以書云春明接座植義颺辭越石孟公殆兼其勝咄嗟敘離攬轡南轅拳拳夙夜暮春度隴經陟阻艱戴星而奔則晨風砭骨日昃而息則驚埃被面逮至縣車邃谷單衣鬱蒸稅駕鹹泉連朝銜渴此則西邁之所獨殊五月四日到隴初十任事處瘠則勞如駒在勒學校敝廢百端未理尙無萌蘗徒具其名固前人墮廢之咎抑亦多所掣礙者之有以致之時政日新月異此亦何可爲常走頗欲應機立斷殫精以赴然一齊衆楚事有

難言伏思愛顧之隆敦篤氣類用敢瀆陳淸聽仰冀向當路同事諸公具言其概加以督責事權專屬庶有藉手否則廢弛如前擁虛名而任厥咎愚者不爲亦惟有奉身引退耳離羣獨遊沈思紆結朱華蔭渚緬想嘯歌擊轅之詞鈔呈一噱駢詞雅似北江宿新安縣示陳子言云我從洛陽來坦途無百里峨峨見城闕崤陵列屏几車馬亂流渡隱隱如浮蟻莫弔古戰場中原事未已風起遠天黃落日淡如水况爲行路人茫茫誰遣此須臾日西匿回光射成紫幻影逐明生飢烏投暗止此是古今情悠悠吾與子過邠州云茫茫古幽土直接隴西路我來値蠶月戒行不待曙晨光與麥齊晶瑩綴寒露微月在棗林不見柔桑處王化首明農但取衣食足智識與世新生活有程度奈何三千年穴居惟墐戶日出不逢人高原莽盤互始知地上人得水迺生聚涇流日淺縮千尺俯塵霧人事漸東趨天心厭西顧不見古雍州八水已非故滄海變桑田吾何憂旦暮行土峽中抵會寧行館次子言韻云與子長安來一月已過半朝發青家驛

畏途愁日晏懸車下絕壁濁流倏瀰漫飛鳥到來深頳雲匿不散槎枒生地穴破碎撐霄漢仰望白日乾俯穿泥沒軒車從澗底行心與懸崖亂出險眼忽明停鞭指行館酒注肝肺熱深談復達旦新機萬弩發勢若水滮淜方輿自風氣朝報成斷爛欲通江海情孰與置郵傳忽憶去年遊湖亭瀹茗椀（去歲四月同游西湖）今夕復何夕風沙滿庭院瀧頭云尋常人事紛如髮況復時艱百態新高柳兩行心萬轉隴頭黃霧不成春讀數詩如見洛陽以西堙塞錮蔽情狀余復確士書有云前月蒙惠書及詩二紙感氣類之離索述道途之阻艱勞者之情乃畀居者共之矣

廬江陳子言詩與確士爲文字骨肉屏絕世務冥心孤往一意苦吟今之賈閬仙李才江也庚戌十月五日余招飲斜街寓廬同集者楊昀谷趙堯生胡瘦唐王書衡馬通伯姚叔節吳君遂冒鶴亭林畏廬君歸賦詩云日晡適城南奔騎如突鶻斜街在釜底人家矗而凸流風踰百年佳處尚林樾俠君秀野堂今曰

石遺室清流日駢羅韻事未衰歇鄉味出閩海珍錯煮石髮雋有江珧鮮甘眞海月匹談諧萃古懽勃窣入理窟比舍有瘿藤彊叟舊所宅（朱彊邨先生嘗賃居查查浦舊宅即在比鄰）賃者今爲誰叩門懼遭叱霜天拄歸策墜緒聊一摭

丁酉余客上海祥符周季貺星詒訪余於高昌廟寓廬談藝甚久乞余所刻攷工記辨證元詩紀事諸書去旋同蕭敬甫一報謁之季貺守吾閩久與傅節子以禮以目錄家齊名先是潘駿文爲福建布政使藩庫中有武英殿叢書藏板板頗有殘闕然其書全部爲册尙八百餘爲卷數千海內叢書卷帙繁者除學津討源淡生堂餘苑亂後版燬外此其巨擘矣余識潘公子芸孫使告其父能修補完善並酌定零售價值以廣銷行亦藝林一佳話後皆如吾言爲之派節子季貺二人總纂修惜前年兵事起版移藏於山麓舊鼇峯書院竟燬於火季貺年老解組僑寓蘇州別去未久遂歸道山不數年節子敬甫相繼下世季貺

詩專爲五言律有竄横詩質一卷贈蕭敬孚云性情膠漆合賞解過從頻嗜學如甘肉醉心猶飲醇見聞徵野錄言動一天眞確爾安儒素東南祇數人自吳歸越霧中順風渡錢塘江云近家心轉急劈箭快揚舲颿受顛風健江蒸沫雨腥浪花翻素瀨煙色互玄冥迎渡稽山好褰雲一角青春夜云不睡百憂集春深此草堂山風時啓戶江月直窺牀轉燭窮花態緘茶養露香幸多閒事業消得夜茫茫雨後野步云負手仰看樹無心錯過橋叉池水剛添寸翻騰鴨便驕秋懷云孤憤雲無緒荒愁月與知幽憤云寒蟲無婉語腐樹有奇香吳淞舟中夜眺云水雲天一雁星月殿雙鴟夜行蕭山道中云林月淡將隱海雲微欲紅鐘先雞趣曙秋縱隼盤空過慧日菴南野阪看月云煙莽荒成趣宜吾冷性情化鹿山中紀行云秋爽遊懷健青鬖不厭遐路痕隨草轉石脈赴江斜叉樹枯藤代花寄懷樾村刺史云暝色數星大蟬吟獨樹豪題畫云萬綠破深甕孤雲兀廢臺寄敬孚滬瀆云傭書供養母客裏自安貧掌錄徵遺獻豪譚見本眞叉

衝泥猶我過。看景恐君歸。又喜敬孚自滬上來訪云。百年能幾聚。每見各驚衰。覯屢與敬甫詩。眞寫得逼肖。又見君結契之寡。數見集中者。惟譚仲修與敬孚。而老輩之懇切愛友。實有古人風。嘗論昌黎寄盧仝醉留東野各詩。其親愛敬禮朋友處。坡公所不及。此韓門所以獨有千古也。余亦識敬孚十餘年。見其不作詩。遂無一詩及敬甫。有愧季貺多矣。譚仲修評君詩云。樸屬微至。於古人近元次山。今人則莫子偲。孫仲容跋云。高渺之致。寓諸平易。嶔崎之懷。返之沖淡。杼山長老有云。清景當中。天地秋色。可與論先生之詩矣。余謂次山以五言古開香山諷諭之體。君詩固篋中集中孟雲卿沈千運諸人之流亞也。

蕭敬孚穆桐城人。年未六十。鬚髮盡白。目力甚短。讀書太勤苦也。少受知於曾文正。爲位置上海製造局譯書處。月入不過十數金。前後三十年。乃增至三十金。株守不去。季貺詩所謂確爾安儒素。及傭書養母。客裏安貧者也。所嗜惟豕肉豆腐。極似順德馬季立所嗜惟醃肉白菜。每自提籃入市。市物居停某公坐馬車遇之耳其爲曾文正門下也令僕人下代提走數步敬孚取還自提然以數十年刻苦節省益以賣文所得家頗富藏書勤於鈔寫校勘多善本王益吾祭酒先謙刻續皇清經解續古文辭類纂多半取材於敬孚嘗語余曰吾雖寒士不作官然曾文正所云租蔬魚豬書車等物居然皆備余極羡之

仁和譚仲修廷獻又名獻久爲武昌經心書院山長余至湖北仲修已去其爲顧子朋題寒林獨步圖云寂寞淮流尙氏秦寒林負手獨吟身無多黃葉古今水如此青山醒醉人風調極似漁洋山人感舊集所載申鳧盟潘孟升兩絕句申云日日秋陰命筍輿故人天上得雙魚荷花未老村醪熟爲道無閒作報書潘云寒鴉穀穀雨疏疏薺麥風輕上鮝魚憶得往時寒食節全家上冢泊船初

仲修復堂日記載有南皮張朕民祖繼絕句云把酒登高欲問天無私畢竟是盧傳裴航生有何功德既作鴛鴦又作仙頗足解頤

季貺外孫冒鶴亭早慧有聲長而好名特甚余見其所刊五周先生集後跋及

外家紀聞文筆步趨古人戊戌余寓都下蓮華寺暾谷介紹來相識癸卯始見君詩佳句甚多率筆者亦時有如日色不到處苔氣綠一尺短橋臥流水竟日無人迹梅邊笛瘦人雙玉花影笙低月一丸請君試問頭上月曾照清寒與攀摘皆才調叩彈集中人語全首如疊韻懷仲虎歸太倉云水紋衫薄晚涼生憶爾孤篷落日橫行到玉峰回首望斷霞紅處是天平閒殺長門賣賦才中年傷樂復傷哀黃金早識文章賤悔不臨邛貰酒來疊韻寄義門云江湖流落玉溪生長念神州淚眼橫一曲鈞天聞廣樂始知夢裏有承平又諸生可有封侯相試問橋頭日者來同敬夫先生夜話疊韻云吾曹都是不辰生豺虎紛紛世路橫只有罪言唐杜牧更無奇策漢陳平自楊花橋夜歸口占示內子云踐踐車走傍江干十里歸程近轉難常恐林間明月墮抵家不及兩人看重過葉蘭臺先生故居書贈道生裕甫云阿大中郎總不凡故知回首我何堪青蛙閣閣池塘路淒絕當時秋夢龕餞春詩兼懷肯堂云當時不醉更何待後日相思亦惘

然曾笑仙人太無賴要留老眼看桑田酒酣拍徧闌干說今夜星無座客稠忽憶論心范無錯落花如雪過揚州送潘蘭史歸廣州云燕臺三月雨冥冥門外驪歌那忍聽春水方生君便去今宵何處酒能醒因循云拋殘金彈知何惜夢徧銀牀總未春東澤偶然留綺語北方從古有佳人暫來小閣同延佇閒話中年各苦辛裘馬五陵空嚄唶珍珠十斛已因循都可與仲則船山得意之作相捋袖矣君喜塡詞詩中多詞家語今宵句耆卿之語也梅邊句曾照句白石之語也花影句從杏花疎影裏雙髻坐吹笙諸句來也然自是詩句非詞句青蛙句又從汪鈍翁乳燕飛飛蛙閣閣楚萍謝絮滿池塘來矣酒酣二句又從仲則忽憶酒闌人散後共搴珠箔數春星來矣

周彥昇明經家祿海門人與張季直修撰謇朱曼君孝廉銘盤均爲黃漱蘭先生體芳門下士同遊吳武壯長慶幕從軍高麗著有朝鮮樂府一卷長於考據之學陸寶忠督學湖南但主畫諾命題衡文皆君一人總其成詩不多作有石

遺先生枉贈長句次韻云。東城寂寞動經年。忽漫勞君枉贈篇。興發湖山爭突兀。愁深江海阻沿緣。倦游且作躬耕計。飽食猶思博奕賢。料理叢殘身後集。閉門何暇更憂天。又石遺見示寄蘇堪詩再次韻云。屈宋風流盡。閩江得二賢（一時有陳鄭之稱）嶽淵互渟峙。圭璧各方圓。白髮何須諱。青編已足傳。更尋耦耕約。東海有桑田（二君皆有買田通州之議）余原韻云。與君此地過三年。一字曾無贈答篇。嵇阮形骸殊可略。淨名言說漸無緣。移文豈到周居士。好客長吟沈下賢。尙有田園春興在。上洄下濮事由天。第六句謂子培贈君詩余最喜誦之。君又有和蘇堪登洪山閱兵臺兼憶曩游句云。幕府勝譚陪峴首。上游清望繫神州。洪山爲廣雅相國督鄂時大蒐軍實之地。臺據山顚。蘇堪子培皆有詩。君曾參廣雅幕也。

丙戌己丑間。余由蘇堪識季直。今隔二十餘年。不相見矣。憶於蘇堪扇頭見其題松鶴圖絕句云。養鶴先增二頃田。種松繞屋長風煙。縱教此事都難得。晝裏

婆娑也自賢此種意調偶作甚可喜

余亦有二絶句云我有陶江數畝田妻梅養鶴足生全李家山下遲歸去只恐無人送羽仙昨日歸來從岱頂古松千樹鬱盤盤並無一鶴巢居者都去乘軒刷羽翰戲爲朱古微題歸鶴圖卷也未幾武昌兵事起高軒者流皆如衞師之熸於滎澤余亦歸去李家山下不乘車而戴笠矣寧詩讖乎

黃仲弢學使紹箕少承家學工駢體文金石字畫皆精於鑒別詩不多作又散落殆盡其遊宜昌三遊洞諸處題詠皆佳今不可得矣有題惲南田像云流離生是拔心草窮老猶摹沒骨花京洛貴人爭購畫誰知忠孝舊傳家絕藝同時石谷翁曾看倅色尺綃中兩家神逸誰高下多恐吳生是畫工題顧亭林像云審韻探碑絕業餘子雲後世竟何如薦紳坐論裨瀛外辛苦親編肇域書河朔江南幾大師百年儒術漸支離夏峰不作南雷死瞻仰神姿一涕洟舉止穩藉語有稱量極似廣雅堂集中詠史諸作鮮菴固廣雅入室弟子也

南通州范肯堂明經當世有中秋月句云噫余瘦削不成影見汝盈盈在上頭悽咽似倪雲林中秋之作皆不久下世矣

大輿俞恪士有遊天童待寄禪不至云此來眞隔世了了悟初心入谷窺天近因松坐雨深秋蟬悲旦暮山鳥課晴陰好景無眞相君聽流水音極似常建劉眘虛語

余於戊戌正月識順德馬君貞榆於武昌君字季立以老明經充兩湖書院分教曾及陳蘭甫先生澧之門治經通尙書左傳貌似畫像中錢竹汀而衣履襤褸時時見肘決踵歲入千金購書外不名一錢近年兼教存古學堂乃積三千金買一宅今春由都門寄余一絶句有序云余在武昌十餘年只剩得菱湖邊一屋此地背山面湖夏日荷花彌望恍住舟中晚見隔湖燈火不知其在城市也去秋武昌兵起家人避走漢上余客京師意此屋必不保矣石遺知余最深歲暮有詩見懷云太學書生待汝來窮途垂老客金臺屋廬書籍辛勤有莫便

昆明付劫灰蓋石遺知余館穀銳減薦爲大學堂教習故獨遊京師也今春返鄂則屋舍依然失喜卻賦云牽蘿補屋十年餘長物全無只破書烽火已消松鶴在依然綠蔭舊時居余識季立以來未見其爲詩而甚嗜余詩評品多當余嘗贈以五言律云嶺外談經者吾知馬季良抱遺三傳訂衞道百夫防雪履穿東郭春衣典草堂詩窮非汝事端爲說詩强雪履二句見者謂能狀季立也余嘗欲刻師友詩錄前歲爲友人促成數卷因寄書季立使錄一二詩付余君寄長句云識君忽忽踰十年臧否約略同媸妍相知豈在文字末刻鏤肺腑通天淵君才濟世不大用有如天馬遭牽纆溢爲歌詩發奇氣精偉卓絕百千篇況復好事及朋友搜討佳什付雕鐫我生固蔽兼躁急君爲開正藥其偏又推臭味引同調自顧下里慚喧傳邇來世事浮雲改念我衰朽難安全此意不言我默感臨風北望徒拳拳

石遺室詩話卷五

昌黎同工異曲之說，即劉子玄史通所謂貌異心同者也。但貌異心同所同者以用意言，同工異曲所同者以用事隸辭言。葉損軒爲江南牧令，喜言攷據。要余贈詩，余結韻勉之云：「君看經師出大令，金壇曲阜雙嶙峋。」謂段懋堂、桂未谷皆爲縣令，皆治許學也。損軒和詩，亦欲覓兩縣令治小學者相敵，苦思數日，乃得句云：「洨滋令長雖異代，中天萬古雙嶙峋。」謂許君爲洨長，作字林之呂忱爲滋令也。余笑曰：「君數年辛苦，方由令升爲牧，今又將降爲長耶？」後余居武昌，蘇堪總鐵路事居漢口，李拔可爲記室，喜鬬麻雀牌，亦要余贈詩，有云：「摴蒱運甓等無用，互訟廷尉難爲平。」時張廣雅督部方以陶侃自命，故用陶事也。近寓都門，畏廬日以譯小說得多金，又喜賭麻雀，弢庵因和詩諷之云：「讀書博簺等傷性，多文雖富君勿貪。」各用博進故事，而命意極相似。

吾鄉詩人多在會城之西南鄉。弢庵居螺洲，去城三十餘里，南而稍偏西，築滄趣樓面隔江尙幹鄉之方山五峰插天摺疊如列屛視匡廬之五老香爐廉悍過之由馬江西望則又突兀似五虎頭故俗呼五虎山落荒嶠而名不著也洲上良田廣宅有華嚴菴具林塘之致有桫欏樹皆高數十尺有水松栝者皆緣以朱藤花使若木本者然猶北地凌霄花多緣楸樹也弢庵同懐弟有叔毅（寶璐）族姪有芸敏族孫有汝翼（義）汝翼編修與李純客（慈銘）吳子儁（觀禮）友善能爲駢散文與詩皆不傳芸敏駢文學陽湖詩學浙派力避高調而苦落纖仄次韻和俶玉先生云簾鉤風緊不曾開病起將書校幾回鍵戶豈知春色至捧詩還當故人來中年各有衰親慕早慰深憐稚子才（謂三彌）行止難求詹尹卜何曾熱夢戀強臺夜過伯初見三彌案頭有司馬景和碑內夾和杜五古一首三彌作也喜而賦贈將索損軒同年和以張之云故人有子字三彌七歲能爲五字詩（三彌七歲詠蚊有縣官無汝肥句）肯共而翁逃宋派不妨學杜得其皮避兵也署陶江集臨帖居然北魏碑致語寫經老居士他年三舍避偏

師君早慧余姪三彌亦早慧君最喜之論詩寄蘭生云燕瘦環肥各賞音偶於浙派見精深論詩未信卷葹語樊榭何人更鑄金三朝選本亦區區七子松陵枉並驅一例詩翁饒派別故應籜石勝歸愚

叔縠耽經學漢宋兼采能散體文能詩極少作以庶常改官部曹閉戶鄉居累歲不入城弢庵哀辭所謂不名一編不出一廛者也有雪坪與弢庵聯句云雪坪生夏寒奇勝吾齋甲下臨無盡溪上有太古峽巖懸喬木翳磴迤危欄夾谷響易聚空江光未迷眨沓深平妥簟籜積凹勝擣攤書牀是簏燒茗灰成刼曲几滑可凭窪尊淨宜呷仙遺賭奕枰天借眠琴匣千模從意造羣窬誰爪搯想當春雨後側足奔流狎河勢走呂梁橫絕不可偪洎乎秋月夜列坐微風洽桂子落天壇馨發那由箟寂頑見佛性夷坦息世乏鳥飛戀其巢獸逸寧思柙醉當臥陶石遊或荷劉鍤雪坪生夏寒槃澗盟須歃舊稿傳寫脫去兩人名字三十餘句不辨其孰伯孰叔矣然妥貼不頗居然韓孟之工力悉敵也

弢庵猶子徵宇（懋鼎）肆力后山俯視一切嘗手錄舊作二十餘首付余密字丈餘可裝一長卷也齊齊哈爾遇林葵雲云卜奎去閩嶠鳥飛猶半年鄉人來者誰將毋我爲先忽驚見林子雪中足蹬然借問自何方桂管西南邊攜婦涉關塞不顧寒無氈婦爲女子師身列幕下賢破荒出宏抱但憑願力堅上農載耒耜榛莽皆良田歲晚冰峨峨志士當勉旃自昂昂溪至齊齊哈爾道中云黃塵滾滾淡斜曛亂轍枯槎淺不分天影四低平野盡一行黑點是牛羣一帶寒林路外斜荒風起處絕棲鴉平原小作坡陀勢障得前村十數家將去英倫書居停女葛悌册子云七尺昂藏獨立難飄然挾策復東還願卿勿倚年華盛及取春風問指環先錄數首皆從詩榻中苦吟來也

從螺洲泝江西上爲義嶼又西爲陽崎溪山寒碧樹石幽秀稻田外繚以江橘間以桃李荔支橄欖龍眼之屬外臨大江中貫大小二溪大溪通以二橋宋時所造小溪潮落度以石矼潮長喚舟而渡則六分洲也彌望皆橘無他物溪水

灔灔時極似杭州西溪二橋左右剏有玉屏山李家山楞巖諸邱壑嶔崎歷落
如行光福鄧尉虎邱山塘間土著爲嚴陳二姓已數百年陳氏少聞人嚴氏則
幾道（復）久客於外令子伯玉（璩）以三千餅金典葉氏玉屏山莊小住又去玉屏
山莊者葉損軒之父作宰江南買玉屏山以萬金卜築焉池館幽緻有陶江書
屋歸來草堂偕寒堂寫經齋玲瓏閣諸勝山莊外田園果樹幾占一鄉之半過
江至古靈西溪諸處損軒少負才名與芸敏並以院試會昌一品制集序賦風
簷寸晷下筆二三千言爲濟寧孫萊山學使（毓汶）所賞識光緒初年以中書舍
人稱詩都下芸敏體弱多病登第後屢出衡文故少所作損軒時時往來吳山
浙水間所爲詩心摹力追於石湖後村集中西溪一卷最爲幽秀溪堂閒居六
首之一云微波無力不生鱗卻似將春尙未春祇好入詩休入畫畫來愁絕水
邊人此卽從司馬池絕句冷于陂水淡于秋遠陌初從見渡頭幸是丹青不能
畫畫來端合一生愁意來也損軒嘗以詩稿請蘇堪去取蘇堪時方爲大謝柳

州頗致微詞旋悔之因與君書特舉此詩首二句爲問云足下近來尚能作微波無力不生鱗云云否君乃釋然游古靈村四首云水折峰盤別有天連岡茶筍不論錢園林見說梅如雪正要山中住一年石峭溪幽景益眞橋闌井甃字猶新此村豈止饒林壑九百年前大有人山光長傍古靈祠谷鳥巖花盡入詩潘柄鄭潛居尚在村中訪得宋元碑山程佳處耐閒行一石都堪悅我情古樹蓬科多不識可能強派是何名西溪者由陶江西上轉入永福諸處也

余交張珍午元奇民政十餘年癸卯都門別後余仍客武昌君出守岳州與武昌一江上下郵筒隔宿可至至必有詩若書錄數首於後石遺詩老許來遊不果以詩至次韻答之云雄傑湖山古大州登樓一眺釋千憂江潮夜靜時聞些庭草秋深不繫囚見說嘉賓猶入幕可因安道竟迴舟壯懷隨處須馳放莫使金羈絡馬頭又澹菴同年次石遺韻見懷再依原韻奉酬云老向湖壖乞一州自將詩句託薆憂黃金難活溝中瘠白梃仍多階下囚妙手紛紛爭舉奕禪心

寂寂只虛舟輸君日注參同契高臥黿峰獨掉頭澹菴同年因石遺不顧內調寄詩請爲說法次韻奉和並示石遺云今人愛誦石遺詩筆縱橫近益奇一世才名空偃蹇百家學說待論思林花已悟飄茵旨劍氣寧忘出匣時衡岳至今留芋火爲君重叩嬾殘師又癸卯送余出都云十日深談塞百悲借君趺宕發雄奇撐腸萬卷書寧腐垂翅重淵事可知大冶祥金認干莫多方歧路誤駢枝援琴歸譜蒼涼曲漫說成連是我師岳州爲張燕公悽惋得江山助處於公最稱故詩筆皆壯於發端而千憂百悲中間時時流露數詩推許太過豈亦燕公政事堂榜王灣詩句之意歟歲除日喜晤蘇堪云到門示我入遼詩別後霜華各點髭墜地同時身易老（余與蘇堪俱生庚申）回天無力路多歧看人羣逐中原鹿請子一爲當道羆正是平津開閤望驛車催送鄭當時羆韻甚切當君當少日曾館陶江損軒處故次其詩於此

己酉在都幾道見示十二月初七日閱邸抄作云自笑衰容異壯夫歲寒日暮

且踟躕平生獻玉常遭刖此日聞韶本不圖豈有文章資黼黻恥從前後說王盧一流將盡猶容汝青眼高歌見兩徒幾道以馬江習流學子既游學西國精英文復肆力探究四部之書所譯原富天演論名學各種文筆雅馴殆罕其匹此邸抄乃中朝采訪數十年績學有名者賞給進士看花之年雖同於東野及第之賜大異於方干得意馬蹄難逢開口之笑同阜牛蹼終免仰首之鳴詩末聯較有意趣視古人弟子得桂先生灌園者迥不同矣余急和其韻云夫子雄才敵萬夫苦吟字字費踟躕偶將雁塔題名記寫入詩龕祭脯圖五十本來少進士百年能幾大胡盧看君放蕩無涯思莫管南公與左徒唐人最重進士有五十少進士四十老明經之謠君並示送朝鮮某侍郎詩故末句及之

甲申乙酉間損軒家居招伯兄移家陶江者二年木菴詩中所分爲陶江集者此時作也後十餘年庚子余亦以避亂至陶江遂購薄田買果樹爲退休計先室人及子女媳婦前後住數年余則最久者未及一月故村居之詩前歲始有

作爲

前歲九月舉家歸自京師家人借居陶江力氏廬余攜張僕居城中時往來於城鄉之間歲暮有歸陶江詩四首寄力醫隱云歸來斂翼向江村失喜君家剩舊園補葺窗櫺安棐几量移書簏啓柴門不多寒碧聊舒眼無主幽香漸返魂（園有梅竹）苦憶去年風雪裏唐花紅白醉芳尊數畦寒菜長荒村彷彿江關賦小園野菊猶花都踠地山桃已蕊恰當門絕江喚渡殊躭閣（時將從瀨下游葛嶺）念遠登高欲斷魂天末來書聊慰藉蠣房春餅佐清尊李家山下自成村典得君家十畝園叱犢扶犂田破塊打魚漉澤水開門蜡賓曾感官家局社祭將招古昔魂能護全閩詩在否稱王水陸一何尊（余刻全閩詩錄於武昌方成而兵事起中有林垌詩相傳垌爲陶江社公俗稱水陸尊王）楞巖高處瞰山村邱壑松篁此最尊桶水分江登拾級爨煙繞舍閉重門峯巒隱見占晴雨池館經過愴夢魂曾是母兄偕隱地於陵來灌桔橰園醫隱鈞郎中者

永福芹漈人與損軒相先後寓居陶江幼苦貧隨其父至李家山下拾林中樸樕歸供炊爨顧有大志語其父曰異日若買得是處田園亦足樂也父呵之時山下田園皆陳氏數百年產旋歸葉氏後二十餘年葉氏中落竟易主於力氏前歲又典於余以其金營北京鵝房之田醫隱有次韻和余云陳家村又葉家村野老猶呼李垞園里社飲賓多父執先疇服穡記師門（園本鄉賢陳蘭畹先生公產）池邊坐數魚吹沫花外行知蝶斷魂舍己芸人君莫笑（鵝房田有兼爲他人經理者）何如銅鏡換金尊玉屏山下水環村四十年前此灌園無主落花常滿地成園老樹尚當門白雲親舍兒時淚春草池塘客子魂世事升沈都閱盡算來還是布衣尊上下斜街似一村東園載酒醉西園尋芳覽勝常聯騎破曉銜寒擅入門再過亭臺新易主歸來環珮執招魂今年春意萌芽早獨坐花前嬾舉尊君精醫學外稍治說文向不爲詩藏書數萬卷而詩集闕如近年始購有全唐詩及香山劍南兩集招魂一聯謂君居下斜橋余居上斜

街宅今歸林肖旭而余妻實卒其中也
余僕張宗揚侯官紳帶鄉人鄉在萬山中由陶江西上十餘里至洪江又水路西上數十里至小箬又陸路四十里乃至其鄉泉石林木奧如翠如鄉名紳帶者以溪流形勢言之也宗揚從余十餘年年亦三十矣喜弄文墨無流俗嗜好行草書神似蘇堪見者莫辨掞東衆異梅生最喜之欲學詩於余余無暇教之惟從余奔走南北若匡廬彭蠡泰岱上谷居庸昌平桑乾京西之香山翠微江上之金焦北固鍾山石鐘西山赤壁漢上之大別郎官湖上之南北高峯以及姑蘇金陵錢塘武昌南昌諸名勝無遊不從釘鉸之作遂亦裒然徑寸然識字甚少艱於進境前歲除夕亦和余村韻三首云詩人無不愛江村我願江頭得小園蓺菜蒔花成老圃種松栽竹繞柴門此時巖下梅應發（主人所居名楞巖）遙想闇香都斷魂待到曉來潮水漲鮮魚味嫩佐芳尊夜眠如在萬梅村（室中瓶梅甚夥）曉起尋詩城北園（主人女公子園林在城北）寄語主

人休遠念出遊自鎖幾重門鼕鼕臘鼓歲云暮耿耿蘭釭搖夢魂爆竹聲喧街柝靜昨宵獨酌酒盈尊雪峯水碓響村村草棘爲籬護菜園記得童時返樵擔山中日落早關門田園不覺十年別世事茫茫若夢魂欲與主人同笠屐到吾草舍醉匏尊三首起句俱好又九日次韻和余天寧寺登高之作云蕭瑟秋忽晚景物俱變衰客中何寂寥畸人思東歸重陽好天氣晴暉風力微迢遞望故鄉鄉情總牽羈居守不出遊閉門獨詠詩喬木脫將盡矮菊尚未開昨夜微霜落淒淒壓蒿萊西山當此時紅葉正美哉故園弟與妹尺書絕不來天寒賴有酒日日醉霞杯愁我多疾病顦顇鬢髮摧昔人半銷磨舊事徒傷懷往年登高處矗矗鄰霄臺太息屢爲客渡海還幾回意自尋常音節卻亮

臚廈鄉在螺洲陶江之間鄭友其錫光其鄉人也余交友其晚一見相憐不自知所以然友其常以爲佛言有緣者罕爲詩嘗和余寄懷之作云不薄嵇生七不堪相從情味最深醇忤時幸許言無罪諧俗應憐老未諳尺札跫然天外至

夙因當向佛前參平生婚宦銷磨處悵觸無端未忍談君以宿學入翰林未幾即翛然引去精內典喜與浮屠氏游中年屢遘傷心之故思以道力戰勝解脫蠶繭纏繞故有平生婚宦云云讀之使人悽然也余寄君詩二首今只存齊韻一首云一鑑方塘月墜西荷風竹露坐淒淒贈言敢謂深潭水惜別先拚醉爛泥莎柵聯吟容會合禮堂高足忍分攜最憐草澤狂歌處他日歸來路欲迷時君掌教鼇峯書院院有鑑堂前後荷池旁挺高樹常邀余爛醉池上君飲量至洪數倍於余而獨喜與余飲一夜醉後話別君亦有出山意因及往事瑣屑悲辛使余酒氣不知何往分攜時不禁共誦坡詩世間那有千尋竹月落空庭影許長矣

君有里居聞石遺內調甚喜得寄岳州詩知殊不欲行竊廣其意幷示珍午云前賢五十始爲詩五十爲官事大奇詩好已居吾輩上官遲彌耐世人思低徊江漢行將老旋轉乾坤或此時官職詩名元不礙一麾張楚是吾師又次石公

韻懷珍午幷寄石公云淸貧太守似湖州贏得剛腸百不憂劇郡梗書寧厚祿窮鄉株守恍詩囚傳聞漢上常聯句乘興山陰欲買舟一事想君開口笑經師新辟賈長頭二詩工穩官遲句眞耐人尋味

葉肖韓侍御（在琦）與珍午齊名而珍午則對客揮毫肖韓則閉門索句有積翠寺新樓雨中吟集用石湖清心堂觀晚菊韻呈俶玉年丈就爲叔伊三丈送行云山樓糾詩事難得吾髯到簷陰別一榻燒燭雨中照髯從人海歸看俗頭先掉維摩繕病室新爲聯床小故應興不淺並轡遊未了玆吟算鄉物老輩亦妍巧且紆陶謝手聽鉢時一笑買魚雜菱栗容易雙瓶倒偶攜孤句雋欲遣千愁掃忽驚客旋去門外驪駒謋筆意簡練是從苦吟來者木菴伯兄甚許君詩嘗爲余誦其七古一首言蠶織事今悉忘之矣

劉步溪長於理財學持論最與余合尤精鹽筴舊學多所探究未知其工詩也有長至雪夜到都呈橋叟云累書不答突如來執手燈前萬事哀嚮晦君猶難

偃息多歧我且少徘徊居然相對能今夕似此爲歡得幾回見晛未消還集霰煕煕人說是春臺留別橋叟云客裏光陰也自忙來時雪虐去風狂無緣咫尺親朝爽能復流連待衆芳庭樹向人如惜別車聲入夢已迴腸去年手種臨河柳準擬歸期及吐黃用意用筆頗到恰好處嚮晦句尤親切有味橋叟弢菴其妻兄也

默園爲弢菴詩弟子滄趣樓詩大半能背誦七言律久稱入室淸雋句居多客秋有聽水師招同石遺丈宿師子窩一律云荒榛宿莽晚蒼蒼三兩疲驢陟數岡山半畫廊連棟起望中渾水帶沙長風號欲遣寒專夜葉赭多因雪先霜三宿浮屠猶自感更堪人世有滄桑氣勢壯往視平日最爲傑作是日師弟皆苦吟良久而後就暮歸三人同載猶推敲不已弢菴成一短古起四句最得勢云秋深赴霜林常恐風先我誰知前夕雪斷送陸渾火余構思不就既以驪珠被探所餘皆鱗爪之而亦以西山紅葉舊已有詩更索亦無新語也促和數日乃

強作高調云淒緊西風連夜霜登高來作展重陽看山覓句騎驢慣出郭尋秋下直忙樹石淩寒凝水墨林巒著色偏丹黃行窩一臥臨崖坐兩幅天然畫本張此遊先至師子窩大風止宿月色昏黃窩居未及上翠微處因未霜先雪樹葉不及丹黃遽成焦墨色故陳黃兩詩云然次日至祕魔崖風止日暄坐崖下數時許對面諸山千百樹或丹或赭或紫或深黃淺黃耀以斜陽遠望若叢菊盛開羅列高高下下景色與師子窩迥異弢菴年踰六十有濟勝具數與余遊山皆騎驢林贊虞紹年尚小一歲前數年同遊戒壇潭柘則動必肩輿余有二詩云人境乏秋色入山眺霜林連村僅微黃出郭方沈吟炭谷路屢轉山氣漸蕭森寒巒鬱叢木夕暉恍未沈豁然一呈露世界變黃金惜哉遲兩霜渲染色不深城中數葉紅山中燦於火有如觀陸渾公言豈欺我入門惟柿葉丹赤勝花朵古松變臥龍盤屈敵坎坷偃蹇如壓雪異狀餘猶夥戒壇以松勝潭柘松亦可水聲復潺潺一夜竹間墜

南海潘若海博喜塡詞專學夢窗久與朱古薇祖謀遊濡染然也數以詩枉贈有云西山漸換秋顏色定有新詩與品題秀句可誦答之云投我瓊瑤闕報章琴書枕簟日邀涼西山果換秋顏色呼酒登臺一據牀君詞家故特用白石夢窗詞中語君又有秋雨臥病見示句云涼意三分妬薄羅西山塵外蹙雙蛾當軒亂眼皆黃葉敧枕關心到敗荷兩詩皆不能忘情於西山者

林宰平志鈞爲詩極用意常從弢菴遊西山得詩祕不示人偶見其贈芷青一首云安得生來不入城城中冷暖見陰晴殘秋久客有倦意經亂聞雞多惡聲歷刧蟲沙歸寂滅一心家國太分明桃椎曳索風塵外儘自無言意豈平殊有伯鸞五噫之意

李次貢景堃前數年需次杭州喜其湖山有美寓書告余欲肆力學詩嘗夢至余斜街草堂因有枕上閱石遺室師友詩錄寄懷云別來時序易遷流夢到斜街認舊遊三月瀋從花底去六時忙向枕邊休貧知無諂詩聊學道媿難聞食

尙謀寄語簡齋樹桃李要栽小草助淸幽第三聯兩用端木氏語不忘取字意也次頁又嘗夢余招飮令卽席賦詩醒止記一句云人如嵩華酒如淮而次日余果招之飮亦異矣

前歲畏廬避地天津忽發憤大作詩自命杜陵詩史寫十數首寄示余工者二三未工者七八不及都門遊集諸作多可存也寓書勸其淘汰並奉懷絕句云畏廬畏亂復畏貧稚子旁妻寄析津飄泊干戈曹霸筆鋪張排比杜陵人聞畏廬頗不樂夫鋪張排比元微之以讚美少陵元裕之則云少陵自有連城璧爭奈微之識碔砆（是鋪張者少陵之碔砆）余以爲鋪張排比亦談何容易今錄其沈摯而不鋪張者於後得石遺書寄懷云累聚境易忽暫離味彌長石遺去秀野桃李荒深堂柴車三過門伏軾思吟觴比聞生壙成屛衞多松篁淸江面千帆明滅如瀟湘作達已非易知止何不臧華士昧勇退臨老望深藏吾子矢狷介豈惟能文章卽不搆喪亂歸耕亦有鄉庭梅方盛開幽香滿琴牀萬綠

閟柴荊款關惟何郎（梅生）勝侶日夕合搖搖燈燭光酒半忽念我風前書數行迹暌意則親耿耿遙相望去歲五月余至都與畏廬同寓醫隱處六月南歸君送以長句云明知行促故牽裾門外新泥已濺車（時大雨新霽）名輩漸稀君愈貴淸貧能耐計非疏灰心肯挂滄桑眼索畫仍描水竹居病起定饒相見地風前不盼雁來書時有大學校講席之約期余復來也次聯極見用意

亡友劉紹庭大令（大受）有句云石徑破煙高想見山路陡絕處又夢轉窗猶黑尋常意亦人所未言又荒灣漲落妨頹岸高木煙深壓小村甚似劍南都昌城樓云危樓恐出鸛雀上倒影直浸蛟龍潭借讀彭澤縣志云形勝休云僻一隅由來陸口壯東吳縣移舊治蒙彭蠡江界中流割小孤與余江上望彭澤云青山奔赴來彭澤湖水清泠接小孤甚相似而壯闊翔實勝之邯鄲題壁云此徒竟使延黃輔大盜由來起綠林楊郎山夜郎事云雲陣欲東下急風爭向南精靈戰雷電蛟鱷拔湫潭斷港羣舟拜中河大浪酣艱虞更留滯水宿況眞諳皆

得力於孟杜岳陽樓諸詩者他如心酸梅子黃時雨淚熱桃花洞口潮薄酒那禁殘月下懷人多在斷雲邊又何悽斷乃爾

君有不得家書甚久書來知內子小疾云家書不來六十日終日望書如有疾今朝書到卻生愁病妻服藥晝掩室自言已占無妄喜恐慰離人語非實挑燈作書急相報破窗秋風入我筆聲聲絡緯吟頹牆單衾輾轉中夜長卷帷微歎霜月落關河欲曙天蒼茫眼前語讀來但覺悲涼懇至誰謂唐詩之不可學耶今紹庭之墓不知幾宿草其夫人亦黃土矣錄此不覺黯然

仲常家兄豫四十以前作詩亦不少絕不留稿丁丑旅食屏南山行得七言古一首寄余惟記一韻云千年奇境僻未著當無蜀道若是班又在屏南縣署用工部秦州雜詩韻二十首惟記數聯云啞啞庭前樹慈烏待哺歸栖枝雖稍穩得食一何微又天風吹崑崙飄下衆芳繁落溷花無主辭山泉有源又息翮羨林鳥奔波憐澗泉

季新亡弟遷年少逸才。鬱鬱不得意。幼失怙。兩兄不忍過於督責。有所眷歌者夭逝。弟傷之甚痛。兼以自傷也。見諸詩詞者不下百十首。錄一二云。更上湖亭倍惘然。十分秋色是今年。夕陽眞是無情物。不許愁人哭墓田。三載何曾一日歡。此心不滅越悔酸。細思往事都成讖。長抱奇愁欲化丹。縱不題詩也愴神。今年燕子罷勞辛。此中白眼知多少。終古黃衫有幾人。句云。世上黃金原似土。抱中碧玉自無瑕。備極沈痛。化丹句奇創。似楊鐵崖張伯雨語。又五言一律云。風物已淒緊。吾心殊不佳。墓門空掛劍。香徑已埋釵。霜信催衰鬢。秋期葬病骸。詞人白首臥。松竹滿蕭齋。尤悽厲不堪卒讀。卒以不壽。年僅二十有八。又有句云。庭無過客僮慵掃。案有拋書兒亂攤。可以想其淸貧之況矣。

亡友高逋孫鍾泉少孤嗜學。家貧無所得書。無所得師。則閱市借人。出門求友。十餘歲斐然成章。花事云。花事殊無據。東風面太生。梁低空待燕。地僻少聞鶯。簾外幾春雨。樓頭多晚晴。踏靑鞋未繡。何日是淸明。花事寒中釀。春來欲減衣。

燭燒春共短香梟夢相依暗雨苔潛長幽篁筍定肥寂寥門巷裏纔見燕雙飛謝酒云傍到香肌已減寒桃花釀醋豔含酸年來不領青州事合向平原署曠官詠史云夫何碎唾壺癡心慕魏武神器非等閒中宗豈懦主石頭不噬臍上計死奚補刁劉無足論伯仁宛千古稱孤不負漢坐擁見雍容偏朝奇男子首數石世龍子房同卓識高皇誠景從並驅輕光武恐是君未逢宛在堂題壁云數畝林塘結構粗兩朝大雅此輪扶參差漢上題襟集彷彿西江詩派圖風月且談今夕好湖山莫說故鄉無某邱某水釣遊處社祭先生德不孤堂中祀明淸兩朝閩首郡詩人也澄瀾閣對柳有感云愛汝臨風作態頻依稀交讓尹邢身（柳有二本）攀條我少纖纖手護惜還須倩玉人莫向長橋管送迎乾坤幾輩解鍾情我來已負青青鬢愁聽誰家玉笛聲攀條二語謂余曾同室人至澄瀾閣下室人題詩云澄瀾高閣畔獨有柳條新共此依依立青春二十人又君贈余詩所謂修竹數竿依翠袖香泥百草繞裙腰者也又瓶中梨花句云未

贈白人權託命再逢青帝已無根草堂漫記句云好書久借緣多病舊句頻刪厭說貧小西湖即景句云過橋喧落葉臨水飽秋光又春晚即事句云貧家紅紫都如洗獨有青苔上井欄君美風姿守身如玉未嘗偶作狹邪遊婦邵氏世家女淸貧相對知者方目爲伏川高柔而幽憂瘦損余深恐其爲湯卿謀不數年遽病肺卒遺詩一册錄數首於此又使人惜死於無窮也

王蘭生景遺詩三四百首蜀遊作居十之八九詩骨淸瘦然有矯健不羣者梅子關云萬仞摩天梅子關關前七十二溪環路人爲指巴亭縣數片殘雲無定間二十八字一氣趕下頗有太白朝辭白帝一首氣象李涉之遠別秦城一首與太白可謂厮爲二流矣然末二句又從黃河遠上下半首變化出唐人此三詩一河一江一漢眞異曲同工後人無從再著筆矣

蘭生詩淡雅有餘雄深不足近日作者多爾不獨君也再錄其稍高抗者萬景樓云九峯三水各悠悠遠近蒼黃眼底收人比白雲難小住天晴積雨慰斯遊

當階草色晚將變壓樹蟬聲秋更遒未敢樓前久延佇鄉心鶴企易生愁送嚨初云布帆買就君先往極目蠻江滾滾來夔國尋詩杜甫宅荊門張樂馬融臺休因風雪銷餘興便見江山仗大才明歲扁舟下黃鶴一杯遲我菊花開酉陽院齋對月云十日荒山雪未晴頭番今見月輪明都無佳思煩相照惟有澄懷對太清征雁低昂翩去影寒砧遠近起愁聲往時不識閒居樂回首眞難萬里情斷句如病起登高望絕頂望峨眉云客裏無方散舊痾強登高望望三峨皺痕乍洗淸秋出爽氣遙分宿雨多夷陵旅夜云問路心懸入峽水寄書目斷過江船犍爲野望云山勢銳於牛礪角江湍鬱似馬羈槽曉發江安卽目云山泉氣壯來羣馬野樹根孤立半人五言如鎖江亭晚望云孤城雙鳥下獨客亂山前黃草峽云西風黃草峽眞作未歸人

徐仲眉 葆齡 侯官人少孤貧充武營書識保武職升至副將代某提督作左文襄奏稿敍爲李子和督部 鶴年 賞識延入幕府與木菴伯兄陳芸敏葉損軒友

善年五十餘矣風骨清峻有盧一區琴書瀟灑工小篆自書門前楹聯云南州高士宅東海假王孫顏臥室曰落葉菴設一榻甚緻邀同人分韻賦落葉菴詩榻詩生平有詩古文詞數百首無子卒後散落殆盡惟存次韻和淨名社一首云麤官不自惜顧之等破甑庖有枯桐材入爨正自稱山廚足藷蕷煨煮聽妾媵風味退院僧所異鬖髮騰何來文章伯光燄長虹亙上界足官府豈乏雲山鄧我詩本無法截凫續鶴脛入海闘連琴過門聆魯磬蕩滌柴棘胸豁若青銅瑩鷗程憶南船驢綱懷北鐙奔波卅年中塵夢勞未醒苦吟秋葉黃浩歌春雲暝也知淪性靈終嫌雜餖飣誰爲解天弢猿引絕飛磴立願結團瓢一几兼一凳晨參玉版禪暮入蒲團定枝梧白蘇外小小一蹊徑從公得導師庶把榻香證有曝書亭詩八册在余處朱印如新忽忽四十年矣

石遺室詩話卷六

曾剛甫有壬子八九月間所讀書題詞十五首實論詩絕句也穆天子傳云黄竹三章悔可追周家仁厚有流遺君王寡樂吾眞信不待歸途哭盛姬（我徂黄竹三章眷念民瘼其詞甚哀又繼以自數其過此周家仁厚開基之效也穆王此節便應獲沒祇宮雖有徐偃其不足以搖天下明矣然於此見當日遨游實鮮樂趣非止居樂甚寡也）曹子建集云雅怨兼深見性情交親不薄涕縱橫君王故有憂生歎未覺中和始可經（子建沈摯敦於性情鍾記室謂情兼雅怨是也黄王弇州讀謁帝承明廬便回環往復百數十遍不可休予於初秋涼氣發一篇亦然每至子其寧爾心親交義不薄蓋不知涕之何從也）謝康樂集云漫道凡夫聖可齊不經意處耐攀躋後人率爾談康樂且向前賢學製題（康樂詩記室贊許允矣至其製題正復妙絕今古倘張天如所謂出處語默無一近人者耶柳州五言刻意陶謝兼學康樂製題如湘口館瀟湘二水所

會登蒲州石磯望江口潭島深迴斜對香零山等題皆極用意惜此旨自柳州至今無聞焉爾不賢識小政爾慚皇後有大雅當哂我南人學問只有牖中窺日而已）謝宣城集云康樂玄言餘晉法宣城麗句啓唐風馬駒踏殺倘成讖後代終輸臨濟雄（玄暉風華明豔實開唐格當時鍾記室卽稱至爲後進士子所嗟慕至其名章秀句有唐一代沾溉不絕不止太白再四稱服已也大謝則終唐世只柳州一人問津他無聞焉譬之禪宗不幾讓臨濟獨盛耶）柳河東集云不安唐古氣堂堂五言直逼華子岡後人未識儀曹旨只與時賢較短長（柳州五言大有不安唐古之意胡應麟只舉南礀一篇以爲六朝妙詣不知其諸篇固酷摹大謝也）初唐四子云梁陳藻麗入唐初四子雍容語甚都沈宋王岑誇格韻若論絢素此權輿（初唐四子承六代藻麗之製陳杜沈宋繼起乃漸工體格至王孟岑高加以神韻而已椎輪之功四子不可沒矣）陳杜沈宋集云陳杜精思沈宋才有唐詩格此胚胎同年三百饒於律坐見諸賢

揖讓來。（胡元瑞以爲有唐一代律有餘古不足歸咎於文皇帝京篇不知當時既以詩賦爲制科則拘限聲病專攻體格勢所必至矣四家者實唐詩格調之祖少陵必簡孫乃集一代大成楊誠齋所謂三世之後莫之與京也）元次山集云沈憂涉世言幽約狷介爲文氣苦辛若信抔樽足藏酒酣歌猶是太平人（唐文蹇澁極於樊宗師開其先者次山也然次山究爲雅正其所編篋中集如沈千運孟雲卿等六七人咸與次山同聲氣蓋於唐古中自爲一格非盧玉川馬河南比也皇甫持正心儀次山而以其碎爲可惋不知次山固自成爲一種狷介文字也）王右丞集云慙皇官職偶同公家落千年悵望中但得晚來修白業不妨文字馬牛風（予官右丞日何翽高以詩戲之曰此眞詩人官職也自媿文質無底何敢比輞川特以夙敦禪悅於公良有同情萬一他時有會處則某甲雖不識一字要須還他堂堂地做箇人）岑嘉州集云兼工衆體盛唐時屈指王岑有定辭強與較量聊舉似玉階仙仗早朝詩（盛唐衆體皆工數右丞嘉州早朝詩岑尤特絕元瑞欲推右丞余未許也）韋蘇州集云少年卓犖頗經奇老去爲文多素詞我愛齊梁遺製在凝香晝戟郡齋詩（蘇州少作多豪縱餘淸澹似張曲江晚學陶世稱韋柳其不及柳州者少一峭耳然郡齋燕集一篇固與儀曹南磵爭儁也）玉川子集云水北水南起隱君玉川破屋老攻文孔經自信衣裳在惜哉盧傳今無存（許彥周言春秋盧傳僕家有之今亡矣辭簡而遠得聖人意爲多是盧傳宋時猶存今眞不可見矣孔經在衣裳玉川自信之語迹其終身固窮於道當有所得退之數千時宰猶嫌躁進無怪其不敢窺涯涘矣）昌黎詩鈔云平生選本不挂眼偶愛茲編亦大奇親與線裝完一册迹來閒却已多時（予向不愛選本詩文頃偶於地攤上買昌黎詩鈔一册親與線裝不覺失笑）譚友夏集云求山有文碎可惋東野佳處時一遭颸下甜瓜栽苦瓠楚風當日亦心勞（竟陵公安爲世所斥然明自隆萬以降摹擬剽竊流弊萬端楚風一倡遂變爲詭儁纖巧文章與世運升降

蓋至是而明業亦衰焉至其小品文字間亦冷雋可觀又不容概沒矣）尚有一首讀靖節桃花源記與論詩無涉未錄剛甫詩學甚深古詩託體晉宋七言律參用晚唐北宋法此十數首多甘苦有味之言子建憂生次山猒介左司豪縱玉川固窮陳杜格調胚胎王岑兼工衆體禪宗獨盛於臨濟白業悵望於千秋契合深微如聞慨歎至三章黃竹動地哀聲旨雖本於玉溪論能翻乎謀父然僕尚有言者鍾嶸詩品專思遺貌取神啟滄浪有別才非關學之說其失當處爲後人所疵議者衆矣不獨宋茗香爭升堂入室各節也

元瑞詩藪余緝元詩紀事不得已多采之然皆明人見識所取七言律不出趙孟頫之論用虛字便不佳中兩聯塡滿方好者明人論詩王元美藝苑卮言徐迪功談藝錄略有可聽胡元瑞不足與辯也

康樂製題極見用意然康樂後無踰老杜者柳州不過三數題而已杜詩如早秋苦熱堆案相仍柟樹爲風雨所拔茅屋爲秋風所破遭田父泥飲美中丞逍

泉驛南去通泉縣十五里山水作水閣朝霽宴嚴雲安信行遠修水筒槐葉冷淘行官張望補稻畦水歸催宗文樹雞柵秋行官張望督促東渚耗稻向畢清晨遣女奴阿稽豎子阿段問暇日小園散病將種秋菜督勒耕牛兼書觸目醉爲馬墜諸公攜酒相看聶耒陽以僕阻水書致酒肉療飢荒江詩得代懷興盡本韻至縣呈聶令南曹小司寇舅於我太夫人堂下累土爲山旁植慈竹江上値水如海勢聊短述王侍御攜酒至草堂便請邀高使君同到王竟攜酒高亦同過王錄事許脩草堂貲不到聊小詰課小豎鋤斫舍北果林枝蔓荒穢淨訖移牀寒雨朝行視園樹自瀼西荆扉且移居東屯茅屋刈稻了詠懷九日諸人集于林孟倉曹步趾領新酒醬見遺老夫續得觀書正月中旬定出三峽皆隨意結構與唐人尋常詩題迥不相同者宋人則往往效之

竟陵詩派冷僻則有之斥之不留餘地者錢牧齋之言也竹垞和之至以爲亡國之音今觀隱秀軒集中如上巳雨登雨花臺云去年當上巳小集寇家亭今

昔分陰霽悲歡異醉醒可憐三月草未了六朝青花作殘春雨春歸不肯停烏
龍潭吳太學林亭云城午亭先晚園春水欲秋蜂狂花約束鶯過柳遮留雲氣
能香石湖陰半壓舟良辰多下鑰閒殺此林邱巴東道中示弟牷云山中未必
雨雲起已生愁峽窄天多暮江高地易秋連朝皆陟巘茲路獨臨流欲畫瞿塘
勝歸途定覓舟自題畫贈陳子素云以我雲煙筆傳君邱壑心無人山路遠不
夜水亭陰妙借空齋氣淸添四壁音可言幽曠內未有客棲尋亦不過中晚唐
之詩而已何至大驚小怪如諸君所云云者唐堂尺牘云馮伯宗曰伯敬東友
夏曰曹能始覺近日詩文有淺俗之病亦是名成後不交勝己之友不聞逆耳
之言所致近日范仲闇謂自詩歸行無一人敢向伯敬言誤伯敬不淺此非名
人遞相諂也人苦不自知耳然竟陵詩話云閱虞山集中有粗俗語至於不可
耐不可醫者凡百餘條復看鍾譚詩洗刷殆盡解衣浴此無垢人非虞山身蒙
不潔者可比乃其論詩絕句有云不服丈夫勝婦人昭容一語是天眞王微楊

宛爲詞客肯與鍾譚作後人謂不及北里兩妓也率口輕薄目爲浪子不虛又云紀文達謂列朝詩集以記醜言僞之才濟黨同伐異之姦黑白混淆無復公論又云昌黎詩筆恢張而不遺賈島孟郊故人皆山斗仰之今談藝家不知視竟陵何如而鍛鍊周內幾令身無完膚不意風雅中有此羅織經也施愚山與陳伯璣書云昨承寄到伯敬集適在筍輿中遂至讀盡其手近險其心獨狠要是著意讀書人可謂之偏枯不得目爲膚淺其於師友骨肉存亡之間深情苦語令人酸鼻未可以一冷字抹煞大抵伯敬集如橘皮橄欖湯在醉飽後洗滌腸胃最善飢時却用不得然當伯敬之時天下文士酒池肉林矣那得不推爲俊物伯璣復書云伯敬所處在中晚之際復爲黨論所擠當時以大行擬科忽出而爲南儀曹志節不舒故文氣多幽抑處亦如子厚之不能望退之也黨論以十亂呼之與鄒臣虎諸公同列皆好學孤行不肯逐隊之士幾同子厚見累於王叔文矣冷之一言其詩其文皆主之卽從古人淸警出其平日究心經史

莊騷以官爲隱以讀書爲官其人實不可及格齋詩話云孫月溪先生曰詩歸一書頗爲談詩者所訾然極可醫庸俗之病隱秀軒文集自云僕於近人非不強項讀古人詩便覺爽然自失輕詆今人詩不若細看古人詩若細看古人詩便不暇詆今人詩也每見古人終身爲詩究其所存不過一帙或僅數章則心甚畏其貴裁也精於裁必審於作愼於示人乃其高於自處此予所謂選而後作毋作而聽人選者也余閱唐人全詩畏杜審言之少而劉眘虛只十四首其嚴冷之意尤肅如不可犯是竟陵之詩窘於邊幅則有之而冷雋可觀非摹擬剽竊者可比固不能以一二人之言掩天下人之目也

顧黃公耳提錄云伯敬詩原有佳處如聽子酣歌徹知君誦讀成又如雷聲入水圓之句皆不媿大雅鵠山文略云五言如沿岸攜初月登庭及莫鴉空林行有得靜坐夜方知幽思宜孤往高情多所捐細火霑林露遙鐘過浦霜湖晚收殘暑林秋戀夕陽新水分冰半孤煙出樹難酒色藏孤憤英雄受衆疑七言如

行經絕澗數花落坐見半山孤鳥翻譚詩如慈親漸老無多望執政方嚴敢亂吁颯爽時飛千澗雨蕭森不學衆峯晴隨園詩話云人謂鍾譚詩入魔而其佳句自不可揜如子姪漸親知老至江山無故覺情生此皆前人之不貶鍾譚者也余特表而出之者以鍾譚好處在可醫庸俗之病若謂其究心經史或未敢信近日號稱能詩者多半效鍾譚有賈島之苦僻無孟郊之堅蒼上焉者爲武功永嘉江湖其甚者則南宋詞家語爲之不已詩道不窮無復之成馬一角之殘山剩水乎

譚友夏作如登清涼臺云臺與夕陽平同來趁晚晴隔江山欲動半壑樹無聲艇子遙歸浦菴僧近揜荆煙嵐處處合殘興尙能淸得伯敬書云人傳君病甚亦覺久無書近始來音旨中仍略起居藥香諸佛下歸志一官初我信田園好山川或未如答王修微云相送萬里碧月光生道心始知人意淺不及雪流深飲山中人家云荷氣生前座榴花紅一溪牧童歸應客黃犢過山西舟聞云楊

柳不遮明月愁。盡將江色與輕舟。遠鐘渡水如將濕。來到耳邊天已秋。孤岸漁家已閉門。泊舟洲上近平原。笛聲吹水水吹月。一段蒼茫不可言。臺與夕陽平。本吳夢窗詞意。餘以掩荊扉爲掩荊扉與伯敬之及暮鴉行有得夜方知皆歇後語。聽子知君二句。君與子複。來到耳邊。孤岸漁家等句。皆不免枯窘寒儉。相鄉人中能爲深微淡遠之詩者。有何梅生振岱非惟淡遠。時復濃至。其用力於柳州郊島聖俞后山者。皆頗嚌其胾也。常自恨其爲鄉人。家貧不能常出遊。以廣大其詩。余謂詩固宜廣大。然不精微。何以積成廣大。讀書先廣大而後精微。由博返約之說也。作文字先精微而後廣大。故能一字不苟。字字有來歷。非徒爲大言以欺人。即算學之微積。禪宗漸之義也。抑亦思由博返約。其博果何自來。亦漸而非頓乎。不廣大固所患。不精微尤其大患。則畫虎刻鵠之譬矣。梅生佳語。獨居深念時已不少。而浙遊最多。如鶴潤小坐云。地天忽自通。一碧不可絕。舉眸悚陰森。恐入神靈窟。萬篁爭奮挺。叢櫪皆聳拔。橋行俯寒澗。自古流蒼雪。愔愔琴思生冥冥鶴迹沒出山衣薜香湖光漸不滅眞寫得出起四語是東野境界理安寺泉云百澗競成響一潭私自澄縈苔下絕壁小甃爲幽亭聲外尚含秋意中欲無僧久坐聞香氣何必存禪名江湖流濁世湍激何時平眞當守此水心根同孤晶起是柳州境界餘則宋人語孤山獨坐雪意甚足云山孤有客與徘徊悄向幽亭藉綠苔鐘定聲依無際水詩成意在欲開梅暮寒潛自湖心起雪點疑隨雨脚來一飲忝情宜早睡兩峯待看玉成堆君嘗以此詩書余扇頭見者無一不極賞鐘定一聯子培掞東尤愛其有禪理己酉冬月微雪挈一僕自斷橋至孤山延佇移時覓句不得讀此詩爲我言之矣孤山曉望云菰蒲聲中見人影殘月瘦竿挂笭箵翠禽摘水作花飛一行都上風篁嶺欲曙湖心天轉黑寒松無風如塔直是誰喚起海霞高紅抹峯南轉峯北視坡公微風蕭蕭吹菰蒲之作極爲神似冷泉亭云枯冬貯春青含氣發靜秀巖花附松篁霜雪壓彌茂下有一泓水風吹碧煙皺寒林寫猿思數葉石塔後斜陽與之

紅向空見明瘦昔夢落何許片雲臥晴岫抒懷誦駱詩倚冷坐移晝步至靈隱
書所見云長松老鬣交空翠晚稻秋香打晴穗人家樹頂偶鳴雞草徑風前有
遺毳寒流細石引人深遇澗逢橋聊一憩鈴聲沈沈出煙際小隊香藍馱細騎
野翁山行盡槲笠越女村裝亦高髻風傳唄語驚葉下三竺相聞隔秋靄我生
於佛不知虔偏近僧居足吟思興來倚石立移時看竹聽泉忘入寺余爲曾剛
甫題唐人寫經卷有云吾同佛生日視佛亦平平惡殺似蕭衍膜衍殊未能喜
遊浮屠宮三宿乃未曾復持神滅論不滅任爭衡與君末數語用意略同君又
有游長慶寺句云山僧自是吟邊物秖好遮林傍水看亦此意也然語言妙天
下矣孤山舊遊處重來仍居此感賦云別杭未兩載我老湖逾碧不知湖上山
識否前游客臨流一顧影衰槁成春色我顏非被酒對景神自懌始知煙水氣
足蘇秋士瘠孤山尤芳靜勢與前湖隔小樹裏晴漪空廊耿虛白寬襟理前夢
默坐試秋夕昔來梅繞檐今來月照席惟有勝遊心不隨景光易又云靈隱寺

門溫舊路冷泉亭上似前生臨風坐久凋花墜欲暮吟成山靄生完翠自春知佛意停漪餘響放雷鳴猿公去後經香絕爲我蓮天問月明余四至西湖重至時隔十八年有詩起四語云西湖別來十八年湖水黯黯碧於前垂楊老大似雙鬢不成一事空鬖然而君以我老湖逾碧五字括之

張幼樵（佩綸）有讀管子十首其一云制度雜王霸名論出孝宣豈伊德升降良由運推遷豕韋與大彭荒眇世不傳古今論霸術惟仲開其先桓盛不與子貳室重耳賢霸心生桑下殆感齊姜言畏威能威民已得管之全內政善隱寄示信在伐原遂修怙荊功主盟百餘年微管例微禹生才非偶然其二云器小設或問魯論意未申善叩得由賜反復稱其仁黜仲自孟始意非抑齊人楊朱道塞路竊管淆其眞（見列子楊朱篇）焉知降大任興政在得民關市罷正布荒亡警游巡道約而言要頗近七篇醇實予文不予吁嗟不召臣其三云前功師伊呂末派近關老班志列道家秉執固有道隋唐史識陋源流不深考廁之

申商間牛驥乃同皁成宣後無才上中配顯夭蘭臺豈無徵定論著人表其四云建策官山海富強及百世陋哉桑大夫利競榷酤細賢良辨廷中鹽鐵固無弊近來國用薄獨謹牢盆稅形色昧丱人算學流四裔出金助蚩尤兵勝雍狐芮吾師復鐵官要令器械利有事簡軍資無事效會計其五云量人治軍舍支湊詳書涂片言扼兵要料敵在察圖頗疑地圖篇一一紀方輿傳者失其本九地矜闔廬沛公赤帝子劉秀赤伏符論功首蕭鄧形勢收寰區千秋一畫地博陸分賢愚案行武侯壘藩溷洪規模僉兒贊右涉老馬爲前驅異說勿夸尚坐使軍謀疏其六云代狐魯梁綈作計太瑣瑣石壁亦寓言所謀未必果輕重師其意交隣權也可不憂用在賓當使利歸我貧者弱之原猾夏啟周禍太府算錢刀小農察瓠蓏我時問市政深懼術中墜吳語爾何人倔彊聊江左其七云大庖有不豆大勇有不鬭垂死論相材惜哉朋不壽飛鴻苦參差郭狗欲狂走想見君臣間公誠盡匡救平生爲國詘墮淚聆遺奏明允論已苛吾不取嘉祐

其八云誰爲齊威優猶勝劉玄德一朝堂阜囚釁沐治高國三顧雖頻煩東行慨孝直臨危寄大事荊亡蜀剪翼森森軍令篇流恨街亭劾散關自燿師渭南終少食流涕寫六韜不到嗣君側（先主與後主勅丞相寫申韓管子六韜各一通未送道亡）試殺杜叅青宛記張儼默其九云牧民有常經大哉國維四子厚何偏宕廉恥屬之義強用後世語謬解古文字謂非管子言四維止於二得無有激云禮樂爲虛器時令與斷刑大率皆此類端明雅耆柳不以夢得比太息置斯文正俗有深意其十云嶽嶽房粲公豈屑事章句誰傖博士名強託文昭注唯公天下才帷幄叅謀慮一編疑得此奚取河汾泝貞觀四部書學士廣論著冲遠左氏學士勛穀粱疏二家頗採擷箴起寧與預公亦登瀛洲了不問訓故徒勞輯晉書豈若訂管誤賢者合識大吾曹分蟫蠹丙子丁丑間從損軒處讀幼樵在都降神諸詩才筆淹雅與他人所扶者不同近弢菴出示其遺詩數冊略翻一遍乃知其用功於經子兩部者甚深非略知史事高談經濟者

比也平日有管子注之作故此十詩言之深切有味末首自表作注之意第二首能爲孟軻氏作調人覓出左證第六首第八首與鄙作詠史及送河瀨如侗歸日本詩所見略同

張鐵君侍郎亨嘉素不以詩名然偶爲之必慘淡經營一字不苟所謂學人之詩也葦灣泛舟云太行擁幽都西北勢一曲濫泉數伏見觱沸如噴玉豬之劉而清不似焦釜沃是時大火中燒野苦炎熇卻憶阮公詠來泛蓬池滌侵晨踐遊約出門始見旭忽如涉魚齒甚雨驟相屬芰荷相媚嫵鷗鷺互翔浴秧田碧彌望饒衍頗似蜀誰云土疆槩宜稻乃冀俗今日曷不樂取醉託醽醁大嚼蔆侯哉閒觀東山局勝地足歡娛人事有棖觸畏晚攬歸轡落日酷煩溽預約潭柘遊及秋來秉燭遊積水潭云白浮導脈城西隅廣源高粱并一渠中間午貫復東注取象銀漢橫天都名泉十九入御苑卻留咫尺容乘桴鐵檽牐外靈螭伏洪濤百斛隨奔趨鎮水神祠翼然起積高爲雍眞神區怪石皺瘦古織女老

松正直偉丈夫前村後村足魚菜十里五里喧菰蒲淨業門前最幽勝朝陽璀璨明芙蕖扁舟便入藕花去髣髴身在江南圖銀錠橋邊偶信步蒼然山色來平蕪十刹非刹海非海名從主人聊相呼黃雲市地苦塵鞅到此便擬登瀛壺勝朝三百六十寺財力半由中涓輸行人指說藜光事貂璫氣燄嗟可吁當時劉謝競投劾茶陵老子殊睽孤西涯西涯在何許鴻臚祭酒說非誣後來視今猶視昔蓬萊水淺桑田枯我來六月正逃暑浮瓜雪藕羅盤盂閩都荔子駭新摘登筵未改白玉膚東海大魚美鬐鬣調以醯醢雜脡朐自餘蝦菜各豐旨忘形賓主爭手斡褕衣甘食一無補雀鼠空耗縣官租辛有之歎吾知矣伊川被髮毋乃愚共登第一樓頭望仰天幾輩呼烏烏二詩不過數百字凡用經史十許處幾於字字皆有來歷君於都門勝處最喜積水潭數繩以語余蓋水石較清曠近則浣女多而水滋矣題吳仲圭水墨山水後云楮千絹八百茲惟元章語至正距今五百秋眞本流傳復幾許有元名者梅沙彌一峯黃鶴爲儔侶畫

師能事各臻極。尹邢相遌俱千古。勝吳勝王徒紛紛。此論未公吾不與。（盛百熙祭酒題句云唐畫王勝吳元畫吳勝王故云）谿山深秀曩曾見。元氣淋漓璞初剖。嘐城尚書老好事。手擕此卷珍璆璃。蒼蒼莽莽林下風。視曩所見猶伯伍。山中一夜雨霏霏。杜鵑花開滿洲渚。想見濡毫吮墨時。中有巨師眞法乳。尚書愛畫如愛士。傾心結納頗自喜。善價豈惜萬黃金。但惜時無右丞與道子。過嚴關云。始安山下路迤邐。出嚴關自接秦城。壯曾無蜀道艱。前車防合歹臥楊逼黎軒。莫漫輕形勝。籌邊識隱患。題端陶齋制府所藏天發神讖舊拓本云。討鹵聲威讋魏公。曾無片石鎭江東。可憐青蓋終朝洛。卻有奇文與紀功。頌聲每爲昏朝作。異瑞恆於閏史呈。大帝子孫盡豚犬。坐令渾濬浪成名。周鼓秦碑豈等倫。體兼篆籀語何因。鰛魚一帖分明在。娬媚還疑出兩人。除棄一紙價連城段。石岡頭石已傾。千六百年磨刼在。深寧何意歃休明。

歲丁未。日本岩崎文庫以日金十一萬八千圓購歸安陸氏書四千部。爲卷二十萬有奇爲册四萬四千餘島田彥楨作皕宋樓藏書源流攷及購獲始末數千言汾陽王書衡推丞（式通）題絶句十二首並系以注云意輕疏雨陋芳椒賓客文章下筆驕割取書城歸舶載蘋風悽絶駱駝橋（李宗蓮皕宋樓藏書志序盛稱潛園先生求書之勤謂乾嘉間石冢嚴氏芳椒堂南潯劉氏疏雨山房皆以藏書名嘗見二家書目著錄寥寥豈足與先生比長絜短雖大言蓋實錄也）儀顧堂前子弟佳一家志趣尙難諧淸風輝映吳興錄晉石厂承咫進齋（歸安姚彥侍方伯名覲元罷官後寓蘇州蕭家巷公子慰祖字公蓼父子皆好藏書方伯刻咫進齋叢書公蓼別刻晉石厂叢書）丁董羅陳嗜好偏書亡同損一宵眠重思獻縣違心語泡影山河祇偶然（叔雅授經叔韞士可皆有書癖聞言相告束手而已紀文達言趙淸常歿子孫鬻其遺書武康山中白書鬼哭何所見之不達耶大地山河佛以爲泡影區區者復何足云我百年後儻圖書器玩散落人間使賞鑒家指點摩挲曰此紀曉嵐故物是亦佳話何所恨

哉語最曠達然文達又言嘗見媒媼攜玉佩數事云某公家求售外裹殘紙乃北宋槧公羊傳四葉爲惆悵久之則仍未能達觀也故葉緣裻太史詩云山河泡影談何易一見公羊涕不禁）翁潘大雅今銷歇江費風流並寂寥坐使靜嘉騰寶氣人生快事讓君驕（陸氏皕宋樓十萬卷樓守先閣之書盡歸岩崎氏靜嘉堂文庫日本藏書向闕史集部今驟得此宜彥楨稱爲人世大快事）疏草重尋一涕洟藏書初願總參差雷塘弟子思前夢親見虛懷討論時（長沙張文達師擬奏設圖書館疏稾已具事不果行師於今春二月薨於位回憶便坐雅譚光景在目不覺涕淚之何從也）調停頭白范純仁俯仰千秋獨愴神有客爲書曾乞命湘濱宿草已三春（首用廣雅相國詩句光緒癸卯年相國在京湘鄉李亦元刑部名希聖曾進建館藏書之議相國有意提倡會以出京中止而亦元不久下世嗣無議及此事者）巴陵方與歸安陸一樣書林厄運過雁影齋空題跋在流傳精槧已無多（亦元遺著有雁影齋題跋所見多

巴陵方氏藏書庚子後大半散失）海外琳瑯亞漢京客探祕笈品題精微聞東士傳新語翻案來朝畏後生（客秋九月二十八日在日本東京偕仲弢子培兩提學至鞠町御料理地宮內省所轄之圖書寮觀內府藏書典守者羅列精本請定甲乙意殊誠懇培老謂東游以來惟玆事差強人意仲老戲曰君勿憙防島田明日翻案）歐化東行漢籍摧書生有志力能回竹添餘論篁村教家學師承造此才（彥楨所師爲竹添君名光鴻字井井著有左傳會箋論語會箋棧雲峽雨日記其尊人篁村先生名重禮學兼漢宋平生無他嗜好但愛書籍藏弆二萬餘卷見鹽谷時敏所作篁村島田先生墓碑銘）未窺舊籍談新理不讀西書恃譯編亞槧歐鉛同一吷千元百宋更愲然（侯官嚴幾道先生每教人以瀏覽古書熟精西文爲研究新學之根柢客冬晤先生於上海語及近年國文之寖衰科學之無實太息不已時先生新從京師裹校歸）三島於今有酉山海濤東去待西還愁聞白髮談天寶望贖文姬返漢關如海王城

大隱深遺經獨抱幾沉吟白雲蒼狗看無定難遺牆東避世心書衡工駢體文嘗自言生平遇題詠而後有詩未有無端佇興而就者然此十數首宛轉關情絕無生澀之態書衡亦使余賦詩余則以爲藏書而不能讀終於必亡不如使能讀能保存者得之其不至零落殘毀轉可恃也成一長句云亡弓人得何必楚吾道東去原大公奚庸沾沾矜得餅有如無力欺老翁夏父不足盱有餘逼人幾欲動火攻神州茲事幾厄運豈獨一炬嗟湘東連艫宗器一朝盡窺江胡馬常倥傯比來筏材足浮海陽襄聯翩辭瞽宗國家揆文本有道萬流並育宜沖融圖新舍舊醉歐化國粹棄擲委蒿蓬戴盧黃顧出異域瞿楊丁方來胸中緘縢扃鐍束高閣與木乃伊將毋同須知殺汝璧焉往難恃窮袴兼守宮由來負乘非所據致寇不關無高墉沼吳植篁快報復長星杯酒偏從容物歸識寶惡棄地楚材奔晉方匆匆夫亡弓人得孔子遺言國亡焚書蕭繹舉動某君作跋謂言歸異域反不如臺城之炬絳雲之燼可謂義憤人與至紀曉嵐曠達之

語當非違心蓋圖書器玩雖散落猶在人間若宋槧公羊殘破只餘四葉以裹玉佩則其書已歸亡有不能無惋惜矣

李葆恂字文石號猛菴義州子和督部(鶴年)少子幼隨宦入閩問字於故人陳芸敏給事之門家富收藏金石書畫所見既廣鑒別至精審與宜都楊惺吾(守敬)屹爲海內南北兩大家端陶齋有所得非請二人鑒定不自信也惺吾精輿地學著書滿家矻矻窮年惟恐壽之不足嘗乞余以子平法算之余謂可至耄期則大喜隨黎蒓齋使者(庶昌)至日本值維新伊始其國人唾棄舊學書蒓齋惺吾以至賤價得之滿載連艫而歸後日人始悟至今以爲恨事前數年島田彥楨以十萬餅金購歸安陸氏皕宋樓價値數十萬金之書作皕宋樓藏書源流考猶述惺吾蒓齋事以爲此役聊足報復惺吾藏書數十間屋年老避亂轉徙時被家人盜賣子不能讀作官負債纍纍惺吾至欲賣書償之平生不作詩必不得已有酬應之作輒使余捉刀則書楹帖爲報至余僕亦時有贈遺否則

楹帖一對匾額一紙皆鬻二餅金戚友不貫也去歲在滬正簃而日人爭購楹帖七百對得餅金千四百圓李梅庵（瑞清）亦賣字爲食端謹作北魏體所得乃不及遠甚惺吾與何詩孫（維樸）近年皆有海外東坡之謠繼知其妄乃大慰文石詩不多見而偶作必工常言作詩若禁用虛字則吾閣筆矣有贈伯嚴吏部云相見遽言別思君廿載勞冥心更世變埋照益名高句健規雙井杯深藐二豪無言看鬢髮江海日滔滔又和伯嚴韻贈石遺云經學羣推馬鄭行禮堂傳寫好儲藏及身盛業千秋定知汝高名廿載強思入風雲詩律壯客遊江漢鬢毛蒼翛然自遠無人識脫穎何須喻處囊（君新辭商業學堂監督）又輓木庵先生呈石遺云伯也交余折輩行道山歸臥壑舟藏術推三統具懸解（同治末葆恂年未冠侍芸敏師謁先生於道山聽講律歷之學）智効一官猶挽強（晚爲博野縣令謝病歸昔人謂仕宦如寸寸挽強弓）老去酒懷常浩浩別時詩鬢已蒼蒼聯珠集好應編定分付諸郎護錦囊（先生子敬孝廉能讀

父書）支對押韻皆不苟且伯嚴有酬李文石云啖餅夷門兩少年搖搖日月見霜顛江流照影知吾在寰宇尋碑覺汝賢隨筆欲妨孫退谷折枝旁寫惲南田銷沈心事聽秋雨吹夢橫吟到酒邊

石遺室詩話卷七

湘鄉李亦元希聖曩聞余有詩話之作端楷錄所作七言律十數首自都寄余請去留爲錄望帝湘君二首報以詩曰眇眇愁余有所思玉溪寄託楚人詞湘君目斷靈旗影望帝心傷錦瑟詩已續廣陵妖亂志更堪元老夢華悲誰知亭角陳居士客子光陰少捻髭效亦元作玉溪生體也亦元能爲駢體文張鐵君學使亨嘉按試長沙余總襄校亦元有擬桓溫責王猛書頗具晉宋氣骨取入湘水校經堂第一庚子之亂著有拳匪傳信錄自肇亂至於西狩不及萬言能盡情變自負可追王闓運湘軍志望帝詩爲清景帝作湘君詩爲珍妃死於井中作也湘君詩曰青楓江上古今情錦瑟微聞嗚咽聲遼海鶴歸應有恨鼎湖龍去總無名珠簾隔雨香猶在銅輦經秋夢已成天寶舊人零落盡隴鸚辛苦說華清望帝云玄菟城頭紫氣橫長安月照國西營天邊馬角無消息海外龍髯有死生貢使祇應供夏葛歸期猶及薦春櫻煙花繞禁今如昨莫遺張衡續

兩京。

與亦元同時專學玉溪生者吳縣曹君直舍人元忠工處時出雁影齋上余嘗論玉溪末流有詠史之作專摭本傳事實若一首論贊者西崑諸公是也有專事摘豔薰香託於芬芳悱惻者初學有學二集是也有屬辭比事專學捷書惟是報孫歆陶佩軍宜次石頭諸聯者婁東律句爲甌北所標舉者是也亦元苦追義山實與牧齋相近君直有贈天韻閣主云碧玉小家女青樓大道旁楊花生命薄李樹代誰僵涼笛纖煙思秋衣怨夕香南湖好風月端合住鴛鴦欲續鴛湖詠重逢皆令才白龍魚共服青雀鴆爲媒風調么娘擅春情阿母猜華亭有歸鶴莫是故鄉來誤入華鬘刼回頭計總差樓前盡珠翠門外卓金車風響衣交串日嬌裙透花誰知紅燭底背坐泣琵琶同是傷淪落相逢未嫁年然脂詩是恨洗面淚爲緣紅萼愁無主黃花瘦可憐底須稱弟子問字玉臺前書季貺先生題古玉佛堪詩後云維摩丈室安容膝彌勒團庵小打頭寄語道人張

伯雨別須精舍瓶玄洲（玄洲精舍有玉像龕見句曲外史集）金石收藏有別子寫經造像盛流行轉嫌白石書齋牓未署金塗佛塔名題冷香先生寫巖檟詩意册云翠磴竹陰流綠潭松氣溼倒景水中天茅亭一青笠石闕肖佛龕玉澗鳴仙樂曲罷偶回頭推琴山月落申屠因樹屋仲長背山居讀書樂無極南面王不如荷沼風香遠桐階露氣清玄霜臺上月淒絕玉笙聲紙窗臨水開箭徑入山近昨夜鹿雛眠槲葉深一寸荒荒欲雪天澹澹穿空日風來木衣單雲去山骨出貼地冷煙流曖空寒月皎起弄小梅花叫雲殘笛曉可謂工整綿麗矣然猶出入於溫李之間者也

戊戌九月蘇堪出都至漢口督理京漢鐵路事嚴幾道自都寄書中附一詩云解后人天別都來幾晝昏渚蓮清逭暑叢桂遠招魂投分欣傾蓋沈寃痛覆盆不成扶孱弱直是搆恩怨憶昨皇臨極殷憂國運屯長吟懷牖戶痛哭爲黎元捄溺情原切求賢詔屢敦明堂需杞梓列辟貢璵璠豈謂資羣策翻成罪莠言

虋眞由近習禍已及親尊動魄移宮獄傷心養士恩歎應同董養人況異陳蕃
夫子南邦彥當時士論存一枝翹國秀三峽倒詞源每欲禽塡海深憐蝨處褌
奇材相揞拄高步各攀援卿月輝三接皇風斂四門淒涼鳴晚鳩容易刈芳蓀
且靳東朝論誰揚太學旛血疑漂地軸精定叩天閽謠諑氛仍惡交親淚暗吞
雨雲眞旦暮憂患塞乾坤莫更秦頭責休將衛舌捫草堂貲孰寄吾合老丘樊
爲林暾谷作也余見幾道詩始此在蘇堪座上相與歎賞後十餘年乃與幾道
同客京師時時爲文酒之聚

辛亥歲暮余在閩有懷人絕句懷幾道云昔讀君詩自太夷五言長律極哀思
木庵道子吾摩詰別有滄浪畫喻詩蓋君嘗言若以畫喻詩則木庵先生爲吳
道子石遺室爲王摩詰也

戊戌六士之難暾谷在獄中有一絕句傳誦於外云靑蒲飲泣知何用慨慷難
酬國士恩我欲君歌千里草本初健者莫輕言當時疾暾谷者謂暾谷實與謀

祖暾谷者謂此詩他人所爲嫁名於暾谷余謂此無庸爲暾谷諱也無論是時余居蓮華寺暾谷無日不來千里草二語實有論議而主張之者但以詩論首二句先從事敗說起後二句乃追溯未敗之前吾謀如是不待咎其不用而不用之咎在其中如此倒戟而出之法非平日揣摩后山絕句深有得者豈能爲此舍暾谷無他人也

二十年前從湘人章伯和處見章太炎所著左傳經說以爲杭州人之傑出者言於林迪臣高嘯桐使羅致之戊戌正月客張廣雅督部所廣雅詢海內文人余舉孫仲容皮鹿門以次及君廣雅以爲文字詭譎余復言終是能讀書人迨余入都聞廣雅已電約君至鄂旋聞以與朱強甫談革命強甫以告星海星海將懸而撈之未果狼狽歸迨余回鄂案上有君書一函言以上狀並言至滬訪余不遇聞余入杭又訪余於杭亦不遇終斥廣雅之非英雄余以其書呈廣雅君學問優長小學世尤罕其匹詩未之見近見其自敘與鄒容獄中倡和詩云

威丹素知雕刻摹篆之術因窺小學誦五百四十部首說解皆略上口而不習爲韻語既入獄欲以詩語遣悶余曰第爲之雖不工亦無害威丹卽題塗山一絕塗山在蜀世傳塗山女故國也其詩曰蒼崖墮石連雲走藥叉帶荔修羅吼辛壬癸甲今何有且向東門牽黃狗余向疑威丹不能詩及讀是絕奇譎似盧仝李賀以爲天才戲作一絕和之云頭如蓬葆猶遭購足有旋輪未善馳天爲老夫留後勁吾家小弟始能詩亦西陲蟬聲後一故實也

公度詩多紀時事惜自注不詳閱者未能盡悉如書憤有云一自珠崖棄紛紛各效尤言失膠州而旅順大連灣威海衛廣南灣俱去也又如何盟白馬無故賣盧龍言光緒二十二年使俄密約也又乍聞祆廟火已見德車旌言因殺二教士而失膠州也德車旌借用曲禮甚巧又竟聞秦失鹿轉使魯無鳩言各國勢力範圍圖獨中國無分也感事有云誰知高后垂簾事又見成王負扆時九鼎齊鳴鷟雉雊千金懸格購龍醫又剛聞赤板連名奏便召長槍第六郎珠襦

武帳諸臣侍亟詔明晨幸未央又五百控弦謀刼制一丸進藥失先嘗傳書信口訶西母改制稱尊託魯王又金甌親卜比公卿領取冰銜十日榮東市朝衣眞不測南山鐵案竟無名又父子相從泣獄扉老翁七十荷征衣一家草索看生縛三寸桐棺待死歸又心肝誰奉藏衣詔骨肉難徵對簿詞又栢人誰白孱王罪改子終傷慈母恩金玦尨涼含隱痛杯弓蛇影負奇冤言戊戌八月事也己亥雜詩有云案頭英簜門前戟豈有蘧篨覆庾冰言奉命出使駐上海道公所或言康梁匿焉上海道蔡鈞派兵圍守大索之蘧篨事用得甚趣臘月二十四日詔立皇嗣感賦有云十世忽遭陽九厄再傳失紀仲壬年又先皇遺恨鼎湖弓世及家傳總大公誰誤禮經爭繼統妄拚尸諫效孤忠又怪事聞呼奈何帝侻詩敢唱厲憐王庚子元旦云承天仰看金輪轉震地訛傳玉斧聲漢厄愁看正月卯代來幾協大橫庚又未知王母行籌樂歲歲添籌到幾何言訛傳景帝被害也初聞京師義和團事感賦有云今日黃天傳角道非徒赤子弄潢池

又九百虞初小說流神施鬼設詡兵謀又儘將兒戲塵羹事付與尸居木偶人
逃闘有云狂喝雉盧天一笑怒訶狗腳帝三拳又螟蛉果贏終誰撫猿鶴沙蟲
總可哀又說有蒼天不死方盜泉一飲衆皆狂鬼吏三官明作賊神兵六甲解
擒王又一拳打碎舊山河兩手公然斗柄挼火焚祆廟連烽燧轍涸羈臣乞海
波又合縱敢拒三天下雪恥將尋九世讐再述有云誓師仗鉞大王雄虐使連
聲詈宋聾寇來直指齊雲觀兵起誰張救日弓又剛聞窮海通飛雁翻又穹廬
縱盜羊又朝議正爲劉氏袒里優忽唱李公顚諭勸義和團感賦有云自天下
降恖黔首爲帝驅除比赤眉三用韻酬仲閎有云國人爭看天魔舞帝女難言
神鵲祥今倘拳拳持璽綬人言籍籍撲緋囊又當璧咸尊十阿父折箠思服小
單于四用前韻有云歸元纁篋催函送計口緡錢責幣償五用前韻有云今日
家居誰撞壞老身社飯自思量又掩抑魚軒賦載驅吞聲在野鴿跦跦扈行倘
縱花門賊入衞難徵竹使符七用前韻有云夢鷚終悔臨朝武氏蜉應編異姓

王賜劍乍悲吳命短執戈又弔楚辭殤又六宮亦寫零丁帖九牧旁觀罔兩圖皆言拳匪之亂也又羣公四首有云羣公袞袞各名聲一死鴻毛等重輕事事太阿權倒授人人六等罪分明又甲仗空迎回紇馬（聯軍入保定廷雍出迎）血衣竟染漢臣鞭操戈逼父心先死（聯軍入城後徐承煜以保家全宗逼乃父桐自經死）按劍呵人目尚懸（殺許侍郎袁太常之詔實出啟秀手監視行刑者即徐承煜）又各戴頭顱萬里行九州無處可偷生上尊猶拜養牛賜五鼎先看福鹿烹（莊王在蒲州趙舒翹英年在西安皆賜死）又銜刃尚希忠烈傳蓋棺免索太師頭（剛毅李秉衡皆自盡）六等定罪略謂啟秀徐承煜皆爲聯軍所拘後皆伏法八國各以兵押送毓賢戍新疆行至蘭州伏法廷雍爲聯軍所誅餘賜死遣戍有差公度尚有天津紀亂五律十二首京亂補述五律六首皆無自注未錄富順宋芸子育仁余向在武昌見其舊刻詩數卷多半學徐庾陰何之作其師承於湘綺者然也以無二本索回今一字不復記

憶矣近年同在禮學館大學堂過從尤數有新刻哀怨集一卷取名於詩序哀窈窕思賢才及怨悱不亂二語所賦多甲午庚子兩年事及悼其亡姬者今錄感舊詩自注之有關時事者六首云一聽嘵鵑感不勝羅睺蔽日隱觚稜麻鞋行在翻無淚獨向青烽哭佛燈（袁許被難余奔西山數日聞國破與弟子蒲淵劉復禮日從山村詣羅睺嶺望京師烽火）束人高閣自登樓庾亮平生俊不休棟折一言偏竊意有入廷尉望山頭（甲午之役合肥爲朝士所排常熟密查覆奏其心無他乃以大學士入閣辦事余自使間歸見常熟不禁傷瘁歎曰棟折榱崩言未既常熟曰我執其咎初言意未指此既聞始憶庾亮出奔對戴若思語元規欲假事誅蘇峻峻曰只能山頭望廷尉豈能廷尉望山頭遂作難兵事初起余上書常熟曾引此爲言也）自許江陵業未終蓋棺功過論何從欲留強飯他年社早悟棲塵訪赤松（孫濟寧尙書久柄政洎處兩宮危疑間遂引疾孝欽太后再訓政欲復柄用卒告疾不起俄終）青蒲造膝淚空揮

荆棘銅駝事已非。到死無言看日影。似聞白首慨同歸。（己亥立儲，爲內禪計。各國暗持保護義，乃因民仇教發難，圍使館以逼內禪。欲宣戰，召六部九卿集議御前。上持不可，顧問許景澄，且揮淚引其手，伏殺機矣。余往見問狀，師云：見銅駝於荆棘耳。且屬避去。臨辭再語曰：此語勿向人道也。比師見收，尙擬營救。次日與袁爽秋太常同戮西市，師始終無言。）開篋見君前日書。新亭淚盡到今無。可憐垂白相逢日。幽憤猶聞話少孤。（宣戰召集御前，袁太常侃侃力爭。又貽書某樞，有云：不知端王是何居心。且引許竹篔少宰所見相同爲證。遂同日見收。臨刑猶頓足，忠憤懍然。事前公自知不容於亂世，作幽憤詩，擬嵇叔夜。一日就余談各道少孤之苦。）交讐邦國誤談經。師敗同謀合殉名。便是墮車聞鼓死。石城猶勝褚淵生。（庚子之役，王廉生祭酒奉命督內城守，出示引周禮殺人而義勿仇，如有讐者邦國交讐之，爲義和團地也。聯軍入城，君與夫人投井死。時論謂其畏而死，余獨謂謀人軍師敗而死之義也。）甲午之役全由帝后兩黨爭權爭意見主戰者冒昧不更事異議者坐觀其敗以爲快濟寧剛悍素以李贊皇張江陵自命坐待和議成而即去非徒爲處兩宮間危疑也故再訓政後孝欽數遣內侍視疾傳諭使出終不奉詔自中日事起新學漸興稍知舊說者持之益堅然如國君死社稷夷夏之防食焉不辟其難諸大義全失經旨何論微言大夫若入固無若申息之老何若連穀荒谷之類大書不一書則誠非生民之幸事也

陳劍潭孝廉不喜作詩而偶作必骯髒語答石遺云劉表鎭荆襄諸葛臥田畝雅樂動九州炎綱已紛紐漢廷俱朽骨漁陽聲自哀如何鸚鵡洲孤冢無蒿萊少小慕奇俠長懷漆室悲獨憐病母衰江表時逶迤哀哉鮮民生誓傍丘隴側顧瞻黃口兒更覘翻飛翼（一子思求科學乃復出遊）莽莽江漢間曹劉爭霸地異人久不作世亂吾焉寄言求當世士幸復得石遺石遺不作官借箸籌當時丈夫貴樹立敝帚復何貴潦倒偶狂歌聊發雄怪氣登高望箕穎腥風萬

里來洸洸無淨淵強顏溷塵埃劍潭名澹然桐城人孤寒無恃雅不喜桐城派文自命能爲太史公客遊南北廿餘年挾策賣文干諸侯抵卿相喜言經世而盈頭雪刺不名一錢身世極似汪容甫然極厭考據及六朝人文則大相反平生最詆翁叔平次則張廣雅故常爲二氏門下士所齮齕擬古有云屈子湛汨羅終古江流自生死安足論孤懷聊自適又夜坐云空山何寂寞但聽松聲寒出門見明月方知天地寬示內云飄零短髮吾將老寥落秋燈汝更衰又云平生絕笑蘇髯老憔悴生兒盼作卿皆有清響可聽

劍潭門下士許難先復欲從余學詩塵事卒卒亦未果也有贈懷寧王浩如云皖江便是田橫島義士悲歌記阮亭入塞橫流終古濁問天如夢更誰聽夷門已痛侯生老楚客空憐屈子醒願汝莫哀酣斫地奇才吾最眼中青起結頗不空泛

姚叔節永概亦桐城孝廉石甫先生之孫則與其姊壻馬通伯其昶均能爲桐

城先輩之文者贈余愼宜軒詩文集各一册余謂通伯文追惜抱君文乃法望溪至其詩（以爲具體而已）未細省也近復出新稿百十首使商榷乃知其用功非淺如送孫純齋赴潛山二首云往時襆被入舒潛景物逢秋潤可沾矮柏著丹遮屋角修篁引翠到山尖別來泉石應如故此去風光想更添爲問窖麻春竹地可能容我突常黔（通伯及余三數姻友有造紙廠在水吼嶺）君行便道游山谷谷裏今無百丈松丹嶂舊藏禪祖骨白雲時起漢家封巖題剝蝕文能讀法字蕭條佛缺供惟有石牛堪負重八風不動自從容練潭道上書感云棠梨花密杏花疎物色風光慰病軀官道著泥晴尚滑春山藏靄淡如無種桑日望當攀采佩玉知難利走趨驚撫頭顱空老大竿船眞欲泛松湖題沈乙庵方伯寒林坐臘圖圖後自書病僧篇云萬木蕭槮人跡絕春氣潛藏根似鐵枯莎敷座洞門深寂滅更無言可說僧病非身亦非心異香成穗繞雙林卻憐八表同昏際願放光明破闇陰用山谷遊王舍人園韻題天柱閣云築閣行

省司地直龍山陽天晴西北望嶽色不可藏自古賢政策在暇不在忙沈公有道氣官居等寶坊論徵古典籍坐集儒衣裳時流老成淚或慙燕寢香去年江淮饑稻黍不芬芳庫藏又久空安得化金方貸粟監河侯救此災剝床憂多公膳減孤負數百觴世方競炎熱誰解心清涼赫然聲利場照以明月光橫流波浩浩正色天蒼蒼潛霍有佳境中開天地房宛委古藏書待公與意量其男多朴野爭席魚相忘其女半高髻未知時世粧公令四境安容我接輿狂題子善秋景云柳老西風作意驕孤蟬獨自抱疎條不知更有春來否到眼秋光太寂寥偶題云西風吹雨似輕埃零落殘芳尚亂開秋蝶向花無意與繞叢三匝卻飛迴偶懷粱節庵胡漱唐云上書不報拂衣去絕類西京梅子眞最痛篇終陳苦語異時逆耳更無人

清末造重用滿人以謀中央集權舉軍機處海陸軍財政外交諸重任均以皇宗親貴掌之時事既日非言官中若趙啓霖江春霖胡思敬趙熙陳田數人皆

直言極諫。先後罷斥。引退相繼。去方慶王奕劻將引其黨某爲軍機大臣。江春霖特疏糾參。疏上。逐回原衙門行走。春霖旋假歸養母。都下賦詩送行者甚衆。以陳弢菴七律後二聯用事爲最切。云書壁會當思魯直。裂麻竟不相延齡。陔餘尙有酬恩地。勤與鄉鄰講孝經。時以某爲軍機大臣。亦罷論也。張鐵君云。白日黃塵車擊轂。東門出祖江御史。纖兒撞壞好家居。誰司言職吾當恥。余云。四海爭傳眞御史。九重命作老翰林。蓋未須下斷語也。因憶掞東有送趙芷孫御史啓霖句云。此後臺中望江趙熙未應料理五湖船。芷孫去時。漱唐未入臺。尙有江趙。江去時。蘇堪句云。臺中閱道應無恙。則僅有趙矣。

姚叔節偕子善伯豈游北海。登萬壽山作歌云。紫微垣昏無帝座。金鰲玉蝀行人過。白頭宮監尙守門。得錢引我恣游臥。萬壽山卽遼瓊華。樹石蔥蘢少塵堁。高宗記有四國文。築亭蓋覆碑豐大。嵌牆法帖石稍殘。承露銅人盤未破。雕闌繡柱半傾頹。玉几珠簾隨蕩播。皆云庚子乘輿西。外國兵屯任點涴。長松幸未作薪燒宮花豈免當芻莝當時敷設直千萬捆載徑行那敢邏於今皇帝法唐虞持較元明猶足賀崇陵坏土惜未復誰與招魂歌楚些刑餘尙抱犬馬思公等能言勿辭愞我聞此語已淒然含情復續悲塡咽吾曹額本三千外今日凋零祇一千舊餐官米久停放月領公家銀四錢太液龍舟曠不御昨來偶爲將軍牽欲求恩澤不敢說得卽歸家學種田西山落日半輪縣宮闕依稀在暮煙枯荷折葦鳧雁集秋風吹雨如吹緜山陽安樂以愚全唐十六宅尤堪憐世局原隨士議遷眼前推倒三千年但使西鄰無責言阜財利用國本堅虞賓自爾安不顚咄汝刀鋸法應捐吾亦偷生何憾焉方伯豈仲斐招遊天壇觀古柏作歌云天壇鎖鑰放三日士女長安空巷出琉璃廠內鞭影驕正陽門外車聲疾方生遨客及衰朽微醺莫放斜陽失未到先驚勢駿雄入門已覺情蕭瑟繞壇一碧皆種柏羅列駢生咸秩秩元耶明耶世不知百株千株數難悉陰森奪日色淒涼慘淡生風寒凜慄怪根直下渴重泉霜皮綯裂蟠修繹眞宜虎豹據爲

宮恐有狐貍攫作室旁幹猶承累葉露中枝折爲前宵颶無情樹木尙如此繫日長繩知乏術祈年殿上望西山金碧依然暮靄間王氣已隨龍虎盡夕陽祇見雁烏還往聖千秋垂教澤嚴祀昊天威百辟彼蒼視聽悉依民精意分明存簡册大道原爲天下公此心不隔耶回釋齋宮肅穆水環垣想見千官助駿奔中夜燔燎半空赤連營宿衛萬夫屯五千運過蒼天死更聞開作公園矣倚天拔地之古柏願與游人重愛惜前一首語意甚樸惟卧韻差入後音節蒼涼極近遺山後一首氣息尤見沈鬱

壽伯福編修富竹坡先生長公子生平吟詠甚富庚子殉國難後遺稿不可得僅存寄余二律云瀟灑元龍意氣眞登堂握手便相親山河千里有知己文字三生悟夙因賭酒鬬詩消永晝落花飛絮寫殘春那知傾蓋論交日已是驪歌送別辰西山轉瞬又經秋木葉丹黃豁兩眸萬樹霞光當日落滿林春色爲霜留峯頭畫本隨時變囊裏新詩到處收惆悵燕京好風景故人何事不同游又

喜得石遺書句云。酒盞昔因佳客洗。燈花今爲故人開。庚子之亂。君恐被辱。約其弟仲韞仰藥不死。復雉經。君體肥重。使仲韞抱持。投繯而後。仲韞亦自經。余弔之云。國破猶能乾淨死。巢傾寧有顧瞻情。屈原夷叔空相況。三百年前黃蘊生明亡。陶菴兄弟皆自經死。何其相似也。

清宗室詩人。竹坡先生外。盛伯羲祭酒昱。曾於可莊弼臣坐上識之。後在武昌梁節菴亟稱其詩。其表弟楊子勤鍾羲爲寫鬱華閣遺詩百十首。分爲三卷。刻之。題廉惠卿補萬柳堂圖云。北人入中土。始自黃炎戰。營衞無常處。行國俗未變。淳維王故地。不同不窋竄。長城絕來往。啞啞南北雁。耕牧風俗殊。壤地咫尺判。李唐一代賢。代北殷士祼。遼金干戈興。島索主奴怨。眞人鐵木眞。一怒九州奠。畏吾廉孟子。秀出中州彥。煙波萬柳堂。裙屐新荷讌。詩書澤最長。胡越形無間。色目多賢才。耦俱散州縣。中州石田集。淮上廷心傳。終憐右榜人。不敵怯薛健。臺閣無仁賢。天下遂畔亂。沙頓亦名家。淒涼歸舊院。文正孔子戒。哲人有先見至今食舊德士族江南冠孝廉尤絕特翩翩富文翰薄宦住京師故國喬木戀堂移柳尚存憔悴草橋畔當年歌驟雨今日車飛電繪圖屬我題使我生健羨捉筆意酸辛鋪卷淚凝霰我朝起東方出震日方旦較似卻特家文治尤糾縵豈當有彼我柯葉九州徧小哉洪南安強分滿蒙漢闤闠生齒繁農獵本業斷計臣折扣餘一兵錢一串飲泣持還家當差贖弓箭乞食不宿飽弊衣那蔽骭壯夫猶可說市門嬌女歎奴才忿揮霍一筵金大萬津門德國兵饟餌八兩半從龍百戰餘幽縶同此難異學既公言邪會眞隱患與凱入彼界鐵軌松花岸北歸與南渡故事皆虛願聖人方在御草茅誰大諫起我黃帝胄驅彼白種賤大破旗漢界謀生皆任便能使手足寬轉可頭目捍易世不可言當時亦清晏武肅墳上松百畝垂條榦萬柳補成陰春城綠一片載酒詩人游嘉樹兩家擅韻蒔詩興趣不及偶齋書卷時復過之此篇借他人之酒杯澆自己之壘塊足爲契丹女眞蒙古各族吐氣占身分歸怨南安何嘗不允當然當日入關伊

始予聖自雄侈然自尊大甘言易入逆耳難從文襄舍身自汚意存報漢固非范文程錢謙益之流所能夢見但孔子想慕大同不得已而言湯武春秋之義用夷禮則夷之進於中國則中國之夷夏之防以有政教無政教爲斷許夷狄者不一而足恐其野心之不終戢也詩中如農獵本業斷市門嬌女歎故事皆慮顧草茅誰大諫諸韻皆傷哉言之起我黃帝胄二句則仍拘墟之見過當之言矣又杜鵑行哀楊生也云天津橋上秋風起白衣少年佐天子翻雲覆雨驟雷霆竟與逆人同日死死竟無名世尙疑朝衣倉卒就刑時似聞唐代永貞際劉柳諸人有獄詞經史蟠胸掌故熟鼇氏未誅蘇氏族歸隱泉明奔姊喪解官亦欲持兄服隱忍徘徊戀主恩主恩深厚敢深論茂陵遺稿分明在異論篇篇血淚痕劇憐六館誇高第亦復城南飲文字黃淑蘭李仲約當時皆偉人與爾論交折年輩萬里魂歸蜀道難觚棱曉日自年年杜陵漫灑雲安淚從此西州有杜鵑第四句非持平之論永貞劉柳亦不倫八司馬未陷大辟亦非與人

骨肉事

又丁酉歲杪爽秋觀察寄所刻叢書及所著文集來書云赤縣困窮九流混濁終當引去重感其意四疊與雲門倡和韻敬以奉報不干時事亦無標榜不過刺取惠書名如千里之賦一塵爾云阿佟抗議記袁安幾載烽烟失馬韓獅象不流金界水鼇魚新置鐵橋官（自興安至三韓東西巨流止一混同朱蒙以弓擊水即此是也）虛名色目臣唐兀異姓林牙據拔寒太息東溟波浪惡嚴灘歸釣亦殊難（衛藏通志蠻書吉林外紀黑龍江外記寧古塔紀略元親征錄祕史注湛然居士集嚴州圖經景定嚴州續志）經籍如今合表揚縱橫名壘太猖狂術家日日占兵忌醫匠紛紛變古方司馬文章皆粟帛臥龍終始在耕桑那容一舸便歸去村舍漸西烟水鄉（經籍舉要尊經閣祀典錄汪氏兵學三種太素齊民要術農桑輯要相雨經及爽秋所著文集）二詩組織甚雅

任公有遊臺詩一卷多悽惋語七言如尊前相見難啼笑華表歸來有是非曹

社鬼謀殊未已楚人天授欲何如最是夕陽無限好殘紅蒼莽接中原君家可有千年鶴細話堯年積雪時我本哀時最蕭瑟更逢庾信一沾巾五言如此日足可惜來日更大難人生幾淸明明旦成古歡客館傳新火家山界晚晴事去勞精衛年深失湛盧薛蘿哀楚鬼禾黍泣殷頑零落中州集蒼茫野史亭一夢風吹海無言月過庭全首如木棉橋云春烟漠漠雨脩脩劫後逢春愛寂寥誰遣蜀魂嘸不了淚痕紅上木棉橋雜詩云千古傷心地畏人成薄游山河老舊影花鳥入深愁人境今何世吾生淹此留無家更安往隨意弄扁舟慘綠相思樹殷紅躑躅花能消幾風雨取次送年華北首天將壓南來日又斜銅仙行處斷鉛淚滿天涯七言極似元裕之我本哀時二語眞庾子山所謂楚老相逢泣將何及者矣其女公子令嫻有侍大人游臺灣集霧峯莊林氏萊園分韻得舉字云生小寄他邦故國勞延佇遠遊侍尊親肯辭山河阻矧乃賢主人延客啓別墅中廚辦豐膳（成句）斗酒呼童煮自媿非徐孺乃逢陳仲舉暮春花正

繁濃陰釀初暑鵝鴨殊不喧鶯燕自爲侶有時作勞歌主客盡激楚信美吾山川奈何傷離黍結悲壯暑韻秀麗

石遺室詩話卷八

作詩文要有眞實懷抱眞實道理眞實本領非靠著一二靈活虛實字可此可彼者斡旋其間便自詑能事也今人作詩知甚囂塵上之不可娛獨坐百年萬里天地江山之空廓取厭矣於是有一派焉以如不欲戰之形作言愁始愁之態凡坐覺微聞稍從暫覺稍喜聊從政須漸覺微抱潛從終憐猶及行看盡恐全非等字在在而是若舍此無可著筆者非謂此數字之不可用有實在理想實在景物自然無故不常犯筆端耳明史論鍾譚詩派云自袁宏道矯王李之弊倡以淸眞惺復矯其弊變爲幽深孤峭與譚元春評選唐人詩爲唐詩歸又評隋以前詩爲古詩歸鍾譚之名滿天下謂之竟陵體沈春澤撰鍾詩序云自先生以詩文名世後進學之者大江以南更甚然而得其形貌遺其神情以寂家言精鍊以寡約言淸遠以俚淺言沖淡以生澀言新裁篇章字句之間每多重複稍下一二助語輒以號於人曰吾詩空靈已極余以爲空則有之靈則未

也云云不啻爲今日言之

昭文孫師鄭吏部雄號鄭齋治經學駢體文而絕喜言詩輯前清道咸同光四朝詩史十餘集集百十人無貴賤老幼與相識不相識以詩至者無不甄錄用鋼筆寫印高可隱人捆載貽所知又分爲甲乙各集鏤板行世數請余爲敘余謂君作詩話稱余嚴於論詩今並蓄兼收若此余何以措詞君曰吾詩史之名固不稱第儲史料以待後人之去取當亦無惡於志乃本君此意言之君題薛娶銘大令詩稿後有云朱子論作文勿使差異字選言戒鉤棘說理尙平易（朱子語類卷一百三十九云云）詩文體縱殊探源靡二致又云謫仙曠世才逸足追風驥落筆撼五嶽絕塵飛六轡少陵鬱忠肝字字流血淚高歌泣鬼神獨醒喚衆醉慷慨南董筆從容北山議天若假之鳴詞取達其意蛇神牛鬼徒形穢三舍避又云詩中隱有我詩外更有事回甘道味濃叩寂餘音嗣古云貂裘雜不如狐裘粹（見淮南子）哂彼飣餖儒獺祭誇多識作詩如用兵操縱

身使臂奇兵不在衆敢戰推驃騎持論平正因憶方盧谷有秋晚雜書詩千首今錄其六云堂堂陳去非中興以詩鳴曾呂兩從橐殘月配長庚尤蕭范陸楊復振乾淳聲爾後頓寂寥草蟲何薨薨永嘉有四靈詞工格乃平上饒有二泉旨淡骨獨清學子熟取舍吾非私重輕極玄雖有集豈得如淵明竊嘗評少陵便生太宗時豈獨魏鄭公論諫垂至茲天寶得一官主昏事已危脫命走在所窮老拜拾遺卒坐鯁直去漂落西南陲處處苦戰鬬言言悲亂離其間至痛者莫若八哀詩我無此筆力懷抱頗似之人言太白豪其詩麗以富樂府信皆爾一掃梁隋腐餘編細讀之要自有樸處最於贈答篇肺腑露情愫何至昌谷生一一雕麗句亦焉用玉溪纂組失天趣沈宋非不工子昂獨高步畫肉不畫骨乃以帝閑故六經天日月諸子如四時史自班以上語奇文亦奇踵武蔚宗輩語有文無之小宋刊新唐不悟宵寐規以藝傳李杜待之毋乃卑他人有遺集一覽不再窺惟此與韓柳咀嚼無厭期儕彼楓落生吾欲鐫此疵道自漢魏降

裂爲文與詩。工詩或拙文。文高詩或卑。香甌假山序。不妨自一奇。鯖橘多骨核。乃至肆詆訾。恭維陳無已。此事獨兼之。五七掩杜集。千百臻秦碑。四海紫陽翁。歸美豈其私。所以此虛叟。取爲晚節師。世稱陶謝詩。陶豈謝可比。池草故未凋。階藥已頗綺。如唐號元白。白豈元可擬。中有不同處。要與分朴詭。鄭圃趙昌父。穎川韓仲止。二泉豈不高。顧必四靈美。鹹潮生薑門。蟚蜞以爲旨。未若玉山雪。空鐺煮荒薺。虛谷生平。詳於周密癸辛雜志者。不值一錢。然詩功甚深。所纂瀛奎律髓。雖專論近體詩。淺見寡聞者不能道也。此數首宗旨。取朴去豔。於趙宋一代詩學。辨別甚眞。蓋虛谷本西江派。故陽秋若此。非後世隨聲附和。妄思依傍李杜門戶者比。不可以人而廢言也。尙有羅壽可詩序。言宋詩派別尤詳。與方詩略同。云詩學晚唐。不自四靈始。宋剗五代舊習。詩有白體。崑體。晚唐體。白體如李文正。徐常侍昆仲。王元之。王漢謀。崐體則有楊劉西崐集傳世。二宋。張乖崖。錢僖公。丁厓州皆是。晚唐體則九僧最逼眞。寇萊公。魯三交。林和靖。和仲先父子潘逍遥趙清獻之徒凡數十家歐公出焉一變爲李太白韓昌黎之詩蘇子美二難相爲頡頏梅聖俞則唐體之出類者也蘇長公踵歐公而起王半山備衆體精絕句五言或三謝獨黃雙井專爲少陵秦晁莫窺其藩張文潛自然有唐風別成一宗惟呂居仁克肖陳后山棄所學學雙井黃致廣大陳極精微天下詩人北面矣立爲江西派之說銓取或不盡然陳簡齋曾文清爲南渡之巨擘乾淳以來尤范楊陸蕭其尤也高古清勁盡掃餘子又有一朱文公嘉定而降稍厭西江永嘉四靈復爲九僧晚唐體日淺日下然尚有餘杭二趙上饒二泉典型未泯今學者不於三千年間上溯下沿窮探邃索往往追逐近世六七十年間之所偏向非區區之所敢知也所論稍偏要自博辯

師鄭又有柬伯嚴四首之一云鍾阜蕭然晝掩關民胞物與訂愚頑世無知己諸同調帝有恩言放故山江漢羣英推領袖匡廬五老照容顏銓曹後進無能役鑽仰思居弟子班伯嚴知交滿天下第三句似未切當首聯寫散原如見其

人讀袁太常昶詩集有感云夢兆早符于少保碑文誰撰蔡中郎

黃孝覺字孝覺撡東摯友舊與曾次公同肄業京師譯學館同喜倚聲甚相得也少見作詩有東園夜坐云廊廡閣迴轉芳微坐起無端晚忘歸萬里還家明月在青春作伴昔人非曲池水長知魚樂細路花深養蜜肥亦擬城東買村舍只嗟心力故山違短逃云疊摺空箱舊嫁衣謝家殘夢過依稀上清齋醮符靈識下苑滄波失後期窈窕東鄰求對偪迢遙南雁寄當歸無愁最是黃昏燕猶自穿花欵欵飛甚似吾閩楊徽之劉克莊之作

次公過津門春晚有感云柁樓春晚浪聲斜南望烏雲不是家此去帝城三百里滄江日夕見飛花讀之頗使人憮然與蘇堪之出門俯滄海登高見帝都雖有剛柔異質其神理實不殊也

久不見芷青去年遇於京邸酒樓立談良久次日寄近詩一束摘數聯如左春夜云默持一種蕭寥意強與人間旖旎春轉刼鶯花飛過眼環燈嘯笑總傷神

病起示文農云火風已歷三禪劫露電仍留一粟身夜坐云如此夜光花獨秀未來春夢月同新悼亡女蕎兒云汝死儻歸乾淨土而翁猶是亂離人睡起云閒吟淺醉時中聖澹月疏筠最可人芷青舊多悵惘之作亂後彌甚昔木菴先生有句云淺吟閒醉無人問擁被拋書當放衙又句云遮眼鶯花如過峽彌天薤露失晴湖皆中年悼感時所作芷青盛歲富讀書願多借他題發揮爲雄深瑰奇文字暫置哀樂勿使傷人也

林懺慧學衡年少喜讀書往者作詩多以質余未之深許客冬相見故鄉出示近作自言已得詩中三昧錄一首以質吾黨之能詩者題云次公言有素心蘭數本甚佳賣者索值高未卒得詩以譬之詩云曾侯擬滋九畹蘭從我索句助清歡微生躭花自成癖風懷垂澹殊未闌矧茲幽賞世所獨佳人空谷知者難袖金就人乃俛仰爲花服媚寧求安但期不落纖兒手馨逸雖悴猶勝殘人生百年同委露亦有清操誰相看含情微欲致娟慕倘對素契時倚欄攜詩歸途

香在袂散作一雨生暮寒又斷句云出郭春寒人似燕倚欄花寂客如僧習爲駢體文者往往詩情不足以在六義中賦比多而興少頌大雅多而風小雅少也然武進屠敬山寄工六朝駢文而結一官詩則詩情亦復不淺無端云家在長洲茂苑中無端錦瑟怨梧宮畫船載酒不歸去花落五湖秋水紅曉渡揚子江云早潮未上東方白風定春江水一碧寥中柔櫓三兩聲推篷已在江之北故園三月花正酣鬧春冠蓋屯游驂鷓鴣啼遍渡頭樹問予何事離江南夏日劉內翰庠招陪汪太守堯辰擕酒方直牧駿謨寓齋云過雨看修竹秋光六月生杖藜山下興尊酒客中情野鳥窺簾去新蟬挾樹鳴習池風味好何意在彭城雨霽陪劉內翰庠山齋晚眺云山齋日岑寂古木自生烟一雨有秋意數聲聞暮蟬流雲挾幔入飛瀑激沙漩多暇陪中壘羣經借共傳訪劉內翰雲龍山中云清晨罷梳洗忽意山中客出郭磴道紆雲深講經宅入門聞鳥語開洞見鹿跡飛閣生松風晴軒籠爐碧讀書此何時落葉秋山積雨後登眺近郭

山亭云微雨瀞園林山光淡城郭客懷寄亭皋散步躡秋籜雜花分戶映好鳥當窗落虛煙飛靄靄野水流漠漠韞眞險洞林偃臥得邱壑嘉賞愜幽期斜暉未淹薄獨雁云關塞涼風起蕭條獨雁過中原饑饉後何處稻粱多顧景思儔匹低飛畏網羅蘆花秋萬里好去宿煙波清溪曲云妾家住清溪楊柳溪東西溪頭有明月夜夜聞烏啼喚郎采蓮去相約清溪水花底一尺天晚香吹夢起燒郎油壁車藉妾繡羅襦歡愛忘白日共食清溪魚宮詞二首云龍池舊日寬如海宣使新開注玉泉午夜鳳城然炬啓相公進入宛渠船偷隨阿監入深宮與別宮人總不同太母上頭傳賜坐不教侍立繡屏風感事四首其一云炎暑方未闌徵兵防八閩連舫通析木高鑱彗長雲深源盛名士子房畫策臣違衆令獨將不如棄其軍蒼黃戒征軸咫尺棖胡氛犀甲相炤耀龍艫自紛紜伏波旐空返赤壁師竟焚引領海天闊太息終何云雜詩五首其一云隆漢盛公卿鬱鬱登天衢致身本經術應務良不疏春秋可折獄三百當諫書如何中道衰

漸用章句儒章句亦不足篆刻徒區區河間工數錢乃更開鴻都居官且食鴈不恤城上烏感事第一首言閩省馬江之敗宮詞第一首言李鴻章進小輪船第二首言李連英進其妹纏足者入宮詳春冰室野乘或言其事不實

故人李次玉子拔可宣龔曾爲海藏掌書記居漢口旬日必過江至余寓中嘗有二小詩云石遺小住藤爲屋无悶新居竹滿庭準擬過江尋一憩午涼容我作詩醒不知魚鳥歸何處卻與蚊蠅共一區眼底了無芳草色那能長日閉門書蓋最早爲海藏詩派者无悶海藏號又有寄余詩甚佳只記得陶江歸去日霜橘不論錢十字

蘭生子俶田我藏亦喜作詩如鄉味關心春尾筍家書頗戒雨前茶落花中酒去年病啼鳥勸人三月歸（晚歸穎口）極似乃父得意句曉起同冀伯隨石遺長者黃鶴樓看雪云千山萬嶺飛鳥絕一老兩生樓上頭九日寄公荊云不是登高無處所登高何事可開懷則雄健矣過姚園云姚家園裏無多麗頗有

海棠百十枝花下主人子培子殘衫破帽坐論詩初至杭州云展轉復展轉小舟殊迫窄昨夜江南人今日湖西客冷泉亭云山外方亭午亭中疑已暝山淥能醉人使我久不醒皆佳句也

歲辛卯余旅食上海始識湘鄉葛心水道般心水方自測量黃河歸讀所撰測量三省黃河圖例言數千言測量事甚縷因諗心水幼究心算術尤耽西人格致之學旁及醫理傾談娓娓不少休而口操土音始聽十僅得二三後且七八於古人書喜管子墨子淮南近人喜阮芸臺焦里堂矻矻窮年至衣履見肘決踵而不卹未幾又應湖北輿圖局測量之招歸成測天揭要屬余爲敘最喜余黃州大別山洞庭湖諸詩見輒諷誦不已少作詩惟見其長夏讀經憶道友解悟二章云太白牛車識者稀河源盡處得支機自從三宿空桑後不信人間有是非貝葉翻經萬古傳盲人捫象罔譁然涅槃四百皆魔說最上乘禪不是禪

又別余云信有三生石來尋海上因沈吟期許意都是眼中人語淺而情深有小序云道殷居海上八年知交中能文章而得性情之正者叔伊外尙有一胡式卿適鄂省輿圖局開調道殷承乏行有日矣式卿贈以駢體文叔伊贈以長句期許之詞不同意則無不同也尤愛叔伊之詩音節古疋穆然思深不禁短句答之後聞心水還鄉教授學堂十餘年不通音問矣

式卿名澄鄜湘潭布衣旅食上海館穀甚薄而心慕黃仲則汪容甫之爲人余以其骨相清寒家有老母頗戒之駢散文古今體詩長短句無不問津雖未有成而時有清折可喜者贈余詩數首未足錄記其送友人還湘詞換頭以下云我已離家十月念摩敦無日不銷魂筆札依人生計哀樂有難言爲勸白頭慈母依門閭不必拭啼痕說遠人眠食近來差勝在家園本色語哽咽欲絕與竹眠詞二十四歲初度云似水才名如煙好夢斷盡黃齏苦筍腸臨風歎只六旬老母苦節宜償諸句可以並傳後歲餘歸里不久即逝今錄此爲之愴然

黃方舟太守鳳岐一別十五年相遇京邸急招共醉贈以儆集君賦詩云詩老人非老（自敘大集有詩與人俱老語以余觀之人未與詩俱老也）情濃酒亦濃蒼茫歌猛虎意氣感元龍舊格翻新調今時見古胸自憐多難後失喜此相逢君以老孝廉素精技擊徒手敵百十人從軍雲南廣西皆自上馬擊賊疆吏倚若長城後安慶兵亂亦君擊平之然落拓數奇並未得專城一郡也

余思遊華山久矣苦於洛陽至潼關鐵軌未通此路車行甚艱遲延不果今讀鄭叔進沅商南道中見紅梅感賦詩覩俞恪士新安諸作尤見行役之瘁矣詩云商南城西第一嶺初春地僻凝孤冷紅梅嫣然出荊棘過客紛紛那解省不知天公獨何意遺此名花事幽屏高寒自詡絕時俗點染猶能競春景謫墮幾時情可唏妍媚雖增態逾靜我行入陝無一適目疲犖确遭榛梗盤登冷餅充朝飢寢藉殘芻消夜永緣溪尺寸足廁闕逢人十九顋垂癭忽逢絕豔照幽巖駐馬裴回淚如綆四山濯濯無寸蘖獨樹姝姝擢奇穎如今棄置分固爾相逢

流落安能忍目迷魂倒竟忘行僕夫匿笑日移影比來撼頓詩思蹙賴見此花爲一醒折攀未忍留奈何去矣莫辭長酩酊詩筆極似坡公

海寧王國維字靜菴深於詞曲之學著有曲錄六卷戲曲考原一卷刻在晨風閣叢書中自印有人間詞甲稿詩附焉如云人生過處惟存悔知識增時祇益疑偶作山遊難盡興獨尋僧話亦無聊因病廢書增寂寞強顏入世苦支離萬木沉酣新雨後百昌蘇醒曉風前四時可愛惟春日一事能狂便少年到眼名園初屬我出城山色便迎人詩緣病輟彌無賴憂與生來詎有端百年頓盡追懷裏一夜難爲怨別人風裏垂楊態萬方皆可入蒲褐山房詩話詩人徵略摘句圖者君在日本學哲學有論著見靜菴文集

友人詩句有零星一二語足供采錄者施仲魯燧別十餘年矣前月忽遇諸塗則方由津至都匆匆立談數語約彼此相訪不數日寄來一牋言抱病回津賦詩留贈鍛鍊未成只得兩句云盡納宮商歸變徵誰將哀怨付詩人殆謂所纂

詩話少取歡娛之作也

己亥彥復客武昌所常過從者子培及余余答子培詩所謂屢簡吳郎益舊題也彥復與余拉雜倡和者甚多稿零落殆盡有讀陳石遺詩集遂和其論詩原韻云客邸鎮無聊向人借書看遊興久已闌吟侶亦漸罕暮攜陳子詩兀兀誦至旦珠玉隨風翻咳唾落天半詠懷追步兵耆酒過中散雲夢偶相値江湖遊汗漫師門君所思世途吾已憚雖有鴻羽儀不及羊頭爛澤畔放臣吟樓頭思婦歎詞妥極艱辛語妙益悽惋始覺涪翁豪不遜臨川鍛吾師擅風雅薪傳火未斷救衰雖已遲振靡或未晏誰爲壓卷篇有人唱之渙彥復淸提督吳武壯長慶子名保初一字君遂以將門之子儒雅能文學詩於寶竹坡先生詩中所稱師門者也時人以君並譚嗣同丁惠康陳三立稱四公子任子得官在刑部數年非其所好前後與剛毅端方齟齬憔悴以死事詳余所作傳中余有一詩題係彥復屢以詩見枉迄未有贈答以二十字書其哭姬人詩卷後云事事肎

吾師（謂竹坡先生）姬亡屢哭之尋常詩已肖尤肖哭姬詩蓋喜納姬喜爲詩尤喜爲長慶體之詩師弟二人相同也彥復答云鰥生百不肖惟哭肖吾師哭肖詩不肖吾師夙知之亦足解頤

叔雅既逝欲裒其詩刊一小集人事卒卒至今未得如願良可媿歎今先錄手稿存余處者於後

伯葭爲余篆印不失古意遂以長歌報之云程君用刀實用筆如劍切泥錐畫沙自言雕琢得天巧時流醉呼金石家運斤鍊鍛各殊術藝而進道聖所嘉當其凝神與古會漢碑秦碣生光華懸鍼垂露體態異銀鉤鐵畫無疵瑕鄦書六義本精密持較不使毫釐差都人踏破鐵門限徵求陳請如趨衙巧爲拙奴於古語逐臭好異君其嗟堨來市井競姿媚古法新法紛騰拏增刀減筆隨意造謹嚴盡失歸浮夸漢章元紐不汝爾大書深刻寧非耶近者更有東來法自矜鬼斧仍奇衺部居流別都不講頗覺字勢成旁斜別裁僞體定有待詎容鼓瑟

喧胡笳壯夫願勿薄小技鏤刻肝腎非揄揶時當從君問奇字載酒略略同侯芭。

寓齋鼓琴涉意成詠云逸豫謝塵事廓落尠餘懽絲桐張高秋繞指鳴哀彈急弦無懦響寡和含悽酸詠歎復沉吟不覺夜向闌先民賾憂患所託匪一端當歌發慷嘆閭樂集汍瀾詎徒伊鬱感知音良獨難賢聖不可作惝怳摧心肝朱弦何疏越一唱遺三歎審音在識微鄭衛遂以判遐心原太始常恐宮羽換昌黎昔致慨無由見眞濫及茲千載遥累黍郙可按成虧亦已悟張弛聊把玩繕性得和平抱郄寄蕭散沉思獨爾爲庶用明沖澹飄颻鬱歸思晨風懷北林佳人殊未來何以重南金清商厲孤響搖落謝芳心不畏霜雪盛所悲歲序侵白駒皎空谷季女飢山南邈矣廣陵散悠哉梁甫吟玄賞諒非昔旡悶貴自今揮手息羣動在抱何欽欽解愠天下理鳴堂單父治吹萬變時雍宮聲滿天地音起本人心鏗鏘寓精意以此默有懷夜寐承所示大音本希聲古調寧復冀如

何操縵者飛揚輕自恣靖節實超然識趣標孤寄索居寡學道高隱事求志儻可畢憂虞在御從此始末書堪隱居士稿

贈程伯葭南歸毗陵云誰歟行者車轔轔鴻冥高飛避繳矰使我心悲嗟良朋掉頭乃似遊方僧丁三先生亦何能年年傲骨空崚嶒君來相附如癡蠅坐此流俗紛嗔憎竭來長安萬馬騰赫赫羣彥爭薛藤君獨胡爲氣塡膺灌夫默默自引繩五侯招邀故不膺似此功業何由稱懸知天幸非所承蓴羹方欲從季鷹風花轉瞬如飄燈南山之蛟寒可罾它時儻復懷觚棱

晉陵程伯葭屬題黃鶴山樵溪亭觀瀑圖云程侯示我古畫軸叔明高步何堂堂吳興本自好山水放筆幾欲凌穹蒼畫師駴歎鬼夜哭劉奪造化無留藏眉書圖贈孟高士經君題品誰能當是時炎曦正烜赫披拂戶牖延清涼老松虬立四五幹溪石齒齒流洋洋中間瀑布爭噴薄懸崖峭壁森兩旁茆齋幽人獨偃坐溪山對賞疑相忘知其胸次絕高迥煙雲供養非荒唐五百年來無此作

倪迂舊説吾尤詳豎儒耳食忿剽竊擬王右丞擬董北苑紛低昂至人無心詎踐迹偶爾發興垂縑緗揮毫瀟洒自快意焉與俗子供張皇市兒估客尤可笑遠爲朽骨揚芬芳高騰聲價糅眞贋坐圖巨富傾慳囊近聞購山樵畫有值千金者故及之山樵有知應齒冷通靈遂使走且僵嗟余好遊實天性筋骨駑弱疲津梁寶藏垂橐意色惡費中人產殊徬徨讀書品畫亦不易卧遊淸願烏從償還君此本三歎息惜無奇語如元揚

友人書訊近狀作此答之云因君厚愛翻成媿而我何能爾許奇白眼加人來俗子黑頭虛夢笑癡兒抗懷政作千愁想入世曾無一事宜常恐後生描畫盡豈知窮老苦吟詩

南海譚叔裕宗浚高要馮展雲先生譽驥高足督學蜀中刊有蜀秀集所錄多知名士備兵滇南有于滇集一卷揆束持以示余登岳州城樓云目極江城萬戸煙艣聲帆影落尊前憑高便有無窮感卻指長安落日邊岳陽樓下臨洞庭

湖水大如海勢對面一片君山平如青玉案泝江過漢江流多黃濁過白螺山城陵磯望見洞庭則清如碧玉蓋瀟湘沅澧諸水從萬山下注澄泓渟蓄於此湖也余渡湖有句云江漢朝濁黃沅湘暮綠淨又云君山烏可剗晴天片雲瑩又登樓有句云巴陵無所往日上岳陽樓山對青玉案水環碧玉流君山形平方故四面望之皆如玉界尺此青玉案須借作几案之案不能作槃椀類解矣又憶張君常守岳州時作詩每念京國憶巢痕有張燕公悽惋之意余次韻寄慰之云信有人間張岳州江山寥落助離憂祇今魯國儕邾小（時寄示送朝鮮劉侍郎詩）自古騷人本楚囚秋水易傳鴻雁信西風偏滯木蘭舟（君數招遊未果往）倚欄倘向長安望不在夕陽紅盡頭高季迪詩知爾西行定回首如今江左是長安實暗翻宋人詞回首夕陽紅盡處應是長安意余又仿季迪法翻張芸叟意不知其亦翻譚君句意也

清嶺南詩人余甚推宋芷灣譚君有讀宋芷灣詩集云六千里外饒吟興二百

年來此異才大抵勝遊皆我似獨憐生面讓君開波濤奇詭同蘇海雲雨荒唐軼楚臺莫等橫流滄海盡要須筆力萬牛迴芷灣典四川貴州試歷守雲南曲靖廣南永昌等府遷湖北糧道卒故第三句云然也潭君于滇所經山刻水厲處如魚網溪甕子洞灘白石厓銅灣黃絲滚灘鷺鷥灘大惡灘黃石灘寶洞灘大王灘文德關飛雲洞珠溜灣牟珠洞皆寫以五七字詩如茲灘以惡名畏路自終古又凌兢入破舟八九陷水府譬登百仞梯又値萬鈞弩勢逾鑿空奇力抵衝鋒苦又哀鳴地為愁側墮天盡俯噴泉色紺藍極望似虹盡又客感千萬緒客程千萬灘乃知鬼神幻不許乾坤寬又寶洞狹於洞怪石橫猙獰奇在石能語大聲塞噌吰拗迫怒光上虛無哀籟縈又湘灘險而駛粤灘險而深贛灘石氣連深沉昔年擊汰愁我心巫灘峽灘亦奇絕歲晚風寒曾弭節今來黔灘更阻艱水盡能飛石能活我疑太白龍標兩死魄幻作急浪紛喧豗不然鬼方古有伐留此崢嶸絕壁胡為哉又地形似逐灘低昂人命半憑灘喜怒又半坡

塘云誰知下嶺顚正接上峰趾似本馬第伯封禪儀記中語又海心亭小坐云潭光與天影似欲占全城極似大明湖楹聯一城山色半城水意又登大觀樓云百戰驚餘仍傑構九州行盡此奇觀末聯云歸向虎門臺上望此江源委得全看又盤龍江云禹王不作李冰死誰遣江流環杜城又衙齋云客來唬鳥報吏散落花多皆佳句也又題陳衡山梧月山館圖云落葉已蕭槭況兼庭月斜黔陽秋萬點一半在君家二十字似已足下尙有四句欲仿前人之節柳子厚漁翁七古矣又黔陽舟次云臥疾黔陽瘴癘侵蕭蕭猿嘯出空林若非逐客千行淚未必灘流爾許深用意結響皆直逼唐賢

人境廬詩驚才絕豔人謂其濡染定盦實則宗仰晞髮集甚至十九年前與余集於滬上酒樓極喜言謝臯羽當時只見其和損軒一二詩而已近始讀其全集則固甚似臯羽也雜感云大塊鑿混沌渾渾旋大圜隸首不能算知有幾萬年羲軒造書契今始歲五千以我視後人若居三代先俗儒好尊古日日故紙

研六經字所無不敢入詩篇古人棄糟粕見之口流涎沿習甘剽盜妄造叢罪愆黃土同摶人今古何愚賢即今忽已古斷自何代前明窗敞琉璃高爐熱香煙左陳端溪硯右列薛濤箋我手寫我口古豈能拘牽即今流俗語我若登簡編五千年後人驚爲古斑爛人境廬雜詩云春風吹庭樹樹樹若爲秋忽作通宵雨來登近水樓濕雲攢岫出疊浪拍天浮不識新波長沙邊有睡鷗亦有終焉志其如綠鬢何雲閒猶作雨水止亦生波春暖先鶵起湖寬讓鯽多門前新種柳生意未婆娑紫藤花壓架開落到如今舊雨傷黃土殘春悵綠陰尋香猶惘惘埋玉故深深庭下閒叉手多余戀舊心代柬寄詩五蘭谷並問諸友云覆地桐陰綠中爲人境廬剛柔分日課兄弟各頭居草草常留飯匆匆亦讀書近來仍過我見我衰師無三十初度云學劍學書無一可摩挲兩鬢漸成絲爺娘歡喜親朋賀三十年前墮地時君志在用世有經世才觀以上數詩年少時無心流露已如此甲午中日之役君方爲新嘉坡總領事張廣雅督部由湖廣移

督兩江以籌防需人檄調回又置之閒散公度甚不樂玄武湖歌有云天風浩浩三萬里吹我犯斗星槎回河山不異風景好今者不樂何爲哉即指此也

東莞張滄海號篁溪游日本習法律學歸喜爲詩多激昂慷慨之詞獨取其陶然亭題壁一聯云幻爲蝴蝶空留影墮入泥犁亦出塵自注循陶然亭下弔香塚鸚鵡塚香塚在亭西北小埠上碑陰題云浩浩愁茫茫刼短歌終明月缺鬱鬱佳城中有碧血碧亦有時盡血亦有時滅一縷煙痕無斷絕是耶非耶化爲蛱蝶又詩云飄零風雨可憐生芳草迷離綠滿汀落盡夭桃又穠李不堪重讀瘞花銘余謂此必好事者爲之以供遊人作小詩料憶戊申有病中聞明日春盡云一世蹉跎盡寧須計一春連旬欹枕病明日別筵新粉黛皆黃土精華亦軟塵毋爲兒女淚垂老效沾巾時余方悼亡然解脫之想與篁溪十四字頗同之也

石遺室詩話

(二)

石遺室詩話卷九

自古詩人足跡所至往往窮荒絕域山川因而生色更千百年成爲勝蹟表著不衰嘉州以岑秦隴以杜夜郎以李以王（昌齡）柳永以柳瓊儋以蘇然皆未至裨海瀛海而遙也中國與歐美諸洲交通以來持英簜與敦槃者不絕於道而能以詩鳴者惟黃公度其關於外邦名蹟之作頗爲夥頤而南海康長素先生以逋臣流寓海外十餘年多可傳之作如三月五日在瑞士呂順遊阿爾頻山晚步梨花壓山芳草數里越山渡澗幽絕無人徘徊花下遠聞琴聲湖波漪漣夕霞照山瀰迥從之疑古桃源也雪星花獨阿爾頻山產之遊者珍之皆插襟上而歸詩云雪峯白顛湖水碧波林樹疊疊樓閣傞傞店旗風颭船笛煙過遵彼微徑言登陵陂芳草芊芊人跡不加一攬萬綠極望無他曖曖雪星白綿作葩獨產阿頻瑞草同嘉微馨抽襟袖本還家逾嶺渡澗惟聞鳥譁梨花億萬覆壓岩阿時春三月燦爛開花一山縞素雪飛日斜婉孌黃蜂尋香逐華吾久徘

徊疑桃源耶策杖卻曲攀石磴砢有屋抗山繞花婆娑微聞琴聲愔愔以和有美一人玉面清歌蓬山豈遠神仙所家水影漪漣霞邊盪摩夕陽下山歸路坡陀淸絕難忘託之大羅君士但丁有遺殿戶牖尙存屹然高十丈其製摩色金盤甚麗多其遺製吾曾購得之詩云君士但丁帝雄姿不可方丹靑有遺殿戶牖半頹牆三國歸靈統東都闢喬皇金盤摩色麗摩撫起蒼涼那釐利在錫蘭山巓六千尺開大原有湖多花不暑風景佳絕當爲南洋諸島最勝處詩云楞伽絕頂六千尺罨畫明湖翠碧開繁柳繁花滿園路不寒不暑好樓臺（印音呼錫蘭爲楞伽）錫蘭再訪佛跡數處其塔殿最莊嚴者皆千年來物非佛跡也自晏那拉積布拉外楞伽眞跡近在歐林布二十里者迦利膩圓塔頗大周廊二百柱天已暮燃燈擲花佛前塔前有菩提樹僧摘葉相贈詩云圓塔嵯峨迦利膩周廊繞徧摘菩提此是楞伽說心處道場悄悄佛燈淒諸詩別有結構惟湛然居士集西遊詩長春眞人西遊記中詩陳剛中交州集可相彷彿惜所

見未多當再搜錄

學問之道惟虛受益又曰有若無實若虛余測交海內數十年能虛其心者林暾谷趙堯生羅掞東梁任公數人而已任公有庚戌秋冬間因若海納交於趙堯生侍御從問詩古文辭書訊往復所以進之者良厚顧羈海外迄未識面輒爲長謠以寄遐憶云道術無古今致用乃爲貴交親無新舊相尙在風義我以古人心納交當世士夙慕蜀多才捧手得數子直節劉子政粹德楊伯起（裴村叔嶠兩京卿）其人與其言磊磊在靑史蚤年所往還尤敬延陵季諸郎盡麟鳳暱我逾昆季（吳季淸先生及德嗣鐵樵仲弢子發兄弟）料簡心相宗擘索象數旨執御迄無成哭寢但額泚（吾嘗與季淸先生同治佛學與鐵樵同治數學）觥觥周孝侯剛果通大理官跡徧三川氣骨橫一世此並趙侯友夙昔不我棄趙侯雲中鶴軒軒抗高志名節樹藩籬藝林厚根柢峨眉從西來去天尺有咫終古孕冰雪元精逼象緯御風問眞源獨往忞所止八十四盤陂

陂陂印屐齒，盪胸極雄深。卽境領新異，所以其文行，邈與俗殊致。開元及元和，
去今各千禩。君獨澄何轍，接彼將墜紀。詩撼少陵律，筆摩昌黎壘。擇言轉氣盛，
刋華得神擬。浩浩揚天風，郁郁斐蘭芷。幽幽緜洞壑，漠漠弄洲沚。訣蕩天門開，
恢詭蜃市起。迅健駿下坂，澹宕魚戲水。有時一篇中，攝受萬態備。探源析正變，
證詣愜醇肆。自從同光來，斯道久陵替。豈期萬人海，復聽九皐唳。固知言皆宜，
要在中有特。文章雖小道，可以覘識器。釋褐及中年，簪筆作諫議。上策皆賈晁，
陳義必牧贄。遙遙千聖心，落落天下計。昔昔勤論思，字字迸血淚。亦知逆耳言，
夙干道家忌。黎元正倒懸，斧鑕安得避。回天精衛瘏，逐惡鷹鸇鷙。諫草留御牀，
直聲在天地（君所上封事什九留中）。自我出國門，交舊半棄置。遯聽得雲天，
懷想空夢寐。何期絕塵姿，盼睞及下駟。羣動蟄三冬，尺素枉千里。我學病馳騖，
所養失端委。皇皇求助友，懇懇得礱砥。商量到刌分，往復累百紙。吁嗟末俗心，
相應以矯僞。豈闢佰蓋交，乃辱百朋賜。天步正艱難，民生日憔悴。銜石念海枯，

入淵援日墜吾徒乘願來爲此一大事君其體堅貞走也將執轡燕市風蕭蕭須浦月瀰瀰相望不相即歌答雜商徵閒居潘安仁就我方謀醉聊因天末風一訊君子意堯生問學道義相知者無不愛敬而任公推挹之意實逾尋常非虛心求益之誠何以言之不足又長言之長言不足又詠歎之如此第三韻所謂我以古人心納交當世士信非欺人語也然堯生爲諫官視國事如己事任公惓懷故國氣類自極相感所謂吾徒乘願來爲此一大事也至於鄙人老大頹廢耳冷心灰倘有文字禪未能空諸言說耳任公乃裒其生平所爲詩數百首使縱尋斧鄙人遂居之不疑字斟而句酌之蓋所以待暾谷待堯生待掞東者固如是也任公詩如其文天骨開張精力瀰滿臺陽一集可推敲者十之一二他集則百之一二而已此首亦經推敲過者尚餘銜石念海枯句與回天精衛瘏句事複擬易精衛爲鴟鴞與瘏口回天意均合不憶當日何以未加獻替掞東舊作最結構者爲長沙張文達師靈輀南下志哀三首及盤山紀遊金陵

紀遊各詩志哀詩云淩晨促府趍行李廣路塞入門問諸孤洒涕氣彌結執其少者手泫對腸欲裂傷哉十齡童類父入毫髮持喪若成人賓僚嗟秀出贈言勉孝友勤讀光先烈聆語信知感亢宗理可必婢僕淚恨襟不忍棄斯宅風悽靈轝轝日慘衆哀激觥觥尙書府龍門高百尺萬流爭趨壑存問及鞮譯去年壽觴舉冠蓋傾一國今年素車來杳不盈什一生死交情見喧寂世態出飛旐出國門易水流嗚咽其二云憶昔辛壬間籌學集衆謗憂危耿不寐委曲跂一當積誠特信主卓絕賴冥救于式枚黃紹箕文章宗吳汝綸嚴復天下望汪詒書王儀通號博物張鶴齡李希聖實哲匠五百識賢聚時流孰堪抗屹立鎮駭流百川此東障侁侁生徒會天門開訣蕩羣材待陶甄皇風日敷鬯志未竟十一孤懷冀誰諒萬方悲一概山頹吾安仰其三云斯文日殂喪大道嗟久裂朝貴謝宏奬風流竟衰歇公實秉至誠求士若飢渴奬誘到薄伎苞苴絕宵謁汪汪千頃波日月互呑納公存士氣申公歿正氣滅王路塞淸夷履蹈莽荊棘文

采致爲災。直節終自賊。嗟哉受恩人。渺若非素識。悠悠天地間。念此心魂折。吾生絕知己。誰更念薄劣。還當慰公靈。益勵歲寒節。余在湘。在都。與公皆未相見。甲辰公管學務。張鐵君光祿爲京師大學堂總監督。電招余就教務。事而余先在武昌張廣雅督部幕府。不能來。廣雅電告文達。文達復電極道飢渴。揆東此詩第三首所云云。殆紀實也。第一首望其幼子能亢宗。委曲畢達。第二首說與學叢謗。苦心孤詣。其餘慨斯文之就喪。及冷煖之世情。作者眞性情無心流露矣。

詩有更易一二字。删節一二句。而全體頓覺一振者。揆東與堯生及余爲文字骨肉。肆力爲詩未久。佳章傑構。已足裒然成集。乃既使堯生持脩月之斧。又使余煉補天之石。余不敢辭。授余一册。計二百三十餘首。痛爲删去九十餘首。其存者十之九。皆一字不易。有待推敲者十之一耳。有一首題係邱齋庵屬題所藏黃葉邨山人獲石圖。山人鑿地作池。得一石案。有斑篆七字。留贈山人黃葉村圖而記之亦淮上一故實也詩云山人獲石碧池裏石上留題黃葉本屬山人村自寫石交傳石史淮上當年此異聞嘉道風流久更新邱生忽與山人遇黃葉爲村畫中住昨日攜圖向我來畫固堪傳事更佳前生君豈江南客一櫂秋江臥小齋朅來世風賤騷雅笑君此卷胡爲者美人誰報青玉案老衲宜親白蓮社小篆斑紋破紙看黃葉山人意態閒人閒畫石誰能癖侘傺風塵一冷官此詩妙處在邱生忽與山人遇二句山人已久作古人邱生何從與遇即於此圖中遇之則此圖之畫山人爲邱生所得不待言矣此兩句所以剪斷許多支節也原詩嘉道風流句下有自從圖入邱生手等四句則此二句不見其妙故爲刪去前四句徑以邱生忽與山人遇接嘉道風流句下而篇末黃葉山人意態閒句更見點睛欲活矣此等結構放翁遺山道園時有之

又題羅兩峰鬼趣圖云子非鬼安知鬼之樂胡然開圖令人愕偶從非想非非想青天白日鬼劇作羣鬼作事自謂祕逢迎萬態無不至豈虞鬼後不生眼一

一丹青窮敗類中有數鬼飄峨冠自矜鬼術攫美官果能變鬼如官好余亦從鬼求奧援問鬼不語鬼獰笑鬼似擯我非同調吁嗟鬼趣今何多兩峰其如新鬼何此首著墨不多而窮形盡相鬼之被人揶揄乃至於此然宋徵於鬼薛徵於人可以人而不如鬼乎可爲不自非薄者誦矣入手四句用老杜堂上不合生楓樹寫法最爲得勢惟果能變鬼二句稍鈍置擬易豈知變態能如鬼未鬼早已得奧援昔韓退之爲玉川改月蝕詩滿紙陰森有鬼氣吾亦欲玉川吾掞東他時爲鬼董上添一故實矣

掞東又有自邢臺至鄴道中書所見云千樹萬樹梨花雲十里五里黃茆村楡錢柳絮不知數一路野花紅向人望中平蕪極天碧紫燕黃蜂逐南陌婦子嬉嬉急早耕太行已換青葱色如此春光客未歸懷古中原歎何益寫出中州一帶方春時草木暢茂雜花盛開數百里上下一碧間以紅白余丁未三月攜家由鐵道入都誦平蕪盡處是青山行人更在青山外詞句與先室人相視而笑

先是余曾由湖北遊揚州淸江汪社耆畫一箋送行一片平蕪上有雙燕別無他物云仿戴鷹阿筆意者室人題此二句詞於上一時頗覺有別意也此詩平蕪本作蘼蕪前四句已說各種花草景色此句又說一香草於律似未細易作平蕪則與前四句有近景遠景之不同與太行句接成一片而以如此春光總束之詩格甚新而無可疵議矣

偶見何翽高藻翔有書所見一首云曉過濯龍槐柳東兩潘二陸記相逢人如秋去春來燕天有朝南暮北風漫以鵷鶵爭腐鼠任教鳧乙認歸鴻望塵縱向車前拜解璽寧須舊侍中此詩絕似坡公卽掞東鬼趣圖詩意也

瘦公莫愁湖茗坐曾公閣因展涇陽尚書所留莫愁小影題後云湖稅當年歸別業（湖爲徐中山王別業）僧樓今日祀人豪（姚惜抱江天小閣坐人豪句曾文正至賞之許仙屏建閣湖上公書榜焉）波光浮檻荷千蓋山色侵船綠一篙城郭秣陵歸夕照江山茗椀坐吾曹盧家少婦驚鴻影恐占茲湖位最

高與余題莫愁小像云不是無愁是莫愁女兒解作石城遊湘鄉事業中山亞纔占荷塘一半秋用意相近又半山寺即荊公捨宅云亂栽花竹公歸處捨宅千秋賸此堂髣柳倘儻含雨翠萬荷齊柄遠風香爭墩轉益林泉趣補屋寧知草樹荒（陶齋補亭今漸就荒）更策疲驢衝潦去鍾山一角坐招涼余亦有過半山寺詩末四句云屋角謝公墩我名與公字今昔此蒼生願拜何人賜林瞰谷云不下斷語結有神通又謂題莫愁小像詩爲女兒吐氣夔公又有登清涼山云煙巒林杪出雲扃欲挈江流赴石城袖底三山收紫翠尊前六代入空冥一流向盡傷頹照千刧蒼茫賸此亭收入湖光從倦鳥疏楊歸路帶寒星此詩清空而不泛

夔公遊盤山作亦有三首最工者上盤頂雲罩寺暮不達而返云一節身出萬松顛脚底諸峰氣藐然張袂平收東海水剪雲散作薊門煙飄搖清梵斜陽古睥睨荒臺冷月懸慙謝僧雛容匿笑投林還在暮鴉先宿萬松寺云千峯絕頂

支牀處夢裏松濤雜梵聲高月轉宵迴夜氣空階鳴葉迸涼醒萬緣滅後餘禪味一枕頽然接太清襆被尙思從老衲稍憐寒拾不同盟萬松寺待曉云萬峰高下影窗前星斗依微接曙天溫酒徑思然宿火尋詩無著近枯禪霞光動海諸天豁日氣蒸山衆態妍百折箯輿過鳥背梵鐘先我落平仟林贊虞極道盤山之奇不可不遊至今未往讀此詩如行萬松雲罩間矣

歌者賈璧雲名滿天下羅癭公易中實亟稱其有士夫風癭公既屢有贈言中實樊山皆以千言長歌張之儀態萬方華鬘九變蓋已極侔色揣稱之能事矣不謂三六橋都護多贈賈郎詩能以少許敵多許也詩云萬人如海笑相迎月扇雲衫隱此生我惜賈郎仍不幸倘逢劉季亦良平謂張良貌似婦人女子陳平美如冠玉也二人皆子都宋朝之美非西施鄭旦之美可謂擬於其倫矣然使曲士聞之未有不譁然羣笑者也六橋贈癭公有云人品如西晉家居愛北平甚雅切

六橋歌行似樊山尤似實甫七律似實甫尤似樊山近見其十疊牙字韻和夔盦主人云兼并文武大林牙（遼百官志大林牙翰林學士也又行樞密有左右林牙）天錫能詩敢比誇潑墨如傾饒樂水（喀喇沁爲古鮮卑地饒樂水出焉）運籌當賽瀋陽瓜（近人瀋陽百詠詩云批紅判白知何事儘有輸贏說賽瓜）人才金史師安石王位元朝脫不花莫笑梁園舊賓客春風不坐坐東衙（此間稱副都統署曰東衙門）弔耶律倍云天子能爲薄不爲此心千古有誰知聯唐未必全無力立木甘吟去國詩讓國名如太伯賢乘槎計比范蠡全美人書卷同浮海勝作遼皇廿一年句如鞭馬電馳登柳子（峪名）樓船風順度松花倦遊莫對王維竹好學曾嘗鄭灼瓜兀良北伐思阿朮耶律南來盼禿花身復在官殊善果（唐鄭善果）膂能擒將讓奴瓜（遼耶律奴瓜）十分熱血烏拉草一片冰心哈密瓜皆極似樊山處

番禺潘蘭史（飛聲）久客上海前歲偶來都門以江湖載酒圖屬題圖凡百方余

題一絕句云一自金風亭長去江湖寂寞酒船無誰知猶有藕漁老滑笏春餞百幅圖蘭史多塡詞少作詩有羅浮遊記一卷附詩十餘首可與實甫羅浮紀遊詩競秀摘其警句如左宿白鶴觀有云颯颯長松林天地忽然碧又月來百花醒雲睡萬壑寂妥夢酣青山定光出千尺胡蝶洞有云夢中下一蝶馱魂上松關仙人如春煙窈窕雙翠鬟華首臺有云一橋雨花任流水竭來塵海原非根洗衲石有云山花猶早春雲水已秋色落我無塵衣寸寸作秋碧又白雪散平林綠天若初夕寫得羅浮二山上下純綠證以實甫諸詩蘭史不欺我矣實甫酥醪觀後多古松句云斜陽化爲月走入萬綠中綠亦化爲海日入不得紅又檜柏化荇藻滿地相横縱又下有千年苔上有千年松又我有青玉棺（自注廬山青玉峽瀑布下有米南宮題第一山擘窠字余嘗臥山字中間一晝內戲呼爲青玉棺）洗以瀑如龍茲壇如我墓題以青瑤宮黛海歌云羅浮非土亦非石乃是太古以來空中純黛色積成黛海浸天濕又山爲黛海之波瀾雲

爲黛海之潮汐泉爲黛海之風雨瀑爲黛海之冰雪更將黛色染兩眉乃是一日與一月天入黛海不能碧日入黛海不能赤月入黛海不能白旁人不知羅浮是海水但道綠嶂蒼崖兼翠壁

飲冰室詩話云蘭史有羅浮紀遊余最愛其二絕云羅浮大雲海洞陰多野雲雲水日相滌仙山古無塵（右滌雲橋）雲濤天半飛月乃出石罅萬壑蕩空明仙山古無夜（右洗月洞）余謂第二首較勝分霞嶺望上界三峯有云鐵橋高高架雲壑振衣千仞如行空松崖馴伏百啞虎藤枝幻化雙銅龍飛雲峥嶸出天外上界尚有三高峰帝恐飛雲日飛盡天門豁露人可蹤特驅三峰作屏嶂隱現霞彩升於東懸知太華尙夜碧粤山兀立千芙蓉南荒南盡復何有但見一氣趨空濛黃龍洞觀瀑有云黃龍不見飛白龍作勢未許煙霞封遠迸千疊萬疊石倒挂千株百株松叉天風更助之而態松濤怒捲趨西峰皆淸響可聽蘭史有逸妻佩瓊居士有飛素遺稿惜未之見

林亮奇見余作詩話，告余尚有兩詩人恐所不識。余曰：去年過滬，遊張園，李拔可曾介二客相見，亦爲此言，則諸君貞壯、夏君劍丞也。各道傾想之意，君所言得無是乎？亮奇曰然。後詢諸蘇堪、子培，則各有所左右。劍丞有澄意先生屬題薛道人秋幢讚佛圖云：金沙灘上馬郎婦，曾向人間地獄來。秋樹自培將盡葉，火蓮寧有未然灰。歌筵鐘梵誰能聽，紈素丹青莫漫猜。比似東坡留偈語，要知佛性不輪迴。貞壯有桂伯華師自日本來書云近與吾友通州范彥殊、彥矧兄弟相倡和，既以書報，賦寄長句云：觥觥德化桂夫子，更念通州兩范生。日共哦詩對東海，夢憐羈客在秋城。脫身幸自兵間出，盡室今爲浦上行。欲補春秋告三世，直從據亂到昇平。惜不多見。

亮奇與宰平有所作，不肯示人。亮奇有崇效寺牡丹和衆異云：難追獦獠性微闖，佛境花光翠半分。細葉偏看驚繭栗，長波淮記惜殘雲。（丁未春與澹芙、柘焦、探花四目汀園不及，惘然有記）探尋獨襯亭軒艷，調護應添幪幙薰。不是約齋舊遊客迴車也動思氤氳又五月十一夜聞歌觸賦云一笑誰家好酒邊韶陰如水坐年年月光燈氣奇離夜鬟影衣香淡宕天欲買胭脂供絕豔難拚絲管壓繁妍座中儂亦江南客怕聽瀟瀟暮雨前力避俗豔時復彷彿定菴宰平次亮奇牡丹韻云名花一見破千聞色相還從眼底分簾幕影空開淨宇旃檀香遠擁紅雲地偏不惜連朝過日煖初宜帶葉薰寂寞青墩溪畔客東風獨立思氤氳衆異有牡丹謝後始往示亮奇秋岳云平生見事較人遲不僅看花獨後期卻共殘僧數枝葉似憐春物與矜持沉吟不去終何益喧寂隨緣絕可思十載歡場未驚豔眼貧眞過少年時

逸雲亦有崇效寺作云喧闐車馬厭京華蕭寺開尊對日斜紅豔牡丹憐嫩葉青葱楸樹展高花衣香游女春三月地接江亭水一窪松杏佛堂容小坐不辭雙鬟浣晴沙逸雲好爲詩亦罕示人余向之索近作乃出春夜懷人一首云皎皎霜前月松枝拂地寒巷深車轍斷親健酒懷寬拭目看新績支頤覓墜歡美

人渺天末遙夜憶琅玕淸言見骨詩如其人親健句尤見性情
宰平有八月廿六早獨遊江亭云行野廓秋思無爲守一室車塵騰九衢到此諸想黜淸曠接旦氣心事對白日葦寒花影澀風勁逝羽疾迢迢雉堞靜俯仰自蕭瑟窪水弄雲景枯涸亦誰恤看山憶舊躅爲樂瞬已失小立豈久留去住固難必此詩亦索之始出者甚似柳州南磵作君爲人得靜者機與芷靑極相契多遊江亭今芷靑竟夭此後有作宿草之感更當何如耶

朱芷靑詩多憔悴憂傷之意余向以爲憂今春一別遽夭天年余初得揆東函告悲不可抑覶縷爲哀詞哀之而仲毅秋岳函續至乃知芷靑方病卽得夢自知必死遂爲書貽仲毅託以身後並與諸朋好訣別言自問平生無所長惟富於感情心光浩然可自信嗚呼芷靑自知之明知芷靑者無異詞也仲毅言芷靑博聞廣記性情過人儔輩無兩其了然生死之故亦非恒人所及生有自來於此益信仲毅與芷靑交至篤芷靑家故貧其尊人一老比部改革後無官仲

毅爲芷青營一官足以事畜死後爲其老父圖一生事並醵千金遺其妻女可云不忘死友秋岳言芷青沒後朋儕無不賫涕臨沒語其家人當停柩廣慧寺因憶辛亥冬間芷青曾示一詩題爲廣慧寺視亡女祥琳遺櫬感賦詩云而翁入世百不可宿業遷延到汝身汝死儻歸清淨土而翁猶是亂離人一棺觸我彌天恨萬事從渠過眼塵廣慧寺前斜日裏惘然家國入孤顰詩味極愴痛當時讀之已覺其過哀不虞遂成讖云云此詩芷青亦曾寫示余余甚不樂哀詞中所謂芷青雖喪母喪幼女善病然年富有聲官祿及教授所入足養老父不當終已言愁者也朋好輓芷青詩可成一帙因多未錄

余嘗言仲毅自出關客瀋陽經年詩益婉摯嘗寫十首寄余瀋陽小河源野步云興來舉足城東隅美此一水千踟躕路人矜夸指衣帶云是渾河之所瀦水邊茶肆足歌舞亦有游女褰裳襦酒船傭保勸我沽故知石魚非此湖惟餘此水能綠淨照我七尺清且癯東流何暇更汝惜自愧未老顏非朱三年京國役

魂夢記上江亭愁日晡天游隨地可貧賤胡爲墮落居穹廬此邦冰雪有代謝腥臊埃壒無時無水聲嗚咽如有訴直似空谷傾城姝詩人畸士兼腐儒百不一可應時需平生懷抱豈殊衆漫謂丘壑供野娛墜歡散失無覓處何況清景難追摹歸來合眼夢煙水浣筆欲作江南圖久不晤沈隱書來言方爲大府治官書苦不得伷調之云文人受賕古有例儒者治生未無計班金陳米自解人頗怪異時劉允濟盧生不廉況年少正坐飢寒落荒裔乍論肉食已流涎卻對胡沙賣危涕打門府檄促覩草遮眼官書等囚繫治庖尸祝不受償命筆爲刀書作隸淮西石本絹五百詔許昌黎市文藝盧生胸次多古人文學縱橫詩律細要令利市動輦金莫遺達官戒傷惠揚雲不受蜀賈錢劇秦美新亦已贅相如得金便賣賦歸與文君供取醉較量得失果孰賢不貪金銀那識氣但論日食饔五鯖何貴環書來十吏我生賦命本窮薄忍說讀書作吾累殘杯冷炙今已無授牘抽毫倘能試潭潭公府眞高居聞說靑雲皆自致吾舌幸在硯未焚

欲記南園頌西第前首悽戾激揚次首嘲詠跌宕前首極似蘇堪答子培湖舍見訪不遇之作次首極似任公嘲潘若海之作餘八首皆七言律當續論之

去年過滬讀樊山與蘇堪冬雨劇談之作瘦淡似蘇堪不類平日之富麗歎才人能事不可測往往效他人體也惜未鈔其詩惟得蘇堪和作云久於南皮坐習聞樊山名老矣始一見趙璧眞連城落筆必典贍中年越崢嶸才人無不可皎若日月明春華終不謝一洗窮愁聲南皮夙自負通顯足勝情達官兼名士此祕誰敢輕晚節殊可哀祈死如孤惸其詩始抑鬱反似優平生吾疑卒不釋敢請樊山評其二云嘗序伯嚴詩持論闢淸切自嫌誤後生流浪或失實君詩妙易解經史氣四溢詩中見其人風趣乃雋絕淺語莫非深天壤在豪末何須塡難字苦作酸生活會心可忘言即此意已達其三云窮愁固易工憂患寧愛好奮飛抉世網結習猶煩惱午怡論詩骨見謂飢不飽心知小潺湲河海愧浩渺何期樊山老閎蕩喻益巧蕩甘而詩澀唐突天下姣庶幾比諫果回味得稍

稍嗜澀轉棄甘攢眉應絕倒（夏午詒贈詩云人世無此骨餐之不療飢）今年復讀樊山暮春蘇堪見過作云春事如水流羣鶯自相逐昨雨忽然晴喬林生萬綠海藏樓中客來看辟疆竹君我在天壤眇然同一粟逃名名轉盛世以靈光目詩卷行江南佳語萬口熟虛堂來清風巖電炯相燭談笑碧桃間落花紅簌簌其二云君家富櫻花吾花亦滿籬君樹高於我作花紅倍之君園花開早我屋花較遲君花備五色我花淡白姿同根而異態姊妹分妍媸君來看我花如魯適邾郳觀花即可知我與君之詩其三云百請不一至不速翩然來君招鄉人飲排闥弗我猜聲氣自相感疎密匪形骸滄海一杯酒暫忘禾黍哀京庖移江左味與脾土諧魚羹及炒栗南宋以爲佳今何以異是如在黃金臺亦非飲食求特取懷抱開持問主人翁一月笑幾回此三首雖存眞態亦稍似蘇堪排闥韻即余至上海蘇堪飲余酒樓余特過樊山邀之作不速也蘇堪又答樊山云幽憂成簡出苦吟類心疾有詩不與人聊自嘔抑鬱故人偶相從借酒

道契闊樊山忽入座眞若山排闥感君已再顧詣謝意久闕微雨花覆窗小坐極可悅詰朝出新句語妙意曲折形骸殊聲氣疎者孰與密庶爲知者道流俗莫強聒春歸益閉戶刻意還閣筆排闥韻寫得有神

今春在海藏樓見蘇堪詩有爲審言作者似頗著意因問審言何人蘇堪言李姓詳名有著述能詩近見雜報端有數首非近日妙手空空一派急錄之題劉聚卿藏北宋汴學二體石經拓本云夜光投闇珠吐澤來自無端誇嘖嘖往聞丁先得此時祇費奚囊錢數百（淮友說如此）料簡殘裹飾緹錦醃臢古香傾坐客頤志齋中驚顆頤穿屋神光照隣壁東洲老人咶舌詫題詩妙摹復初格睦州早逝失傳經（儉翁長子壽昌字頤伯早通經訓能傳翁學以御史出爲嚴州府勤事而死）徇臧無緣向兒索長物連雞不並棲留示諸孫工鬮隙皇天默相落君手柘翁精爽妥安宅何異蔡邕贈仲宣況有連城償趙璧既不入萬（漢陽萬中立）又不陶（端公）經兮有主我爲懌當年上傲畢與錢

後者視今今視昔恍如置身嘉祐朝親與英賢稱莫逆何時復訪陳留碑襆被徑臥檐下碣見陶齋藏石記印本感賦云槐影扶疎紅紙廊冶城東畔又滄桑摩挲石墨人空老憶到金陵便斷腸脫略曾非禮數苛上宮有女妬脩蛾濮陽金集儒書客那得揚雄手載多觥觥含憲出重闈傳命居然奉勅尊輕薄子玄猶並世可憐不返蜀川魂肺病數日不出效海藏體云一徑雜風雨閉門春草深鳥飛雲意靜地僻足音沈未覺妨吾適時能致獨吟日衰頻對鏡已分二毛侵余於北宋石經既代人題長句三十六韻復爲聚卿所嬲自題二十八韻見者皆以爲復初體其實復初爲能創一體余題蜀石經曾辯之

向只知朱古微祖謀工詞直逼夢窗近乃知其工詩有和遠根乞米曲云宣州詩翁恆苦飢索米夢持篆窠歸舉家啾粥癯不肥平原筆力弩釋機先生研田十年機溉墨一斗鍵其扉臨川三昧熒熒暉濃鋒蹴豈諸城犇赫蹏紙百不供揮壐書增俸嚋敢睎月料半流埒茹薇焉能休糧脫塵韈道山延閣接太微胡

不陳書紫宸闈胡不曼胡短後衣捷書夜草旄頭飛何爲顑頷幽篁圍乾愁漫誕不可磯諸公逞辨妃與豨一邱之貉蒙庶幾榮傭求益來已稀牛鐸黃鐘荒是非枵然者腹負大誹安用陶胡奴爨欷逝將著鞭驂子騑安吳筆訣絕幾韋他年奇字森煙霏遠追春海子尹近友伯嚴右衡又詩中之夢窗也可以藥近日之枵然其腹者矣

向見若海詩頗覺其多塡詞家言揆東因特出數首見示題彊邨老人歸鶴圖云彊村老人如老鶴不向人間爭飲啄九霄唳罷獨歸來夢醒空山雪花落老人養鶴如養兒俸薄不免時啼飢胸中飽貯出塵想不識貴人軒與墀傳聞此鶴人所贈毛骨奇逸不凡近亦如老人古心性玉立塵埃冰雪淨老人當世稱詞仙鶴亦起舞能應弦荒庭僵石橫蒼煙與鶴相對應忘年此鶴平生有故事出處去就略可記大鶴山人鶴阿師爲寫斯圖傳畫史鶴兮鶴兮得所歸靑田石老苔生衣月明試向華表立人世如今有是非贈伯嚴吏部云戎馬倉皇老

此翁天教身世杜陵同廿年歌哭江湖上八口流離道路中夢斷中興成白首酒醒宙合戰羣龍夕陽冷照離離黍掩淚題詩續變風皆極與靑邱相近

自前清革命而舊日之官僚伏處不出者頓添許多詩料黍離麥秀荊棘銅駝義熙甲子之類搖筆卽來滿紙皆是其實此時局羌無故實用典難於恰切前淸鐘虡不移廟貌如故故宗廟宮室未爲禾黍也都城未有戰事銅駝未嘗在荊棘中也義熙之號雖改而未有稱王稱帝之劉寄奴也舊帝后未爲瀛國公謝道淸也出處去就聽人自便無文文山謝疊山之事也余今年出都有和秋岳一絕句云未須天意憐衰草豈望人間重晚晴春與田園吾自足義熙端不託泉明故今日世界亂離爲公共之戚興廢乃一家之言寧海章一山梫極不忘故主者歸里要余贈詩首次聯云獨有會稽楊抱遺悽吟天寶亂離詩扁舟已就思鱸計華表應疑化鶴歸君浙人聊以楊廉夫相況耳一山次韻答云海內詩人陳石遺臨行寫贈秦山詩生年同在周秦際夢想躬逢堯舜時零落曲

臺成古記（君前爲禮學館纂修）委蛇太學尙宗師（君偶以事至都爲大學學子暫留）申公轅固皆耆舊一卷殘經好護持周秦之喻亦未切餘敢不拜嘉。

石遺室詩話卷十

初梅宛陵詩無人道及沈乙盦言詩夙喜山谷余偶舉宛陵君乃借余宛陵詩亟讀之余並舉殘本爲贈時蘇堪居漢上余一日和其詩有著花老樹初無幾試聽從容長醜枝句蘇堪曰此本宛陵詩乃知蘇堪亦喜宛陵因贈余詩有云臨川不易到宛陵何可追憑君嘲老醜終覺愛花枝自是始有言宛陵者後數年入都則舊板宛陵集廠肆售價至十八金於是上海書肆有宛陵集出售每部價銀元六枚乙盦蘇堪聞皆有出資提倡

宛陵嘗語人曰凡爲詩必能狀難寫之景如在目前含不盡之意見於言外乃能爲至此實至言前二語惟老杜能之東坡則有能有不能後二語阮陶能之韋孟柳則有能有不能至能兼此前後四語者殆惟有三百篇漢魏以下則須易一字曰狀易寫之景如在目前含不盡之意見於言外

宛陵此四句前二語實難於後二語姜白石詩說云僻事實用熟事虛用學有

餘而約以用之善用事者也意有餘而約以盡之善措詞者也句中無餘字篇外無長語非善之善者也句中有餘味篇中有餘意善之善者也始於意格成於句字詩有四種高妙一曰理高妙二曰意高妙三曰想高妙四曰自然高妙一篇全在結句如截奔馬詞意俱盡如臨水送將歸盡意不盡辭若夫意盡詞不盡剡谿歸櫂是也辭意俱不盡溫伯雪子是也漁洋詩話引之以爲論詩未到嚴滄浪頗亦足參微言案白石此言頗盡作詩之妙然不過宛陵後二語而已至於司空表聖詩品嚴儀卿滄浪詩話爲漁洋所表章者則已足檃栝之也滄浪之羚羊挂角無迹可求等語故爲高論故爲廋語故爲可解不可解之言直以淺人作深語艱深文固陋而已表聖不着一字之旨亦不過二十四品中之一白石之溫伯雪子又何以異又何嚴滄浪之未到乎

白石譬喻盡不盡處亦有未當截奔馬正是詞盡意不盡奔馬本意不止於是截之使止於是也臨水送將歸已是詞意俱不盡何必溫伯雪子溫伯雪子直

有意無詞豈止詞意不盡

嚴滄浪云少陵詩法如孫吳太白詩法如李廣殊爲得之孫吳有實在工夫李廣則全靠天分不可恃也漁洋於滄浪不取此二語而取羚羊挂角之說蓋未嘗學杜故也表聖之不著一字盡得風流已在可解不可解之間羚羊挂角是底言乎至如禪家所云兩頭明中間暗及詩家之鴛鴦繡出從君看不把金針度與人竟是小兒得餅且將作謎語索隱書而後已乎漁洋更有華嚴樓閣彈指卽現之喻直是夢魘不止大言不慚也

今人非不能如白石所言約以用之然而學未嘗有餘矣非不能如白石所言約以盡之然而意未必有餘矣約又何足貴乎句中且未能無餘字篇外且不能無長語而遽言句中有餘味篇中有餘意亦誰信之始於意格成於句字然後再言高妙大抵作古體詩患在無結想患在結想之不高妙作近體詩患在意不足如七律詩八句奈無八句之意則空滑搪塞無所不至矣但果是作手

尚張羅得來八句中有兩三句三四句可味餘亦可觀耳意有餘而後如截奔馬如臨水送將歸非施手段善含蓄不可意僅足則剡谿歸櫂故作從容故留餘地工於作態而已

簡學齋詩亦宛陵所謂含不盡之意見於言外者甲戌南歸道中作云朝見大行青莫見大行碧行人無時休山意去不息立馬望中原縱橫見城邑去雁無定聲垂雲可憐色戰餘草木荒歲晚風沙直萬事信冥冥我行徒惻惻不有霜雪威詎知陽春德此首在簡學齋詩出都六首中另有白石山館詩原稿經其曾孫（曾壽）石印者作此題魏默深云秋舫五古至此詩而大進矣又云骨重神寒眞實力量固自不同包愼伯云蒼涼古直余謂首韻固從朝見黃牛暮見黃牛脫化出然此詩全體實與王摩詰之朝與周人辭暮投鄭人宿一首結構極相近行人二句即明當渡京水昨晚猶金谷神理也立馬二句即宛洛望不見秋霖晦平陸神理也去雁四句即蟲思機杼悲雀喧禾黍熟主人東皐上

時稼繞茅屋神理也萬事二句即他鄉絕儔侶孤客親僮僕神理也但前後位置變易而太初此詩落想較大氣息較近漢魏山意去不息五字疑有化工立馬十字蘇堪渡海詩之風煙知異縣道里計中原極似之靈泉寺云萬樹結一綠蒼然成此山行入山際寺樹外疑無天我心忽盪漾照見三靈泉泉性定且淸物形視所遷流行與坎止外內符自然一杯且消渴吾意不在禪默深云陰森如見賀耦耕云泉性二句惟靜者能宰天下之動吳蘭雪云妙有明理又云字字澄鍊五古中最高之作包愼伯云偉抱獨觸慨當以慷余謂諸公評皆過當此首在太初非其至者起四語樊榭能之亦未至於陰森寒谿寺云靈泉秋在朝寒谿秋在暮寺門開夕陽落葉閉斜路卻聽流水聲寒色上衣屨霸圖歇千載亭館化丘墓獨憐僧與佛終日坐深樹空山一鐘響曳杖吾亦去默深云淸幽如見一結悠然雪中家伯愚谷先生枉過燕支山賦呈二首其一云積雪滿林屋沒我階上苔三日閉門坐悄然對寒梅誰知先生杖爲我山中來默深

云常尉項師竹張馥亭自麻城來訪欣然有作云快雪天易晴蕭然成獨醉梅間一雀噪雙雙故人至知我相念深感君遠來意前夜江上風舟來亦不易相逢且爲歡誰問別後事空山不知寒星月同寤寐劉芙初云三四句與柴門鳥雀噪歸客千里至各自入妙耦庚云前夜二句極淺語卻有眞味龔定菴云誦之盎然而和其和在神蘭雪云其節安以和默深云子美夢太白詩意蘇州寄山中道士詩格余謂前夜十字可抵攜手上河梁二語然後知雪夜訪戴之非有十分交情也送唐竟海歸省有云坐我明鏡中照之發深愧末云去後思更深恆懼君所棄耦庚云我亦常存此懼默深云知己之言至情之語送魏默深歸湖南云出門求師友入門戀庭闈古人學如此君今乃庶幾三年長安住艱苦厚自持在紛氣不亂獨行貌若疑甚愧君意厚繽紛摘吾疵願同歲寒節奈何舍我歸門閭此時望雨雪安可違羡君南游樂自感游子衣此去過長沙我父官於斯登堂見我母具道兒今肥古來賢豪士常願生同時同時不同氣偶

合終成離送君旋閉戶積此悠悠思耦庚云在紛二句畫出默深可以觀所養矣同生四句愛敬到極處施之默深可謂善用其情蘭雪云讀與唐魏贈答諸篇至性爐衷可愛可敬寄答竟海四首有云故人一紙書遙自江南路其言淸且溫一室爲回煦想當臨發時眞性感豪素其三有云昨日雲中叟招我海上山感激從之去不知險且艱道逢舊相好攬衣遮我還豈不思返轍後有千仞淵失足分寸地孱軀墮荒煙默深云頑夫廉懦夫有立志如此等作但從詩中尋求者能有此耶其四有云執業須執眞結交須結久知再見君時還相許與否至哉書中言入道去其苟諸作多勉歲寒戒損友時有透過一層處

憶庚戌在都仁先與茗雪（徐思允）治薌（傅嶽棻）季湘（許寶蘅）儀眞（楊熊祥）諸君亦建詩社各有和昌黎感春詩甚佳函向仁先索其稿惟寄茗雪感春四首治薌則他作季湘儀眞則無矣當更求之茗雪詩其一云出門四顧何所之不尋同樂尋同悲人人看春不我顧還歸空齋誦文詞莊生沈

冥少莊語離騷反覆如亂絲二子胸中感百怪所以蹤跡絕詭奇忽然扶日隮昆侖俄見垂翼翔天池東風卷地野馬怒安得乘此常相追其二云我悲固無端我樂亦有涯斗食佐史免耕劚得借一室栖全家官書不多日易了舊業雖薄還堪加文章豪橫逞意氣草木幽秀舒精華如今一事不可得豈免對景空咨嗟其三云立春二十日日日寒凜冽九陌長起塵衆卉焉敢茁爾來日漸暖又恐驟發洩少年狂不止老病苦疲苶百鳥已如簧飛花亂迴雪勸君守遲暮病發不可絕其四云一年青春能幾多坐令千古悲蹉跎夜燒紅燭照桃李日典春衣償醉歌百川東流去不返淚眼長注成脩河我從崎嶇識天意纔見光景旋風波去年看花載酒處今年不忍重經過一人修短尚難料萬物變化將如何四詩頗覺有古意無俗豔仁先四首用昌黎原韻云春之來兮自何所雪澌冰泮兮悲故處衆人熙熙登春臺欲往從之意忽阻今我不樂誦書史其骨已朽空自語驕氣淫志何益身漫擲幽憂付來許其二云我聞先聖感春時遲

遲白日心傷悲我巢漂搖苦風雨綢繆一綱振天維深衣玉几式憂患簾外萬息潛相吹天人當春悄懷抱下土蠢蠢疇知之蓬門小女貯薄怨春風入幕輕猜疑蜂顛蝶舞絮撩亂含意凝睇羞陳辭蕩蕩靑天那可問屈葬魚腹陶沈醨江花惱人訴不得杜鵑嘑血成寃癡仙凡貴賤勢殊絕心煩意亂知無宜紉蘭經年香氣滅忍此繇邈當語誰其三云晨興不能食夜思不成臥役役形空勞忽忽志潛惰江湖入懷新鄉井合眼墮一醉三年留投轄眞無奈其四云挂冠神武猗何人洗耳松風拂龍鱗不知有冬漫春夏了無榮悴空喜嗔我今何爲在塵世看花對酒長憂貧長安市兒弄狡獪變化往往能通神仙人長爪雙鬢雪彈指東海三揚塵嗟哉吾黨二三子呻吟蛩駏還相親淸晨坐起天氣白下照萬木濃光新不須停杯待爛漫隱几一夢山中春三百篇以來感春之意鍾於詩人李杜尤多此作但不題感春耳昌黎所以不同李杜者語較生澀仁先服膺昌黎甚至如衆人熙熙二句我聞先聖二句深衣玉几四句不知有冬二

句清晨坐起二句皆善於肖韓者若江花惱人二句我今何爲二句則頗似杜此中消息可與知者言也

治薌自申歸鄂舟中書感云舟行溯江尾未覺離海門洪濤接混茫運化同崩奔但見滔日勢誰知濫觴源非聞海若語將爲河伯言世亂輕遠行心寂辨羣喧結侶得良友密坐情話溫遠樹若禾稼微見青黃痕秋風正搖落蕭瑟滿乾坤流波無時休生理實難論家山阻雲濤荒江日昏昏此兵亂後作也言外有一種亂離氣象前半賦而實比興也舟行中江上流晨起卽景云晨興懍秋深江光淨毛髮水煙如白雲漠漠山水合舟近漸疎散次第見叢薄安得長空濛中著幽人宅清景急追摹歸與畫師說（松厂時尙在鄂）寫江上早行景逼肖

茗雪有憶廣化寺云千金築館闢蓬萊卻鎖重門未忍開湖上清光餘幾許春來風信又多回事經變幻忘初意士失雕鐫定不才此局廢興爭屬目寧論吾

輩寸心灰張廣雅管學部時於廣化寺設編譯局仁先苕雪諸人與焉

余在湖北時仁先卽亟言周念衣（從煊）之工詩至都屢讀之曾寫多篇見貽惜亂後失去鄂垣和仁先天寧寺聽松濤簡寄云昔我京師困覊旅穿花踏月眠僧庵天寧古寺獨未到佳勝往往聽人談老松兩株最奇崛變化雲物生風嵐都門故人詩筆豪雕刻細木非所甘一篇松濤寫天籟寸管直欲開江潭我居深山松最多斤斧所赦尤鬖鬖年深上引千歲鶴月黑下臥南山甝樵夫牧豎倚呼嘯豈有車馬經趁邅歲寒心同託根異君賦其北吾歌南和仁先菊花云我亦年年遺物華晚尋黃菊是生涯似緣籬落成秋界頗見盆盂窘好花薄靄上枝迴暝色一叢分路入山家何時酩酊同江渚更約劉郎手畫叉二首復由仁先搜寄者憶佳者不止此也

左笏卿兵備周少樸撫部皆常與仁先唱和者笏卿有同沈觀蒼虬游天寧寺云天寧我屢來茲遊特蕭爽開軒望西山白雲如鶴氅萬籟已笙竽松風振奇

響時聞妙香至前廊丹桂兩浮圖矗其南不知幾十丈下有孤鳥翔極視入蒼莽昔傳有光怪倒影散窗幌常思伺靈境異事徵惚恍槐柏六七株翠葉參天上知非百年物老態成崛強鬱鬱虬龍姿自帶風煙長經閱幾遊人覩我猶褓襁金色見如來植立示一掌山河滿大地世界何修廣誓度萬刼人豈曰非非想我方讀楞嚴自笑落塵網炊沙諒難成苦搔不著癢那能通寂照一旦祛疑罔日腳白晶晶秋暉下平壤昏鴉亦投林嘶騎動歸鞅夕磬何泠泠悟悅足心賞笏老極喜余詩去年匆匆相見未暇讀近作憶舊所見於仁先處者傑構亦不止此也

少樸有秋日同李伯虞侍郎左笏卿給事陳蘇生侍御仁先比部往太清觀尋菊不得遂止龍泉寺云年芳苦易歇人意殊未闌及秋問花事執手青林間天高雲氣淨頓覺心眼寬南窪叢古寺佳樹接天壇峨峨太清觀中有數畝園客來逢霜節落英常可餐去年種菊人今隨原草乾徑荒無一枝瓦盆堆廢欄人

花兩凋零觸境空長歎回車就僧話語笑驚阿蘭懸壁富名蹟擺落如籠鸞當時固有聞紙墨今尚完名聲託文字歲久終缺殘鐘梵動潮風落葉已如彈使我結習除不逐時悲歡暫遊獲靜坐且就僧牀安音節極亮與仁先之作霜鐘相應矣

仁先論詩極有獨到處嘗云杜詩但覺高歌有鬼神焉知餓死填溝壑已極沈鬱頓挫之致矣更足以相如逸才親滌器子雲識字終投閣二語此是古人拙處即是古人不可及處漁洋不能解此宜其小成就也又云春風舉國裁宮錦半作障泥半作帆何等恢麗首句以不戒嚴三字起之嚴重之至又承以誰省諫書函五字樸質之至古人之詩如是否則可入小倉詩話矣又云讀蘇詩有悟以極邊際之語達極圓滿之理乃妙否則如程邵之作不免腐氣且正面說理亦並不能圓滿余謂吾輩生古人後好詩已被古人說盡尚有著筆處者有無窮新哲理出可以邊際之語寫之也仁先又云覺菴一日問李黃孰勝答以

黃殆未如李也李謂義山黃謂山谷

仁先近體詩如舟中寫心云暫寫閒懷向水濱片時鷗鳥肯相親蒼厓終古收殘照碧樹前宵送晚春豈與韓維憂日暮要知康節在風塵冥看正見孤飛翼一爾翻然未易馴莘田使來得書感賦云江湖屈落劉莘老風雪微茫歲又闌寄字盡隨秋雁沒舊奴還作主人看三年宗國無窮事一飯尋常九折難思折庭梅問消息暮雲無際楚天寒贈念衣並懷左周二丈云昔從周左爲秋社長憶先生鄂渚間今見黃州新句法更懷青瑣舊朝班南能北秀天難並京洛江湖意等閒料理詩篇眞事業漫辭蕭瑟對江山偶成云曝書忽見故人書猛覺虛光未掃除只此心情猶昨昔居然三十竟何如慣愁出入公超市小付生涯范粲車白日青春花氣午不多時夢尙蘧蘧次韻覺厂棗花寺看牡丹云睡起未妨花事晚芳春將去一嫣然笑看詞客過千輩不懺風情又此筵紅杏青松都莫問貪多愛好已能傳虛廊舊夢無尋處料理迴腸苦笋鮮落花云早知零

落付微塵不耐當前恨又新長歲只供三日賞殘杯寧洗一春貧冢天歷歷風輪轉白日昭昭色相眞客去花飛終有極眼穿腸斷可無人讀劍南詩云愛讀劍南七字詩自傷自慰總堪悲強弓惡馬眞何物村酤園蔬又一時萬里神州供涕淚百年歲月易差池拋將直北黃龍憾來寫江南白紵詞次韻莘田留別云同臥秋窗月庭梧影已疏人生幾良夜明日是征途往世身如繫還山願不殊沈沈百年事到此片言無與莘田夜話去後作云殘燈君獨去深院雨來時契闊他年意溫涼竟夕思君處境極順而五七言時有黯然之意羣怨哀樂風騷之感本同而玉溪臨川山谷所誦法者又然也滄桑後年方踰壯避地海上遂有終焉之志太夷散原樊山乙菴輩賢人所聚悉數未可終求諸昔者蓋楊鐵倪迂金粟梧溪龜巢海巢貞居之倫於焉復覩矣

武昌城外有洪山有寶通寺有浮圖有閱兵臺爲歲時游觀之所仁先有周念衣約遊洪山不果枉贈一首次韻留別云年前料量千迴意袖手籠寒及暮春

向晚落花看更急將行縱酒莫辭頻遠山孤塔千尋夢宿雨寒蕉一個身欄樹曲幽閒亦好郊原浩蕩付何人念衣詩云傾城士女洪山去各有情懷對暮春君不強遊時可惜世方多難事來頻垂楊應上枯僧肘碣蘚終淹獨客身他日望君鴻鵠志直留孤塔與愁人因憶蘇堪有洪山登閱兵臺云跨城山勢各依依遙愛浮圖插翠微桑麥欲成春半過江湖長繞客安歸其亡隱痛南公語可去曾聞穆氏幾莫倚高臺看落日論兵殘淚向誰揮（去歲在都召對極言練兵之急）仁先之郊原浩蕩付何人念衣之直留孤塔與愁人太夷之江湖長繞客安歸警句各據其勝仁先念衣土著人蘇堪爲客者語各有當也

寧鄉程子大詩才瑰麗刻有楚望閣集十五卷春日示姪鼇云草堂臥病春自憙篠竹塢花嬌可憐雖無長公來着屐幸有小阮吟隨肩牆頭罥柳晚虹見籬落破筍朝雷顛十年欣汝得慰藉不逐春物航時賢題辟疆先生菊飲詩卷和韻云卷幔秋心黯草堂陶公閒醉阮公狂百年老去有詩卷九日歸來非故鄉

霜澀擁簾嫌酒薄風彊掃地逼年荒江山文藻都銷歇會說豪情比孟嘗題黃左臣秦乃拓本第三首云漢江江水濃於酒武昌之魚貫之柳錄別惟應盡一乃祖龍天地休回首句如讀寄禪憶四明山水詩云萬頃蓮花洋拍岸千盤舍利塔爲峰又太白峰頭問童子玄黃劫外禮空王振衣海色低窮髮洗鉢詩心入大荒平靖關趨信陽云中州人物追何李大楚雄風失子男題任城紀遊圖云水竹署亭長琴書生畫涼有逸語有豪語有悲慨語子大文詞外兼精工藝潦倒一官由郡倅而郡守廣雅督部檄使監督學堂一時余主商業君主工業因集股興設工廠竹器木器漆器繡貨造紙印刷之類罔不精工惜中國資本家無膽識觀望不前致股本不繼終歸失敗武昌兵事起遊宦者無不倉皇出走獨君與華陽顧印伯大令（印愍）株守危城貧不能去者二年今年余在都印伯至始知之未幾余歸里而印伯死矣

節菴稱印伯能爲晚唐詩余識之廿年初未之見惟見印伯健啖飲量甚洪工

行楷善爲詩鐘耳印伯與綿竹楊叔嶠銳廣雅督蜀學時爲所識拔二童子後追隨廣雅者數十年叔嶠既被難印伯有老母遂由舉人爲縣令謀祿養需次湖北也今年梁任公在都修禊於西郊萬生園會者數十人印伯與焉賦詩一首分得朗字詩云卽事欣在今惜日慨既往臨河歲癸丑吾意一俛仰西郊自清淑北樓出曠朗主稱三日佳客別廿年強祓舊孰謂新錄逝乃甄廣江梅遲慰眼（自注園中紅白梅方盛開）湍帶損餘想清言酒一斛游跡屐幾兩後攬將感斯逢春勤寓賞余見印伯詩只此也因哭之云華陽顧所持能作晚唐詩詩成輒自寫簪花格最宜自我識所持但見倒酒卮肴核既健啖飯至仍不辭（尋常每食飯二大碗醉飽後亦然）向來楊子雲共侍抱冰師子雲兵解去華陽獨苦飢養母勉奉檄一官漢之湄既飽亦復醉百聯吟折枝古董誰似我落花逢君時（庚子之亂君於漢上遇舊歌者集桃花扇傳奇古董先生誰似我對杜詩落花時節又逢君書楹聯贈之見者歎其工切）天寶竟再逢武

昌丁亂離金臺唱瑲瓏憔悴鬢忽絲潮平月落去明歲以爲期何期遂千古老母當付誰詩卷與酒杯已矣復何詞此詩平鋪直敘毫無結撰音節又近陳隋錄之者聊以當君一小傳耳

語云歡娛難工愁苦易好而悼亡詩工者甚尠王阮亭尤西堂不過爾爾則以此種詩貴眞而婦女之行多庸庸無奇潘令元相所已言幾不能出其範圍也

林肖蜦黻楨有感秋一集皆悼亡時所作其悼亡十首有云吁嗟兩孤雛接翼良苦辛平生良司徒絕代溫太眞又昔爲窮林鳥今逝活水鱗又云孤鴻聲徹天寒月浩煙水下有窮居人婦亡弟復死夫婦中表親兄弟各孤子又云閉房一念哀蓋棺百憂釋幸無塊肉遺寬此牛馬役冥心事齋奠觸響疑魂魄又云安得去年春典衣供瘦蛾病中猒操作細事眞煩苛艱難及身知影事隨人過又云佳人或再得智婦不可求屢空能起予相對忘百憂又云百態皆夭徵千粧無俗姿信如琉璃脆護持乃至茲又云貧家無艷妻信乃不祥物坐令百鍊

腸宛轉爲渠屈又云雲鬟帶山春玉臂圍江色長年粧鏡中萬事酒杯側皆白描不假雕飾幾於梅聖俞之閱徧人間婦無如美且賢諸作矣影堂云憶曾攤髻論生死纔共看花道盛衰惘惘但如秋燕去寥寥彌覺夜燈哀往如可諫吾何憾心不能傷祗自灰睡起嗒然成獨歎影堂斜日入幃來虛室中二聯云殘秋雨挾新寒至遙夜心如落葉枯魂魄不來應有怨鷗波已誤更何圖戊申歲暮云分明臘鼓數聲哀惆悵江梅一夜開老女傷春偏自諱才人向佛總難灰人間萬里回風至門外當年好月來獨有蛛絲能作祟等閒塵網舊粧臺又句云恨人到處常孤立野鳥離羣獨自來視王荊公一日歸行元傅汝礪悼亡感獨百日入室憶內追和蕙蘭諸作頗足嗣響

陳可齋與同緘齋與冏兄弟少日貧苦相依力學逾恆友愛至篤稍長各登乙科薄遊南北中年緘齋入詞林典試山左陸沈金馬者有年可齋歸里理鹽筴入貲爲選人選宜興縣令未之官歿於京師緘齋所緘齋本悼亡善病悲痛傷

肺腑送櫬歸遇於滬上憔悴支離深恐其不能久未幾復入都遂卒於京邸矣未幾其子又卒遺稿零落前歲從可齋子索其兄弟往來之作數首如除夕和未君云風雨過除夕華堂雜笑聲老因兒女覺肩喜弟兄平舊債和詩負良時與酒清何當談濟世歲晚有餘情喜晤未君云三年別淚未曾乾握手翻思會面難半偈齋頭一宵話不知身是在長安庚寅人日小集江亭明日蘇堪詩來答之云佳約春遊鵲喚醒衝寒聯袂上江亭吟邊短髮還吹白睡後遙山未放青花藥待尋槐市路筵篿似叩草堂靈眼前勝會無多子便合擕觴一再經又元旦句云官愛江南好春歸日下先以上皆可齋入都就選宜興縣令時作也」

緘齋有臨行示履新二子云強著朝衫作散官所嗟百事盡艱難青山我已埋兒骨長日兒宜勸母餐中歲光陰如石火貧家生計只儒冠要知南北懸懸苦早晚緘書報暖寒寄南中諸猶子云嬾隨青瑣赴朝班直爲饘餬又出山但使諸雛能茹苦不妨倦鳥且遲還種松新壠魂應戀乞米金門鬢易斑日暮下斜

街畔望雁聲悽戾斷雲閒登樓懷兄弟云十日空齋雨又風蕉花桂子落成叢無人解會登高意萬疊青山滿眼中諸詩皆眞而不俚緘齋在都與伯希可莊子培仲弢叔衡蘇堪最善蘇堪詩所謂城西朋好誰相憶定是丁陳與沈黃海上昨逢潤州守一時回望奉先坊者也奉先坊即下斜街時可莊出守鎭江緘齋氣味靜佳而取醉追歡居然年少蘇堪又云逢場未減淸狂概帶醉偏尋寂寞遊眞善寫緘齋者矣

余甥沈丹曾翊清文肅長孫久典馬瀆船司空由孝廉積官四川道員加四品卿銜丁未陸軍部奏派八省閱兵積勞道病抵都遽卒年未五十生平有詩百十首長於敘事奉贈西鄉元帥從道幷送楢原陳政北行時將之櫪木閱操云九州若戶庭四海皆兄弟矧我同洲人風氣先秦啓久聞東國鄰才俊羣濟濟觥觥西鄉公起家承戟綮責言起生番出師重撫髀吾祖適巡防握手臺陽邸兵衛方森嚴轅門樹幢棨公命撤健兒娓談淸見底琅𤩝瘴癘地水惡土多癠

軍旅易歌壺戈船代急遞（西鄉君欲得本國消息先祖派船代遞）萁豆本同根唇齒詎異體上書告先皇臣甘任羣詆在魏不在吳觀釁休目眯（先祖疏言此次罷兵臣甘受謗日本唇齒之邦宜互相保護不宜自與戰事）移節旋三江納言俞九陛老臣謀國心病榻時揮涕典學狃遺箴噬臍防角觝乞念輔車依庶幾甲兵洗（先祖薨於光緒五年遺疏言日本不可輕視）卅年反掌間書生狃管蠡囈語忘溫公秉鉞憑元禮無謂國無人遺言洞根柢我來觀軍容離宮設饗醴識面顧荊州儀型樂愷悌感君念故人魚麗歌鰋鱧上野拜阿兄瞻仰奠清醍（上野公園拜公兄西鄉隆盛先生像）龍埒檜原君舊學情菀菀（曾同在何子莪宮詹幕下）相見復別離去索長安米（時將從西德三郎公使至北京）勗我富國謨藥石甘如薺（訂觀印刷局印票謂中國必開銀行）孫周本同年拜母及姒娣況茲三世交登堂宜首稽攜手上河梁彷彿餞於爾北風方戒寒河流時瀰瀰對挽羨鹿車行幰襯香緹（檜原夫人亦

同至華）蘭芷有同心騷情逗沅澧顧君十日留直托輶軒徯我行櫔木場秋草莎蔭媞遠眺宇都宮隴坂平如坻馳馬疾追風（馬隊）斷橋濟以欚（工隊有造舟爲梁法）拓兹眼界寬滌我肥腸胥憶在閩海時漆膠無觸抵把臂更何時尊酒下春觥此首用八薺全韻敘舊隸事樸屬微至甥幼從余讀勤勉異常學問思辨弗得弗措從公時猶然在船司空竹頭木屑纖細不遺兼自課弟余時在臺陽嘗有寄懷詩云他鄉無賴強登高故國園林憶聽濤偕弟讀書眞一樂攜家負米笑徒勞自後常遠別庚子避亂盡室自武昌回借居濤園（文肅公祠）旋卜居陶江甥從馬瀆同肖韓拏舟來訪次日余亦拏舟過螺江陳弢菴所遂至船司空甥有長句一首紀其事弢菴有和作余匆匆赴鄂只報以一律云瀨行送我一長句往復滄江無限情極浦趁潮生又落空林踏月暗還明山中風物冬逾好客子光陰老更驚種橘買田吾縱返恐君蜀道記登程丁未入都相聚數月遂爾長逝第六子覲冕字冠生在北京大學堂受業於余極

喜學詩時有佳句如水色碧消春後雪柳芽黃淡雨餘天（家集十剎海酒樓）拏雲老栝青還白匝地丁香綠未花（遊法源寺丁香未開）吟君詩句千巖響和與松風萬壑哀（次韻沈與白見寄）山色欲焦經雨活炊烟初直受風斜（飲翠樓書適）踞床苦似入禪僧閣筆癡於被凍蠅機盡鼠緣燈架過詩成月已屋山升（燈下作）翻書畏憚心知雜疊石嶙峋影與憐（濯睟）雲開竹轎迎初日磴盡茶樓斷半山（登石鼓山）得笋兄書卻寄云南北相望數弟昆亂離猶幸一家存年來多難疑天意別後封書帶淚痕夢醒云家山只合夢中歸入夢家山半是非窗裏寒燈窗外月一聲秋雁向南飛支床咀嚼夢中詩潑水寒衾漸自知牆外車聲隱雷過五陵裘馬正紛馳舟中睡起云離人合看初弦月待到圓時更自愁春日云多少春寒渾不定減衣懶似不添衣冠生連失怙恃兄弟妻子時復離別可憐故不覺其音之近悲當多讀書少覓句以養之

余識勒省旃深之廿餘年始識楊昀谷丁叔疋皆與省旃相善而省旃死久矣從叔疋得其遺詩一卷大略似其鄉先生香蘇山館之作過江口占云妙高臺遠隔烟雲望裏峰巒枕夕曛苦學丹青眩金碧江山孤負李將軍空明一鏡白鷗閒遠岫無名妥翠鬟一霎東風騰萬馬浪山如雪沒焦山空將天塹作金甌六代江山王氣收但有清華少雄闊南朝爭怪不風流三旬厭向揚州住瓜步重來草未生五日濃陰天不洗落花堆過佛貍城晚鐘斷續下南徐卻好澄江落日初萬頃茫茫星火亂滿江春網上刀魚作客連年到石頭孤衾聽雨慣扁舟今宵宿處添清夢帆影江聲海嶽樓第一首句好意微不達依微一律云怪得依微漏點清枕函邀夢兀難成春歸始信花無謂夜短終疑月不情十二碧城迷處所兩三紅袖自生平銀潢咫尺滄波迴奈此流雲葉葉聲此首能兼溫李所長春歸十四字是揚州夢中人似覺非覺語省旃爲少仲撫部方錡子年少有才華以拔萃應廷試第一聲名藉甚然貌寢而日顚倒於花叢中年落魄

金盡羣雌頗厭苦之而省旃非此不樂也程樂庵陶補孫告歸田里相約同行賦詩見意云自笑眞同水上萍歸哉甘作老明經故人望氣應能識從此長安晦酒星阻風燕子磯句云壓林奇石噓雲氣出寺秋鐘帶水聲登永濟寺觀音閣復下由小徑至上台洞而還有云山勢欲飛去高閣淩空起又山風起前途木葉紛如駛病骨畏高寒知爲山靈恥贈人句云君看翻覆手我當去來潮語皆超脫省旃一字元俠

久檢陳孝威贈余長古不得昨讀元俠蕉鹿吟稿見有贈孝威詩因復搜舊篋乃得之詩云吳癭昔居梅福市久聞君名在兩耳湖湘死友歐陽錡劇飲狂談世無比與我相逢黃鶴樓詩君當代之奇士出城尋君不見君乃見虞農彼哉彼君兒聲漸在天津與我頗兒共硯几一朝拳匪聯軍來我兒逃歸君兒死嗟乎僧慧我最驕六歲乃化陸圜鬼海藏弔君癭弔我思子奇文一何詭前年識君上斜街癭公嘯公同戾止眼中高叟成古人使我淸淚如鉛水去年吾宗偶

一歸歡言握手衙齋裏深尊相對語未終忽復匆匆戒行李是時頗兒從頎兒游學歐洲幾萬里弟兄並肩共寫眞吾宗見之誇不已海波拍天雲壓裝臨別丐我贈此紙我與君情若季昆頗兒看作君家子海外歸來定見君拜君膝下君應喜君今寄我五言詩道我葡萄酒甚美我已枯腸生芒角殘兵何敢摩君壘嗟我半生親牘背法曹蠻府人老矣聞君愛住秣陵城何不卜築蔣山趾我今布筴窮海邊簿書左右紛塡委願得拂衣返故丘埋頭蓬顆以沒齒黃塵擾擾亂如雲高枕風湍堅不起孝威劉一字亮伯又字寂園與余相見晚而意甚親此詩敍述如話末注云作成不果寄恐傷其心以寄吾瘦公瘦公讀之又當苦念吾公穆奈之何哉彥復轉以示余公穆彥復子穎異亦早夭也孝威居官精覈爲吾閩鹺使度支責籌欵持商家急既叢怨轉以去官計亦拙矣要余贈詩前四句云彷彿陳同甫深尊酒屢溫能令人欲殺自信我猶存君詩所謂道我葡萄酒甚美也君江浦人與秣陵一水之隔故有卜築蔣山高枕風湍云云

又有一絶句云。聞說宜軒老畫師。空函不答耐人思。從今牘背流。餘墨只寄斜街。數首詩首二句別有本事也。

丹徒丁叔衡立鈞自出守沂州。病蹇歸。主講南菁書院。遂不復相見。從子培蘇堪求其遺詩不可得。庚戌其姪闇公傳靖共事禮學館。喜爲詩。學梅村。有擊筑草一卷。茲采其有新意者數首。偶成云。徐福當年早見幾。載書東渡去如飛。那知異代焚坑禍。轉在童男泛海歸。於留學生之蔑棄舊學者。可謂謔而虐矣。讀新刑律云。櫻花一夢記模糊。眼底心頭意自殊。奇語從今桑濮上。明珠但莫贈羅敷。南歸雜詠云。良鄉塔影望中遙。往日郵程第一宵。三百年來題壁驛。唐家渭水宋陳橋。當時博野幾純儒。北學榛蕪啓徑途。顏李遺書競傳習。偏無人道尹元孚。趙佗此地有先廬。守冢人來帝號除。西漢文章光日月。開山作手兩封書。相公節鉞鎭漳瀋。晝錦堂開爛縵春。怎怪孫曾思北伐。安陽門第亦胡塵。黄流終古困宣防。今日虹橋百丈強。海水羣飛河轉定。一杯我欲問蒼茫。廣武山前咽暮笳。步兵醉語太楂枒。羡他絕代王摩詰。不詠興亡詠落花。客路三千未覺賒。怱怱漢上已停車。平生看慣金焦水。一見江流似到家。

石遺室詩話卷十一

廣雅相國歇歷內外數十年舍高陽李相國鴻藻外孤立無助而最有憾於翁叔平相國同龢嘗有抱冰堂弟子記百餘則中言之頗詳己酉自定詩集於送同年翁仲淵殿撰從尊甫藥房先生出塞詩自注詩後云藥房先生在詔獄時余兩次入獄省視之錄此詩以見余與翁氏分誼不淺後來叔平相國一意傾陷僅免於死不亞奇章之於贊皇此等孽緣不可解也其過張繩菴宅四絕句末首云廿年奇氣伏菰蘆虎豹當關氣勢粗知有衛公精爽在可能示夢儆令狐首句謂幼樵獲譴後二十年不起用次句言皆叔平阻之幼樵后所喜叔平帝黨也後二句用贊皇示夢事則以令狐綯譬叔平綯亦牛黨陷德裕至死者也德裕既歿見夢令狐綯曰公幸哀我使得歸葬綯語其子滈滈曰執政皆其憾可乎既夕又夢綯懼曰衛公精爽可畏不言禍將及白於帝得以喪還其實幼樵卒時叔平亦早已罷斥廣雅尙不能忘情怨毒之於人甚矣哉又讀盛伯

希集云密國文詞冠北燕西亭博雅萬珠船不知有意還無意遺稿曾無奏一篇當時朝官略分南北兩派稍前一輩若廣雅幼樵諸人高陽主之稍後一輩若伯熙可莊諸人常熟主之此詩指伯熙一摺推翻軍機朝局一變也又讀白樂天以心感人人心歸樂府句云誠感人心心乃歸君民末世自乖離豈知人感天方感淚灑香山諷諭詩此首爲廣雅絕筆之詩因與攝政王載澧爭親貴典兵各要政不聽椎心嘔血一病至死遺疏有守祖宗永不加賦之規凜古人不戢自焚之戒云云天下誦而悲之

廣雅相國見詩體稍近僻澀者則歸諸西江派實不十分當意者也蘇堪序伯嚴詩言往有鉅公與余談詩務以清切爲主於當世詩流每有張茂先我所不解之喻鉅公廣雅也其於伯嚴子培及門人袁爽秋昶皆在所不解之列故於送子培赴歐美兩洲則云君詩宗派西江傳君學包羅北徼編過蕪湖弔袁漚簃則云江西魔派不堪吟北宋淸奇是雅音雙井半山君一手傷哉斜日廣陵

琴不喜江西派卽不滿雙井特本漁洋說山谷雖脫胎於杜顧其天姿之高筆力之雄自闢門庭宋人作江西宗派圖極尊之以配食子美要亦非山谷意也云云故陽不貶雙井而斥江西爲魔派實則江西派豈能外雙井雙井豈能高過子美雄過子美而自闢門庭哉漁洋未用功於杜故不知杜不喜杜亦並不知黃乃爲是言廣雅少工應試之作長治官文書最長於奏疏旁皇周匝無一罅隙而時參活著故一切文字力求典雅而不尙高古奇崛典故切雅故淸其摩圍閣詩有云黃詩多槎牙吐語無平直三反信難曉讀之鯁胸臆如佩玉瓊琚舍車行荆棘又如佳茶荈可啜不可食子瞻與齊名坦蕩殊雕飾枉受黨人禍無通但有塞差幸身後昌德壽摹妙墨云云故余近敍友人詩言大人先生之性情喜廣易而惡艱深於山谷且然況於東野後山之倫乎東坡之貶東野漁洋之抑柳州皆此例也廣雅於伯嚴詩尤多不解有九日從抱冰宮保至洪山寶通寺餞送梁節菴兵備云嘯歌亭館登臨地今日都成隔世尋半壑松篁

藏梵籟十年心迹比秋陰飄鬢自冷山川氣傷足寧爲卻曲吟作健逢辰領元老下窺城郭萬鴉沈此在伯嚴最爲淸切之作廣雅不解其第七句疑元老不宜見領於人伯嚴告余云

廣雅詩之最淸切者如焦山觀寶竹坡侍郎留帶第三首云故人宿草已三秋江漢孤臣亦白頭我有傾河注海淚頑山無語送寒流第三句用陸放翁祭朱子文語放翁語又本世說也拜寶竹坡墓二首云翰苑猶傳四諫風至尊能納相能容楓林留得愁吟老長樂疎星獨聽鐘子政忠言日月光淸貧獨少化金方市樓一盞良鄉酒那得魚頭共此觴（自注君貧甚官侍郎時余嘗凌晨訪之惟新熟良鄉酒一罌與余對飲更無鮭菜鹹齏一碟而已用魯宗道事）公與竹坡先生交情甚篤故情文兼至若此悲懷云霜筠雪竹鍾山老灑涕空吟一日歸用荆公悼亡詩語輓彭剛直云天降江神尊氣呑海若倍用淸河公及東坡詠錢武肅事用事精切皆可方駕坡公亭林者登采石磯云艱難溫嶠東

征地慷慨虞公北拒時衣帶一江今涸盡祠堂諸將竟何之衆賓同灑神州淚尊酒重哦夜泊詩霜鬢當風忘卻冷危闌煙柳夕陽遲（自注磯上有太白樓彭剛直楊勇愍祠）嘗評公詩古體財力雄富今體士馬精研古體如銅鼓歌送莫子偲遊趙州送王壬秋歸湘潭九日慈仁寺毘盧閣登高秋興憶蜀遊詩嘉州酒歌登牛首山望終南曲江樊川輞川作歌花之寺看海棠戒壇松歌湖北提學官署草木詩憶嶺南草木詩金陵遊覽詩慈仁寺雙松猶存往觀有作皆集中之工者近體則已錄諸首外如人日遊草堂寺送吳秋衣往西川爲道士輓吳子珍濟南雜詩題許海秋母山水畫卷此日足可惜絕句九日登天寧寺樓武備學堂絕句諸作有安陽半山石湖之勝此論曾刊印師友詩錄中公薨前數月特取閱之

公初識余以林贄虞侍郎由御史出守昭通道過武昌謁公見贄虞扇頭有余贈行三絕句至爲激賞心識之後數年招至武昌遂留幕府曾呈詩有云一臥

忽驚天醉甚萬牛欲挽陸沈艱上游形勝看如昨要拱中原控百蠻是歲列強強借膠澳各處時事日棘惟賴公爲劉弘陶侃不敢妄以諛詞進也

爽秋詩僻澀苛碎不肯作猶人語然亦多妍秀可喜者如池上云微風裁動竹積雨欲生魚萍合皴逾綠榴疎綻更朱道經攤晚几秃幘引晨梳吏散喧中寂書妍直復紓忘懷去來際朝市一江湖夕坐云修篁已生孫苦柏未餐子纂纂棗壓籬瀲瀲荷貼水濕雲乍歸嵐飛電俄照几餘淸含疎林衆籟夕未起涼生簟漪碧潤入苔紋紫蕭然坐捐書自適而已矣偶書云幾莖瘦筍闖籬根無數纖蘿上短垣漫士聽經曾踞竈貧家曬藥亦當門紅蓮綻水香猶沁綠竹搖窗影自翻欲治幽憂仍未得飛蟲粘網不聞喧野望云渼陂樹樹生秋色杜曲山山罨落暉甚欲西遊石壁寺還憑御者問何之（自注此楊景度語）失馬戲作絕句云老來行步本難工誰悟盈虛塞上翁爾欲賦閑胡不告瞥然收拾市朝鞚絡頭似厭金籠苦此去逃空不可馴倘與畫牛同一韻隨方水草得閒身

(自注用陶宏景事)小漚巢不寐作云夜窗岑寂少清娛一似霜松意味枯暗壁已瘖蟲唧唧高枝乍挹露塗塗鬼嗤人作千年調佛與魔空一句無深媿長年未聞道湖樓但憶飯雕菰寄輓歸善鄧公云文昌潘老久無書況悼鴻臚性韻疎勁竹摧殘顏不改名山樵採約仍虛幽光翳蝕終當曜浩氣風霆縱所如祇惜元封文武盡金庭屈軼久應儲譚仲修云微言幽思久不歸禮掃先墓書示弟姪云儀曹摧颯南遷日漸叟支離北去時迴望長傾寒食淚荒林猿鳥隔山陂宿留云墓前告誓竟何如員石臺卿遠遜渠寒夜起挑將炧燄齋心嬾對半殘書懸疣來日終須決病葉經秋偶未除縱挈鴻毛難比並何方針孔一逃虛譚仲修云深雋憶舊山云山雨山風落翠微溪晡溪曉破森霏夢中腸繞吳閶闕陌上花熏錦樹衣溪挾百霆迴箭激山垂兩乳勒驂騑枉帆若遣過山下莫笑橫江一鶴歸欲倚云欲倚句文爲鼓吹翻嗤陶謝尙枝梧天游六鑿環相困囊粟三年錐也無不使廷爭酬造化何當樸直乞江湖無人寄與疏麻訊惟

聽昏簷凍雀呼以上皆將放監司時作久溷云久溷諸曹栖栖郎尚能弄筆映窗光過江預想扁舟穩幾點晴雲指歷陽漫書四絕句排悶云長安日暾風沙客老得監州作幸民想見謝家山一曲明窗棐几潤無塵解脫涪翁十日留（自注崇寧元年壬午夏黃文節以吏部郎領太平州事九日而罷）眞成無杙一虛舟石牛谷裏深深寺絕澗春淙自在流過野寺擬題云平生頗領物外趣迴向叢藍心地空試問疲牛溺泥裏豈殊鈍鳥宿蘆中早知衆累生靈府晚悟浮緣障主翁洞下試拈穿鼻孔門風眞妄兩俱融戲詠懷寧土風云滑滑春泥不放晴儵儵梅雨打窗聲天於古井闌中見人在彈棊局上行（房屋天井極小街道隨坡高下無一平直）甜酒無緣澆白墮香秔聊當飯靑精皖公山小眉痕淺那有千巖疊翠成余所至南北省會八九處殆無如懷寧之陋劣者此詩寫得逼肖以上皆外放郭郡監司後未到任以前之作

清晨偶書云滄江號秋蟲輕陰籠淡日秋花雖爛漫氣象亦蕭瑟蕉林匝地暗翠扇展橫逸曾無修竹彈任障屑軒密欲喚臨池僧擘窮草書律汝豈任刻琱中堅無一實會看霜風至眞態萎黃出吏舍乏佳興周旋窘一室既尠度世姿漸無理人術深齋抱微明隙景難究詰今固未必是昨亦豈全失得喪付混同外物不可必惟當假至言齋心養衰疾和友人夜至湖堤小橋上望月云水南鬱森沈灌木秋氣歛微茫辨遠岫薄煙霏冉冉搴擷清夜游佳氣欲泛剡潭磬荷蓋殘村火松明閃徘徊略彴上璧月吐復掩坼雲合鱗皴龕燈射星點奔泉注江閣澌澌穿蘆崦即目娛清景意行脫拘檢惠能雕萬物莊亦離諸染何似濠梁語會心不應減譚仲修云此入山谷老境余謂爽秋五言古實以潘陸顏謝骨格傅以北宋諸賢面目故覺其僻澀苛碎然工力甚深終不愧雅音也寄檢園逸叟云識舟亭畔雨連夕春藻堂前秋已中對榻悠悠幾清夢看雲脈脈兩衰翁釣壇槲葉落誰掃芳郭楓林知漸紅一官局束不稱意半枯已是龍門

桐此首亭堂壇郭各名太多終嫌傷律與偶書一首驅使草木太多既有瘦筍又有綠竹尤誚詅癡符也其二云自從畏壘寄庚桑疵癘今憂民物妨手版分應投劾去肘囊未製活人方晶晶夢痕疑識路潝潝秋浸欲浮牀貽書曲折煩君意千里封題遠寄將簃西晚望云江上楓林秋未殷秋深風物已蕭閒試開北戶支頤望稍見龍眠一角山江上云江上撐空千疊山江楓吹度暝帆還浪淘人物前朝去虎踞龍盤只等閒江上楓丹葉漸無南來日日飯雕胡只輸一事城南社詩律窮年晚更粗以上在于湖作者

癸未春挈眷入都小住陳汝翼編修處數遇李蒓客戶部慈銘貌古瘦讀其爲某封翁所作墓志銘散行中時時間以八字駢語殆所謂陽湖派體也汝翼笑言此蒓老諛墓之作非百金不下筆者吾則十金以上即售然價廉市易有時歲入轉多也時未見蒓客之詩後得刻本亦未細閱識沈子培乃亟稱其工識樊雲門則推服其師等於張廣雅實則清淡平直並不炫異驚人亦絕去浙派

餖飣之習惟遇攷據金石題目往往精碻可喜盂鼎銘拓本爲伯寅侍郎賦云
桀桀盂鼎銘吳（子苾閣學）陳（壽卿編修）考已備侍郎精古籀抉摘無
遺義我所三摩挲尤在玟珷字（銘文玟王三見珷王一見俱左加玉字）於
古無可徵請更對以意呂伋謚丁公說文作玎謚丁癸本殷號周人始議謚偏
旁隨事增古蓋有斯例唐虞及三代以玉供神事大夫有石室郊宗詳其制王
公當用玉疑非起後世謚爲作主用加玉所以志此乃眞古文千鈞一髮系寄
語一孔儒撟舌莫詫異（說文所引玎公蓋出左傳徼福於太子丁公句許氏
序言所稱左氏傳皆古文其所見作玎公也）齊子仲姜鎛二首爲鄭盦賦云
我讀齊鎛文書闕乏左證獨取聖祉字古誼藉以正親殉偁考妣从女疑非敬
說文有祉字乃訓祀司命此文兩皇祉配祖義相應（文有曰皇祖聖叔皇祉
聖姜皇祖又成惠叔皇祉又成惠姜俱从示作祉）幸得三代物可與洨長諍
左傳有聲姜公羊乃作聖聖聲字本通俱从耳能聽（白虎通聖者通也聲也

風俗通聖者聲也說文聖通也）附會不生國謚法未可凭（周書謚法解不生其國曰聲蓋不足信）聖之訓爲睿義亦同善令聖叔與聲姜慈文非假倩以此裨雅說博按倘非病其二云齊景賜晏子邶殿鄙六十或謂卽都昌先爲丑父邑（本齊乘）此曰陵叔孫陵疑逢之別下述侯氏命賜邑三百室其外邑又九加田進以律邶獨兼都鄙古文猶可識（文有云医氏易之邑二百又九十又九邑與邶之人民都鄙医氏者君也易卽錫也此金文通例錫之邑二百又九十者二百九十戶也又九邑者又錫以十室之邑九至都鄙者謂全邑也）古者賜釆地田與邑殊列卿田祿萬鍾賦稟有定則邑乃出特賜置宰守宗祏用以旌殊功歸老爲世及意者逢丑父惠叔名是易故云勞齊邦子孫食其績（又有云惠叔有成勞於齊邦）刻畫頗曼患吾黨重蓋闕寶書秦盡焚世本宋又絕徒抱好古心展玩三太息又爲伯寅侍郎題邵鐘拓本一首甚精覈因奇字太多未錄

蒓客詩攷證亦間有未確者新唐書李德裕傳始吉甫相憲宗牛僧儒李宗閔對直言策痛詆當路條陳失政吉甫訴於帝且泣有司皆得罪遂與爲怨吉甫又爲帝謀討兩河叛將李逢吉沮解其言功未就而吉甫卒裴度實繼之逢吉以議不合罷去故追銜吉甫而怨度擯德裕不得進至是間帝暗庸詆度使與元稹相怨奪其宰相而己代之欲引僧孺益樹黨乃出德裕爲浙西觀察使俄而僧孺入相由是牛李之憾結矣而題宋畫香山九老圖卷詩自注乃云牛李黨者謂僧孺宗閔也有以李指衛公者誤不知何所據而云然張志和漁父詞之西塞山乃在吳中非長江湖北界之西塞山而夜過西塞山作首云蘄黃山水窟夜靜煙景迷突兀見西塞壁立荒江湄末乃云玄眞不可作三歎漁父詞似有誤矣是時蒓客發武昌下九江過安慶至滬有寄張孝達編修詩蓋張爲湖北學政而蒓客客張試院不久又去也

又近聞四首作於甲寅乃自注云先是賊首洪秀全爲其下楊秀淸所殺近聞

秀清亦死則傳訛也然詩刻於光緒十六年雖前已寫定何不刊改亦與自序所云由家及國滄海之變故固亦多矣存其詩亦足以徵閭里之見聞者有未合乎

向只知孫仲容爲攷據之學緘札往來未詢其爲詩也偶至靈隱寺書藏見書目上有孫仲容詩一册記其吉日癸巳石刻二首云銘瑑弇山跡已蕪空巖馬鐙費傳橅汲中一卷遊行傳梜得殷周六厤無昆侖西母事微茫黃竹歌成已耄荒不有驊騮千里足只愁徐偃是眞王曾剛父讀穆天子傳詩則謂黃竹三章卽是悔過之詞所以獲沒祗宮徐偃不能搖其天下用意與此詩稍異而較深

康熙間桐城戴名世南山集之獄論者寃之曾翻其全集中並無可罪語或曰以孑遺錄命名得罪也或曰卽爲南山之名取義雄狐刺內亂故也然余嘗爲馬通伯跋名世墨蹟詩册乃送其師張相國英予告歸里者五言古八章所言

亦太無顧忌矣首章有云一朝遠引去誰得繫鱗羽萬族紛皇皇悵然緬宗主飄然不迴顧竟還舊居處隱言其去之得計不必枉己濟物也三章有云疎遜萬里身淸切千門地譬陟嵩華顚跬步虞失墜洪濤履忠信浮雲視名利息機任其眞當軸奚所累明言不去危地必將得禍棄不義之富貴則履險如夷四章有云不知恩寵專豈戀台衡貴正延東閣賓忽入東門晝言見幾而作不俟終日恩寵雖專鄙夷不屑故方登台衡即求去也五章有云蒼髮初未改玉顏況無衰縶維亦奚爲公去久尅期五年遂前請放騁如脫羈明言致仕並不因衰老直不屑而已雖縶維何用哉律以曾靜胡中藻諸獄即此已足供鍛鍊矣」

吳梅村淸涼山讚佛詩五首爲前淸詩中一疑案第一首第四韻云王母攜雙成綠蓋雲中來言董姓也以下漢王坐法宮云云至對酒毋傷懷言皇帝定情種種寵愛以及樂極生悲念及身後事也第二首第三韻云可憐千里草萎落無顏色言董姓者竟死也以下孔雀蒲桃錦云云至輕我人王力言種種布施

以及大作道場皇帝亦久久素食也末韻戒言秣我馬遨遊凌八極先逗起皇帝將遠游也第三首首韻云八極何茫茫曰往清涼山言將往清涼山求之以應第一首首六句云西北有高山云是文殊臺臺上明月池千葉金蓮開花花相映發葉葉同根栽言生有自來本從五臺山來故亦往五臺山去也自此山蓄靈異至中坐一天人吐氣如旃檀奇語漢皇帝何苦留人間諸句言來去明白與山中見此天人寄語勸皇帝出家脫屣萬乘也房星竟未動天降白玉棺惜哉善財洞未得誇迎鑾四句言非光明正大舍身出家乃託言升遐也第四首自嘗聞穆天子云云至殘碑泣風雨言古天子之遠游求仙及佳人難再得遂棄天下臣民者以譬實係出家而託言升遐之事不然如安南國王陳日燇傳位世子出家修行庵居安子山紫霄峰自號竹林大士者正可比例也至天地有此山以下則明言皇帝在五臺山修行矣故有怡神在玉几及羊車稀復幸牛山竊所鄙縱灑蒼梧淚莫賣西陵履各云云也於是相傳爲章皇帝董妃

之事然滿洲蒙古無董姓於是有以董貴妃行狀與影梅庵憶語相連刊印者有謂紅樓夢說部雖寓康熙間朝局其言賈寶玉因林黛玉死而出家即隱寓此事者紅樓夢中諸閨秀結詩社各起別號獨黛玉以瀟湘妃子稱冒辟疆寒碧孤吟爲小宛而作多言生離而序言太白之才明皇能憐之貴妃可侍巨璫可奴末又言旦夕醉倚沉香詔賦名花傾國當此捧硯脫靴時猶然憶寒碧樓否耶憶語則既有與姬決捨之議又有獨不見姬與數人強去之夢恐其言皆非無因矣

近見掞東有漁洋秋柳詩注一段甚詳係淸遠朱聘三汝珍手錄曲阜鄭鴻舊注而掞東加以删削者援據鮮新可喜鴻稱生長新城聞於漁洋後人號超峯所述自足傳信但以余所聞南雁自指南中諸遺老西烏指亭林在山西時夜飛謂暗中煽動風流枚叔回首違心指牧齋廣雅相國又言山東巡撫署爲明濟南王故宮漁洋秋柳詩爲故王作大抵事隔二百餘年傳聞異詞矣

竹垞風懷詩二百韻相傳爲其小姨作者別有鴛水仙緣一小說詳其事聞沈乙菴有一鈔本又爲何人持去矣案竹垞年十七贅於馮教諭鎭鼎家馮孺人名福貞今風懷詩云巧笑元名壽則當名壽貞矣馮孺人字海媛今詩云妍娥合喚嫦則當字海娥矣馮孺人生於辛未年肖羊今詩云問年愁豕誤則當生於乙亥年小馮孺人四歲矣其詩云慧比馮雙禮則明言馮姓也詩云里是碧雞坊則明言宅在碧漪坊也詩云居連朱雀巷則明言碧漪坊去朱文恪第近止百步也詩云次三蔣侯妹則明言其爲馮孺人之妹也楊炯少姨廟碑云蔣侯三妹靑溪之軌迹可尋則明言其爲小姨也詩云偶作新巢燕則隱言新就贅也何心敝笱魴則隱言齊子歸止其從如水古者以姪娣從也詩云連江馳羽檄盡室隱村艢則乙酉年避兵馮村五兒子橋也詩云嬌同左蕙芳則左思嬌女詩云其姊字蕙芳言其有姊也其餘蘿蔦情方狎萑苻勢忽猖則言年十七時避兵練浦如蔦與女蘿之相依己丑二十一歲萑苻四起乃挈馮孺人至

塘橋所居險遂賃梅里宅移居之詳靜志居詩話及年譜詩又云廡改梁鴻賃
路豈三橋阻孟里經三徙樊樓又一廂同移三畝宅並載五湖航天定從人欲
兵傳迫海疆爲園依錦里相宅夾清漳皆言其離合踪跡最明者爲練浦一舟
瀛句五兒子橋在練浦塘東也餘非確實可據者亦無煩牽合矣
謾欹亭題顧俠君先生小秀野圖四首云茂京妙繪無由見上吉遺圖有舊題
（秀野草堂圖乃王麓臺臨董文敏廬鴻草堂舊本此圖則康熙三十五年禹
鴻臚之鼎所作）百四十年池館盡落花如雪覆春泥分得崑山宅畔蕉轅紅
塵土此中消（竹垞集有題副相徐公種蕉圖詩亦禹鴻臚筆）定知投轄留
賓地城鼓三嚴徹永宵古字應須問仲舒酒龍詩虎劇狂疏草堂終有歸來賦
敢戀清塵第七車小山窠石野王家清露戎葵隱士花留取水邨重寫本（魏
坤水村第二圖新城秀水皆有題跋）一時佳句滿京華（圖首竹垞八分小
秀野題詩者凡十九人）此圖乃俠君先生玄孫杏樓水部屬題者余留都下

五年皆寓居草堂補種桃杏楊柳甚多朋輩往來富有題詠既屢見前數卷中壬子癸丑重至京師屋已歸鄉人林少頊參事有重過小秀野草堂故居和哲維舊歲之作云五載斜街舊草堂徧栽桃杏共垂楊壞垣未補猶山色頹樹全傾只石廊陳迹履綦塵漠漠歸魂環珮月荒荒夜闌秉燭分攜處佳句曾勞寄數行哲維原作云悲烽一夕徧江關垂老詩人掉臂還過客已憐江令宅壞垣能見翠微山懸知畎畝終吾事便涴塵沙未算閒南望戰雲初不極欲移歸夢入刀鐶屋後一帶高坡短垣望西山最好哲維句寫得如畫使人諷誦不厭芷青亦有臘月二十三日獨游斜街花市感賦云爲愛斜街特地來暫憑馨逸洗塵埃殘年雪意連髡柳小市風光入綺梅刼後重游殊自惘花前萬念不如灰草堂舊句吾能記夢裏春明總可哀哲維先有五言一首云驕兵墮名城衆志悉潰渙養癰累百年積毒快一旦哀時老詞客歸淚迸珠彈翩然別秀野秋卉若含惋神州果瓦碎淨土孰可追未如臥故山陶江淼以漫先生思鄉意不共

征雁斷由來騷人厄八九丁離亂等身積詩卷千載足自扞所憐問字人跂踵但嗟歎此詩送余別草堂歸里也其夜哲維同仲毅來話別四更始去余登車行矣故有夜闌秉燭分擕之句沅陵何寶生榮光亦有壬子春暮入都經上斜街秀野草堂悵然作二首云佇立宣南舊寓廬江山文藻渺愁予斜街花事殘春盡盼斷閩天一紙書杜老哀時事事非草堂花竹尙依依問奇莫載玄亭酒空使淄塵涴素衣因讀𣊬釚亭集補錄文端詩連類及之

祁文端爲道咸閒鉅公工詩者素講樸學故根柢深厚非徒事吟詠者所能驟及常與倡和者惟程春海侍郎蓋勁敵也自題𣊬釚亭圖並序云顏氏家訓吾嘗從齊主幸并州自井陘關入上艾縣東數十里有獵閭邨後百官受馬糧在晉陽東百餘里亢仇城側並不知二所本是何地博求古今皆未能曉及檢字林韻集乃知獵閭是舊𦆽餘聚亢仇舊是𣊬釚亭悉屬上艾時太原王劭欲撰鄉邑記注因此二名聞之大喜按今太原縣故晉陽也北齊移晉陽縣於汾水

東縵𢗓亭在晉陽東百餘里當即今壽陽縣地余嘗愛其奇字取以自號擬築亭以復古蹟宦游十餘年斯願未遂芸皐前輩爲寫此圖潤山繼之遂成二妙合裝長卷並紀以詩云誅茅何地起三椽潑墨無心得兩箋畫裏似聞人失笑谿山如此不歸田西華南衡踏碧巉醫巫閭頂倚松杉袖中萬里青山色卻向秋窗夢鷲巖（壽陽有鷲巖見隋書）郤略嶺南堪築樓同過水小劣容舟如何一片團團月祇爲行人照馬頭（馬頭惟有月團團昌黎次壽陽驛句也）擬乞閒身奉板輿太行雲下有吾廬問奇便學王君懋盤肉都空且著書

又春海以山谷集見示云胎骨能追李杜豪肯從蘇海乞餘濤但論宗派開雙井已是綏山得一桃人說仲連如鷂子我憐東野作蟲號蝤蛑瑤柱都嘗遍且酌淸尊試茗醪自題縵𢗓亭集云規橅壹齋集髣髴鮚埼亭奇字得家訓故鄉存地形詩名卑不稱宦味老曾經慙媿香山社閒吟任醉醒首二句可謂擬必於倫

望廬山句云有如蒲坂道中看太華三峰飛影過潼關黃河曲折走關下亦如大江橫鎖潯陽間元遺山論詩絕句自注有云柳子厚唐之謝靈運陶淵明晉之白樂天迴環比儗異曲同工矣

程春海侍郎肆力爲詩多於句調上見變化如澧州云當夫昏墊際悔不疏淪早及夫灑澹後晏坐食新麰贈王大令香杜兼呈鄧湘皋云吾拜先生筆欲作每箝口吾拜鄧子詩握管輒棘手贈沈栗仲云恨君不識袁孝尼恨我不識元魯山又進觀君藝何媥爛能詩畫書弈劍丸所可測者器數間不可測者海波瀾送張石洲歸里云記衰時多誤君去誰予諍解瓶私自喜君去誰予證乙未春闈知貢舉作云其學有馬鄭其文有班揚不乃命世才借文爲梯桄不乃福果人其文無短長邪溝舟次云月飲更詩飲絮語到夜闌忽然几席近忽然海天寬大庾嶺云誰其鑿此張子壽誰欲塞此丞相嘉送季高行云幾年謁帝承明廬幾年手把種樹書幾年沈涕伏堊室一日作賦淩空虛又儻喜博觀拓眼

界則有羣玉瑯環居倘喜射生戰禽獸則有鷩翎金僕姑瀆巖云左揖元道州右揖柳柳侯茲巖者不得兩先生姓字留得無草木含泣泉石羞兩先生者不得茲巖遊得無神物閟惜慳其求婕仔玉印云得無纖指親控摶金霞帳底月蛤圓得無擊此掌中看夜光珠照膚體寒得無珮此來珊珊可憐姊妹承恩歡」春海詩用典亦閒有誤如云袖易瓠本稱宋初（自注是日攜宋槧單疏本周易）然瓠本乃葫蘆中漢書也亦有過喜用典者如郤笑雍通梨栗後但能舁得竹萌車竹萌筍也見說文謂淵明兒子舁籃輿也然眞筍豈可作輿舁哉

七言古柏梁體十之八九否則提韻否則轉韻實學山谷者七律多澀體如渡淮云遂磨洪澤而東鏡似築深江以外牆瀦水道中云用世豈徒洴澼絖持身安得檝株枸伯嚴近體多學此種也如喜雨云得酒千花醉逢春萬病回題陳廼錫先生手稿云明詩掃地鍾譚出誰挽頹風說建安郤愛閉門陳正字淸如郊島創如韓則淸眞矣淸如郊島七字似今日作詩正則也又句云王屋山頭

頫弨蓋天都峰頂鎮銜杯覩荆公之廬山南墮當書案溢水東來入酒巵不能無鴻乙之分也

先伯兄木庵先生善說杜詩不下百十則嘗謂莫厭傷多酒入脣之傷卽孟子傷廉傷惠之傷傷字乃對得上句欲盡之欲字向來含混讀過不求甚解矣意匠慘淡經營中王阮亭改作經營成論者以爲點金成鐵然須知少陵無一字無來歷經營中三字實本古樂府小立經營中句寡妻羣盜非今日天下車書共一家寡妻如何與羣盜並舉蓋卽喜心翻倒極嗚咽欲霑巾意不覺其口號之語無倫次也然亦從大雅刑於寡妻至於兄弟以御於家邦翻出來至愛者寡妻至惡者羣盜舉其兩極端言之耳先生懶於著書所口說過而輒忘多無從記憶矣余亦言山谷之裔略督鄄風味惡不堪持到蛤蜊前前韻似湊不知古人以物送人必有一物居首弦高牛十二犒秦師以乘韋先蛤蜊前之前字卽乘韋先之先字少儀之乘壺酒束修與犬亦是也先生極以爲然

節菴在官喜說忙又喜作整暇辛丑冬從西安歸問余近作寫數首示之除夕忽來數箋各下評語多當者秋夜讀杜工部孟襄陽詩云豺虎寃魂滯北方東南魑魅亦猖狂一家轉徙空皮骨百折乖張有肺腸豈敢妄爲杜工部祇堪歸作孟襄陽尙疑疎雨微雲外松月虛窗夢未涼評云是作家思歸云買田陽羨願眞違數畝陶江亦未歸海上牧羊公等在（通州墾牧公司所知多入股者）山中種橘老來肥勞生天豈容高枕亂世人尤賤布衣文字倘關憂患事姓名粗記已全非評云用筆轉折自如寄弢菴云一年一度到林亭眞共攤書就綠陰草草歸人如過客家家舊雨對開襟荒江月黑籃輿滯淺渚潮生短櫂臨少待躬耕全性命望衡渡沔是初心評云收二句感深言不盡草草二句稍快因下二句已是敍景李亦元寄詩一帙屬爲評定中望帝湘君二首爲最（詩已見卷七）評云才調繽紛題易實甫魂西集戲效其體（詩已見卷一）評云妙妙贈周彥昇（詩已見卷四）評云員適蘇堪書來屢以詩老相稱奉調云

往日錢蒙叟論專晲昔賢八閩推許友一老自松圓來往如吾子風流易浪傳空憐布衣士頭白未歸田評云擬贈一蓄字作貨幣論一卷刊之戲成示蘇堪云多事紛紛怨孔方求田問舍賴依強歸山何與江神事要敬錢神一瓣香評云得直字出門望隔江山色云郭東郭西樵何有山北山南路未無今歲東風眞著力居然綠意照江湖評云可入萬首絕句

余居武昌時有所作必示蘇堪子培必加評品雨後同子培子封對月云此雨宜封萬戶侯能將全暑一時收未知太華如何碧想見洞庭無限秋子培云眞是香山風味再答子培云藥裹書籤拉雜攜草堂猶似蜀都西未遭田父緣多病屢簡吳郎益舊題坐黑晚窗思鶱遠吟黃秋葉紙悽迷因君老屋橫街語預想京塵憶印泥子培云事理相扶昭彰朗徹諷詠再三不能去手雨牕沈悶欲繼雅音而抽思不續次韻答子培云憑余自寫陳居士步屧頻來不苟將入室屢呼無門者借書私喜有詩藏長江見白難爲客東野於韓詎在旁隨意恣談

敧坐久累君煙月受淸涼子培云生勁乃類文湖州筆妙眞不可測冬述四首（詩三首已見卷一）子培云別具町畦亦以此法得一長古二月移居水陸街二首示子培云移居數數太無端愛此庭中衆綠團藤架方春篩月朗鵲巢經歲避風寒（牆外大白楊樹上有大鵲巢）一襟幽思閒拋慣十扇明牕晏起難衡宇初望君不駐只應擕卷樹根攤子培云十扇七字斬新其二云一畝荒園故足窺不如園裏卽書帷（故居有空園納涼最宜）綠苔生樹宜鋪板汲井當門待插籬借蔭喜分鄰樹美傷根悔把舊花移落帆黃鶴三年共細菌寒匏欠夥頤子培云眞北宋人語王梅間左挹而右拍矣以外詩長者均不錄

石遺室詩話卷十二

余生平論詩稍存直道然不過病痛所在不敢以爲勿藥宿瘤顯然不能謬加愛玩耳至於是丹非素知同體之善忘異量之美皆未嘗出此也孫師鄭不厭其嚴冒鶴亭則惡其刻甚者叢怨成隙十年之交絕於一旦故詩話之作遲之又久而不敢出也

昔魏丁敬禮嘗求人定其文唐牛奇章文字嘗被劉夢得塗竄殆盡厥後二人相見歡好如故相識陳弢菴詩成必與余兄弟商榷再四雖不盡舍己從人固今之丁敬禮也鄭蘇堪有詩稿一卷爲余少時所嗤點或竄以獻諸蘇堪蘇堪鄙其人轉以告余又今之奇章公矣樊樊山有贈余詩皆極相引重余送行詩有云樊山爲政如爲詩敏捷變化無不宜和韻詩有云三家才調偏甌北萬首侯封羨劍南前詩固董仲舒所云爲政不行甚者必變而更化之太史公所謂善者因之其次利道之其次教誨之其次整齊之最下者與之爭者也後詩則

公詩集自敘言少爲詩愛袁趙而不喜蔣余謂近袁尤近趙也不知者以爲有微詞大誤矣

甌北言元遺山才不甚大書卷亦不甚多較之蘇陸自有大小之別然正惟才不大書不多而專以精思鋭筆清鍊而出故其廉悍沈摯處較勝於蘇陸余嘗謂蘇堪詩七言古今體酷似遺山甌北説雖不盡然而可爲斷章之取至於五言古則非遺山所能概者矣幾道告余或以此言告蘇堪蘇堪頗愠余素信蘇堪不以人言臧否爲意況遺山固郝伯常所稱歌謠跌宕挾幽并之氣高視一世金史本傳所稱奇崛而絶雕刻者乎偶以幾道言問蘇堪答書略云兄前敘吾詩許與已覺太過刻後自視殊有不愜處奈何不許知者之評隲乎僕雖不德然恩怨恢疎不介於抱至友朋相愛之情則老而彌篤知我有幾人豈吾所忍怒哉此眞蘇堪平生之言敢信其久要不忘者也

周松孫學部有作詩久不進書此自勉云少時見人所爲詩心不知好姑效之

棘頭攢刺連紙是醜絕自閟防人嗤後乃稍稍敢放筆塗抹點竄矜多姿徘徊汎濫靡所棄四顧何跙心然疑邇來忽復不自量欲以難苦爭恢奇退之子美不可睎宛陵介甫吾當師頭搖如風兩目直兀坐戟指日冥追三年不得一句似舉鼎絕臏將誰欺憤之乃欲都不作無事仍當持酒卮京師酒價舊數倍吾窮取適惟詩宜聖云好者不如樂吾將白首以爲期能達己意是曾用功於宛陵者松孫由庶常改刑部又改縣令其師榮協揆又調之入學部榮去鬱鬱不得意嗜酒飲輒醉罵人余嘗以未稱其詩遭罵者笑置之醒而戒其勿然卒病酒瘵死頭搖句自寫其狀逼肖每見其飲醉則兩目直而罵坐矣

林贊虞侍郎好山水遊而不爲詩惟記送江杏邨侍御歸里有二絕句次首云我亦當年柱下官封章無補淚汍瀾送君猶自增新愧兩載曾容負豸冠蓋杏邨以御史逐回翰林院本衙門贊虞亦由翰林爲御史言事屢觸孝欽怒傳旨嚴加申飭然未被逐故云

郭春榆侍郎（曾炘）亦有送杏邨二律惟記中二聯云初衣一賦今方遂諫草無私那用焚薑桂性成生自辣鼎鐺耳在詎無聞薑桂二句移不到第二人身上春榆聞尙有綠淨亭及檢書各古體甚工惜未見友人詩句有零星一二語足供采錄者施仲魯（煃）別十餘年矣忽遇諸塗則方由津至都匆匆立談數語約彼此相訪不數日寄來一箋言抱病回津賦詩留贈鍛鍊未成只得兩句云盡納宮商歸變徵誰將哀怨付詩人殆謂所纂詩話少取歡娛之作也

王捍鄭太守（仁俊）著述等身長於輯佚之學最善者爲遼文萃西夏文綴余與乙庵促使付梓今與唐文粹宋文鑑元文彙諸書共有千古矣閒喜爲詩有集石鼓文壽易笏山先生四言十首工巧雅切奈籀文僻字多聚珍板所無難於排印惟記有斷句十字云吳楚兩存古江湖一散人可作君齋楹帖蓋君本吳人時湖北江蘇各創設一存古學校皆君總其教務也

陳季咸孝廉（熙績）爲詩喜學今樂府余語以此體難於出色喪耦三十年不續

娶久客京師嘗作春愁曲只記末二句云影妻椅妾不勝寒猶有盆梅慰幽獨寫出岑寂況味用事雅切異常是中晚唐叩彈集中語

蘇堪堂弟椋舲璆嘗蜀遊歸貧窶幾不能自存老屋兩三楹花木蕭瑟顧孺人弄稚子夷然久之喜爲詩有風雨後庭竹盡折感作云疾風驅雲若排山鳴條嗷竅夜益頑沛然甚雨更助虐漏牀穿屋如懸湍庭前叢竹正娟綠一夕摧殺無完竿秋來正望搖明月臥看疏影篩金屑豈意狼狽乃至此嗟汝太剛那不折收拾枯朽天墨色坐念飢鳳來無食又賦余庭中小池云至人嬉以天遨心在物表鯤溟與蹏涔得意遺大小先生息踵徒聞道早如嗷世亂矢挂冠歸山謝塵擾居有宅一區人力更爲沼く巜合匠制種竹俯寒瀏倚欄餌游鯈意睍傲蒙叟鄙夫詡椽題視此得無醜月明吾能來鑑止所獲厚前詩託意甚高不必定效杜陵之大言後詩亦居易素位之旨勿徒作蒙叟齊物觀也

曾幼荃州佐淞次公尊人也工塡詞詩近九僧四靈有春日感懷云野棠花落

悵春殘不定江天暖復寒乳燕鳴鳩都嬾散琴歌酒賦久闌珊感時頗有風人恨惜別能無獨處歎自是因循辜綠鬢生涯忍向鏡中看句如齋居云寒入殘燈裏春深破夢中雜擬云流鶯期不來芳草長無數集遠翠軒云清漪瀲影平過槳晴翠當軒遠接城晴云雲意澄夕霽山光增暮晴復雨云峭寒欺薄袂斷夢竄重衾卽事云寒蟲與燈語落月爲人遲又病骨經冬峭詩心入夜危梅云枝高都不見時有暗香來

高逋村有春閨雜詩二十四首云梨花如雪雨跳珠翡翠簾低錦炕鋪倦到海棠弱到柳輕寒剪剪擁銅鑪宿雨纔收曉色勻滾毬不起落花塵月華裙底青青草印盡殘紅損綠茵二分陰靄一分晴窗眼無塵障水晶脂粉慵施掠雙鬢不教鸚鵡喚聲聲點點泥痕柳絮霑新裁縞袖護葱尖無端貪看雙飛燕半捲花陰上竹簾病柳難禁碎雨零護花一路倘金鈴如何簾箔籠鸚鵡禪語喃喃學誦經懨懨睡臉小桃酣玉鏡斜臨筆自拈莫把雙眉誇夫壻今宵新月恰初

三曉窗暖日影全沈繡到鴛鴦懶度針聞道海棠開欲了綠章何事乞春陰詞子新裁半臂長芙蓉秋水發幽芳凝脂洗罷春纔暖好整裙衫細理妝桃花門徑日初斜好事春晴說在家情分一般如姊妹纖纖玉腕自烹茶我來猶是笑拈花兩頰芙蓉暈斷霞鸜鵒無端呼客到累伊蓮蕊罷趺跏淺淺鞋拗月半鐮凌波錦裹玉雙尖踏青肯阻西湖路一帶湔裙水正添重簾不捲擁詩瓢寶鴨香微鎮日燒斜掠臂金研花露幾行新墨上鮫綃等閒梳洗罷春潮萬紫千紅少助嬌揀得好花偏並蒂剪刀未下已魂銷金釵未拔亦何爲容易花前捧玉卮載酒不關春問字泥他夫壻教填詞酒痕半袖奈花黏燕子歸來不下簾斜展羅衾輕卸帳玉郎沈醉夢初甜昨宵已徹卻寒簾衫子冰凌淺碧箱垂到肩來刬到背吳棉半臂不教添春晴十日減餘寒丁字簾低亞字欄玉立亭亭花外影短牆新粉倚琅玕夜深猶是說看花一榻臨階錦褥斜半頰小桃偏擁月不教罩粉已飛霞懸枝曉露訝新晴屐迹蒼苔步步輕遺卻翠翹無覓處柳陰

挾彈打流鶯花前環珮響玲玎八幅裙拖九子鈴汗臉幾行紅杏雨鞦韆庭院草初青柘枝亞字掌中嬌素襪風生恍九霄雙袖落花新上燭玲瓏袴子怯春宵釀得餘寒憶昨宵水晶簾下掠雙鬟無端私語偷鸚鵡玉鏡春生兩頰潮卻拋火研小窗西春煖臨池墨易齊不爲凍毫偏耐嚙玲瓏玉琯鬬瓠犀碧欄干外品羣芳一捻殘紅恰罷妝領取花香與粉氣些些消息要平章留春詞集句云碧桃花下美人過朱顏減盡鬢絲多留春不住登城望頭上花枝奈老何杜鵑夜半猶啼血春風得意馬蹄疾別意與之誰短長吳歌楚舞歡未畢眞態生香誰畫得惟有相思似春色月明花落又黃昏欲往城南望城北黃鶯住久渾相識知君對花三歎息未到曉鐘猶是春主人有酒歡今夕以上諸詩皆君十七歲時所作置諸香草箋中未能盡辨不爲不早慧也

先室人在日取眞誥說顏所居曰蕭閒堂丁未八月室人既逝歲暮不可爲懷成五言長律三百韻敘述生平名曰蕭閒堂詩以多爲貴蓋元白皮陸以來所

未有也楊昀谷題詩後云蕉萃潘郎苦費辭蕭閒堂上夢離離百年幾日容孤臥四海何人解五噫老去情懷原作惡病來歌哭總成癡浮雲遮斷三生路木葉安心恐已遲樊山題後云三筆今爲無價寶五洲君是有心人福州綠荔惟存液相府紅蓮爲寫眞(君客冰師幕最久)對剔秋檠商漢學強扶衰鬢閱京塵哀蟬一誄三千字豈獨能傷奉倩神又有一首云想見拈髭瞑坐時年華覆水一燈知雙擕京國愁奔命三首河陽豈費詞前閣暗香聞故故斜街殘日過遲遲尋常文字能哀感此是春蠶百轉絲詩極工末不署名不記何人之作矣蘇堪亦有五古一首稿佚不可得柯遜菴撫部(逢時)寄輓二章云小劫人閒五十年尋常了卻向平緣孿孿共命迦陵鳥黯黯傷春蜀道鵑箋注稿留中壘傳(著有列女傳集解十卷)儀容典淑女師篇鴻妻萊婦同高躅多恐清言遜此賢白雲黃鶴往輜軿往日清游付杳冥夢室流芳遺挂在粧臺耀首寶釵停些辭聞設閒安像神術誰通髣髴靈悽絕落英秋菊盡西風催製瘞花銘數詩皆

古人所謂工於哀輓者此外弢菴叔疋仁先均有替人垂涙之作已見前數卷中柯詩用楚詞像設君室靜閒安些語實甫輓對亦用之而先室人旣號道安室又稱蕭閒堂閒安二字殊巧合也

近於石遺室前鑿小池同人多以詩落之梅生云舊夢街西憶綠漪芙蓉燭底露華滋未忘捨宅名蕭寺猶爲悲秋賦小池量水恰容雙照影戴花無復一開眉吟魂可似牀間月來與初寒慰掩帷直是補作一首輓詩余有小池賦末段皆傷逝意也

黃陂蕭北丞延平精醫學余居武昌時婦病屢瀕於危皆服北丞方而愈有同陳士可遊洪山謁岳羅二公祠云長江蜿蜒赴鄂渚黃鵠龜山爲門戶上游形勢控三吳武昌重鎭雄終古洪山蟠亘城東隅屹然屛障奠名都衡嶽匡廬壯南服此山雖小足與俱凡物扼要不在大寸轄能轉千里車洪楊當日窺荆楚揭竿狂驟如風雨羅山輟講起湘鄉縱橫掃蕩趨武昌扼吭先據茲山巔驅賊

猛著祖生鞭豈知困獸猶能鬥飛礮直中腦血鮮裹創再戰勢愈厲一身雖創一軍全歸來握手呼潤芝難紓楚患堪嗟否存亡呼吸神明定臨危一語不及私惟公講學宗先儒知止數語卽陰符道學久爲世詬病奇功一雪儒生迂南皮夫子表精忠特崇廟貌欽英風前有作者岳少保智勇節義將毋同邇來世事愈變幻長鯨環噬相爭雄洪範六極一曰弱欲延國脈難爲功儒者至精爲兵事休矜小技工雕蟲壯哉二公留浩氣與山永鎭東門東頗覺直幹少支蔓

余嘗欲緝古今人詩翔實地理形勝而詩句又復雅馴者彙爲一編庶山川能說登高能賦兼毛詩傳九能之二而有之近見志伯愚都護銳廓軒竹枝詞一卷自張家口至烏里雅蘇台詳其山川道里形勢風俗者凡一百首林葵雲解元傳甲自榆關至卜奎及所歷黑龍江省山川形勝有七言律若干首鄭星帆孝廉祖庚自夏口至蘆溝鐵道所經山川形勝有七言律五十首皆可稱翔實詩復雅馴者惜多不勝錄星帆詩如武勝關云五載重過武勝關飛車穿入萬

重山渾忘冥阨稱奇險（亦作鄳厄黽塞今平靖關軛轅隧三關總號城口卽史皇及司馬戍所塞者）直使方城付等閒（荆豫界以北嶺古曰方城內方卽三關西通嶓冢荆山南抵大別小別外方卽三鵶西連太華熊耳東盡桐柏陪尾）大隧尙分荆豫界直轅寧阻往來艱義陽三戍今何許（宋改義陽爲信陽）從此東篁使轍環信陽州云淮水東來第一州長途鑿峴速馳郵（梁曹景宗等救義陽次鑿峴）光黃縮轂交西道襄鄧名城逼上流兩戒山川收楚尾三關形勢抗延頭（田益宗謂與南齊對抗延頭十旬必克黃陂有延頭戍宋戍主光順之執謝晦處）六朝重鎭千秋話申息縱橫失故邱句如孝感云衣痕白雁關前雨（白雁關古直轅黃峴關古大隧）夢影黃茅嶺外笳汝寧駐馬店云雞喚汝南宜月旦鵝鳴洄曲又晨坰郾城云淺草平原過召陵林端修路遠如繩征羌城毀忘瓜戍討虜渠湮廢稻塍臨潁云受終壇坫遺繁鎭罵坐賓朋累潁陰故址豢龍懷古夢荒亭皐馳悔兵心新鄭云有熊故土肇

軒轅自鄶無譏愴舊藩又洧溱雙泊仍林潴桔秩重闉付邑垣鄭州云京索合流過雉堞項劉畫界記鴻溝滎澤云乘軒鶴怨懿公旗挑敵弧張魏錡夔城北盟臺談踐土河陰運道讀殘碑今無濟隧潴滎播舊剩梁溝灌堰陂廣武山云東廣武連牛峪豆大敖倉納石門禾亢村新鄉道中云嘉首獲聞中樂里紂戈倒向北延津淇縣云黑龍泉繞靈山樹黃雀橋臨蕩水波濬縣云重兵侈說壁黎陽萬古枋頭百戰場就食多依徐世勣觀河爭避李同光湯陰云伏道北馳鬲羑里宜溝西入趙中牟彰德云九軍節使無堅壘八斗才人出帝家臨洛關云東陽萬甲廉頗壘北鄙雙屯建德城順德府云凝脂偶詠齊宮妹避面爭傳漢苑人早見宗盟忘衛燬休嗟夷禍煽張賓內邱云百戰石門爭險要千秋泜上感恩仇高邑云鉅鹿藪襟寧晉泊釣魚盤對廣阿樓元氏云峪窺青草通靈壽嶺隔黃沙近贊皇正定云成德曾勞韓愈諭鎮州不見杜威奔望都云兩源合入龍泉淀八渡增修馬溺關定興云祁闕嗚咽遒闌在拒馬蒼涼易水空涿

州云如畫人家圖督亢入山殘照隱樓桑置諸陳獨漉趙甌北集中殆不能辨星帆熟史學輿地在閩中各學校充史地教授有年口講指畫了然可聽也奎雲詩未寄來廓軒竹枝詞當細采之

近人賦詩之速者樊山實甫外有伯嚴堯生二人詩格不相同與樊易尤不相同其爲速則同嘗見伯嚴遇有燕集於一夕間以七言律徧贈坐客堯生嘗與弢菴昀谷余數人聯句往往占句獨多昀谷改官將之蜀君成竹枝詞三十首送行專寫入蜀山水自鄂渚至成都者余愛之請君書一横幅畀余君立增首尾四詩爲贈云石遺老子天下絶談詩愛山無世情大好金華讀書處（伯玉）聞風心到錦官城送客魂銷下里詞故人楊子最能詩遲君一縱巴山櫂細雨迎秋唱竹枝千山萬水三生約好句親題送子雲西向定將人日報草堂花發最思君水驛山程約略齊併應漁具手中攜閒吟爲伴陳無已一夜鄉心繞蜀西次日見君送行詩又增爲六十首矣余夢想蜀遊未知此生能到否盡錄之

以當入蜀記讀也心感中年別故交一官如芥共堂坳西行卻有高僧意萬水千山自打包十載東方鬓已新散原無閡築延眞扁舟此日還爲客滿眼江湖綠戀人身外殘書塞兩扉一舟搖入海天微輕裝穩壓彭蠡碧頭白匡山話早歸日照香爐生紫烟知君於此漱瑤泉醉中一浣銀河筆大瀑如龍落九天老愛山房聽雨眠送君心已到開先此中禪味分明在落月東林去眇然一月出山天色晴中秋夜泊九江城思君不見桂花發水上之官明月生以上送畇谷先過家江西

路轉樊山樹樹秋維舟漢口又沙頭彝陵訪過歐陽跡一路猿聲送峽州西陵水色勝新安朝暮黃牛上峽難人在空舲歌一曲雁聲遙應第三灘（空舲峽上郎晉時新崩三灘也）小泊香溪到玉虛洞中垂乳是仙居祗緣心上明妃在水味濃香滿漢書屈原廟前楓葉紅（歸州）平明打鼓上巴東秋風亭下香火絕手板無人謁寇公巫山峽影玉淸泠人在冰壺一色靑水響猿啼神女怨

雲晴雨淡楚王靈巫山窈窕復玲瓏墨作圍屏玉作峰一鏡桃花低綠水瑤姬寫影在當中縹緲巫山十二峰晴峯奇秀雨峰濃美人峰更薰香立如此巫山愁煞儂一舸瞿塘日易西峽門鹽甲與天齊千秋杜甫吟能健白帝城高接瀼溪漢主征吳此路迴連營一蹶使人哀三分不續高光業八陣遙當灩澦堆雲安縣前江水春桓侯廟裏早梅新盈盈石上浣衣女何處淩波無洛神燕龕峽轉漸安流南浦人煙出萬州風便南賓三日到翠屏山向白公樓（南賓今忠州翠屏山有陸宣公墓隔江卽香山樓）平都古寺風泠泠（今酆都）山木入天揚翠旍仙人一去鹿無跡日斜山鬼下空庭黃草峽晴魚翠飛漁人支網石梁歸山花紅入半江水溪女采花歌翠微水折山紆一道青春來巴峽滿啼鶯王維此地曾經泊際曉吟花憶上京巴山行近子規啼巴水三迴折向西巴曼墓隨荒草合李嚴城枕石峰低浮圖大勢壯江州二水朝天抱郭流報賽無人尋禹廟亂煙籠樹滿夷樓天晴三日出渝關千里龍泉始見山日與稻田高下

轉人疑桑墅有無間（周孝懷觀察勸蠶桑之業期五年後歲增千萬已上）行盡青山見錦城菊花天氣雨初晴馬頭樹色殊秦棧大野青浮一掌平一擔行囊半擔書爭看太守到成都知公公事崔丞樣首問青城次桂湖（以上送昀谷由湖北至成都）

九天開出一成都華屋笙簫溢四隅半壁由來天府重獨憐劉禪是人奴（以下說成都以及蜀中所有可遊之地）張儀城接文翁室逸少馳心廣異聞不到成都爭識得當壚人有卓文君少城花木稱公園冬日紅梅夏日蓮莫向武擔尋石鏡摩訶池水亦桑田自古成都四大寺北門昭覺樹參天老僧會得涪翁語花氣薰人欲破禪（寺僧取妻生子更主娣姪以從事發到官自稱無後爲大也）角巾閒訪二仙菴斐冕交情問古枏不爲遨頭向花市古來名士愛城南城南水竹最清暉處處叢祠白鷺飛前歲梅花三度宿令人心淡不能歸青羊一帶野人家稚女茅檐學煮茶籠竹綠於諸葛廟海棠紅絕放翁花春水

香流萬里橋枇杷門巷倚橋高井泉艷過花箋色便恐桃花是薛濤周子能官愛草堂臘中題壁贊公房兩年不見頭增白每對桃花憶故鄉萬事由天守一迂春來花鳥覓郫沽閒行泥飲遭田父爲道耕田識字夫老愛耕田訪桂湖升庵遺跡重新都桂香濃到中秋夜歷歷湖邊坐酒徒便道尋秋灌口涼淘沙作堰歲功長伏龍觀裏江聲發玉壘天晴一望鄉天師古洞豔山名第一江源了上清仙跡試尋銀杏古白雲紅葉畫青城錦城東下路蕭然九眼橋南綠接天兩岸漸多黃竹子女兒耕得華陽田江口彭山百里程鷺鷥飛處問灘名水天一色玻璃碧風蕩漁磯作玉聲眉州紗縠拜蘇祠紅映荷花看打碑（蝯叟詩）一雨中巖山盡活綠波浮動一蟆頤平羌風草媚于蘭綠淨無人守釣竿一邏龍泓山似玉玉人臨鏡掃眉看漁歌裊裊荔枝樓漢代犍爲定此州人愛陸家官味好江心一點畫烏尤（太夷甚稱放翁嘉州詩）烏尤山是古離堆沫水沙明一鏡開竹外三峩九秋色勸君莫掉酒船迴船頭掠水亂鷹飛古佛淩雲

坐翠微人說海師遺蛻在樹頭依約一僧歸（像高三十六丈）高望山前宿雨收夕陽如畫滿城頭雁聲搖曳江天遠人在西南第一樓（石湖語）斑竹灣頭客散遲小船炊火集漁師西行是入峨眉路一角籬花露酒旗觀音一石水爭波此地銅河入雅河石外豁然平野綠桃花源裏得春多傍竹人家盡種蔬石邊蠻洞是秦餘蕭然一灞鄉風異兒自耕山女讀書五里沙原盡虎頭水鄉一族占林邱棗林桑墅看逾好風物依依似鄭州青衣渡口飯蘇稽竹繞行人百鳥啼何處藐姑臨水立仙山青玉出城西符文一水似江鄉麥草青青菜子黃老忤陳登求下策峨眉山下問山莊南安四徼近烏蠻地勢東來半土山兩日行程香宋到山城過雨百花開余家滎縣水田西春至秧痕一剪齊故老若詢游宦味祇應留舌示山妻山妻一歲隔幽明少婦嬌兒白髮兒君儻到門應憶我孤雲落日話京城古洞青陽九夏幽昔年携史洞中游故人若聽重陽雨野寺丹黃樹葉秋秋雨重陽最憶君兩家風土各知聞何堪八載長安住水驛

山程夢子雲（交君始癸卯）故人王相臨邊久莫爲浮雲嘆此身坐與岷峨爲地主當年揚馬是州民雪山西望苦邊籌落日何人不旅愁臨別慰君還一笑詩人謫宦比黃州（漱唐語）萬山一一來時路盡譜鄉心上竹枝從古詩人多入蜀花潭杜老望君時

蜀人向楚堯生詩弟子年少淸才氣味如醇醪有思歸一詩云落盡楊花滿御溝不堪烏夢憶延秋周章小智還匡國陶令高歌且倦游臘至怕聞三虱訟朝來誰爲衆狙謀潯陽自有人閒世浩蕩乾坤一白鷗讀之使人憫然

剛甫花朝江亭讌集云疲蹇倦皇路游遨欣近郊所思緩鬱紆得閒輕脫逃茲晨始姸暖條風遞林梢曠朗兀崇基棲沖祕神皋遠矚春稍稍側聽鳴交交招邀飮文字酌略窺夷巢履迹歲既深顚毛時屢搔浮沈憫處新遷斥嗟物勞適道貴無違委心信所遭悵望斜川遊流連步兵庖諒無自調情且進盃中醪淸明日同社約訪萬柳堂遺址予到遲社散偕方掩樓扉獨自登樓凝望蒼然晚

暮矣云舊栽楊柳半成薪慚愧尋枝摘葉人異代同時俱悵望良辰佳約阻逡巡固知萬事歡難並卻恐孤游迹易陳獨立小樓無可語偶從暝色得清新法源寺丁香花下云車馬尋常去殷轔春光報答果何曾千年戰伐空陳迹滿眼芳菲似中興忙裏偷閒寧惜醉花閒著語故相矜沈沈萬念旋生滅媿爾東廊掃地僧送楊昀谷云昔賢每惜中年別此地曾聞大隱居扣篋待商揚子字經時遲枉阮公書固應不寐宵頻起卻悔相過近較疏寥落故人今可數秋風庭樹意何如花朝同陳弢庵鄭蘇堪林畏廬趙堯生陳石遺胡漱唐林山腴梁衆異冒鶴亭溫毅夫羅掞東潘若海詣花之寺云空色難強名欣慨每交併尋常萬花谷寂寞招提境餘寒淹節序積陰失朝暝近郭少農事春鳩鳴逾靜探幽果宿諾躭寂愜微秉即事難爲歡得途不可騁嘉遨緬宛洛良儔類汝潁偶巾下澤車稽首華嚴頂徑迹既如掃來蹤復誰省寥落愧吾徒花時一延頸雪晴江亭社集云匝月重陰正鬱陶稍晴妍日麗神皋偶陪杖屨經中澤試拓軒窗

聽伯勞春色還人應倍好鬢絲流恨只空搔文章末技今無用報答風光歲一遭南河泊云春遊戀近郊勝處未可置荷泊遊亦舊歲輒一二至襟袖發眞想心賞屢幽異有如溫陳編意外工文字軒車險通衢此或沮洳棄豈知埃壒外一泓足淸泚荷芰晚未茁茗荈新堪試水鄉吾生長愛水固其理淵渟無近姿迴轉有餘思雖非川上嘆似是濠濮詣解帶差爲適濯纓良可泊懷哉劉凝之棄官淸潁尾弢菴先生招遊淨業寺云臨流臺殿影參差碧瓦朱欄自一時已倦春遊花正發未知哀樂鬢先絲烹魚溉釜能生憶去軫抽琴欲致辭舊是承平觴詠地百年寥落到今茲潘若海約極樂寺看海棠阻風未往晚飯西安樓云千憂謀一嬉強引終不近茲遊固何與一失數日悶荒荒國花堂海棠稱老本潘侯有宿約結束寧待勸今年春重陰遊事頗遲鈍豈知稍晴霽徒覺風力奮崩騰挾萬馬顛頓雜塵坌積陰風易作始信后山論年光殊可憐尺箠日取寸黃塵三月尾高臥類酒困發歌定五噫著說似孤憤人生妄意必一笑有定

分眼前春尚在未致愁茵溷遊乎可再來且辦西安飯趙香宋同年約法源寺看丁香云遊心難再羈迫此青陽莫投鞍事初地抱臂獲良晤沈沈大雄殿丁香覆兩廡峭蒨資文字香潤及巾屨連簷竟晻靄久坐宛清曙固知佛日長稍覺天倪露平生趙御史補闕匡王度暫斂風霆手正要玉雪句入世有生老隨緣無迎拒長年眇歡悰及春理芳緒餘花今未歇陳迹昔已屢初非兩時計似深一宿悟達生幸能託淨義略可樹春芳固外物且任騰騰去天寧寺牡丹云流芳迅不停杪春猶紆餘盈盈牡丹叢初日秦羅敷好色始國風意行不趦趄障扇章臺街走馬城西隅入門眼先明紅笑語則無誰謂驚艷篇小說等虞初生物日趨功愛好理詎殊想見造化心以此愚凡夫年年看花游未肯自作疏共同車馬塵誰眞達者徒斜陽經塔院烈風與之俱高標兀崢嶸塑像森糢糊半日溫柔中乃復肝膽麤以上皆庚辛兩年春遊結社之作十之六七也五言出入大謝柳州得力於巽公院法華寺石門精室諸詩者深矣題袁覺生所藏

潘蓮巢焦山圖云滿眼江山涕淚成廿年浮玉舊題名故山好在今難訊奈此江流日夜聲題關河行旅圖云極目關河欲莫時勞勞行客去何之當樓殘照霜風緊如讀甘州柳永詞二詩聲情激越如讀甘州句正可移贈

舊慈仁寺看松爲辛亥詩社第一集詩多不盡錄各摘其佳句如下溫毅夫肅云國初設廟市書葉何翻翻亭林乃大儒愛此駐高軒誰歟共炊爨隴西李王孫（李天生）道咸起何叟厥臂取諸猿古誼約祁張建祠潔蘋蘩曾公治許書賃廡窮朝昏言何猿叟與祁春圃張石洲輩建顧祠於寺旁事也漱唐云遙遙古精藍矯矯雙松樹宵深風雨來鱗爪挾之怒春日美且姸騁轡宣南路言尋魯兩生（張文襄詩儼如魯兩生僵蹇不可招）設蕝談掌故又鄭君遼東回衣帶檢關雨善保洴澼方疇能用大瓠畏盧云卻懷前迹尋殘碣不覺深談過晚鐘鈍宧云國初耆舊不可見見汝如與汪堯峯王漁洋逢方今時世厭衰醜一関之肆羣洶洶薪燒論語尙不恤況汝天性難馴龍蘡公云林翁十指有松氣

胸中一幅參天黛他年春明羅掌故各有題詩足搜采瘦庵同在城南角西山落照寒城帶林翁二句謂畏廬繪圖也蟄公云雙松舊偃蹇兩淚定相對李賀銅仙移盧仝玉碑碎百見百傷心一讀一感喟言寺久廢改爲昭忠祠也弱父云松邊軼事固多有三百年來幾杯酒朱王一去祁何與荒盦載祀亭林叟千載之前胡馬屯化身大士劫火燔（寺有窯變觀音庚子燬於兵火）過來萬景盡如夢爾松須鬣猶翻翻長安人愛花如海誰識松閒立吾輩林山腴思進云林翁支離叟畫筆泣眞宰懸知柯節成胸中蟠砢礧詩含古松氣羣公肅文采佇看海鶴姿松間何嚾嚾太夷云南城往往見老樹託命精藍資掌故諸松毛骨想父祖吟嘯寺門誰與顧弢菴云街西三寺無一存慈仁獨以松留痕雙松成三久代嬗望古銷盡漁洋魂山光滿鏡昔登閣戒公息叟遺孤墩（毘盧閣久廢同治間祁文端在寺養痾戒公和尚爲築閣寺後最高處以鏡攝山影文端題額署款息叟）顧閣盦火接涼翠中有梵籟無塵喧詎知轉眼便泡影

窠像指畫同泥洹（寺有窠變觀音像傳雯指畫佛蹟並燼矣）堯生云一幅春雲蒼翠姿或云生自六朝時人情好事誰能據天外蟠空勢自奇古佛與人爭歲月老龍出水作之而尊前九日渾如昨蕭瑟前身問畫師（前年重九曾同石遺翁一遊）余云天留此叟經桑海代與遺民話刼灰畫裏夜叉雙突兀眼中春物百胚胎堯生所謂我云詩是石遺佳不見龍身夜叉臂者乃癸卯同鶴亭到寺訪松先有已枯偃蓋形半禿夜叉臂及上豐而下殺龍身與常異之句實則漁洋題黃子久王叔明合作山水圖已云老松撐突夜叉臂矣堯生特阿其所好也

是歲人日集蘡公四印齋分韻作詩蘇堪方從關外來余有云衝雪入關眞失喜穿雲登岱預爲期或曰何計之早堯生亦有詩云長安二月乍飛雪此雪如催故人別新昌庭省送將歸海藏觴春留一月馬卿昨日方至都通伯不知趙子能來無湘帆行攀嵩少三花樹併仿秦松五大夫（今年所畫遊事）後余與

堯生皆踐所言。

今年里居，里中人多結詩社，皆作嵌字兩句詩，世所謂詩鐘，亦名折枝者也。王又點（允晳）孝廉最工此道，傳誦佳句極多。七月相見，欲結一詩社，不作折枝，與余商量社約。余言庚戌春在都下，與趙堯生、胡瘦唐、江叔海、江逸雲、曾剛甫、羅掞東、胡鐵華諸人創爲詩社，遇人日、花朝、寒食、上巳之類世所號爲良辰者，擇一目前名勝之地，挈茶菓餅餌集焉。晚則飲於寓齋若酒樓，分紙爲卽事詩，五七言古近體聽之。次集則必易一地，彙繳前集之詩，互相評品，爲笑樂。其主人輪流爲之。辛亥則益以陳弢菴、鄭蘇堪、冒鶴亭、林畏廬、梁仲毅、林山腴，而無江氏父子。此法似可仿行，惟閩中勝地不如都下之夥，須擇數家略有亭館花木者爲聚集地。又點乃於立秋後一日招集城南沈叔眉先生祠，其地林木陰翳，尤多棗樹，小有陂塘。余得七言律一首云：「里中詩事久荒寒，卽景分題憶墜歡。詞客碧栖能跌宕，（碧栖，又點號，工塡詞）享堂綠陰暫盤桓。折枝故技捐銅鉢落葉新秋報井闌篡篡行歌君莫厭眼前風景寫來難又點中二聯云尙有七人充作者（是日集者七人）可憐八月未中秋（新曆已八月）林陰犖确行來好城角漣漪買得不（時有此議）何梅生中二聯云猶有遺詞存沈謝（枚如先生附祀）於今談藝屬陳王詩堪送熱宜秋集病不能杯愛酒香林雪舟宗澤中二聯云踞席料多疎雋語（是日以事未至）鏖詩肯占莽荒區秋光林外看應好詞客城南算不孤劉小雲崧英中二聯云世亂騷才甘自晦地幽勝事本無多眞靈相望秋旻迥豪宕能迴夕照酡周愈予愈首次聯云鬱熱蒸人未覺秋繞祠草樹絕淸幽追詩信步斜陽徑強醉聊捐積日愁林大年則銘首次聯云中原兵氣未曾銷行樂中年豈待招願以詩人終牖下得依先哲在山椒鄭國容容古體中後數韻云碧栖此佳招風雅衆氣類褒衣亂木閑蔄颸習然至露果低可摘風蟬逸欲墮平池明樹底細路接城次野趣謝塵囂冷身足吟醉新蟾送斜陽空明滿蒼翠歸路更悠然白葛生涼意郭舜卿則壽云沈祠

城南隅依山位置妥舊遊曾一至索記今猶頗詩人此追涼境靜意淡沱小閒足珍惜與世暫彼我佳招良可念奈此七月火瘴雲熱滿城百事無一可相從愧未能病渴理藥裏葉伯璁心烱有云初秋猶蘊蒸佳招意略適舉世事荒嬉孰從風騷役迂哉碧栖丈躭吟有素癖我語慚蟬嘶未敢分片席小雲又有古體云衰造憂患多孤弦寡賡續攬此文翰侶翩然集高躅循池及城根瀹茗得山淥芳尊款夕曛嘉樹蔭繁綠倦翮發清啅涼颸散炎溽談諧見詣力眞率脫羈束詠歌取自娛鎚鑿毋乃酷藉茲策駑疲詩罰不妨酷哦松當公事差幸非迫促

石遺室詩話卷十三

前清同治間恭忠親王長軍機沈文定兆霖由山西巡撫入為樞臣眷任甚隆光緒初左文襄宗棠厠焉不能久於其位出督兩江仁和吳子儁觀禮久客文襄幕辛未始成進士得館選著有圭盦詩多關繫時事其最傳者為冢婦篇小姑歎天孫機鄰家女諸首冢婦篇云門祚本寒素質陋長善愁託身適貴族甲第連朱樓先後衆娣姒什伯親疎儔冢婦主中饋明慧稱才優威姑有喜怒一意承溫柔溫柔豈不懿所願無僁尤任勞先任怨匪但心休休馨腥久相習早辨薰與蕕況今家多難舊業蕪田疇我居介婦末疏逖空涕流鞠凶伊可畏未雨急綢繆求賢庶自輔為爾歌好逑有姆倘善教引近奚諮謀資沅富蘭芷明珠在炎洲光氣世寶重紱佩懸巾韝小姑暨諸婦或恐志不侔和衆與推挽竊願從之游門庭既清肅內寧無外憂冢婦爾毋怠墜宗實爾羞此首卽為文襄作也冢婦指恭王介婦謂文襄文襄以一書生躋位將相處疑忌之地故有門

祚寒素什伯親疏各云云疏逖涕流小姑諸婦各云云恐志不倖故終被排擠不能久安其位引近諂謀和衆推挽皆冢婦之責故以有姆善教望之資沅蘭芷則明文襄爲湘人也

小姑歎云入門爲幼婦稽首歌姑恩三日會廚下諸姒爲我言家世守先業田園甲幽燕無端遘菑害凋敝年復年冢婦自明慧嬾漫思避喧小姑育南土于歸家太原稍知道途事臧獲皆稱賢歸寧侍阿母中饋同周旋初云佐筐錡已乃司筦鍵事事承母命處處蒙人憐深潭不見底柔荑故爲姸女巫託靈談寧止糜金錢人或爲姑語善遣離堂前非無姊妹行遠嫁多在邊舍旃勿復道何以祈安全諸姒語未終我憂泣涕漣思欲諫冢婦室遠情未聯小姑初見我頗若親嬋娟苦口倘能語諸姒寧憚煩陰雲羃簷際隱隱聞杜鵑徘徊就私室終夜不成眠此首指沈文定言也沈雖籍宛平本吳江人故曰育南土爲山西巡撫故曰于歸太原爲人厚貌深情深潭柔荑月旦甚確女巫云云言外交上引

用非人歸寧待阿母至處處蒙人憐言其蒙眷有權力文襄必陰受文定齮齕者故圭盦言之若此聞杜鵑殆謂南人作相乎非止不如歸去意也

天孫機云少小織縑素稍長裁錦緋貧女無早嫁爲人作嫁衣紛然理邊幅刀尺從指揮細意重熨帖服成架椸楎嫁者亦殊貴冠帔紉珠璣女紅乃嫻習針神世所稀納徽羅綵幣鸞鳳行雙飛心苦意尠暇招我襄閨幃度我鴛鴦譜文理窺精微作別送之子楊柳何依依一朝被召出棘牆桑四圍春蠶食葉盡獻絲朝副褘美人職染采鞶帨揚芳菲知我事紡績問我天孫機天孫亦何巧經緯分當幾天吳與紫鳳顚倒辨是非我陋不足道曩賢陳所希請師女公子德音期無違此首圭盦自述也貧女自謂嫁者女公子皆謂左文襄爲人作嫁衣謂佐幕也招我襄閨幃謂佐文襄幕也針神世所稀謂文襄本政治家好手也一朝被召出四句謂自左營歸應春官試登第美人謂李文正鴻藻時爲庶吉士教習故曰職染采圭盦於文正爲師弟故託爲問答之詞若此文正亦入樞

府故以講師女公子爲言

鄰家女云小時門前劇女伴相頡頏鄰家久洽比歡如姊妹行西鄰早奉帚華冠七寶瑠倩盼自矜寵意態殊飛揚良人稍裁抑悲啼毀容粧因緣復助箠低首含悽涼悽涼固自喻顧我何莊莊東鄰擬班左縈紗懸洞房時還佐中饋有無勞黽皇周旋舊儔侶厚貌逾尋常貌厚倘可語敷衽言其詳昔聞漆室女憂時獨徬徨亦有馮嫕好奮身熊敢當縱非主內政求賢愼扶將入門易見嫉子云戒其傷亦勿取容悅蘭麝徒薰香洽洽洞簫賦笑我耽篇章不望琥珀佩矧彼珩與璜人言同社燕後先成鳳凰西飛高舉趾東飛鳴鏘鏘同聲庶賀世何以協歸昌此首西鄰謂潘文勤（祖蔭）東鄰謂翁師傅（同和）也潘直南齋最久以癸酉試事落職再起爲侍郎所謂早奉帚與良人稍裁抑因緣復助箠也翁時爲戶部侍郎所謂時還佐中饋等語也二公圭盦同年舊知故寫眞逼肖後半首規諷以正也以上多聞諸陳弢菴師傅云

圭盦有過馬嵬坡云。翠蜀匆匆過馬嵬。梨花落盡佛堂開。如何龍武隨西幸。卻似韓擒鐵騎來。持論至允。弢菴有讀孟子讀漢書二絕句云。王政齊梁且未行。魯衰滕褊更何成。七篇何與蠅營事。僥倖臧倉浪挂名。蕭蕭鶴觀晚春時。槐里千官盛漢儀。不是侍中歸五柞。柄臣學術有誰知。託意遣詞。極似朱竹垞讀史二首。詩云。漢皇將將屈羣雄。心許淮陰國士風。不分後來羞絳灌。名高一十八元功。海內文章有定稱。南來庾信北徐陵。誰知著作修文殿。物論翻歸祖孝徵。蓋被擠於江村出南書房時作也。弢菴詩第一首言戊戌某公督閩傾陷以媚政府事。第二首言慈安太后之葬。孝欽后以毅皇帝幼沖。不遣出臨。曾上疏力爭事。漢書武五子傳。帝（武帝也）崩。太子立。是爲孝昭帝。賜諸侯玉璽書。旦（燕王也）得書不肯哭。曰。璽書封小。京師疑有變。遣幸臣王孺等之長安。以問禮儀爲名。王孺見執金吾廣意。問帝崩所病。立者誰子。年幾歲。廣意言待詔五柞宮。宮中讙言帝崩。諸將軍共立太子爲帝。年八九歲。葬時不出臨。歸以報

王五柞句用事可謂工切矣

張簣齋詩用事無不精切者夢所寄詩六絕依韻答之云薊樹東枝塞柳西一封上谷載靑泥壯夫肯恥長城窟考牧猶肥萬馬蹏名聲韁鎖誰羈絡勳業形骸亦等閒便借築巖成大隱勅兒家事莫相關流傳臣亮街亭表天鑒春秋督咎心未學鳳雛輕一死平生梁父恨孤吟絳侯不解結袁絲劉柳從來善退之恩怨一身何足校羣公平賊是匡時熏盡牙香與賜裘椰冠學士配軍頭故人書到渾無酒寂寞溪山感獨遊拈詩已訝筆如神夢赦難分想與因卻笑拾遺膠漆地頻年關塞憶纍臣（謂洪琴西及余）

又出次察罕陀羅海五月二十六日都統急劄追還紀事云子公棄敦煌恐爲遺虜笑方揚郅支功宜得長安召嗟余衣偏衣崎嶇事閫嶠未獲裹老尸恥作孫歆報無赦有新條懍懍十行詔（時部章軍務獲咎戍員不準沿途援恩詔保留不准納贖旋奉旨佩綸無庸察辦）餘生隨地適書題安絕徼邊風五月

春肺疾差堪療牛牟遮羊芊伴我書聲好策杖一泉清排闥萬山繞雄鎮足懷荒孤亭頗遮要尺寸我所爭固合永歌嘯（俄羅斯欲得此爲商肆余以察罕要隘力爭罷議）深宵劍篋鳴豈有餘光燿無端萬國客叩門集羣噪頗疑雞林賈領略詩中妙掘鼠方苦饑豈懼丁零盜一障山頭斬偶人都象肖匈奴倘尋仇亦足快讒娼（和議既成孤拔以喪告有傳其斃於馬江者日本游歷使赫田顧向造余求見卻之則以書白此事蒙古王公及各國商賈踵門者日數十人輦下流言都統恐滋事始援烏魯木齊例追還張家口）軍府重防閑何人走相告夜半火符來候吏咄賀弔差如嶺外流不次得遷調行屋初安牀橫峰正支竈囊中錢已空改計翻悔懊可憐檻中狙朝暮任顛倒僮奴理歸裝作意相慰勞姑逐旋風飄倘迴太陽照便是刀環徵萬事那人料又北海軒其四云黃能突羽淵絕倒文舉書（文舉與王朗書語）我笑王會稽迷謬東治餘靦顏就朝列並肩華子魚男子貴自立萬口任毀譽烏林蒙衝艦官渡辟歷車

羣雄迭強弱那復關孫吳吾今不復敗百折意自如稽天卷巨浸坐譚豈良圖吁嗟諫用兵意與方平殊其九云中郎徙朔方側睨王智舞惜哉北海尊不作北道主契丹問三蘇官轍限定武惜哉中山醪不入挏馬乳遐方草昧開韻事吾曹補徙所卽嵩邙偏裔今齊魯嬾隨李將軍短衣看射虎以上諸詩自述一二往事功罪已略可見然不讀弢菴所撰墓志於當日實在情事終不明瞭也

簣齋詩用事太密惜其子弟門生無任天社馮孟亭其人者爲之詳注甚至舊稿傳鈔訛字滿紙支離無從辨識余爲選錄數十首當陸續論次之弢菴所撰墓志亦擬采摘印證俾閱者有以知當時朝局黨派云

簣齋又有雁詩數首皆以自況者其二云一雁何殊色空羣世所驚蕭條仍北鄉艱瘁爲南征叫旦冰難解悲秋月自明主人終不殺矜惜倘能鳴其三云行列由來整臨江急陳開滄洲非信宿衡浦豈驚迴雪爪深誰辨風毛逆不摧楚鳬兼越乙無迹任疑猜其四云今日桑乾曲橫飛帶晚暉驚弦渾欲墮繫帛敢

求歸飢擇中原粟寒催絕幕衣輕鷗同拍水閒在早忘機其五云枉嫁燕山壻東西未有家也甘遵渚陸終是隔風沙病榻繁砧杵嚴城咽鼓笳可憐無夢到零落水葒花空羣世所驚句卽其受傷之故臨江急陣開滄洲非信宿各句卽其可告無罪之處末首直與楊升庵黃安人雁飛曾不到衡湘一詩古今同慨矣

往余敍蘇堪詩嘗謂弢庵詩爲謝枚如張幼樵作者常工於他作蘇堪詩工者固多爲顧子朋作則尤工且無不工弢菴有山中懷簣齋云東坡飲啖想平安塞上秋風又戒寒久別更添無限感卽歸豈復曩時歡數聲去雁霜將降一片荒雞月易殘獨自聽鐘兼聽水山樓醒眼夜漫漫卽歸句七字直叢百感簣齋以小像見寄感題卻寄云十載街西形影隨五年南北尺書遲夢中相見猶疑瘦別後何時已有髭機盡狎漚原自適聲銷賣藥漸無知江心憶拜張都像熱淚如潮雨萬絲夢中一聯當時最爲傳誦末二語謂吾鄉臺江上流爲洪江水

中有小島名小金山山上僅容一寺寺中有一小塔客堂中供明都御史張經像經以倭兵事被陷死者簣齋自臨前敵始終駐馬江未入城既敗被議遣戍由馬江泝流而臺江而洪江而建溪然後旱路北行也弢菴送別於小金山故追憶之云簣齋自塞上和前詩疊韻再寄京師云觀棋聞又入長安金玦三年信誓寒夜雨夢回疑婦歎（邊夫人于謫戍次年沒京師）竹林酒熟憶朋歡肯將龜筴從詹尹倘愛鐘魚對懶殘任慣烟波畏塵土停雲直北奈迷漫簣齋有始得伯潛書時築室石鼓山中以詩寄懷前四句云十年同夢躡天梯（在都時有同遊石鼓山之約）自屏脅罍急鼓鼙一觸網羅江水闊幾回書札塞雲迷（君先寄三書均未達）弢庵又有滬上晤簣齋三宿留別云相看短髮未全斑十五年來一瞬間可似東坡遇莘老安排浮白對青山卻將談笑洗蒼涼三夜分明夢一場記取吳淞燈裏別不須寒雨憶洪塘洪塘即小金山寺拜張都像處也又入江哭簣齋云雨聲蓋海更連江迸作辛酸淚滿腔一酹至言

從此絕九幽孤憤孰能降少須地下龍終合子立人間烏不雙徙倚虛樓最腸斷年時期與倒春缸弢菴生死交情殆無有出寶齋右者

竹坡先生亦弢菴平生摯友有哭竹坡云大夢先醒棄我歸乍聞除夕淚頻揮隆寒幷少青蠅弔渴葬懸知大鳥飛千里訣言遺稿在一秋失悔報書稀黎渦未算平生誤早羨陽狂是鏡機又鼓山覓竹坡題句不得愴然有賦云小別悲同永訣看當年聞語淚先潸國門一出成今日泉路相思到此山月魄在天終不死澗流赴海料無還六丁攝取空遺墨剔遍荒苔夕照間又泛月入山道得蘇龕江南寄詩竹坡蘇龕座主也感賦因寄云詩筒把向江天讀拍拍春潮月滿船夜夢欲因度雲海前遊可惜欠風泉別來痛逝知君共他日論文識子偏緘淚寄將頻北望解裝一爲酹新阡

蘇堪詩最工於哀輓者亦有懷座主寶竹坡侍郎云滄海門生來一見侍郎頗頳掩柴扉休官竟以詩人老祈死應知國事非小節蹉跎公可惜同朝名德世

多識西山晚歲饒還往愁絕殘陽挂翠微尤工者爲傷忍盦云彼蒼不足恨人事實可哀莫復念忍盦念之心膽摧烈士盡奪氣況我平生期四海盡驚歎矧我夙昔懷聚時不甚惜皎皎心弗欺別時不甚憶落落意弗疑如何無窮志殉此七尺骸交情日太短天絕非人爲命也審如此終古寧可追蘇堪五古長處在層層逼進不肯平直說去此與東野杜鵑聲不哀斷猿啼不切月下誰家砧一聲腸一絕杵聲不爲客客聞髮自白杵聲不爲衣欲令遊子歸誰言碧山曲不廢青松直誰言濁水泥不汚明月色我有松月心俗騁風霜力貞明既如此摧折安可得拔心草不死去根柳亦榮獨有失意人恍然無力行等詩異曲同工蓋服膺於東野者深也其二云朝士重淸流此風亦久息不隨薄俗移通介見所植抗言得棄外天日無慚色誰知活人手未恨江湖窄爲民奮請命有此二千石世間汙吾子捐去誠上策但縻老親淚寃苦滯魂魄當時殉名人著望各籍籍貪夫溷烈士事定衆乃白公等當期頤王濟我恨惜抗言得棄外以下

所謂有聲徹天有淚徹泉者又冬日雜詩末首云猗嗟我從祖高行世所獨有時聞微言終身在初服孤露薄有知所賴見尊宿今年吾道苦此老夢已覺別時知難再揮手反見速衰顏一何瘦忍淚竊注目不殊辭所生摧割痛在腹未曾聞怛化每憶已自哭理當棄妻子卒侍啓手足何言迫生計恨愧滿衷曲因思議私謚介節誄不辱雖然異出處知己配文肅哲人萎二老顧見那可復吾其放於夷猖狂混淸濁介節公諱世恭字虞臣咸豐壬子成進士改戶部主事歸里授徒不出左文襄督閩聘爲鳳池書院山長十年王文勤凱泰撫閩改聘爲致用書院山長十年又改主正誼書院講席數年卒畢生布衣蔬食枯坐一室如老僧能背誦十三經教人循循有序余前後在書院請業者二十餘年蘇堪十餘歲丁外艱後惟師介節公一人故此詩沈痛如此至迹哀七首哭其兩兄者過悲不堪卒讀矣

又哭顧五子朋云自意死窮邊不復能見子歸來誰與歸得我子所喜南行暫

展慕海上聊徙倚一歡謂可必何用書累紙豈知有茲事捨我遽爲鬼投袂欲相追失望對逝水眼前盡成夢萬事不我竢首韻云不復能見子次韻應云得子我所喜然語意便鈍置今云得我子所喜則一轉移間蹊徑頓異矣其二云平生老縱酒惟我能切諫頻年迹稍疎念子不及亂頗聞態如故俗士望而憚傷哉卒坐此一醉渙其汗盆山孤可哀潭水深自恨畸人去不返題壁誰來看其三云持論絕不同意氣極相得每見不能去歡笑輒竟夕西州門前路爾我留行迹相送至數里獨返猶惻惻小橋分手處驢背斜陽色千秋萬歲後於此滯魂魄爲君詩常好世論實不易夢中還殘錦才盡空自惜其四云稱疾因解兵用世志已灰尙思得佳傳非君孰能爲君雖避衰世浩氣殊不虧一生意凜凜可以厲詭隨願列君傳中存亡能幾時江西陳伯嚴爲文有古姿他年求下筆竊比聃與非第三首黯然神傷與君過侯府懷陳幼蓮詩極相似詩云東城巷陌年年異雙栝拏空最能記故人何往門庭是門外悲風入吾袂當年無日

不相見晝語夜談樂難比憶嘗酒半去不告君自追我及水次仰天執手長太息過爾摧折非吾意子宜爲世善自愛是時被酒已微醉我居纔距一牛鳴強遣肩輿爲送致一日塘邊獨徙倚野鴨蔽天帶霜氣北來下輿當我前指看秋巒共稱快平生平生幾知己此情此情非夢寐盇山顧五號能詩寫我思君得深味。

哭子朋第三首爲君詩常好二句卽指余言今最錄爲子朋作者數首與知詩者共論之題子朋齋壁云客去晚窗明行吟山鳥驚殘陽一峰靜秋水半潭清几席餘文字祠堂近老成終知歸寂寞徙倚若爲情雨中宿子朋齋臨烏龍潭云幽人默相感衝雨命藍輿樹暗城西路雲深水北居添衣攜短褐共飯洗芳蔬庭鶴聲誰警潭龍氣自噓對眠淸榻冷立語暮鐘疏世事堂堂夕山中夢熟初辟廬同子朋待月云欲雪城西營對飲舊游新歲感崢嶸平生已畏論懷抱湖海何緣識姓名（湖南人某君題詩壁間有鄭張之目張謂季直）入寺看

江孤閣冷烹魚炊稻暮鐘晴與君晚遇良非淺小待梅梢好月生雜詩云石頭城西去來客路熟深塹盋山碧山下詩人顧石公念我狂癡時歎息三月三十日顧子朋招集薛廬云龍潭一片故依然坐客浮沉過十年能共送春中酒後可堪照影綠波前入山計就眞忘世招隱詩成更問天秦老顧生莫惆悵好留豪氣伴華顛五月連雨答子朋云雨晦風昏斷來往窗竹孤鳴映書幌壓瓦宵驚鍾阜移開門曉看淮流廣寂寂欒城話對床平生聽雨愛廬堂年來顧五空相念短髮青衫滯建康（稚辛時亦在寧）子朋屬題山水小幅云江東顧五倦遊還占取城西水一灣卷卷淸詩皆入畫底須俗筆汙溪山二士風流比阮嵇年來物役苦難齊欲知白下閒縱跡只向書堂覓舊題（子朋所居深柳讀書堂中余舊題詩最多）蘇堪七言絕句之工者殆無逾此二首及吳氏草堂二首意境風神俱足古人所謂飮啖皆佳也第二首與吳氏草堂第二首余每誦之以爲韋蘇州之獨憐幽草東坡之竹外桃花亦無以過此第二首蘇堪亦

嘗自誦之吳氏草堂云雨後秋堂足斷鴻水邊吟思入寒空風情誰似霜林好一夜吳霜照影紅水痕漸落露漁汀禿柳枝疏也自靑喚起吳興張子野共看山影壓浮萍

蘇堪詩曾用工姚合體者題子朋齋壁雨中宿子朋齋諸首似學武功而出入於岑嘉州韋蘇州雜詩五首則雜諸余澹心金陵懷古詩王阮亭懷人絕句中幾不能辨澹心詩謝公墩云高臥東山四十年一堂絲竹敗苻堅至今墩下蕭蕭雨猶唱當時奈何許孫楚酒樓云江南城西酒樓紅無數楊柳迎春風孫楚去後李白醉千年不見紫髯公雨花臺云雨花臺下草靑靑落日猶銜木末亭一綫長江三里路千年鶴唳九秋螢勞勞亭云蔓草離離朝送客驪駒愁唱新亭陌夜深苦竹啼鷓鴣空簾獨宿頭皆白王阮亭以爲不減劉賓客者也阮亭懷古絕句不入精華錄漁洋全集有之詩多不錄

自韋蘇州有對床聽雨之言東坡與子由詩復屢及之聽雨遂爲詩人一特別

意境余少居福州東城後有廢園多花木七八歲時讀孟浩然夜來風雨聲花落知多少王摩詰桃紅復含宿雨柳綠更待朝煙陸放翁小樓一夜聽春雨深巷明朝賣杏花諸詩遂酷愛聽雨當時尙未知吾家簡齋有杏花消息雨聲中之句虞道園有杏花春雨江南之句也長識損軒蘇堪皆有愛雨之癖余伯兄木庵先生則最惡雨平生不作雨詩兼賦有畏雨訴惟宰博野時久旱得雨乃有喜雨一詩云二十幾旬無此聲聞聲感激涕縱橫風馳電掣惟恐盡海倒江翻只要傾不睡拚教兩夜永遲明看取一池平奢心得隴眞堪笑移向春前萬寶成眞香山也蘇堪最喜姜白石人生難得秋前雨乞我虛堂自在眠二句其同季直夜坐吳氏草堂云一聽秋堂雨君知病漸蘇欲論十年事庭樹已模糊略用白石意也損軒善爲雨詩余甚賞其得雨徹宵聽之句嘗從邳州回上海又往鎭江有江船喜雨絕句云雨自吳淞海外來滿天涼意一船開入江直過松寥頂颯颯瀟瀟又幾回愛雨常爲聽雨吟孤燈黃葉亂山深建州溪上嚴州

瀨一刻秋宵直萬金家人都算我將歸又恐歸期被雨違雨裏叩門人睡起濕薪炊飯更薰衣寫雨景又是一種風味題新賃江閣云晚來臥聽雨淙淙山意將秋繪在窗塔上一鈴知斷渡階前半甃許分江又滬樓雨夜云我家好雨亦如斯既負山居又負詩又云今年發願禮南屏更把乾魚謁幔亭預向天公殷致祝要留此雨在山聽皆佳

損軒有夜聞蟲聲云蟲聲不下百十種涼月一丸窗紙虛何苦同聲催月落四更將轉五更初又茅齋偶題云枯樹天然高士筆暮鴉點綴兩三行皆自然木庵有節署西軒雜詩云聽鼓夢回殘月上吹燈人臥綠陰中幽蟲不識悲秋苦一味淒清唱曉風又斷句云花穠月皎四更初與損軒蟲聲云云異曲同工

詩讖之說每常有之損軒晚年作律詩喜屬對工整在邳州有詩題云貓兒窩在邳之東可對吾鄉螺女江因寄弢庵閣學句云螺女江歸陳學士貓兒窩屬葉邳州以示余余曰螺女故事已不甚高妙至貓兒窩有何好處必欲據爲己

有耶後君卒歿於邳州其絶筆詩題云二月十九日渡運河風浪大作自念無生理晚抵貓兒窩借周防營土室病臥兩夜詩云曉雨春流利似瀧獻花不借女兒窗招魂我在貓窩裏門對長河入大江陰寒有鬼氣由窩回州不數日卽歿此窩貞屬葉邳州矣

余初識蘇堪時蘇堪僑寓金陵余詢江左詩人答書云此間金壇馮煦上元顧雲皆治詩甚苦二人者時方肄業金陵鍾山惜陰兩書院爲薛慰農（時雨）林歐齋（壽圖）二先生高弟後余至江南識子朋屢醉於所居薛廬然未嘗與倡和子朋復出遊四方遂始終未見子朋一詩馮夢華壬午同年未與識面惟從何研孫（維棟）處得其詩稿一小册經喪亂後所作多悽咽之音其中副車與木庵先兄同年守鳳陽時先兄客淮北往來每止宿官齋談藝甚洽從先兄處讀其近作似轉不及舊作之眞摯舊作如次米忌日作云君沒今二年逍遥竟何之陰雲黯虛堂獨坐悽心脾側身望墟墓宿草何離離慨然思而母孤寄淮南陲家

貧不得養忍痛與母辭去年復北征見母慘以悽歲暮多冰霜一一仰母慈不以我遠疏愛之如平時呼我入君室步步皆涕洟圖書亂無次尺寸埋塵埃不忍更檢點念是君所披強起承母歡濁酒奉一卮憂來易爲醉惝恍君在帷搴帷不見君始覺中腸悲收子已九齡不識書與詩事我有如父我乃棄如遺母也勤顧復精神不知疲渾噩亦天則願君陰相師俯仰一無補死友將何爲撫膺極愧憤有淚不敢垂八月十六日病中寄兄妹云殘燈黯黯夜堂虛回首南天一累欷六月音書猶未達半年眠食復何如空江積雨愁寒潦薄病窮秋夢敝廬兩地傷心苦迢遞獨隨歸雁下荒墟將之建康與妹別並寄仲兄吳中云冷雨淒淒夜欲闌荒雞破夢太無端百年易盡何堪別十日相逢竟未歡衰帽單車殘驛暗孤篷短燭暮潮寒只今兩地同羈旅莫更歸雲獨自看句容晚望寄兄妹云陰陰灌木泣飢鴞野燒孤青晚未消三嶺東從句曲合百流西向建康朔荒城斜日寒將暝壞屋嚴風勁欲搖爲語故園莫相憶疲驢破帽正飄蕭

除夕寄仲兄云陳迹依依似昔年燈前俯仰重淒然四方漂泊歸無地百里艱難怨各天故國書遲勞遠望空齋酒盡得高眠吳霜莫更催愁鬢一夕離心並可憐答研孫云相逢吾與子風雨黯虛堂意氣摧愁病詩歌接混茫讀書憂太苦入世忌能狂千里沅湘路燈前說故鄉送研孫歸湘中云陰陰霽色赴遙嵐攜手荒城思不堪為語離人莫迴首亂鴉殘照是江南橫笛吹寒斷雁秋舊時雲物此淹留黃陵暮雨孤帆遠楚竹湘煙一望愁和研孫登秣陵城之作云荒煙衰草晚蕭蕭倦客登臨恨未銷寒蝠虛檐吹雨暗飢鷹廢壘挾霜驕九秋敗葉辭枯樹百戰孤城咽暮潮賸有戍樓舊雉堞更銜殘照送南朝數詩於骨肉交朋之間纏綿悽惻殆欲駸駸追步杜陵者昔尤袤之全唐詩話引高仲武云長卿員外詩體雖不新奇甚能飾鍊十首以上語意稍同於落句尤甚余謂明清兩代詩人墨守唐賢者往往坐此聲情激越是其所長差少變化耳此數首結聯多用莫字中間寒潦寒潮荒城荒墟空齋虛堂百年十日百里四方等字

未免疊見然如空江一聯意氣一聯十日句壞屋句亂鴉句黃陵句皆能推陳出新自表用意者

石遺室詩話卷十四

說詩標舉名句其來已久此詩話所由昉也謝安石與子姪輩各舉三百篇中心賞之句玄舉昔我往矣楊柳依依四句道蘊舉吉甫作誦穆如清風二句安自舉訏謨定命遠猷辰告二句鍾記室作詩品遂謂清晨登隴首羌無故實明月照積雪詎出經典思君若流水既是即目高臺多悲風亦惟所見以示宗旨由是流傳名句寫景者居多如老阮之門外大江橫陶潛之傾耳無希聲在目浩已潔（詠雪）往燕無遺影來雁有餘聲平疇交遠風良苗亦懷新采菊東籬下悠然見南山大謝（靈運）之池塘生春草園柳變鳴禽曉霜楓葉丹夕曛嵐氣深小謝（朓）之紅藥當階翻青苔依砌上餘霞散成綺澄江淨如練天際識歸舟雲中辨江樹邱遲之風輕花落遲王籍之鳥鳴山更幽謝貞之風定花猶落何遜之夜雨滴空階柳惲之亭皋木葉下隴首秋雲飛汀洲采白蘋日暖江南春皆寫景也大約代不數人人不數語至隋煬帝忌人能作空梁落燕泥庭草

無人隨意綠句而殺之亦可知工於寫景之不易矣唐鄭翼請觀崔信明全集曰只有楓落吴江冷五字餘將擲之水中孟浩然挂席幾千里名山都未逢泊舟潯陽郭始見香爐峯四語王摩詰至寫以爲圖微雲淡河漢疏雨滴梧桐二語舉座英華盡爲閣筆大曆以降猶有曲徑通幽處禪房花木深（常建破山寺句）曲終人不見江上數峯青（錢起湘靈鼓瑟句）諸傳作韋蘇州之春潮帶雨晚來急野渡無人舟自横後人取以建庵名野渡庵元和後並講求於一字兩字如僧推月下門僧敲月下門此波涵帝澤此中涵帝澤昨夜數枝開昨夜一枝開之類開宋人許多詩説歐陽公述陳舍人之論身輕一鳥過王荆公之論暝色赴春愁葉石林之論穿花點水以至王右丞之漠漠陰陰杜少陵之無邊不盡説詩者以爲有三昧焉祖詠賦終南殘雪至林表明霽色城中增暮寒自謂意盡不終篇而止司空表聖自謂得味外味亦第舉綠樹連村棋聲花院二聯皆寫景也

唐以前名句多全聯寫景者宋人除陸放翁范石湖楊誠齋諸家外往往寫景中帶著言情一聯中或一句寫景一句言情或兩半句寫景兩半句言情豈好景果爲前人寫盡乎抑亦厭賦體淺直不如比興深而曲耳然景中帶情六朝盛唐人已有之如薛道衡之人歸落雁後思發在花前杜甫之感時花濺淚恨別鳥驚心是也沈休文云相如工爲形似之言二班長於情理之說宋張戒歲寒堂詩話云建安陶阮以前詩專以言志潘陸以後詩專以詠物此言情與景分者也劉彥和云因情造文不爲文造情又云情在詞外曰隱狀溢目前曰秀梅聖俞云含不盡之意見於言外狀難寫之景如在目前此言情與景合者也宋人寫景句膾炙人口者如晏元獻之梨花院落溶溶月柳絮池塘淡淡風林和靖之疏影橫斜水清淺暗香浮動月黃昏雪後園林纔半樹水邊籬落忽橫枝梅聖俞之春洲生荻芽春岸飛楊花野鳧眠岸有閒意老樹著花無醜枝東坡之竹外桃花三兩枝春江水暖鴨先知荊公之坐看青苔色欲上人衣來細

數落花因坐久緩尋芳草得歸遲山谷之近人積水無鷗鷺時有歸牛浮鼻過亦不過代數人人數語視唐人傳作之多不及遠甚此外惟放翁之小樓一夜聽春雨深巷明朝賣杏花山重水複疑無路柳暗花明又一村雲歸時帶雨數點木落又添山一峯白菡萏香初過雨紅蜻蜓弱不禁風較多數聯耳其東坡之簾前柳絮驚春晚頭上花枝奈老何酒闌倦客惟思睡蜜熟黃蜂亦懶飛陳簡齋之客子光陰詩卷裏杏花消息雨聲中詩中皆有人在則景而帶情者矣

近人詩句工於寫景者亦復不可多得惟蘇堪最多蘇堪平日論詩甚注意寫景以爲不易於言情較難於敘事所舉名句若柳州之壁空殘月曙門掩候蟲秋回風一蕭瑟林影久參差香山之一道斜陽鋪水中半江瑟瑟半江紅王荊公之南浦辭花去回舟路已迷暗香無覓處日落畫橋西趙紫芝之行向石欄立清寒不可云流來橋下水半是洞中雲皆各極超妙者自作則亂峯出沒爭初日殘雪高低帶數州月影漸寒秋浩洞柝聲彌厲夜嵯峨月黑忽驚林突兀

泉枯惟對石嶕嶢楚澤混茫方入夏暮雲嶓崒忽連山白下溪流向人靜紫金山色入春妍入春風色連林覺過雨山園一半開兩郡楚山臨岸起一江初日抱樓生可謂夥頤矣他如廣雅之日落江光都轉白春來谷氣蘊含青柳仍婀娜秋生色荷已離披水吐光偶齋之一水翻山趨大海萬峯拔地束孤城木庵之聽鼓夢回殘月上吹燈人臥綠陰中弢菴之疎鐘墜澗無尋處佳月籠雲恣賞難散原之瓦鱗新雪生春艷旗角寒雲捲雁高臥隄柳影一千尺出屋檣桅三兩枝雨了諸峯爭自獻煙開孤艇已能呼乙盦之秋笛無緩聲秋螿有哀鳴石臺倚倒影零露在衣髮黃花屈宋豔伴我張寒色節菴之一月出林添綠淨數花當戶及黃昏園丁未服生疏鶴春色猶妍老大藤高者唐人次者亦宋人然人亦不過一二聯也

劍丞溺苦於詩其造語大有不驚人不休之意去年數至都下弢菴樊山諸老盛許之一日掞東招餘余後至見劍丞與昀谷方斷斷爭論劍丞謂唐宋詩人

獨有一梅聖俞耳昀谷大非之稍訾及宛陵因取決於余余平解之曰論詩固不必別白黑而定一尊劍丞言似太過然十數年前蘇堪有與余詩云臨川不易到宛陵何可追當時余蓋與蘇堪首表章宛陵者昀谷劍丞相與一笑而罷嗣臘月二十九日揆東晦聞招昀谷劍丞貞長師曾梓芳敷菴衆異秋岳及余集法源寺祭后山先生蓋后山以是日逝也昀谷詩云近人偏嗜梅都官君胡獨取陳后山書來約我法源寺酹以芳醑敷椒蘭今日何日歲欲闌我恨不如老衲閒月餘悅悅無一字政坐不諳曹洞禪知陳最深者三賢曾鞏蘇軾黃庭堅王雲掃門已不及僅從魏衍得數編君之黨陳與梅抗三賢雖好無此專我於是日不與祭亦如王子嗟緣慳吾曹論古何敢偏窮源要溯天中天梅陳好句絕可愛其力僅足造一關強譽一家冠千古逆知古人心未安后山有知必大笑子言允矣詩仍寒我懼一寒尙未徹去來苦被塵勞牽袖詩呈佛不知愧佛當洗我菩提泉此詩起語與中數語甚趣尙未忘與劍丞爭辯之說然持論

平允右梅右陳者當皆無以難之後余與劍丞論詩知亦一時興到語非眞守一先生之言也

昨歲劍丞以近作一帙屬余加墨爲圈點百十處歸之皆取其於曠見奥於顯見微者余向於古人論宛陵后山詩於今人論伯嚴子培詩皆如是觀劍丞疑余所評許者不盡由衷之言則不然也鄙意古人詩到好處不能不愛卽不能不學但專學一家之詩利在易肖弊在太肖不肖不成太肖無以自成也余亦請劍丞評余詩則謂由學人之詩作（去聲）到詩人之詩此許固太過然不先爲詩人之詩而徑爲學人之詩往往終於學人不到眞詩人境界蓋學問有餘性情不足也古人所以分登高能賦山川能說器物能銘等爲九能反之又東坡所謂孟浩然有造法酒手段苦乏材料耳劍丞詩最佳者如雲栖寺竹徑云理安長柟直插地雲栖大竹高參天二寺敻然到聖處柟不蠹朽竹愈堅昔稱理安境無對未見雲栖眞枉然漸尋竹徑避白日步步到寺循花甎又如茸

葉作廊覆左右柱立皆修椽露骨專車巖壑底表影累尺僧房巔空亭駐足一遐想夜至風露宜娟娟人言此寺惟有竹他景不勝名虛傳正惟有竹便佳絶雜樹亦衆何稱焉願筍不斷盡成竹連坡長到澄江邊起與余之韜光竹在地雲栖竹在天略相似至昔稱二句又如二句人言六句用筆造語皆得髓於宛陵而神似之世之服膺宛陵者一時恐未有其匹

宛陵用意命筆多本香山異在白以五言梅變化以七言東坡意筆曲達多類宛陵異在音節梅以促數蘇以諧暢蘇如絲竹悠揚之音梅如木石摩戛之音質之劍丞以爲然否

劍丞別林居云昔者賁浪仙揚州借園宅初無人我見久更忘主客一朝將別去以詩酬竹石竹石且能言再請從所適浪仙果與俱辭去如弗獲竹爲浪仙蒼石爲浪仙自主人縱不懌強止終何益至今某氏園惟有浪仙跡吾無浪仙才敢以今比昔寧謂竹石情勝吾松與柏歲盡南歸云上京客已久北候難早

春一日忽思去去不别四鄰驚心省漢臘禮俗最近人及時嘉拜慶長吏宜免嗔齎糧渡河淮三夕臥車茵昨行堅冰上今覩波鱗鱗洵知江氣暖入屋如烘薪吾廬盛松栝不見百二旬婦子出林下爲撲衣上塵此二首亦宛陵五言作法宛陵七言古作法易辨五言古作法不易辨又南歸十九日仍北行云天色微能辨雁行河鐙收焰隔重岡載人北去車難駐換歲身經思更荒不見淮波春渺渺祇愁岱嶽夜茫茫往來共此三千路客思無端異短長起二語寫鐵道早行情景如在目前與伯嚴之廬峯長影插江流濤白烟青頰唾秋強臥郵亭數星斗孤明燈火聚凫鷗可稱二妙一上鐵道一九江郵亭候江輪船也余爲劍丞圈點詩一帙可采者甚多索之則由詩廬寄其家中不在行篋矣故所錄止此

與確士别數年去年復得相見始盡讀其十數年來之詩共一厚册屬爲評定蓋由王孟而進規老杜者確士多靜者機訥於語言淡遠處從苦吟而出非漁

洋時帆之貌爲淡遠度隴後則七言古詩得杜法今年復示余近作數紙經蘇堪圈點者後題八字云雋語易得杜味難得余謂杜味二字至當余前所見者用杜法今所見者得杜味也如歲暮園居雜感云漸喜知聞斷閒門各一天還家仍獨客亂世有餘年畦菜經霜碧江魚入市鮮老夫惟果腹無酒亦陶然稍見通鏹貨殘年米價平月圓知漢臘巷哭有驕兵帥府徵歌舞遺黎算死生出門流水斷愁絕一冬晴寒日如煙淡遙峰與雁平微吟萬象待早起一身輕對局搜殘刼攤書擁百城不親無益事辜負有涯生小閣留賓處寒山不改青悠悠萬人海落落兩晨星遯世全哀樂忘身自典型蕭蕭一亭竹留爾不曾聽（自注李梅庵陳仁先留居數日）還家不親二聯自是杜陵語小閣二聯似摩詰矣然終是杜與放船入宅雨懷錦水居止諸律相近王閒適杜兼悲慨也若微吟一聯則遲迴度隴怯浩蕩及闕愁句例耳

又讀散原鬼趣詩云夜讀散原詩矮屋環冬青敍亂託鬼語叱詫來精靈我無

寂滅想閱世終冥冥萬古一髑髏黠者先逃刑合眼夢唐虞糟粕遺六經齊民豈有術魑魅能潛形竹梢寒月來燈影如孤螢窮巷與世隔入鬼無畦町微吟坐達旦一鳥窺簷聽園竹云培土竹樹根日腳下牆屋鄰翁荷鋤來寒天吾汝粥城中幾名園亂後遭踐蹴人心無瓦全草木含親睦今日晴不風煙洗數竿綠交影上危亭輕陰脫拘束豈伊耐歲寒心虛了無觸坐送蕭蕭聲百憂寧可贖園柏云種柏青溪旁古色上牆屋十年憂患人樹此嶒崚骨鬱鬱歲俱深童童立可獨今年一冬晴河乾凍龜縮惴惴愁四鄰荒園日氣濁全命凜冰霜居安對雍肅從茲翦荊棘一寒閉門足但恐旱象成明年無此福寄李梅菴道士云滄桑一道士短屋坐蕭爽得食有童心黃冠仍大類有時得名蹟阿弟同欣賞醉學李濤顛洒墨大如掌人間果何世破筆入蒼莽昨聞阿弟病日日趁車往車往復車來的的關痛癢觀君蓄弟心觸我救時想出世莫出家酸辛告吾黨吁嗟解人難念君徒怏怏寄陳仁先云瀟洒陳孟公有俗無不棄手寫詠菊

詩閉門自成世將花入性情不觸色香味千曲無盡思蕭家在腸胃昨夢坐茅庵君持菊譜至上粘乾葉花枝枝有題記笑指枯目僧謂是花中意覺來渾不解清景倏已逝明月滿竹林獨照無夢地蕭家復蕭家高天動寒吹竹柏二詩其知者以爲學病柏病橘枯樓枯枏諸作實學四松營屋諸作寄李陳二詩有不能以貽阮隱居寄贊上人贈蜀僧閭丘師兄等諸作例之者杜陵有亂離之悲無滄桑之感也

自咸同以來言詩者喜分唐宋每謂某也學唐詩某也學宋詩余謂唐詩至杜韓而下現諸變相蘇王黃陳楊陸諸家沿其波而參互錯綜變本加厲耳然必欲分之亦自有辨確士晉卿二人皆歷少陵嘉州所歷之地爲少陵嘉州所爲之詩余嘗敍晉卿王君樹枏詩續集云人之言曰明之人皆爲唐詩淸之人多爲宋詩然詩之於唐宋果異與否殆未易以斷言也咸同以降古體詩不轉韻近體詩不尙聲貌之雄渾耳其敝也蓄積貧薄翻覆只此數意數言或作色張

之非其人而爲是言非其時而爲是言與貌爲漢魏六朝盛唐者何以異也余交晉卿淺別去二十餘年惟聞晉卿官方岳出玉門踰天山管領古西域三十六國向治攷據工古文詞著述行世有幾道遠莫得詳海內學人不易得時時往來心中今年相見京師出近詩五卷使序之曰吾生平撰述未嘗乞人一序也受而讀之則如讀岑參之涼州北庭隴頭磧西交河臨洮輪臺燕支熱海火山杜陵之赤谷寒硤鐵堂峽木皮嶺泥功山石櫃閣桔柏渡諸詩也能詩者不必至其地至者不能詩能之亦才力不稱其景物之壯遠余於詩文無所偏好以爲惟其能與稱耳淺嘗薄植勉爲清雋一二語自附於宋人之爲江湖末派之詩耳而步武岑杜之詩以爲詩固治攷據工古文詞者所饒爲哉今錄數首與海內治詩者共辨之入子午谷云薄曉發石泉冬日含春暉行行入層巖草木青不腓夜來北風勁吹起雲千堆天女剪寒花撒手片片飛漫天三日雪不辨山徑蹊攀藤陟崔巍下臨千丈溪麻鞵蹋冰石性命懸微絲一谷通秦喉萬

險無一夷當關塞丸泥諸葛不敢窺老亮慎用兵善正不善奇天心久去漢空作鷸蚌持惜哉魏延策一失不可追雞頭關云寒風出陰崖吹我度雞頭重關倚層雲下顧猿狖愁衆水匯一泉滾滾東南流漢中大如丸萬舍隨沈浮南瞻漢王城片瓦不可抔當時逐鹿人零落同山邱英雄一骸骨千載空悠悠龍門閣云兩日山中行複沓如平坦崎嶇百餘里歸然見龍門修棧蹋蒼虺首尾雲中蟠北峯祖羣峭羅立高曾孫陰柯舞魑魅矗壁愁猱猿頑龍穴山腹穿破盤古根一水入無底哆口汩汩吞西出吐涎腥駛入長江奔女媧補天能失手塞漏坤吾欲探其幽趦趄喪精魂望朱圉山過羲皇故里云伏羌之西朱圉山先儒傳注相流傳朱圉反在鳥鼠下導山次序毋乃顛昔與陶君討山脈（陶拙存）陳子爲說洮西偏（陳子康）中有一山類伏虎兩峯夾之雄且殷朱圉祝敬本同義卓尼字變音流遷土司取名實可證有若豬野訛居延古來地輿失圖學禹貢誤說尤連篇行行廿里近城郭羲皇故里豐碑鐫曾聞羲都在天

水遺址又復留秦安世儒嗜古好附會名人名地爭依攀驅車訪古日已暮下馬四顧心茫然

余舊論伯嚴詩避俗避熟力求生澀而佳語仍在文從字順處世人只知以生澀爲學山谷不知山谷仍槎枒並不生澀也伯嚴生澀處與薛士龍（季宣）乃絕相似無人知者嘗持浪語詩示人以證此說無不謂然然辛亥亂後則詩體一變參錯於杜梅黃陳間矣由滬還金陵散原別墅雜詩云夙戀山水區辛勤營此屋草樹亦繁濃頗欣生意足移居席未煖烽燧已在目提攜臥疾雛指星庇海曲棲息屢改火奮身省新築四望帶城陴春氣染花竹狹巷聞賣漿居鄰換黃犢卸裝此盤桓倏駭萬霆逐窗壁爲動搖坐立幾俱仆地震兼鳴嘯平生所歷獨夜中震復然破寐叫傭僕置彼災祥說一枕百憂續鐘山親我顏鬱怒如不平青溪繞我足猶作嗚咽聲前年恣殺戮屍橫山下城婦孺蹈藉死委塡溪水盈誰云風景佳慘淡弄陰晴檐底半畝園界劃同棋枰指點女牆角鄰子妝

驕兵買菜忤一語白刃耀柴荊側跽素髮母孥嬰哀哭拜叱咤卒不顧士赤血崩傾夜樓或來看月黑燐熒熒前首敘述曲折後首即以鬱怒嗚咽二語還贈此詩

又留散原別墅雜詩警句云登樓望山川死氣沈沈處閒愁千萬絲吐挂鵑啼樹又云金風含瘡痍低昂穿雁鶩江城初易帥士卒猶狂顧何術息閭閻酣寐復其故埃氛乍開闔笳角遞奔赴鐘山終暱余矜此白頭遇又云觚庵臨溪居琴書不受垢鑒水納衆山處處開戶牖又云投身與我鄰割據擁其有爲想孟月終道人下榻久居士亦踵至騁望侑杯酒染書播清吟呵氣活枯柳又云夜氣生乾坤有此几與榻抽身萬人海息踵坐老衲又云塞向耿燈火六尺繩床平合眼夢戈戟始念屍縱橫又云晨光百鳥翻起拂凋傷木敗蕉與枯葦夔丁付縛束牆角彈所穿塗塈不待築皆戛戛生新而絕不鉤棘者道人謂李梅菴居士謂陳仁先即恪士詩中所謂落落兩晨星也又江上望焦山有懷昔游二

絕云風暖雲明倒酒瓶閒看鸂鶒滿沙汀垂垂日腳孤舟下襟袖光飛一點青隔歲支笻蒼莽顛藏山肺腑世無傳插椽箕斗松寥閣憶抱江聲赤腳眠頗不似伯嚴平日詩樊樊山云此詩卽在黃集中亦是上品

近人寫景之工者復得數聯殊有突過前人之處如冒鶴亭之日色不到處苔氣綠一尺何梅生之天地忽自通一碧不可絕冒句蒼古何句較爲奇闢陳仁先之夜色鍾柴門二人自成世俞恪士之明月滿竹林獨照無夢地蘇堪之夜色不可畫畫之以殘月皆深宵無睡善寫夜色者或嫌鍾字太喫力然無以易之又仁先之驅車塵冥冥隱見孤塔圓寫一路往天寧寺遠見隋塔之景眞寫得出李拔可之車行追日落淮泗失回顧寫津浦鐵道傍晚望西行駛之景眞寫得出而李句較見蒼莽拔可此詩全首皆工不止首二句以下云亂峯隱塵埃野水淸可渡連村闕人力舍柳無他樹去年雪苦晚一麥猶堪慮道旁哺蔡飢船粟爭濡呴勝衣已學乞姑息眞汝誤展轉入徐州嚴城鬱高怒秦越異肥

瘠朱陳互嫁娶當關有虎豹行李生恐怖語罷自推窗暝色沒雁鶩亂峯句嚴城句暝色句皆逼肖車行景三韻至六韻全於關人力處寄慨蔡飢用得切當學乞寫得可笑可哀視蘇堪登石鐘山作彼超詣此沈著也

拔可詩最工嗟歎古人所謂悽惋得江山助者不必盡在遷客羈愁也題吳丈劍隱鑑園圖云事業欲安說溪邊柳成圍當時叩門人百過亦已衰此園在城東地偏故自奇世俗便貴耳濁醪爭載窺那識賞寂寞但聞簧與絲我鄙喜獨遊扁舟弄漣漪拊檻一片雲鍾山遠平籬花竹不迎拒魚鳥無瑕疵豈惟客忘主青溪吾所私中間共出處就官淮之湄土瘠民力瘁百無一設施鄂渚得再覲征東方北馳歸途望楚氛微服鷁退飛陵谷事已改變遷到茅茨相逢忽攬卷不收十年悲鄭記似柳州平淡乃過之夙忝文字飲可能欠一詩巷南數椽屋有枝亦無依儻免熠燿畏慆慆還當歸芳草結忠信吾言茲在茲此詩寫二十年來在青溪鍾阜間交遊蹤跡離合悲歡直舉蘇堪吳氏草堂晚登吳園小

臺正月二日試筆上已吳園修禊濠堂題吳鑑泉新成水榭舟過金陵諸詩懷抱略萃於一詩拔可少游白下後自築屋青溪旁小有林亭經亂頗遭蹂躪又目擊武昌兵亂故語意時含悽惋余嘗謂金陵詩自王子敬桃葉陳後主璧月後庭花外惟李太白鳳凰臺一首劉夢得懷古一首及五絶句稱爲高唱至荆公退處而名作以多類撫景感時藉抒悒悒之抱蘇堪拔可先後寓居金陵又皆服膺荆公詩發音之同有自來矣

拔可又有過盟鷗榭有懷太夷奉天云庭前病檜自蕭疏門外驚鷗不可呼飽聽江聲十年事來尋陳迹一篇無投荒坐惜人將老望魯空嗟道已孤賴有勝天堅念在稍分肝膽與枝梧盟鷗榭乃漢口鐵路局臨江一室蘇堪總局務時決壁施窗爲燕客談詩之所余居武昌多渡江留宿拔可從事於此數年詩學大進故不無今昔之感云

今年三月一日寓廬有春社之集集者樊山笏卿沈觀叔海實甫確士絅齋衆

異秋岳並余十人人各有詩詩長不具錄節摘編排以當一篇序記焉樊山詩云石遺愛淡交不數數相見十日前謂余景光老可戀耆舊此數翁棲心在琴硯月當一再會互出新詩看清言美於酒舊書熟於飯人生貴意適嘔心非所願都下最盛詩鐘之會余頗苦之因與樊山諸老謀另結一社也笏卿詩云東城最深處闔各此爲家略有園林意小桃新著花邀人作春社把盞酌流霞敍余建社於東城寓廬也社建於暮春之初故以春名樊山又云野王有二老出入相與偕（自注余與少樸同往）西頭至東頭六七里以來橫穿玉蝀橋直走銅駝街迤邐入深曲坊巷揭粉牌過門不自覺歷扣三四扉久乃得君居兩轅復折回沈觀詩云端居常謝客亦未輒詣人詩翁招我飲命駕乃欣欣幽棲在何許繚曲東城根過巷車百轉誤打鄰家門街童指謂客此屋侯官陳皆言路偏居僻覓許久始到也樊山又云排闥笑且呼主人迎降階疏疏白竹籬花樹歷亂栽堂室並修潔灑掃無纖埃書畫滿東壁親斟綠茗杯沈觀又云入門

有花竹眼洗都邑塵架書與壁畫古色紛璘玢實甫詩云僦居得花頗不易室宇清淨疑禪關天爲維摩設此榻更以佳俠羅珮環碧桃半開杏花盛絳衣拂帽枝堪攀叔海詩云灼灼桃始華垂垂柳初陰確士詩云老味淡處眞春光閒可掬窗外花始蕾餘寒怯春服皆言儆廬小有花樹也絅齋詩云樊山大師已先至巍然一老蘭陵儒泊園健者筆更健識度𡗝曠騰高衢竹勿老人興飈舉龐眉不帶煙霞癯三年社幟樹海曲我亦屆屆追履約長汀淹雅設綿蕝漢壽善詠探靈珠觚庵度隴詩最富普梨聽徹涼州無粱黃才名今二妙衆中疑秀眞吾徒敍社中諸人也樊山齒最長沈觀有園西北城顏曰泊竹勿笏卿自號三年二句謂與樊山沈觀笏卿在上海結超社叔海長汀人方爲禮制館總纂實甫古漢壽人觚庵確士號前提學甘肅叔海又云留連趁佳日顧盼皆南金燕歌終愛昔楚材方盛今謂同社皆南人樊山笏卿沈觀實甫皆楚籍燕歌句謂坐中談北方女伶事沈觀又云開篋示佛象以寸量金身日本天文造刻鏤

今猶新謂出觀日本天文十年造象又云蕭奴解烹炙鼎味飫衆賓樊山又云嘉蔬羅髹案女酒酌花甆廚人故佼佼識字工文詞治飪出新意如其所爲詩實甫又云君治酒食能召客豪舉足破儒生慳笏卿又云一事尤堪異詩奴似易牙絅齋又云所思既得酥梨筍雜以海錯羅珍腴皆謂家僕能治肴亦知文字也沈觀又云相對數甲子五百念八春確士又云相對數甲子人生如轉燭言坐中總數年歲也樊山又云捫腹既醉飽試客無他題請以今日事發爲珠玉輝言相約卽事賦詩也諸君詩皆如畫如話樊山自謂我詩如序記筆與意相隨者恐不得一人專美矣余與粱黃作未錄

石遺室詩話卷十五

吾鄉林歐齋先生（壽圖）以部曹充軍機章京至領班轉京兆尹外放布政使京兆尹向出爲巡撫爲藩司非所願也藩秦中時有憶舊絶句云苑園流水繞銀河記得宮牆擫笛歌別駕久遷供奉老貞元朝士亦無多分明夜夢見離宮春蠢鶯啼檢落紅鸚鵡銜恩獨西放隴雲無際月朦朧言其事也後以籌餉忤左文襄被劾落職常於詩中致不滿文襄之意憶昔行云走馬西來幾開府憶昔登壇建旗鼓將軍宗正祝兹侯安劉之子兵各主棘門霸上兒戲耳樹壘雖多可襲擄亞夫細柳最堂堂吏士持滿彀弓弩備胡未久悵移師（宮保左公移師征捻）北征孤憤攄臣甫（余策捻必踏冰北竄請於北山口築圍左公未納捻竟由此逸去驚擾畿輔）燕山雪花大於席璽書再三相勞苦奔壁不驚取堅臥但遣積當絶糧精穎陰少年被甲前裹瘡請戰亦可取（聞陳國瑞主戰）善爲太尉謀敝吳坐待睢陽力限楚監軍聞拜竇王孫散金進賢整部伍

遂使盈廷向魏其甘自畫溝老項羽漢家需才優武爵會見功成進茅土關中地搤天下亢六郡良家舊材武往者輓輅來褐衣何意黃圖碎莫補怕逢父老說亂離急盼王臣託心膂游魂未收釜底魚困獸遽逸柙中虎封侯以屬妄校尉賓客廁養皆傻侶頭會箕斂祖周官東向坐責儒生腐誰其薦者魏無知金多奚恤諸將語尾生孝已不宜今彼曾無益勝敗數問君所當賊幾何悵巧如狙黠如鼠溯從聽狐踏兩河慘見嗷鴻塞三輔蚩蚩爾氓綏勿死元戎返斾會活汝高將軍歌云帳下健兒倉卒起汝不我生我汝死可憐楚粵百戰身奉行帥府書一紙推心置腹古何人未去肘腋傷臂指前日過我貌堂堂奮袂誓欲清河隍此才亦是邦之良魚腸進酒燭未半漫漫長夜無時旦一生謹慎諸葛君綸巾羽扇信軼羣胡爲殺我高將軍（高王兩提督爲文襄二健將賴以平閩蠻寇於粵之嘉應州者高軍門西征爲部下所戕左襄素以諸葛自命常署曰老亮故詩云然高名連陞）饋糧歎云千里饋糧有飢色塞河不滿使者責

前車後車馬流血崆峒險甚太行脊曾牒諸將迎汝前馳之驅之勉策鞭越程三宿慘不見旌旗黯黯塵蔽天不見官兵乃見賊兵官兵畏死汝安得生生無二三死八九走報大營逢使酒申訴未終撞玉斗昔有蕭何今姚否士如飢譁職誰咎使者踉蹌歸上書天子仁聖憐其愚事至艱難要設法仍會帥府籌輓輸此首繫頸眞區區且爲若曹忍須臾賊兵報抵南山隅於霞仙中丞處讀湘陰左公論西事疏喜聞將抵潼津云南斗戴天高西征犯暑勞臥龍騰渭水秣馬報陳濤三策紓籌筆五年期賣刀聞聲皆落膽徧地唱同袍潼關營次謁宮保尚書左公並晤張聽菴吳子儁兩觀察中云玉關徑須尋尺論布指秦川僅成寸又云崆峒賓佐盡傑良姻婭使覲吳與張立談未竟賜紙筆許於二子參短長東家軍旅有未學如訪疾苦聞之嘗以上皆當時傳作有微詞者吾鄉數十年來老輩中惟歐齋致力爲詩五年句乃文襄自許期限玉關二句言文襄用兵自負講求地圖也

歐齋先生釋褐後與馬平王少鶴瑞安孫琴西仁和邵位西臨桂龍翰臣諸公游留心掌故著有啓東錄鄉邦文獻則有榕陰談屑賓郎詩話也有云詩才自天分中帶來有是種方有是樹張亨甫嘗戲其友云君等譬學佛半路修行吾乃自幼出家噫亨甫可謂有是種成是樹矣而才氣有餘學殖或不足使天假以年安能量其所至又云道光間亨甫陵轢一代獨許翁蕙卿詩奇才逸氣同輩罕儷贈詩云近來海内爲長句蕙卿欲軼高青邱又云世無李太白高才竟誰偶蕙卿性孤介老於諸生嘗盡漢魏齊梁唐宋之源流心摹而手追之少年自傷名不出里巷同輩無能知之故狎游以自晦四十以後閉關守窮人罕見其面乃遭蚍蜉之撼薄以溫李體馬平王定甫瑞安孫琴西介休王霞舉海内所推能詩者嘗於余處見其金粟如來詩龕集結鄭少谷王子衡之遙契焉三君輒曰使蕙卿出游大江南北必能極所變以盡其才惜不永年如高青邱而遇不逮知言哉閩派盛於明非盛唐之詩不讀及鍾伯敬入閩竟陵體風行稍

有學中晚唐宋人者有淸初葉猶然至沈歸愚唐詩明詩國朝詩三別裁集出海內奉爲圭臬閩人又專爲通套盛唐詩矣歐齋先生少慕張亨甫中年以後學山谷黃鵠山人集前後頗不相類此談屑成於晚年而重視靑邱薄視溫李尙如此殆少年議論之未删者歟亨甫以學佛譬作詩自負自幼出家輕他人半路修行然高適韋應物皆半路修行者世固有生天在前而成佛在後者也蕙卿全稿林畏廬有之聞在孫師鄭處當求而論次之

談屑又云先太夫人之教壽圖也毋而兼師授論語口占云入學志讀書書亦無多字有若似聖人孝弟根本備卜子爲經師君親身力致時習卽習此三章通一義及學作文又口占示之云之乎者也矣焉哉必要用心去學來此字文中不可少欲求端要自童孩識者謂爲要言比長補弟子員勉以句云學到能貧殊不易士無自賤乃爲高終身誦之弗敢忘第一首可謂讀書得間能見其大矣對句千古名言爲士者皆宜終身誦之者也

蘇堪二十餘歲時不作七言詩偶作絕句多不經意然悽戾緜邈之音往往使人神往諷詠不忘有渡江紀程中一段云盆北岸轉處有廟西向門扃而鎖門前垂楊一樹搖落可憐尙能掩映夕陽也索筆題牆上曰誰見夕陽當古廟伴他衰柳映江流題詩我亦如飛鳥極目長天春復秋又居金陵一絕句云江上飛花紫燕翦門前細草斷羊腸數聲鵑鴂春歸盡一院風香白日長彷彿漁洋前一首極似唐人小說夢遊錄中諸作

蘇堪尊人仲濂年丈守廉由庶常改官部曹長於倚聲有考功詞一卷詩少作只記其夕陽一絕句云水碧沙明慘淡間問君西下幾時還樂遊原上驅車過愁絕詩人李義山與王阮亭之僕射陂頭疎雨歇夕陽山映夕陽樓黃莘田之夕陽大是無情物又送牆東一日春可以同稱某夕陽矣

嘗謂樊榭燕子磯詩末二句云俯江亭上何人坐看我扁舟望翠微十四字中作四轉折質言之爲看他在那裏看我在這裏看他看我也何梅生有江閣望

狷生去舟云去颿那葉吾能辨江閣潮生著意看他日歸篷應過此有誰爲我戀闌干末二語用意用筆曲折處甚似樊榭彼實景此虛構彼就上下兩處著想此就先後兩時著想也舟夜云寒逐江聲上枕旁起看殘月在高檣眞疑短卻前宵漏迸作今宵一味長與秋宵只爲一人長異曲同工彼疑一人異於衆人此疑一夜異於他夜也又寄狷生潯陽云覓夢欲長宜盡醉江流到海更江流妙語如環之無端此皆以意筆勝者

梅生工絕句在元章與可放翁之間初二日飲姚未偕家醉歸云古香一室不緣花飲客醇醪自啜茶勝事今年勤記取開春二日醉姚家不勝云不勝思古憂時意畏見深心短氣人自滌甆盆安怪石燈前百遍賞嶙峋壺尊云倦將求息何能息強自爲寬那得寬靜看飛雲閒看鳥既憑庭樹又憑欄此首本八句余爲節去前四句今亦云今亦何嘗是無須悔昨非苕川西上路無數釣魚磯此首本八句余爲節去中四句

因讀梅生開春二日句憶起葉損軒一絕句云補官得傍雨花臺無主山多對閤開光緒江寧丞壁記放衙劉氏小園來題係長干里劉氏園與于民官廨甚近衙泥往遊此種絕句從香山後魏帝孫唐宰相六年七月葬咸陽開元一株柳長慶二年春等詩來也

老友張君常長吾鄉民政時被斫不死憂患之餘詩境較幽余序君詩集所謂近作清苦不怡遂足以感召憂患中夜徬徨良久而乃釋者也君有故人鄭仲瑜乞榷稅以比祠祿畀以洪塘殊瘠薄然特有佳山水未幾君去閩寓析津得仲瑜書有洪塘水長輕舟往來偶觸吟情輒思嚴公重莅語君寄答四絕句云嚴杜交期意最親錦城生事老清貧辭官竟斷郊坰跡長想烏皮隱几人風帆沙鳥古洪塘閱盡津梁過客忙此亦洞霄提舉意詩人合住水雲鄉半洲墓與石倉園此水汪汪有古魂六月炎塵吹不到小金山下大江奔行吟憔悴老誰知樗散驚看兩鬢絲我亦蓬蒿思掩徑那能迴面共纖兒烏皮隱几錦官生事

鄭公樗散皆杜語恰稱乞權稅清況亦所謂生理須憑黃閤老也張半洲經墓曹石倉學佺園小金山寺皆洪塘名蹟讀四詩又使余驟濃歸思欲舍京華塵土而老雲水之鄉矣

君常生長會城實爲侯官西鄉厚美堰人與洪塘相近余未之知也因余論吾鄉詩人多出西南諸鄉君曾館陶江葉氏次其詩於損軒之下客冬君來長句一首自明其爲西鄉人余和詩調之首云孟軻稱舜何諄諄所憂未免爲鄉人一鄉愿人曰鄉愿往往亂德恐失眞君胡去鄉三十載歷歷鄉井翻自陳又云村夫野老寧俊物楬穢誰樂儕凡民末云吾鄉螺洲陽崎外風流寂寞江之濱尙溪怡庵不可作豫生一去辭都巡歲闌倡和尙三兩江鄉風味談津津怡庵林葵蘇堪舅氏能小詩能畫豫生許貞幹能爲常州派駢體文尙溪都巡皆西鄉地名去洪塘不遠末二語謂客冬至都主弢菴所除夕既和君常作又與幾道有倡和詩亦老來不可多得者也

因憶君常由御史奉諱歸里主講鼇峯書院時余偶從武昌歸陶江典玉屏山莊東屋居之江鄉往來有弢菴肖韓丹曾諸人有疊韻七言長古丹曾倡之君常肖韓和之弢菴則次韻者再君常詩云打魚江上看施罾垂絲老樹黏枯藤野廬茶竈偶覓飲去無所詣來無朋廿年泥爪易變滅舊夢說與山中僧東華側帽復賡和頭白重見情難勝寢門天末欠一酹定文身後誰眞能玲瓏小閣富藏庋撒手幻作雲煙騰玉屏山色了如昨危飆忍見江波興船頭雙影泛清曉六月到此消炎蒸盡攄感噫入長句袖底出示書如蠅我時耽詠先鳥起墨瀋狼藉頭鬅鬙城中疫死日數百瞰人鬼魅紛相乘東家西鄰闃無影池館夜靜孤蟾升橘洲丈人尤念我郵筒急遞凌陂塍往復得詩盡十紙但分邾魯忘淄澠自爲怡悅事亦頗田宅遑計貽孫曾終朝塡委苦胝手對客那肯抛吟勝索逋火迫等債券況假惡韻爲科懲照人文采老史氏沾丐下逮靈臺丞焦原自履不云險從而陟者彌凌兢宵哦然燭竭枯吻坐數街鼓撾鼕鼕昔時賓館

盛設醴滄桑一霎悲墳膺園亭易主亦敝屣所嗟散落千瑤縢江東治譜夙眼見步兵老矣歸季鷹尖叉門句取自適豈扛弱足爭衡稱神山石髓豈易得百年閩嶠留詩徵更約鼇峯作重九黃花酒且沽蘭陵紆回往復悲慨於舊館者深矣題係丹曾觀察同肖韓太史拏舟過螺江並遊玉屏山莊各賦長句見示弢丈繼和以余於損軒有賓館之舊不可無詩次韻奉酬首數句言館玉屏時事東華二句謂損軒入都相倡和寢門天末數句言損軒逝而書籍散落遺稿未定玉屏山色八句轉捩甚見腕力不覺其爲次韻池館夜靜以下屢轉不盡頗有望衡九面之趣

幾道劬學老而彌篤每與余言詩虛心翕受粥粥若無能者癸丑歲不盡二日與話陶江風物因贈一長句幾道答和中二聯云卽今除夕非佳節莫向桃符寫舊銜天下詩才衡左海故園勝處數楞岩寄伯嚴云已迴春雁數鯽魚目斷南雲少尺書可有園林供獨往倘緣花月得相於江湖無地棲飢鳳朝暮何年

了衆狙說與閉門無已道去年詩句太勤渠皆的是革命以後感想

窮而後工之說時復有之郭春榆侍郎亂後寓析津無俚中輒寄情吟詠有默園杜贈綠淨亭四十韻次韻奉答云黃郎磊落才萬言可日試孝穆石麒麟摩頂聞寶誌抱璞久未售瘖歌矢獨寐傳家十硯齋橫枝推法嗣幾年江海別所詣益深邃風騷振餘響莩甲出新意浸淫百氏書糟粕例吐棄扶桑萬里遊蓮幕一枝寄落霞孤鶩詞傾倒洪都帥承平養士恩酬知滕文字明經應制科奮起還拔幟餘樽楚尾春冷署迴翔地退食殊蕭閑飽攬西山翠郵亭僧舍間題壁墨常漬晉安風疋遺得君重鼓吹斷句閒流傳遺秉與滯穗龍蛇忽起陸坐見虞淵墜敝廬隔人境舊雨誰復至惟君勤過存相訪月數四茀亭僅容膝補葺殊造次乞鄰得桃栽芟徑除棘刺清談恆徹宵一榻爲君置銜杯稱聖賢抱甕泯機智紬詩忽索和譬鈞懸鉤餌出匣見龍泉神鋒何銳利奬借或過情敷陳皆古義蚓竅強學吟敢附洞簫論餘生況苟活豈復關此事相對欲何言舉

目山河異蘇程老兄弟窮旅眷親懿我已懷遯思君當守默識世變未可知待時且藏器矍鑠聽水翁晚節彌冲粹淵源早得師杖履仍日侍籍湜在韓門餘子三舍避羣雄尙門爭四野多烽燧潛淵有驚鱗摩霄無健翅東陽吾所欽郊居方息累墩名詎敢爭淌飲期無愧朗吟珠玉章蒼茫恨天醉字字妥帖尤於押韻見工嘿園於春榆爲妹壻拔貢廷試春榆則座師也奬借句似太謙落霞一聯謂嘿園幕遊江西沈愛蒼權巡撫也愛蒼陳粵臬署中亦有綠淨亭故末有郊居爭墩各句

陳逸儒孝廉（壽彭）從哲兄敬如（季同）游歐西通英文譯書報文筆不苟力摹司馬子長婦薛氏好學淹雅日擁百城益以善病足跡罕出戶外撰述甚富詩詞駢體文裒然年四十餘殂謝一女亦能文殉焉逸儒方爲合梓遺集也逸儒數奇晚乃入郵傳部爲官未幾鼎革又入海軍部授武職有句云門卒端宜梅尉隱步兵不禁阮生狂梅福阮籍皆生當鼎革之際門卒步兵皆以文人爲之君

又嗜飲可謂字字雅切余索君詩可入詩話者久不出偶過余止誦此兩語余謂即此足以傳矣

近日新識數詩人皆東坡所謂叩門如有求者詩亡雅廢之時猶復得此理宜懽悅議者或以爲聲氣標榜顧亦問其眞致力於此否耳鉛山胡子方朝梁陳伯嚴詩弟子自號詩廬詩以外無第二嗜好也嘗爲人嬲使觀劇自午至酉萬聲闐咽中攢眉搜腸成五言古一篇和其師散原題聽水第二齋韻者入官署治文書外日抱其新舊詩稿如束笋詣所知數里外商量不勌其爲詩專學山谷七言律中二聯多兀傲不調平仄然其筆端實無絲豪俗韻殊可喜也夏日即事云人生快意是會合盡日好風來東南芳塘半畝水淸淺茅屋一間人兩三看水看山殊未厭蒔桑栽竹粗已諳靑雲可致不須致我願食貧如薺甘嚴幾道云疏宕遒雋神肖山谷粱節菴云蕭疏兀傲收處不稱對南山云自來骨肉關至性行矣關山良獨難橐筆還家尋一笑傾囊市脯勸加餐南山有雲欲

招我清夜聞雨能洗肝明日鄰園乞新竹呼僮斬取釣魚竿梁節菴云洗肝雋句坡詩江水洗我肝江上寄懷友人蘄公云驚人雄辯雜詼諧偏是中年意興佳得酒便思呼等輩除詩略不置余懷有時脈脈簾垂地一任青青草滿階美矣江山看不足何年卜築在江淮丁叔疋農部挽詩云我於朝士一無可如子清才百不多落日樓頭成苦語西風江上舊相過誰知此別感今昔何處詩魂足嘯歌天豈能孤吾黨意長吟獨往奈君何除夕發書四弟云一歲向燈盡萬哀竟夕生衰宗存弱弟遺墨撫吾兄閱世多深語隔書有哭聲故園人不寐應共此時情隔書句與蘇堪書來意萬千隔此紙一重同工奉太夷先生謝書近作云大化無宿留人事紛成虧誰則無一營而惰其四支孔孟走踆踆所志扶阽危巢許圖自安逃世絕攀追夫子澹泊人繕節能自持頗笑腐儒拙欲雪名士譏龍州握兵符留得邊人思拂衣謝簪組褰裳脫絆羈天下匹夫責敢以無位辭欲躋斯民康似急其所私不惜手足勞願世無溺饑近聞海藏樓高築東

海湄卅年飽憂患一枕尋軒羲寧欲自茲往閉門與時違東山信可樂蒼生願恐非染翰公餘事薄植非敢窺尺幅寫新詩千里肯見遺詩中誇蝯叟蝯叟我所師安得十年勤侍公學臨池別來再秋風睠懷天人姿梁節菴評首數句云陶詩人生自有道衣食固其端舍是反不營而以求自安此得其意

寫義寧師詩竟輒書所觸以呈云大塊噫氣幻萬千上飛下走日月旋詩人能事通造化驅使萬物歸新篇吾師讀書善養氣胸次浩蕩收百川作詩不須故作勢郤自淩厲橫無前題溫叟匃湖款春圖云吳子坐我室東隅殷勤睎我款春圖人間何處春可款門外已報花無餘東風吹絮作雪舞鋪階入硯紛模糊豈知春意忽然盡恨不秉燭恣遊娛人日立春餞別師曾彥通兄弟云負手欲何爲高吟到人日眼前春始歸明日君又別贈陳師曾時師曾自日本歸云陳家兄弟文章伯佳句流傳江海間已嘗讀之爲傾折亦復強和忘愚頑歸來道氣照人眼可有奇方起我孱風暖日長關底事荒城月上抱書還陳伯嚴云直

造宋賢勝處夏居漫興云雙塘之水明如鏡一帶垂楊青可攀得意醉而非醉候遊身材與不材間有時嘍嗜仰天語消得尋常負手閒幸是中年健腰腳短衣匹馬好還山陳伯嚴云格與前首同述懷云年年作計隨人後短髮長歌祇自疑來日萬端付之酒江南片月爲吾私非關早歲思齊物合有寒儒瘦到詩我已窮于孟東野高天厚地更何之次韻師曾見贈云幽居正好學逃世窮巷何人來款關物外謳歌消白日尊前哀樂易芳顏偶然臨水一垂釣早晚開門飽看山與子同生山水窟卽今飄泊未能還以上各詩佳處略從同蓋山谷學杜得其一體者在杜如愛汝玉山草堂靜高秋爽氣相鮮新有時自發鐘磬響落日時見漁樵人錦官城西生事微烏皮几在還思歸昔去爲憂亂兵入今來惟恐鄰人非不過百首之一二在山谷則十首之三四然猶僅三四也君則十之七八矣不俗在此僅能不俗亦在此余贈一古詩略規之後贈余兩詩則聲律甚調矣

詩廬詩爲師曾兄弟作者特佳氣味至相投也師曾衡恪爲伯嚴長公子多才藝篆刻逼漢人畫得倪黃風味詩其家學然不多作作必不俗法源寺看花云我心不能春春色忽到眼兀立禪堂下猶帶淚痕潸森森出牆枝弄晴殊瑟僩留此娛須臾但愁風力劇時君方有騎省之戚也梨花云嬌雲無力倚牆東正好低枝可避風與汝隔窗斜對面一春開落忒關儂月下寫懷云叢竹綠到地月明影斑斑不照死者心空照生人顏亦悼亡作君深於情者故爲余畫蕭閒堂著書圖題詩有云至情深刻骨萬事莫與償萬事五字眞能寫我心可抵悠悠者千百言也

偶憶王貢南毓菁有上元對月詩云又對霜樓月人天奈別離酒溫今夕盞花照去年枝素影留明鏡淸輝鑒薄帷春來和悅意悽惻似秋時似亦傷逝之作識貢南久究不知其曾經此恨否也又憶辛亥六月遊歷下遇貢南於明湖貢南言君歸去必有詩請以一語及我挂名君集中後余得歷下雜詩七首末首

云湫玉亭邊柳作綿讓君索句此流連湖州老去易安逝不忍來過金線泉（泉今爲書局貢南寓焉）亦悼亡語貢南又有苔絕句云幾日春陰悶小庭踏莎人去雨冥冥天涯芳草斜陽外別是銷魂一種青亦復悽黯

無錫侯雪農毅一字疑始遊學英倫嚴幾道弟子也嗜詩有秋日寄嚴夫子京師云迢遞關河遠西風又報秋遙知增老健無復動吟愁十載苦常別深恩媿未酬寸心託雲縷卷向帝王州不必深意而眞情自見不得以唐賢老調少之幾道云如一筆書故佳亦非過譽別意次劉瓠丈畺公韻云疏蓮麗水自菲菲寂寂芳陂事已非誰倩青禽傳錦字難牽素縷上春機酒邊密意空相約夢裏前言忍更違願著晨風千里翼也隨歸雁向南飛又送別瓠尊世丈句云促膝常聯腸斷句論心每到月殘時海上望月句云春懷漸覺如殘柳酸淚何因到落花皆深於詩情者

疑始有甲寅仲春至江亭舊所居室首二聯云歲月如人總不居綠楊幾見換

蕭疏深深竹院尋還在隱隱西山看欲無塵外西山頗寫得出次首第二聯云荒庭倚樹眞亡我白日持燈不見人白日持燈爲西人罵世語謂碌碌者看不見也夢中得句云晴霞幻物隨人意落絮當風類我心落想頗新君刊有說理雜詩四十首自跋有云四十首所言大抵拾古今人唾餘惟第十一十四十五及三十二四首爲所臆造余最取十四十五二首以爲傳聲者浪傳光者以太夫人知之矣蜃市樓臺光何自傳無線電音聲何自傳則別有無形之浪也人之心思智慧萬有不齊所謂不同如其面雖覿面而相隔若山河矣然設有兩人焉其智慧之比例無幾微不相等者則此人之心思雖不言而彼人可以喻所謂相視而笑莫逆於心所謂目擊道存皆非妄語也古人夢寐相感囓指通誠之類則心浪之力量過人足以遠達而受感者實心與相印也君詩云腦府孕奇靈動盪搆思意積浪傳八方萬物供驅制觸類成感應離電同其致至誠開金石前賢豈吾戲心浪或凝鬱歷久未易散推移流大宇託物時隱見塵心

駭非常萬象況能幻鬼神六合外聖人存不論疑始尚有題王氏姑母小照紀夢篇兩詩間得香山東野眞摯處篇長未錄

疑始有絕句答友人云王石谷畫蘇書溫李詩桐城文派夢窗詞咸同以後成風尚吾意難同肯詭隨此語皆實錄惟溫李詩三字不甚確余憶元人吾子行有一絕句描畫宋末風尚云烹茶茅屋掩柴扉雙聳吟肩更撚髭策杖逋仙山下去騷人正是興來時子行作有閒居錄云晚宋之作詩多謬句出游必云策杖門戶必曰柴扉結句多以梅花爲說塵腐可厭余因聚其事爲一絕句云云與疑始詩用意頗相似可供一噱

江西近日多詩人陳伯嚴楊昀谷胡漱唐外旣識夏劍丞胡詩廬陳師曾又有彭澤汪辟疆國垣南豐劉伯遠鎬辟疆年少好學有贈胡詩廬句云同光二三子差與古澹會骨重神乃寒意匠與俗背又云吾子吐佳句志欲古賢配理弦三五彈泠泠非俗愛又如振霜鐘淸響度林外又云吾鄉散原翁吐語多姿態

排奡出恢詭瑰麗遂無對狀散原及詩盧詩頗肖送婺厂歸永新句云石潭瀉落琴亭水疑帶蘆溝嗚咽聲潑墨遠天人獨往凝寒小閣醉初成伯遠宦閩有年造余寫一詩送友人之海上者云子雲校書忘朝夕泄柳閉門甘獨處咫尺之間稀往還不如任君長別去春江正好理舟楫江關應不喧鼙鼓鶯飛草長近何如倘憶故人一傳語

毘陵程伯葭清以精忠柏圖記屬題末有銘語三句甚佳徧覓不得只得白葭圖自題句十字云蘆花秋兩岸天地我中流得自夢中者頗有泛然不繫之樂

自詩鐘盛行結社爲古今體詩者日以少用思異也偶搜近日喜作詩鐘者之詩如湘鄉陳翼年士廉有火車過信陽州云亂石留殘雪奔輪殷怒雷地迴千樹轉煙湧萬山開寫景極肖禊集萬生園云詠歌追康樂競病陋休文番禺陳公甫慶佑前題分得山字首韻云癸丑暮春隨意遇凄然何世間人末韻云華林馬射銷沈盡賦手空餘庚子山四川李姚琴稷勳答顧印伯云得過且安

今夜枕緘愁補答隔年書湘鄉章曼仙華卜居城南秋夜書懷云人境無車馬花時有燕鶯踈星露修竹黃月弄瑤笙諸君皆能覓佳句者惜傳誦止此憶前數年曼仙與丁叔雅伍叔葆數人創古樂會古琴古瑟操縵鏗然余不知音而嗜音亦與焉常在雲山別墅危樓上吹笙自下聽之恍有天半仙人之想未幾叔雅下世叔葆出守風流雲散矣讀曼仙踈星黃月句悒然久之

友人詩句可誦者再錄如下黃孝覺江亭云城尖徑仄微微雪布韈青鞵滑滑泥用杜語恰合程穆厂康子大猶子印伯詩弟子哭印伯云維摩衣裓飄殘雨彭澤巾車散落花悽黯得印伯師武昌寄詩云潔膳手親江渚釣買山心許道林鐘羅敷菴惇曧逢晦聞京師有贈云深念獨居千慮迸眼高四海一身閒鄭子梅仙惠茶索書云來日大難脣舌乾相呴江湖賴吾子雅切而筆意健舉闕霍初鐸廢壘云紅羊刼後桃千樹不記避秦人姓名有寄託

石遺室詩話卷十六

淨名社驂鸞詩（詳前編）在閩倡和者殆二三百首仲兄手錄密行細字一册厚徑寸屢亡復存己酉歸里於書堆中檢得攜至都擬刊傳之不數日而復失自是徧覓無有永不復見矣近又檢出陳芸敏所鈔零星殘稿錄如下冬夜集光祿坊林佶人先生故居云水國花疎一雁來閉門無事強銜杯綠榕朱橘滄江雨轉眼風光到早梅贈徐仲眉云南州徐孺子風義古人多貽我新詩句因君一嘯歌秋雲低近屋哀雁忽臨河百感酒中集寒燈吹女蘿贈葉損軒云論詩文與可妙集號丹淵吾友石林子師承已有年漸翻同社格頗戒老夫圓黃葉西風起清江夜刺船贈陳芸敏云橫槊誰年少平生數簡齋磨成華省墨歸對隱居釵老屋書千卷疎簾蝶一階春雲催汝起滑滑軟紅街贈陳伯初云吾愛方山子岐亭一訪君敢躋茶餅社願試酒鎗軍白首論交地黃幡戒殺文魚王分供罷攜手話秋雲贈李星村云西園今夜讌誰畫伯時來粲粲諸門子

英英數霸才晚花偏偃草秋雨不成苔颯爽前乇地扁舟上釣臺贈主人劉禮耘學會云祧唐寧抱宋奉杜卽承陶一字庸非吝千言敢自豪羚羊秋峽雨斷雁楚江濤寄語劉師服偏師壓爾曹此淨名社第二次降神於福州所作也損軒芸敏伯初家兄皆舊同社仲眉星村禮耘新入社者仲眉官副將以能文充閩督幕府（已詳前編）垂老無子多病故有百感云云損軒芸敏方表章宋詩鈔損軒村居陶江芸敏方以編修假歸故有第二三首云云星村號琴寄老人窮老失明年七十無所歸刻有琴寄詩賸一册舊居釣龍臺畔故第五首云云林佶人先生故居久歸劉氏故禮耘爲地主是夜鹿原先生亦降神有三絕句云園林依舊此園林孤負平生樹木心金石圖書三萬卷雲煙過眼又而今陌阡回首草靑靑賸有山光敵石屏京國舊遊嗟似雨老來天末感晨星風雨松楸啼子規敝廬莫問水之湄佳城枉署詩人字多謝重刊第二碑款署光祿故主人所居有石芝山館景屏軒來鶴廬諸處故有山光石屏句鹿原爲鳳池

林氏族葬義井山松柏千株故有第三首云云淨名本吳企晉先生（泰來）號在京師降神二年皆稱淨名至閩則稱不菴居士蓋趙璞函先生（文哲）殉金川木果木之難者皆在吳中七子中也

次夜在仲眉家降壇詩云參天松檜佛樓層趺坐蒲團起杖籐風雨國殤甘作鬼江湖倦客合依僧譚詩說理超先覺變相含光證大乘後約莫愆須記取何妨小破讀書燈此詩謂此來棲息石鼓山也又云老人久在石鼓遲諸君不至小詩奉正忘歸石云娟娟泉脈微黯黯樹色剎誰云吾忘歸歸當何處託達摩洞云嗟哉我六祖有洞已無鉢所以某皈依不妨不削髮喝水岩云阿師鹵莽人喝水殊不情夜寒空林中如聞淩厲聲無名橋云路入靈源洞有橋而無名題曰無名橋歲十二月成峯尾亭云朝登峯尾亭跪禮晦翁壁舍儒而歸佛余罪不敢直無諍居云禪師已荼毗何取言厖也無諍斯有諍持告同社者齋堂云來餐常住飯何必普門子伊川固有言禮樂蓋在是且過堂云出門天地隘

細誦孟郊詩且過堂中住飯好吾喫之佛牙云析骨以還父析肉以還母牙介骨肉間所以爲己有祖堂云祖堂眞祖乎居士乃無座歸來結茅菴青山轉窺破舍利窟云西方教則聖其俗殊可憎火葬流人間藉口茶毗燈忠懿王云前王持節地名山報功祠不見韓偓句空摩于兢碑半山亭云小坐半山亭俯視林浦水海門山蒼蒼一氣空濛裏石頭路滑云險莫險乎此一跌入輪迴奈何夜行人抵死登強臺秋因石室云蘿雲篠雨間危坐我非佛人生歸宿林敬爲同志告離垢菴云蹙然惡茲垢於意亦已隘並此而無之何以持晚蓋不菴居士云剛峰恃其剛乖崖恃其乖二者吾不取呼之爲愚齋以上十七首意理甚足十五首皆石鼓中名蹟秋因石室則不菴先生所擬建末結以不菴居士一首愚齋多以爲朱子號或以爲趙汝愚號者近是

又次夜降壇詩云愔愔細雨晝鳴廊小約詩翁集草堂折腳鐺中常住飯缺脣瓶裏曼殊香大河獨夜橫戈夢京國西風賭酒場誰識黃絁人不死水仙供養

贊公房寄王蘭君大令餘杭幷邀同社諸子同作云絕憶餘杭王使君湖西買櫂訪秋雲印牀細雨花如墨琴閣寒煙草似裙官米無多華黍足俸錢有限佛燈分行香好酹雲栖老莫忘岐亭戒殺文十年不作浙西遊心跡蕭疎愧白鷗精舍經生都宿草湖樓名士又扁舟枯荷滿院來新雨衰柳雙隄起暮愁不管興亡況離別荒龕頹榭一勾留青山白首競才名前輩端應畏後生香火誰成居士傳西風獨賦酒入行衰年詩卷方踰嶺曉雨黃花正入城除卻重陽與寒食老夫何事肯關情舊巢有夢戀薇花刻集何堪附大家未了佛緣思雪竇難忘社約是京華談詩風味如三雅議禮條陳阸八叉老對陳襄偕葉適蘇門寒餓竟無茶昔漁洋山人謂横山門下尙有詩人指沈歸愚先生也吳中七子皆歸愚高足歸愚序七子詩選以明前後七子例之歸愚瓣香固在漁洋也淨名社詩淸新俊逸宜其不出漁洋竹坨之範圍矣

不菴居士有贈余兄弟短古各一首贈余云叔子體故弱好詩宜少爲中夜忽

起坐瓶寒香在茲明日遊山約友人重寄辭贈季弟云季子罕覿面適從何處歸花今遲遲開甚時娛春暉末二句忘之余季至聰穎時頗好冶遊故詩有諷辭贈仲兄者全首亡矣

次韻疊韻之詩一盛於元白再盛於皮陸三盛於蘇黃四盛於乾嘉間王蘭泉吳白華王鳳喈曹來殷吳企晉諸人大抵承平無事居臺省清班日以文酒過從相聚不過此數人出游不過此數處或卽景或詠物或展觀書畫考訂金石版本摩挲古器物於是爭奇鬬巧竟委窮源而次韻疊韻之作夥矣自樊山沈觀實甫諸公至都而楚風大盛爭奇鬬巧之作日有所聞以左笏卿之攢眉苦吟傅治薌之簿書鞅掌亦復長篇巨製賡唱迭和所謂一人善射則百夫決拾也近如貂字韻雪詩十刹海樊山韻竹勿韻皆疊次不已亦一時之盛也

沈觀近作頗恣肆放百態姸然淸眞閒適處每使人諷詠不厭不專恃才氣見長也和樊山泊園看花韻云嬝娜新紅發故枝年芳未晚悵來遲記從栗里人

歸後幾過桃花飯熟時楚客誅茅猶有宅松江賞雨可無詩春雲勒住緋和紫泥飲拚爲十日期和樊山與笏卿過泊園納涼韻云夜月無心問缺盈得清涼地可長生閱時喬木不知老依草夏蟲空自鳴留客茶瓜分野餉說詩蔬筍似僧清素心有待同晨夕莫惜南城往北城早春和衆異云又當草長鶯飛日隔歲池臺倘我春已老未衰翻自喜相知最樂況方新嬉游無分遭平世今昨俱非懺此身强說阿婆塗抹事花枝冷笑白頭人涼夜云禿鬢修髯何許人壁燈明暗影隨身非仙已自經千刼聞道知猶隔幾塵夜靜忽驚飛雨過秋涼還與敝袍親魯齋學派遺山史世俗流傳恐不倫寓居潛若宅中齋前老槐二株百年前物也日夕納涼其下遂爾成詠云兩槐森向人坐閱世代長婆娑送日月海田今幾桑餘此半畝陰清簟夏日涼時俗貴薄媚兀爾何其蒼與樹論年輩當我大父行附身綴醜瘤液漏如脂肪蠹蝕心半空蚍蜉撼不僵老氣致雷雨清風生坐旁中有白鬚翁蹲踞一胡牀擁鼻作洛詠草際鳴寒蛩樹知我誰何

亦豈解詩章我自愛佳蔭看月轉西廊和竹勿追涼十刹海歸飲泊園韻五首云逃暑百事廢亦復懶讀書懷哉城南叟時來共一壺本不爲盤飧況有酒與魚醉中故兀兀覺後亦蘧蘧叔夜龍性人意苦當關呼如何不憚煩更駕窮途車君出無他適肯來就我言籠詩常在袖相見或不冠自言老欲眠忘事如師丹此說吾未信文稿屋三間日鈔細字書腕脫爲後山頗似入塾童逃學來吾園園樹密不剪池荷稀未開虛室無關鎖面面納輕颸水外魚出戲花邊蝶亂飛即事足欣賞意行無町畦猶有癖未除幾堆石怪奇擬築看山樓攬翠天之西我思淨業湖湖樓鬱岧嶢年年荷花時買酒醉晴郊紅粧隱翠蓋一水爲之招吾廬隔西涯曾不里許遙弄花半新人攀柳無舊條幸得二叟從及此綠未凋君詩味古淡收我汗漫心眞意披肺肝淺語轉覺深感慨徒爲爾昔固知有今吾輩行日中息影當以陰脚下有惠泉隨時可酌斟荷露相與烹芳氣彌予襟近體皆妙於語言情景曲傳得出古體極似滄趣樓京寓雜詩滄趣詩七首

只記其二試錄之以訊審音者牆東鋤爲園築榭坐風月貪涼眠復遲病肺例秋發所欣新種竹足雨竿竿活稚樹與雜花因依各萌達天功庸可恃灌溉要無闕經月鑿井成畦蔬亦成列身勞兒女喜隨地恣采擷優游蠲吾痾誰謂役於物海荷開已闌張叟病未已一樽豈或尼坐見涼風起頗聞休假中詩卷自料理思舊蒐遺文無人會微惜宣南盛氣類往者逝如水卅載終合幷與公俱老矣樓臺雖無地世擬集賢里但願長賡酬香山竊自比尙有隔巷車轔轔知是沈十二一首尤似和竹勿首末二首覓得當再錄之大概滄趣詩喜謹嚴沈觀稍馳騁而出以閒適則多同也

沈觀又有六月七日同盧愼之郭嘯麓楊玉書王晦如閻慶皆十刹海看荷花云千年淨業湖湖水綠以藍前有西涯宅後有梧門龕南皮昔來游賢主留一酣橋東賦詩處碧柳仍毿毿風中萬柄荷紅粧倚鏡函士女騁姿媚屢停樓下驂衰翁亦好事求友得兩三沿湖看落日目盡西山嵐頗憶少年時始著朝士

衫北都富名勝往往恣幽探雙松訪慈仁萬柳尋城南無量淨業花尤予性所耽朝玩及日晡蓮實擕滿籃遠香銀錠橋念之有餘甘海水茲已淺湖路猶能諳何限綺羅人冷笑霜雪髯隄旁張老宅每聞過客談（張文襄故宅在湖之南）安得就菰中爲我留茅庵沈觀極喜十剎海爲詩者屢此首言之最詳細思之甚有道理昔歐陽公有美堂記言山水登臨之美人物邑居之繁二者每不可得而兼惟金陵錢塘爲四方之所聚百貨之所交物盛人衆爲一都會而又能兼有山水之美以資富貴之娛大誠有之小亦宜然則十剎海是也京師游觀之所若陶然亭葦灣棗花寺天寧寺法源寺之類方牡丹丁香海棠荷花蘆葦盛時游人非不麕集然旁無酒樓非擕行廚不可以讌客乘興約伴而來不數時許腹飢當去矣惟十剎海有水有木有葦有荷酒家有樓可以見對岸人家樓臺如畫隨意飲食既醉飽可以就近游積水潭高廟訪所謂十剎故蹟彷彿行金陵靑溪上流而兼有後湖莫愁湖之勝況於沈觀之所居與近隨時

可至者乎。

一日在樊山處出觀所藏唐麟德殿硯歎爲至寶同人約作歌詩張之次日沈觀遂賦長歌引據詳確不留餘地矣樊山自作又復才思紛披恢恢有餘芴卿繼之更能議論風生穿穴處無意不搜余亦思作一首至是無可下筆矣硯長周尺八寸寬四寸高寸餘背橫刻麟德殿三字篆文中刻賜太清宮道士楊弘元九字右側面刻開成二年開國侯白居易恭記等字左旁低處刻領山南西道李德裕敬觀等字其額刻宋道君花押左側面刻香山太傅硯五字弘元不知何許人香山封開國侯唐書不載贊皇不喜白公題名其旁皆難於索解處也余長夏臥疾偶思李德裕由中書侍郎同平章事改充山南西道節度使在太和八年十月德裕見上自陳請留京師旋以爲兵部尚書十一月李宗閔言德裕制命已行不宜自便復以德裕爲鎮海節度使是德裕領山南西道者爲時至暫恭觀麟德殿硯刻名硯側者卽在此時故書官書名於左方低處上空

半行無字以示恭敬後三年爲開成二年白傅乃鐫字於德裕右方字多銜長項行寫若其硯早歸白傅白與牛相相善德裕怨牛甚至不肯開視白傅詩卷寧肯書名於其下耶遂本此意亦作長句一首示樊山諸公云樊山示我一唐硯我謂至寶宜作歌泊園次日成首唱引據詳確不可磨樊山自作富才思篛老繼之窮搜羅譬如驪珠已探取並鱗之而餘不多知難而退且閣筆魏公藏拙豈我詑兼旬病臥偶思索頗有鄙見堪縷覼贊皇平章改節度披猖牛黨方稱戈山南西道互更調（時李宗閔即由山南西道入同平章事）八年十月維太和題名硯側正此際列銜低處字矮矬請留京師暫未往旋領鎭海遭坎軻香山得硯後三載開成石經同摩抄銜長字多項行寫居贊皇右高砐硪不然卷面貼如意雖有好語屏不眡題非君命硯私物甘署紙尾理則那有唐三宗魏三祖貞觀開寶雙嵯峨文宗聯句足繩武憑高幾欲涕滂沱玄元皇帝本道德尊崇道教尊獻獻羽流名輩不勝數弘元不著知誰何白公妻黨弘農望

輩行或者儕沙哥長安臥病有楊九貞元端合出一柯當時此硯得拜賜研朱點易平不頗未幾卻入履道宅笏老推測當非訛開成挽歌奉勅撰定撫此硯懷恩波雙齒忽落歎衰老一蟬坐對相吟哦此時此硯新試筆文櫃銀榼同婆娑昔吟秦中歌長恨貞元元和時已過文臣唐宋多五等僅比緋紫光自他白公無子外孫幼行狀失載誰與訶我嘗評詩許朋輩樊山才調白同科平生襟抱亦相似到處安樂留行窩短長何止三千首吟詩不苦髩不皤硯乎硯乎物得主不共楊枝駱馬悲蹉跎此作頗有訂正笏卿詩中未細處然笏卿謂弘元或白公妻族以硯移贈而白集有楊弘貞其人或弘元兄弟則考古得間令人不覺首肯者笏卿詩云樊侯富收藏所蓄皆精好有硯唐時物觀者詫奇寶周侯爲作詩引據碻且晐樊侯亦自作兩作爭雄傀又復命我作我孱何能爲聊於兩作外管見述所窺硯材青帶紫的知是端溪水中石色然易簡譜言之長吉所歌者未審楊生誰太和開成閒弘元蓋同時白公無黨意以妻虞卿妹弘

元或妻族硯儻由此致前後長慶集不見弘元名有楊弘貞者豈其元弟兄麟
德殿三字體近爨寶子及其溫潤處又似陽冰矣舊書稱道士乃是趙常盈記
載容有誤且當從論衡白爲祕書監太和始建元丁未至丁巳相距迨十年少
傳馮翊侯此時方具官白公丙寅卒明年贊皇貶世傳元和錄詩語固浮淺何
必白公物不入贊皇眼道君四字押樊侯見之夥米黃風行後筆勢喜婀娜信
爲北宋書諦觀人意可一硯敵九寶花石特瑣瑣道君得此硯宜在政和中老
志暨靈素事與弘元同硯兮有奇遇兩朝都進御亦復有道氣飽諳莊列趣又
依大手筆墨瀋恣傾注曾草長恨歌風情自天賦曾草秦中吟諷諭冀君寤能
逃五國城明哲其殆庶今者歸樊侯功用益明著但惜太勞苦吟詩夜達曙白
公未作詩以待樊侯故千年旦暮耳文字原有數我詩不自量蹇足追駿步持
用傲微之吾交兩白傅
沈觀作云樊山癖古過婉孌開篋示我唐時硯黝澤宜入君子手淸嚴不類孔

壬面諦視非端亦非歙鴝眼無稱龍尾賤背陰刻賜楊弘元三字眉標麟德殿唐尊道教由玄元乃出上方所寶資黃冠未識何緣更爲白傅有左旁繆篆題香山香山昔爲祕書監殿前講論雜仙梵同時太清楊道士揮麈生風談不倦（自注唐文宗誕節詔白居易與安國寺沙門義林太清宮道士楊弘元講論於麟德殿見三教論衡）豈將此硯供獻酬樂與詩翁伴鉛槧下署觀者李贊皇節度衛國官能詳吾聞贊皇不閱白公之文恐意轉胡乃於此細字書密行又聞贊皇蓄硯常數百不減愛石牛奇章或重此爲天府物故以手跡留文房流傳遺寶樊山收是亦今之馮翊侯山行不虞魑魅奪雲起疑有蛟龍湫我守寸田日無事久忘怨李與恩牛摩抄此硯三歎息古情勃鬱來心頭銅雀臺下泥高歡宮中瓦香姜名字恣撏撦一鼎焉用辨贋岑王稱帝號由來假不知此說然不然一笑陶泓知我者中據三教論衡處爲此題鐵證

宋詩人工於七言絕句而能不襲用唐人舊調者以放翁誠齋後村爲最大略

淺意深一層說直意曲一層說正意反一層側一層說誠齋又能俗語說得雅
粗語說得細蓋從少陵香山玉川皮陸諸家中一部分脫化而出也如歸去江
南無此景未須吃飯且來看中間不是平林樹水色天容折不開點檢風來無
覓處破窗一隙小於錢小兒不耐初長日自織筠籃勝打閧醉去昏然臥綠窗
醒來一枕好淒涼皁莢樹陰黃草屋隔籬犬吠出頭來全首如詩人長怨沒詩
材天遣斜風細雨來領了詩材還又怨問天風雨幾時開逢著詩人沈竹齋丁
寧有口不須開被渠譜入旁觀錄四馬如何挽得回晴明風日雨乾時草滿花
隄水滿溪童子柳陰眠正著一牛喫過柳陰西人家爭住水東西卻是臨溪卻
背溪撈得一家無去處跨溪結屋更精奇莫言下嶺便無難賺得行人錯喜歡
正入萬山圈子裏一山放出一山攔風雨掀天浪打頭只須一笑不須愁近看
兩日遠三日氣力窮時會自休此外以粗語俗語入詩者未易悉數善學之可
以上追聖俞後山不善學而一味為之或流於釘鉸擊壤後世袁簡齋多學誠

齋近人則竹坡先生木庵先生林暾谷亦時爲之木庵句云放過愁陣高擡手弄出神通大作詩憶得中秋在家日上樓看塔響胡梯周身疾痛兼疴癢不是支離叟是誰六十三年三月廿可能盡說不如人全首云絕句詩多懶可知也饒律細構篇遲起承轉合村夫子一種工夫百種思古人詩酒事相連酒遣詩多勢自然誰見惟詩無點酒千篇可當幾千篇止管吟詩妻子咎我無妻者不妨吟生愁造物相猜忌除卻將何寄此心隔日猶餘倦方知刻意非下階雞讓步傍樹蟻緣衣牆矮看天大池新見土肥宜春紅紙淡無二似村扉暾谷有暑夜泛姜詩溪云清溪十里幾多盤收束將窮卻放寬山要攔人攔不住側身讓過乞人看擊汰聲齊力未孱扁舟催進幾灣灣我們冠者偕童子只有篙師束手閒大家莫把仙源說那有仙源到兩回昨日好山撐不近明宵須換小船來荷葉洲雜詩云雲繞青山山繞江一洲中著四淙淙登樓忽憶青龍閣（在宜昌）清景原來亦有雙將去大通久雨始晴治詩就畢云一春不恨不曾晴晴

去荒洲作麼生今日肯晴寧有意可知天也速人行詩無數首那言删吟到三年豈便安早日何曾知句法旁人謂不費心肝可謂神似誠齋此時正與木庵講求此道也近時林宰平每作絕句亦多似誠齋濰縣道中云偶於樹罅見人家茅頂叢苔木援斜此地官私都不管聽他自在鬧蝦蟆（自注蝦蟆村距縣四十餘里）百里泥行不見山閒逢拳石亦開顏河流自向無人岸抱石還來繞一灣上方山歡喜臺至雲梯云面面看山盡不同澗迴崖斷忽相通直教眼脚爭獰度到此方知造物工沈濤園近有由戒壇至潭柘六絕句末首云松陰中著一亭閒捫腹逍遙散步還五月行人不知暑拖綿帶夾聽潺潺亦誠齋體暾谷有戊戌元日江亭即事云倚闌雲起亂鴉呼黯黯西山望未無乍入閣虛催夕景還連風色落平蕪主憂避殿當元日臣職操兵見嗇夫如我閒官神所笑何祥欲問自疑迂此首乃是年元旦日蝕暾谷偕友人詣江亭觀音大士問籤作者相傳籤詩中有巴蜀湘閩等字含有四章京被禍語意當時固不覺而

詩中主憂避殿臣職操兵各語詩讖分明已見圜攻頤和園孝欽訓政景帝禁處瀛臺諸兆亦奇矣哉

又直夜云鳳城六月微涼夜省宿無眠思欲殫月轉觚棱成曙色風搖燭影作清寒依違難述平生好寂寞差欣咎眚寬身鎖千門心萬里清輝爲照倚闌干呈太夷丈云聞命書思旣竭才池亭起早獨徘徊寒生曉夢知方雨雷轉秋陰喜漸開救僞未妨行督責乘時自合仗雄才先生平日吾師事試問如何區畫來此二詩暾谷參與新政時所作去被逮不及十日暾谷爲章京纔十日而難作也詩意清悽似雲栖謁蓮池大師塔之作而踧踖不寧處過之曰無眠曰思欲殫曰依違曰差欣咎眚寬曰旣竭力曰猶徘徊曰如何區畫其自知力小任重自憂自危者至而已不得脫也身鎖二句思其婦寒生二句倘望事機可轉言爲心聲哀哉

暾谷頗事治游後識孟德後人歡場中時有身世之感與石遺丈大興里飲罷

過宿有歎云往日矜夸一任謾遠來共醉事殊難高樓罷酒天初雨短榻挑燈夜向闌流落傾城同一嘆忖量終歲得多歡此懷恐逐晨鐘盡留遣回腸報答看是夜座中所述矜奇俶詭又足悽斷

壬子後堯生自滬歸蜀寄居重慶幾陷不測又次年歸榮縣憂患離索之餘愈覩友朋如性命寄詩多首代書使余分致諸故人語意沈痛皆從肺腑中迸出非薄俗輕雋之子所能勉託也得瘦公書識京華故人消息喜極志感云燈下欣如聚故人經年南北斷知聞苦吟健飯陳無已行乞枯僧楊子雲惟汝梁鴻妻共廡有人王霸子成羣獨憐老跨耕牛者強唱農歌媚細君此首總憶諸故人而眞摯之情已不同尋常矣三句謂余四句謂楊昀谷六句謂畏廬七八句謂曾剛甫上任父前四句云無名死近不才身一髮餘生賜老民寡識送將爾處士反騷留得楚靈均卽言癸丑重慶之亂有假託君名肇事者幾被連及任公諸人營救乃白也反騷用得有趣知昀叟近狀百感作寄云並無歸路到禪

關獨影栖栖燕市間講肆爲生逌馬隊歲寒留約斷巴山佳兒已解應官未舊侶同嗟得食艱莫唱秋墳聊近酒老來還泊落星灣首二句言昀谷航禪寂而未得安身立命之地三句謂掌教知事傳習所四句謂昀谷四川郡守終未到省蟄广爲農戲寄云老去多牛號乃公全家力作畝南東半生識字干天怒八口占星盼歲豐留命桑田休問海傳香麥隴自聞風杏花菖葉陂如鏡椎髻相看一笑中剛父官度支部十餘年至左參議積廉俸至萬餘金亂後不欲復仕盡以買天津軍糧埕之田乃斥鹵不堪耕種者堯生微聞之而未知其詳中四句云云若尙有收成之望也者然占星傳香已近望梅止渴矣憑石遺寄海藏樓云前歲曾吟鄭君里櫻花紅白閉禪關悠悠世事憑翻覆落落詩流倦往還誰識心雄萬夫上無窮事在一樓間未來天地從君卜大海潮頭壁立山懷畏廬叟中四句云一飽一飢留命在古心古貌立人間遺民汐社偕陳鄭列國虞初鑄馬班寄叔海先生末四句云我歸故里如羈客人指中華勝酒徒幸入青

山無片屋免教賣婦貼官租（自注國民供億之苦財政貴人不知也）而讀之使人累欷者莫如讀石遺室詩話記慨云故人各各風前葉秋盡東西南北飛今日長安餘幾箇前朝大夢已全非一燈說法懸孤月五夜招魂向四圍當作楞嚴千偈讀老無他路別何歸又上石遺叟云我自入山無出理計難相見只相思長安如日行不到前歲傳書今始知數畝陶江應有宅一貧匡鼎坐談詩因風夜下啼鵑拜並訊人間老帝師老無他路句我自入山三句眞沈痛矣一燈說法二句括余十數卷詩話中許多議論許多生死交情沈摯心思出以深透筆力余既報以五言二首君復寄數詩乃令大兒聲暨代報一律云眞詩直遣千回讀補盡書中不盡詞已共林花驚聚散各憑尊酒自維持（與堯生共有尊中之好）篇篇急就翁差放字字艱辛子獨知（來詩有三首專論石遺室文）五夜一燈萬里路互招魂魄續交期尙深至爲余所欲言也

胡瘦唐作詩不如堯生之多而興來亦復不能自休余最喜其游西山絕句二

十首惜無其稿矣有題吳吉士秋林讀書圖長句一首論咸同以來朝士學派致慨於新學之敗壞舊學頹跌宕可喜詩云毅皇中興盛文彥京朝學派凡三變壽陽白髮稱老師內殿傳經受殊眷六書絕業尊二徐淳熙槧本曾親見曾侯百戰收江寧然燭軍門讀文選一時幕客俱應劉疲騾馱書一千卷門才獨數潘尚書金石摩抄自矜炫白眼高歌滂喜齋殘磚斷瓦搜羅遍倏忽承平四十年廣陵一曲隨蒼煙絕域方言滿都市曹郎奮臂爭版權太玄奇書覆醬瓿胡兒碧眼登經筵漢廷公卿草間起笑溺儒冠罵儒士東方誦書廿萬言不肯低頭拾青紫執戟金門長苦飢侏儒飽食何曾死南州舊交吳翰林跌宕縱橫富文史朅來示我秋林圖一卷行吟雜悲喜鄱湖水漲匡山高鄉夢遙遙幾千里竊謂祁文端曾文正潘文勤三公皆於嘉道間樸學歇絕之餘稍興樸學三公中祁以樸學兼能詩曾本學詞章晚而留心樸學潘喜樸學而已詞章未工三公學派只可謂之三嬗不可謂之三變此詩以文端精刊許書文正重選學

推揚馬文勤喜金石古刻故云然然鏝欿亭集幾與程侍郎方駕湘鄉禮遇苗先麓莫子偲輩皆講樸學者不僅王壬秋李眉生諸人爲陳徐應劉選也至文勤旣逝翁叔平相國惟以書畫與南皮張文達相輝映視文達較能詩耳今日則號稱讀書者能留心目錄版本之學已翹然自異於衆又學風之一變矣

大兒聲暨近治法律學善爲綜覈文字時作小詩多流連景光而已去年寄一長句不無鬱鬱久居之歎爲作惡者累日題爲上巳日花下憶都門舊游寄呈家大人詩云六年隨宦居宣南斜街老屋團詩龕老泉冷官甘寂寞文酒風味常醰醰我時廢讀范滂傳堂北無復栽宜男忘憂乏術意頹喪長公才識深懷槧學書學劍百不就讀書讀律聊相參江關烽火達北極如臯東徙紛負擔求田問舍且種菜湖海豪氣消何堪看花對酒悵不御上心往事兼酸甘都門車馬厭塵土惟有花事吾猶諳法源丁香香雪海崇效寺裏春沈酣天寧花之漸減色國香極樂猶二三萬荷葦灣與十剎蘆荻積水澄清潭歸來草堂秀而野

入門穿徑香馣馣舊游如夢去未遠而此屈蟄同僵蠶亦知風光過眼耳當春發思誰能戢嚴君倦游復乘興文史講席經還談著書多暇樹繞屋葡萄滿架藤爲盦壓牆百竿竹嫋嫋拂簷千絲柳毿毿花前念遠更感逝地僻門外稀停驂會當負笈補晚學四始六義趨庭探用筆頗能審曲面勢男慚甘蠶戢五韻更覺屈折有力兒二十餘歲時困於場屋從余居上海爲雜報文字後居武昌學爲公牘文字庚子避亂還鄉在陶江經始田園數年差足自活丁未入都方欲游學日本隨即喪母余以次三二子皆習西文將畢業而凶短折心惡之遂不令往蹉跎頹廢以至於今故其詩有身世之感云

石遺室詩話

(三)

石遺室詩話卷十七

杜牧之敍李長吉詩云少加以理則可以奴僕命騷言昌谷俶詭之詞容有未足於理處也理之不足名大家常有之山谷題畫詩云石吾甚愛之勿使牛礪角牛礪角尙可牛鬭傷我竹此用太白獨漉水中泥水濁不見月不見月尙可水深行人沒調也然不見月雖以譬在上者被人蒙蔽而就字面說月之不見於事固無大礙以較行人之沒於水自覺其尙可若其石旣爲吾所甚愛惟恐牛之礪角損壞吾石矣乃以較牛鬭之傷竹而曰礪角尙可何其厚於竹而薄於石耶於理似說不去昌黎詩云荊山已去華山來日照潼關四扇開漁洋本之以對高秋華嶽三峯出曉日潼關四扇開益都孫寶侗議之曰畢竟是兩扇或曰此本昌黎非杜撰孫憤然曰昌黎便如何漁洋不服謂孫持論好與之左余謂漁洋潼關句於韓詩止易一字而函關月落聽雞度華嶽雲開立馬看又高靑邱之句華嶽自是三峯虧漁洋苦湊高秋出三字無甚高妙亦何必哉且

分明是兩扇必說四扇似不得藉口於古人昌黎時關門不敢知其如何總以不說謊爲妥又漁洋雨後觀音門渡江詩云飽挂輕帆趁暮晴雨後作言暮晴是矣而第三句又云吳山帶雨參差沒又說雨何耶爲之解者曰初晴山尙帶雨耳然非方落雨何以會沒若因天暝而沒又何以知其帶雨耶此雖小疵亦宜檢點非效紀文達之好批駁古人詩也

詩要處處有意處處有結構固矣然有刻意之意有隨意之意有結構之結構有不結構之結構譬如造一大園亭然亭臺樓閣全要人工結構矣而疏密相間中其空處不盡有結構也然此處何以要疏何以要空卽是不結構之結構作詩亦然一篇中某處某處要刻意經營其餘有只要隨手抒寫者有不妨隨意所向者譬如走路然今日要訪何人今夜要宿何處此是題中一定主意必須歸結到此者至於途中又遇何人立談少頃又逢何景枉道一觀迤邐行來終訪到要訪之人終宿到可宿之處而已若必一步不停一人不與說話一步

路不敢多走是置郵傳命之人擔夫爭道之行徑矣譬諸構屋是樓閣鉤連亭臺攢簇並無山花野草生長之方陂陀迴伏自然之天趣矣

弢庵嗜遊山今夏同默園宰平遊上方山至兜率寺有詩示二子第三韻以下云峰迴澗束林翠合森壁留罅穿天光折盤開闔路幾絕數武一換山陰陽豈無飛流與爭道上有欄楯臨洸洋石梯歷級三百盡複磴稍坦雲屏張此詩最警句在數武一換山陰陽一韻此山之特別即在此古人詩文之言山水者以能寫重沓曲折處見工柳州遊記云舟行若窮忽又無際王右丞詩云隨山將萬轉趣途無百里又云遙愛雲木秀初疑路不同安知清流轉偶與前山通此言港汊之轉折也又云分野中峰變陰晴衆壑殊此極言終南山之大而峰巒重疊也弢庵此作峰迴澗束兩聯言既至接引寺入山則兩邊皆峭壁插天中通一道寬不數武窪其半如溝山泉占之壁數武一轉如是者兩三里乃上石磴約三百級鐵絙闌之旁則飛流爭道矣合柳州右丞語意鎔鑄而成末云洞

遊巖坐挈先後爭取餘晷腰腳強經行犖确亦勞止差喜所得堪汝償言腳力有餘商量即往雲水洞各處而回顧已遊之景得足償勞逆挽竟佳亦有力又歸自上方寄贊虞侍郎次聯云雲梯猿引猶能上陰洞蛇行幸免創上句即前詩所謂石級三百下句謂入雲水洞口漸入漸小始而傴僂繼而獸行繼而鼈行終則臥而蛇行始得入小不留意即被傷也最佳末三句云茲遊所欠要天償巉巖夾澗無飛瀑好樹彌山未著霜彊庵作七律每自嫌結聯多順承上數句未能變化出奇此首末二句對收已善用杜法而無飛瀑未著霜皆從第六句茲遊所欠來乃擒筆非縱筆故站得住殊足推陳出新茲遊本作前遊彊老有詩多就余商搉遂僭易之

滄趣有感春四律作於乙未中日和議成時其一云一春無日可開眉未及飛紅已暗悲雨甚猶思吹笛驗風來始悔樹旛遲蜂衙撩亂聲無準鳥使逡巡事可知輸卻玉塵三萬斛天公不語對枯棋三四略言冒昧主戰一敗塗地實毫

無把握也五言臺諫及各衙門爭和議亦空言而已六言初派張蔭桓邵曰濂議和日人不接待改派李鴻章以全權大臣赴馬關媾和遲遲不行七八則賠款二百兆德宗與主戰樞臣坐視此局全輸耳其二云阿母歡娛衆女狂十年養就滿庭芳誰知綠怨紅啼景便在鶯歌燕舞場處處鳳樓勞剪綵聲聲羯鼓促傳觴可憐買盡西園醉贏得嘉辰一斷腸此首言孝欽太后以海軍經費浪用諸建築頤和園與諸娛樂之事是年適六旬壽辰當大慶賀以戰事敗衂而罷其三云倚天照海倏成空脆薄原知不耐風忍見化萍隨柳絮倘因集蓼悲桃蟲一場蝶夢誰眞覺滿耳鵑聲恐未終苦倚桔槔事澆灌綠陰涕尺種花翁此首言海軍告熸末聯言北洋枉學許多機器製造付諸一擲而已六句言翁同龢以南人作相也其四云北勝南强較去留淚波直注海東頭槐柯夢短殊多事花檻春移不自由從此路迷漁父棹可無人墜石家樓故林好在煩珍護莫再飄搖斷送休首聯言俄德法三國代爭已失之遼南而移禍於割臺也三

句言臺撫唐景崧自立民主國僅數日而已四句言李經方充割臺使在艦中定約簽字此四詩見之已久作者祕不欲宣時世滄桑又方有刻集之議屢與余商定去留余爲删存六百首因詳此詩所指以告觀覽者

讀荆公集竟摘句如下七言如騷人自欲留佳句匆憶君詩思已窮柳絲不動千絲直荷葉相倚萬蓋陰鷗鳥一雙隨坐嘯荷花十丈對冥搜病身最覺風露早歸夢不知山水長徐上青雲猶未晚可無音問及滄浪雲尙無心能出岫不應君更嬾於雲試問道人何所夢但言渾忘不言無除卻東風沙際綠一如看送過江時白髮逢春惟有睡睡聞啼鳥亦生憎春風日日吹香草山北山南路欲無絮飛度屋何許柳花落塡溝無數桃綠瓊洲渚青瑤嶂付與詩工敢琢磨長遭客子留連我未快穿雲涉水心數能過我論奇字當復令君見異書嗟我與公皆老矣拂天松柏見栽時如何更欲通南埭割我鍾山一半青背人照影無窮柳隔屋吹香倂是梅拈花嚼蕊長來往只有春風似我閒臨溪放杖依山

坐溪鳥山花共我閒此花似欲留人住啼鳥無端勸我歸無人語與劉玄德問舍求田意最高丈夫出處非無意猿鶴從來自不知看似尋常最奇崛成如容易卻艱辛山如碧浪翻江去水似青天照眼明十年流落負歸期臨水登山各有思更作世間兒女態亂栽花竹養風煙若見桃花生聖解不疑還自有疑心各據槁梧同不寐偶然聞雨落階除窺人鳥喚悠揚夢隔水山供宛轉愁春色惱人眠不得月移花影上欄干五言如春風取花去酬我以清陰染雲爲柳葉翦水作梨花眠分黃犢草坐占白鷗沙數句及全首者如久聞陽羨溪山好頗與淵明性分宜但願一門皆貴仕時將車馬過茅茨一陂春水遶花身花影妖嬈各占春縱被春風吹作雪絕勝南陌碾成塵賀蘭溪山幾株松南北東西有幾峰買得往來今幾日尋常誰與坐從容此首直不似絕句北風吹人不可出清坐且可與君棋明朝投局亦未晚從此亦不復吟詩尚有殘紅已可悲更憂回首祇空枝莫嗟身世渾無事睡過春風作惡時寄王逢原七古末四句云我

方官拘不得往子有閒暇宜能來晤言相與入聖處一取萬古光芒迴酬朱昌叔七律後四句云山蟠直瀆輸淮口水抱長干轉石頭乘興舟輿無不可春風從此與公遊思王逢原七律後四句云廬山南墮當書案湓水東來入酒卮陳迹可憐隨手盡欲歡無復似當時兩詩同一用筆用意但一將來一已往一滿意一悲傷耳六言如柳葉鳴蜩綠暗荷花落日紅酣三十六陂春水白頭想見江南與三十年前此地父兄持我東西用意亦同但一遙想一追念耳以上荆公佳句皆山林氣重而時覺黯然銷魂者所以雖作宰相終爲詩人也余嘗語子培荆公詩甚妖冶子培曰何以言之余曰怊惆俯凌波殘粧壞難整不謂之妖冶得乎

芳原綠野粧點春景者莫如桃李花荆公崇桃兮炫晝積李兮縞夜二語盡之矣惟少陵詩喜説桃花昌黎荆公詩喜説李花殆以桃花經日經雨皆色褪不紅一望成林時不如李花之鮮白奪目所以少陵之愛桃花亦在深紅間淺紅

時余作法源寺丁香詩所謂昌黎半山總愛李愛其縞色天不晡也王穀原丁辛老屋詩爲桃花作者最多過湖上風甚不果泛舟沿錢塘門至錢王祠望湖中桃花云今年東風太早計正月已催黃鳥鳴紅得桃花遽如許更將底物作清明柳邊花下馬輕跑瞥地紅梢更綠梢可惜湖船風太急不然搖到晚鐘敲兜圍紅影襯青山裏住湖濱不放閒誰倣爭春紅杏例一花樹下一丫鬟吳山看桃花獨飲旗亭云一朵一枝還一株心心香惱蜜蜂鬚落燈風裏爭催趁詩老何煩與說麤江行風順疾行二百里一路看桃花云楊柳能青李能白閒青閒白極萋迷可憐裝點大癡畫紅過嚴家釣瀨西冒雨乘蘆鳥船過金華見桃花不絕云鸜鵒舞酣碓水白鵓鴣呼急山雲低細麥綠深岸高下小桃紅溼村東西村角野桃無數開榮花李花鋪作堆黃蝴蝶慣成團去白鷺鷥看打隊來灘行武義道中雨霽看桃花云寸寸橫波朶朶鬟水紋山黛信灣環岸頭卻望花臨水船裏遙看紅到山縉雲道中値雪看桃花云翦翦輕寒壓敝襦雪花偏

與綴花鬢天公料也有晴意但到晴時花已無瞻園看桃花云廿四番風作意狂濃春深貯大功坊枕邊幾夜江南雨換得園林碎錦裝入柳三眠低拂花慶奴風態更夭斜惹來雙燕差肩坐軟語商量莫定家浩浩春風不自持兔葵燕麥也時宜井欄甃郤淳熙字便問碧桃渾未知桃花之作可謂多矣詩格亦與楊廉夫之學少陵者相伯仲宋芷灣亦可把臂入林沈子培嘗論穀原詩勝於樊榭余謂穀原固有老於樊榭者然樊榭佳處較多此亦如山水遊者或謂西子湖不如鴛鴦湖自矜獨見究竟西子湖四面有山格局天然勝也但亭榭樓臺過於裝點耳

閱放翁詩竟摘句如下名酒過於求趙璧異書渾似借荊州溪山勝處身難到風月佳時事不休愁得酒卮如敵國病須書卷作良醫自愛安閒忘寂寞天將強健報清貧淺碧細傾家釀酒小紅初試手栽花瓶竭重招麯道士床空新聘竹夫人綠樹霧香鶯獨語畫廊風惡燕雙歸號野百蟲如自訴辭柯萬葉竟安

歸喚船野岸橫斜渡問路雲山曲折登殘軀未死敢忘國病眼欲盲猶愛書津
吏報增三尺水山僧歸入萬重雲相逢只怪影亦好歸去始知身染香坐收國
士無雙價獨出東皇太一前（梅）午枕爲兒哦舊句晚窗留客算殘棋登庸
策免多新報老子癡頑總不知看畫客無寒具手論書僧有折釵評琴傳數世
漆文斷鶴養多年丹頂深山僧欲去還留話更盡西齋一炷香使君豈必如椰
大丞相元來要瓠肥胸中那可有一事天下故應無兩人只知秋菊有佳色那
問荒雞非惡聲江山常逐客帆遠歲月不禁衙鼓催記書身大似椰子忍事癭
生如瓠壺國家科第與風漢天下英雄唯使君月明滿地看梅影露下隔溪聞
鶴聲凍雲傍水封梅蕚嫩日烘窗釋硯冰大度乾坤容落魄多情風月笑衰遲
長安之西過萬里北斗以南惟一人但知禮豈爲我設莫問客從何處來恨身
不能插兩翅與汝相守寬百憂（寄子）志士淒涼閒處老名花零落雨中看
我是天公度外人看山看水自由身微倦放教成午夢宿酲留得伴春愁尋碑

野寺雲生屨送客溪橋雪滿衣十年塵土青衫色萬里江山畫角聲別都王氣半空紫大將牙旗三丈黃寒與梅花同不睡悶尋鸚鵡說無聊儲淚一升悲世事滅愁三尺看君書雨聲已斷時聞滴雲氣將歸別起峰髮無可白方爲老酒不能賒始覺貧楓葉欲殘看愈好梅花未動意先香老狐五百年前錯孤鶴三千歲後歸造物與閒仍與健鄉人知老不知年癡欲煎膠粘日月狂思入海訪蓬萊正欲清言聞客至偶思小飲報花開淋漓縱酒滄溟窄慷慨高歌華嶽傾宦情薄似秋蟬翼鄉思多於春繭絲迎風枕簟平欺暑近水簾櫳預借秋繞庭數竹饒新筍解帶量松長舊圍縈回水抱中和氣平遠山如蘊藉人江山重複爭供眼風雨縱橫亂入樓以上數十聯隨意摘後乃翻甌北詩話所摘放翁詩句數百聯對之重見者不過數聯又七言不對者如下拔地青蒼五千仞勞渠蟠屈小詩中老夫合是征西將胸次先收一華山此身合是詩人未細雨騎驢入劍門何方可化身千億一樹梅花一放翁綠章夜奏通明殿乞借春陰護海

棠從今詩在巴東縣不屬灞橋風雪中商略前身是飛燕玉肌無粟立黃昏（梅）風鬢霧鬟歸來晚忘卻荷花記得愁三更畫船穿藕花花爲四壁船爲家古體如士初許身輩稷契歲晚所立慚廉藺荒林月黑虎欲行古道人稀鬼相語正如奇材遇事見平日乃與常人同數句者如江頭漁家結茅廬青山當門畫不如江煙淡淡雨疎疎老翁破浪行打魚恨渠生來不讀書江山如此一句無我亦衰遲慚筆力共對江山三歎息山中大雪二尺強道邊虎跡如椀大衰翁畏虎復畏寒招喚不來公勿怪

何梅生姑留稿一册經余評品選百十首付胥鈔藏之中多精語拈出與知音者共賞焉同霜杰入杭云始發意已遠江聲秋杳漫紅舲非不小人意自然寬鼓山靈源洞云松去月盈尺月高松影圓郊島之間鼓山達摩洞云古洞受江色無雲常夜光是東野語偶題云水靜如留影花暝不辨衣樓臺橫海色車馬亂晴暉中晚情韻氣骨則駸駸初唐矣夏夜云夏殊不淺氣猶寒夜豈忘深睡

故難又蕭蕭葉吹能爲雨瀃瀃梔香乃勝蘭樂天誠齋閒適之作常席作云晚識芳非恨春懷換故吾傷心人同此懷抱也和內子對菊云細將肥瘦量今影迸以歡愁理舊心又釵頭瓶上相思意未辨花人孰淺深黃家樓上林樹蓊藹宜夏云樹影爭入樓迸綠塞窗牖雨夜與墨泉時君將赴粵云有如小稱意告慰約互並樸實親摯之言不啻骨肉今晨云骨酸思母撫食減怪僮加喜啁序至云一喜勝諸藥平生只異身病夜得詩以左手書之云左書殊自勁伏枕寫新詩燭燄風高下蟲聲秋緊縻江湖將八月志士有千思一病無由奮皇天肯放慈以上二詩皆學杜而得其骨者深透耐人思惟杜有之大歷諸子則著力不多矣暝色云暝色不可寫只疑天漸低張園云更無人與分荷氣祇覺風來盡露香荷花佳處全在早起時括古人幾許名句敍瓶中雜花云久欲斂芳懷臨賞不可止四更起坐云夢回夜氣初澄後吟答秋聲欲下時雨夜云半睡已將新夢接極思翻覺百愁平細燈善養寒滋味疏雨眞諧嬾性情東坡生日集

二梅精舍云百羡多捐愛見存違合之悲難割置初一夜同阿嵐飲云微醺人意天然好無樂能歡似少時又竹風簷際撞千玉花氣中宵曳一絲以上數詩會心微妙時見哲理梅生與林狷生孝廉大任至相善來往詩極多述懷寄狷生潯陽云吾嘗對俗子氣索如積病又審性足知命未用測天意又衆忽獨感深羣讙若仇避又願子念我好尤念其可憎我亦攻子闕落落羞畦町再寄狷生約游西湖云賤者無所餘素志儻一肆又論文析奥藴得意卽取醉如是者數年別去亦無懟小樓對雨寄狷生云樓西南隅氣更佳雙峰列峙圓如卵峰下詩人學屏居花樹冥冥閟池館舉家聽雨向名山此福能消今亦罕朝來示我山中吟區畫新寒紀昨暖五言時得韓孟精慤處狷生爲子莊故人少子能爲幽峭之詩遊杭時曾寄余數首惜失之矣

師曾詩少學選體存者不多感懷（自注將就婚漢陽感念前室愴然於懷）云閒居心不怡徘徊眄遙岡層靄蕩空冥修林日擢黃萋草蔓廣陌寒潦澹方

塘尋跡非故塵卽景翫餘芳昔懽如未徂沈思久能詳此半首神似大謝觀朝
雨云煙林秀遠色晨雨縱横來輕寒散平麓飛翠上層臺四句直是小謝原作
苗木道中云絕頂明明月高寒照我行公湛以詩酬我之畫復以詩報之云投
以無聲詩而以有聲和其聲何泠泠松風半空墮俛仰江海間朋好餘幾个汝
我形影乖堅意不可破略似東野汪氏兄弟招飲焦山松寥閣云窮居罕清曠
勞役闕盤遊經過上下江曾不陟崇丘焦君鬱峨峨髣髴閟靈幽嘉我二三子
招邀覽芳洲揚舲送長風開軒玩洪流豁達坐修椽一解煩暑憂茂木藹蒼翠
激石戛琳璆似顏閭公湛南歸云天寒高樹林日暮倚樓心鴻雁穿雲重蛟龍
失水深次韻諸貞長云飛花巢燕終無定細認軒窗倘再來微雪云小閣一爐
深自暖迴腸萬語不成篇畫梅歌云我今畫梅無所本意未經營手先冷攢空
野棘兩三條又似枯藤挂寒嶺鶴癯過訪有作云田家作苦三年矣過我飛鳴
非子耶溪上雜吟云蘆叢匝水森高碧瓜蔓迎涼點碎金悼亡云事同飲鴆銷

膏盡夢付馳駒積恨長爲季常畫對酒圖幷題云醉眼看醒人紛紛果何事十字可作反離騷讀法源寺看花次知白韻云客裏光陰何事了萬花難寫倚闌情憶石湖舊遊云扁舟無力迴天地雨打風吹過石湖翻用杜詩好祕魔崖云古言山可居於此境益信又云我若置几案久坐滅悔吝題濠梁觀魚圖云尺波有天地何必游江湖苟緩薪火熱釜中亦自娛雜詩云衆流盡靡靡反覺厓岸高又云收身歸及早幸免沒踝泥閱盡云人去百年亡姓氏字留三歲化鴛鴦秋曉云出有魚堪網歸無婦可謀吳仲成再婚感而有贈云新婚人所歡再婚人所歎不識新人意常憶故人顏皆佳句也師曾篤於伉儷再悼汪氏亡悲之尤甚年來有詩必使余酌定之一卷百餘首悼亡作居十三四卽非悼亡題目亦牽動及悼亡與余十年來眞同病矣眞摯語至多莫如題春綺遺像一首云人亡有此忽驚喜兀兀對之呼不起嗟余隻影繫人間如何同生不同死同死焉能兩相見一雙白骨荒山裏及我生時懸我睛朝朝伴我摩書史漆棺幽

闋是何物心藏形貌差堪擬去年歡笑已成塵今日夢魂生淚泚

閱詩廬詩竟摘句如左次韻義寧師見貽云志存京洛江湖外（山谷詩不居京洛不江湖）身在支離漂泊餘重九偕晦九登雞鳴寺云強開懷抱對重九喜有友生勝弟兄訓梁節庵先生見貽詩扇云南國佳人自幽絕西江落月相吐吞陳伯嚴云吞韻入古輓外姑云尋常歡會不自省此日追思倍覺哀野望云交游離別地洒淚短長痕送陳師曾之日本云二三素心人各有蒼茫意感二毛云瓶冰識天寒別久懷親知南山白雲下有母遲歸兒豈知歸去顏已非出門時陳伯嚴云沈摯梁節庵云略得孟旨秋感云偶然弔古感秋意便欲入林逃世喧雨中小飲云四座且歌余且和萬花如醉雨如綿寄陳大陳六云努力直須在少年當春正好勤詩篇歲除效孟郊體云人被日月驅奔竄無寧止日月汝誰迫跳走不自已新秋對月云祇爲亂來成入洛不忘醉裏說歸吳贈中國學報社云徒以一念不悅學妄使聖賢遭擊掊又云人心一放水瀉地雖

有聖哲爲束手秋思云蟲聲吟聲互斷續各適其適無猜疑移居後鬧云所至親栽樹其如類轉蓬游香山云山入高秋增突兀天從絕頂界青蒼此外佳句尚多

疑始詩頗學義山春興云柳綠因風透窗虛映日明象牀尋夢蝶鴛枕聽流鶯舊曲杜紅譜新茶樊素烹此生何所望合老碧霞城又日本櫻枝詞序云柳枝柘枝竹枝諸詞託情里巷體近風騷黃任軒謂日本櫻花獨繁而士女之遊賞櫻花者亦獨盛宜有櫻枝詞則引元微之折枝花贈行詩櫻桃花下送君時一寸春心逐折枝句爲故實約予同作率成九首從夢得柳竹枝例也詩云櫻花三月滿蓬瀛雪綴雲裝炤眼明千鶯萬鶯繞花囀千人萬人看花情銀燭高燒燿月明壘堤（櫻花盛處）十里最冲清小姑挽得時新髻紛向花前款款行一片繁英壓玉枝暗香鬱霧影參差穿花蛺蝶雙雙過惹得遊人情更癡與君攜手花田步步入花田不見君匪係枝濃鳥相失（梁簡文櫻桃花詩花茂蝶

爭飛枝濃鳥相失)人花一色忒難分擬花贈妾郎愛妾將妾比花妾謝郎妾自不如花茜媚問花可有妾心腸菱樣櫻餻撲鼻香賣餻人著紫羅裳纖纖檢個蓮花餡蜜味要郎仔細嘗風動花飛白日馳折枝無奈送郎時郎心便似花易謝妾在天涯那得知腸斷櫻枝送別詞旗亭唱罷淚如絲明年花似今年好莫到明年更別離殊有楊鐵崖風調

泰興朱曼君孝廉銘盤工駢文有桂之華文集甲午夏客死於旅順有贈邱履平一律云苦道欲歸去家山無寸田誰能臨碧海長日對青天相見亦無語能飢恐得仙不須論兵法零落十三篇邱名心坦袁爽秋詩中所謂海州大俠與曼君曾同爲吳武壯座上客也詩有盛唐人門面

王壬秋先生詩惟於友人屏幅上時見之皆學盛唐學選體者也近乃於友人齋頭翻閱其詩集一過有祁門五言律二十首之一最工云已作三年客愁登萬里臺異鄉驚落葉斜日過空槐霧溼旌旗斂煙昏鼓吹開獨慚攜短劍眞爲

看山來首二句將少陵萬里悲秋常作客百年多病獨登臺調換言之耳擷短劍而作客三年亦濡滯矣而託言爲看山來末韻不可謂不冷雋然世有尹士又將有微詞矣余舊見臺撫劉壯肅於內山營次有七言古中數句云萬峰刺天一鳥道亦跋險阻瞻櫜鞬歸來自笑成何事粧點一卷遊山編未知視王何如耳

甲寅春暮湘潭王湘綺老人入都就國史館館長之任年八十有三矣步履食飲談諧健如五十許人鬚皓白而半白黑髮辮尚存都下聞人爭張燕相逢迎余時與配食之列春盡日集法源寺看丁香寺僧繪圖要客題詩余詩云丁香花滿院一老髮如銀猶是春三月居然集百人寺僧希島佛坐客廁山民共有今朝句風光本足珍用事不無稍遷就處然無字以易之老人於前清末年賞給翰林院檢討願以後輩禮見諸老大前輩大會於江亭老人賦五言古一章石屏袁樹五嘉穀經濟特科之彭羨門劉繩菴也是日紀以七律一首中二聯

最爲雅切云車聲盧蕩人如海花影槐䕺夢化煙白髮漫談天寶事金幢兼感壽昌年（自注亭舊爲慈悲院有遼壽昌幢）樹五有姝丕鈞字百舉肄業大學文科有游西山句云太行西北來脈絡千萬支中有馬鞍山如馬方奔馳偃蹇不能御蹴踏生雄姿又云一瞬數十里但覺天地搖狀坐汽車頗肖

余於前編詩話偶錄李審言數詩謂非近日詩人妙手空空者可比審言見之謂石遺殆未知余論詩之說見於拭觚者記以一詩云偶聞北海知劉備惜未任華遇少陵儇薄自迷三里霧煩歊誰辦一枓冰游吳物論惟輕宋（自注趙秋谷游吳門事阮吾山謂所指者西陂耳）朝魯宗盟竟長滕心折長盧吾已久別材非學最難憑滄浪論詩余所不憑曾於羅癭菴詩敍暢言之惜審言所著拭觚終未之見至此詩使事雅切仍以非妙手空空皃評之耳

舊日知交亂後久不得見去春見沈雨人雲沛讀其近作二首春寒感事贈楊泗洲云兼旬雨雪滯芳辰今日淸明已暮春豈合霜華競桃李但憑風力長荊

榛黄鐘已毀陽無律黑眚方來夜未晨灰死燭龍呼不起焦原愁殺履冰人甲寅三月春寒特甚東海相國自青島來京師呈詩見意云堯舜咨嗟四海窮千鈞一髮介華戎已看秦火燔姬籙未必荆人得楚弓葛相隆中應有策漢王馬上竟何功東山攜手前盟在雨雪瀌瀌正北風年來大局分樂觀悲觀兩派兩人曾長郵傳部閲世已深當二次革命之後作此悲觀不堪卒讀矣

前提學使柯鳳孫劭忞淹賅蒙古事重撰元史數百卷漸次付刊喜談詩少見所作亂後重晤都門讀其過定興謁鹿文端公墓一律云迺屏城外相公阡哀挽都門憶往年人到九京思士會車過三步愧橋玄虞淵落日悲身世蒿里西風拜墓田誰識平津舊賓客塵埃哀哀送華顛次聯工整末聯淒黯

石遺室詩話卷十八

自來文人好標榜詩人爲多明之詩人尤其多以詩也者易能難精而門徑多歧又不能別黑白而定一尊於是不求其實惟務其名樹職志立門戶是丹非素入主出奴矣明太祖時吳則有北郭十子爲高啓楊基張羽徐賁余堯臣王行宋克呂敏陳則釋道衍越則有會稽二肅爲唐肅謝肅粵則有南園五子爲孫蕡黃哲王佐李德趙介閩則有十子爲林鴻王恭王偁高廷禮陳亮鄭定王褒唐泰周玄黃玄景帝時有景泰十才子爲劉溥湯胤績蘇平蘇正沈愚晏鐸王淮鄒亮蔣主忠王貞慶孝宗時有前七子爲李夢陽何景明徐禎卿邊貢王廷相康海王九思七子中去王廷相加朱應登顧璘陳沂鄭善夫號十子世宗時有嘉靖八才子爲李開先王愼中唐順之陳束趙時春任瀚熊過呂高有後七子爲李攀龍王世貞謝榛梁有譽宗臣徐中行吳國倫後五子爲張九一張嘉胤汪道昆余曰德魏裳廣五子爲盧枏歐大任俞允文李先芳吳維嶽續五

子爲黎民表王道行石星趙用賢朱多煃末五子爲屠隆胡應麟李維楨吳旦李時行而梁有譽歐大任黎民表吳旦李時行又爲南園後五先生神宗時有嘉定四先生爲程嘉燧李流芳婁堅唐時升又有公安派則袁宗道袁宏道袁中道竟陵派爲鍾惺譚元春然此百十人中沒世有稱者不過三四十人其餘雖有名亦無稱者不過占志乘中數行地位而已

近閱報紙載有一段云長沙易培基寅村究心問學結廬白沙泉畔閉戶讀書尤精校刊之學見已校定經典五十餘種於高郵王氏之學蓋篤好之少時肄業兩湖書院著書糾正王氏公羊箋之誤楊惺吾奇賞之賦詩相贈有大著搥碎湘綺樓之句近於友人處得其所著清史例目糾誤訂正繆筱珊之失識者服其精審此外尚有攷證之作訂正王益吾漢書補注及水經注之誤云云按清史例目糾誤余曾略見之是處甚多至服膺高郵王氏之學乃過信湘鄉曾氏之說有清攷據家精博者甚多高郵率意改字開咸同以來單文孤證之病

其不以倪天之妹爲山海經刑天之妹也者幾希

吾友馬君季立貽余尺岡草堂遺集四册凡文四卷詩八卷而使爲之序蓋季立鄉人陳君子瑜璞所著君女適伊氏墨卿先生族弟能文墨繪事於季立爲舅之妻陳君子早逝遺集皆其女刊之屬季立求能詩文者爲序余辭不獲乃言曰本朝盛各種學問而惟詩實不振無已浙人爲盛嶺南詩人初未大盛張曲江後其著者南園前後五子屈陳梁三家而已程可則王說作王震生陳喬生伍鐵山之倫名章散句采摘於新城長水諸筆記詩話風調時時可喜乾嘉以降若馮魚山黎二樵張藥房趙渭川輩爲翁覃谿王蘭泉所稱道者亦未足以特立宋芷灣極力學杜幽秀一路然爲詩不多工者皆近體程春海言近人詩多困臥紙上陳蘭甫能於紙上躍起惜余未見其詩春海之言必可信季立蘭甫弟子能舉以示我乎陳君詩大略近體勝於古體七言勝於五言全首可傳者如宿招二水樵寓齋看梅學海堂富春雨過昆陽新打洪守風村居度歲

由舟湖至金田村省耕題空山鼓琴圖送王中丞撫閩中追悼石芷叔東伍襄卿苦熱同人賞雪學海堂題野水閒鷗館圖彭園主人見招三首題朗山梅窩新居山響樓看雨山堂連飲數日漫成次韻朗山見懷之作陳香根訂小蓬山館之遊朗山招集山堂和史穆堂和孫稼亭題畫絕句亦以夥矣王說作陳震生馮魚山黎二樵之倫未能或之先也陳君以孝廉宰江右有聲退居里中爲學海堂學長與蘭甫鄒特夫諸公遊而身後寥落故人無有問其遺詩文者可歎也晚年多作律詩清新語頗與芷灣相近殆塵事去而詩境益廓清乎表而出之以告世之數嶺外詩人者

尺岡草堂詩句可摘者如前開戶牖俯絕澗後有亭榭窺江波奇峯如削或未成好花粗有無求備嶺雲避月全依樹海雨隨風半入樓淸絕百蟲號夜籟不須更聽五更鐘穹蒼已定偏安局崧嶽空生將帥才意外登臨今日酒眼中蒼翠舊時山咫尺煙波勞遠夢尋常事業誤歸期郊垧偶涉成新趣野老相逢訊

近聞竹間徑造何須問松下相於可與言幽花未許人看早晴日如知客約來舊識僧今多退院同遊客亦半支笻短章疑讀逸民傳厚地難埋飲者名莫放扁舟過對岸岸旁垂柳厭低篷惜猶未襆山堂被臥到參橫月落時五言如夜靜軒窗外林風相與言疏鐘猶動曉喬木已前朝喜雨卻惜花欣戚併一抱有極似荆公處

樊山以續刻詩集紅本見贈翻閱乃知前和余驂字韻詩由再疊以至七疊者皆未之見感和一首三疊前韻云詩卷馱來騁一驂卷中重疊見高曇挽強力徹七重札惜別情深千尺潭汁溼空傳移汝後門村不數在淮南有如錯過廬山面補看屏風借佛龕此詩五韻皆實字所有故實樊山用之殆盡再疊本難出色首韻驂字據說文駕三馬也檀弓鄭注騑馬曰驂孔疏說文云騑旁馬也是在服馬之旁又詩云騏駵是中騧驪是驂驂在外也孔子得有驂馬者案王度記云天子駕六馬諸侯四大夫三士二古毛詩云天子至大夫皆駕四孔子

既身爲大夫。若依王度記。則有一驂馬。若依毛詩說。則有二驂馬也。驂字从參。自從三馬取義。然則說文實用王度記說。樊山卿也。宜有三馬。不駕時其一驂可使馱詩卷。送人。淳熙間。高曇登對。上稱其不爲高談。粱相戲云。高曇不爲高談。樊山數疊韻皆與余論詩之作。四五六三句。皆謂樊山時將赴江寧布政使之任。而東坡由淮南移汝。汁涇韻只五疊。門村韻只四疊。樊山且七疊也。昔顧亭林自注其詩云。出某書。某公譏之曰。寧獨亭林看過某書。余此詩乃如此詳注者。平生作詩用字。屢次啓人疑議。如舊作月蝕詩。有云。蝦蟆出地金色趒。趒字作躍解。後又作月蝕詩疊前韻云。三郎竹馬池塘趒。趒字又作越解。蓋月光光。照池塘騎竹馬。過洪塘閩舊謠詞。趒即過。洪塘之過也。近又作戲示樊山一詩。有旗靡轍亂趒一句。有人見之大笑。曰。轍地上車迹也。如何會跳起來。余曰。君只知趒之通跳。作躍解。亦知趒本訓越乎。左傳吾視其轍亂。轍何以會亂。即敗奔時。倉皇急遽。亂越轍迹而行。轍亂趒。乃轍亂越。非轍亂躍也。余平生押趒字韻三次作兩種解何至誤用乎故此驂字若不引據明白見者又將謂驂乃駕三馬豈有一馬稱驂之理豈知孔子脫驂固只脫一馬斷不三馬盡脫而徒行以歸也

又余少日嘗作吳山晚眺詩有云晴湖青濛濛澄江白晃晃煙開塔旋螺風平帆張鮝此二聯皆一句寫西湖一句寫錢塘江煙開則青濛濛中保俶諸塔漸漸現出塔圓而上尖本似螺形故以螺絲之轉旋而出譬之錢江中風帆甚多風平則帆正譬以張鮝者鮝乾魚也凡以魚作鮝必將魚劈開以竹撐其四面按之使平如掌晒乃易乾極似正面張帆有傖父強作解事謂余曰鮝字恐鬣字之誤余曰君第見吳梅村集有鬣帆詩耳鬣壳雖亦似帆然太短而上彎如瓢不如鮝之較似且風正時之帆矗而平鬣壳決不似吾詩二句皆自取譬並非用典也

立秋後一日陳士可毅招同樊山笏卿子封實甫君立鴻甫治薌燕集宣南畿

輔先哲祠寶甫言伯嚴在武昌重九日張文襄招同登高伯嚴有詩末二句云作健逢辰領元老夕陽城郭萬鴉沈元老自指文襄文襄批駁領字謂何以反見領於伯嚴也余言伯嚴早以此事告余笑文襄說詩之固領元老豈吾領之哉寶甫又言蘇堪董漢口鐵路局有絕句云門外大江橫轉覺詩難好吟就武昌花寄與南皮老文襄極稱賞此詩蘇堪亦常自述之首二句謂鐵路局臨江詩本應好如老阮之能賦門外大江橫而自謙才不及阮故反不能好此崔顥題詩在上頭之意無甚可議若後二句則誰無所吟誰不可寄有何超妙處余謂文襄於蘇堪詩實有偏嗜極稱賞者甚多並不專賞此首賞此首殆亦賞其前二句然後二句亦自有趣門外橫一大江詩應好而轉不好然則無詩可吟乎適買有武昌花（作此詩時余在坐適買牡丹數盆）聊復吟之吟成誰寄隔江有南皮老者雖黃髮番番不妨以詠花之詩寄之若詠花必寄與年少風流者則轉索然寡味矣一坐粲然是日余得詩一首次樊山納涼韻云未秋北

地已先涼入夏渾河欲混茫端藉西風收宿雨待將池月換山光萬鴉沈郭悲元老一笑橫江下建康回首題襟詩事盡散原分散海藏藏蘇堪屏居不出伯嚴又離居金陵也

洎園詩句可摘者雨夜云幽咽春聲不可聽虛堂人散酒初醒閉門已綠空階草卷幔偏明溼地星答王晦如飲洎園作云濠濮漸知魚鳥樂飯芻猶可馬奴供和粱衆異病中呈張珍老韻云意存芳潔難諧俗語過清寒恐似僧試畢留別同事諸公云了無關節龍圖閣與共秋吟鳳味堂種竹云無竹一大事寒碧繞肝肺又云碧蘆假節候未可共寒歲盆竹云嬰無六尺長乃過首陽節

樊山近詩余所心賞者如和濤園西山絕句六首之三云林際春申一概然滬南有海惜無山東華縱復多塵土翠殺京西十二鬟潭柘開眸瑩水光戒壇祖臂受松涼西山更比西湖好終古仙鄉在帝鄉一別西山歲幾周龐公妻子勸清游終當賃取金燈院紅葉林邊住一秋疊納涼韻簡乙菴云雨近東軒竹樹

涼郭熙畫意入蒼茫湘簾骨細通花氣皖墨膠輕發硯光北海經神藐張角南朔瘧鬼避桓康（君年來瘧疾良已）不須看到城南獵靜對韝鷹手欲藏以上數詩讀之頗有涼意次韻酬秋岳句云少年橫秋得老氣新學餘閒溫舊詩

王又點工塡詞在玉田碧山之間偶作小詩非常清脆其女公子能畫山水又點嘗使畫便面餉余爲題詩云鄉村小女憨嬉慣亂翦秋江貼扇頭卻被老夫持換酒石遺廚下好糟丘見者皆以爲次句七字妙絕曰亂翦曰貼纔是憨嬉小女舉動而翦取吳淞半江水正題畫語用此恰好題畏廬爲高嘯桐所作畫云固哉高叟何曾固能挂敧帆掠水來歲晏此身當共惜空林踏月莫輕回記余前歲里居又點邀立一詩社第幾集出觀李易安小照限各題近體一首又點云南雁相逢備苦辛西風瘦盡捲簾人猶饒馨逸天宜妒纔富圖書運已屯四十年中成小劫幾千里路避胡塵分明好古能文鑒猶剩流芬賺愴神此題甚不易好近體尤難往往成一首漱玉詞金石錄題後詩耳且尤易涉佻又點

作莊雅不泛又不著迹馨逸流芬各語俱下得好余詩云天水河山幾戰塵宗周嫠婦絕酸辛都將家國千行淚倂入眉心一寸顰霧鬢不傳垂老影簑衣誰寫苦吟身儂家亦有閒安像金線泉邊一愴神起四句故將小題大做家破國幾亡夫又死能無千行淚乎昔人詞云一寸眉心怎容得許多顰皺纔下眉頭卻上心頭易安詞也五六不過以易安兩種容貌裝飾爲襯耳末韻言余喪妻後過易安故宅則非他人所願有者矣袁抱存公子克文有題易安荼蘼春去圖句云春到荼蘼人亦瘦未秋恐已比黃花又云莫是前身李鍾隱落花流水在江南皆絕妙好詞也抱存從衆異芷青秋岳識余數年兩三面神情若寒素喜爲詩淸俊與芷青秋岳諸子相上下自題寒廬茗話圖一首云一粟眇滄海結廬天地廣長松盤雲根寒流戛玉響石氣入几案湖光盪帷幌雖慚丘壑小頗有濠濮想大鵬九萬里吾求僅方丈勿折鷦鷯枝勿掘螻蟻壤悠悠與世期長此足俯仰頗有稱心而談之概

詩有先寫情景而後補點其事遂覺不直致而有味者如閔葆之爾昌有九月十六夜月云皓月中天斂素輝偏能入檻復穿幃一年如此夜應少萬里仍多人未歸秋色芙蓉開晚秀寒林烏鵲夢南飛空庭立久忘清寐忽覺霜華上客衣寄憶李美叔云故人有弟同爲客送別江鄉更惘然愛我自將兄事敬傭書頗仗主人賢舊游十載銷秋夢滄海千帆隔暮煙太息荒原今宿草知君愁詠脊令篇二詩異曲同工前一首前數句便說得月色撩人不覺出向庭中看月乃覺自己爲萬里未歸之人然末韻不點出客衣客字則前四句爲望月懷人之作未始不可後一首前數句隱隱寫一無兄之弟依人情況然末聯不點出宿草脊令則故人亦不必其爲已亡之友也

喜山水遊而所至多者以余所知無如賓甫叔海賓甫所至有詩余已徧讀之叔海詩見者絕少索之再三乃以數紙見畀今先錄蜀遊之作余所夢想而未至者以當臥遊初入峨眉過伏虎寺云殷憂莫與寫駕言游峨眉陵虛路猶緬

尋異心已怡石磴上昏昏珍木下離離深潭積寒冰幽谷迴炎曦雲水共馳騖林巒相蔽虧縈紆隨所向旋覺東西迷琅琅聞梵音俾我忘塵羈願伸獨往意永與俗人辭雙飛橋云晴雲四縈薄空山轉雷聲牛心寺下閣我聞自嚴生奇景猶未覩頓覺心神清衆峯施靡間軒然石梁橫寒淵兩白龍萬古相喧爭直教鴻濛澄豈恤山靈驚林深氣候異倏忽殊陰晴坐此雲外石靈氣時相迎不待龍門勝已將廬阜輕（龍門峽瀑布范成大吳船錄極稱之）登鑽天坡宿洗象池云百道靈泉奔千仞峭壁立天門一何高飛鳥愁振翼迤邐攀修條參差履危石拂衣白雲散仰面青霄逼曰余愛奇境未忍吝登陟（于晦若至此怯其險峻欲止余再三慫恿之乃上）落日梵宫棲塵寰從此隔自夔門入巫峽作云仲夏蜀江惡犯漲來夔門滟滪正散髮瞿唐堪斷魂驚濤濺雪飛怒石作雷喧櫂歌自高唱輕舟任傾翻俯視黿鼉遊仰看熊羆蹲松孤覺風高嶂密使晝昏消搖送飛鳥悽愴聞啼猿騷騷夕流駛靄靄朝雲屯境險景彌異命微

憂無存馮窗獨吟賞還復傾芳尊破浪平生志請附宗子言自嘉定府城泊淩雲山下云茲郡經已屢水宿喜淹留既解迎春（門名）纜還繫淩雲舟巃嵸聳孤塔突兀撐高樓三江巖下合一城天際浮矯首望峨眉冥茫若可求終然謝塵網願逐陸通遊峽中重詠云三峽連楚蜀險危古所歎莫春駕輕橈微波恣吟玩石東江作溝巖露天若綫豈唯陰陽異曾是晨昏變衆峯互崢嶸羣木自葱蒨騁望目欲迷迴顧情彌眷湍平石門灘雲伏高唐觀既哂襄王夢更嗤蜀主戰萬事俱恍惚適已差爲善數詩全用謝法而間出入於顏光祿遊覽行旅之作以此爲正宗余生平嗜山水遊而嬾與事阻所至唯東南之顯者天台雁宕黃山白嶽四明羅浮俱未至焉問遠焉然最所神往者山則華嶽水則蜀江雖老而念不衰讀叔海詩惟恨其少將再搜堯生之作以爲參看惜亦零落殆盡矣又叔海陪易笏山先生登青城山遇雨句云眼前但見白濛濛三十六峯無一峯此種雨中遊山景余屢遇之

峨眉山中勝處有玉液泉希夷石堯生各有一詩云天地開時便此泉一泓還在佛生前夢中無路荊州去夜月蒼龍獨矯然莫將混沌比希夷鑿徧雲根石不知一笑人間驢背失與參泉味在山時又乙未遊峨眉紀行云小橋榕樹出西關行李經秋客又還未到鳳園先見畫滿城黃葉是匡山一角青山似玉壺半巖臨樹好僧居客來爲揭西菴字句曲仙人此著書孫公鍊藥此通神曾使靈山萬木春芝草朮花無恙在眼前多少病中人老樹霜紅滿卦壇神京曾自覓微官片時春夢三山曉萬里秋風一劍寒吳生畫壁有唐稱古鼎流丹石化棱一去千年人事變荒菴頭白守孤僧巫峽泉云午色風潭靜山根水穴開秋深寒地肺石古結雲胎薜意通猿過泉聲帶雨來蘇門有吟嘯松籟發天哀江行云山遠樹層層江天雨更激晚霞明雁路秋水落魚罾畫意隨人澹鄉心入夜增平皋有風力一櫂下孤鷹東山寺云楚塞秋聲合荊門樹色開客心爭到海江國一登臺落日孤鴻沒青山萬鳥來嚴城吹畫角風散峽猿哀歸州云寒

江日夜流萬古送行舟急柝歸舟市微燈石佛樓八荒同月色一葉落鄉愁此際灘聲裏洪荒四望秋烏尤雜詩云烏尤秋霽水鱗鱗紅葉無風祗似春晝出襄陽歸意冷一船山影坐詩人雲中隱約有人家洞口春流似茗芽異事忽徵樵子說千年仙鼠白如鴉人生不少杭州死獨立香中占一山萬木已枯春自在此花風雪不知寒杉皮雪屋老嚴耕白水坡前自在行見說今年山芋大不知人世有黃精趙詩多攻盧江詩多紀實也

田盤之勝殆冠京畿諸山弢菴贊虞掞東莫不繩之余寓都將十年京西巖壑十至八九京東道遠終未至也傅沅叔提學增湘今之好遊者辛亥余遊泰山道出津門林子有告余沅叔方從泰山歸當諮問之已而沅叔所以指告之者甚詳亦極道田盤之勝出泰山上並示余遊田盤詩數首未幾武昌兵事起余南去北來書篋中物零落略盡屬有詩話之作覓沅叔詩不可得今年重晤沅叔知其去年寓杭州累月並遊天目天童諸山將回津鈔詩寄示而余一日翻

檢舊書則沅叔田盤詩數紙在焉亟錄之以餉欲遊田盤者別天成寺云殘春送我出天成三宿浮屠尚有情別後難爲今夕夢再來誰識舊題名庭花何意遲遲發野鳥如呼緩緩行有約青山終不負買田二頃待歸耕西甘澗云步出西甘澗垂松綠過橋煙蘿留隱客雲葉壓歸樵僧老餘悲恅泉幽破寂寥中盤初入徑宿黛似相招由田家峪至白峪寺山勢平秀茅舍錯落春耕方急果樹著花如錦宦成歸隱者多於此買田焉云盤阿栖隱處幽絕是東山春事田園樂詩情水石閒鐘疎知寺遠松老待雲還聞有投簪客編茅此掩關登雲罩寺舍利塔云大行走薊野其陽曰田盤萬年孕奇秀千仞淩蒼顏五峯插霄漢挂月尤巑岏古寺出青杪隱隱流頳丹塔影塞外落鈴聲天半寒我昨渡臨洵縹緲堆螺鬟緣道出山麓仰面窺霜壇眞疑住眞仙勝絕非人寰山靈夜詔我幽夢猶未闌破曉理策行亭午披禪關人出鳥道上路轉千峯端何時開雲棧淩空鳴玉鑾孤松挾石起作勢如飛鸞一鐘懸樹末古鏽長斒斕意與旣飆發腰

脚初忘艱西望西山西一笑向長安東觀東海東手拂珊瑚竿前擁薊門樹後指古白檀萬象紛來赴千里歸憑欄碧嶂挂天紳羅列如朝班翠屏與紫蓋一一蛟螭蟠連岑忞俶詭到此皆幽閑似畏中峯嚴俯貼不敢干青天何蕩蕩大地何漫漫起陸爭龍蛇竄穴驚貍貛長城出遼塞壘堞無堅完落落悲風來猶帶秦民酸世變亦何已急景如飛湍嗟余墜世網束縛慙纓冠修名苦不立憂患相循環如以一坏土障彼千丈瀾如以單極絖轉彼百尺磐年時既非舊智力復苦孱猿鳥失本性置之籠檻間一旦見林壑欣然天地寬勝遊豈易得幽賞天所慳平生幾兩屐到處窮躋攀憶昔來玆寺弟昆尋清歡相引上絶頂撫松一盤桓九原不可作感逝摧心肝摩壁尋舊題墨黯字未刓伯子獨深喟早見霜毛班季子塔上書石纈苔花乾青山久相待孤雲誰與還濡筆續前題大書恣深刊山石有時泐結想眞愚頑自寫歌嘯樂寧恤招譏彈何當謝塵駕長伴山僧閒春花發古豔澗水鳴幽潺天風振衣袂更飽煙霞餐如何輕揮手好

景讓人看登高望遠百感交集好遊者往往悲樂相尋康樂柳州出以幽敻肅括耳此詩能於舒展中時用鉤勒者

舊過居庸關欲作一律詩未成只得兩句云側想井陘天一線如穿函谷地中開井陘函谷皆未經其地徒以居庸居太行八陘之一作想當然語也近讀拔可車發太原詩云山行若面壁萬竈出井底谿乾似夷塗一雨倒千里山洪激射處寸鐵變繞指洪來不及避性命眞已矣頗聞誦南皮避水亭可紀秋毫苟及物世論久猶譴壽陽扼山脊距地突高起日光易向背冷煖隔尺咫古云晉藏富丱治可互市如何棄不採失此通道旨邦人賦蟋蟀舊說襲表裏莫守閉關言險阻不足恃益可想見井陘之險在居庸上矣

江亭爲都下常遊之地遊而有詩者必至衆撥東向余索近人傳作余無以應之自來勝地名作多以近體以其易於傳誦也余數十年來江亭詩何嘗不存數首然多古體若以古體則仲毅之作便佳庚戌清明日與獨笑風持同登云

斯亭在長安高曠略得地政如長安客抵死不願吏林坰夙所嘉結構亦有致以茲愜微尙終歲十數至荒乘懷已孤取徑世所棄茲游得二子不飮亦已醉吾儕未聞道坐識形骸累猶能就蕭寂祓我經世意倚闌試垂手挂眼念山翠風景固不殊泫然有新淚其二云故山誰與歸京國誰與住江亭五寒食去日已無數男兒重時會眞若鵠待兎何期好身手俛仰溷世故春城花冥冥到眼但如霧坐令少年場孤賞寄微慕傷高取悅魂盡興若可去斜陽在煙柳歷劫此遲暮古體所以異於今體者今體往往說江亭處多古體往往說登亭之人處多也

書生好作大言自以爲器識遠大此結習殆牢不可破無論太山秋毫兩俱無窮殤子非夭彭聃非老聖人語大極諸莫載語小極諸莫破大言賦小言賦不足以盡之也韓杜詩之能爲大言者至巨刃摩天揚刺手拔鯨牙舉瓢酌天漿未掣鯨魚碧海中鯨魚跋浪滄溟開而止耳可謂莫載否乎

李習之論文謂六經之創意造言皆不相師故其讀春秋也如未嘗有詩也其讀詩也如未嘗有易也其讀易也如未嘗有書也其讀屈原莊周也如未嘗有六經也古之詩人亦然一人各具一筆意謝之筆意絕不似陶顏之筆意絕不似謝小謝之筆意絕不似大謝初唐猶然至王右丞而兼有華麗雄壯淸適三種筆意至老杜而各種筆意無不具備大歷十子筆意略同元和以降又各人各具一種筆意昌黎則兼有淸妙雄偉磊砢三種筆意北宋人多學杜韓故工七言古者多南宋人稍學韋柳故有工五言者南渡蘇黃一派流入金源宋人如陳簡齋陳止齋范石湖姜白石四靈輩皆學韋柳或至或不至惟放翁無不學獨七言古不學韓蘇誠齋學白學杜之一體此其大較也

黃山谷謂疏影橫斜一聯不如雪後園林一聯云云余爲廣其例曰韓退之之日照潼關四扇開不如其一間茅屋祀昭王柳子厚之獨釣寒江雪不如其欸乃一聲山水綠柳州柳刺史種柳柳江邊不如白樂天之開元一株柳長慶四

年春

詩貴淡蕩然能濃至則又濃勝矣詩喜疎野然能精微又精善矣鳴鳩乳燕青春深落花游絲白日靜雷聲忽送千峯雨花氣渾如百和香可謂濃至穿花蛺蝶一聯可謂精微

石遺室詩話卷十九

東坡七言古中間全用對句排奡到底本於老杜岳麓山道林二寺行他如洗兵馬追酬高蜀州人日見寄則全對句而有轉韻東坡郤少學后山七律結聯多用遝語對收則學杜而得其皮者山谷鐵厓多學杜之七言絕句

白樂天寄韜光禪師云一山門作兩山門兩寺原從一寺分東澗水流西澗水南山雲起北山雲前臺花發後臺見上界鐘聲下界聞遙想吾師行道處天香桂子落紛紛此七言律創格也惟靈隱韜光兩寺實一寺一山門實兩山門者用此格最合其餘東西澗南北峯前後臺上下界無一字不眞切故此詩不可無一不能有二惟東坡能變化學之遊西菩寺次聯云白雲自占東西嶺明月誰分上下池略翻樂天意說之也據咸淳臨安志寺前有東西雙峯寺中有清涼池明月池有似靈隱韜光故東坡亦分東西上下言之又贈上天竺辯才師云南北一山門上下兩天竺又自普照游二庵云長松吟風晚雨細東庵半掩

西庵閉皆用此例亦以天竺寺有上下庵有東西故也王摩詰訪呂逸人詩云城上青山如屋裏東家流水入西鄰又樂天詩所自出

濤園說詩時有悟入處近年在上海與蘇堪諸人作溫經會不止胸有左癖矣嘗云昌黎南山詩連用五十一或字少陵北征已有或紅如丹砂或黑如點漆之句實則莫先於小雅北山或燕燕居息或盡瘁事國十二句連用十二或字余謂北山將苦樂不均兩兩比較視南山專狀山之形態有寬窄難易之不同北山到底竟住斬截可喜南山則不免辭費故中多複處如或戾若仇讎非卽或背若相惡乎或密若婚媾非卽或向若相佑乎或隨若先後非卽或連若相從乎其餘或赴若輻輳與或行而不輟或妥若弭伏與或頹若寢獸大同小異之處尚多故昔人謂北征不可無南山可以不作也且其疊用若字如字或字又本於高唐賦之湫兮如風淒兮如雨若生於鬼若出於神神女賦之耀乎若白日初出照屋梁皎若明月舒其光曄乎如華溫乎如瑩洛神賦之翩若驚鴻

婉若游龍髣髴兮若輕雲之蔽月飄颻兮若流風之迴雪皎若太陽升朝霞灼若芙蕖出淥波肩若削成腰如約素或戲清流或翔神渚或采明珠或拾翠羽諸句來也等而上之淇澳之如切如磋如琢如磨如金如錫如圭如璧板之如壎如篪如璋如圭如取如攜蕩之如蜩如螗如沸如羹三百篇早有之矣

詩有用事甚切不能以白描見工者濤園由戒壇至潭柘六絕句之一云金光示夢託幽州儒佛平分願力周別緒答書各精絕太平相國擅風流（自注讀壁間大興朱文正碑記）大興佞佛媚神兄弟一爲學士一爲宰相與摩詰夏卿兄弟皆佞佛一爲右丞一爲相國者正同未絕風流相國能杜詩也余有懷舊絕句三十三首中懷黃小魯兵備云投老漢陽黃魯髯靄園樓閣幾堆鹽追酬人日高常侍詞翰招魂待伯嚴亦用杜詩伯嚴每至武昌必住小魯靄園常招余及實甫諸人賞雪賦詩小魯有贈余長句一首久覓不得近乃得之又懷寶竹坡侍郎壽伯福仲福兩公子云山賊頗疑謝靈運行吟絕類楚靈均闔門

十口歸泉路孔釋空嗟抱送親余初見竹師時兩公子方幼初讀大學論語故用徐卿二子詩語濤園展墓雜詩有二首最佳云奔湍十里傍山行亂石澄沙作鏡清腸斷父兄攜我處白頭來此聽溪聲臨風啜茗麤蘆店歇擔聽泉玄帝亭不惜餞餘留草草媿無健步踏青青（自注先公遺訓子孫步行上冢）腸斷句用荊公詩亦切近又點有寄畫齋詩首聯云人間好手畫齋叟獨障東風作惡場珍午爲奉天巡按使東事方棘用荊公詩恰好

久不見次公詩忽得其來函有近作數首寄心與云不見詩人何水部秋來爲句定何如孤絃豈待成三歎出手還應敵萬夫小札伶俜隨雁去空山寂寞憶吾無西風仔細塵相汚莫遺黃花負酒罏附注云念聖頗知近代砌詩之非而筆意亦復不能切近甚願有以詔之次公詩向來過於苦澀方思道之使出此作卻甚切近逈不似往日之作矣憶前年與次公談心與詩頗以余爲過許去年忽言心與不易得吾知次公眼力漸能放寬筆意漸能放出矣句云看人簷

蝠翻今夜與子秋蛩共一牀又秋後十日登陶然亭因題二絕句之一云題壁江亭得幾回平肩草樹欲劖灰詩人別有登高眼不在尋常庾賦哀十三夜坐月云皓月不易覯流雲空夕陰居人黯無寐下榻赴相尋觸足蟆爭奮傷高雁恐喑幽憂誰解似還與夜沈沈皆不入晦澀者

近來致力爲詩者梓方師曾敷菴大半瓣香黃陳而出入於宛陵荆公月季有新作數篇遠來請商酌敷菴尤苦吟如呈伯嚴丈云散原品節匡山峻老主詩盟一世雄天宇冥鴻避矰繳蘧廬萬象入牢籠欲同無已尊雙井每過斜川問長公曾酌西江微辨味伐毛從與乞玄功此首可謂雅切精微同內子遊崇效寺看牡丹云趨人巧勝住長安佳日攜持得小歡著語花間忘漸老追春蘭若故相干當門未滅芳菲意坐對眞同耆舊看閒裏不妨歸轡緩騁懷猶踏六街寬著語坐對二語有意味乙卯上巳集十刹海分韻得服字云性癖躭散誕起倒不供俗勝日偏著忙疲腳爲游目不愁春路泥去覓河橋曲得水如得寶渺

然在濠濮矧茲水可師自潔而納濁相攜就風漪寧用兼竹肉隔年煩穢迹祓除苦不速一嬉捐百憂臨流岸巾幅驗候鳴禽變視景隙駒促日昏可微寒及此未春服此詩佳處有數自癸丑上巳任公集都下數十人修禊於萬生園於是歲有是舉數見不鮮師曾以爲循例之集難得好詩者也今如隔年云云則一年一修禊眞嫌少不嫌多矣十剎海水本不深今年尤濁今云得水如得寶又云自潔而納濁爲水占身分卽爲已解嘲至路遠人多酬酢繁勝日著忙一韻盡之矣余是日亦與嬾作詩以意授暨兒使代作云今年節序晚三日春氣王柳綠花亦紅新水鴨頭漲主人誠好事選勝費供張主十客則百百種采時望熙熙疑啖名矯矯類高尙（所請客有不至者）平生樂遊意魚鳥且相忘酒杯偶借人詩筆吾自放詩成人得之人得我何喪臨水復須臾天際雨雲釀

今年中秋前一夕雨中秋日小雨雨止猶陰其夜忽大晴坐月南窗下四更方寢欲得一詩不成次日樊山見過攜示中秋喜晴一律云南山莫復詠朝隮離

合陰晴理不齊隔宿廣寒施膏沐今宵世界入玻璃經年大隱依金馬滿院秋香扇木犀説併移花兒女事老人拈取作詩題（通考中秋爲移花日）是雨後夾夜得月詩三四眞所謂如祖腹中語者矣敷菴一律亦佳云天公作勢不教晴失喜雲開皎月生蓄意預期今夕樂舉頭忽動故鄉情倚欄歷落看星斗照屋東西有弟兄報答秋光無別事長謠眞欲到天明掞東云風雨方愁敗月明層陰將夕翳高城長空忽遣浮雲盡萬里相看秋氣清兒女中庭分芋栗鄰家深夜沸琴箏遙憐玉臂清寒甚水宿吳江第幾程（內子方自廣州北來計程當至上海也）樊山並示中秋前夕雨云玉水殘荷葉葉鳴鳳城一夜雨連明建昌約略無多柳第一難禁是此聲燈火笙歌滿帝都中秋兒女競嬉娛從來天意人難料明日焉知月有無淺注茶甌深閉門吳綿桂布有餘溫寫經窗外芭蕉雨不信能消衲子魂有酒盈尊粟滿瓶夜編詩草曉溫經老年物物俱平等苦雨酸風盡可聽節物催人稱老懷彩旗金兔滿天街嫦娥見慣渾閒事

轉愛淸秋雨滴階余夙謂樊山今之白樂天觀此數詩愛月亦復喜雨眞白傅性情矣

師曾詩時有深厚可誦者如讀大人攜家集河舫詩感賦云幽居藹暮春懷歸念彌切昏夜夢到家白日腸百結高軒眺空翠小几坐𨉖硊暖雨開昭晴初花美可擷出門臨大路障面塵滿壁奔騰咫尺地萬事一飄瞥昨者弟書至函中父詩出全家健游衍江南佳氣節雲光漾簪裾逸興動城闕秦淮數篙水恍與蓬瀛接嗟我滯東海定省久隔絕蠹蝕片幅紙捧讀若造膝曠哉望波濤愁焉生怵惕所求已微茫荏苒送歲月長懷擁殘卷短景羨飛翮乾坤未寇亂骨肉竟闊別妻孥置天外弟妹渺難集人生信隨化聖跖亦溷跡漂泊無東西甘苦喩魂魄何以慰親歡頑健強加食雨夜至龍泉寺晤柳翼謀淩宴池兩君云拾磴見淩子入門揖柳侯僧房若桃源容我漁人舟各吐所歷事剌剌夜不休柳侯謂予言寅也嘗同遊（翼謀嘗同六弟遊臥佛寺）其時建子月嚴寒凍氈

裴曉日雪色白晶瑩燦林邱佛倘合眼臥浮閻幾沉浮豈復得此會咄咤非人謀嗟余獨後來路險窮冥搜雨溼垂天雲濛濛匝四周步出靈光寺暗葉鳴我頭踏足翻蹄涔髣髴窺龍湫石竇薜荔仄一燈射兩眸層霄漏微月一見不復留神人閟精魂颯颯千巖秋觀空咫尺地泱漭淩滄洲手攬靑芙蓉憑虛結飛樓笑謝雞蟲境還同猿鶴儔次首中數韻寫出黑夜山行景甚似少陵

悼亡詩古今不知凡幾眞悲哀者卻少師曾屢有作無不眞悲哀者春綺卒後百日往哭殯所感成三首云我居西城闉君殯東郭門迢迢白楊道萋萋荒草原來此盡一哭淚洗兩眼昏既不簠簋設又無酒一尊焚香啓素幄四壁慘不溫念我棺中人欲呼聲已呑形影永乖隔目渺平生魂我何不在夢時時聞笑言倏忽已三月卒哭禮所敦我哭有已時我悲鬱難宣藕斷絲不絕況此綢繆恩苦挽已殘月留照心上痕故人九原土新人三寸棺相繼前後水一往不復還我何當此戚淚眼送奔瀾生時入我門綠髮承珠冠死別卽塵路靈輀載嗚

鑾忽忽十年事眞作百歲觀念此常惻愴淍我少壯顏少壯能幾何厭浥朝露團會當同歸盡萬事空漫漫孑身轉脫然於我一何忍相期白首歡豈意娛俄頃當時攜手處一一苦追省伸紙見遺墨檢篋得零粉衣綻何人補書亂惟自整亦有滿院花獨賞不成景一昨致盆蘭三日葉枯殞似我同心人壽命恡不永鬱陶對暗壁淚若繁星隕天乎何困予江海弔寒梗有生有憂患此味今再領第二首冠鑾二韶眼前事人不能道愈瑰麗乃愈悲痛所謂不堪回首也瑰麗處如讀漢書韓延壽傳師曾哀樂過人眞悲哀語皆非淺衷人所知

陳后山逝日會祭賦詩昀谷別有命意外以師曾作爲佳詩云志士何所貴溫飽無慚顏凜此耿介節誰不爲後山我讀後山詩冷徹毛髮間沈思無他奇投老終一寒荒茫八百載絕壑空躋攀衣食誠細故義在非苟安推其惡惡心塗炭汙衣冠奉身若珪璧況肯蟻附羶儈寮設齋供公其來盤桓殘年作癡事或與同鹹酸我惜未赴約追懷成永歎此詩可謂筆筆正鋒墨無旁瀋矣

穆庵以近作一卷請爲去取篇數無多皆七律有一首最爲自然題係近於津門刻成塞向翁詩題四韻以貽知翁者詩云平生師友死難忘俛仰津門去日長斷手南豐詩一卷傷心東野淚千行夢中相見寧能語醉裏言歸未是鄉題寄杜陵諸故舊浮雲江海日淒涼又沈君硯農爲余作嶽雲聞笛詩卷序甫脫稿遽歸道山嗟戚何君爲補書卷上幷許助勘印師遺稿長句志感云經年積慘應銷骨師友倉皇賦大招漫約精魂訪圓澤還將生死問參寥山陽聞笛人何往蜀道啼鵑恨未消獨有王雲知魏衍后山詩許助編雕句云花市魂歸傷晚菊菱湖人往泣殘荷每參詩味蜂成蜜追憶談機劍剸鐘夢去齋荒餘酒意（印師有安酒意齋）秋寒墳遠鬱詩魂對床夜雨渾成憶將母危城忍更論皆爲其師印伯作也送李孺菴云殘陽欲墮留疎木結習都除到散花再贈小石云我比未歸衡浦雁君寧再食武昌魚語意多悽惋年少旅食又益以感逝傷時也

詩以含蓄爲工夫人知之然含蓄殊不易張篁溪以歸釣圖請人題詩而篁溪初未歸也余生平語言戇直作詩亦時復如是題二十字云有溪復有篁其魚樂於我願君直其鉤釣不釣俱可年少爲官本不必歸並不必言歸也林宰平題一五言律云所得是幽適深期水竹居低迷南國夢寥寂故溪魚獨繭危非絕方舟觸已虛嚴灘千載意共遂此心初曰深期曰低迷曰寥寂嚴灘以意言遂初以心言可謂妙於語言獨繭二句妙又在語言之外

梁節庵讀書焦山時王可莊守鎭江兩人至相契可莊沒節庵過鎭有詩甚悽惻常以書扇前編詩話已詳之鄭稚辛有遇節庵七古云朅來嶺海南風吹中有一老形支離平生不識談忌諱世人妄指乖崖師闕里諸生優入聖絃歌莫起傷時病五年吟榻損腰圍放浪曾隨陳與鄭我讀君詩恨未多潤州夜泊愴如何何當摩得焦巖石瘞鶴銘前見擘窠末四句卽言其事節庵此詩宜刻焦山石上爲鎭江志他日添一故事也節庵年才過五十鬢髩蒼白頰有龍鍾之

態故有形支離損腰圍云云

逸儒有中御河詩云中御河橋斜日晴柳條禿盡見輕盈雲鬢高髻欄干擁毳幕韋鞲屈戌明逆旅儼膺六國印盤餐猶享五侯鯖莫嗟避地津難問別有桃源近禁城此首言辛亥革命之際清室親貴擁厚貲者以重價賃交民巷六國飯店全座巧爲藏身之固外國人租界革黨明知之莫敢誰何也時當秋冬之交河沿柳條禿盡旗女之高髻者輕盈見於樓上欄前矣樓中則毳幕韋鞲銅鋪屈戌明可照人也第三聯比擬尤爲工切樓蓋臨中御河云又有見云東風扶上酒家樓紫紫紅紅破客愁興廢何關兒女事拋家髻換牡丹頭風調頗似元末張光弼楊廉夫之作

沈壽銘本浙人流寓閩中抑鬱不得志以死年才二十餘有碧蘿山房遺稿一卷其友程旭庭參政樹德序之稱其爲文倜儻有奇氣詩似黃仲則哀其遇謀欲傳之句如湖水極天詩句碧岩花撲几道書香榕竹陰中千嶂月桔槔聲裏

一溪煙清簟柳陰留客榻疏燈木末讀書樓斜陽疑夢碧紗外落葉如潮紅樹邊寫吾鄉烏石山一帶鄰霄臺積翠寺雙驂園風景如展圖畫矣又云今夜南樓知更好江城如畫月如霜卽憶積翠寺作也全首如馬江暮歸云布帆水鳥不停飛暝色高低入翠微十里江風吹雨急暮寒滿載一舟歸夜雨懷珪如云蕭齋三日雨永夕起相思有酒念吾子終年無一詩夢殘花外滴秋老鬢邊絲不寢篝燈讀微風自入帷

同邑林希村名如玉後改名㝡由優貢生舉孝廉屢困公車晚以縣令需次浙江憔悴以死少日嗜奇記醜爲駢文驚才絶豔在金應麟王曇之間作詩喜掉書袋足跡所經有露筋祠銅雀臺陳橋驛湯文正故里易水蘆溝橋琉璃河拒馬河滹沱河督亢陂方順河樓桑村黃石公修道處盧子植墓下酈道元故居張桓侯故里趙佗故里尋華陽臺故址諸詩多循例懷古因地求題因題求詩者獨喜其虞山弔錢宗伯四絶句末一首云倉皇同志有忻城鐵騎橫江把臂

行愁殺石城閒草木當年親見楮淵生工穩而不黏著又社集賦得莫愁湖鴛鴦云笙歌艇子破愁圍載得王昌緩緩歸左右成行三十六一湖春水落花肥李易安論詞所謂本色與險麗兼而有之矣中間游蜀年餘歸余以便面使細書所作數十首未幾失之可傳者遂寥寥矣希村與吾鄉梁開萬億年林枳懷葉與恪林怡庵諸人結酒社日高睡起即入酒樓終日痛飲醉則歌呼笑罵夜深乃扶醉歸蓋晉七賢八達之流也開萬爲芷鄰中丞孫與恪爲毅庵先生曾孫怡庵爲蘇堪舅氏希村爲匆郇中丞少子枳懷亦饒有產業皆能不事事而沈飲至今思之猶可見吾閩同治間恬嬉之景云余前數年偶歸里郊行過後縣（小西湖邊地名）亂山中忽見希村之墓不覺失聲悲咤故去年懷舊詩三十三首之一云蟲官憔悴向西湖誰識高陽舊酒徒腹痛過車逢宿草可堪斗酒隻雞無

曾剢叟福謙舊歲抱其所爲詩請余爲敘辭不獲乃爲之言曰人生自五十以

往少日朋好猶有密邇相過從者不易得也況於文酒會合又在他鄉數千里之外乎乿叟少舉於鄉與先伯兄稔余時年方十五六厥後余兩試禮部乿叟始成進士於今且三十年矣人非金石焉得不衰且老又況乿叟由部曹改官縣令遠適蜀中宰數邑循聲甚著而被議以歸窮老客都門筆墨自活眷屬留滯天一方前後喪數子喪妻噫古今文人多窮未有如乿叟之甚也然乿叟天機曠達有詩數卷能爲袁簡齋張船山下筆每不自休故喜從時流爲詩鐘追奔逐北日夜不勌歟畏廬老人議集鄉人之在都門年六十者月一爲文酒之聚乿叟之詩尤宜於香山老人之會者矣有自檢吟草一絕句云年來詩思太闌珊俗狀塵容困應官細把作詩與官較好官猶易好詩難有哭大兒爾鴻五古數首朴質沈痛太悲不忍錄之矣庚子人日遊浣花草堂句云百年虛度幾人日萬里來遊此草堂辛丑人日重遊浣花草堂句云梅紅竹翠浣花溪風日暄和出郭齊草草各攜新酒榼年年莫負好詩題能稱題自是好詩也

康步厓同年詠汀州人未弱冠登科以中書舍人留寓都門數年從竇竹坡先生學詩詩意淸苦亦境遇然也偶作句云愁殺濃雲如潑墨隨風幻作故鄉山淨業湖樓飲酒有懷王芷亭先生云宿雨霽城隈登臨眼界開山雲渡溪澗湖水潤樓臺昔日諸詩老何人共酒杯可憐堤上柳依舊送靑來秋夜獨坐句云秋聲初到樹月影欲移花通州道中云鄉心越閭海秋色上燕臺中秋對月有懷菊客云聞道今宵月天涯共此明可憐歡笑日不解別離情路已歧南北身何問死生秋階風露冷贏得兩淒淸此詩甚淒淸菊客壽伯福號竹坡先生長公子步厓所日與倡和者也

蔣則先楷荆門人官山東知縣有長城嶺詩云朝自夏張來莫投張夏去征車此暫停齊魯分疆處歸舟口號云江南江北山馳去我向春江水來處舟尾浪花如雪翻回頭已辨漢陽樹陶然亭云定知疏野勝繁華拂露衝煙一徑斜爲綰春心垂柳線故含秋意長蘆芽虛堂寥落年年燕淺水縈紆處處蛙梵宇倘

存耶律石不知人世幾紛拏頗肖南下窪一路行來景物

會稽施山字壽伯有通雅堂詩鈔十卷仲魯尊人也泊富春句云山多竹樹尤生色風過江潮不帶塵寫出極清江色村居云爐峰佛髻到門青修竹柯山水上亭屋側樓前雙槳去筍租時節雨冥冥夜宿鄱陽風霾大作望廬山不見禱之以詩云三百里鄱陽源頭章貢長連天沈夜氣立海障秋光南斗搖明滅銀河入混茫精誠如可格明日豁青蒼登黃鵠山云浩浩流江水蒼蒼鬱楚山人民非昔日黃鶴不須還月夜過黃鶴樓廢址云巴水秦川過漢皋江明沙白靜風濤九州多事天難問萬籟無聲月已高地負重山原險隘客遊三楚易牢騷樓臺興廢尋常事極目東南戰伐勞

金蘷伯石亦會稽人與顧石公交甚密有贈石公云石公居在盋山麓閉戶著書甘陸沈訪君幽徑想濠濮投我新篇如谷音詩界漫從禪理證霜華早向鬢邊侵槁梧坐據足消日任爾成虧昭氏琴沈音琴三韻皆極肖石公之爲人徑

字稍差。

偶與樊山談張野秋尚書（百熙）吳子修學使（慶坻）兩人皆使蜀喜爲詩詩相似存詩多寡亦相等樊山謂子修較勝今各舉兩三首以訊言詩者子修秦亭山下作云宴坐向林薄客懷殊悄然千山寒作雪一艇晚衝煙稔歲驩村叟幽棲緬昔賢葦花楓葉外詩思寄誰邊雨中度百牢關云百牢關上逼青層七折危坡策蹇登雨氣東來接嶓冢江聲西走出嘉陵畫分秦蜀知天險細說山川有客能少小曾經今老矣恨無奇句狀崚嶒野秋衡陽舟次云城郭日初夕關河秋欲霜人隨湘水遠天帶嶽雲涼疏柳依荒渡寒花隔故鄉離心與飛雁一夜過衡陽謁少陵先生草堂兼展陸放翁遺像云成都舊茅屋遺構識幽栖亭閣地俱古江山風始淒百花一潭近萬竹四松齊（四松萬竹公詩）不見杜陵叟夕陽空鳥啼配食劍南老始聞嘉慶朝可憐心激壯猶見髮飄蕭舊國東歸晚中原北望遙英靈定何在杯酒一相招贈程子大句云鞦韆明月張三影冠

劍丁年溫八叉皆有唐調

北人能詩者少有之則往往意直詞顯而筆氣卻不靡弱雄縣張玉裁同書大學文科畢業充陸軍大學教員喜爲詩筆勢軒爽但時作悲慨語十首以上詞意多相近余勸其多讀少作且讀書不但讀詩自有左右逢源之候如晚眺云夕陽莫惜近黃昏一片孤城古薊門貪看秋光忘久坐殘紅莽蒼接中原夜坐云荒亭一雨淨纖塵刼後看花涕淚新日暮更無修竹倚一鉤涼月上吟身泣月寒蛩抱葉蟬秋來事事感華年小窗畏讀秋聲賦且檢南華秋水篇上石遺師云不承謦欬又經年每讀高文意爽然三載排除無事擾八閩山水以詩傳放翁索句衰年健子美攜家久客便知有萬人聽說法一燈炯炯月孤懸句如江山已老人猶在又趁斜陽作薄遊四壁蟲聲侵曉急半牕花影入燈悲文能貴紙偏憎命色不傾城恥效顰詠天壇檜云堅貞不共山河改遲暮憑教霜雪侵皆可誦者

都下讌集多相率爲詩鐘否則劇棋也否則徒餔啜而散也隨意清談能流連半日者寡矣余最喜清談然往往相思命駕而一坐未有深言無意過從而娓娓不能遽已每誦汪君剛曾武句云偶然好夢皆奇遇隨意清談亦宿緣以爲知言君又有句云總因歡聚少愈覺別離難皆倉山詩話中佳料也

今春有人持張都護詩存一册見貽。錢塘張今頗上將錫鑾所作。開卷有蘇堪一序。略云。孝胥稱疾解兵。樓居五年。其出關也。挾嶔崎歷落之氣。悲歌慷慨而至瀋陽。亹齊民政語余曰。子聞遼東有快馬張其人乎。吾都護張公今頗是也。明日見之。長身赭面。眉目聳異。三十年間。馳騁關外。捕賊卻敵。崛起牧令。以歷監司。其排難解紛。抑強扶弱。滿蒙羌漢。望若神人。家人婢媼。舉其名以止兒啼。此又一張遼矣。余喜就之語。益習。輒告余遼瀋近來失敗之狀。以及邊塞異聞。軍中軼事。已而撫髀喟曰。吾年且七十矣。前年喪愛妾。今鬱鬱無以自聊。惟銜風躍馬。以寄平生志業不遂之孤憤耳。此公之意態。殆與榆關之連峰。壺島之怒潮。同爲余東行懷抱之新得也云云。七月。今頗入都。忽介醫隱過訪。余縱讀數十年來典兵治民決獄事。時方爲東三省將軍。欲邀余出關遊千山。既別。余述爾日彼此所言者。賦五言二十四韻贈之。今頗喜。爲詩多悲壯語。又時有悽艷語。甲午中秋前日左冠廷軍門戰沒平壤詩以弔之（公諱寶貴山東費縣人）云。屹屹孤城獨守難。祖邦西望各軍單。大同江上中秋月。長照英雄白骨寒。軍克寬甸口號云。邊城久陷倭人手。一戰能收匪所思。四野歡呼元佐懼。新軍初試大功時。今頗爲余談寬甸戰事甚詳。清明野望云。亂後逢佳節。難爲塞上春。幽花開白骨。紅照陌頭人。一片斜陽裏。千聲野哭新。聽來腸欲斷。況是客中身。以上甲午後之作。幽花一聯。悽艷極矣。中秋無月云。牢落天涯望止戈。和戎消息近如何。嫦娥未忍開明鏡。千里沙場戰骨多。庚子作也。王郎歌有云。結交廿年吾畏友。一城日夜謀攻守。詎知檄下守中立。局外虎狼教袖手。又云。吁嗟奇局亙古無。客軍血竭吾脂枯。又云。俄兵不退日兵進。主人中立村爲墟。吁嗟奇局亙古無。此首癸卯冬日俄戰時作也。亡友黃仲弢嘗云。中國可謂局中外立矣。乃自以爲局外中立乎。九日偕同人登鳳凰山云。世路險如此。山空任虎行。孤松蟠地起。亂石倚天生。杯酒重陽日。烽煙兩國兵。我來登絕巘。海宇盼澄淸日本倉辻君櫻雲督工兵於鳳城南河建長橋利行人有云徑盡橋來山更轉造成世路曲如弓次日本軍政大原武慶韻云天風吹送雪聲乾擊劍談兵夜未殘浩刼乾坤塵莽莽他山松柏氣丸丸寄森井國雄野鶴云野鶴橫飛向戰場鳳山鴨水幾翺翔筆鋒殺敵無餘事獨倚寒燈拂劍霜以上皆日俄戰時作中秋月下云故教明月滿來照客身單過大高嶺云磊石支行竈炊煙散晩霞鄂城春感云黃鶴不歸杯獨舉白虹如此劍空磨舟夜懷子久三弟云推篷看月月如水征雁數聲天未明題友人畫帳云年來一副看花眼獨向天南望洗兵再經豐樂河云昔年匹馬孤征地又向江天鼓棹來落日掛帆風力飽犨山列戟戰場開軍餘野壘生春草亂後殘村出刼灰舟泊安陸（昔霆軍大破捻於此）云戰地重經百感生扁舟獨繫楚王臺十年回憶親戎陣萬里長驅踏虜營禾黍已高驃騎壘波濤猶恣海門鯨湖山淸靜吟懷壯極目乾坤無限情晩泊襄陽云襄陽舊是論兵地回首閒關破陣年春草綠封新鬼墓野雲

紅燒夕陽天。三詩爲老將重經戰地者生色。後詩即永濰河銘軍大敗後之戰。
今頗曾爲余述之。穀城書懷云。生事勞行役。春光穀伯城。幽花明客眼。細雨滑
鳩聲。山行云。障面疑無路。穿雲始見村。防秋茅結屋。捍虎石爲門。晚行云。落日
疑防虎。饑鷹欲趁人。餘櫪馬歎。經漢川天門兩縣潦地。慨然有作。送曾子全從
軍之秦八首。寓懷一首。皆有壯氣。寓懷作已敘於余贈詩中。
三六橋有朔漠訪碑圖。徵知交題詠。所訪之碑。云有數十種。非專訪一闕特勤
碑也。闕特勤其最著者耳。余亦勉湊一首。略舉度人經回鶻九姓兩三事。孤陋
寡聞。不足道也。絅齋作詩。長於考證。此題亦專言闕特勤一碑。云。北徼貞石似
星鳳。諸老夢想和林碑。李（文誠師）袁（忠節公）王（文敏公）盛（意園祭酒）
恣搜討。曾從末座參然疑。斡羅布拓苦未審。（俄人用洋布拓之送至譯署）
氊槃初至施氈椎。（志文貞始用紙拓。流傳甚少。）吾友可園晚持節眩靁處
月鋒車馳。萬安宮圮獨憑弔。窩朵故址無留遺。兩盟之閒訪巨碣。摩挱卒讀忘

胼胝。手打百本餉朋輩。築亭蔽翼勤護持。碑陰深泐突厥字。旁行左右蟠蛟螭。雙溪醉隱惜未見。得君表襮珍瓊瑰。（碑陰及左右側均突厥文，從未經人道及，君始椎拓之。）我思李唐全盛日。北庭金滿開藩杝。鼠尼昆木來稽顙。都摩友闕觀朝儀。下馬捧觴學舞蹈。丹鳳樓下揚棱威。骨咄攴子實人傑。光復舊物恢層基。兄爲可汗身作佐。默啜虐政親芟夷。棄仇獨能用暾谷。殊方載赫無愧辭。呂向齎詔致賻賵。戰圖畫象森祟祠。御書特遣高手刻。六人姓氏知爲誰。（特以高手六人往刻此碑，見新唐書。）察書市石越沙磧。千載屹立光北陲。特勤音轉卽台吉。古今譯語無柴僞。耶律北人可徵信。史文作勒原誤歧。方今北盟正雲擾。雄圖安覬成吉思。金奔巴瓶詎足信。覺迷益使從者迷。展圖喟息拓遐想。安得再遇開元時。案此碑六橋自有跋云：是碑在圖謝圖汗三音諾顏兩盟交界處，距額爾德尼昭二百里許。庚戌駐節庫倫，乘邊之暇，搜獲古金石數十種。此碑尤爲瓌寶，可讀者共四百五字。逾年重拓二百紙，有一二字又爲風霜漫漶於是建亭護之所稱闕特勤者非名官也曰諱從俗以成文也古碑例書官不書名此爲故闕特勤之碑可知官矣何官貳特勤也骨咄祿之次子苾伽可汗之弟非貳特勤而何疑即欽定金史國語解之德(特)伯(伊)勒也解曰迭勃極烈倅貳之官迭勃極烈即德(特)伯(伊)勒也蒙古謂其次曰德(特)漢書單于既得翕侯以爲自次王陳湯傳康居有副王傳云毗伽可汗以特勤爲左賢王此三者又可爲貳特勤之證可汗爲酋長特勤亞於可汗以序行論以官爵論闕均可訓次且隋大業中西突厥酋長射匱有弟曰闕達設今蒙古汗王第二子猶稱德(特)台吉滿洲語謂貳讀若(拙)與闕音尤近突厥語與蒙古語輕重緩促微有不同突厥曰可汗今曰汗可汗妻曰可敦今曰哈屯大臣曰業護今曰賚特長言之爲德(特)伯(伊)勒短言之豈非闕特勒乎特勤爲特勤本音汗王子弟之通稱近世所謂台吉者也譯入人殊碑作勤蓋御製御書取雅馴耳然不僅此唐人以勒作勤亦數見焉唐書武后改默啜爲

斬啜。又改骨咄祿爲不卒祿。碑云特勤可汗之弟也。可汗猶朕之子也。父子之
義。既在敦崇。兄弟之親。得無連類。其改勒爲勤宜矣。撐犁皆借字。撐犂孤塗。此
言天子。屠耆此言賢。皆匈奴語。眩靁。漢書匈奴傳。又北益廣田至眩靁爲塞。服
虔注。地在烏孫北。處月。五代史唐本紀。沙陀者。大磧也。在金莎山之陽。蒲類海
之東。處月居此磧。號沙陀突厥。是眩靁古塞名。處月部落也。唐世突厥浸太北
燮西隣。以包全境而言。丁零故地。在突厥北。今俄羅處。義爾古德部。其疆域廣
矣。此碑自元耶律鑄以來。世所罕覯。雖經俄人暨志薑盦將軍先後發明。中外
談金石者。又各有考證。然碑陰並左右側。附刊突厥文字。無一流傳。亟命廣拓。
以公藝林。有阿史那氏墨緣者。宜共珍之。此跋考訂極爲翔實。特勤必當作特
勒。迭勃極烈與德特。台吉兩證至確。作勤者唐人肊改之也。絅齋好學深思。必
未見此跋。故反以作勒爲誤。歟起數語。想見潘文勤李文誠諸老考證北徼石
刻椎輪下手之時。

亡友李次玉格自號佛客拔可尊人年少驚才益以悼亡工愁善病喜倚聲能爲險麗之詞出入秦柳時一涉筆二安二十餘歲時嘗刻詞一卷要余作敘詞不可得敘亦亡之久矣憶丁酉正月余薄游建寧將歸而次玉至道往武夷聚逆旅中者十日深言備至騷屑夜闌瀕行送以絕句云九曲溪山我舊遊滯淫春雨幔亭舟獨留一角流香澗讓汝題詩在上頭澗武夷最佳處余獨未至此詩未刻集中今尙能記之又乙未正月在金陵與次玉暾谷數人騎馬遊燕子磯中途次玉墮馬而返三十年舊遊獨憶此兩聚如在目前耳

余不工詞斷絕下筆者且三十年而友朋乞作敘者乃時時有之甚至古微爲今世詞家一大宗亦再三使敘其詞余辭謝堅不敢承矣然生平謬論不存文稿中亦有不必盡掩者雜述之如下敘次玉詞尙記得兩小段云昔宋人選詞命曰樂府雅詞論詞則曰不惟淸虛又且騷雅夫宋人之工於論詞者前惟李易安後則張玉田易安自爲詞當行本色時復險麗爲工固宜詆諆所及無當

意者。玉田持論如彼。至其自爲亦不能盡如所言。而騷雅之論。則歸於無弊者
也。又曰。詞者意内而言外也。意内者騷。言外者雅。苟無悱惻幽隱不能自道之
情。感物而發。是謂不騷。發而不有動宕閎約之詞。是謂不雅。而唐宋人採樂府
之音。以製新詞。乃以詞爲其專名。指可知已。
又作次玉詞敘。竟意有未盡者。漫書之。論詞於北宋人。則曰婉約而豪放者病
矣。論詞於南宋人。則曰清空而質實者病矣。又其至者。則曰當行本色而險麗
者抑次矣。然語清空者。固目質實爲晦澀。貴本色者。以險麗爲著力。而清空本
色豪放。皆有滑易之病也。救其病。固無過於騷雅。
自浙派盛行。家玉田而戶碧山。然其弊也。人工賦物。技擅雕蟲。蟋蟀熒火之詠
不絕於篇。春水孤雁之作。開卷而是。游詞之誚。良無解已。矯之者爲南唐爲北
宋。然而連篇累牘。子夜讀曲。謬云託興。其實賦也。夫檀欒金碧。乃云何處合成
愁。千古江山。能作煙柳暗南浦。以夢窗爲一。於質實者。固屬目論。以稼軒爲專

於豪放者尤瞽說也

敍胡式淸詞云夫爭淸空與質實者防其偏於澀也爭婉約與豪放者防其流於滑也二者交病與其滑也寧澀矣謂澀猶爾於雅也今試取晏元獻秦淮海周淸眞諸家詞讀之非當行本色淸空而婉約者乎然險麗語入於澀者時時遇之但不若近人專奉浙派本無微言深託動詠小物爲世詬病耳

敍吳縣曹君直雲瓿詞云賢者之有所爲必有其自得之趣於世人之所共趣者不必刻意避之而苟非其所自得惟於人所共趣從而趣之以蘄合於時好苟以分毫末之名必其所不爲者矣詞之有南北宋猶唐人詩之有初盛中晚也今之爲詞者莫不南宋是宗浙派之南宋耳聯綴冷豔各詞努力出一二雋折語非不翹然足自憙也余則癖嗜北宋豈如明人之詩必盛唐乎詞之爲道已疊石爲山植盆爲花若求工於一字二字乃至於四字五字六七字直花花葉葉爲之矣且譬如花爲北宋者有如山桃谿棠梨花木筆之屬木本者也即

在草木亦芍藥牡丹繁然一株花也爲南宋者則折枝淸供焉耳能如白石道人之具體荷花有幾耶君直爲詩必玉溪生詞則北宋不於世人所共趣者從而趣之可不謂賢者乎余不爲詞且二十年此道既淺而荒徇君直請姑妄見而妄言之其爲世人所駭且笑也必矣甲辰九月書此外尙有二序一爲吾鄉宋已舟謙一爲寧鄉程彥淸頌芬稿皆不見矣

門人湘潭陳阜孫阮精易學研究哲理嘗言孔氏之門人無不學詩論語二十篇中言詩凡六白圭之玷南容以三復切磋琢磨子貢以知來倩盼絢素子夏以起聖不忮不求何用不臧子路誦以終身如臨深淵如履薄冰曾子誦於沒世誠不以富亦祇以異子張則不言而喻焉自非六子者誦詩三百其或有喻有不喻哉朱新安不喻詩人之辨惑不喻記者之微言移甲就乙勿思爾矣此言朱晦翁注論語移子張問崇德辨惑章末之誠不以富二句以屬齊景公有馬千駟章而以崇德辨惑章之引詩爲涉下章齊景公三字而誤出爲不喻詩

旨也夫我行其野詩第三章不思舊姻求爾新特四句言棄舊憐新求一獨來無媵之女不足以得富適以自異於人道是惑也故孔子引以證惑之當辨若以屬齊景公有馬千駟章則以異爲贊美之詞富爲鄙薄之物疑不於倫與不思舊姻二句意全然不貫矣皐孫之說是也皐孫流落京師求一小學校教授而不得天寒歲暮衣薄無裘安事詩書無怪今人之誦言矣

今年重陽前一日默園來請續往歲天寧寺登高之會因約掞東貞長仲毅秋岳宰平諸人前後至焉寺僧以荒臺及臺下數屋賃外國人門上鑰不得入在塔下徘徊久之啜茗而去宰平有詩二首云重陽無雨復無風寺靜人閒一笑同簷語飄鈴虛想像塔形控野自高雄節寒盆底菊初蕊柿老霜前葉漸紅回首家山烏石頂小樓只在夕陽東世亂鬱鬱久爲客（杜句）此語辛酸不可聞隨輿又成今日意得閒便與俗人分蟲聲迫砌數叢草雁影高秋一握雲轉盼仍須感陳迹祇愁無酒遣微醺簷語飄鈴擬易鈴語飄簷衆異云廣安門外天

寧寺不叩松扉過五年（庚戌九日曾遊）九日獨來當客去一生赴事讓人先情知秋色闌霜葉眼見滄波入稻田祇惜高標如此塔尚嬰塵土未摩天兩人詩皆借塔見意一喜其高一惜其尚未高也雁影句亦俊拔

師曾爲蹇季常作對酒圖並題五言古二首甚工此題至寬泛大概不得意之人縱情於酒以發其騷牢以寓其輕世肆志此亦何須更說者昨見林宗孟長民一首格調頗似錢擇石程春海云蒼天胡獨弄此老畀以逍遙畀煩惱郎州有穴不肯依燕市屠沽插形槁時亦挾策上侯門時與樵夫說王道時復刻意追清曠舉眼看人年冷燠口舌得官言轉妄窮愁致病顏逾好似俠非俠儒非儒篋中零落說難稿多情無奈世難何酒國逃亡事征討百甕寒菹未消卻一尊清濁朝朝倒枯腸芒角每流露苦語支吾擬軒皞我昔交君各年少海岳看花春深浩檻外平蕪接遠林書囊來去足情抱如今歲月不一面咫尺欲前有泥潦十五年中幾悲歡人事天時太草草支離攘臂終無用便欲藏形須及早

近聞束薪三鍾粟。病者受賜日已少。乃知此事尙難致。何況江田美魚稻。君且狂醒了此生。我亦婉孌死相保。圖中兀兀最傳神。四十年人頭欲皓。宗孟爲伯穎令子。年少不事舉業。擩染詩古文詞。近來奔走國事。亦鬑鬑四十許人矣。去歲述其尊人事狀。淸淨無俗態。余極勸其致力作文云。

石遺室詩話卷二十一

秋岳近裒其所爲詩使余去留爲留二百首左右茲拉雜舉其雅健可誦者如後瘦公若海約游西山期而未往瘦有詩見及賦此謝之云日趨官府避青山慚負招邀百態頑翻被高人嘲偃蹇蒼厓惆悵寫詩還翻用蘇詩恰好贈胡梓方云被服應衣山谷褐宗派篤守居仁圖胡詩專學山谷也奉懷沈觀先生云酷熱惟能接穠纖新荷遙想對冥搜沈觀罕詣人屢遊十刹海看荷用唐人詩荆公詩恰好寄陳簡盦先生云劫後河山百事哀漫勞邊帥念詩才龍川應有中興論莫遺憂時屬草萊上巳脩禊賦呈任公先生分韻得茂字云一從去國墮蠻荒目斷江春令人瘦歸來舊巷認烏衣重向西臺感朱咮今年歲星又相屬細柳新蒲禁煙後又云流風兩晉渺不異陸沈戮力猶當救興亡俯仰賸人豪黨錮聲名王叔茂再次亮奇聞歌韻云家山詞曲誰能念客子光陰強自妍病中謝衆異亮奇過存云高居龍象緣難寂小枕蟲天夢自溫海上晤太夷先

生云斯人一別淪江海猿臂眞成歎數奇猶有光芒天所妬固應肝膽世難窺再成一律呈太夷兼謝題贈之作云五年屬夢海藏樓今日憑瞻意更遒叢菊漫躅陶令恨江關能動子山愁從知不寐依南斗忍死埋憂老此邱風骨建安休擬似自憐孱筆負滄洲奉贈散原先生云平生千遍誦君詩執袂驚看意轉疑又羣兒流汗終難及天意沈冥抑可知春日雜詩云南人行樂北人悲絕句新翻夢得詩不道王孫腰寶玦曼聲猶學叫天兒送江杏村侍御歸養云當道豺狼誰敢問失時麟鳳欲安歸又自是聖朝無闕事小侯四姓尙春衣四月十五夕對月云長星勸汝酒千杯酩酊千春去不回欲掬肺肝洗空碧可迴霄漢接樓臺時謠傳哈雷彗星將與地球遇也飲酒醉歸家車中作云微軀豈惜化蟲臂拙宦終當同馬曹鐵扇子歌云海風夜嘯臺江水赤嵌城頭甲光紫黃驄衰瘠鼓聲哀慷慨悲歌鐵扇子鬚髯蝟磔氣參雲吐語嵯峨隔座聞橫草功名須致死逢人爲話多將軍咸豐初年寇起粵蛇豕縱橫恣奔突南髮北捻相掎

持殺氣蕭條連回鶻胡公勝算扼武昌力據重鎭防披猖誰歟健將曰多飽多
公騎戰尤擅長余爲帳下僧騰客跅弛狂才公獨惜摧鋒自當曳落河駡坐曾
驚武安席初從太湖收潛山陣雲直壓集賢關大呼陷壁一辟萬鐵騎騰蹴輪
朱殷多公諸戰世少偶生縛名王常八九羽書連夕下江淮先聲僵走四眼狗
江淮孽寇非么麽將軍銜命刀納鞾顧余鏖陣當拚力血戰追憶挂車河黎明
銜枚馬前走感激公恩翼左右麾城擲邑敢辭勞金印期當懸肘後十千美酒
肉拌貂酒半意氣青雲驕平陵岸頭豎子耳讒口或怨霍嫖姚將軍握手重嗟
歎嗇夫喋喋休相謾揮鞭立下十三城只恐此才壓絳灌中天明月刁斗寒起
坐胡牀數戰瘢南八男兒終不負可憐流俗紛譏姍秦川觱篥吹成血孤軍慘
淡兵如雪盩屋城邊白日昏橫飛鐵雨頭顱裂渭水東流太白高終高迴首多
蓬蒿裹尸馬革臣無恨報啓官家金線袍將軍身沒烽煙息劉虜殘客歸南北
諸將乘時建纛牙當年樊噲誰能識自從棄置常咨嗟歸來不競鼓與笳閉門

學種使君栄。青門敢比故侯瓜。比聞南藩虜氛惡。扁舟渡海雄心作。上書大府

不報聞。瘴煙黯黮愁蕭索。昨夜艨艟蔽海東。鯤身兵火連山紅。吾謀不用眞咄

咄。據鞍顧盼空自雄。獨向廣筵淚橫臆。摩挲鐵扇無顏色。祁連高冢望西州。九

原毅魄應相憶。我聞斯語心暗驚。危時頗牧翻歸耕。新亭風景日夕異。猶說天

河洗甲兵。有序云。姜軍門玉順。多忠勇公部將也。驍健絕倫。戰功最著。忠勇公

篤愛之。嘗有愬軍門於公者。公太息曰。吾鞭梢所指。姜玉順能爲我下之。是健

兒喋喋胡爲者。公既以擊叛回藍大順中礮。薨於盩厔。軍門益落拓不偶。甲申

戰事起。渡臺以策干大帥。不能用。居常鬱鬱。每客座酒闌。輒爲人說忠勇公西

征戰事。泣數行下。軍門手持摺疊扇。以鐵爲脅。因長歌以紀之。此詩屬辭比事。

直逼梅村。余論詩向罕錄長慶體。然偶爲之。亦自可喜。秋岳賦此時。年方十九。

與濤園懷朱洪章作。異曲同工也。題東野集云。石遺先生向我道。學詩韓孟可

深造。海藏稱詩主淸憂。東野宛陵置懷抱。吾聞歐九譽都官。眞味橄欖久逾好。

孟詩豈徒耐咀嚼精氣陸離射蒼昊貧孟非貧詩自傳新意默默來無邊世皃鹵莽誚寒瘦冷落仙機織鳳篇春日雜詩六首之三云鄭公萬人傑微鬚目如電征袍挾遼雪襍褷踏京甸壯懷鬱不試春盡洛陽殿吾師昨邂逅鞭轡駐高宴平生識荆意侍坐遂一見詩名特餘事健思金百鍊行書如卧虎跳蕩老更擅吾憐趙閱道犯顏勇批鱗朝彈兼圻吏暮劾椒房親不聞天聽回長受黃門嗔塵封蘭臺勑陳陳徒輪囷春風翩然來的歷夭桃紅斜街招飲啖花氣如煁烘坐中胡侍御磊落欽古風所見或固偏臣心實至忠勇哉收身歸江水春濛濛以上數首精神皆頗團結

往與沈子培寓武昌官紗局閒步江頭見張廣雅督部所書藍縷開疆各扁字大如栲栳子培每歎此邦居長江上下游之衝啓疆數千年何以至今尚多藍縷氣象即如臨江之黃鶴樓既燬十餘年而未重建城中南樓則橫臨囂塵闤闠之間無可眺望乃各以勝蹟負大名於古今後數年子培守武昌余遊廬山

因訪之。過滕王閣。其無足觀。略等南樓。乃知山川名勝。有本於天然者。有賴人力粧點者。有雖粧點亦不佳。徒因人以傳者。近陳翼牟出示南樓感舊樓詩四首並序。略云。南樓在武昌郡城中。上踞曾峰。下瞰通衢。隆崛崔崒。邈焉孤聳。僕生於樓西之寓廬。去樓才百步。稍長游眺其上。苔碧松蒼。古歡欲墜。每吟山谷鄂州南樓天下無之句。俛仰今昔。感歎彌襟。先大夫馳驅王事。去來無定。然每還郡城。必數數登南樓。是時江漢澄清。風物和麗。庭闈色笑之歡。朋簪讌游之樂。謦欬增愉。詠歌靡間。康樂言四美難幷者。殆兼之矣。歲庚子。侍先大夫至武昌。徧覽西山黃州諸勝。復屢登所謂庾亮南樓者。崇規幽構。稍遜鄂州。然風月固自佳也。居二載。先大夫挂冠歸。僕亦遵海北上。自是蹤跡不復至南樓矣。歲序如環。身世多故。營凋墓草。哀動陔蘭。常侍思舊之賦。中散薄祜之嗟。百感交於一身。自念飄梗半生。惟居武郡最久。游南樓最習。感往增愴。輒賦詩四章。非張南樓。以志不忘云爾。蜿蜒黃鶴山。雄鎮名鄂州。蛇蟠走百里。鶴去忽千秋。南樓跨山起。結構何崇遒。奇峰忽中斷。砑然石洞幽。巨靈擘鴻濛。遺蹤何年留。振衣一登臨。浩蕩豁雙眸。長江曳白練。滔滔東南流。黃塵迷八紘。靈籟聞啁啾。萬瓦耀金碧。俯視闤闠稠。車馬喧往來。喟焉感蜉蝣。哀樂嬗今昔。歲序相環周。淸景懸心目。栖栖懷舊遊。我生南樓下。去樓不咫尺。澄宇淨瑕穢。風物信淸美。萋萋芳草緣。嫋嫋秋風起。吹笛招鸞鶴。涉江搴蘭芷。俯仰驚菌蟪。寂寞年光駛。浮雲變崇朝。驚波激逝水。時事多興廢。剝復觀終始。新錦迴黃綠。異尙淆朱紫。迴首緬良時。盛衰固如此。少小侍庭闈。學詩戒面牆。觀政隨征車。江漢翩翱翔。幾度別南樓。勞燕念星霜。洪波涉梁子。款段過光黃。飄蓬逐奔塵。忽忽成老蒼。偶作樊山遊。淹滯二載強。聽泉寒溪寺。哦松讀書堂。從遊奉色笑。公讌樂未央。屢登庾公樓。風月嘯胡牀。嘉名遠輝映。懷古情芬芳。依依武昌柳。陰陰南國棠。遙興陟岵思。白雲空飛揚。永遺釜鍾憾。徒增風樹傷。三失愧皐魚。惻怛摧中腸。嗚烏念同羣。飛花戀故枝。感彼同心人。索居慘不怡。弱冠吟秋柳。塗抹掞淸詞。王丈（笛樓太守）垂謬賞雅才許言詩。（少擬漁洋秋柳詩。丈見而激賞。）悲秋發淸嘯。一見湯生奇。（歲生進士曾佑君有鄂州秋感詩）藻思瀹冰雪。靈根探天池。朱鶴唳雲端。鵬摶思怒飛。各有萬里志。燕雀彼何知。談天識鄒衍。（沅帆參事代鈞）被服光陸離。形勝攬域外。九洲環瀛裨。卷舒入尺素。縮地言非欺。（君譯印中外輿地全圖。志大願宏。未竟業而卒）奇想排閶闔。陋論一吷吹。正名辨異同。商榷得良規。（余撰海國輿地釋名。以稿就正君。允爲作序。未果。）乖離視參商。晼晚曜靈馳。一瞬忽千齡。惕茲朝露晞。嘉卉有榮瘁。華月有圓虧。存亡亦偶然。觀化奚足疑。末契託金石。曩遊眷芳菲。他時過南樓。聞笛有餘悲。源本蕭選。妥帖排奡。卽以序中常侍思舊二語移贈。何如。至感徒增愴。非張南樓君已自言之矣。

畏廬近遊江南回。囊中出新詩數首。曲折取勢中。意頗貫注。餘其一首最佳者。下關寓樓望鍾山。隱然欲訪蘇堪故居。未果。卽題其集云。望裏鍾山勢鬱蒼。卻

從月下想濠堂欲尋前迹無三里別搆高樓已十霜溪水還留曾照影櫻花久作避人香善夫慣吐酸心語那復酸心似海藏

偶過仲毅談貞長詩以過恕齋故居一首爲最工次則夜過海藏歸紀所語一首過恕齋云故人築宅臨道邊我亦居此曾三年明明七載同所止吳風楚霧心茫然西山昨日成新阡一棺戢身碑有穿園中花木皆故物衞公戒子悲平泉人間一事猶挂眼當日屋成君病眠憂時憤俗復強出老守一轍無他遷翦除豪猾奮彈劾時論百喙稱其賢惟淸與介君可信宮府不通繪與箋國門再入騰謗譽言有不用憂悁悁鳴笳建纛送還鎭我時竊歎君難全牙兵日橫柄潛奪崇朝禍發張空拳古來覆敗類如此爲之者人成者天江聲東流日夜急君胡負此淸泠淵黃州鼓角不可聽別語雖祕人能傳戶庭重過見寒月榆柳已老無鳴蟬迴車腹痛在何日我今躑躅來門前題係夜從靜安寺遄歸過恕齋故居聞恕齋昨日葬西山矣感賦恕齋故武昌督部也此詩之工在能抑絕

蔽掩。如老泉之稱退之者。貞長雖故者無失其爲故然賢韶奪韶是實語園中三句。黃州二句。必實語矣。淵韶包括古今多少人。全韶語於匋齋亦云。然過海藏云。海雲斂月涼生芒。栝竹影地森成行。馬蹄蹴踏若翻水。但惜損此寒瓊光。打門夜半撼鄰睡。主人延客先下堂。兼旬再見已足喜。況能坐對秋宵長。主人論詩得眞理。近稱米氏。推歐陽。上規韓白。許永叔。出以簡淡。非尋常老顚落筆不局曲。意境往往齊蘇黃。前聞沈侯語夏五。文字不可輕其鄉。此言當爲永叔發。我意若合衡與量。嘉祐元祐在何世。縱有作者人謂狂。明星耿耿天作霜。我歸所止神旁皇。人間俗論成嗤點。段拂豈果師元章。蘇堪舊曾標舉永叔。損軒亦甚喜之。後蘇堪復稱米老。余所常聞。沈侯殆指子培。夏五殆指劍丞。子培舊服膺山谷。所謂不可輕其鄉者。當指山谷。歐陽似非其所喜。段拂南宋初官至執政。

散原諸子。多能文辭。余贈師曾詩。所謂詩是吾家事。因君父子吟者也。師曾近作眞摯處幾欲突過乃父其弱弟彥通則巾角搔頭與師曾鬑鬑有鬚者迴不相侔素工長短句近亦偶爲詩無題四首之三云端是天人玉儼臨酒懷蘭語蕩靈襟閑詞獨服焦延壽字字幽馨出易林王母旌旗鎮上宮黃河天瀉玉琤琮中原靈氣今朝盡輸與雙成住碧峰平生風雨不言愁一度尊前意卻休仍是惠休多慧業三生平白夢揚州粱溪曲四首之三云曲罷眞能服善才十年海上幾深杯不知一曲粱溪水多少桃花照影來休言滅國仗鬟眉女禍強於十萬師早把東南金粉氣移來北地奪胭脂鐙痕紅似小紅樓似水簾櫳似水秋豈但柔情柔似水吳音還似水般柔有序言自前清末年京師南妓最盛皇室貴胄無不惑溺遂以苞苴女謁亡國而粱溪亦成北來南去之李師師云云作此種詩卻有名貴氣

吾鄉小西湖有宛在堂在水中央小孤山開化寺之旁明高瀔傳汝舟創以祀明以來詩人林子羽諸先生者也堂三楹堂前老藤一架百餘年物廣庭雜蒔

花木若芭蕉紫薇之類繚以低粉牆牆以花磚疊成方空可望湖光自明至清同光間屢有興廢所祀詩人屢有附益則爲林子羽王孟揚傅木虛高宗呂鄭善夫謝雙湖謝在杭陳叔度趙十五葉臺山曹石倉徐幔亭徐興公黃莘田楊雪椒林范亭劉芭川十七先生歲以寒食重陽具酒饌祭焉光緒間堂久不修漸以傾塌又疊遭大水遂圮余偶歸里過之惟見臨桂朱桓所書匾額尙庋開化寺客堂中黃莘田先生所書葉文忠詩句楹聯桑柘幾家湖上社芙蓉十里水邊城者已不復見藤花亦委地枯盡矣癸丑里居數月與何梅生王又點龔惕庵諸人爲觴詠之集一日集林雪舟寒碧樓下謀修復之即以命題賦詩余成長句云西江詩派東林社北郭南園競風雅明人論詩喜斷代高傅瓣香傍蘭若一龕宛在水中央林月湖風足瀟灑詩亡雅廢無人問一木不支聽傾廈休文在官尙好事聞道千金粵裝捨出山松雪去堂堂誰監堊壁煉泥者春秋佳日念林亭寒碧樓前酒共把四賢重修談近事梧門詩龕歎敗瓦何當突兀

見此屋。寒食重陽奠杯斝。彥翀疏慕可間緣。草創裨譴試謀野。此堂創於明人。而祧去唐五代宋元詩人者。宋元人明所屏棄。唐時閩首郡未有名大家。而堂中又止祀首郡詩人也。捨韻謂沈愛蒼宧粵。閩堂圮。捐貲千金者。韻謂西湖烏石山勝處。多由陳弢庵監督修理。惜今已出山。宜昌四賢堂。愛蒼曾捐貲重修。京都法梧門詩龕。則故址無覓處矣。是歲冬月。余復至都。愛蒼亦在。因商諸弢庵。撥款興工。由林惠亭料理。適惠亭主水利局。濬湖修堤。重建澄瀾閣。此堂於次年落成。乃增祀林茂之。許甌香鄭石幢鄭荔鄉薩檀河謝甸男陳恭甫林少穆林歐齋謝枚如龔靄仁陳木庵葉損軒林暾谷十四人。進主時。愛蒼歸里。復增張亭甫一人。凡三十二先生矣。張非首郡人。愛蒼主張。蓋破例也。

菀在堂所祀諸人。惟林范亭絕不以詩稱。人頗疑之。讀愛蒼述憶一詩。方知其梗概。有序云。吾鄉林范亭先生。名廷禧。閩縣人。九歲有神童之目。應童子試。童子不衣裘裳賦。援筆立就。起語有十年日幼五尺稱童句。一時傳誦。遂冠其軍。

弱冠成進士。觀政郎署。京察一等。簡放雲南迤西道。值回變。衣冠坐堂上。賊以矛陷之。立殞。一妾殉焉。瑜慶聞先公言。先生性坦易。神情瀟灑。當時賢士大夫樂與之遊。善飲能詩。而不以詩名。下直過從。恆抑鬱若無可告語。失後母歡。門庭之內。扞格勃谿。有未可以常理測者。先生終未忍以語人。丙辰以後。宦轍杳不相聞。林歐齋方伯言。其正命時。京師未得耗。中夜輪直樞廷。入城見有迤西道燈前引。雲車風馬。馳掣而沒。逾月而警報至。大吏避嚴譴。以蔽詞蔽先生。後經昭雪。廕恤如例。先生無嗣。太翁狼狽歸。有弟不才。槁餓而死。己卯先公由金陵寓書林勿邨中丞。請擇其族人嗣之。以千金置祭田。並將木主配食西湖宛在堂。蓋開化寺旁舍。鄉人以祀閩中詩人林子羽以下十五人者。先生丁家國之變。既不獲歸骨。詩亦散逸無存。悲夫。先公爲謀血食。藉慰忠魂。九原可以不憾。瑜慶得聞其略。今又二十年矣。恐久而失傳。並沒先人風誼。緣起也。長句紀之云。一燈相對話疇昔。往事前言忍棄擲。談史傳書執手悲。萇弘化血傷心碧。

神芝突出信無根。出言長老驚辟易。弱冠登朝衆所傾。獨居深念愁難懌。斜街花好時過從。（先公京寓上斜街）作達微言隱相釋。一朝持節滇海西。就道從知心匪石。雜耕未安反側子。倉卒彎弓反相射。丈夫守官妾死夫。官閣殘骸憐枕藉。家國之窮恨有餘。忠孝粗完心未適。名流剪紙爲招魂。萬里天閽來咫尺。江南垂父念神交。爲買墓田展宗祏。家室漂搖事可知。湖山香火分茲席。春渚蘭泉例好事。樊榭山谷合相惜。前輩風流事可師。我爲傳志勤拾摭。當時辟呫未致詳。述德感懷傷永夕。

堂中增祀諸人林茂之（古度）福清人。詩本刻意六朝。與鍾譚善。乃擩染楚派。後竟陵風力衰微。流寓金陵。往來揚州。王阮亭極與周旋。所有舊作經鍾伯敬譚友夏丹黄者。阮亭爲删削殆盡。只存風華近六朝之作。與曹能始吳非熊唱和者。許甌香（友）侯官人。錢牧齋有吾炙集一時名流。皆止選一二首。惟甌香選至十九首。石幢名方城。荔鄉（方坤）兄。兄弟有卻掃齋倡和集。荔鄉所著有五代詩

話補全閩詩話國朝詩鈔小傳警句如金山如麗人明璫炫華屋焦山如靜女翠袖倚修竹余每過京江輒喜誦之

謝甸男震侯官人與陳恭甫編修友善著有禮案二卷四書小箋一卷櫻桃軒詩二卷今錄數首於下春日城南訪陳三陳六兄弟云青蚨一百書一編青蚨索醉書索眠行逢佳處便開讀城南十里花含煙鳴鳩斷續喚殘雨故人遲我舒吟肩入門一笑春釀熟暝色已逗羣峰巔兒童愛客秉燈燭婦媼絮語羅蔬鮮苦辭酒薄不足飲前村社火人聲叩燈光爆影射屋角柘枝瓦鼓鬧軒前十觴累舉未覺醉但喜氣象招豐年須臾鐘動雞腷膊枕上更約桃花川（川在高蓋山麓陳氏之先種桃讀書其地因名焉）得恭甫杭州書云熱腸信有陳恭甫癡絕無如謝甸男爲報花時歸陌上已看梅雨落江南曲中楊柳愁頻折夢裏空侯字久湴結習未空從努力欲將宗恉問瞿曇寒食登高會閣云一百五日花亂飛繁條下矚紅已稀誰家澆飯哭青冢有客登樓愁翠微薄暮東風

吹雨急遠村流水送春歸登臨無限傷遲暮北望長吟淚滿衣句如落花云何曾中酒瞢騰立似有離魂婉娩依舟橫野渡霞將暮客上離亭酒半醺北行雜詩云荒祠鬼馬斷頭立叢塚羣烏相命譁自題云相經半死仍孤賞蟲號相思亦可憐詩多近哀感一路陳恭甫編修所撰傳有云乾隆末自四川歸過漢中謂人曰終南亘七百餘里連跨數郡秦蜀門戶也守險安可忽且鄖庸以西夔巫以東巴閬之北武都之南大山老林螘蝝其間今將吏狃承平而弛控馭不數稔難其作乎及嘉慶初邪教起襄陽蔓延秦蜀果以南山爲巢窟朝廷於是卽山內置大帥宿重兵震言皆卒驗初震銳意功名抑塞奔走英華寖衰則閒挾其牾時嫉俗之孤憤寓之於文章儀曹懷寧汪德鉞雅士也與震友善見其文嘆曰甸男其古之傷心人乎方震壯時踔厲激蕩志氣若不可一世然每風雨淒晦烟月覯深徘徊景光欷歔不自已不知哀樂之何從也

陳恭甫先生有劉與爲鄉貢招同人泛舟西湖飲宛在堂懷古二首云昨宵涼

雨灑簾櫳勸我湖西一櫂風秋水初添盈尺綠野花爭放幾枝紅菱舟打槳歸村女蓼岸沈罾坐釣翁眺盡稻畦飛白鷺古來誰繼芍陂功（湖自潘敏惠濬後迨福文襄重治計四十年今又適符其歲湮淤者多孫宮保倡議復之殆有天也）其二云湖社詩人舊接肩新祠脩竹面淪漣青山有例歸高士黃土無由訪故阡（周櫟園所立陳趙二詩人墓故址竟不可訪）文獻百年煩月旦（宛在堂祀明林子羽王孟敭鄭少谷高宗呂傅木虛葉文忠曹節愍徐幔亭興公謝在杭十子乾隆初黃莘田所立也堂久圮道光四年劉君重建之益以謝雙湖陳叔度趙十五及莘田凡十四人皆取其蹤跡習於湖者然文忠相業光顯不必與詞人爭一席也）蒹葭一水自風煙花亭草閣多零落把琖斜陽獨愀然二詩稍有故事前首寫湖上景物極肖如秋水不過盈尺野花不過幾枝菱舟村女沈罾釣翁稻畦中頗多白鷺可以點綴詩篇者如是而已次首自注謂葉臺山不必與詞人爭一席余不謂然事業自是一事文章又自一事不

相掩也陳叔度鴻傳作止一山在水次終日有泉聲十字便占一席臺山頗能詩卽如桑柘幾家一聯極肖湖景何妨亦分一席故此次重修此堂增祀十數人除歐齋枚如靄仁木庵爲四人門生故舊所推舉外其茂之甌香石幢荔鄉檀河甸男恭甫少穆退庵損軒暾谷皆余與弢庵所定議亦有謂少穆先生已附祀李忠定祠無需及此者余以爲古來詩人如歐陽文忠蘇文忠何嘗以事業掩其文章哉湖中舊只有一畫船屬宛在堂記船上有一版聯云新漲拍橋搖櫓過雜花生樹倚牕看係少穆先生寫作湖景宛然在目十一人中惟退庵（梁茝鄰先生章鉅）後未入祀

左海集中與退菴倡和詩最多間有本事可傳者如題茝林藩伯燈窗梧竹圖題下有注云嘉慶丙子蘇齋與茝林蘭卿論詩落句有多少窗燈梧竹響欲憑舊雨爲傳神之句茝林蘭卿因先後繪此圖詩云詩老門庭晚最親蘇齋得士契無隣妙齡李嶠呼才子高詠梁鴻邁古人意味應從皮骨別興觀直取性情

眞疎簾梧竹窗燈夕彈指流光一愴神（蘇齋歸道山距繪圖時已十七年）又黃樓詩和梁芷林藩伯云黃巷門庭憶德溫黃樓新構面梅軒但教地踵蘭成宅何事名爭謝傅墩白社人開九老會（公辭官適符白香山歸洛之年朋舊過從無虛月亦與香山同）綠楊春接兩家園（余宅與藩伯隔垣前後亦有兩小樓）買隣百萬因君重付與雲仍細討論黃巷爲唐黃璞故居璞字德溫他如梁茝林藩伯新葺滄浪亭徵詩郤寄首云姑蘇有蘇亭得名七百載巒壑更廢興煙霞已色改又云小志續商丘紀年在丁亥東吳佳麗地臺榭紛磊磊況隣輿騎場傳舍逼凡猥熙熙城市間疇暇歌欸乃又云勳業齊靈巖豈惟此亭嵬藤花吟館詩爲梁茝林儀曹作首云藤花有屋在帝鄉居者芝麓朱周黃吾鄉亦傳米友後以菴名集詩琅琅（侯官許不棄有紫藤花菴詩鈔）風流猶爲樹愛惜草木自與人輝光百年勝韻已銷歇接跡乃見江田梁（儀曹族系在長樂江田）又云普安風雅今誰張堂堂吟社招壺觴坐中健者雁門

薩（檀河明府）游（彤卣侍御）陳（秋坪同知）尊宿駿兩襄又云看君尚登三堂集東南嶠外羅文章（君頃緝閩中唐集爲東南嶠外詩文鈔）可見兩先生平日相與之善聞後以通志及黃樓事頗有違言左海有鼇峰載筆圖題詩者甚衆張亨甫一作於黨牛怨李之處最奮詆訶亦吾鄉一小公案也昔人有刻一印章蓋於所藏書上其文曰賣與借人皆不孝噫何所見之不達而所言之不智也左海丁丑臘月嬰疾垂危小除枕上口占十首之二云垂白高堂慮採薪覓梨通子幼難嗔龍鍾檢點平生事未是人間可死人不讀楞嚴禮玉晨縹緗充棟可安身買來萬本皆清俸不許兒孫更借人此等詩似可不存

左海於朋輩中最善謝甸男甚推薩檀河左海學人之詩檀河才氣可以弟畜左海也其贈檀河一首云大雅扶輪久絕蹤干將神物有時逢又寄朱小岑布衣云閩川名士煩君訪窟指詞壇復幾人江左才華存孝綽（劉次北永標有

盥白齋稿）石渠高議見長賓（林樾亭喬蔭林暢原茂春）雁門遺研耕畬富（薩檀河玉衡雁門學士之後家藏遺研作祖研行（少谷餘波濯淖新（鄭涵山振圖有觀瀾堂稿）誰信一時間月旦中原風雅望扶輪亦鄉邦文獻一二也題謝甸男詩後云十載同攀杞梓枝深叢傲兀見孤羆身遊冀雍荊梁慣才壓封胡遏末奇六籍笙簧供鼓吹九霄河漢沃肝脾石渠高議經師盛惟遲匡來與說詩斷句如戲贈甸男云叔寶愁多似江水玄暉夢遠是青山南歸述懷呈謝甸男云日邊名士多於鯽江上歸心不爲鱸越中諸生數百人悉題余西湖講舍校經圖爲別賦謝云如此江山天下少古來吳樾霸圖多先生爲阮儀徵高弟子文藻博麗有六朝三唐風格與同年張惠言吳鼒鮑桂星王引之齊名儀徵巡撫浙江延主講杭州敷文書院兼課詁經精舍生徒典廣東河南試二三場遺卷一二萬盡閱之及見錢竹汀段懋堂王懷祖程易疇諸先生故學益精博丁母憂後終於家居主龍峰書院講席里黨義舉若省會大成

殿。明倫堂。貢院。號舍。東西湖水利。莫不首其議。與諸同志成之。以漳浦黃石齋先生孤忠絕學。呈請從祀孔子廟。卒如所請。所著有五經異義疏證。尚書大傳定本。洪範五行傳。左海經辨。歐陽夏侯經說考。魯齊韓詩說考。禮記鄭讀考。兩漢拾遺。左海文集。左海駢體文。絳跗草堂詩集。東越儒林文苑後傳。遂初樓雜錄。儀徵選其五經異義疏證。左海經辨。及文集中說經者。入皇清經解。雅慕武夷山水。紫陽精舍。晚年自號隱屏山人。作隱屏山人傳。疾時不穀食。卻醫藥。惟日啜武夷巖茗。噉柑柚少許。枕上作絕句云。夢想仙巒二隱屏。問天應著少微星。人間無此溪山好。便欲乘雲上幔亭。詞意惝怳。若有所會。（以上節摘阮元所撰陳編修傳）此詩今不在集中。

西湖岳墳詩。舊傳趙子昂高則誠諸作最工。皆取其斟酌飽滿也。若論飽滿。則吾鄉薩檀河（玉衡）一律。豈多讓焉。詩云。賀酒黃龍事竟空。淒涼一闋滿江紅。十年戰伐歸三字。五國羈魂泣兩宮。水咽西陵虛夜月。枝生南向怨秋風。將軍不受金牌詔。解甲丹墀死更忠。又登北固山句云。大兒古有孔文舉。生子今無孫仲謀。與陳恭甫論詩云。元祐詩才過海壯。永嘉名德渡江賢。秦淮客舍對菊云。世無東晉陶徵士。客本南朝沈隱侯。七夕漫興云。世路艱難寧一水。人生離合悟雙星。人間大有新婚別。世上爭如長恨歌。題瑯琊王碑云。紇干山頭雀凍死。君乃開門節度使。爭如鄭五領平章。坐使朱三作天子。檀河自命霸才。此皆其意筆工整者。登北固山出句未切。沈隱侯句比菊之瘦也。高郵絕句云。明月揚州水調空。古祠寒木淡煙籠。藕花香處無人見。故送蕭娘一笛風。自注。米碑無露筋神姓氏。徐文長蕭荷花詞詩。謂卽露筋娘娘。施愚山云。相傳爲蕭鄭二姓。樂遊原呂氏妾葬處云。閩蜀相望何處家。返魂知作斷腸花。六如我誦金剛偈。一種豐湖葬子霞。杜陵原畔樂遊園。碧草煙綿認墓門。獨立蒼茫翻弔古。夕陽無限近黃昏。吳門夏日云。行春橋外風花盡。銷夏灣頭柳色搖。已是晚秋愁絕處。吳娘暮雨又瀟瀟。

建寧張亨甫先生際亮道光間詩名藉甚讀全集竟錄其武夷宮望大王幔亭諸峰一首云肅肅靈宫古蕭蕭老樹存誰知五嶽外自擁數峰尊人采煙霞氣仙爲水石魂穹巖遺蛻在聊與示曾孫名句在唐宋之間又宿天遊道院句云我舟泝曲流茲峯渺雲際安知千仞顛數折轉幽邃陰泉奏虚籟空岩養寒氣風高夜多聲天暝石增勢中宵大星出側挂落平地蕭森萬象動空闊百靈至又醉題一覽亭句云黄葉落澗中響在白雲裏乃不專仗筆氣以爲盛唐者至王郎曲最爲傳作余獨愛其首四句云天下三分月二分在揚州一分乃在王郎之眉頭彎彎抱月含春愁王揚州人也

識黄晦聞三數年未得其詩一錄之有秋夜贈貞壯云日日逢君潭水邊看花情態共茫然宵寒尚待攜持去車過方知躑躅賢老大憐渠庸自計沈吟無意便成篇得詩強爲紅顏解此事他人恐不傳上巳日諸名輩集十剎海修禊予以病未至爲詩寄謝云佳辰已負獨酬詩坐輟斯游詎失期湔祓未能勝久病

興懷原不在同時。當春委結吾何往。揆日鳴絃事亦知。湖壖不違強十里了無陳迹與留遺。二詩意態均閒雅。

余少而旅食四方。鄉先輩之居里門者。多未奉手。歐齋林先生外。尙有枚如謝先生。謝先生治詩古文詞數十年。窮老汲汲不少休。顧道咸以來。程春海何子貞曾滌生鄭子尹諸先生之爲詩。欲取道元和北宋。進規開天。以得其精神結構所在。不屑貌爲盛唐以稱雄。謝先生晚出。馳驅中原。篤守舊派。心儀閩十子及前後七子。未饜於後起之才俊。賭棋山莊集亦不甚流播於時。近余始假得畢觀之。乃知先生之詩深於情。喜山水遊。遊必有詩。以出遊嶺南後爲勝。入秦入贛而更勝。體格在張亨甫林歐齋間。在先生著作中。居古文詞長短句之右。如嶺南雜詩云。江東烽火滿危橋。（江東橋在漳州）都轉風流剩酒瓢。知守齋頭芳草歇。奔波誰與念松寥。（知守齋龍溪鄭都轉雲麓吟詩處。都轉素善張亨甫。亨甫遊嶺南。都轉視之極厚。亨甫自號松寥山人）三家最勝屈翁山後起無如宋芷灣更有桐華老詞客（吳石華）心香焚徧鷓鴣斑孟塗慷慨賦高軒卻有尙書聽直言一瞬南園三十載海濱消長幾潮痕（孟塗遊嶺南上書於廣督蔣攸銛言利弊蔣喜厚贈之）粵秀芝蘭費校量圖經百卷認丹黃張侯（惕菴）去後陳侯（恭甫）出絳帳巍巍學海堂惕菴任香山鶴山有德政能造士廣志曾經恭甫參定二君皆閩人四詩小有故事次首論詩亦當惟惕菴恭甫未主學海堂講席絳帳句似未合遊秦晉時有偶念吳天章傅青主遺事感作云詩髓誰探第一籌雀祁相遇亦低頭桃花依舊河魚上目斷崐崙九派流（王漁洋嘗謂吾門人極多然得髓者天章也門前九派黃河水萬點桃花尺半魚天章句漁洋極欣賞）賫藥溫書自往還忽逢顧怪一開顏汀茫未起先生倦門外何人是傅山（亭林狷介絕俗人目爲顧怪至陽曲多寓傅青主衛生堂藥室中一日晚起青主叩門曰汀茫已久先生尙未起耶亭林不解青主笑曰先生講古音不知古音天音汀明音茫耶）案黃河並無九派第一首

詩注引誤。天章詩乃門前九曲岷崙水。千點桃花尺半魚。見蓮洋集及漁洋詩話。崔祁謂崔華號崔黃葉。祁文友號祁魚蝦。一漁洋門人。一漁洋同年也。靜志居詩話。寧人早年入復社。與同邑歸莊齊名。兩人皆耿介不混俗。鄉人有歸奇顧怪之目。往者葉損軒作詩。喜用本朝人事。有夜宿潘莊云。殘月來窺斗帳明。橘林尙有桔槔聲。餵牛飼豕尋常事。不待汀茫睡不成。

枚如過灞橋云。壞園無主野花開。馬足飛蓬轉怒埃。忽憶烏衣堂上客。欲將開府換池臺。（灞橋縣丞署在水中央。環以垂楊萬縷。吾鄉王文勤公過其地。笑曰。官若可求。吾願以巡撫換分縣也。）文勤名慶雲。

贈王華州舜臣（贊襄）云。太華分支處。橫琴對翠微。簿書留道氣。山水悟禪機。城有新茅屋。官如大布衣。前身或摩詰。筍蕨共忘饑。登嶽云。華嶽如高人。壁立謝俗戀。其外削而文。其中隘以辨。萬石疊天骨。石石元氣鍊。旁絕草木扶。下視風雲賤。金帝總西成。玄宰待殷薦。倘非眞積心。何由萬物奠。聯峯入地肺。崛起各

生面。依傍固不須。秋實吁可羨。二詩甚稱。題辨賤面三韻尤雋。由閻王碥蒼龍

嶺入金鎖關云。闊羅力量薄。劈石未成路。怪龍愛人騎。張鱗出煙霧。削脊起天

半。諸崖絕回互。杌梍踏虹橋。寸跬不容誤。平生少機心。當得山靈護。趨險魑魅

逃。助順蛟螭悟。一慎息百憂。凌虛作細步。天關忽撤鎖。虎豹不我怒。萬松奏清

籟。既客先韶濩。試問玉井蓮。花開當幾度。金仙若有言。相逢惜遲暮。由東峯至

落雁峯云。忽逐飛雁同高舉。眼底何曾有險阻。諸峯俯首一峯尊。清渭濁河渺

何許。金銀宮殿接上方。空中偶墜仙人語。不知前身果何屬。笑折蓮花問玉女。

洗頭盆小天池枯。但見危梁竄蒼鼠。禮官威儀有盛衰。神靈眞氣無消沮。小草

都因雨露奇。野人輒覺鬚眉古。吁嗟我本謝家孫。到處當爲青山主。如何作詩

不驚人。欲追李白尋初祖。玉女宮云。元君玉女皆帝孫。玄牝交爲天地根。東生

西成陽歸陰。坤厚載物神功尊。岱宗未登登華嶽。溪毛我欲羞蘭蓀。首陽對面

若逃避。大河一氣相吐吞。遙拱金精爲左輔。秀色悅眼煙霞溫。明星當戶照粧

鏡。綠鬢盥手蓮花盆。鞭龍駕鳳朝玉闕。石馬夜叫羣靈奔。婦人主財古有語。醴泉肯使恩膏屯。村姑閨彥俱誦德。越險跪拜勤朝昏。下看湘妃折斑竹。上引西母開金罇。雲裳霧鬢隱環珮。碧霞或亦停瑤軒。時時二女接顏色。峰頭曉掛扶桑暾。句如金天宮云。老松森殺氣。一殿壓諸山。翠雲觀夜宿云。星光墜衣袂化作秋月白。別嶽云。生機十之三。死機十之七。翁山登華記苦語出險筆。

龔鼒仁布政易圖天資敏捷。自官文書以至詞賦。皆下筆立就。不甚思索。詩才雅近隨園。間出入於甌北。身世亦彙似兩人。弱冠入詞林。散館出宰滇南四十餘歲。能官歸里。腰纏百萬。廣築園林。徜徉終老。此其似袁者也。但壽僅六十餘。不及袁。而富遠過之。中間由縣令出爲軍諮。從僧王及丁稚黃閻丹初諸公。歷官各省。而郡守。而監司。而方伯。此其似趙者也。其自題辛稼軒傳後詩序云。八月十三夜。與葉臨恭坐蠡測軒中。偶商出處。予以六壬卜之。得連茹課。相視而笑。預臾淨名子降。忽贈予詩曰。今宵與子話前生。萬里功名積累成。畢竟英雄與才子不知誰是黨懷英予笑曰吾豈懷英乎曰非也公乃稼軒稼軒一轉爲方密之再轉爲公予戲曰三百年乃一出世何不同耶曰公試取稼軒本傳觀之懷英亦在世公見之乎予愕不解以坎離問卦事意屬臨恭詢之曰別有在也予又疑是楊子恂惜已逝曰公不憶以十萬錢贈劉改之事乎子恂卽改之也予益愕謂前後何相若豈人生因果皆有定乎抑人之生皆有根源乎曰顯晦雖殊性情則一再問不答予與臨恭檢稼軒傳讀之則起家軍諮由山左而返江南皆與余同因題四律而懷英則不可識矣自來文人結習喜談前身以自今異也布政園林城中有四處城北曰環碧軒其所自居以水勝以荔支勝城東南曰芙蓉別島曰武陵園以水石勝城南曰雙駿園以山與荔支勝占烏石山西南一角有烏石山房袖海樓餐霞仙館啖荔坪蕉徑注契洞淨名庵南社詩龕諸勝背仰鄰霄臺肩倚積翠寺南俯雙江東瞻石鼓西望雪峯洪塘以近矚怡山小西湖木菴伯兄奉母借居數年文酒醉裙之樂無旬日無之後伯

兄又借住武陵園者數年君有八月十六夜與俶玉坐袖海樓云四面青山坐
困人。一樓明月足容身。兩人對酒蔬盤瘠五夜談詩蠟炬親。檻外長松時拂帽
階前小草亦成茵。淨名冢寂臨恭去不負中秋自主賓。袖海樓西偏長松數十
棵摩其頂。其尤長者倚欄時松梢成拂帽也。君與伯兄至契唱和之多雖元白
皮陸不能過。深談常至夜分此詩皆實錄也。園居秋日雜詩三十首筆極揮灑
云。流水無人花自開。仙山縹渺夢樓臺。黑甜呵欠徐徐醒。落盡梧桐瘦盡梅。西
風昨夜報霜華。半畝疏籬枕菊斜。秋蝶渾如人意嬾。但尋香草不尋花。徧野秋
雲打稻天。數家雞犬夕陽邊。老農老圃吾將倦。飯熟黃粱不肯眠。牧童驅犢過
前溪。我憶當時錦障泥。牛背馬蹄都一夢。前山那復問高低。薄涼天意好溫存。
梧葉西邊日半昏。我自看山人看竹。綠陰滿地不關門。青山偃蹇入城來。抗手
相迎盡日陪。我是主人卿是客。分明都向畫圖開。五嶽歸來好讀書。生成懶癖
不能除。三冬文史將何用。臣朔荒唐莫管渠。白日乘雲便上天。妻孥雞犬亦牽

連。排空馭氣仍驚險。子勿多言我欲眠。海外虬髯似有人。模糊舊事落前塵。藥師自謁楊公後。不盡低徊惜此身。昨非今是莫分明。東指蓬萊海水生。可惜麻姑長鳥爪。替吾搔背不能醒。散盡黃金結客多。門前今日可張羅。閒忙多屬他人事。鳥自高飛奈爾何。一語投機解寶刀。少年意氣悔吾曹。酒香花氣沙場血。半在詩襟半戰袍。鴻雁聲中歲月秋。故山猿鳥替人愁。建溪十八灘頭水。終日喧騰到福州。薄泛扁舟入五湖。一天風雪返三吳。霜清月落丹楓冷。啞啞歸來白項烏。解難排紛魯仲連。功成受賞亦徒然。從今買個青山住。畫債詩逋不論錢。蚊蚋撩人撥不開。芭蕉分影上窗來。西風冷後羣囂靜。細雨和煙溼綠苔。捫蝨當時氣未平。登壇亦自愛談兵。近來戒射南山虎。醉尉相逢不問名。在山泉水在山雲。靜到無心百不聞。布韈青鞋吾已慣。不知冠蓋有紛紜。孔雀離披送入籠。仰看百鳥在高空。枌榆霄漢雖千里。喙息同居天壤中。青蟲食葉吐秋絲。作繭辛勤只自知。忽夢羅浮成五色。是周是蝶尚迷離。松濤竹籟兩無聲。鹿豕同輩兩不驚啅雀且休矜鷙爪林中鸜鵒解呼名秋欲天晴春欲陰闌干轉折護花深漢皐解珮渾多事風露中庭對素心百首新詩百樹梅臺邊亭外縱橫栽呼龍我憶耕瑤草曾向蓬萊頂上來羅襦紅透雪肌膚六月蟬鳴萬斛珠我是江南已歸客荔支識得主人無蚶羹蟳飯本尋常等是蒓鱸夢一場腹不負人人負腹烹鮮鮫菜費商量結構園林未是閒安排筆硯對溪山此心已被雲留住一縷靈機自往還王漁洋與宋西陂年少朱顏感鬢絲乞得閒身吾未老名山勝處儘題詩信口吟成信手抛紛紛筆墨落牆坳應劉凋謝盧楊散南社晨星感舊交諸詩多追憶前塵語時君初歸雙驂甫落成曾見墨瀋淋漓新題樓下粉壁上君詩向不苦吟末章首句自道蓋定評矣南社者君與林錫三天齡學使郭穀齋式昌按察楊豫庭叔懌觀察陳子駒遹祺明經五人皆以庚寅生曾同刻惟庚寅吾以降一印可以公用結社聯吟時有南社五虎之稱園成時林楊陳三君已逝君因建詩龕故有晨星之感云

藹老長於集句爲楹聯。烏石山房云。平生最愛說東坡。日啖荔支三百顆。天下幾人學杜甫。安得廣廈千萬間。袖海樓云。釣竿欲拂珊瑚樹。海燕雙棲玳瑁梁。餐霞仙館云。欲上青天攬明月。閒與仙人掃落花。皆雅切者。藏書樓出句云。讀書如女工一月能得卌五日。其對句忘之。似對不過有。購海寧陳氏藏書三千餘種二首云。舍此他無術可嬉。貧兒驟富便成癡。搬薑無用將憐鼠。還酒從今不借鴟。高閣料應終日束。名山已悔十年遲。封侯食肉尋常事。得作書癡亦大奇。又閒門前四句云。四山倒影漾空明。拔地樓臺卻在城。人向亂書堆裏瘦。園從名畫稿中成。亦極似簡齋者。

建灘之險。曾南豐記曾言之。君有建溪灘謠云。水大怕南蛇。小水怕秤鉤。三日菩薩水。平安到福州。紙船鐵梢公。一灘一回頭。歸人歡喜行人愁。數語頗簡括。南蛇秤鉤皆灘名。延平以下最險者。最大水名菩薩。紙船句謂船易破而篙師工夫好也。

子駒能畫工塡詞與木庵先兄至相得無三日不過從所作零落殆盡無全首流傳者只紀幼時見其書扇頭詞三句云往日靑堤白練裙誰料今生草草送君畏廬記其題畫二句云九月涼風灞陵道蹇驢西上水東流子駒與徐雲汀一鶚孝廉謝枚如章鋌中書李星村應庚太學諸人結社塡詞雲汀有詩一卷其壻郭鹿泉所刻木庵先兄有序今亦不傳只記其詩鐘一聯云老樹獨蒼如鬢影春江油碧是愁痕係限獨油二字嵌在第三字者星村一字琴寄有琴寄老人詩剩一册惟從畏廬記其一律云原頭宿草不重肥我亦人間萬事非有墓淸明來一慟無家魂魄汝何依零星挂紙冥資薄倉卒焚香野祭微歲歲蕭郎代添土可憐故鬼尙啼饑此上其所眷妓冢之作可謂字字酸辛琴寄少有驚才能爲駢體文喜狹邪遊有兄作令皖江資給頗豐盡付醉裙之用遂以杜牧之柳耆卿自命頹唐窮老無家寄食於友朋以終亦可悲矣

石遺室詩話卷二十二

林少穆先生則徐有雲左山房詩鈔。使事穩切。對仗工整。有和馮雲伯登府志局即事原韻之二云。風物蠻鄉也足誇。楓亭丹荔幔亭茶。新潮拍岸添瓜蔓（端午前後積雨經旬。敝居門前河水漫溢）小艇穿橋宿藕花。（予近濬小西湖作大小二舟小者可入城橋）愧比逋仙亭畔鶴。枉談莊叟井中蛙。琴尊待踐湖西約。一櫂臨流刺淺沙。又舟過吳門與芷林話舊出倪雲林湖山書屋畫卷索題。即和卷中雲林原韻之二云。小西湖上採菱船。千里芙蓉淺水邊。倘憶白鷗與偕隱。蒼烟古木也依然。（去歲在小西湖作竚月綠筠兩舫。今春荷亭遍種紅藕。惜花時不獲與諸君同遊也）附雲林原詩云。湖水清空好放船。青山依約白鷗邊。忽思周處祠前路。古木蒼煙正渺然。林公兩詩皆吾鄉小西湖掌故也。題楊雪茱慶琛金陵策蹇圖之二云。昨宵尊酒話枌榆。不改鄉音改鬢鬚。試指三山證離合。五君應共入新圖。（君與蘭卿竹圃蔭士共飲節署作家鄉語閩稱三山金陵亦謂三山去年芷林作三山離合圖繪余及閬卿今此會五人擬亦圖之以誌良遇云）次鄧子期爾頤坡公生日原韻時有他感云陽羨求田慕潁箕一場春夢乍醒時無端白鶴新居睡又觸烏臺舊案詩（公在惠州成白鶴新居有縱筆詩報道先生春睡美道人輕打五更鐘執政聞而怒之再謫儋耳）磨蝎命宮嗟黨籍蟄龍泉路引靈旗微生鑒此惟修拙虀爲懲羹著意吹此公遣戍伊犂時所作故末句云然塞外雜詠云雄關樓堞倚雲開駐馬邊牆首重回風雨滿城人出塞黃花眞笑逐臣來（太白句）路出郵亭驛鐸鳴健兒三五道旁迎誰知不是高軒過阮籍如今亦步兵攜將兩個阿孩兒走馬穿林似袞師不及青蓮夜郎去拙妻龍劍許相隨天山萬笏聳瓊瑤導我西行伴寂寥我與山靈相對笑滿頭晴雪共難消徑丈圓輪引軸長車如高屋太昂藏晚晴風定搴帷坐似倚樓頭看夕陽句如赴戍登程口占示家人云苟利國家生死以豈因禍福避趨之秋夜不寐起而獨酌云肝腸賴爾出芒

角俯仰笑人隨桔槔河內弔玉溪生云郎君東閣驕行馬後輩西崐學祭魚題

朱笥河先生谷梨精舍詩翰云遊到玉華曾作記聚來石筍自成亭馬嵬坡云抛得蛾眉安將士人間從此重生男公少工駢儷饒有才華有仁親以爲寶時藝篇中警句云表裏山河天下有失而復得之國墓門拱木自古無死而復生之親一時誦之

公曾典試滇中鎭遠道中云兩山夾谿谿水惡一徑秋烟鑿山脚行人在山影在谿此身未墜膽已落下坡云俯睨忽無地致身何太高安平云豁開原野少崔巍暫脫重山若脫圍歷險始知平地好驟寒翻訝早秋非即目云不知身與諸天接但覺雲從下界生飛瀑正拖千嶂雨斜陽先放一峯晴漁梁江云很石多於灘下水亂山圍就甕中天舊與贊虞遊西山遇陡峻處余輒下輿步行贊虞笑云黔中山行險者百倍於此今讀公詩如見其一二又記易函樓年丈佩紳有度吳章嶺云眼看日午湖中影身在湖西天上峯輿行人在山影在溪句

用意極相似。

林歐齋布政。有黃鵠山人詩十八卷。前數卷尙與薩檀河 玉衡 張亨甫 際亮 相近。後數卷則學西江。譽之者以爲山谷復生。毀之者亦復過當。集中遊華山一卷最佳。歷百丈崖出犂溝云。化身爲醯雞。俯仰天在甕。何人試斧斤。礌硠此斲弄。岌立黑海影。飛插靑冥動。不知勢安極。但覺根連踵。詢知老君溝。猶隔媪神洞。巨靈仰高懸。單椒疑久墮。雷擘百丈焦。雲死千年凍。仄日避幽陰。臭烟出罅縫。蝴蟉蛇脫節。礸碻鼠鑿空。外垂足二分。上挽臂百痛。氣息微再續。目力黜無用。危崖忽掩合。長繩急掣送。翻矜濟勝具。能免涉險恫。秋聲颯過橋。蟲鳥氣始縱。遠見神禹州。圖成河洛貢。淸渭帶縈迴。中條趾錯綜。暫憩亂松間。坐受怪石供。前峯益傲兀。修綆遙提控。嶙嶙發新耜。層層積寒淞。霜稜起嶙峋。山骨出磨礱。昔賢錬泥丸。絕境引仙鞚。凡軀未離垢。靈跡輒讋衆。閶闔望不扃。風霆日相哄。往追謝公豪。恥作阮生慟。先登賈餘勇。後勁繼隨從。回溯所歷艱。顚倒警夜

夢北峯曉起由閻王碥度蒼龍嶺至金鎖關云殘月隨冥茫曉色破窗幌門前
一匹練合沓雲來往風掀鱗鬣張宛見拏空上鬼力欲夾持仙氣紛飄蕩閻羅
亦讓路巨靈遙撫掌蜿蜒掉其尾呼吸訛有額旁渟巨瀆形曼引秋霆響安知
舜禹前不受神姦罔巡狩從夔龍木石潛蝄蜽委蛇儼紳帶扶翼餘欄梘衆巒
忽收束崇墉豁幽敞剝膚蘚病斑奮爪松搔癢當關極磥砢避寇昔搶攘慘澹
叩帝閽擁護排天仗聲化阻舞干性命寄伏莽坦夷願始今顚危倏成曩自攀
鐵鎖來福地何蕭爽洗頭盆東傾就以拄吾杖由中汚往東峯云溪流分兩派
稍折玉井東常挾雷雨勢白日灑悲風轉自細辛坪不見瀑懸空猶環星宿海
絢爛翻青紅高揭北斗柄元氣斟鴻濛種成十丈蓮花葉插蘢蓯飛行躡其鑄
卻出崎危中遙知朝陽觀尚隔鎮嶽官長林窈以密側嶂孤且雄架天作長橋
飛來五綵虹崟欹絕磴歷窵窱幽棲通遠見萬綠淨石瘦松愈豐晝寒蓄流水
夜碧凝清鐘秋色儋來赴眞賞嗟安窮登南峯云三峯皆磊砢揖讓東西升南

峯獨正色懍懍肅無朋塵氛掃鬼井殺氣森圭棱盤拏太古松其健摩秋鷹扶摘落明星靈竄帝所憑絳宮昔觴宴諸峯列豆登玉女獻蓮花笑以仙掌承巨靈遙斂手苫髮披鬅鬙幽祕人不到秀霽天常澄投書拒韓愈拄杖笑杜陵獨放謫仙狂酌酒天池能猶恨乏佳句搔首輒撫膺我來攜謝朓青雲梯共登雙丸弄日月烏兔挾飛昇長空度雁影萬里風霜凝揉碎河與渭蛟龍寒可罾勝遊復我輩往蹟誰代興持以叩帝座咫尺聞天鷹吾鄉前輩詩工者多斟酌飽滿若甕韻綜韻風韻朋韻罾韻端是健句升韻能韻則學山谷押韻者

枚如先生絕句可采者如劉十一筠川（永松）新搆館舍曰得過草堂索詩作此云蹤跡頻年感逝波眼前興廢竟如何秋風吹夢藤花下一曲池欄夜月多（筠川前於蔚廬治池欄邀同輩落之芭川詩所謂一欄興廢關何事憐取臨風共倚人今芭川去而池欄亦毀矣）移花補竹見精神小築三間擁百城卻憶臺江李公子他生辛苦乞聰明（筠川置書極多欲以臺江李星村此世眞

堪爲性命他生能否得聽明句爲楹帖）一自云一自歐陽詹起海濱春雲秋日若爲妍晉江（王愼思）綵筆銷沈後不見梅崖（朱仕琇）又百年海內談詩小草齋曹徐里社自分題東來躡月支提下尙有崔郎共馬蹄（先方伯在杭先生到寧德與崔西叟刺史稱莫逆同遊太姥霍童）四詩均有清氣芑川及在杭先生皆宛在堂中人也又有柳花句云十日東風五日雨二分流水一分塵甚見雅切黃巖觀瀑云匡廬瀑布天下奇界破青山非惡詩吾亦云然但一條二字實粗耳自天游巖至玉柱峯云茲山孕靈秀純乎以骨勝一巖一文章一石一天性卓越令人驚清淨使我敬其氣各自奇其勢若相競有時孤峯轉恍疑兩岸迸寫九曲山勢甚肖

福建詩人名不甚著集不甚顯者明則張襄愍經有半洲詩集陳季立第有五嶽游草毛詩古音攷屈宋古音義等書近人合刻爲一齋全集陳叔度鴻受知於曹能始居石倉園淼閣孫學稼君實有蘭雪軒集散失未及刊徵士陳惕園

庚煥。爲之蒐錄。有聖湖孫先生亡詩拾遺記。詳惕園初稿。翁未青白。有梅莊遺草。丁德峯之賢。朱爲章國漢。何梅合刊爲綏安二布衣詩。陳昂有白雲集。皆近體。林古度爲之刊定。詳池北偶談。清則張遠有无悶堂集。許天玉珌。有鐵堂詩鈔。林子牛夢斗。有雪嵒詩鈔。嚴太乙仙蓀。有野航詩鈔。葉觀國綠筠書屋詩鈔。有榕城雜詠百首。孟超然瓶莽居士詩鈔。有福州竹枝辭十八首。述福州風土頗詳。林香海澍蕃。有南陔集。張亨甫有婁光堂等集。何金門長詔。有儆帚齋集。張怡亭紳。有怡亭詩集。閩中合集。若何梅綏安存雅。鄭王臣莆風清籟集。祝昌泰浦城遺書。所刊翁梅莊楊仲弘等集。王遐春唐人合集。所刊林邵州韓冬郎等集。莫友棠屏麓詩話。王道徵避暑銷寒等錄。皆留心風雅者。以上出謝枚如論詩絕句自注。

吾閩學署中。有三百三十有三士亭。是一絕好詩題。惜未聞有傳作。惟祁文端有題圖一律云。開徑知三畚。爲山自一拳。我來尋石友。仍值補松年。歲月雲烟過風流書畫傳延平劍終合肯逐鬱林船鏝歈亭集自跋云康熙甲申沈心齋先生涵視學閩中於其署作亭植松竹梅顏曰友清軒乾隆庚子朱竹君先生筠復搆補松精舍多士人致一石鐫名其上顏曰三百三十有三士亭並爲之記山左有門別有蕉林徑通東北隅搆亭曰不炎之亭名其林曰葉林嘉慶丙子汪雨園先生潤之屬太倉王子若茂才應綬作圖存署中道光初年失去庚子徐松龕繼畬偶得之歸於吳崧甫學使鍾駿署熱假觀題句并記其顚末如此辛亥改革後學署爲陸軍測繪局近又由劉景屏運使購作存古學校椎搨舊碑寄示則嘉慶九年析津邵自昌視學時重刊竹君先生舊記並記緣起略云向聞福建學署有三百三十有三士亭余來此則額爲補石亭及問學使錢雲巖學士乃知前亭爲風敗學士新之求原額謂已毀又以增補山石遂改題然舊額不覩良爲悵然越數日偶檢叢積忽焉遇之整之爲還故處竹君先生有記勒巨石上石理麄剝落不可讀同游秀水鄭君師愈曾錄其文云余奉命

來福建科試福延平汀邵武建寧五府士既畢旋福州試院實當庚子之夏余北人不勝此間之暑也暇日於其西偏隙處構小亭諸生聞之爭來人致一石刻名其上凡九府二州五十八縣及於海外咸具刻名者至三百餘人因名其山上之亭曰三百三十有三士亭面亭濬池淸泉滃然而出因名其泉曰養亨泉易曰山下出泉言泉之蒙者必養而後亨也山之左有門別爲蕉林林可高五丈餘百年物矣余闢其口而得徑通東北隅亦構小亭可逃此間之暑因名其亭曰不炎之亭而名其林曰藥林昔唐韓先生除鱷鷂之潭而潮人知學柳先生作永州小石城山諸記而南人得所指授爲文章有法度余視此竊內愧焉而有託於此者抑以志吾南來與諸生相遭之跡如是而已亭既成當去此而代余者爲余弟石君亭之石有主者矣諸生脫不忘余識余言而勉勸爲學以學此山也乾隆四十有五年歲次庚子冬十月十日大興朱筠記冬腮無事賦長句二十韻寄題云少人多石傳楚南山如碧玉攢爲簪誰知東越富石友

卓立三百三十三。想經女媧手所鍊。周天度數原相參。只除如來卅二相悉落
下界來同龕。若令對影成三人。一一如彼月印潭。千山（山名）峯與千人石。坐
此多士差能堪。若令讀經分剛日。尙書廿八篇先探。毛詩三百篇有五人。手一
篇毋多談。三千二百四十卷全部正史雖淵涵。若令柔日更分讀。十卷而儉人
開函。荔支各啖三百顆。珍珠十萬傾筠籃。奉橘若只三百枚。向隅多恐食不甘
竹君儻有竹千畝。人分三畝天蔚藍。石君儻有萬石亭。三十取一排層嵁。吾鄉
水石略可數。奇礓鬱林硏且谽。吟臺光祿已官廨。芙蓉別島猶雙驂。頗聞此亭
落人手。巧偷豪奪紛負擔。未知散失剩幾許。願君愛護防眈眈。此作專求刻畫
數目。雖蒙算博士之誚。所不恤矣。
前人詩文集已有刊本者。若其本出於自定。則集外之作。皆其所不欲存。後人
即不必更爲掇拾。掇拾之轉失其自行割棄之意。若其集本非自定。則有所掇
拾。未必其非遺珠也。圭盦詩錄一册。非吳子備先生所自定。丁威起震拾其集、

外之作數十首。中數首有謝譽伯維藩評語。余索而觀之。似皆不及已刊者之善。其次韻馬八夜雨喜晴雨後三詩。評云。清剛雄厚。可謂盡杜陵之能事。未見其允。聽雨不寐重有作二首云。羽書飛不到咸陽。積雨軍門秋夜長。險極早聞防地震。（聞秦中淫雨日久必地震）寇窮今始信天亡。一川水曲堪憑險。萬竈煙寒待饋糧。刁斗無聲鈴柝靜。自翻錦帶拂干將。天時人事兩無因。推挽徘徊客思新。雲氣蒸衣秋似夏。水光入帳夜疑晨。堇荼不改周原膴。苜蓿空餘漢苑春。欲喚燭龍銜火去。一從涇渭照流民。評云。情景逼眞。似尚不如苦雨第二首前四句云。不惜銀河水。天心急洗兵。煙中秦樹暗。樹杪渭川明。寇窮句。一川句。天時二句。均有語病也。復雨一首云。膏腴渭北成荒遠。颯爽秋中變曀陰。追憶往時鄉國恨。幾番淫雨陣雲深。江城比屋巖牆覆。村社連宵戍鼓瘖。此日王師無羽翼。恰教秦越鎮關心。評云。秦越字略嫌有意綰合。轉不蒼渾。則道着詩中痛癢處矣。圭盦因改作二句云。此日王師阻重險。淒涼百里待援心。第七句

已妥善淒涼四字尚嫌重滯

趙撝叔之謙會稽人爲潘伯寅尚書所推服閱其詩賸一册摘錄警句云塔形危處湧樹態老中憨畫梅云老榦槎枒酒氣魄疏花圓滿鶴精神形字滯相

周彥昇壬寅入都有詩云澍雨經年不入城黃沙無稅滿瑤京莫貪良夜頻相過更恐官司禁月明此詩殆托諷國家無物不稅恐月光無稅亦將被禁矣然意稍晦張廣雅詩寒煙去雁窮懷抱兩用范希文詞蘇幕遮云秋色連波波上寒煙翠前已略話之然歐陽永叔所呼爲窮塞主者實指漁家傲詞其云塞下秋來風景異衡陽雁去無留意云云頗述邊鎮之苦也又危欄煙柳夕陽遲用辛幼安摸魚兒詞休去倚危欄斜陽正在煙柳斷腸處句前皆未指出

漢陽黃小魯兵備嗣東有讌集崇府山樓送張雨珊歸長沙陳伯嚴歸南昌以采菊東籬下悠然見南山爲韻分得見字賦呈石遺云衡廬各千仞滄桑閱萬變人生醉非夢道窮節乃見維時歲乙巳陸沈挽江甸孤注倚寇老粵楚謳歌

遍陟彼崇福山觴詠接瑤璣仰窺星可數俯視江如練乾坤一草廬林亭若驛傳長嘯餐落英觥觥集羣彥武夷老經師行廚羅珍饌盍簪朋不速投轄客爭羨碑睨數千載咳唾十萬卷手無寸鐵持興酣騁白戰孤唳逐天鶴（謂李文石觀察）依人南樓燕（謂陳士可博士）蜀市無白頭（陳白完太守年最少）匡山有眞面七子盡湘纍一經傳楚喭兹會十三人儒冠世所賤閉門造軌轍披襟雜狂狷衆芳豈不美故人更戀戀張侯孝友家陳子湖海選嶽嶽兩人豪瑣瑣在姻眷加餐須努力不朽名山餞崇福山在武昌城南隅上有靄園爲小魯別業伯嚴實甫至武昌皆舍館焉實甫所以有靄園詩事之刻也雨珊爲張野秋尙書兄小魯媚親時以廣雅督部爭回粵漢鐵路諸君至鄂商議承接興辦是日羣集靄園爲文字飲余亦擕酒饌宴諸君遂合席爲余詩所謂送別登高霑白露合尊促席借黃花羣公冠蓋多三楚行省車書各一家者也故小魯此詩儼以余爲東道主人然是集爲送張陳二人還鄉首句從衡廬說起

可謂開門見山滄桑陸沈驛傳軌轍皆就鐵路寓意綀長彥三韻最勝文石奉天人士可鄂人方依陶齋撫部燕韻雅切

余舊寓上斜街小秀野草堂高林叢雜夜色最佳仁先絕愛之有懷余絕句云佳節從來憶兄弟中年恨事更相參何生重倚斜街月酒後論詩說木庵不曰何年何時何宵而曰何生沈痛極矣余甚愛蘇堪二絕句寫夜色者二十夜待月云峯明月未上流碧滿庭除空山獨吟人百蟲來和余夜色不可畫畫之以殘月幽人偶一見復隨淸景沒仁先殘句尚有可摘如匋齋舊藏莫愁小象云一湖春水干何事九月砧聲驚早寒家世淒迷傳故國芳情零落付詞壇退省庵云人生哀樂無窮事一水何能遣此狂感懷祖德云長歌明發篇浩歎京國年冬懷云病木發狂花彈指生意了

竹坡先生詩屢言西山花開之盛如楓葉宜夕陽梨花宜明月又依山寺古惟存塔隔水村遙但見花又澗遠微聞水山空但見花又月下梨花開花下酒人

坐又花氣燧春山花林月上影如煙讀之使人神往惜幾次往遊皆在夏秋時余識印伯且二十年同客武昌者十年而罕見其所爲詩詩話前編僅錄其修禊作一首近得其弟子程穆庵所印塞向老人遺詩二十首有答洛生七弟汴梁見懷十首兼懷桂生豫生陳生幷序云洛生七弟書來言辛亥歲秋後與桂生八弟會於汴梁賦詩見懷以那知風雨夜復此對牀眠爲韻依韻報之云別難序遽更書阻愁無那江湖徹關塞天地入兵火一炬豈由人百罹逝逢我冥行安得塗枝梧自右左避兵古亦有蹈地奚擇可蹙蹙俛仰間臨皋付危坐昔別記何許庭葉初辭枝袖中故人書遲爾還山期酌酒雙玉龕侑以閒山詩念爾賢隱莊水竹可娛嬉(洛生卜葬叔父母於信陽山中地名賢隱頗饒水竹)山中難久留歲晚情悽其一別成四愁當前寧預知披襟同庶人楚客誇雄風秋颷動七澤激蕩蘭臺宮鏘鏘金鐵鳴燒壁蒸天紅潭窟舞支祁柱維觸共工樓船不可濟橫鎖江流中鵠磯萬雷霆危堞支秋逢蕭蕭閉環堵霜葉圍書叢

延喘旦復夕。飢凍餘禿翁。檐角揩夜霜。硝丸墮如雨。頗賴近社安。徹宵聽更鼓。（武昌城中保安社比戶醵錢鳩丁每夕柝聲遶舍不絕鎗礮聲亦不絕橫飛迭落幸未穿屋而下聞柝則知近街中尚無警又一夕苟免也）十口合髦悼。（老母八十一歲幼孫芝苗七歲）食息且棟宇。脫衣易升斗。鹽薪亦悉數。稍儲旬日糧。餘事委聾瞽。楞中殘字在。捫腹餒自煮。嚴城數詗諜。魚雁無憑藉。百日斷消息。沈沈井中夜。晝江限衣帶。南北備無鎛。遠念梁宋遊。阻兵安稅駕。孰謂舍弟來。相望僅一舍。信使梗連營。此情足哀詫。知狀歲已遷。回省淚餘瀉。（桂生弟去年九月中從北軍幕府來會駐蕭家港者旬日爾時江漢分塹一紙莫傳。但聞之道路。略知老兄在圍城中。舉家未出走耳。今春書來。乃具道之。）閉塞知成多。天道罔不復。江春度梅柳。漸喜通書牘。生存幾親舊。慰問逮幽獨。頹齡人閱世。往跡岸爲谷。諸弟審所在。觀潁各寄躅。老去歌急難。看雲淚相續。得報歸陸渾。敢望守杜曲。何時會江陵。言就草堂宿。同谷飢拾橡。哀歌懷弟妹詩稱吾家事弇竄未忍廢躭吟亦何苦漫與寄憂愾他鄉各異縣時運迭更代宦學本無殖漂蕩復誰懟稍覬鬩爭息書册二贏載略綴菰中筆學種東坡菜四海吾子由白髮晚相對庸敬以吾長肩隨聯雁行於今五兄弟各瘦何人強豫也來自申同我奉高堂（豫生九弟與余同有老母頃來游武漢間）陳也同兄居（陳生十弟從洛生居汴中）桂也方北翔（桂生在京師）手附黃耳書心知白眉良玉山亦何有璞稿餘荒涼聊從漉葛巾劣許穿藜牀浣花歸無堂陽羨居無田歲歲籬下寄矧茲燕幕懸聞君說賢隱丙舍依牛眠山鄰頗愿朴水木尤靜娟旁舍種粳秫可冀營數椽曩愛何信陽出手明月篇有斐追初唐秀奪徐李邊退居所結廬想像帶林泉誅茅庾就宋或者宿昔緣對老不任耕課讀能勉旃宗文遺樹栅信行筩水聯庶吟下瀼穫與子安餘年十首中多用少陵詩事以情景同也第七首未錄印伯奉九旬老母困圍城中年餘方得拔出視少陵之孤身逃匿長安大雲寺（本杜園粱氏說）半歲遂奔

行在者危苦且過之矣第六首躅韻少陵有遠懷舍弟潁觀等詩也何時會江陵句用舍弟觀赴藍田取妻子到江陵事恰切他如辛亥嘉平得穆庵書賦答並寄十髮翁句云長路倘迂花石戍全家擬向翠微峯奉答十髮翁兼酬穆庵寄和之作句云友於花鳥扶斑白天性山林遠鼎鐘皆工於用事

戊戌余客武昌始識寧鄉程子大詞翰繽紛楚豔之侈也梁節菴乃語余君未識其長兄伯翰乎根柢深醇華實兼茂惜其亡久矣後十有八年乃得讀伯翰之詩古文詞及子大所爲行狀伯翰諱頌藩號葉龕同治癸酉科拔貢朝考第一以七品小京官分戶部其學始浸淫於晉宋齊梁其繼汎濫乎經史其歸湛潛乎宋儒性理之言迹其先後文章之涂軌以至立身行己入官之小用小效與嶺南朱九江次琦如出一轍其文之最著者爲釋用釋誨知困軒記再與張治秋書詩多選體如旅夜讀書有述寄諸弟云少小苦失學悠悠遂中年經訓昧率循文辭奓蟬嫣桃李非不姸飄忽隨風煙松柏秉冬心歲寒柯葉全所以

古達人闓道甘忽焉白日不我貸浮薄送華顛嗟余悔之晚陳箴如扣槃重以生事迫憂虞日相煎回思家塾中青燈几榻聯此境我不再羣季無棄捐長吟表衷曲目斷西南天此詩所謂志士多苦心矣梁編修鼎芬以言事去官歸廣東瀕行贈詩云入谷聖者歎棲苴大雅憂王霸共繇暖乾坤遂沈浮披腹叫閶闔拂衣歸林邱富貴亦何有風雲不相求亮哉歲寒節一晌爭千秋鄉國波濤深賈胡腥羶稠永言根柢潔毋嬰面口柔重巒養玉氣淸淵淬吳鉤再出昌華風終窮歸魯叟霜威颯京洛長亭西日遒世局多蒼茫大道無阻修勉旃天地心寄訊楚粵鄭節菴酬詩云介節今無似新詩我所兄一官常隱市餘子各傾城讀罷惟長嘯愁來慣獨行胸中拄鐵石不敢負深盟又題伯翰遺詩云獨夜荒江老屋居此詩尙在此人無定知涕淚無乾日夢裏相逢一慰予又贈子大追憶伯翰云二十年時綠鬢間賢兄傳狀待修刪鳳麟落世嗟無命虎豹欺人竟在關四印信爲山谷友萬人難贖少游還慚余視息堪泥滓尙憶初逢瘞鶴

山讀諸詩可以見二人相契之情矣伯翰近體亦偶作中晚以後語如云杜門輪有角敲句月生稜題畫云此手黃筌似回身碧玉猜若典衣云典衣不忍別袖墨十年痕羈旅況相恤冰霜定客魂敢忘慈母線不識富兒門忽作大裘想彌天萬族溫則學杜矣

往者李亦元每自譽其詩命自舉得意之作誦一絕句云口口重逢又十年雲門風物尙依然楊花瘦盡桃花落開到酴醾更可憐自言其鄉雲門寺旁鄭氏有三女皆有色長者嫁一兵次嫁賈人先死三者尤豔感而題壁屬余必載之詩話歐陽君重曰此尙不及爲我題吳楚兩生圖者詩云京兆相逢俠少場吳生落拓楚生狂短衣疋馬橫門道一試郊原春草長余曰吳生句正好與楊花句作對君重卻占便宜了楚生即君重也亦元有挽陳右銘撫部聯句甚長末二句云被放行吟抗疏猶爭鸚鵡夢空山落日吞聲再拜杜鵑魂實則只此四語足矣

蘇堪在日本有詩題曰決壁施窗豁然見海名之曰无悶君重甚推其製題之善余曰陳簡齋詩亦有題曰開壁置窗命曰遠軒詩係五古一首又疊韻二首余有蕭閒堂五言長律三百韻蘇堪告余米襄陽集中亦有蕭閒堂詩二事皆偶然相類耳

文人有文人見解以之論史要不足以服古人者曹君直讀吳志句云青蓋早知歸晉室白衣應悔取荊州支對非不工然英雄攻取豈能以後來之歸晉室而當時遂不取荊州哉又弔張世傑云歌聲已唱青山轉天意難回白雁謠遺恨厓山山下水不能化作浙江潮南宋亡時浙江潮固三日不至然江潮即至蒙古兵遂不渡哉

詩語有俯拾即是不取諸鄰者蘇堪有句云我倦不能寢雞鳴眞欲啼鷄鳴即雞啼而重讀啼字則鳴無哭義啼有哭義矣

南昌熊艾畦冰有春雨懷紹唐侍御云春城三月暮一雨不知寒舊對賢人酒

新裁處士冠。極似漁洋詩話中佳句。

近多未識面人而投詩爲贄。或推許太過。非所敢居。或期望之殷。非僕所願受者。積之既夥。擇其雅馴者錄一二以報盛意。高州朱振基。弢菴門人也。贈七言古一首七言律四首。七古云。海內詩人陳石遺。生平論詩能發微。選詩淸窈兼瑰奇。問亦兼及自家詩。冒昧贈詩何語宜。春晴百丈垂游絲。游絲著處無醜枝。吾生嶺南雅聲希。前後七子紘輟徽。海角見星（見星廬高州前輩之卓者。爲後七子之一）攀仰遲。中州文獻況未窺。瞽者倀倀其何之。間有長吟秋士悲。判行萬里來京師。十千買得庸言歸。熊蹯將食不待胹。徑欲行嚼無威儀。歸案未坐先呼妃。傾動四座多驚移。摩肩擘手覩所披。手與目爭紙欲撕。食竟膾炙甘分貽。說肉品味脆且肥。每拈一義動解頤。半生捫燭今知非。此是元音那復疑。熟讀深思當自知。儀韻撕韻可以由此學昌黎。江亢虎有數絕句見贈。其一云。金元故事討叢殘。文字因緣豈等閒。我贊一辭唐突否。石遺詩骨似遺山

（公熟金元故事。多所撰述）後始相見於江亭。旌德呂學沅。有奉題日本松平康國先生詩草云。寶瑟遙彈顫急聲。老懷尊酒怕啼鶯。揚州誤會樊川恨。一卷陰符寡姓名。呂生詩學玉谿也。此外尚有合肥李國柱字曉耘。南康賴籌字瀟侯。皆年少勤於學詩者。

鍾伯敬譚友夏共選古詩歸唐詩歸。風行一時。幾於家絃戶誦。蓋承前後七子肥魚大肉之後。所選唐詩專取清瘦淡遠一路。其人人所讀若李太白之古風。杜少陵之秋興諸將皆不入選。所謂厭芻豢思螺蛤也。惟鍾譚於詩學。雖不甚淺。他學問實未有得。故說詩既不能觸處洞然。自不能拋磚落地。往往有說不得不可解等評語。內實模糊影響。外則以艱深文固陋也。張九齡湖口望廬山瀑布泉云。天清風雨聞。譚云。瀑布詩此是絕唱矣。進此一想。則有可知不可言之妙。夫天清本不應有風雨。而聞風雨。自是瀑布有何不可言之妙。徐安貞聞鄰家理箏云。北斗橫天夜欲闌。愁人倚月思無端。忽聞畫閣秦箏響。知是鄰家趙女彈。曲成虛憶青蛾斂。調急應憐玉指寒。銀鎖重關聽未闢。不如眠去夢中看。鍾云。末七字寫出鄰家理箏之神。眠夢奇矣。忽下一看字尤奇。此詩本一至無聊之作。由聞想到看而已。何奇與尤奇之有。因其彈之善。想其青蛾必斂。玉指必寒。然皆不得見也只有眠去夢中。或可看到。鍾謂寫理箏之神。是謂理箏者眠理箏者夢笑。又誰看之乎宋之問洞庭湖云。地盡天水合。鍾云。妙在不說出廣字。案言洞庭之廣卽用廣字自不見工夫若旣言地盡天水合自無須更說廣字。王維酬張少府云君問窮通理漁歌入浦深。鍾云。透悟說不出。夫問窮通而付諸入浦漁歌且益以深字卽理亂不知黜陟不聞入山必深入林必密之理。並不識所謂窮通也有何說不出。漢江臨汎云。江流天地外。鍾云。眞境說不得。此說江之寬江之永。若天地不能限制耳有何說不得。晚春嚴少尹與諸公見過云。鵲乳先春草鶯啼過落花。鍾云。先字過字幻妙之甚。譚云。過字尤不可思議。案此言草未靑而鵲已乳花已落而鶯方啼耳有何幻妙。有何不可思議。孟浩然京還贈張維云。早朝非晚起束帶異抽簪因向智者說游魚思舊潭。鍾云。說字深妙在是說不得。案晚起抽簪之樂猶游魚以舊潭爲樂。故思之故向智者說之。何以說不得。王昌齡聽流入水調子云。孤舟微月對楓林分付鳴箏與客心鍾云分付字與字說出鳴箏之情卻解不出案此說孤舟微月對楓林情景寫入鳴箏與感入客心故曰分付並非說出鳴箏之情也何以解不得崔國輔麗人曲云紅顏稱絕代欲並眞無侶獨有鏡中人由來自相許鍾云鏡中人何人也一想便得又想不得案何以想不得李白月下獨酌云天若不愛酒酒星不在天地若不愛酒地應無酒泉鍾云卽大東織女牽牛啓明長庚天畢南箕北斗意妙在實求不得案既知卽大東意是矣又何實求不實求之有獨坐敬亭山云衆鳥高飛盡孤雲獨去閒相看兩不厭只有敬亭山鍾云說出矣說不出案題是獨坐詩只二十字尚要寫獨坐情景敬亭山之好處卽於獨坐不厭中傳之益以山亦不厭白之獨坐更寫出山之好處直如太白之爲人矣尚謂之說不出乎謝玄暉茲山亙百里一首凡一百字未能寫出山之特別處轉覺辭費矣杜甫北征云瘦妻面復光鍾云五字解不得想得出案上二句乃粉黛亦解苞衿裯稍羅列則此時之妻面雖瘦而有喜色自應現出光采卽

在鄜州時所盼望之雙照淚痕乾也並不難解。王使君晦日泛江就黃家亭子云。山豁何時斷。江平不肯流。稍知花改岸。始驗鳥隨舟。鍾云。寫舟行奇幻入神。案此四句寫景之妙。心中實有體驗。筆下實有工夫。非奇幻之謂也。蓋江平水緩。泛舟不覺其流。忽見有山豁然。乃覺之。於是視其岸而岸改矣。何以知之。岸上之花改也。仰觀其鳥。而鳥不改。始悟舟行鳥飛。相隨之故。而其實皆江平疑不肯流。誤之也。此詩之妙。全在第二句點出眼睛。反之。江最不平最肯流者無如放船一首云。送客蒼谿縣。山寒雨不開。直愁騎馬滑。故作放船迴。青惜峯巒過。黃知橘柚來。江流大自在。坐穩興悠哉。此首最妙在第三聯。寫下水船其去如箭之狀。亦借兩岸之峯巒橘柚形容之。工夫在一。寫過去。一寫未來。過去者初未留神。迨見有一片青蒼之色。始想是峯巒。而惜其已過矣。於是留神未來者。又見遠遠一片黃色。揣想之。知其爲橘柚也。然此首直說易解。非如前首於不流中說流也。改岸之改。從左傳服改矣來。改岸隨舟。又從佛家舟行岸行

之說來後遊云江山如有待花柳更無私鍾云無私二字解不得有至理江亭
云寂寂春將晚欣欣物自私鍾云自私無私各有其妙傳不出均此春物而忽
言無私忽言自私宜敬伯之解不得傳不出也不思江山何待卽待此花柳等
物爲之點綴前此經過秋冬搖落閉蟄黯然無色一旦春來爛熳者行將至矣
故言待也萬木無聲待雨來之待亦此意花柳得氣而生各效其紅紫青綠之
色以粧點江山雖欲閉而不發花柳不能自主也使卷而藏之花柳亦不願也
供人把玩供人攀折眞可謂無私矣然凡物之各盡其能事而不遺餘力者皆
自由私來也桃之或紅或白李之白杏之紅柳之長條細葉各有獨到之處花
柳無知則已使其有知必陰喜自負汲汲然上承雨露風日下吸土膏泉脈以
增高而繼長故逢春傾陽皆有欣欣向榮之意由是能自立者各有以自見人
之尋花問柳於花柳實有榮焉在花柳只知自私在人則但見其無私不自私
無以爲無私也船下夔州郭宿雨濕不得上岸別王十二判官云依沙宿舸船

石瀨月娟娟。風起春燈亂。江鳴夜雨懸。晨鐘雲外溼。勝地石堂煙。柔櫓輕鷗外。含悽覺汝賢。鍾云。忽說月纔是宿雨。又云。妙在懸字。是說雨後。又云。鐘言溼。又言雲外。作何解。案此首明明白白。只須順序說下。如鍾說。以爲雨後出月。纔是宿雨。則雨已止矣。試問風何以又起。雨何以又懸。江何以又鳴乎。須知首二句是說船下夔州郭。天晚停宿。並未雨。石瀨上月尙娟娟。須臾而風起。春燈亂矣。須臾而雨急。江鳴矣。蜀江岸峻。雨下如綆縻。篷底聽之。知江之鳴。由雨之懸也。明晨雨止。寺鐘鳴。以關心天氣。人聞之覺鐘聲不如尋常響亮。似從雲外來。被溼雲裹住。則知天未大晴。推篷起視。雨溼不得上岸矣。末三句說不上岸別王判官。若昨夜已雨晴月出。不但江雨不應鳴。晨鐘亦不應溼。有晨鐘一句。點明時候。知此詩作於此晨。雨乃昨夜之雨。非昨日之雨。月乃雨前之月。非雨後之月矣。詩之可當日曆如此。中宵云。西閣百尋餘。中宵步綺疏。飛星過水白。落月動沙虛。譚云。過字妙。白字更妙。每見飛星而不能詠。於此始服。案題係中宵詩中又說明月落飛星於此時過水故倍覺其白不然且月明星稀矣首句言西閣百尋故能見飛星過水掩暈甚長不然地窄天小飛星且見首不見尾矣漫成二首云野日荒荒白江流泯泯清鍾云每疊字皆用得不可解妙案水之有波瀾者必不能清不盡長江滚滚來是也泯泯者波浪滅沒大有江平不肯流之意安得不清伯敬鈍根人故說詩蒙頭蓋臉如此乃強作解事負一時盛名可異已

然鍾譚評詩亦有甚當者如高適除夜云旅館寒燈獨不眠客心何事轉淒然故鄉今夜思千里霜鬢明朝又一年譚云故鄉親友思千里外人霜鬢其悲無窮若兩句開說便索然矣鍾云譚此解從陟岵陟屺詩中看出又哭單父梁少府云開篋淚沾臆見君前日書夜台猶寂寞疑是子雲居鍾云夜台無李白沽酒與何人是爲自家死後占地步夜台猶寂寞二句是爲他人死後占地步然太白謔浪達夫語悽感杜甫月夜云今夜鄜州月閨中只獨看遥憐小兒女未

解憶長安譚云遍插茱萸少一人霜鬢明朝又一年皆客中人遥想家中相憶之詞已難堪矣此又想其未解憶又是客中一種愁苦杜審言春日京中有懷云今年遊寓獨遊秦愁思看春不當春鍾云比今春花鳥作邊愁妙些又詩末聯云寄語洛城風日道明年春色倍還人鍾云七言律結法如此活露者可救滯濫之病儲光羲同王十三維偶然作云顧望浮雲陰往往誤傷苗鍾云讀此覺老杜仰面貪看鳥回頭錯應人語輕些王維納涼云喬木萬餘株清流貫其中鍾云好筆端似水經注送丘爲落第歸江東云五湖三畝宅萬里一歸人鍾云似劉長卿案長卿專學王維此種句非維似長卿也孟浩然宿建德江云野曠天低樹江清月近人鍾云二語似杜高適重陽云百年將半仕三已五畝就荒天一涯鍾云悲壯深老意法俱妙案世傳達夫年五十始學爲詩此詩明云百年將半尚未五十也而詩之蒼老已如此岑參送顏少府云愛客多酒債罷官無俸錢譚云看他對待流走之趣李白春思云春風不相識何事入羅幃鍾

云比小開鶯春風老成些月下獨酌云但得醉中趣勿爲醒者傳譚云但得琴
中趣勿勞絃上聲傳琴酒之趣但以含蓄不做破不說破爲妙王昌齡失題云
一人計不用萬里空蕭條譚云高達夫惆悵孫吳事歸來獨閉門妙在悶氣不
言此詩一人云云妙在開口明怨高適薊中作又云豈無安邊書諸將已承恩
鍾云欲言塞下事天子不召見歸咎於君豈無云云歸咎於臣同一憂感不若
此語得體激切溫厚賦得還山吟送沈四山人云眠時憶問醒時事夢魂可以
相周旋譚云夢魂可以相周旋知君以此忘帝力我公不以爲是非皆以此一
種句法妙絕今古當看其用筆老處杜甫送重表姪王砅評事使南海云秦王
時在坐眞氣驚戶牖譚云眞氣到林藪眞氣驚戶牖一幽一爽案煙月資淸眞
眞字亦此意戲題韋偃爲雙松圖歌云韋侯韋侯數相見我有一疋好東絹重
之不減錦繡段已令拂拭光凌亂請公放筆爲直幹譚云於幽寂後不妨入此
一段老放若全全是此則粗硬矣落日云芳菲緣岸圃樵爨倚灘舟鍾云稍知

花改岸云云青惜峯巒過云云此舟行幽境此二語舟泊幽境瀼西寒望云水色含羣動朝光切太虛鍾云簷鵲晨光起小雨晨光內曉景之細而幽者水色云云曉景之大而一者皆體物觀理之言

詩貴風骨然亦要有色澤但非尋常脂粉耳亦要有雕刻但非尋常斧鑿耳有花卉之色澤有山水之色澤有彝鼎圖書種種之色澤王右丞金碧樓台山水也陳后山淡淡靛青巒頭耳黃山谷則加赭石時復著色硃砂陳簡齋欲自別於蘇黃之外在花卉中爲山茶蠟梅山磬吳波不動楚山叢碧李太白足以當之木葉微脱石氣自青孟浩然足以當之空山無人水流花放韋蘇州足以當之紛紅駭綠韓退之之詩境也縈青繚白柳子厚之詩境也

五律須四十字字字清高惟初唐至太白爲然老杜則無所不有矣然自摩詰已然老杜五律高調似初唐者以國破山河在一首爲最

五律自大歷以後高調者漸少宋人七律可追唐人五律罕可誦者其高者僅

至晚唐而止。蓋一句只五字。又束於聲律對偶。難在結響有餘。音易同於排律句調。欲學初唐五律。求之於音節。須求之於用字。音節由用字出也。

讀何李詩。到極渾成處。但覺多爲前人所已言。

讀大復明月篇。反覆再四。不知其命意所在。但覺滿紙塡明月故實耳。但作一明月詩。亦未嘗不可。漁洋必謂其接迹風人。妙悟從天。則強作解事矣。大復最多月詩。殆必欲爲李太白乎。其十四夜十六夜十七夜各月詩。刻畫題面而已。又擣衣詩太高華。不稱擣衣人身分。

張祜詩云。人生只合揚州死。禪智山光好墓田。元遺山套用其調云。人生只合梁園死。金水河頭好墓田。金水句自不如禪智山光之佳。然張詩泛說。元詩有本事也。漁洋知遺山之套張祜句。而書虞伯生詩後云。愛詠君詩當招隱。青山一髮是江南。不知其套用東坡句。東坡澄邁驛通潮閣詩云。杳杳天低鶻沒處。青山一髮是中原。伯生詩實明明借用東坡句。故下既云白頭不歸神獨往。又云。買魚沽酒待明月。定是黄州蘇子瞻又云。圖中風景偶相似。昌黎寄崔立之云。生當耕吾疆。死也埋吾陂。文章自傳道。不仗史筆垂。是丈夫語。足見此老倔強處。夫一部廿四史中人。不知凡幾。其雖有名而不稱者衆矣。人至專靠史傳中傳名。恐多不在知名之列。否雖史傳無名。而可傳者自在也。昌黎病中贈張十八詩。後半言籍終敗而降服。已如黄河。籍如岑頭隴。已導之識歸處。未免過於揚己卑人。

每歎東坡送安惇失解西歸云。他年名宦恐不免。今日棲遲安可追。爲透過一層說法。卽翻用早知窮達有命。恨不十年讀書意也。

少陵之邊秋一雁聲。露從今夜白。從江淹別賦值秋雁兮飛日。當白露兮下時。不覺脫化而出。月是故鄉明。亦翻用謝莊隔千里兮共明月意耳。

詩有四要三弊。骨力堅蒼爲一要。興味高妙爲一要。才思橫溢。句法超逸。各爲一要。然骨力堅蒼。其弊也窘。才思橫溢。其弊也濫。句法超逸。其弊也輕與纖。惟濟以興味高妙則無弊。唐之孟浩然王摩詰杜少陵韋蘇州。宋之東坡荆公放翁。皆有眞興趣者。孟韋才思庸有不及時耳。漁洋自夸學王孟蘇州。則非有眞興趣。而才思骨力。亦不足以赴之。

詩最患淺俗。何謂淺。人人能道語是也。何謂俗。人人所喜語是也。

今人作詩學元白者。視詩太淺。視元白太淺也。學韋柳者。視詩太深。視韋柳太深也。學溫李者。只知溫李之整麗。學韓蘇者。只知韓蘇之粗硬。非眞知諸家者也。

復齋漫錄。東坡言古今七律偉麗之句。永叔一聯云。蒼波萬古流不盡。白鳥雙飛意自閒。苕溪漁隱叢話遂例舉數聯。並及東坡令嚴鐘鼓三更月。野宿貔貅萬竈煙之句。其實此等句初非難事。古今詩人皆有。舉不勝舉。東坡獨舉永叔一聯。未爲確論。若虞伯生之天連閣道晨留輦。星散周廬夜屬櫜。亦所謂偉麗者。

錢牧齋撰少陵先生年譜據舊唐書本傳沂沿湘流游衡山寓居耒陽啗牛肉白酒一夕而卒年五十九定是年爲大曆五年定聶耒陽以僕阻水書致酒肉療飢荒江詩得代懷興盡本韻至縣呈聶令一首爲杜老絕筆殊不然也案杜老絕筆當在風疾舟中伏枕書懷三十六韻呈湖南親友一首詩中有云十暑岷山葛三霜楚戶砧自述半生流轉處所歲月最爲明瞭公發秦州詩自注乾元二年十二月十一日自隴右赴成都紀行第二首木皮嶺云季冬攜童稚辛苦赴蜀門第四首水會渡云中夜尚未安微月沒已久是十二三下半夜之月也第十二首成都府詩有云曾城填華屋季冬樹木蒼又云初月出不高衆星尙爭光是二十五六下半夜之月是十二月下旬已到成都也自乾元二年至大曆三年凡十年皆在蜀中所謂十暑岷山葛也公有大曆三年春白帝城放船出瞿唐峽久居夔府將適江陵漂泊有詩凡四十韻又有暮春江陵送馬大卿公恩命追赴闕下詩至風疾舟中伏枕書懷時已歷三年皆在楚地所謂三

霜楚戶砧也。惟此詩中云故國悲寒望羣雲慘歲陰水鄉霾白屋楓岸疊青岑。鬱鬱冬炎瘴濛濛雨滯淫是已屆大曆五年之冬。又詩中有云。舟泊常依震湖平早見參是又從湘水上游下至洞庭湖也。其所有泊岳陽城下登岳陽樓陪裴使君登岳陽樓諸詩。則來時初至岳州所作。蓋泊岳陽城下云圖南未可料變化有鯤鵬。陪裴使君云敢違漁父問從此更南征也。其時爲大曆三年冬四年春。蓋泊岳陽城下云舟雪灑寒燈。陪裴使君云雪片叢梅發。春泥百草生。宿白沙驛云。湖外草新青萬象皆春氣。湘夫人祠云空牆碧水春。祠南夕望云山鬼迷春竹。入喬口云。落日對春華。銅官渚云春火更燒山北風（新康江信宿方行）云。春生南國瘴也。故自泊岳陽城下。以至宿青草湖宿白沙驛湘夫人祠。入喬口。銅官渚守風。望嶽。入衡州等篇。皆由北而南之作。自回櫂以至舟中苦熱遣懷。過南嶽入洞庭湖。暮秋將歸秦留別湖南幕府親友。風疾舟中伏枕書懷諸篇。爲由南而北之作。不然泊岳陽城下。登岳陽樓已在大曆三年冬四年春而五年冬又至洞庭湖泊舟何耶聶耒陽以僕阻水一首在入衡州以後回櫂以前杜公何得遽卒耶耒陽阻水當在大曆五年春夏之交風疾書懷在其冬其夏舟中苦熱已有恥以風病辭胡然泊湘岸之句則杜公之卒必在大曆六年而扁舟下荆楚間竟以寓卒旅殯岳陽享年五十九元稹撰墓係銘言之鑿鑿焉有卒於耒陽之事耶

秀水萬柘坡光泰以能宋詩名有柘坡居士集然工者實不多綠陰云抱影連朝戸不開林光青到納涼杯一池倒浸鶯簧語半屋橫遮客屐來冷泉亭云松翠遮無路泉聲聽在門西湖晚歸云艣聲飢雁語馬影亂雲鋪紺塔南山北青旗有酒無

冬心先生詩工者亦不多午亭山村云溪上青山接太行午亭便是午橋莊能消裴令生前恨繡尾魚令尺二長此種詩偶作亦有趣裴令臨終恨繡尾魚未長見雲仙雜記浙派詩喜用新僻小典粗點極工緻其貽譏餖飣即在此樊榭

亦然冬心尤以此自喜此杭州南屏詩社一派也嘉興寧波又不盡然冬心名句如消受白蓮花世界風來四面臥當中水明於月宜同夢樹老如人又十年孤竹瘦於尊者相野雲白似道人衣佛煙聚處疑成塔林雨吹來半雜花都從林和靖先生春水淨於僧眼碧晚山濃似佛頭青等句來也若故人笑比庭中樹一日秋風一日疎晉陽遇同鄉李叟云明朝殘樹殘山外一弔離宮賀六渾春苦云多雨偏三月無人又一年則較覺渾成矣

石遺室詩話卷二十四

杜詩除課伐木園官送菜追酬故高蜀州人日見寄觀公孫大娘弟子舞劍器行同元使君春陵行八哀詩諸篇題下並有小序外有長題多至數十字而非序者大概古體用序近體絕不用序杜亭說杜謂蘇大侍御訪江浦賦八韻紀異一首是逸去元題草堂本遂以小序爲題別本有此題者乃是後人增耳五律中天寶初南曹小司寇舅於我太夫人堂下壘土爲山云云亦是小序之文東坡每仿此爲長題究非詩家正式此說實不然長題如小序始於大謝少陵後尚有柳州杜牧之李義山諸家柳州前已論之義山如永樂縣所居一草一木無非自栽今春悉已芳茂因書卽事一章題道靜院在中條山故王顏中丞所置虢州刺史捨官居此今寫眞存焉韓冬郎卽席爲詩相送一座盡驚他日余方追吟連宵侍坐徘徊久之句有老成之風因成二絕寄酬兼呈畏之員外牧之如今皇帝陛下一詔徵兵不日功集河湟諸郡次第歸降臣獲覩聖功

輒獻歌詠李侍郎於陽羨里富有泉石某亦於陽羨粗有薄產敍舊述懷因獻長句四韻道一大尹存之學士庭美學士簡於聖明自致霄漢皆與舍弟昔年還往牧支離窮悴竊於一麾書美歌詩兼自言志因成長句四韻呈上三君子皆長題而無序非至東坡始仿爲之少陵則如得舍弟觀書自中都已達江陵今茲暮春月末行李合到夔州悲喜相兼團圓可待賦詩即事情見乎詞見王監兵馬使說近山有白黑二鷹羅者久取竟未能得王以爲毛骨有異他鷹恐臘後春生騫飛避暖勁翮思秋之甚眇不可見請余賦詩送大理封主簿五郎親事不合卻赴通州主簿前閬州賢子余與主簿平章鄭氏女子垂欲納采鄭氏伯父京書至女子已許他族親事遂停皆近體也古體則秋行官張望督促東渚耗稻向畢淸晨遣女奴阿稽豎子阿段問一首亦是故南曹小司寇舅云云實題而非序也

杜陵古詩往往將後面意撮在前面預說使人不易看出線索退之作文之善

於蔽掩卽此法也如遺懷詩爲高適李白敘哀而作芒碭十字似登臺語而寓意極微語切友生懷深先帝上句喻雲馭上賓時事改易下句喻庸庸求食無復功名之想此二句置在未入先帝之前故無所閡口而使人不覺下面卽緊頂先帝好武敍拓境後便接以存歿中間全無曲折蓋亦倒找勢耳通篇要指全在氣酣二十字中言先皇升遐後三人皆無望於進取白徉狂詩酒懇辭還山原是避諸楊之禍集中有懼讒一詩又句云讒惑英主心恩疎佞臣計史稱帝每欲官白輒爲妃子所沮適先曾授鉞淮南爲李輔國所沮毀改授詹事後來攝鉞西川旋經內召身雖顯於肅代間特以資格遷官以云受知則未也甘林詩子實四句卽長老語卻用主人二句倒押在後杜詩如此筆法甚多

學古人總要能變化曹孟德苦寒行中云熊羆對我蹲虎豹夾路啼少陵石龕詩云熊羆咆我東虎豹號我西我後鬼長嘯我前狨又啼蓋變本加厲言之而用之篇首與曹公用之篇中者尤見突兀水會渡詩大江動我前又用此種句

法草堂詩之舊犬喜我歸低徊入衣裾鄰舍喜我歸酤酒攜胡盧大官知我來遣騎問所須城郭知我來賓客隘村墟則用木蘭辭而小變換之他人之學少陵者王荊公思王逢原云盧山南墮當書案湓水東來入酒巵非從沲水流中座岷山到此堂來乎（少陵奉觀嚴鄭公廳事岷山沲江畫圖十韻句）青山捫蝨坐黃鳥挾書眠非從鉤簾宿鷺起丸藥流鶯囀來乎（少陵水閣朝霽奉簡雲安嚴明府句）但盧山一聯視沲水一聯無不及鉤簾一聯何等自然青山二語則所謂是底言矣山谷之悽其望諸葛則明用晚登瀼上堂之淒其望呂葛耳

少陵別唐十五誡因寄禮部賈侍郎至詩言唐負經濟才九載相逢仍舊未遇豈甘槁餓老死設其此舉一虛勢必干謁鎮帥謀以他途進身胡星六句所以著驕將悍帥之夥未念子善師事歲寒守舊柯二句祝其遇合如其不然不可改操後來昌黎送董召南序用意全本此詩

少陵詩用字之有來歷者甘林之脫粟爲爾揮言長老留飯也揮字用范彥龍恨不具雞黍得與故人揮句

放翁古詩善於用短贈劉改之秀才云君居古荊州醉膽天宇小尙不拜龐公況肯依劉表胸中九淵蛟龍蟠筆底六月冰雹寒有時大叫脫烏幘不怕酒杯如海寬放翁七十病欲死相逢尙能刮眼看李廣不生楚漢間封侯萬戶宜其難不多爲委折用古樂府法作古詩也改之沁園春詞末云使李將軍遇高皇帝萬戶侯何足道哉同用史記語未知孰爲先後

春夏之交衰病相仍過芒種始健戲作有云倒壺猶有暮春酒開卷遂無初夏詩切而不費力此樂天長技也排悶有云君能洗盡世間念何處樓臺無月明病中有感云新亭對泣猶稀見況覓夷吾一輩人幽居云春風染柳條不染君鬢絲山園云藝果極知非老事接花聊復效兒嬉十月十九日大風作寒閉戶竟日云霜風捲地起落葉擁蝸廬終日澹無事一窗寬有餘坐多知力耗食少

覺心虛嬾惰無新句松聲忽起予登山亭云登高臨遠雖多感歎老嗟卑卻未曾讀史云南言尊榮似羊酪北說荔枝如石榴自古論人多類此簡編千載判悠悠泛舟觀桃花云初來自被春留住枉道當時爲避秦讀書未終卷而睡有感云暮年緣一嬾百事俱棄置今遂懶到書把卷輒坐睡故山云傍水無家無好竹卷簾是處是青山夜過魯墟云月出菱歌長林闇績火壯露坐云蛙聲經雨壯螢火避風稀時有新趣

朱九江次琦字稚圭南海人有集十卷外年譜一卷其門人簡竹居朝亮緝九江工駢文有北行抵清遠縣與季弟宜城書置諸洪北江集中直不能辨書云五弟無恙征舠既邁遽逾十晨願言之懷昔人所喟愛而不見如何如何吾弟內娛蘐背外隆德聲雖曾輿謅指而動操召南樵山而振儞絜其勤勞無以喻之也緜束裝後待友佛山鎭兩日乃得成行舟師謳櫂若汎鳧鷖游子寄音眇望魚雁是夜宵半衝風驟激頹波彌厲玄雲靄空夙夕不解雨雪告零先集爲

霰。躍發盧包之汎。莫宿黃巢之磯。嚴霜隕而葭菼淒。玄冥深而若英晏。鼉頸之灘。迷茫乎津逮。龜手之藥。歎惻乎水工。行路之難。諗我端倪矣。家累凡百。弟克當之。回睨舊鄉。心魂慰藉。惟吾弟續昏一事。軫結未忘。上有黃髮。罷勞晨夜。下有雛稚。噢咻啼笑。茲事之亟。豈煩覼縷。顧鄉土是諮。亦云省便。而此邦之人。內教陋壞。習錮既久。庸計門戶。宛宛處子。或有季蘭之好。悠悠靡俗。恐入齊咻之教。天下多美。何必是求。權輿弗戒。後懊焉集。行子過計。是用慺慺。風水蹇逆。行郵遂淹。以今二十七日。到清遠縣。兄弟健好。餐飯猶昔。兼多徒侶。解誨憂虞。諳誡家人。勿我爲念。從茲渡嶺。浮泭西下。楚歌千些。湘波萬重。背湖涉江。釋舟趣陸。更復馬首斷雲。千里隨夢。雁足飛雪。崇朝灑襟。七聖皆迷之野。惘惘而驅車。耦耕不輟之鄉。棲棲而問道。山川合沓。息影何時。靜言思之。百憂集矣。夫人情迹接則多忘。景逝則恆憶。歲華不居。游讌未極。往時家衖。羣從如龍。齋居盤盤。言笑晏晏。東方未明。已對牀相語。西柄之揭。猶露坐未眠。論難紛起。聲與百舌競蠻觴詠橫飛酒微一斗亦醉魏文有言當此之時忽不自知其樂也由今以思曠若星漢儗諸形容尙繪心目每當落帆江滸擁衾無寐淸角朝厲游鴻夜吟我懷云勞不可說也自惟寡薄豈辦任官此行邀福或叨一第思遂南歸寄迹丙舍將吾叔仲長奉板輿對鵲占門徙魚築宅陸機之屋不問乎東西何點之山略分乎大小時及霜露言羅雞豚祀先之餘兼以速客雖甑生塵而日晏風吹籜而歲寒而風詩教睦取鹿食之相呼金石歌商結鶉衣而不恥明明如月長照其素風溫溫恭人永垂爲家法閉門養親至於沒齒雖三公上袞百城南面何以易此哉其許我乎非敢望也有問訊者達此戇言音塵未積風雲逾闊家食餘閑幸勖光采勞人草草筆不抒心此書施諸兄弟稍覺客氣耳

九江詩如讀史云廿載深栽車服費百金終缺露臺工君王自惜中人產獨有銅山賜鄧通長門宮怨久煩紆禍起泉鳩慘重誅聞道至尊慕黃帝不妨脫屣視妻孥典衣絕句云典衣原不損丰裁盡篋筠籠取次開我喜他家收拾好未

因金蓋降顏來思量雜珮抛何所約略陳書失已多到底敝裘能戀主歲寒時
節祇饒他別久相逢意倍憐記從何處話前緣春衣與我同飄蕩南北東西寄
歲年綈袍贖得當金貂恰是杯觴不寂寥袖底雨花襟上酒可能留到上元宵
守歲與閨人夜話云漸漸衣棱凍娟娟鬢影深鏡奩今共命燈火此愁心萬態
趨殘夜孤思殿苦吟高懷吾媿汝卒歲恥言金（宋眞山民詩貴無可買恥言
金）萬態句似前人說過記不眞矣乙未閏六月初一夜記夢云天風抱瓊臺
盪作江海聲手拓西北窗水遠天崢嶸階磩石璀璀浩與鏡面平明月自出入
雲扉長不扃起甃冰絲弦坐鼓一再行得非飛龍引雜以寒雁鳴聲希月流素
梅朵霏英英嗅梅得馨逸有語無聲膺粲者何人斯忽與予目成斧冰持作糜
飲我碧一泓戰吻吐復嚥肝肺餘孤清長揖粲者言忍寒我則能九江素講道
學此詩可作廣平梅花賦讀矣
九江以進士作令山右飲水外不名一錢有答康逃之書云弟晉中需次補缺

尙無其期然自省庸虛正須閱歷卽稍稽時日爲將來逭虛銜之誚固可以少安無躁耳見住省城浙江會館館後室爲典守僧禪堂西偏屋數間卽其出息弟賃居之出則徒步入則齏鹽作官是何物事不過與和尙們隔壁耳昔魏敏果官京師時不攜眷屬王漁洋尙作戲詩嘲之云三間無佛殿一箇有毛僧弟今有佛勝環翁矣一笑讀此可想其淸況

竹居爲九江入室弟子有讀書草堂詩一册有客館邑中曾氏草堂云板橋松路入莘村小住疎林近水園好鳥呼人多種樹閒花行影自知門遠看野色過春饁倦止書聲話晚尊笑我邑人還是客客居初作邑居論送友人北上云百年意態何曾異卻喜聞君有遠行慷慨古稱燕壯士衣冠行見魯諸生風船獨火江神動驛館寒山夜語淸報道北梅花事好歸來攀折一枝輕韓文公釣魚臺云劉生詩句區生序笑汝相尋寂寞濱何事陽山關路遠竟來同作釣魚人（自注韓文公劉生詩云手持釣竿遠相投劉生者劉師命也又送區册序云

南海有區生者挐舟而來與之翳嘉木坐石磯投竿而漁）寄酬梁大鼎芬五首云草堂百事不吾知松竹當門水綠漪猶笑點塵飛欲到誰歌防有鵲巢詩焦頭上客負前身曲突察察告徙薪曾幾太邱車馬會萬言宿草意如新寒燈驟止讀書聲簷外星芒徹夜明聞道東征鄉信至邊風吹入鳳凰城國士勳名古實多知兵宰相美如何由來風月江門老七十生平事菊坡千秋金鑑自先嗟名重唐書耀史家問有曲江風度否又從南海寄梅花節厂寄題簡竹居先生讀書草堂云腹中萬卷可支餓世上點塵不到門至念陳康天下士一嗟無命一分源迎陽故作軒牕斂耐冷還依水石嚴今日承平無箇事乾龍何必問飛潛高密通儒經傳熟濂溪老人風月溫諸子紛囂無用處始知南海此堂尊多種竹松扶士氣間論禾稼識農功旁人莫笑先生隱儒者勳名本不同別來滄海還多夢老去茅庵尚未成（余經營廬山臥龍庵未成）絕羨武夷精舍好談經何日罄微誠竹居五首絕句中有本事未能盡悉晤節庵當詳詢之

花之著名最早者莫如梅杏與桃而鞠亦不稍後夏小正二月下云梅杏杝桃則華杝桃山桃也九月下云若蟄而榮鞠鞠草也嗣是周書時訓篇寒露下云鞠有黃華小戴記月令篇同離騷云夕餐秋菊之落英則漸入詩賦矣漢武帝秋風辭云蘭有秀兮菊有芳曹子建洛神賦云榮曜秋菊陶淵明詩云秋菊有佳色采菊東籬下至唐而孟浩然之待到重陽日還來就菊花杜子美之叢菊兩開他日淚竹葉於人既無分菊花從此不須開李義山之曾共山公把酒時霜天白菊繞階墀杜牧之之人世難逢開口笑菊花須插滿頭歸許多名句皆直以菊花兩字爲詩料而已宋韓魏公之不羞老圃秋容淡猶有黃花晚節香蘇子瞻之菊殘猶有傲霜枝則寫出菊花品格矣司空表聖之人淡如菊李易安詞之簾捲西風人比黃花瘦則寫出菊花韻致矣嘗論梅也菊也荷也皆以一花獨占一時足與一春之百花相敵菊尤爲人所重者花祗草本而有晚節之名黃中正之色也余甚愛菊而懶於種菊不得好種生平遂無好詩惟少日

曾塡疏影調三闋賦菊影云黄昏又近這疎疎密密拋撇誰領無限斜陽上盡簾鈎簾捲西風人靜詩人見說如伊淡怎淡到煙痕都瞑就箇中摸索渠儂孤袖暗香齊冷慰藉銷魂瘦損暮雲破一角漏洩淸景壓帽欹斜依樣朝來只有寒溫差省範圍約束疏籬管管不住周遮三徑恰小窗落墨徐熙一幅折枝相映柴門小啓甚重重疊疊堆入簾底柳不成痕桐不成陰竹又个無成字水邊籬落橫斜見又不似羅浮粧倚倩阿誰問答形神除和陶詩無計非復三人對影舉杯邀月色岑寂恁地衣白衣黄大袖疎襟黯黯酒痕難洗爭妍彷彿佳人背顧好處自憐無墜趁早些收拾橫陳玉骨枕函留翠疏燈一點又遮遮掩掩秋滿欄檻次第看來如許蕭疏那有一分明豔水仙祠下寒泉薦冷落語酒旗茅店到不如夢醒紗幮約略梨花雲冉誰話餐英舊事美人怨遲暮初服淸感止水盈盈古鏡精神總怨煙消香暗畫圖若寫西風照莫孟浪秋容增減算夜涼蝶瘦蟹寒只有箇螢還閃詞本非所工少日偶一爲之則雅慕北宋不欲煙

視媚行如近人之效南宋者故粗硬既所時有而此三闋又次朱上舍韻更易涉牽強然不妨爲菊貢醜也至近年有句云瘦無可比人何往落到堪餐色尙饒則悼亡之後爲人作非爲菊作矣

今人之愛菊者殆莫如陳仁先仁先菊詩佳者至多殆莫如前歲六首其一云東坡謫惠州攜手葛與陶孤光挂海涯寒月澄滔滔淸吟卻老至寧獨詩中豪我生百世下憂端兩相高開卷若有得往往破愁牢殘燈守菊影寤寐同寒宵其二云種菊無百本朝夕涉小園晴宵定微風淸露一何繁葉歛宿雨態花漾千珠盤泠泠沁心骨匪我衣裳單淪浹九秋心歲晚復何言其三云彌襟千萬秋滿意難一掬好花開較遲已履繁霜肅安能展過隙暇及秋陽暴潛幽或終古誰與發此覆芳馨雖不展應候聊結束浮生繭脩途逝者當何贖其四云亦有高秀姿亭亭滿月相得霜乃淸嚴禁雨不悽愴空室了無悅得意千載上龍章雖雋烈天刑偶遺忘出爲一大事甘此詩酒放其五云故人慰我辦送菊託

海槎諸弟續有寄幽居忽豪奢愧我所持約無物酬芳嘉資生日以薄託命餘秋花秋情月既望度度減清華幽姿還起予一笑迴青霞其六云聲乾知悴葉吟綴悲寒蟲殘月蛻曙光秋夢俄已空婉孌自婉孌一燈支霜紅蕭寥失依倚冷抱還沖融密移逝可悲眞存儻予逢一勺有來秋抱甕勤未終此數詩將菊之可悲可喜寫得有神無迹吾無以評之司空表聖曰空潭寫春古鏡照神鄭所南曰禦寒豈藉水爲命去國自同金鑄心兼而有之矣古今多以淵明比菊未有以叔夜比菊者菊之芳馨惟龍章雋烈四字足以稱之

仁先數以菊詩見投余不能和乃勉作一首可當仁先小傳讀云淵明菊傳神仁先菊寫眞非吾譽仁先愛菊逾古人非惟逾古人愛菊逾其身栽菊數百本百本絕等倫印以玻璃板花樣難具陳沃以芝麻油駐顏冬復春形以五言詩形神歲生新去國挈之去佳種傳淞濱淵明儻見之後生畏且親我豈不愛菊嬾懦氣不振因陋而就簡索句亦逡巡遁而去種竹坐享謝辛勤子猷與淵明

相見毋斷斷

余尙有燈昏鏡曉詞一敍稿失已久忽復檢得再錄之以訊精此道者余少日曾學爲詞喜北宋以爲詞之有唐五代詩之漢魏六朝也至北宋而唐之初盛矣東坡二安則元和也白石夢窗詩中蘇黃餘則江湖末派耳淸三百年詩詞浙人爲盛竹垞學北宋間沿明體樊榭避之乃爲南宋竹山草窗未易遽語白石也閩人喜蘇辛直喜龍川龍洲之學蘇辛遂爲詞家所病而並以病蘇辛殆於蘇辛惟見念奴嬌水調歌頭永遇樂三數闋耳其楊花石榴春事闌珊冰肌玉骨以及寶釵分斜陽煙柳諸作纏綿悽惋驚心動魄晏秦周柳無以過之者獨未之見耶白石不囿於南宋如三十六陂人未到水佩風裳無數自胡馬窺江去後廢池喬木猶厭言兵何遜而今漸老都忘卻春風詞筆昭君不慣胡沙遠但暗憶江南江北南去北來何事蕩湘雲楚水極目傷心皆出筆稍大不以雕琢一二冷雋字句爲能事者燈昏鏡曉詞宗北宋所作多傷逝之音與鄭仲

濂先生考功詞殆同病而呻余於此事棄去且三十年悼亡四載傷痛肝肺不能成一字讀此詞不禁涕泗之橫集矣

余最賞木庵先生花釀月皎四更初句此句情景之美知者殆少非素有愛花愛月之癖而一院有花中庭有月夜深不睡者不知月到夜深而愈明花到夜深受風露而精神愈足故曰釀曰皎曰四更初一字易不得張若虛一首春江花月夜于良史之掬水月在手弄花香滿衣既詞費亦不若此七字之清眞也木庵先生所居多有滿院花往往夜深不睡或睡而復起作詩多在此時此詩居武陵園時所作余遠遊暫歸常與對牀也兄又有一更山吐月至五更山吐月詩五首可想見其夜深不睡哦詩時矣余亦有一句似可匹木庵此句四十年前家居西門街花木有木芙蓉安石榴千葉桃水楊柳之屬秋來木芙蓉盛開日百十朶曉起新開者朶朶白如霜午後漸轉紅隔夜者紅似錦余詩所謂芙蓉紅白天初曉是也先室人云此句景物之佳非能早起者不知

木庵先生之斷句可摘者被酒云遮眼鶯花如過峽彌天薤露失晴湖又潑墨天容呼酒飲糊雲窗紙枕書眠牀上續成云葬妻再破中年產縱壑聊藏半夜舟村邊云蝴蝶一頭飛不去菜花黃上轎簾來秦淮河云傴仄河身嬉罔水周遭城角鶩斜光遲眠云手欲凍皴同谷雪睡仍作惡半山天睡過云儻來風似陳驚坐浪迹雲如許遠遊石榴云漫士文章無礙碎碩人顏色可憐丹下帷云也喜半弓庭際石都能隨意長莓苔掩卷云當年弟妹今兒女頗覺桑榆此際情留井云留井他年王粲宅粗餐一世杜陵人無題云可娛事每非人意無悶天方試獨居又得水石頭如有汗向光花面欲俱南五言云風廚呼睡婢古隧意藏墟可人短牆日生意缺盆花初寒近燈火薄臥斂衣裾涸河沿樹見殘雪近村明鳥孤傍籠宿魚熱頂萍行移燈看菊影欹枕聽茶聲雷聲如屏息風勢欲平反享花如享名淸香能有幾殘年如返照冷淡對荒村傷往不能來慮豫豈勝畢緣詩翻得睡在懣易爲安南屏靜居云靜居屬前緣殯室定安厝諏日

屬涼秋送旐勉移素嗟我與西湖結契金石固始來乃爲此世事了可悟兄悼亡三次次室三室皆杭人次室生於閩沒於閩三室沒於杭此詩爲三室作故云然

損軒斷句之用事貼切者如訪石倉園云易代羅含猶有宅知名何妥自成村往洪垞看桃花云張墓曹園紅雪外午橋丁坂綠雲邊秋日村居云弄梅兒女長干里種秫人家下潠田又云逋薪不繼天隨宅撲棗偏來子美家往遊葵窩有卜居之志云移居錦里果園坊作畫輞川斤竹嶺椒玉近喜放翁索和云退谷休官約元結上洄求友狎楊儀過裏垞登眺云黃泥近在臨皐宅玄灞來登華子岡再題聽水齋云住持沖祐觀提舉洞霄宮清明寓齋聽雨云春日田園經眼處清明邱壟上心時和放翁云不飲官田休種秫無花老圃只醃齏含眞書道武夷之遊云子美夜闌還秉燭晦翁心動忽聞鐘題含眞寄示武夷詩册云怕死看山偕子厚夢遊祠嶽接希深芸敏旅殯長椿寺云于宣哀誄期搗約

仲則歸喪姚稚存題哭庵集云彌留務觀思家祭謝病誠齋惡邸鈔丹陽舟中閒眺云竹扉張祜徑水檻許渾居其寫景貼切者如滕縣道中云嶽雲青滿縣祠樹碧參天塔湖初夏云有田憂水冒無井怕泥渾題聽水齋云雲借無多地泉居最下層又冷吟招木客小夢接山神土牛溪屋云松毛盡落編覆棚蔗尾初乾捆堆銼墊台云終日驅車依嶽色幾家墐戶入天寒崔家莊云小屋雪深炊餅大孤村風勁酒旂偏秋夜云開門謁我惟山色臥榻娛人自雨聲秀嶺云人語漸幽禽不避樵蹤太峻虎難追桐江舟中云平生聽遍江南艣第一關心是富陽積雨云楊梅盧橘含酸賣苦筍甜瓜夾水生

暾谷詩印本有兩種而苦覓不得昨又檢出手稿一紙急錄之云河干風月足情文暫與追涼清賞分夾岸人多俱有役當樓曲好與誰聞傷春日往心猶在興利時迂議尙紛不遺詩人憂世事還能迴眼醉紅裙此則的是宋人筆意憂世事醉紅裙心中事自道盡之遽喪其生傷哉

蘭生斷句可摘者如雨夜云蚱蜢飛不休鵓鴣語已哽晚集云隱約悟物情曲折破詩㲉皖城云塔扶深樹立月背戍樓圓荆江云岸痕隨柳轉雨氣近山多梁山絕頂瀑布云林猿避掩耳山鳥退斂翼七言如寒食云寒食東風未有涯經年游思又萌芽雨後云庭樹礙山隨勢剪瓶花宜水不時添又看花已是中年減閱市眞難一步行元日云人與梅花爭老大天教初日試暄妍忠州閒寫云市短乍疑江漲入屋高直與戍樓通

吾鄉丁耕鄰孝廉芸舊爲會城六大姓之一家貲鉅萬所稱邱馮邵丁薩謝者也百十年來家中落耕鄰與其同懷兄莪池孝廉箏耕奉母以力學孝友聞莪池體弱中年遽病卒耕鄰傷兄甚遂相繼歿著有續閩川閨秀正始集若干卷詩少作有齋中見月一首云不知明月上已度碧雲端開戶忽相見照人何太寒天高行處遠屋小到來難未有知音在鳴琴肯浪彈命筆自然五六饒有寄託

有人寄贈寔菴集二十四卷爲湖北楊寔菴承禧作有出遊二首云天地有情物惟春爲最多不知自何時綠我庭下莎徐起視萬品新荑柔故柯逢樹卽著花遇水亦增波青山遲未匀拂煙孤一螺窈窕谷中禽養子求其窠百鳥相和應若既舞而歌大波直而漣小波回曲渦花枝續續開巧笑宜顏酡笑我遠遊子面皺紋如韡春光曷可奈意興常沓拖意興不可極出遊損我懷杖策陟前岡直北循水涯升高謂望遠復與所見乖羣山欲破碎澗谷頓傾敧向眼爲蔽遮風急揚煙埃古屋巢鼪鼪淺水容蛙蠝豈有白虹光久此精氣埋偪側中路人展轉心悠哉悠哉我所思名閭限江淮士女媚春陽拾翠芳洲隈蕙蘭從風飄羅紈相徘徊美服誰肯指但誇金爵釵彼都信淸淑予美覯與偕歸來塊獨處作歌取類俳選體詩兩首末韻皆稍生波韻乖韻最佳

久不見馬通伯其昶璒然遠過出示一册使題翻之則劉文正文淸父子阮文達祁文端胡文忠曾文正左文襄李文忠翁文恭諸公手札也余題數語略云

此册皆有清名將相手書使無意世事者觀之如以不甚識字人披覽四部巨帙也然其中學問優長有著作若阮祁曾三公尙能略窺涯涘而鄙人方緝閩詩錄續編讀阮太傅一書言搜錄淮海英靈集者不禁謬附同志云於册中諸公雖間有不喜者未暇爲陽秋也弢庵則題一五律云試從全盛日數到中興年世與人相待名兼位以傳各留心畫在未覺事功偏沈陸當誰責庸非運使然蓋致咎於册末一二公而以夷甫相況者非苛論也

舊歲鄉人增祀十數詩人於西湖宛在堂而不及侯官張超然先生遠有訴於余者余實未讀先生之詩無以答也訴者乃出无悶堂詩示余隨手翻一七言律則偶有疵句者置之近復細讀全集乃知先生五古多學韓近人鄭子尹作甚與相似哭母一首其最也七言參以太白才筆興象足以軼長水跨新城五律次之七律又次之虎丘晚歸句云晚江山得日歸渡月當船舟夜云唧山斜月上獨樹一舟維村晴云春色荒村外愁人細雨中重陽登虞山云人居征雁

上秋入萬山高春水云春水夜來三四尺倚欄外正萬千愁寄王築夫宗子發云大江東去人南返白日西馳雁北飛下建溪諸灘云造物產湖海至此窮變化若匪衆盤渦閩溪高可瀉仙霞插霄漢天險此其亞哭母詩長未錄

寧化李元仲世熊明末清初人黃石齋先生弟子與易堂九子中彭躬庵先生交最摯所著寒支詩文集行世已久文學孫樵劉蛻記序各體多近纖仄然如上石齋先生諸書擬閩督院與海上書呈郭令君詳免衛官書回詳丁方伯揭答彭躬庵書以及碑志傳略諸作皆可追孫可之杜牧之集中之雄俊者詩造語纖澀似元人之學長吉時復與黃石齋倪鴻寶相彷彿明末風氣大抵然也其檢寒支集云灑酒烹蔬自祭詩騷宗雅系嗣無兒新編突兀如天問六代三唐彼一時此其最文從字順者自言其所作奇崛如天問六代三唐另是一時體格皆所不屑爲也二集詩諸適者尙多九日懷人云雲飛木落見秋哀痛飲豪吟不可裁此酒應澆高士墓短歌自勸菊花盃伊人一水霜葭渺九日千年

壘塊來天外寄愁眞未盡何時知己共登臺

伊墨卿先生世重其字而罕稱其詩著有留春草堂詩鈔七卷近體筆情娟秀而時時喜作雄邁渾成語如鄒縣謁孟子祠云功不下神禹象眞同泰山端硯云磨人自是同磨墨正筆應知在正心滎澤渡河云濤聲暮走鴻溝界野色秋高廣武原武勝關云天低鄖子國雲沒楚王臺沅水云湘夫人枉思公子屈左徒空弔賈生題登岱圖云一杯東海水九點齊州煙六如亭云因依玉局三生後縹緲陽臺一夢中看牡丹云李白詩邀妃子笑姚黃花損相公名花朝云歸雁帶將春信早疎鐘聽到雨聲乾對句由晨鐘雲外溼翻出來戲呈劉石庵先生云半世塗鴉鬢欲班平生惟服謝東山幾回欲試撥鐙法仍恐書遭批尾還娟秀句如靑草塘云一士袍同色荒陂水有聲寓樓對酒云桃花春色好於馬竹葉雨香濃到杯再游西溪云重來人狎前溪鷺枯坐心成九夏冰赴郡憶梅云一樹半開人便去昨宵孤立鶴猶猜宿倚山樓云南斗白生無月夜佛桑穠

發落花天寄胡茂甫云年年春草彫青鬢樹樹桃花亂白雲十七夜月云自然光略損敢厭上來遲

余舊作西湖雜詩有云湖心亭是廣寒宮月湧樓臺入太空比似洞庭波萬頃君山也占水當中後讀伊墨卿先生西湖寓樓看雨云湖心亭子微茫裏聊當君山一點看前人已先我言之矣

石遺室詩話

(四)

弢庵太保詩多有本事可資史料者如吳柳堂御史圍爐話別圖爲張仲昭侍讀題云侍御席虆爭失刑一斥歸臥蘭山陘當年廷議孰主者斫伐直木新發硎（廷議成祿罪名疏稿已具醇賢親王後至袖一稿以牽合天時刺聽朝政請譴言者衆愕然某公奮筆署奏曰王爺大中堂小我從王爺遂以上于通政淩辰王理少家璧疏爭不得）寧期再出殉龍馭秦良衛史公所型同時四諫接踵起欲挽清渭澄濁涇曉曉牖戶及未雨綱紀之正先朝廷角弓翩反局一變竄謫流散隨春星忌醫廿載藥籠盡疢亟永命尊豨苓抱薪止沸國卒斬騷魂九死誰能瞑我交侍御恨已晚衰涕猶爲同宗零談詩說鬼再寒暑廋語謂踏田盤青（侍御以初元起廢丁丑夏間即相過從詩孫記爲戊寅誤矣其挽圭庵聯云是國家有用人君不長年我偏壽爲親朋輒作惡別猶難遺死何堪圭庵蓋已謁假而病作也侍御死之前嘗語人將遊盤山故其上陵不歸家人

猶疑在田盤也）張侯居廬更歎逝攤卷百感縲縲醒薊祠旣成次故宅去後還往餘風螢橫街每過輒掩袂矧對遺墨憑精靈黃童死孝骨早朽（卷中有陶樓再同父子題作）肯念桑海吾伶仃藏書掠徧獨脫此呵護無亦關冥冥（蕡齋藏書被兵掠奪殆盡）長言追記慰明發永寶手澤揚餘馨仲昭蕡齋子末故云故宅橫街句謂吳柳堂故宅在南橫街仿楊椒山故宅例以祀柳堂門前有扁額也

近見黃晦聞近作兩首筆意蒼老亟錄之晚過社稷壇遲癭公不來遂成此作云蒼然栝栢杉松地得與遊人生夕涼六月將秋仍病暑衆囂宜弃一澆腸晚來栖息能相過舉國劬勞自未央到此不無林木歎士夫名節獨尋常晨過社稷壇將夕乃歸云國事身謀兩不言朝暾來此對風軒經秋樹似陳人在委地枝爲衆鳥屯已著霜花近重九舊過茶社有寒暄餘懷今日都消盡坐待林鐙照暝昏

吾鄉鄭無辯布衣容有無辯齋詩一卷甚淸眞余曾爲作敍恨其老守鄉里不肯出遊詩境爲眼界所局近余自都歸里復出詩數十首請爲去取別將三年矣詩境有進多近誠齋放翁時入四靈有雜之木庵先生集中幾不能辨者如夏夜攜壯兒納涼作云插花瀹茗又焚香父子相攜作道場忙者得閒時亦暫晝雖恆熱夜彌涼漫憂國少三年蓄翻喜身無一藝長淡薄門庭冷情性不妨世我兩相忘論詩云性情早自絕於詩無實何能欺小兒不襲陳言塡故事腹中寒儉有誰知此首意有所指也游深山居園有感云門掩竟虛佳日過園荒想見主人忙老松不此閒花木灌漑雖疏亦自長能淸蕪穢便良圖小小園林可自娛所植已繁難檢點放他瓜蔓上高梧夜吟云莫怪年來少作詩性情不與世相宜羌無淸興多孤憤未足娛心且謾時爲半野軒購鴛鴦作此寄之云好與鷗鳧作比鄰池亭點綴助鮮新爲渠伉儷謀安處卻是人間獨宿人眼前妙語時無辯喪耦已三年矣雜書二首云山人任性眞非欲立名節生本農家

子簪纓固不切鈍坐類癡蠅艱行同跛鼈近習老與莊不辨堯與桀不切二字佳飢臥夢夷齊醒來自欣忭以古人爲歸始不爲時炫軒冕者誰子譏我不善變禽獸之富貴寧敵人貧賤禽獸二句直說似海藏語園中夜步云旱後嚴霜至仲冬木葉乾竹松爭我健星月助宵寒宿鳥如多畏高枝尙未安獨行還獨立何者解長歎此首頗有杜味宿鳥句視鳥宿池邊樹似乎過之化城寺晚望云百忙未忍棄秋晴隨意來登舊化城一片新經兵燹地夕陽莫放十分明雨夜寄枚生云各將風雨作良宵莫怪常人道寂寥多此池亭三兩樹比君書屋更瀟瀟景屏軒海棠初開同大年作云客去軒空水滿池海棠初見兩三枝顧無風雨君常至看到花開極盛時根樓晚吟云一樣江山又過秋心情不似舊登樓遙天黯黯看殘日寒色淒淒入破裘餘淚可能供世亂無家何暇爲兒憂哀吟自足仇茲體醇酒婦人寧易謀句如旱夜云民禍不孤行眚災兼兵戎羣生共罹刑禱祀久無功謀修宛在堂云責人肩風雅孰謂此意狂雨中登鏡湖

亭云湖天近暝復迷離飛橋遙樹生寒姿壽林怡山云誦詩聲老蒼酒貌紅可掬又布衣淨無塵野菜甘於肉和沈濤園游龍塘云大松合抱色老蒼頑石多年狀堅固細泉雖旱可供田平磴無苔不妨屧逕碧棲北行云郡城未百里十家五家士士多道乃微負販相與齒夏夜偶成云徒具癡肥非道勝卻羸窮拙未詩工野行望橘云橘實多於橘之葉朝夕勢欲壓樹倒

老友鍾壽若大椿二十餘歲時神清如衛玠腰瘦如沈約益以終歲爲狹邪遊見者皆決其不壽乃登第後以庶常改官縣令遂始終不謁選里居治家人生產年置數妾賤價買某氏宅百十間雜蒔花木俾羣雌粥粥列屋居其中妾亦不求甚美惟價廉者不如意即開閤放之於是當夕者亦不過十數人而三十餘年來壽若乃益以精神煥發體質強固髮黃而面赤殆有得於容成彭祖術也時爲詩自謂不工學白樂天惟求嫗解然十年前余久客還鄉與壽若常相見適余生日壽若贈詩云百年初度幾逢閏此日尊前須盡歡浪迹可堪相闊

久行裝況復欲留難江湖風利帆誰落梧竹陰疎巢易安請淬青銅看鬢色明年苦筍記鄉盤此首竟是宋人體格何嘗作嫗解語末二句招隱之意甚切故余次韻報之云花前痛飲幾回耳忽忽廿年前墜歡百歲平分強半易一生作事解人難詩成漫比白太傅老去欲從黃子安賦就小園歸未得種松待看老盤盤時余與壽若不相見已二十年余年五十有一壽若四十有九余屢醉壽若花樹下自亦築成小樓樓前皆花木第六七句謂尚須遊武昌也

沈甥雁南 贊清 以道員宦游桂管不見者二十一年中間一官轉徙不出粵東西今年冬月忽相遇京師悲喜交集萬千舊事不知從何處說起出示詩稿三卷工力甚不淺題一律於其詩卷上方云不見吾甥二十年萬千舊事一燈前哀鞸玉袂同悽咽石馬銅盤幾變遷猶有朔雲將叔黨可無山谷得師川東南約略游蹤徧陽朔羅浮獨各天三句謂余與雁南皆喪妻五句謂雁南姬人極得大婦歡大婦逝時言子女得付託吾目瞑矣雁南詩兼學坡谷荊公不苦澀

亦不滑易遺悲云層院風酸不忍聞子規啼徧黯愁雲百思全福應先我多難頻年太累君開眼極知難了刦營齋總覺屬虛文惟將早日松楸辦蕭鬢隨緣向晚曛題南禪室主人遺像云將無罪過坐之官（用木庵舅氏句）黃葉虛堂夢未安起坐秋聲如雨下可憐月好不同看燈前如坐寫經人（遺墨金剛般若波羅密經一卷）遺此題詩意已塵可惜小園營亂後所栽花竹自精神覓句亭坐月寫懷云聲名湖海直戔戔未遂園廬感逝先剩此孤生還世役有何歡意入中年池波竊比汪涵量秋實應歸造化權縞夜只憂兒輩覺展經無語向風前賸有朝雲慰老懷寒軒燠館屬量裁賓鴻數子時通訊直竹吾生總寡諧法藏未窺虛道牒文名無分讓蘭臺秋光何似春和悅曾不長圓看這回桐軒落成云九月南中未肅霜桐柯陰葉尙遲黃旁人莫認秋聲館生怕年光近夕陽極意裁琴只廢材何如待葉換罏灰乍安四壁當風雨偶一歸來坐幾回十一月十六日南禪室主人歸葬送至香港望舟不見而返云了知生滅理

情至忌悲哀心折餘經卷魂歸脫劫灰教兒負土去待我看松來冥想千層浪當年共往回以上皆雁南悼亡後之作雁南服官廿餘年子女極多囊空如洗僅於廣州城內六榕寺畔營得一宅名曰演盧覓句亭桐軒皆其勝處有演盧漫興四律卜居近六榕寺次坡韻八首皆佳次坡韻云手香寫法界局見等曹賸劫餘明本性一笑鑽紙蠅南宗瀹嶺海傳照五百燈入堂遠蚊蚋聞說宿高僧高僧曰達摩宗法婆羅門稽首寶藏嚴培茲淨慧根千佛造浮圖百僧度夕飧蕭梁去千載意結復何云塔高廿七丈頓悟見處卑重開永嘉石井枯水不肥佛牙瘞其下神劍潛其機李唐碑在亡起予屬阿誰厭離不淨相所在隨生滅遷謫何容心六榕契幽絕坡筆雄姿態石工異庸劣天馬信行空早已脫羈紲鐵禪堅定識能挽眞宰權大同遺佛像蓮經呵護全開會通三摩悟性窮兩端石丈還本處敷座已忘言南服蘊奇寶忍使終晦盲雕鏤覓天匠西望慈雲橫輦之自緬甸眞面儼如生福足慧亦足所差累黍爭結盧觀天演借禪治一

心密邇六榕寺海瘴了不侵過從東坡界許和東坡吟如如小祇園無取布地金近寺先聞鐘六根脫物外我生恁麼時佛法觀自在長老龍象力猶擔詩畫債南海暢宗風看取娑婆界是欲學柳州巽公堂五首者詩題有晤鐵禪上人爲述佛教會緣起願力宏大云云

雁南幼受業於木庵先兄讀其第一卷詩如雞歎思荔雨中與唐生叔點對坐戲作各篇皆與木庵作極相似其讀舅氏木庵先生遺詩泫然有作云青山圓碣想靈暉可但能詩世所希七品宰官從薄暮先生絕學直扶微觀人子弟深自省（先生訓言）對鏡風霜屢厚非少日揪頭期宅相此時胸臆祇重欷七品句絕佳薄暮二字用得好兄六十餘歲始宰幾輔未久卽歸道山也

句如與室人對菊云白髮齊生最公道黃花畢竟屬名流春陰云幾番綠意瞞人覺終日黃昏迫夢沈春晴云寒重似愁輦動伏陽回頗喜萬機生和徐亭曾云多緣成癖親愁藥只坐無錢種雅根寫詩云諱說飢寒驅作客託爲山水解

留人寫眞云菊遲得雨探消息燈瘦尋詩閱苦辛先鳥起吟侵曉月未花坐悵隔年春答壘藻云中歲弟兄幾相見他鄉鴻雁不成行南樓夜坐云掃地招心爽攤書養眼靑對句靑字好小雲巢閒居云小樓分南北淸池當心晝又高臺控天宇振衣淩屋脊迴眄千百峯向我皆岸幘又兒曹有福慧不扶亦自直

余有小池縱橫僅八尺余既有賦千餘言有詩五十六字裝點之矣而知交題詠益復不少幾可成小池志一書龔惕菴云鳴禽習林樂遊鯈愛水深宴坐觀化者眇眇洞此性方庭不可樹一勺聊寓興欲從古井瀾視彼潛鱗定畚鍤戒經營廉隅好端正卦數占縱橫（池縱橫八尺）古度準分寸（尺準周度）形取玉水方止兼仁山靜永謝跛鼈入亮無靑蛙聖見小論增減源長足浥潤一滴海可味尺渾德愈瑩是知物無小意得境斯勝主人障川手袖中藏溟涬如何老歸來坳堂理淸瀠出緒自作賦粲發交煇映偉詞餘千言修綆貫九仞山桂緬劉安園荣吟庾信未讀先已快懸知走不脛（先生賦小池餘千言要

以詩成見示）鄰魚何足求饋生聞尙靳有琴可無絃有臺何必鏡但得之濠上儘看星涵泳饋魚句謂對門陳陀菴許送魚未來惕菴詩筆喜倔強不學時賢但工淸雋語此首足見一斑

聲暨亦有小池詩云晴窗蔭修竹詩思上毫穎初夏添數笋對之塵慮屏竹旁小方池日光射耿耿金魚數十尾頂水弄竹影似疑是蓮葉遊戲東西逞又似疑萍藻唼喋弄愪悜我昨遊湖西數人共舴艋愛其水令姿有如泛淸潁王子戲撐篙失足幾沒頂莫言水性懦狎玩要深省家有快剪刀剪取湖中景縱橫各八尺一仞量短綆三面繚闌干步屧皆坦境時時此俯仰方寸暇而整風來簷竹動觀天笑坐井風吹竹葉墮竹網撈斷梗愛看魚上水餌之以光餅聞聲悠然逝濡首尾見丙勿任靑草生紛紛鬧蛙黽沈濤園以爲能學韓重甥覲冕用東坡獨樂園韻云雨聲來庭間泉聲來屋下（池上有溝雨時環舍簷溜悉匯溝入池望之若瀉泉然）池旁盛花竹不數小秀野（舅祖京寓小秀野草

堂。）吳興有彌甥。時來侍杯斝。聽泉得幽趣。看竹忘長夏。主人老吟詠。賓客多風雅。詩事久荒寒。招邀偶結社。（里中諸詩人結社請爲主盟）憶自十年前。几杖從長者。雖媿朱芷青梁衆異黃秋岳索句亦不寡。法源松。栝蒼崇效牡丹。治城南。花事新遊讌。喧車馬。歸來罕文酒。結習久割捨。偶然呈近詩。獎借面深赭。（覲冕呈近作謂有進境）還期藉風力。一振寒蟬啞。次韻均見自然。首韻尤寫得出。宗楊云。室前乙方庭。鑿之得新泉。其底本古井。並掘兩古甎。見池不見庭。回廊爲之堧。爲溝匯檐溜。（主人於檐前爲溝。待雨時匯諸檐溜迸瀉入池。觀之若瀑布）雨時一瀑縣。中夜猛雨來。臥聽疑開先。（舊在開先觀瀑）池上竹夏寒。照泉尤娟娟。主人喜觀水。眠食茲留連。主人喜拭竹。一拭一青妍。編詩坐池上。揮毫臨池前。繞池三面闌。照水雙月圓。（臨池有一小室。門爲月式）尙當築高臺。登臨尤快然。此作時有結撰語。

合肥李曉耘國柱。文忠妷孫。太史公所謂佳公子也。介胡詩廬。以年家子禮來見長身玉立出詠史詩數首爲贊力求請益詩頗能翻案勉其多讀書以期深造自得今冬余自里至都復見於詩廬所數日賦讀石遺詩話五言古一首寄余則視前所作氣體充適音節較協矣詩云詩派如百川勃興唐宋時元明各有作迤邐及今茲先生籠萬有吐欬成珠璣感此生並世錦囊藏貯之鑑衡博而約思深語復奇瀏觀目爲眩塊坐神忘疲昨歲城東隅一瞻鸞鶴姿經年復相見歲華如箭馳公從閩嶠來京洛同爲羈清言若瀹茗雋永品武夷向我索新作一簣不肯遺摹擬愧未成茲編眞吾師

久不見狷生今夏同寓上海索讀近詩僅出三首皆前數年之作也匡廬之遊遲梅生未至賦寄云名山若奇文共賞意彌愜顧瞻懷良儔夢寐已可接平生濟勝具倘能奮登躡淹留成蹉跎念之頗歎悒願因南飛鴻便促過江楫眞愁日月馳人事更拘縶巖姿映晴昊招我展笑靨白雲亦何心歸山向人急攜琴思不孤窺石清可挹憑君吐奇句定有英靈懾八月初三夜登廬山牯牛嶺寄

梅生云晨鐘落前峯我夢已自徃微雲翳薄日嵐翠帶秋爽輕輿亭午出野色
入蒼莽高樹有晚意衆蟬咽殘響溪流稍迴曲山徑漸東上層巒紛我前萬態
結遐想巖風作寒籟吹面無塵坱蒼茫暮靄間瀰望忽開朗錯落燈火繁空碧
樓閣敞霜悽夜氣嚴影寂情懷惘佳人隔江海此夕不同賞相望成蹉跎風雨
怨疇曩觀三疊泉云探幽未度玉川道我來卻在層峯巔俯視巉喦勢陡絕蜿
蜒直下趨神淵四山蕭森拱蒼翠風號谷應凄暮天化工何年搆茲勝鑿開巖
腹懸奔泉縞衣仙人控玉龍空中縹緲生雲煙循巖不作長驅勢激流斷石遙
相連眞成奇文恣歎賞起伏波折咸臻妍浩如巨浸朝百川千秋寒潭鳴潺湲
谷簾峽泉定誰賢久立駭愕卻不前安得故人揮玉絃坐對長使心塵湔三首
皆詩如其人清澈見骨東坡云江山豈不好獨遊情易闌對名山而思良友倍
切於平時矣共賞奇文譬喻最肖巖姿句層巒句爲已入山光景野色句爲未
入山光景循巖四句寫三疊泉如畫曾游廬山者方知之

與宰平不見數月。見則告余近讀香山詩。欲學其五言古。余謂學香山者多學其七言律。七言古。七言律可學。七言古不可學。五言古不易學也。東坡放翁學之。皆有善有未善。未幾示余哀寒碧一詩。則學香山而善者。詩云。今年六七月。東游將戒程。倚裝得君書。勸我江南行。兼復寄新句。累紙連珠瓔。紙尾字略辨。淡墨斜相縈。云作書至此。鐘鳴已四更。悄悄燈影孑。遠聞荒鷄聲。眼昏腕復疲。投筆不復賡。我時正私念。晏眠實勞精。況君體非健。無以勤傷生。孰知一蹶間。遽致性命傾。不死於疾病。不死於刀兵。宋鈍初黃君摯交。飛彈成碎瓊。時亂多殺機。而君皆弗嬰。奔騰載鬼車。殺我絕代英。我初聞君死。時方在東京。初聞不敢哭。恐使鄰人驚。又疑死非君。或者同其名。溯初自滬至。告我君死情。已矣今信然。天意誠難明。士衡文藻美。叔寶神骨清。君才用未竟。蘊蓄多恢宏。高矚涵衆象。抗志謝世榮。方秉誅伐筆。欲持世議平。波瀾浩壯闊。肝膽何崢嶸。惜哉命相妨。竟死終何成。而彼不死者。攘奪復縱橫。中八句末四句是寒碧眞相。其餘皆鱗瓜而已。

余詩話中罕錄閨閣之詩已逝者間及之杭州徐仲可珂其亡室朱蓉笙有送春一律云畢竟去何許飄然忽欲歸自驚顏色改忍見落花飛身世原同感心情覺漸非蝶魂誰喚醒猶是戀芳菲可入漁洋詩話中仲可詩未見著有純飛館詞雋句殊多

亮奇有四月十二日薄曉出泛湖憩北亭凝感有紀云凌晨泝團流展棹覓淸異連坡徑蜿蜒蔽築林羅織遙峯隱凝思滑磴阻洊至澗曲越潛響橋迴滿空翠須臾光景開彌覺山水膩宿雰破參差新日映明媚涼煦雖倏遷升沈豈異企傲情總在墳麗想媿入寺暝如苔蘚光靜得鐘梵氣仙藏不可通悠然假夢寐從北高峯下韜光庵外憩石橋倚欄看竹云陰峯千轉此凭欄萬竹參天俯一寒絕憶扶持噤無語當時猶作畫中看不見亮奇且數年忽得其函寄數詩與濤園共讀而異之近相見海上又讀此二詩則一學大謝一學宋人而有其

意境者製題亦學謝學柳州前一首可與蘇龕少作題西岡松林中者相彷彿蘇堪詩云適何海山客投身溪上村出門豁幽抱日夕倚松根寒巒閟葱鬱微徑截苔痕林暉耀赭葉畦流響黃昏落照衣上來憮然閔中原吾生期遂性世難屬驚魂玩景聊自放撫臆誰與論沈沈遂至暮去去迹所存時蘇龕方學謝也

朱芷青之死余既爲哀詞哀之始終不得一詩則以他人之哭芷青者已多悲痛之作也宰平云寢門慟哭今何及詩句能傳已可哀颯颯銘旌隨世事冢冢泉壤論人才騎雲欲款天難問入夢相呼子儻來自有心光長不滅未須傍佛說輪迴秋岳云入門失慟聲先結此士凋殘忍問天隔宿豈期成死別躭書終以夭天年世間緣法君能了去日朋尊倍可憐一諾九原吾敢負強揮哀淚校詩篇（君小疾自夢不起遂作書訣親友以詩稿屬衆異及余保存）又雨中視芷青殮歸復爲詩哭之云餘春逗寒雨苦潦恨礙轍驅車展橫舍入戶氣已

噎芷青竟長往天道那可說平生冰雪姿萬彙供一掔吾生嗟望塵載筆幸相結寧知牖下燈盡汝升斗血聰明復何補干莫每自折京塵十餘載才命兩磨涅年來託傳經學子仰綿蕝丹鉛詎停晷甄錄署以瞥（芷青所爲筆記恆署曰瞥錄）浮生本電謝讖語歎隱切今年盛招邀筵餞故屢設名園共修禊江亭乍話別傷哉兩短詩生死筆永絕相看靑鬢盈疾痛固所蔑匡牀小握手何意及危惙早知會面難悔不乾唇舌翻疑身在夢搴幌日未昳造物汝何仇奄忽萎此哲頗聞夢瓊瑰穀豹理洞澈心光長炯炯浩氣百不滅所悲高堂親老淚濺淸醊星奔有孤嫠馮棺缺一訣爲君勃餘哀粱月照嗚咽諸詩不減義山之哭劉蕡臨川之傷王逢原也憶此外尚有數作無從尋檢矣

貞長有四月三日哀邁詩中數韻云我雖強不悲淚欲奪眶出幾忘瘞在野忽念抱置膝我初聞汝病得書怳有失南還促宵征入門不敢詰見汝能笑啼若脫械與桎失子至逆事況貞長屢有此子乎聞病南歸余親見其急遽遂行也

但尙是襁褓中物骨肉之緣猶淺耳出膝桎三韻最爲警痛

詩有極悲涼不堪卒讀者同邑陳桐卿梧慶有客窗雨夜云儘有寒螿吟夜榻能無孤鬼哭秋墳又悼亡云憶曾金盡歸來日尙說梅花慣耐寒則怨而不怒矣又小憩開化寺鏡湖亭云夕照斜烘丹荔外微濤靜度碧松間寫松濤者多言其奔騰澎湃無說及微飔細響者此非心靜人不能領略花朝云留將春一半扶起柳三眠

關季華棠湖北漢陽人以名孝廉爲羅田司訓留心經世之學未用而卒士論惜之其門人陳仁先朱強甫克柔謝石欽鳳孫其著者也仁先爲輯遺稿名師二宗集者印行之有己丑十九日由吳淞北行海中遇風雪二十四日大沽候潮用東坡出峽韻同伯晉蘇生作云千花滯春江遵海得淸曠十日溷芳塵登舟寄孤暢僬僬僕走下牀牀客分上乘桴九夷俱望友三益訪舊雨新喜見今游後難忘笑語谷雷硇深談溪泉漲房蜂雜主賓坩鮓錯盆盎宵臥紛酣夢晨

興愕奇狀蜒雨晝既霾沙雪宿加釀風排鼚足跛波震余心蕩膨腹雜若糟涔頭眩迷向屏息求安穩揮手謝供帳屢餕豆躍箕欲鎔金失壙正命知平生危想入譎誑水裂蛟窟眠潦落魚腹葬杌桯歷昏旦在險氣逾王窺窗挂桅燈欹枕打船浪衆中能賭詩病起詎扶杖奪席肆幽探倚壁接高唱忠信愧波濤顛連存想像狂瀾世終迴斯文天不喪潮來丁字沽矯首倏尋丈一起明秀以下寫孝廉船擁擠之狀及風浪顛簸眩暈諸變相能澀而不滑靜而不喧故是雅音丙戌下第云山雲遙待片雲回四月清和未熟梅滄海萬重天萬里乘風破浪我歸來下第能作壯語故自可喜

別仁先二年餘海上相過抱其蒼虬閣詩五巨册使定之已見與未見者各半多勃鬱蒼莽不可遏抑（如挽李猛厂尤極煩寃）肝鬲手腕有余前敍所未及道著者嘗謂詩至曹子建杜少陵論者幾歎觀止矣然使子建享大年少陵至七十其詩境不知更當何如所謂進境者只問其視前之同不同不問其視

前之工不工也前工於丹後工於素前工設色後工白描工同而所工不同矣

仁先此數册伯嚴蘇堪子培確士少樸樊山諸君各有評語余謂以韓黄之筆力寫陶杜之心思焉耳蘇堪云哀樂過人加以刻意陶杜哀樂時復過人韓黄則刻意矣

仁先有夜夢作書畫眞有契歲月來無窮二句似翻后山詩意偶有所會遂成二詩云新秋送殘暑雨罷來清風湖天出淨碧盡爲窗几供焚香展圖畫往往名山逢書畫眞有契歲月來無窮但使妙明在自有精靈通千秋旦暮遇何必非我躬得意已藏密五家詎能公知益卻傷晚險矣后山翁高峯半雲雨觀棋坐一老楚天巫峽圖千古一畫稿天陰贊公房壁潤龍鱗好想爲宏假筆變化松矯夭山谷游落星宴寢清香裊小幅對寒山妙絕無人曉我讀兩翁詩魂夢輒飛繞何當逢解人破祕一傾倒君自注云工部之楚天巫峽半雲雨清簟疎簾看弈棋固爲千古第一畫稿宿贊公房之天陰對圖畫最覺潤龍鱗余尤愛

之意為古壁畫松陰潤欲活古寺中坐雨深閟之妙境也山谷游落星寺見寒山拾得畫以為妙絕無人知寒山之畫世不可見其高寒超妙殆可想見而不可想見予最為神往故縷述之此段可作無聲詩讀可作有聲畫看

余嘗論仁先同李道人野步看月句夜色鍾柴門二人自成世鍾字稍喫力而無以易之仁先告余此本中已改作夜色柴門偏似較前為自然然余以為偏較鍾固勝讀來仍拗口以夜色柴門皆熟字鍾生字偏字單用亦生音亦不順若七字句則有幫襯字而不生矣鄙意欲只用夜色滿柴門或落柴門此起似以用律句為諧如種豆南山下采菊東籬下皆律句也

仁先述菊句云此花宜賤貧賤貧得有身分哭松厂云好花留歲月君何不相待自注予養菊最耐久一日松厂相謂曰好花將歲月留住了予曰此極佳詩意也豈意松厂竟不相待耶戒壇臥龍松歌有云縋幽欲引陰蟄出承欹力負蒼崖危萬鈞壓空不危殆反走潛根疑過倍凍雨洗幹未濡足眼底渾河犯高

塏承欹句不說崖因松重而危先說崖得松負而不危萬鈞句不危殆之危驟看似與上句複細看乃將松重當危意反放在此處說反走句乃以托根之長遠解明之眼底句說渾河水滿似欲犯及高處之松而先以凍雨句反托之皆透過一層寫法非深得老杜三昧者不能

余在武昌編商務雜誌時請日本人河瀨如侗（儀太郎）司繙譯如侗一字長定高等商業學校畢業生通漢文學唐宋八家善飲喜爲詩文勝於詩余從學經濟理財學者數年譯書十餘種雜報百十萬言皆刊板行世相得甚歡回國時余賦五言長古送行有云嗟我乏謀人貧弱乃無匹萬端待經緯予手据以拮百廢當具舉欲汲苦短綆豈知韞匵者寶藏固充溢坐茲金銀氣染指甘如蜜又云如君經濟學雅抱計然七相從日討論要旨造纖悉竊思挽時局財政宜秩秩硬貨定本位紙幣相輔弼中央集散法制限屈伸術股劵若泉流國事理如櫛又云平生慕鴟夷志豈在簪韠於國既不施於家寧遑恤茫茫東海水戰

血將浡潏主人不執兵纓冠望同室暉臺謀方殷曹社聞謠諑吾行爲蟲沙相見未可必別酒慘不歡贈策聊一述此日俄未戰以前作厥後不幸言皆中矣如侗有留別詩云五年爲客楚江頭知己推君第一流經國文章原絕類育英樂事更無儔北風飛雁傳邊警東海浮鷗賦別愁明日片帆揚子路殷勤回望鄂城樓又將游蜀賦呈云三歲夢勞巴蜀遊今春得暇欲銷愁巫山雲雨神應媚浣水漣漪花定浮已逐東風馳逸想又招西日託佳謀明朝揚子江頭路回首思君望鄂州北風東風二聯竟不似東人詩又蜀游歸疊韻奉呈云十有三旬巴蜀遊山迎水送不知愁峨眉月色禪心淨柏廟風聲忠憤浮萬里泥鴻踈客恨半生書劍拙身謀歸來忽得瓊瑤贈借照扶桑八十州又中秋與二三子江上賞月云扁舟江上月把酒賞中秋萬里殊邦客幾人今夜遊天高黃鶴度潮湧燭龍浮回首英雄迹蒼茫鸚鵡洲以上二首頗有唐音又在美洲讀石遺室詩次韻呈石遺先生云男子功名萬戶侯摩霄健翮未全收美洲風俗金銀

氣禹域文華錦繡秋回憶舊游空對月繙來新著急登樓塵埃滿地雲山隔愧我自甘爲楚囚君家營釀業復游美洲學農務日美本多違言君書來於華美二國有所左右第二聯云云是也

日本東京石田羊有子夜續歌云郎如木綿縷儂似春蠶絲異質理成匹及今不可離一旦理成匹經緯不復離欲求布質美宜先擇其絲春花競初榮春鳥發初鳴天生吾爲女但當愼初情道路一何惡春泥不可之君須愼出入莫復汚新衣念彼美之人思慕誰不同屏牆高鬱鬱此心安得適不敢適富家與郎同牀蓐郎貧非不知郎志潔如玉春風吹入懷懷歡不可歇黃鳥語梅花吾鳴使汝發朔風舞飛雪途澀無行人與歡同榻坐嚴冬氣如春別歡處空房儂思如淵冰一凝不復解其厚日夜增適步華洛道遙認郎長身三喚不一應所思在何人向晚獨當戶所歡來不來入若異問我但云月色宜不故作容媚君當領區區打金覆銅釧外豔奈內麤竊貽璹瑁爵意欲使儂思子夜非男子此心

不可移怨慕不違義子夜有眞情堂堂六尺士還輸巾幗誠意能曲達極得子夜讀曲三昧置之傅青主集中不復能辨

石遺室詩話卷二十六

吾鄉永福黃莘田先生雍乾間甚有詩名。所著初爲十研軒。既而有秋江集。最後曰香草齋。香草齋六卷。計九百六十餘首。而七言絕句居六百餘首。爲古今所希有。蓋專學義山牧之飛卿東坡俊逸處。故杭堇浦以爲最工絕句。袁簡齋以爲唐代詩原中晚佳也。然先生人品高潔。五言古實有近王孟與常建劉昚虛者。或傳先生西湖雜詩有云。祇今耆舊無新語。風月□□四百年。浙人恨之。於時堇浦道古堂集中有與黃莘田論詩書。刺摘莘田詩疵累殆盡。以爲報復。而香草齋集首有會稽傅玉露錢塘陳兆崙桑調元諸人序。稱美莘田不遺餘力。則又何耶。傅擬莘田詩於陶靖節。又謂集中弔虞卿過樂毅墓歌李陽冰般若臺篆書及三君詠篇。直欲躋韓碑晉石而上之。陳稱其越王臺詩。磊磊塊塊。如山鎮紙。桑與許廷鑅稱其築基賑粥諸篇。彷彿元道州舂陵之作。白香山秦中之吟。實則莘田絕句有突過漁洋者。如楊花云。行人莫拆柳青青。看取楊花可暫停到底不知離別苦後身還去作浮萍時以此得名稱黃楊花先生答高蕫田太守詩云升堂相見無餘語誦我楊花七字詩是也春日雜思四首之二云橘花和露落青苔鏡檻無風暗自開涼月不知人已散殷勤猶下畫簾來其第一首百折紅欄云云前已論過贈顧二娘云一寸干將切紫泥專諸門巷日初西如何軋軋鳴機手割徧端州十里溪莘田青花硯銘云余此石出入懷袖將十年今春攜入吳吳門顧二娘見而悅焉爲製斯硯余喜其藝之精而感其意之篤爲詩以贈並勒於硯陰俾後之傳者有所考焉顧二娘居閶門專諸巷故次句云秦淮云露涼江月初弦魄風動秦淮正頂潮春水方生君早去更無人倚木蘭橈他如西湖虎邱諸絕句皆風神絕世彭城絕句七首亦足以方駕阮亭彭城之作古體則築基行賑粥行二篇實服膺元道州施愚山不得專美於前矣築基行云築基本護田賣田爲築基哀此眼前瘡却剜心肉醫綏邑之井稅兩圍大籓籬隄防一以潰千頃皆汚池今年困淫潦衝決勢不支粒食望

已絕預算金錢糜縣帖咋催築先相度土宜原隰測深淺形勢分險夷其間腰底面高厚須定規按田派力役多寡等有差遂令計稅畝疆界爭毫釐仍有不均怨弱肉強食之亦有游惰民而舍業以嬉里正來下狀喋喋相謷訾董之宜扑作欲扑還沈疑蚩蚩子來前長吏勤致辭長吏實不德災害余所貽古風有讓畔汝忍相淩欺好德好風雨與汝蒼天祈三冬急畚臿過此便失時上官有嚴限羽檄催紛馳勞汝乃活汝未可生怨咨基長冬日短促迫憂稽遲夜役以繼晷及老羸妻兒或有募壯士傭直傾家貲隄上月皎皎堤下水瀰瀰綿亘百千丈官誇如京坻豈知一丸泥千萬人膏脂築基復築基築完亦傷悲今年筋力竭歲修無了期田園斥賣盡安用築基爲擬上河渠書言高嫌位卑誰是采風者爲吾陳此詩賑粥行云今年米價高乃自二月始其時東作人尚未及耘耔綆短井水深轆轤接不起展轉七八旬十室瀕九死苟活始自今登場十日耳相傳此十日艱苦更無比譬彼行路人九十半百里一春發倉廩賤價實倍

蓰奈今已懸磬一錢亦坐視甦我三閱月難免殄夷斃此語痛至隱使我抱愧鄙急令煮饘粥歡呼徧村市其日正赤午千百若聚蟻大半老羸多肩摩足跛倚叟叟與浮浮津津于頰齒長吏未朝餐先汝嘗旨否次乃恣饕食流歠等波靡凝嫗強其兒不肯輟箸匕老翁不量腹哽咽顙有泚僉云傷飢腸徐徐乃可爾明發當復來漸漸平瘡痏揮之不即去不去察其旨問官賑幾日好共妻兒止官卑俸錢薄能辦幾斛米官云汝無慮缾罄罍之恥計較兩歲祿兼旬供食指亦有懿德士告乏之助爲理待汝刈穫聲此舉我乃已東郊一以眺堅好惟糜芭望歲如望梅額蹙變色喜歸徜持簞瓢餘瀝飽稚子蓋雍正丁未四會水決蒼峯豐樂等圍基奉憲檄修築戊申四會大飢賑粥濟活先生時方宰四會也句如少不及人今已老樹猶如此我何堪極自然可喜二女皆能詩次女佩紉詠梅云風定月斜霜滿地西樓人靜一聲鐘陳勾山太僕最賞之謂謝女柳花不是過也故先生有東蘭女句云上巳清明都過了不論時節好歸寧又云賓

客漸稀兒女密汝來知有柳花詩先生絕句可供吟諷者美不勝收另編有香
草箋一集二卷凡香草齋中香奩之作皆在其中幾欲追微之冬郎而及之王
次回不足道也

吾鄉曾卽菴先生燦垣明末清初高士也有詩八卷已佚其半王雁汀尙書序
云幽居三十首步武少陵其云沈心見古人眉目盈尺幅高吟起夜半筆墨如
有聲蓋自道所得親切如此其論詩云相格以謀篇因句而及字出入愼筆端
簡嚴如老吏則又不惜度金鍼矣大略古體多仿漢魏六朝近體頗刻意求工
言閩詩者多未數及爰特表之如燈將光俱微心與道相見倦雨花三月高人
竹半牆退雨巖花重將秋木葉輕一葉動微雨數花聚小寒單句如心定身如
借水明遲鳥宿萬木洗秋山皆佳句也

昌黎南山詩固未甚高妙然論詩者必謂北征不可不作南山可以不作亦覺
太過北征雖憂念時事說自己處居多南山乃長安鎮山自小雅秩秩斯干幽

幽南山後無雄詞可誦者必謂南山可不作斯干詩不亦可不作邪

昔人謂曾子固不能詩是一恨事殊不然子固守福州頗多題詠見府志又榕陰新檢截其數詩皆清逸有致出郊云菖葉催耕二月時斜橋曲岸馬行遲家家買酒清明近紅白花開一兩枝登西樓云海浪如雲去却回北風吹起數聲雷朱樓四面鉤疎箔臥看千山急雨來過仁王寺云雜花飛盡綠陰成處處黃鸝百囀聲隨分笙歌與尊酒且偷閒日試閒行余嘗論古人詩文合一其理相通斷無眞能詩而不能文眞能文而不能詩自周公孔子以至李杜韓柳歐蘇孰是工於此而不工於彼者其他之偏勝而不能兼工必其未用力於此者也否則並其所謂偏勝者亦實未勝也子固第二詩的是吾鄉天氣

往寓上海與蘇堪至書肆見有楊誠齋全集二十餘册問其價曰二十餘餅金未之購也後在武昌爲蘇堪詩集作敘報書謂結構在姜白石楊誠齋之間白石自敘詩集歷舉並世名人之評賞其詩者以爲言余敘蘇堪詩略仿其意矣

若誠齋文則實未之見後讀福山王氏所影刊黃御史集前有誠齋一序中一段云御史公之詩如聞新雁一聲初觸夢半白已侵頭餘燈依古壁片月下滄洲如遊東林寺寒三伏雨松偃數朝枝如上李補闕諫草封山藥朝衣施衲僧如退居青山寒帶雨古木夜啼猿此與韓致光吳融輩並游未知其何人徐行後長者也宋人喜爲詩話往往卽以詩話爲文爲今世講古文義法者所詬病余叙中雜舉古人名句與誠齋無意相似見者必多非笑之擬删改以入詩話亦卒卒未暇及也

亮奇既死余乃得於雜報上連日讀其遺詩皆幽秀不薄又使人歎惜無已也籃輿長行茹里草逕裏湖卉篁入岫云出郭趨十里迴湖俄已晴午陰鬱無喧蒸日時漏明峯出朝靄散泉迷暗香生草徑往無際籃輿疑未行緋花淫滴滴翠篠垂盈盈意會異探討耳目殊經營惜余病微質未足當炎兵稍觸暄燠氣便苦拘墟情強振釋形勸靜趺培神經還思早春候徐接羣芳淸鑄夫味三雨

樵諸君子招讌圖書館樓背山面湖極饒卉樹之盛云枕櫂赴嘉招對樓資小凭層峯俯深眇宏宇羅青冥結構豈造就逍遙自姶娉朝雲凝不散夏羽矯還輕漣漪揚清颸嘉樹當列屏玫瑰溢芳氣素馨送微醒儼坐藹清吐駢筵偕列星雖無肌髩香亦勤簧絲情按序已逾屆宿意還當醒二首皆登康樂之堂襲題亦逼肖前首尤嚌其胾煞筆妙極自然次首朝雲二句音節落陳隋列屏列星嫌復畏暑入湖得行嚴京國書却寄云夜氣猶荒曙未明枕樓無際待風生病中千態君能寫湖外雙眸我最清漫喜較量簑與舸乍應問訊雨還晴濕雲不散鷗先倦何取烟波狎此盟次答默菴十五疊山韻示篇幷呈貞長云愛看荷光浸綠山竹簑花舸恣飛還一懽儘覺朋儕盛羣往寧知嘯傲閒會有詩篇供汗漫可曾酒袂記清斑相逢不悔今來別好語秋從桂樹姍（是夕余將去杭貞長留飯齋中與默庵同有秋來探桂潤谿之約）上北高峯下瞰竹徑諸方云水遊已盡愛山遊得得籃輿午未休來冒雲光銷短氣去隨嵐翠雜清流

儲糧坐使羣猜釋。告策寧知獨返謀。更向北峯淩絕頂。俯窺層竹眇千籌。湖泛口占示貞長云。晚風翼翼浪吹衣。涼水鱗鱗翠入微。借與詩人隨一舸。枕流看樹憺忘歸。近體却儘有宋人思致。姍韻未解檢舊篋。忽得苣荎兒所書絹箋。把玩久之。題此爲寄。並示釋堪。（上有論書長句）云。古書書法絕深嚴。筆後意先羅衆有。近人下筆主流動。一往行間每自負。詎窺意態出澹定。可遣規模去宏厚。當年石室信有傳。勿信人間非受授。疾風橫雨出臨川。近代更有海藏叟。兄亦躡步渺追蹤。合向都門看巠帚。書家變法微可玩。豈必區區範徐柳。近聞閉戶殊整暇。木石山中盡黑否。兄書標置早成體。比似安西歎高手。飄飄奇字薄軒輊。漠漠閒文寄岣嶁。吾書晚作乏功用。自詭生天永謝後。每從遲鈍抑性情。偶得參差試評剖。兩年日力送無盡。一事從容難以苟。強持此意來作詩。枉近墨池一迴首。五言學選體者往往。七言喜作轉韻歌行。君七古僅見此一首。却從事韓蘇。亦可謂不落前人窠臼矣。

久不與子培相見今夏寓滬訪之登樓伯嚴先在坐未定子培與伯嚴大譁責
余近來詩話不甚譽其詩余曰譽則喜毀則怒雖孔子不外人情但區區之言
果足爲典要乎伯嚴又謂余譽其子師曾詩過於乃父余曰此正吾輩求之不
得者恐君詞若有憾實乃深喜之向在都嘗與林宰平推究古今聞人其子往
往趕不上此與家學濡染之說豈不大相反宰平曰此殆諺所謂近廟欺神之
故也相與大笑而罷近讀子培秋齋雜詩八首云秋氣迥蕭瑟潛波漠西南浩
然風露性一往寥天參殘暑強蒸雨薄雲不成曇巾車招近局嘉樹藏詩龕有
酒趣非醉得朋見不談情忘中夷惠世衰隱彭聃歸路遯超忽微行蔽松杉林
陰漏光景仰見雙魚喚（亥宮娵訾九執曆日雙魚西域至今用此名）我有
蘭百本同心盟十年托根不藉地保種寧非天秋庭肅淸蔚孤英發幽姸杳然
空谷思阻絕懷香緣流宕夙疾負衰疾歲月遷尋芳過鄰畹予美懷悁悁江霧
晨漠漠江流靜洄洄鼂華絢五采隱陰遙空來蜃氣結層標虹梁冠崇隈飄搖

海童遊⿰犭分⿰犭失靑鸞偕目鷟洞光景神行軼埏垓若有羽衣人星冠集靈臺我乘
升降烟天漢淩昭回却倚白榆柯眇延松喬謀香城一瞬隱龍漢千期哀與可
廣長舌子瞻眇禪師客語偶相示夢迎端不疑碉竹八風受池光千波隨頗復
相識不過河老波斯秋葉無研思秋燈無顯跡樓前老槐樹根幹日摵摵寒塘
蒲葦短濬日乾坤白解衣襯蔭情蒼莽遠行客宿春嗟已晚輪載助誰役幸自
可憐生爾牛來角尺客至亦何見主言自抒懷非人色相盡衡氣天倪虀水石
強磯激木火相摩揩居然吹比竹亦或砰神椎語默孰司契合離兩非佳蟬休
客亦去止止還心齋作詩必此詩詩亦了無住偶然眼中屑搆此空中語七始
變宮角六情淆喜怒太虛暫點綴流水無焦蠹筆汝急來前寫我非雲句（雲
句非雲句見伽楞經）棊局慰虛腹隱囊倚頹顏茶香鼻有守鼎靜丹方還樓
外天漠漠樓前雨潺潺無心蝸篆壁有情鶴歸山生年鶡冠子（杜句）納息迦
旃延事往悔吝盡秋成天野寬我不著一法而法循無端王孫歸去晚叢桂期

同攀以平原康樂之骨采寫景純彭澤之思致卽以詩中蜃氣虹梁十句還狀此八詩昔王子安張燕公以所作相示各有不知出處者余向和子培山居圖五言古四疊其韻子培出示李畬曾以爲頗迷所指今余讀此八詩亦時時欽其寶莫名其器四疊韻續集只刻三首其一首一時檢不出

子培博於佛學在武昌日嘗作病僧行深喜自負詩云病僧病臘不記年臆對或自風壇前蒙戎敗葉擁牀敷支離瘣木撐風煙六師派別謬占度休糧恐是金頭仙毗藪紐天攝不得首羅三目眙相看洗心揭來歸佛祖縛律非律禪非禪含生大朞百二十四百四病根荄全水氣爲瘖木氣癚娥綠斧性裘媒寒膏粱奧博物有致此理未可通窮[火桼]華子中年病忘久明心晦惑來無緣假從毗耶示化儀不爾五行同人天娑婆世界一音隔安有萬二千衆天龍八部相周旋檀闕失莊嚴忍虧無強堅貪欲羸老基嗔恚疢災牽得非夙因招現果突吉羅業雖有懺悔猶沈綿給孤獨園崢嶸山雁王鹿女遊其間小花正如普陀白

高窟或是毗沙刊臘休雪嶺夏熱泉一瓶一鉢疲往還或有造其闕草枯木石頑九十六道諍研研六十四書文複繁莊嚴刦過星刦未來恒沙譬喻不可罄像法五百盡末法三千延病僧病久心茫然蘇迷盧山芥子小石女行歌木兒笑嵐風撼松藤裊裊幻師善幻五色宣畫師作畫一筆圜瘦骨秋巑岏脩脩野鶴巢其巔後來合有稜伽傳讀此作誰謂蔬筍酸餡之可與言詩哉子培謍令汪社耆貌己相爲病僧圖蒙戎牀敷支離瘣木中首戴圓笠周圍之簷或肉倍好或好倍肉或肉好若一或匿笑其不圓余曰此正所謂畫師作畫一筆圓乃成其爲病僧之笠也

自謝康樂山水名作牛出永嘉永嘉遂爲古今詩人淵藪黃迂仲迂居鄰雁宕喜爲詩示余全稿專采其幽秀者如後復戡書來問訊近作戲酬云有人夜半負山去驅使桐嚴落紙飛（復戡近得詩頗多皆于役睦州作）只恐龍湫同被刦苦思雁蕩未能歸書來翻問有詩否別後深知羈宦非鵬也無厭搜句盡

肯留待我遂初衣此詩以取勢見工立春日作微雨不成雪荒城又早春山中風俗舊刦後歲時新盤菜猶歌杜桃花豈避秦土牛長寂寞無復勸耕人除夜云尋常節物已心驚況聽山城爆竹聲歲歲光陰如此了星星毛鬢可憐生燈前涕淚兼家國海內風塵幾弟兄三載天涯游子夢白頭愁絕倚閭情尋常眼前語而情自眞非曾經除夜作客者不知遂陽雜詠云小小飛泉亦自奇譬如無佛獨尊伊龍湫以外難爲瀑强爲靈巖賦短詞鑑塘活水亦尋常却爲題詩憶紫陽俯仰祠堂雲已散瀛山一角晚蒼蒼第一首第三句用得恰好自平陽蘿江至桐山道中作云不喜江行喜陸行一輿載夢到山城誰知落日桐山驛又趁疏星問水程末句淸氣可挹夕照寺云出城不及旦晴巒迎人媚沿隄信幽步曲折不復記雷峯塔插雲翹首忽已至逶迤轉蒼麓所歷漸杳邃湖光搖空碧嵐影落寒翠隔水鳳林鐘一杵雲外墜丹霞出林樾隱隱佛廬寄頹垣剝堊粉金碧留題字（寺額雷峯夕照寺五字許貞幹書尙存）入門覓宮殿草

草十笏芘裙屐誰肯到久矣山靈懟我來遲夕陽孤冷契山意日暮僧不歸蒼
涼詩滿地首二句的是游湖詩大凡山水遊山水去城遠者必將近山而後見
嵐翠撲人惟西湖則一出城滿眼山水矣靈隱寺云日日櫂小舟湖光覽已飽
尋山恣幽攀清夢早破曉出門問何之路入雲林窅犖确循山椒曲曲幽篁繞
峯迴見前村粉垣出林篠崔嵬山寺門排雲俯大道春淙流潺湲一橋兩澗繚
古木參天蒼林杪墜飛鳥靈鷲何岧岧怪石狀夭矯穹然架佛屋鬼斧鑱鐫巧
石腹一線裂漏破天光小迴旋出窅洞疑又一蒼昊何人劚山骨佛像立深窈
高下森怪詭刻畫到髮爪冷然一泓泉禪心冷亦好一亭獨裵回煩襟滌熱惱
忽聞砉雷鳴濤聲答松杪俯石覓洞口呼猿猿已杳疊翠圍古剎入門乍舌撟
殿礎架虹棟厥木大十抱仰睇百尺高突兀立雲表巨材輦邐迤不憚萬里渺
誰其檀施者懺悔求自保巍巍盛佝書媚佛甚村媪豈知賣國孽千載招舌討
徼福于杳冥毋乃行顛倒梵王華嚴境四大空浩浩偉哉龍象力劫灰撥再造

禪壇百級上脚底烟嵐繞空堦淨氛埃落葉和雲掃所托地既高幽戀看未了林花撲人媚吟魂悦縹緲沈沈爐烟靜一磬詩心臬此首入後幾欲作師子吼矣春日山行絶句云東風似虎惜花殘戀戀羔裘欲卸難嶺上凍雲山下瀑一般努力作春寒以努力説雲説瀑下語極肖句如題壁云病不知茶味貧惟識菜名庚子感事云庸人每自擾無事宰相還當用讀書都門書感云夜雨追陪碣石館晴泥蹀躞海王村夜别榕城云江潮努力催人别漁火多情照客行曉發臺江云萬疊好山隨夢去一江春水送行來大觀亭望海云孤嶼中懸荒塔立大江東去亂帆飛君詩筆雅近香山北征二哀諸長篇皆淸眞可誦

又點向工塡詞詩頗少作近年肆力治之漸下筆不能自休矣舊歲擕其姬人捧檄皖南宰婺源山城政簡日事苦吟屢寄梅生轉示余刻意求工一字不輕易放過驟暖開梅次日大雪云窮冬忽妍暖旁舍梅遂開羣蜂趁一閧聚蠅歡如雷非時乃發散潛氣浮根荄端倪會有異步屧聊徘徊中宵朔吹動洶若無

埏垓曉瓦顯同色連峯埋作堆循牆覓昨燠慘閉餘枯苔梅殘已不復蜂去亦不回陰陽事數化儻蕩誰能裁窺荒懍異候微感滋淸哀一詩三日凍融滴猶相催循牆二句一回顧必不可少收亦站得住二十三日途中雜成云一川石氣薄靑冥峽束林迴勢未停老去厭逢奇特事幸無溪雨鬬龍霆千家醃菜官鹽淡四月焙茶烟火淸鹽淡菜酸人得喫兩年茶事夢昇平橋頂鋪茅障暑塵我來三歎坐通津經幢不辯何朝物行擔同爲有役人甘醪易飲眞鄉愿佳墨難求似古愚猶有溪山門面語千山虹井在城隅（文公誕時虹井有光故名）四詩的是皖南道中語峽束林迴七字好勢未停三字尤好投劾後送姬人先歸云生世有百役居官賤者倫貧來冒賤事既賤未免貧回頭問所得銖兩亡千鈞半年一夢了送汝寧沾巾鄉邦重田作時節盤食新汝歸空庖側取水酬汝唇蓬蒿出日月亦有昏與晨藥餌大婦狎書册諸孫陳隨宜得將護有喜無恚嗔猶勝閉板閣惻我秋蟲呻歸歟我未遠江路方熟蒓其姬人既歸語余云

又點在縣中日日作詩到底詩何如然則板閣二語固所謂破涕爲笑矣

哭庵近年詩多冶遊之作爲人所訾點然殊有清俊可喜者買醉津門雪中成詠云焉知餓死但高歌行樂天其奈我何名士一文値錢少古人五十蓋棺多訪戴尋梅意略同樓臺寂寞水晶宮小車出沒飛花裏疑是山陰夜雪篷雪水斟來置竹爐歌姬院裏著狂夫平生陶穀韓熙載乞食烹茶畫兩圖君信日者言壽不能過五十九益縱情於舞榭歌場故有第一首第三首云云第二首寫雪中坐東洋小車情景如畫

近讀次公數詩全無前此艱澀之態甚可喜亟錄之長至大雪獨酌江亭云斯亭疑爲雪所閉璀瑰光中我能至驅車聊愛避繁喧玉戲還教入吾袂作亭者誰遽覯此招手江郎可能致翻疑用意薄蘆漪儻藉饕風發奇思西山藏頭正深睡挂眼却憐雲脚闕但令含意撩鬢邊何惜迴光入窗際老僧今年大解事煎雪烹茶饋酒餌濃斟惘惘入枯腸冷跡荒荒墮孤寄歸來歸來非夢寐笳吹

背城亦小異冰輪試碾月昏黃入室梅花看嫵媚同放舅過法源寺看栝其一枯矣遂作歌云去年但逢淨髮僧今年忽覯顧甑客（寺寮居人殆盡）頗疑入寺似入廚便欲過門恣大嚼長廊齋磬棄不用白日虀鹽苦相覓火雲墜瓦變鬱蒸此事遂令栝不臘撐空恍疑菩薩臂擎露猶訝仙人擘可能逃世踵庚桑却遣同龕笑彌勒亦有溪山足舒歗亦有園林足敷席世兒孟浪百不求賃廡荒寮豈長策獨憐此栝懼瀆穢著糞佛頭恐見厄孤飛遼鶴去不歸矯首玉龍遂長蟄豈復粧樓記瓊島豈復國花話極樂西來插閣幾丁香小樹藤花墮吟鉢棗東槐西那足數碩果慈仁振雙鬣陂塘新柳補秋陰（翁覃谿題萬柳堂句云廉相陂塘新柳色巳公茅屋舊書聲阮文達嘗約朱野雲布衣補植柳株見闕隴輿中偶憶編）韻事先民最能說祇今故物百何有到眼差同朱幻碧奚須眞宰護空拏照影婆娑夜深月昌黎昔爲芍藥歌杜陵廟前吟老柏古人用意各有取我今追蹤忘踣躓百年華屋感山邱何況銅駝換荊棘劉郎重

到莫歎嗟不待種桃今非昔第二首下半稍趁筆

過滬上拔可示寄觚齋湖上別業兼懷仁先侍御一律甚佳云世事年來觚不觚猶留風雨守菰蒲光黃有客能招隱吳越相望比具區夢裏溪流繞腸胃尊前湖影浸眉鬚徘徊一壑將安老欲效臨川捨宅無（觚齋青溪有樓辟地以來不歸者兩年矣）中四語雅切可喜

畏廬近來詩境大進在自然不假做作自都門寄余福州云長安扇暑風市塵翳尋丈兒女趣園遊偶出意頗強時彥集若蝟戢足禁交往石遺書斗至令我發遐想明月照流水夜打西湖槳雛柳纔敷陰尺葦若成蕩亭榭固非多受月頗宏敞脫衣去韁鞿船臥至蕭爽閉目擬蹇態幻境出俯仰妒絕詩人福羈客詎堪仿其二云我昔居瓊河繪春園半蕪種芋拔梅花斫竹闌雞雛丹荔幸無恙盈盈絳羅襦積渴久思甘天海爲之區石遺獨飽啖口腹誰則如方回非常奴絕技能烹魚供養萬書堆用此酬勤劬我但食餺飥誰復憐淸癯其三云年

來詩力堅脫手難顛撲忞爾所欲語初不患禿屑章句加絺繪輕若被紗縠近詩和耕煤飄然墊巾角自關功候永無罅足尋目海藏貽近著洒洒富篇幅雜詩至工妙燈下忞百讀時時見渟蓄道貌日襟肅蕭寥龍州作鬼氣出篁竹白蓮淸夜明足爲阮亭續持以較石遺莫辨絲竹肉同譜獲二妙襟靈冠閩族韓孟眞雲龍拭目看追逐承接轉捩處殊見手腕是以文家畫家法作詩者君尚有詠史五古十餘首寓意時事極爲工切自謂仿余作法余實不如其隸事之淵博也抄得當續登之

秋岳有病中寄余絕句云觥觥一代陳夫子書局隨身亦自閒叢竹小池饒管領更攜笠屐賞湖山病客秋城有所思思陪杖履共談詩近來瘦到心頭血欲乞囊方試一醫第一首第二句亦自閒須改不自閒余總通志局事極忙如列傳查檢出處藝文志加提要添纂金石志方言志編通紀刪併封爵各門皆自尋煩惱者第二首第四句句法與第二句複擬改安得尋醫一療之用詩尋醫

意則瘦到心頭血亦就作詩言不然余非曾飲上池水者安能洞見垣一方乎
門人劉哲盧錦江山陰人美質好學翩翩年少僑寓上海家貧筆耕養母數年所入有盧一區在成都路亦已難矣近復添構一閣顏曰問字將以爲余行窩余今年息影鄉山未知何日得至也畏盧自都中爲繪一著書盧小立軸寄贈之並題一絶句云萬疊松濤百眼窗二分秋氣逼銀缸那知中有丹鉛手絶代銷魂劉錦江首二句逼肖上海樓屋哲盧方開設函授學校故有丹鉛手句所異者畏盧與哲盧初未相見何以知其文而美秀而以前人贈王阮亭之句移贈之也
宰平送嘿園之廣西云八載滯京邑局束轅下駒宙合浩蕩內守此寧非愚君有萬里行壯哉七尺軀而我不得去相送徒增吁桂林山叢叢客路多崎嶇歷險見致遠歸愚得夷途況君富佳句風物堪追摹從來賢達士自有邱壑娛鳳凰獨飄翔所集與衆殊羞從鷄鶩爭坐爲世故驅蹉跎顏休低才力時所須美

酒出深巷照耀溟海珠但行莫惆悵離合無時無此詩頗得贈言之體

余前謂詩敍而體似詩話者有如楊誠齋之敍黃御史集後細閱誠齋文集乃知誠齋屢作此體其頤菴詩集序略曰昔暴公譖蘇公蘇公刺之今觀其無刺之之詞亦不見刺之之意也乃曰二人從行誰爲此禍使暴公聞之未嘗指我也然非我其誰哉外不敢怒而其中媿死矣三百篇之後此味絕矣惟晚唐諸子差近之寄邊衣曰寄到玉關應萬里戍人猶在玉關西弔戰場曰可憐無定河邊骨猶是春閨夢裏人折楊柳曰羌笛何須怨楊柳春光不度玉門關三百篇之遺味黯然猶存也近世惟半山老人得之云云又唐李推官披沙集序略曰晚識李兼孟達于金陵出唐人詩一編乃其八世祖推官公披沙集也如見後却無語別來長獨愁危城三面水古樹一邊春月明千嶠雪灘急五更風燈殘偏有燄雪甚却無聲春雨有五色洒來花淚成未醉已知醒後憶欲開先爲落時愁讀之使人發融冶之懽于荒寒無聊之中動慘戚之感於談笑方懌之

初國風之遺音江左之異曲其果絃絕而不可煎膠歟
詩人往往好爲已甚之言如少陵云厚祿故人書斷絕恆飢稚子色凄涼官高
交廣事忙疎於通候自有之或本不數在故人之列或我不往彼亦不嗣音否
亦何至眞斷絕稚子飢或不免亦何至於恆此幼子飢已卒杜園說杜所以力
辯之也若郎君官貴施行馬二語則實有其事出於有因矣
漁洋於古人好句巧偷豪奪必須掠爲已有而後已如題虞伯生詩後云愛詠
君詩當招隱青山一髮是江南不知虞伯生此句亦從套來東坡澄邁驛通潮
閣詩云杳杳天低鶻沒處青山一髮是中原此則兩人並驅未知鹿死誰手者
又伏波將軍廟碑云南望連山若有若無杳杳一髮耳
竹詩娟秀者多雄渾者少丁辛老屋詩有云秋老風烟瘦山深節目全可謂雄
渾又遊右安門外飲王氏園七古亦佳
石林詩話云楊大年劉子儀皆喜唐彥謙詩以其用事精巧對偶親切黃魯直

詩體雖不類然亦不以楊劉爲過如彥謙題漢高廟云耳聞明主提三尺眼見愚民盜一坏雖是著題然語皆歇後一坏事無兩出或可略土字如三尺律三尺喙皆可何獨劍乎耳聞明主眼見愚民尤不成語蘇子瞻詩有買牛但自損三尺射鼠何勞挽六鈞亦與此同病六鈞可去弓字三尺不可去劍字此理甚易知也云云石林一代通人而未讀過漢書殊不可解漢書高帝紀吾以布衣提三尺取天下尺下並無劍字史記則有之史記自有漢書自無師古注曰三尺劍也下韓安國傳所云三尺亦同石林何未之見耶

竹坡詩話云林和靖賦梅花詩有疎影橫斜水清淺暗香浮動月黃昏之語膾炙天下殆二百年東坡晚年在惠州作梅花詩云紛紛初疑月挂樹耿耿獨與參橫昏此語一出和靖之氣遂索然矣張文潛云調鼎當年終有實論花天下更無香此雖未及東坡高妙然猶可使和靖作衙官政和間余見某司業和曾公袞梅詩云絕豔更無花得似暗香惟有月相知亦是奇絕使醉翁見之未必

專賞和靖也云云此直是全不知詩之言黃魯直評和靖詩謂雪後園林二語勝於踈影暗香猶說得去若月掛樹參橫昏則用典而已有何工夫至調鼎云云更用到陳腐之典俗不可耐終有實三字尤呆笨可笑絕豔二句亦小兒語所見如此粗淺看使人齒冷

古今文人不知凡幾而眞能文者實無幾人年來承乏通志局欲求志中各列傳事實載明出處遂多翻唐宋以來文集日百十卷往往卓然大家爲人作墓志銘神道碑而始終不載其人籍貫者有始終不識其人名字者甚至有突插一人稱其字稱其號不知其姓名者如葉水心作鄭景元墓志後幅突云始行之游陳鄭間後壻鄭氏景元云云又云時行之以龍圖閣待制知福州書來云云試問此行之姓甚名誰上文初未提及也有是理乎水心爲永嘉文派之卓卓者而竟若此

門人江陰章皶雲廷華去年出宰吾鄉南安自免回省出近詩一小册並介其

友謝君治盦鼎鎔作見示黻雲詩清穩中時多警句如九溪雜詠云鳥道羊腸外天然水一方族居千百戶犄角十三鄉地比雄關險人依土著強詳稽開始者頒白亦迷茫自序云地在南安縣西北隅與同安接壤層山峻嶺環以溪溪越九曲而地乃盡周遮十三鄉地味膏沃人口約十萬自昔沈姓雜居於此民蠻蠢寡識不知國家條教爲何物官亦鮮有過問者比年競種鶯粟屢禁不止省長發兵嚴辦余有地方之責未忍遽置之法先家喻而戶曉之棖觸賦此次首有云之無還未解詎易說馴良三首有云官將甌脫視又云我來桑孔後著手亂如絲四首云除暴安良策盤桓總未成又云宵來佳寐少萬慮集魚更南安號稱難治詩與序多關心民瘼語與武健嚴酷者逈乎不同所以自行投劾去也近感呈荔盦云花縣沈沈靜不波簿書高共筆嵯峨民因寇退鳴官少邑爲兵驕設備多部勒虎胥難似將剔除苛政苦於魔從知瘴雨蠻煙地未合吾儕捧檄過答治盦兼呈荔盦云我輩羽毛都愛惜窮途饑餓肯號鳴夜坐云插

足方知天下險息肩才覺一身輕閒雲傍岫常思出倦鳥歸林不計程皆肝膈中眞實語他如過洪文襄故里云山脈淸雄水脈肥地靈人傑七字寫得出又云勳名曠世無儕偶公論人間有是非夜飮招治盦晉江竟至喜極結聯云天涯高會少今夕要千杯質語的是唐音過唐學士韓偓墓云錦繡才華薇蕨志干戈身世海天槎小園晚眺云小園春到否挈僕當呼朋試綆逢枯井栽花障薄冰寒生歸樹鳥雲護在山僧驀地鄉愁起詩來也有棱游淸源山云將行還踐遊山約要把淸源寫我心開元寺云天高塔可捫謝君詩有性情與皺雲作殆相伯仲如贈異三七古末云英雄肝膽佛心腸獄成怕聞響鋃鐺寒衣都是下官俸囚徒挾纊恩不忘囚徒樂時心亦樂掀髯一笑風雨作哭平湖徐大起云入冬氣不揚朔風含餘悽元卿閉三徑晻嵫日苦西審賢歸道山龍首路徑迷南皮轂懽晏敢睎彭殤齊矧乃車笠交指天以爲期向笛忽吹來發音生淒其能無肝腸摧風雨相涕洟滿紙皆悽風苦雨之聲矣中間云曾記辛亥歲君

語我一言阿兄蒲柳姿自知無夙根期頤遠莫致瞬將歸邱原何妨作豪舉稍紓心煩寃卜晝兼卜夜畫舫明春燈管絃奏嗷嘈淮水沸且騰世有解事者定知不我繩哀樂相承應有之節奏也句如泉州道中云老屋赭於火叢榕綠到天海從雲際立山向樹巔眠移不到他處去晉江縣署云采風時覺譸張甚折獄還防聽斷偏是循吏語淸源山題壁云三台高拱羣峯列一徑中分萬壑懸城南公園云茗語忘春寒皆可誦

倘有一詩不專爲余小池作而亦繩及小池不可不爲小池補錄者也陳子言歲暮讀石遺室詩話奉寄云松舒夜叉臂楓蘸陸渾火奇哉先生詩妙論至繁夥低徊太山詠寂寞秀野坐有酒可澆愁當年曾著我浮雲一飄散偃蹇各坎坷冰雪燕寺花風雨五湖舸微聞選佛場色相音聲哿歲晚忽懷歸遮夢山堆垛小池功德水淨如玉色瑳醰醰穆說醴翳翳禪參箸孤吟賈浪仙一龕思證果三月三十日華陰道中作云河流已東潼關險雲影遙遮嶽帝祠婀娜東風

數株柳華陰道上送春時淡朴數語却是詩人之詩

近見劍丞兩詩酷熱中讀之頗有涼意信宿金山下曹氏園用東坡金山寺涼字韻答貞長云東皋盤散月孤涼分領僧徒下舍香風露入秋侵坐冽莎蟲專夜織愁忙得安短榻依初地無住疏鐘出上方獨有沈哀勞夢寐與君商酌到微茫三次前韻戲調貞長栗長伯蓀云八月西風江上涼薄棉知暖飯知香客中一一連牀好詩後紛紛入睡忙不覺寺鐘穿屋破誰看山月下庭方吾衰未解安心法夢踏秋橋夜更茫

長樂施熙余年家子悼其亡室林婉儀有四哀詩頗足酸臆窺園哀云認汝舊遊處遺跡猶井井亂花頹欲哀頑竹立如哽殘照蒸啼痕積翠逼晚景（園有積翠山館遺櫬厝焉）手擕稚子歸不見伊人影當食哀有云幼子環坐食食遲誰復詈休訝人何稀只當汝未至此與余今日花開人不見當他曉睡未粧梳二句有同意林氏與余家人常來往甚雅善也

復檢得壽若舊贈一詩云小閣面烏石新篁依短牆落成開壽寓遇閏展春陽聚散偶形迹行居皆卷藏今生各半百所貴在徜徉後數句皆安心有得之言行居五字尤獲我心

癸丑里居有秋社之集里中諸子相從爲五七言旋又北遊社中人每有見懷之作龔惕菴云早及長公門請業日造席子由一日至眉宇煇棟壁談閒視所業獎誘辭有溢俄然隔江海十稔還暫覩悠悠執鞭意時日祗勞積比來更喪亂歸人萃鄉邑轉幸得瞻依莛叩期昕夕碧栖老好事結社月再集弟子學攢眉先生聊搦鼻使反而後和率馬示之的天不放公閒因緣促征楫冬去今已秋欲從苦無翼長恐強學志終已難求益沈沈廿年事動足傷心肌因公泝懷來非爲詩事惜見公如見師何當話疇昔林大年云去年秋日題襟處長記酡顏照酒巵一路荔陰兼棗樹月明風細沈公祠汐社滄桑又一年迢迢閩澥隔幽燕定知杖履談經暇回憶鄉關舊月泉香山教主法門開主客圖中鑄衆才

我亦中衢曾問道神風引去倘吹來

東人詩多絶句喜押十一尤韻河瀨長定能爲古體詠竹云修竹何漪漪清陰同四時斐然而成章君子有令姿圓通其德量勁直其操持小字稱龍孫綠籜護新肌長成號淩雲翠葉鬱參差賢者此樂志孝子曾致頤戛玉風細細篩金月離離梅花結清伴鳳凰療調飢此君常平安我心自怡怡閒來一長嘯琅玕生涼飈可以詩中斐然句移贈之

中國師範學堂首開於武昌延日人戶野周二郎充教育教員要余贈詩次聯云萬里琴書雙伉儷一家師範兩先生其夫人亦教育家時武昌創設女學堂幼稚園充保姆教習也戶野書此聯爲楹帖

先室人有哀漸兒一詩極爲悲痛向以不忍卒讀將稿夾在書堆中致編集時漏收今補錄如下云我生不忍殘一蟻我子乃以飼豺虎我子於我果何人三宿空桑聊爾汝茫茫無天那有道咎以不仁彼無語干將莫邪剛必折弱居六

極又無取不剛不柔是底物玉碎土崩日旁午黃土摶人偶兒戲調水和泥滿寰宇成例既開遂莫禁土滿人浮孰能禦大荒大疫及水火萬不去一何足數惟有生人能殺人以一殺萬疾風雨此時乃信弱者亡脆女稚男膏野土本無魂魄又何知萬里關山夢亦阻解脫之理甚足忍痛錄之

又檢得絕句數首皆有寓意云任圜何蟲豸董龍何雞狗承嗣與三思疥癬亦何有傾蓋已如故白頭尙如新視聽此耳目前後寧兩人富貴詘於人貧賤轉肆志求伸乃蠖屈抗志匹夫事李廣不後人無功緣數奇自念豈有恨二者誰敢知夫婦以義合無義則可離孔光愼言人此論乃敢持荷鍤既須埋馬革亦還裹髑髏南面王莊生誠知我

又檢得一斷句云香烟雨泡都沈鷺竹節魚鱗欲化龍此二語均有故實似是竹有幾節魚有幾鱗云云記不淸作者不知何指然機鋒隱約亦欲化雲烟飛去矣

昨檢亡友劉紹庭遺稿尚有斷句可采者如登古吹臺云荆華西南轉河汴東北流雪嶺行聞滇警作云天子未將玉斧揮羣公休上珠崖對皆穩切夏日感懷云晚飧已飽捫腹坐暝氣四合天蒼茫遠峯漸匿星斗見高霄拭幕銀河長寫無月夜景逼眞夜泊云荒灣漲落妨頹岸高木煙深壓小邨

林葵雲解元傳甲今之教育家長於算學輿地學久客卜奎喜爲詩屢寄示余有龍江秋興八首筆勢壯往其一云萬柳羣松蔚北林輿安嶺表氣蕭森龍江秋色來天地燕塞浮雲變古今風急九邊思猛士月明幾處動鄉心支離飄泊三千里嘯傲猶爲梁父吟似集杜非集杜亦可謂俯拾卽是不取諸鄰矣君有龍江近體詩三十八首題胡氏地圖妥帖翔實可作蒙求歌訣讀詩多未錄君已自有印本

近又見晦聞一詩甚清婉急錄之南歸經滬寄京邸舊游云繞道江皋計早迂經行湘曲又旬餘無多懷抱將銷歇已換寒溫問起居聽曲再來當暮雨題詩

還寄及春初遲歸別有沈綿意難爲臨風一一書讀第三句使我慨歎無已人之有懷抱者本已無多而富有懷抱者更少至懷抱無多則一經頓挫遂爾銷歇矣胥天下無懷抱之人安能忍而與終古哉

林天遺蒼有獨坐聚春園夜向半矣命車出湖上過還爽太古湖亭看月出詩云獨遊輿味易闌珊道左忻逢素所歡夜半西湖如我醒月中清景當詩看歸人欲盡心逾爽寂處相容地尚寬生受涼風無一頃車塵明日又漫漫天遺最工詩鐘長於爲寒瘦之句近亦常作古近體此首則闖入宋人藩籬喜而錄之

舊和乙菴山居圖詩四疊韻失其一首昨忽檢得亦不自憶是底言矣但覺次韻尚妥姑錄之云三炎昔方熸四隩乃分宅有肌公孫垂有眼波斯碧良禽各自命總總枳句覓蠶叢猿狖峽魚鼈黽鼃窟九江步故智遂赭嘉魚壁降表雖屢修何嘗果屈膝襄陽與合肥重鎮空自昔蹶然投袂起霍若失故疾輕裘爾何事遽博龜頭石帛鬚大領輩糟粕塡胸膈童童札樸下期期五丁迹建業水

斯欽武昌魚既食冠玉善捐金此輩眞陽翟安樂復歸命把臂共茲席出亡法
自斃詢謀情終隔公等其休矣安用逐諸客

丁未攜家由京漢鐵道入都半夜過武勝關黑無所見己酉臘月復攜家過之
則在日中刻意欲作一詩不成只得兩句云向北諸峯皆積雪出關一道是中
原

由武昌入都時廣雅督部囑有詩寄閱甚賞滎澤渡河一律余不自愜意續刻
詩集時删去惟前四句云春水桃花浪未生滎波如掌御風行中州忽盡荊河
界歷塊猶存鄭衞名尙有氣勢以下則祖詠所謂意盡可以藏拙矣

前數年和劉景屛運使覃韻詩云士人不挈耒不擔地肥坐食有如蠶吾鄉劉
晏投袂起欲振財賦雄天南平生經營不稱意三戰三北鬢毛毿計然之學吾
所講舊臘日夕來深談牢盆禺筴惡棄地管篇桓論君常探盈科漸進供挹注
子布乞食能無慚錢流地上非妄語山海官府原潭潭鄂中廢墜昔稍舉七策

未及行二三天龍地馬不利用王面允斥將何堪司農知人租稅理但願樂歲人聲含有田且歸游倦矣方生春水濃拖藍濡魚趨獸讓健者種秫釀酒杯猶貪此作嫌上半句用四字排偶太多故未刻集中而後數韻又有可存者子布乞食謂革命後財政不理惟屢求助於華僑三堪韻謂籌辦貨幣事至無田不歸爲詩人習慣藉口語余常鬭之

敷菴近將其年來所作寄正於伯嚴伯嚴評點還之復以示余使重加評語敷菴專學后山山谷余於其詩屢有評騭矣此卷伯嚴少密圈而多密點余意欲改密點者皆爲密圈如會祭陳后山集法源寺云心香一瓣屬彭城行集朝朝徹案横每惜盡情寒到瞑祇今懷往事如生人窮未必詩能累官小何因晚始成尚有餓夫謝文節隔隣吾欲薦蔬羹二聯四聯皆可密圈能累欲易作爲累何因欲易作還教丙辰三月三日㶚河修禊賦呈弢老暨同遊諸子云清明上巳併茲辰百歲能經見幾春近郭祇應桃李笑勝遊寧必管絃陳栖枝燕忘危

巢覆戀水凫依野艇馴暫把一尊收節物莫嘲吾輩強吟呻此遊余不與適以此日挈眷南下也聞同遊者皆有詩而惟見此一首故亟錄之諸同遊中揆東最喜觀劇敷菴絕無此嗜好故第四句的是敷菴之言非泛用蘭亭序意也近人爲詩競喜學北宋學劍南者少余舊曾提唱香山劍南論詩送覲俞有云樂天善閑適柳子工嗟歎奇兵雙井出短劍渭南鍛者也顧應之者少去年夏日與揆東同遊社稷壇夜倚石橋談放翁七言近體工妙閎肆可稱觀止古詩亦有極工者蓋薈萃衆長以爲長也揆東極以爲然並云近方肆力讀劍南全詩欲抄錄千百首隨意評點自備翻閱今年冬月忽以劍南詩選十大册抵余請爲之序翻之則胥鈔學揆東書法作北魏體終始一律朱圈細整如眞珠如珊瑚書眉評語則親筆小行草茲采其圈點評騭確當者如下寄酬曾學士學宛陵先生體比得書云所寓廣教僧舍有陸子泉每對之輒奉懷云庭中下乾鵲門外傳遠書小印紅屈蟠兩端黃蠟塗開緘展矮紙滑細疑

卵膚首言勞良苦後問逮妻孥中間勉以仕語意極勤渠字如老瘠竹墨淡行疎疎詩如古鼎篆可愛不可摹快讀醒人意垢癢逢爬梳細讀味益長炙轂出膏腴行吟坐臥看廢食至日晡想見落筆時萬象聽指呼亦知題詩處緣井石髮麤公閑計有客煎茶置風爐倘公無客時濯纓亦足娛井名本季疵思人理豈無居然及賤子媿謝恩意殊幾時得從公舊學鋤荒蕪古文講聲形誤字辨魯魚時時酌井泉露芽奉瓢盂不知公許否因風報何如評云放翁自壯至老服膺宛陵集中凡五六效其體心折極矣放翁詩鮮新俊妙闊大閒曠無美不備而其精深處乃自宛陵得來世之論放翁者尠道其學宛陵甚矣眞能讀放翁詩者之不易遘也僕謂放翁詩固無所不學而此首實規橅宛陵

霽夜觀月云雲重眞愁無散時可憐不奈一風吹清輝如此那休得誰謂虛空作許癡評云此詩亦著意學宛陵者

聞武均州報已復西京云白髮將軍亦壯哉西京昨夜捷書來胡兒敢作千年

計天意寧知一日回列聖仁恩深雨露中興赦令疾風雷懸知寒食朝陵使驛路梨花處處開評云神似少陵聞官軍收河南河北之作

過林黃中食柑子有感學宛陵先生體云博士得黃柑甚愛不忍擘持獻太夫人遠附海上船故山饒氛霧可使酒盃窄豈無荔枝好饜飫恐不摘相去三千里無異娛旁側乃知母子意更遠未嘗隔我昨往見君從容弄書册藥分臘劑香茶泛春芽白主意顧未厭筐筥自搜索敢謂甘旨餘亦及此下客霜包纔三四氣可厭千百重是慈孝物不敢吐其核甘寒雖遠齒悲感已橫臆半生無歡娛初不爲澀阨評云得宛陵之深到而自饒寬博之致

馬上云燈前薄飦陳鹽虀帶睡強出行江隄五更落月移樹影十月淸霜侵馬蹄荒陂嗢嗢已度雁小市喔喔初鳴雞可憐萬里覓歸夢未到故山先自迷評云寫曉行逼眞合眼遇之

蟠龍瀑布云遠望紛珠纓近觀轉雷霆人言水出奇意使行人驚人驚我何得

定非水之情水亦有何情因物以賦形處高勢趨下豈樂與石爭退之亦隘人
強言不平鳴古來賢達士初亦願躬耕意氣或感激邂逅成功名評云極似宛
陵析理洞情文能見道
題梁山軍瑞豐亭云我行都梁窘風雪史君喜事能留客瑞豐亭上一尊酒渺
渺郊原水初白峽中地褊常苦貧政令愈簡民愈淳本來無事只畏擾擾者才
吏非庸人都梁之民獨無苦須晴得晴雨得雨史君心愛稼如雲時上斯亭按
歌舞歌闌舞罷史君醉父老羅拜豐年賜聖朝尙實抑虛文縱產芝房非上瑞
評云通首卷舒自如神完氣足大似坡老
岳池農家云春深農家耕未足原頭叱叱兩黃犢泥融無塊水初渾雨細有痕
秧正綠綠秧分時風日美時平未有差科起買花西舍喜成婚持酒東隣賀生
子誰言農家不入時小姑畫得城中眉一雙素手無人識空村相喚看鏁絲農
家農家樂復樂不比市朝爭奪惡宦遊所得眞幾何我已三年廢東作評小姑

句云雋鍊

和高子長參議道中二絕云豐年食少厭兒啼覓得微官落五谿大似無家老禪衲打包還度棧雲西評云極清亮

送劉戒之東歸云去國三年恨未平東城況復送君行難憑魂夢尋言笑空向除書見姓名殘日半竿斜谷路西風萬里玉關情蘭臺粉署朝回晚肯記麤官數寄聲評云全首能不脫送別亦合分際

南沮水道中云磴舍臨湍瀨瘦船聚小潭山形寒漸瘦雪意暮方酣久客情懷惡頻來道路諳家山空悵望無夢到江南評第三句云用字極精五六兩句意已極足再著家山二句徒詞費耳僕不以此評爲然五六句平常末兩句謂家山終是空望連夢也不必到矣宋徽宗詞云無據和夢也新來不做放翁似套其意

長木晚興云沮水嶓山名古今聊將行役當發臨斷橋煙雨梅花瘦絕磵風霜

槲葉深未路淸愁常袞袞殘冬急景易駸駸故巢東望知何處空羡歸鴉解滿林評三四句云最傳之句僕謂第二句眼前語說得動情首句豪壯

劍門道中遇微雨云衣上征塵雜酒痕遠遊無處不消魂此身合是詩人未細雨騎驢入劍門評云劍南七絕宋人中最占上峯此首又其最上峯者直摩唐賢之壘僕謂以細雨騎驢劍門博得詩人名號亦太可憐況尙未知其是否乎結習累人至此然此詩若自嘲實自喜也

羅江驛翠望亭讀宋景文公詩云撲馬征塵拂不開高亭欹帽一徘徊蜀山地暵稀逢雪閏歲春遲未見梅陂水近人無鷺下烟林藏寺有鐘來宋公出牧曾題壁錦段雖殘試剪裁評云鮮新雅健亦極自然此種律句惟放翁最擅長矣僕謂五句從山谷近人積水無鷗鷺句來六句從摩詰不知香積寺四句來閏歲句反用江春入舊年意然自鍛成放翁之詩也

游漢州西湖云房公一跌叢衆毁八年漢州爲刺史遶城鑿湖一百頃島嶼曲

折三四里小菴靜院穿竹入危榭飛樓壓城起空濛煙雨媚松楠顛倒風霜老葭葦日月苦長身苦閒萬事不理看湖水向來愛琴雖一癖觀過自足知夫子畫船載酒淩湖光想公樂飲千萬場歎息風流今未泯兩川名醞避鵝黃評中數韻云矯健挺拔字字生鐵鑄成直入浣花之室收稍弱僕謂收處不可謂弱凡七言古通體不轉韻末二句四句六句忽用轉韻者每用律句收煞山谷多有之至此篇後半本無深意特借一琴一酒作伴結束懷古之情而已

夏日湖上云烏帽筇枝散客愁不妨胥史雜沙鷗迎風枕簟平欺暑近水簾櫳探借秋茶竈遠從林下見釣筒常向月中收江湖四十餘年夢豈信人間有蜀州評云前半酷似半山凝鍊雋宕僕憶似一本作預借秋記不真不敢斷但作預固淺作探對不過平

同何元立賞荷花追懷鏡湖舊游云少狂欺酒氣吐虹一笑未了千觴空涼堂下簾人似玉月色泠泠透湘竹三更畫船穿藕花花爲四壁船爲家不須更踏

花底藕但嗅花香已無酒花深不見畫船行天風空吹白紵聲雙槳歸來弄湖水往往湖邊人已起卽今憔悴不堪論賴有何郎共此尊紅綠疎疎君勿歎漢嘉去歲無荷看評云淸折明麗以太白之雋兼飛卿之縟可謂佳絕

怡齋云東湖仲夏草樹荒屋古無人亭午涼萱房微呀不見日筍籜自解時吹香野藤蟠屈入窗罅溼菌扶疎生屋梁跨溝數椽最幽翳漲水及楹雨敗牆靜涵青蘋舞藻荇閒立白鷺浮鴛鴦芙蕖雖瘦亦瀰漫照眼翠蓋遮紅粧水紋珍簟欲卷却團團素扇嬾復將天風忽送塔鈴語喚覺淸夢遊瀟湘評云多用對偶益覺濃厚

初到榮州云乳山缺處城樓呀雙旗蕭蕭晚吹笳煙深綠桂臨絕壑霜落殘瀨鳴寒沙廢臺已無隱士嘯遺宅上有高人家鈴齋下榻約僧話松陰枕石放吏衙盃羹最珍慈竹筍餅水自養山薑花地爐堆獸熾石炭瓦鼎號蚓煎秋茶少年遠遊無百里一飢能使行天涯豈惟慣見蓬婆雪直恐遂泛星河槎故巢肯

作兒女戀異境會向鄉閭誇一盃徑醉幘自墮燈下髮影看參差評云對句到底亦瘦勁亦沈厚僕謂少年遠遊以下正沈厚處所謂力透紙背也特爲加密圈

花時遍游諸家園云看花南陌復東阡曉露初乾日正妍走馬碧雞坊裏去市人喚作海棠顛爲愛名花抵死狂只愁風日損紅芳綠章夜奏通明殿乞借春陰護海棠花陰掃地置清尊爛醉歸時夜已分欲睡未成欹倦枕輪囷帳底見紅雲枝上猩猩血未晞尊前紅袖醉成圍應須直到三更看畫燭如椽爲發輝重萼丹砂品最高可憐寂寞棄蓬蒿會當車載金錢去買取春歸亦足豪絲絲紅萼弄春柔不似疎梅只慣愁常恐夜寒花索寞錦茵銀燭按涼州評云此十絕句皆清麗高響僕謂最勝者此六首今錄之

書懷云武擔山上望京都誰記黃公舊酒壚宿負本宜輸左校寬恩猶聽補東隅一官漫浪行將老萬卷縱橫只自愚甫里松陵在何許古人投劾爲蓴鱸評

云豪宕流逸集中最勝境也

六月十四日宿東林寺云看盡江湖千萬峯不嫌雲夢芥吾胸戲招西塞山前月來聽東林寺裏鐘遠客豈知今再到老僧能記昔相逢虛窗熟睡誰驚覺野碓無人夜自舂評云一氣卷舒却能凝鍊穩重宋人惟半山最擅勝場僕謂此放翁之極似東坡者其所以能成大家在此

雨夜偶書云高臥空堂風雨來更闌頻看燭花摧新涼蕭爽秋期近多病侵尋老境催萬事極知終變滅一官那得久低回牀頭幸有楞伽在更炷爐香手自開評云高朗

橋南納涼云曳杖來追柳外涼畫橋南畔倚胡牀月明船笛參差起風定池蓮自在香半落星河知夜久無窮草樹覺城荒碧筒莫惜頹然醉人事還隨日出忙評云變換酣足放翁七律之最者

婺州州宅極目亭云尚書曳履上星辰小爲東陽作主人朱閣淩空雲縹緲青

山繞郭玉嶙峋似聞旋教新歌舞且慰重臨舊吏民莫倚闌干西北角卽今河洛尙胡塵評云沈重又極慷慨惟老杜有之

老去云老去時時病春來日日陰文書有期會山水負登臨倦客風埃眼孤臣狗馬心餘寒欺短褐莫惜酒盃深評云學杜而得其神似

大雨踰旬旣止復作江遂大漲云一春少雨憂旱嘆熟睡湫潭坐龍嬾以勤贖嬾護其短水浸城門渠不管傳聞霖潦千里遠榜舟發粟敢不勉空村避水無雞犬茆舍夜深螢火滿評云沈著似杜放翁集中最用力者

桐廬縣泛舟東歸云桐江艇子去乘月笠澤老翁歸放慵一尺輪囷霜蟹美十分瀲灩社醅濃宦遊何啻路九折歸臥恨無山萬重醉裏試吹蒼玉笛爲君中夜舞魚龍評云意換句靈放翁最完滿之作僕謂中四句乃放翁學蘇處

夏日云病退身初健時淸吏更休渴蜂窺硯水慵燕息簾鉤碁局每坐隱屏山時臥游眞成愛長日未用憶新秋評云著意學少陵

雨後露坐小酌云閉門誰與樂頹年旋掃桐陰近酒邊病久一春稀見蝶雨多六月始聞蟬官倉求飽眞聊爾山野懷歸每惘然從此讀書仍復嬾惟留白眼望青天評云清雋

漁浦云桐廬處處是新詩漁浦江山天下稀安得移家常住此隨潮入縣伴潮歸評云結語雋

大雪歌云若耶溪頭朔莫雪鵶鵲墮死長松折橫飛忽已平屐齒亂點似欲粧簾纈放翁憑閣喜欲顛摩挲拄杖向渠說莫辭從我上嵯峨此景與子同清絕銀盃拌蜜非老事石鼎煎茶且時啜題詩但覺退筆鋒把酒未易生耳熱扶衰忍冷君勿笑報國寸心堅似鐵漁陽上谷要一行馬蹄蹴踏河冰裂評云頗似坡老

九月三日泛舟湖中作云兒童隨笑放翁狂又向湖邊上野航魚市人家滿斜日菊花天氣近新霜重重紅樹秋山晚獵獵青帘社酒香隣曲莫辭同一醉十

年客裏過重陽。評第二聯云。高宕自然。

督下麥雨中夜歸云。細雨闇村墟。青烟溼廬舍。兩兩犢並行。陣陣鴉續下。紅稠水際蓼。黃落屋邊柘。力作不知勞。歸路忽已夜。犬吠闖籬隙。燈光出門罅。豈惟露沾衣。乃有泥沒胯。誰憐甫里翁。白頭學耕稼。未言得一飽。此段已可畫。評云。眞景描得出。

蔬圃云。山翁老學圃。自笑一何愚。磽瘠財三畝。勤劬賴兩奴。正方畦畫局。微潤土融酥。翦闢荆榛盡。鉏犂磊塊無。過溝橫略彴。聚甓起浮屠。隙地成瓜援。餘功及芋區。如絲細生菜。似鴨爛蒸壺。此事今眞辦。東歸不爲鱸。評云。眞朴。

幽居書事云。莫歎人間若不諧。淸時有味是歸來。已因積毀成高臥。更借陽狂護散才。正欲淸言聞客至。偶思小飲報花開。紛紛爭奪成何事。白骨生苔但可哀。評云。淸雋絕倫。

雜興云。漲水入我廬。萍葉黏半扉。日出水返壑。念汝何由歸。評云。深雋。

雜興云萬物各有時蟋蟀以秋鳴我老自少眠那得惛此聲評云見道語
寄題朱元晦武夷精舍云身閒剩覺溪山好心靜尤知日月長天下蒼生未蘇息憂公遂與世相忘評云贈遺極得本人身分如此詩眞不苟作也
狂歌云少年雖狂猶有限遇酒時能傲憂患卽今狂處不待酒混混長歌老巖澗拂衣卽與世俗辭掉頭不受朋友諫挂帆直欲截烟海策馬猶堪度雲棧枵然癡腹肯貯愁天遣作盎盛藜莧髮垂不櫛性所便衣垢忘濯心已慣眼前故人死欲無此生行矣風雨散差爲塵土伏轅駒寧作江湖斷行雁評云作盎句趣語僕謂寫得至無聊正其至倔強處此亦學宛陵者
書生歎云君不見城中小兒計不踈賣漿賣餅活有餘夜歸無事喚儔侶醉倒往往眠街衢又不見壠頭男子手把鉏丁字不識稱農夫筋力雖勞憂患少春秋社飲常歡娛可憐秀才最誤計一生衣食囊中書聲名纔出衆毀集中道不復能他圖抱書餓死在空谷人雖可罪汝亦愚嗚呼人雖可罪汝亦愚曼倩豈

卽賢侏儒評云古今同歎僕謂中道句眞正書獃
感憤云今皇神武是周宣誰賦南征北伐篇四海一家天曆數兩河百郡宋山川諸公尙守和親策志士虛捐少壯年京洛雪消春又動永昌陵上草芊芊評云次聯雄闊似盛唐收能提開僕記陳同甫次東坡念奴嬌赤壁懷古雄姿英發韻云吾皇神武踵曾孫周發與此首首聯極相似
幽居感懷云偶傍楓林結數椽東歸也復度流年汀洲雁下依殘水墟里人行破夕煙十月風霜欺客枕五更鼓角滿江天散關淸渭應如昨回首功名一愴然評云俊逸自賞
甲辰仲秋無月十七夜獨皦然達旦云老覺人間無一欣窮閻掃軌謝紛紛已憑白露洗明月更遣淸風收亂雲棲鵲揀枝寒未穩斷鴻呼伴遠猶聞病羸慵踏梧桐影倚杖長吟夜向分評云樸老淸新逼眞浣花格律尤爲嚴整
病中云風雨暗江天幽窗起復眠忍窮安晚境留病壓災年客助修琴料僧分

買藥錢餘生均逆旅未死且陶然評次聯云字字千錘百鍊却極自然

步虛云曩者過洛陽宮闕侵雲起今者過洛陽蕭然但荒壘銅駝卧深棘使我惻愴多可憐陌上人亦復笑且歌世事茫茫幾成壞萬人看花身獨在北邙秋風吹野蒿古冢漸平新冢高評云所感獨深右數十首可爲欲讀陸詩者一小餉遺所選尚多不能盡錄矣

石遺室詩話卷二十八

說文之學至有清而攻之者衆至唐本北宋本續發續見講許學者又添出故事矣苗先路夔讀段氏說文解字注心部惪字下知徐楚金繫傳姑蘇顧氏黄氏各有影鈔北宋足本假觀之願形諸詠歎有詩云生平私淑心亭林多纂輯韻學接孔周（自注洪洞李子德語也亭林得唐韻舊本於雁門關淮安張力臣校寫穎川陳上季刻之序引李處士謂亭林韻學直接周孔）一語亮能執世無揚子雲鬼笑倉頡泣天未喪斯文洨長秦灰拾南唐徐楚金繫傳成四十汪刻落葉多破碎不完葺（自注每部少字每字少說解者不計其數段茂堂謂姑蘇顧氏黄氏有影鈔北宋足本）影宋聞顧黄藏之等什襲何當一借來萬拜與千揖補天同媧皇動地笑驚蟄九泉誰修文此舉登幾級神爽秋毫顛主賓閬風立祁文端次韻云洨長說六書古文賴裒輯亭林纂五書音學允能執俗儒鄉壁造汗簡吞聲泣古音與今韻錯牾難收拾休文變古音得一遺其

十平水變唐韻部分不可葺審音以定韻顧氏豈勤龔君守小徐傳上追復下揖抗聲段金壇王高郵閒如雷啓冬蟄善本吾亦慕升階必由級會當求雙璧幸勿嗟孤立苗詩少佳處九泉以下數語頗費解祁作中數韻言古今音韻錯牾之弊至當不易亭林已改吳才老部分段氏又改顧氏爲十七部殊不可從蟄韻殆亦不以段氏爲然也錄苗詩志其緣起耳

文端又有次韻贈王萇友孝廉筠云析疑爲我證羣書咀嚼菁華棄土苴夢覺雲雷動科斗笑看楊柳貫魴魚（自注君頃與何子貞爲余撰祁大夫字黃羊說又與張石洲釋虢季子白盤銘見示）通經合稱無雙品載筆空慙第七車但許從君問奇字雄文奚必慕相如此皆當時學人賞析之雅見之於詩者萇友湛深許學幾冠有清一代苗其亞也

說文故事之見於詩者莫如莫子偲先生友芝之得唐寫本木部殘帙一時題詠虓然莫有湘鄉相公命刊唐寫本說文殘帙箋異且許爲題詩歌以呈謝云

黟侯贈我唐人寫本書。乃是許君說文之斷帙。中唐妙墨無雙經。動色傳看叫神物。本朝樸學一叔重。六籍盡起基乾隆。錯牋鉉疏競拾補。勤矣區區諸老翁。唯唐明字科課試必先通。一代義疏家。取攜若殰饕。少溫謬悠在斥廢。說之碎綴還網籠。爾時此本若到眼。定詡鴻都揖蔡邕。汴京祕藏盡六紙。紙縫增銜紹興璽。自從寶慶落人間。幾閱刼灰換朝市。百八十篆歸尙完。界宅分曹爛仍理。顢頇只作書畫傳。千載何人究端委。郘亭嬾頹藥不悛。奇文入手如箬鞭鐙。昏力疾草箋記。整亂鉤沈坐無寐。湘鄉相公治經如治兵。號令罷茶齟齬皆崝嶸。莫府軍間結習在。刊徐左許時鏗鏗。謂余此卷雖晚出。試數四部官私誰第一。元鈔宋刻總奴隸。爲子性命耽書報。良値子箋好成。爲子歌中有大義。數十不可磨。卽呼鐫木印萬本。把似海內學者。豈在多感公盛意。惜晚莫悠悠志業。餘兩皤無聞守此。當如何。湘鄉詩云。插架森森多於筍。世上何曾見唐本。莫君所得殊瓌奇。傳寫云自元和時。問君此卷有何珍。流傳顯晦經幾人。君言是物少

微識殘牋黯黯不能神豪家但知貴錦袠陋巷誰復憐綦巾黟縣令君持贈我
始吐光怪干星辰許書劣存二百字古鏡一掃千年塵篆文已與流俗殊解說
尤令耳目新乾嘉老儒躭蒼雅東南嚴段并絕倫就中一字百搜討詰難蠭起
何斷斷暗與此本相符契古轍正合今時輪乃知二徐尙鹵莽詒誤幾輩徒因
循我聞此言神一快有如枯柳揩馬疥我昔趨朝陪庶尹頗究六書醫頑蠢四
海干戈驅迫忙十年髀肉銷磨盡卻思南閣老祭酒舊學於我復何有安得普
天淨欃槍歸去閉戶注凡將莫又有湘鄉爵相惠題唐寫本說文卷子次韻奉
答云禮薦菁茅芹箬筍（箬用怠音）貌贏羽鱗含樂本野蟲毛榮豈自奇現
琢乃登朝祭時世間何物有定珍升沈顯晦聽中人李唐破卷淩長字斷零黯
黮失精神湘鄉相公見咤絕尤物不許巾箱巾刊傳學人重題詠千載一遇驚
昌辰相公昨日平江南荊揚薄海靖煙塵定推此意向幽側拂拭頓使周行新
中興求闕及此補相業武功同絕倫凡將說注豈公事要勵賤子加勤斷賤子

卅年坐坦率不信今輿非古輪表書常覬著作式（江式）試吏竟忘陽羨循（賀循）把公大句發雄快如飲天漿豁心痱坐思巢經鄭小尹安得西來奪苗蠢（公命致書招鄭子尹）提倉酌雅佐軍鐃懷抱鏗訇向公盡從公且及飲至酒小技雕蟲愧無有劉山紀績護儲槍引筆猶堪韋仲將其始末詳先生所著箋異引中云同治改元初夏舍弟祥芝自祁門來安慶言黟縣宰張廉臣有唐人寫說文解字木部之半篆體似美原神泉詩碑楷書似唐寫佛經小銘誌栝柟諱闕而枊卬不省例以開成石經不避當王之昂蓋在穆宗後人書矣紙堅緊逾宋藏經蓋所謂硬黃者在皖見前代名蹟近百直無以右之余則以謂果李唐手蹟雖斷簡決資訂勘不爭字畫工拙特慮珍弆靳遠假命其還必錄副以來廉臣見祥芝分豪摹似蒼踤不得就慨然歸我明年正月將至檢對一二劇詑精奇莫春寒雨浹旬不出門戶乃取大小徐本通讐異同其足補正影至數十事前輩見戴侗引鼂記唐本許書雖刺謬猶貴重近人獲蜀石經殘拓寶

過宋槧元鈔矧此千歲祕笈絕無副迻徑須冠海內經籍傳本何僅僅歷皖中名蹟也廉臣名仁法陝西山陽進士權黟未一年撫綏凋黎守死禦軼寇威惠最皖南北貧瘁卒官黟人言之零涕珍貽僅在摩挲黯然其授受久近未從質詰裝池草拙絕非彊有力盛交游人賞眞抉異寂焉未顯校成亟思流傳與海內學者共庶以不孤循吏之惠立夏日引此外作跋者有儀徵劉毓崧南匯張文虎皆攷證詳覈先生箋異既成尚有遺義命令子彝孫述於卷末云

文虎字孟彪又字嘯山有舒藝室詩存七卷詩平平少味惟失子二十首質樸不俚餘有攷據者多可采四卷以後漸工

鄭莫並稱而子偲學人之詩長於考證與子尹有迥不相同者如蘆酒詩後記一二千言遵亂紀事廿餘首哭杜杏東亦有記千百言附後皆有注可稱詩史」

祁春圃相國有題䅤䬸亭集詩及自題䅤䬸亭圖詩并序已見前第十一卷證據精確比例切當所謂學人之詩也而詩中帶著寫景言情則又詩人之詩矣

有次韻樹齋夏夜步月越王山麓云江路微茫見遠郊山城睥睨俯危巢萬家得月樓臺出一徑連雲草木包坐客胡牀聊與共參軍蠻語漸能教何人爲寫仙屏句記取森森碧玉梢蓋寫景之工者與柳州城上高樓一律有不似之似處第二聯尤寫得出

溫州玉環戴女士禮字聖儀受業於余者十年而初未見面績學能文著有大戴禮集注十三卷清列女傳七卷以外女小學雜文之類尙夥惜故見自封不知公天下之理拘於白虎通三綱之舊說而不知其非聖人之言年三十尙未適人値前清革命遂自命亡國遺民必欲得一舊官僚而不事民國者而後嫁之於是誤適非人終爲所棄亦大可憫矣事詳余文集中禮所著女小學早上學部清列女傳早上國史館皆章梫代呈大戴禮注已行世爲詩頗長集句但仍多舊思想耳如集元遺山句題吳蓮溪太史述懷集唐詩後七律六首云天門筆勢到閑閑詩在巖姿隱顯間白帽枉教淹晚節深居那得似禪關燕雲義

俠風流遠相國文章玉筍班(集有陸太保題辭)後日山陽養衰疾繫舟山是讀書山(吳籍山陽今尙寓京未歸)書林頭白坐吟呻元是中朝第一人文字誰如祭征虜伏膺先就楚靈均黃圖赤縣風流在酒榼書囊浩蕩春卻恐聲光埋不得今年天壤姓名新(一師擬刊其詩)正始風流一百年題詩端爲發幽姸半生與世未嘗合一讀丹華似有緣世外華胥誰復夢竹溪衣鉢有眞傳玉堂人物今安在落日孤雲望眼穿紙尾題詩一慨然素風纔到此公傳風流肯落正始後詩印高提教外禪庾老未應妨嘯詠莊周陰助想當然知君不假科名重下筆須論二百年元祐諸人次第來醉吟應在釣魚臺尋芳自分無閑日信口成篇底用才楚客登臨動歸興淵明此意亦悠哉亭中賸有題詩客粲父吟成白髮催一回拈出一回新難狀靈臺下筆親日月難淹京國久書生只合在家貧雞豚鄉社相勞苦(淞社諸公恆縱酒賦詩相慰藉)王後盧前盡故人天上近來詩價重巖婁洲景盡天眞又五律一首云倀鬼跳梁久優伶伎畢陳

膏粱無急變巧僞失天眞天地憐飄泊山林有外臣殷勤詩卷在同詠舞雩春
几案滿書史長吟有所思跼中無曠迹意外脫艱危摧割詩寧寫猶爲談者資
相招有仙掌到日更題詩
又蓮溪先生集唐句四首見贈賦此酬之集王漁洋句云麥顆風爐手自烹一
枝筇杖萬緣輕玉峯學士數相見紅杏尙書枉擅名何日高棲尋紫閣未能采
藥入青城定知妙不關文字六代淫哇總廢聲水部風流似鄭虔亂書堆裏日
高眠何山往事思求點弘治文流競比肩誰嗣篋中冰雪句分題都在浣花牋
詩名流播雞林遠遠道風花蜀國絃
玫伯師屬題後凋草堂集漁洋句云青蓮才筆九州橫與世聱牙古性情花底
自成金葉格踏歌終怨石頭城直從州里尋眞隱且傍浮丘畢此生抗跡何妨
五湖長杖藜隨處有泉聲回首觚稜別紫宸青鱸紫鱖正時新深憐謝客吟詩
好莫訝王郎斫地頻辟穀眞從赤松隱行吟休擬楚靈均杜陵乍喜歸三徑不

逐唐羌驛路塵國破憐哀郢淒涼古佛前還登江上祠卜築蔣山邊泥飲從田父巖居傍善泉卷書卽垂釣拾橡此中眠我愛堯峯叟琴書雜坐眠田園非阮曲雲壑更相鮮卻尋盧鴻宅應逢謝尙賢予懷在三益白首話燈前

又集唐句云故壘蕭蕭蘆荻秋（劉禹錫）長安不見使人愁（李白）漢家故事如流水（李嘉祐）晉代衣冠成古邱（李白）樓角漸移當路影（白居易）山形依舊枕寒流（劉禹錫）食隨鳴磬巢烏下（王維）閒客觀花夜未休（姚合）盡說歸山避世塵（韓偓）思量名利孰如身（李山甫）千春碧樹藏深院（韋莊）永日垂帷絕四鄰（王維）獨有淺才甘未達（司空曙）暫憑盃酒長精神（劉禹錫）不辭萬里長爲客（杜甫）同有詩情自合親（薛能）値迴逢高駐馬頻（盧綸）未知何路到龍津（李商隱）文章已冠諸人籍（皎然）詩句能生世界春（熊孺登）陰德自然宜有後（司馬禮）道光誰不仰淸塵（劉威）閒雲不繫從舒卷（靈一）鷓鴣才高卻累身（紀唐夫）馬上題詩卷已成（法振）乍拋衫

匆覺身輕（姚合）明時尙阻青雲步（陸龜蒙）小隱能忘世上情（高駢）歲老豈能充上駟（韓愈）身閑不夢見公卿（王建）退公祇傍蘇勞竹（皮日休）兩綬通侯總強名（陸龜蒙）

上某夫子集唐句云一曲南歌此地聞（劉禹錫）人間唯有杜司勳（李商隱）只言啼鳥堪求侶（高適）除卻巫山不是雲（元稹）才子舊傳何水部（韓翃）詩家今得鮑參軍（楊巨源）招攜每感雙魚遠（曹唐）紅燭先教刻五分（皮日休）天香飄戶月枝春（王初）季子如今有德鄰（韓翃）翰墨已齊鍾大理（韓翃）女中誰是衞夫人（劉禹錫）尊中美酒常須滿（朱慶餘）家有驪珠不復貧（元結）洛浦風光何所似（沈佺期）恩榮佳話合書紳（司空圖）獨來惆悵水雲中（李羣玉）兩地飄零氣味同（白居易）一徑穿緣應就郭（方干）十年書劍任飄蓬（許渾）辭鄉且伴銜蘆雁（盧肇）往事曾經問塞鴻（羅隱）知愛魯連歸海上（楊巨源）布帆無恙挂秋風（李白）水冷紅衣白露秋（許渾）

每憑飛夢到瀛洲（胡宿）回心願學雷居士（韓翃）上客親隨郭細侯（司空曙）白馬走迎詩客去（白居易）淸言還待玉人酬（權德輿）亦知官罷貧應甚（姚合）幾向斜陽嘆白頭（胡曾）

琇甫先生以詩見贈賡此酬之集遺山句云滿紙淸風月旦評忍窮尤喜見工程長留北海文章在萬古東方有啓明世外衣冠存太朴亂來歌吹失懽聲百年世事兼身事莫惜題詩記姓名（朱詩多不書名）就中愁殺庾蘭成（朱籍江南家極貧乏）地老天荒恨未平寶劍沉埋惜元振詩中只合愛淵明百年人物從公論十丈寒潭照膽淸海內文章有公等縱橫詩筆見高情

又集漁洋句云別後俱爲萬里人楚山矗矗水鱗鱗歸心便逐江鴻去玉版聊堪結淨因作貢當年事已陳也須料理苦吟身一官長物吾何有感逝傷離涕淚新雨笠煙簑送此生惟君不愧隱人名春風遠岸江蘺長感此傷人今古情曾見丹靑眼暫明知君解脫萬緣輕刧灰歷後昆明在又少旗亭酒共傾赤甲

山頭雲氣蒼早聞憂國鬢如霜一杯遙酹襄江上回首中原泣數行齊雲樓上望京師刼罷猶爭一局棋何日西南消戰伐虎溪橋畔去遲遲朱蓴新抽萬卷書梅花林外跨青驢望衡乍喜相鄰並珍重新詩獨起予恐是當年汐社人朝衫猶自染京塵故家零落遺民老爭效先生折角巾慶曆文章宰相才市中遊戲亦悠哉淋漓大筆千年在斸取旗亭畫壁來歷落嶔崎可笑人祇應牛斗不能神蘭成剩有江南賦一代高名孰主賓

余今年息影歸來於敝廬後面闢一小園字之曰匹有記云屋於吾會城光祿文儒衣錦三坊間將於所屋外斥餘地多蒔雜花木小構亭館則四鄰皆強有力者而何斥之可言此吾匹園之所以撖揭而乃闢也吾以中歲奔走四方無往不與先室人偕勞苦三十年日思弛其負擔室人嘗言願築樓數楹竹梧立後花樹仰前既營一樓具體而小衆花陵於高樹不能自存者一桃三棠獨老梅倔強與抗餘皆日瘠乃於正屋後院伐一巨桑一諫果夷東西二廂壞三仞

横牆七丈後直牆丈餘東邊牆三丈又東横牆一丈積土千餘擔成數小阜夷横牆外廚屋雜屋數間割偏東地徙焉鋸正屋後檐深五尺廣七丈退其戶牖以展南址於是有地東西寬七丈南北深偏西三丈有六尺偏東絀八尺牆其東南西北則舊門其儘南西面盡全形扁方而東北缺其角東南呀其口逼肖匹字焉乃位一樓於西北隅西南隅位以小榭東北隅位以露臺其下室焉偏東則廊南行抵門臺與樓複道屬焉隙地則偏種花木噫斯樓成先室人已亡十有一年余爲匹夫久矣前六年營葬先室人於梅亭之文筆山坟地横九丈有奇直六丈有奇山徑從右入亦具匹形匹夫臥樓上匹婦長臥地下所謂鰥寡而無告者也不以匹名吾園而何名邪其樓曰皆山亦有記云環樓皆山樓之能盡其才者也而求諸里巷闤溢屋宇鱗比之中則樓之才往往而屈吾匹園之樓崇不過丈有三尺吾正屋之崇亙乎前者且二丈有二尺而羣山齾齾獻狀不受拒於前屋之屋山能騎危以自進何哉凡人之自卑視崇漸遠則崇

者漸卑於是視其尤遠者則反是今吾樓丈有三尺加人焉崇丈有八九尺以視二丈有二尺之屋山猶以卑視崇也然吾樓之距前屋屋山則三丈有奇二者相爲乘除則屋山之崇於樓者僅樓之遠於屋山者多矣距自屋之屋山遠距他屋之屋山益遠雖在里巷闤溢屋宇鱗比中吾自有不闤溢鱗比者故樓之能盡其才亦吾之能盡樓之才也樓成將爲詩寵之卒卒未成僅有數聯斷句云移花分竹剛三徑聽雨看山又一樓涪翁楹帖蘇翁扁亞字闌干卍字紋亭臺都占空中地風月教低四面牆生平喜聽雨春秋則好樓居喜遊山尤喜樓上看山遊山勞看山逸而聽雨看山又童時居鼇峯坊于麓山樓習慣也又一樓云者家中已有一樓所謂具體而小者也此聯實套弢菴聽水第二齋聯句來句云聽泉看竹無餘事擅壑專邱又一齋余樓成已過初夏非栽種花木時倘好前院花竹過稠就近遷移可以無恙高壽丈者約數十本亦足敷衍三徑矣移花分竹一聯乞弢菴太保書作樓前聯弢庵書似黃皆山樓扁乞蘇堪

昔似蘇也闌干用亞字卍字紋皆古法世久不行矣余特爲復古園地不廣故樓臺外無他屋非於空中占地不可四圍牆皆與樓臺地平易於風來月到也初露臺未成而臺下粉壁先垩連旬大雨屋漏痕遂如縻綆惟有請愈予心愈就勢爲畫古松老梅方擬作書乞畏廬繪園圖而畏廬詩來云卷簾是處是青山(用放翁句)目力應無片晌閒何用四時將竹轎居然萬綠滿柴關我疑淸福歸前定天許先生隱此間一事最教人健羨看山兼看鳥飛還第二句第八句好第二句謂余在志局日翻百十册稍空又看山也故余次韻兼以乞畫云敢云隱几日看山只擬千忙博一閒聯扁分書已坡谷畫圖傳本待荊關誰知五柳孤松客卻住三坊七巷間循例吾家懸榻在何妨立冢過家還嗣又得秋岳自都來一詩云一牋經歲意寧忘爲覓新詩落草堂想拓廊腰容月色定憑樓角飽山光琅玕夏課曾添否湖海高文許寄將今日匹園疇得匹可應著筆辨興亡題爲喜得石遺文續集卻寄題匹園次聯狀吾樓極肖故錄之冠生詩

云武昌歸借園樓住（庚子舅祖自武昌歸借舅祖母蕭夫人借居濤園東樓覲冕時年十四初次謁見）今日樓成願稍違（舅祖母嘗言願築樓數楹竹梧立後花樹仰前雖曾築一樓倘嫌樓前地小花樹不多此其第二樓也而舅祖母不及見矣）玩月興高容老子（舅祖自撰楹聯有待月安排老子牀句樓蓋向南也）戴花影在閉空幃（舅祖母額所居曰戴花平安室遺像今懸樓中）小池題詠前遊乍秀野林亭舊夢非比似環滁山色好望中文筆翠依微（舅祖母墓在西郊文筆山）此首中多本事而起結特佳林耕煤詩云平生見慣名山客歸築高樓日臥遊萬卷叢殘爲老伴一場結束謝時流城中佳處何人得眼底奇觀不外求自笑誅茅無尺地滿胸邱壑可勝秋亦起結佳

余坐樓中面對烏山鄰霄臺其下稍左則石壁巖因憶仲毅有寄題石壁巖舊讀書處一詩甚佳檢讀之則云齋鐘不聽十年強苦憶城南草樹岡一徑裂雲松突兀數峯藏寺月昏黃舊隨洗鉢僧成塔誤記尋詩夢墜廊誰信出山仍面

壁此心曾誓佛前香
林可山題匹園一古云昔者顧徵君名不挂仕籍自命雖匹夫興亡與有責先
生略與同市隱城南宅著書高等身一卷手不釋衆芳零落秋特此後凋柏老
作林逋鰥紙帳無當夕匪惟故劍情泥水惡著述禪楊杜樊川詩話姜白石平
生湖海襟今謝金門客抗志猶古希欲奪鄭樵席賤子辱素知追隨文字役濤
園久不歸左海匹園隻全就匹字著筆也鄭星帆一絕云匹夫天下興亡責況
我先生百尺樓屋上靑山下流水忍將獨樂換先憂陳義甚正豈知余愚賤衰
朽久已與世相淡忘乎鄭天放題詩云窗圍萬岫翠嶒崚光景當前得未曾聊
以自娛園可小遁而無悶世誰能爾喧高屋檐懸瀑月隱疎林電上燈慚愧敝
廬有重屋（敝居有樓而痺）也從湖海跂陳登葉觀俞同年云棄官近十年
玉川有老屋料量拓數弓糞除謀小築樓高面好山徑幽蔭嘉木據案賓齋翁
編纂紛卷軸文獻足搜羅朋舊助考錄長夏暇日多日涉曠心目顧君記茲園

於意別有屬象形義自新感逝情尤篤哀樂逾中年於境倘棖觸嗟余傷匏瓜廿年如轉轂自憐脫屣歸敝廬苦局促感此更慰君無煩詹尹卜一畝小園勞諸君刻畫無鹽不能不向五都而陳賄矣

今年已七度月圓矣未作過一長篇詩殆才盡矣昨喜姚君慤梓芳劉洙源復禮至卽送其行得二十六韻云君慤家嶺南洙源家西蜀何來共名刺到門雙剝啄主人倒屣迎客子兩獨速狂喜兼驚疑乍見揩兩目言從潮汕發浮海詣滬瀆中途入閩港下椗寄一宿乘閒謀升堂趁潮急登陸語言苦不通問路空躑躅鄉人多閩商幸與借一僕南園引遨遊西湖導瞻矚短衣便游行免詬熱慣觸洙源去年來嶺外舊遊續家山避豺虎友朋卽骨肉南方又兵亂相將亟裝束坐定語遂繁拉雜不可錄方知前歲書浮沈枉答復方知丑歲書刻本始翻讀沃盥稍撲塵湯餅暫果腹一見慰已深一談意未足看山攜登臺下榻指重屋肯作十日留文酒小追逐如何逼生事去去太迫促臨歧無可贈數卷聊

壓簏尙約爲題詩君愨有新築吾衰已漸甚倦游戀鄉曲風塵方澒洞後會果可卜

又檢得先室人殘稿爲余戲作命名說足資一噱錄之以殿此編君名衍能談天似鄒衍好飲酒似公孫衍無宦情惡銅臭似王衍對孺人弄稚子似馮衍惡殺似蕭衍無妾媵似崔衍喜漢書似杜衍能作俚詞似蜀王衍喜篆刻似吾邱衍喜通鑑似嚴衍喜今古文尙書墨子似孫星衍特未知其與元祐黨人碑中之宦者陳衍何所似耳請摹其字以爲名刺何如此說可謂得未曾有之奇文失去十餘年復得之不勝狂喜余請爲畫蛇添足之言曰中年喪偶終不復娶又絕似孫星衍而非先室人之所及知也

石遺室詩話卷二十九

光緒初年福州有三狂生皆林姓一畏廬一述菴崧祁一某述菴乙酉舉於鄉早卒輓林少溪云牽裾惘惘去遲遲便是人間死別時篋裏剩將慈母線扇頭留得阿兄詩龍蛇嫁阨天難問烽火横江病不知搔首爲君添一慟可憐生是好男兒少溪畏廬弟航海死臺灣述菴與畏廬摯交故痛切若此送許蓮蓀之臺灣省親句云天憐孝子帆無恙海畏才人浪不狂一事不才容我倦萬山如箭送君行與鄭璧侯云黃金鑄膽眞如水白髮盈頭屢望雲花朝東陳績齋云百歲幾人常對酒千金欲換更無裘蕭蕭風雨相如壁落落乾坤太白樓皆雄而雋髑髏絕句云背人小綰髻丫叉隔著床帷六幅紗隱隱衣裳作雲氣水晶簾外望梨花殊有元微之風味

述菴令子涼生之夏軍人也兼文武才比來深自韜晦隱於浙帥府參謀者十餘載地有湖山之美益以出遊聞有詩數千首未之見也從榦寶處錄得數首

橫豆坑云閒客關心處方隅驗廢興亭傾茅不葺橋斷樹爲凭貧戶疏防盜荒城易見僧齋民元有術今日亦何曾自注坑天台縣屬歸途行亂山中半日云亂峯無結束磅礴盡南趨樹轉初藏寺泉奔輒礙途遠樵知虎善新墾見牛劬一自傳劉阮荒寒閟海隅二律極見結構次首一起卻有亂頭粗服之致或傳其多振筆直書者妄也登瓊臺未過桃源洞云瓊臺南去飯胡麻雲物娟娟仙子家我自閨中有荊布不須溪上見桃花忽放出道學面孔榦寶與涼生至交不啻昆季嘗數千里奔赴其病有春望懷涼生云江海千重路雲天一片情相思似春草到處自然生竟是唐賢風味

涼生久寓杭州所與共爲詩者諸貞壯外只知有同鄉林鼎燮（步瀛）余與鼎燮初相稔於都門自以鹽官薄宦之江遂罕得消息惟四年前匆匆一晤於西湖余明日行矣時余編近代詩鈔已出版未得鈔鼎燮詩爲憾茲從榦寶謙宣覓得數首亟錄之寄懷涼生杭州云逆旅停車夜月涼年時詩酒有清狂湖樓猶

在波光裏林樹蒼蒼高過牆同謙宣秀淵集澄瀾閣云此閣何妨當作家羣山罨畫水交叉層層屋瓦青依樹簇簇園花馥入茶屢至難於詩句好久談忘卻日光斜舊交散盡新知少石帚天民各鬢華寒雨旬日未出門云斷酒蕭綱辦飯羹兼旬積雨廢街行江春猶瘦難舒柳花信因寒恐病鶯心已忘機從訕笑詩惟追古不聲名汾沮鄙儉僞犖蹋何日龜陰負耒耕自定海寄□□杭州云微官莫療半生貧海角閒居負盡春幾樹垂楊無賴雨十年倦翮未歸人陰凝不信關天意著述相期愛此身長憶樓臺燈火夜何時重與一杯親贈幹寶云無本於昌黎未識氣先感吾聞蘇幹寶書味長醰醰去歲誦其詩蛟龍欲手攬今夏湖上舟杯酒見肝膽作詩本性情詞句謝鑿鏨氣勢任自然盤硬無不敢吾荒年且衰一室廢鉛槧子詩成來商謂我辨精糟問道於青盲食味嗜昌歜湖之水溶溶湖花開菡萏一笑掉扁舟詩與遠山澹句如次韻林十二謙宣云故人書到吾無事急遞筒開中有詩時對寺門僧坐久行詢鄰舍菊開不石浦

山游云山南山北春光好桃花李花隨意開又云山形到處雖有異眞意在靜語可眩山游山游得山意四時不礙矧春回以上皆有靜者機故是詩人之詩

除夕感言云邊雲如墨壓滇城(英法議採七府礦產)萬戶猶聞爆竹聲鄉誼每從爲客摯年光緊向此宵更勞生悔不同樵牧薄宦何堪問姓名笑指陌頭縈拂草也隨名卉共春爭能於一年將盡夜萬里未歸人外別抒悲慨

癸亥甲子間數至廈門所識詩人以周墨史 殿薰 黃雁汀 瀚 稱最嘗招遊萬石巖水石樹木遠勝虎溪鹿洞余紀以五古十六韻雁汀和作云鷺島之名區幽巖但一二生是懶散人游踪亦罕至先生今后山魏蔻業請肆經年蒞此邦趨謁今始遂逢迎上萬石載酒因問字是晨秋風厲颯颯雨沾袂山靈欣杖履午霽相獻媚中巖在咫尺松榕晚逾翠拾級穿林入泉石倍淸致追隨到太平延平挾冊地當時百惡戰涉想猶心悸俛視萬瓦間拔易紛幾幟祖席何年登巖壑偶然寄瑤章賁隔日洛誦不忍置鸞音引蟀吟老去乏之才思執贄勉成章請

益從此始

壘史和作云廈島山皆拔海出剝盡皮膚見山骨就中山石何處多萬石巖前羅萬笏我從黃石幾來遊據石當關相齮齕(曾與雁汀仿施鴻葆奪關事)玆遊添得老詩人萬石低頭一石凸此石乃自太古遺鍛鍊功深光發越早聞蹤跡徧寰區五岳歸來脫布韈不嫌此地山如拳翻愛玆巖頗突兀相逢一笑訂石交歷險探幽窮洞窟忽到延平讀書處懷古幽情觸石發不周天柱有時崩太平古剎猶崔崒劃然長嘯山谷鳴擲地石聲久未歇更有王郎(謂孝泉)斫地歌苦恨山石時見伐嗚乎廈島山皆拔海出海島山根萬仞沒奇石奇才淪海澨安得詩人一一爲揚扢此詩以余號石遺遂煉成一塊五色石仍以擲地作石聲還贈此詩雁汀哲嗣錞字儆民亦有一律云山靈如素識喜聽足音來撰杖從先輩談詩無棄才亂雲時作雨頑石不容苔無限興亡事蒼茫付劫灰

今年避兵又至廈門壘史館余於鎮南關外一公廨有花木之勝門對鴻山山

上刺桐經冬猶蒼翠。臥齋中望之。恍如吾家皆山樓之對烏石山也。壘史先以詩至。句句雅切。遂更唱迭和。幾成一集。壘史詩云。樂安懸榻待周璆。（夏間有至省之約）愧我愆期負九秋。今日眞成反賓主。重歌杕杜肯來遊。大難逅邂歲寒時。棲息休嫌屈一枝。預種梅花待高士。（堂邊老梅數株先生故喜居此）安排紙帳乞新詩。淨土寧無一片存。鷺門舊號小桃源。龐公此日攜家至。合便更名小鹿門。余亟次韻云。交馳函電捧荊璆。小別情懷恰隔秋。此是望門投止日。卻疑會合上文遊。差勝焜湯剪紙時。南飛衆鳥得安枝。翻於賓至如歸後。東道先來七字詩。松菊故園聞幸存。平安日報盼源源。皆山樓與黃樓近。慙愧當年通德門。雁汀次韻云。渴思玉趾步鳴璆。盼斷蒹葭倏一秋。邂逅相逢忘慰藉。轉欣杖履得從遊。避地重來益感時。蓬蒿徑乏碧梧枝。高岡雖好無鳴鳳。慨誦靑衿學校詩。（丈方辭廈門大學講席）大雅於今歸獨存。時賢麇至叩心源。春風我亦摳衣者。私喜登門免掃門。前數年余避兵至上海。有絕句述朱古微同年戲言渴望余至云故人情重託詠諸果爾相逢笑口開回首三年飢渴意只除祝汝避兵來雁汀第一首末二句可謂貌異心同墨史又疊韻三首第二首云敢比空堂奉客時屋椽仍舊是卑枝盤飧有幸供高士又入彭衙工部詩雁汀疊韻云澗泉萬石響琳璆不到於今又幾秋尙欲招邀雲頂去留雲洞裏紀淸遊奈此風聲鶴唳時安巢慚愧屈低枝倘教移向吳莊住吾浩堂添別集詩（紀石靑寓吳莊著有吾浩堂詩集）場老空留釣石存（禾山有陳場老釣磯）衣冠族望尙追源（厦門志有云陳氏衣冠族）能紓長者來遊轡地以人傳並一門唐陳黯以久不第稱場老此詩原唱璆韻難押余疊韻不工乃避而倒次原韻（今不錄）碩士柯榮試亦公廨居停主人故第三首次韻云冬來臥病困蓬門至誼能敦讓子源函電交馳嗟不與願公諒我失溫存語朴質可感或疑溫存字近纖不知司空表聖詩云地爐生火自溫存不過送煖之意而已墨史第三首云邱陵從上叩禪門海闊天空悟性源小坐鴻山懷雁侶高攀雲頂約

猶存此首言同遊鴻山寺末指雁汀約遊雲頂巖也碩士又疊韻第三首云洪濟山高峙鷺門浯翁聞說約探源讓君捷足同登去休笑良夫一跛存或疑跛是卻克不知穀梁定本作良夫

雲頂巖爲廈門衆山最高者雁汀招同墨史文典陳沙往遊始以小車走十里至禾山一路彌望稻田間以陂塘頗有江南風景過陳場老釣磯憩商業學校肩輿入山數里先造雲頂寺俯視衆山皆撲地如土臼雁汀載餅餌鼎肉飽飯於寺僧復行數里登絕頂觀日臺歸各有詩余云百怪千奇石刺天九溪十澗恍鳴泉(初入山極似杭州九溪十八澗)平橋忽向蘆碕轉仄磴剛容竹轎旋拔地衆峯都俯伏有亭絕頂尙高懸一層更上觀雲海始信巖名不浪傳墨史云正是晴明作好天雨餘來聽四山泉短笻直上身差健衆壑迴看眼欲旋古寺峯腰原陡絕方臺巖頂更孤懸茫茫雲海開奇境要仗詩人筆與傳雁汀云海外林巒別有天遙從樹杪走流泉剛欣陟巘翻原降每到臨崖又折旋古寺

已無平地著高臺直向半空懸衆山覽小披新詠岱嶽端憑杜老傳文典云出遊恰值好晴天杯飲欣陪試聖泉臺迴日斜猶映帶洞幽雲住若周旋人登絕頂山皆向石聳危屏樹半懸不爲催歸風雨急僧樓題句早爭傳於雲頂巖之高皆寫得出墨史旋韻較新碩士句云高臺下視芳洲小大海中分白鷺旋

余有雲頂巖回謝雁汀詩雁汀和韻佳在前四句云爲上禾山第一山高軒特地過柴關分齋何敢方前哲擅壑猶堪老此間墨史和韻佳在後四句云片雲應爲猶龍至(石丈生丙辰自言登山多遇雨余曰雲從龍固應爾)細雨能催倦鳥還頗怯詩筒傳絡繹難將步韻比躋攀

鬮題鬥勝之作本不足傳有時詠史詠物亦有能見其大者墨史有張良絕句云葅醢韓彭繫鄭侯毒於鳥喙敢夷猶五湖盡入炎劉地不託游仙何處游李繡伊(禧)句云陰符季子椎朱亥那比與劉與報仇

閩南吟人介從墨史者有南安蘇警予(甦)晉江謝雲聲(龍文)遠寄合刻絕句一

册。蘇名隨天付與盧雜詩野望云河山破碎入黃昏一段荒城鳥雀喧極目蒼茫雲水外盪胸浩氣接中原除夕和雲聲句云詩人竟比催租吏剝啄催詩到五更謝名靈簫閣雜詩聽雨句云添花催柳小樓東但覺寒生萬點中鄭延平水操臺云英雄無限傷心事易代猶翻鼓浪潮（臺在鼓浪嶼日光巖左）野望云悄立蒼茫何所事四郊暝色迫人歸

鷺門能詩者尙有柯伯行徵庸陳丹初桂琛余雨農煥章李繡伊薌蔡維中翁純玉兆全諸君伯行和余留別詩云尊酒消寒聚一堂敢云祖道送行裝憂時詞客陳同甫造士經師馬季長海鶴高飛標骨格泥鴻印爪盡文章可容籍湜韓門附浪獻蕪詞笑大方繡伊以萬壽巖古鐘影片贈行亦和前韻云未聽松聲過佛堂聊將搨本壓歸裝千年神物鐘無恙一代詞宗壽共長春訊江干隨杖履離情席上抒篇章名園知近烏山麓惆悵梅花隔一方（舊曾讀書烏石山十三本梅花書屋）雨農丹初維中純玉詩手邊覓不出呼負負矣

在厦識朱鐸民（鏡宙）諗爲太炎女夫年少喜藏書至福州有石遺前輩招飲有作云吾愛陳夫子詩盟主建安一樓山萬笏三徑竹千竿海內存知己（成句指太炎岳丈）平生薄熱官濁醪澆塊壘世事等閒看第二聯眼前語非常雅切余與君皆嗜飲

南安蘇樂天（鴻圖）教授鼓浪嶼學校屢至厦島訪余著樂天齋文錄一巨册體糅新舊而咆茂條達所見時有警闢處贈余七言古一首推挹太過茲摘錄其中數語云著作恢弘世所稀更搜殘闕壽千禩餘事旁溢爲歌詩雄渾俶詭泣蛟螭騷壇品藻析豪釐海內爭傳一字師（當代陳弢菴趙堯生俞恪士梁任公羅掞東諸公有作每就商定）我聞其名久傾葵今秋始幸得見之神光鍔鍔貌魁頎和氣接人春風吹飽飫言論療腹飢餘有傷時處未錄

張揚芬者自號抱膝翁江都人遠寄小照屬題爲書二十字翁次韻和五首第二首云山中亦世界惜少新道德促膝抱梅妻冷覷嫦娥色第四首云夙聞陳

太邱四方仰道德老來風趣多想見嬰兒色

有鞠隱者不知何許人寄贈二律警句云蕭寺看雲扶瘦杖秋堂聽雨滅疏燈詩心妙比琴無索宦味閒於鳥脫矰又遺老襟期梅偃蹇通人胸次竹低昂疏燈句最佳惟余甚不主張遺老二字謂一人有一人自立之地位老則老耳何遺之有

吳興王戢髯樹榮未與會面偶以詩筒來往已採數首入近代詩鈔後始見其題葉小鸞遺蹟一百韻直是一篇孔雀東南飛前有序後有跋過長未能錄欲讀者可求其單行印本也

當塗奚无識侗詩語奇崛余嘗敍其詩以爲近於散原一派者然前數年余避兵滬上无識有寄懷一律則甚似拙作云能窮能健百無求筆硯平安更不憂豪氣欲吞黃歇浦詩鄰如卜海藏樓在天聾刺供談笑起世孤懷付校讐何用短箋慰羈泊知公心已養空游豪氣出以健筆眞欲吞黃歇浦矣末句是補注

老莊者口吻（君有此二著）君嘗寄紙索書對聯侑以莊子補注余大書現成句八字寄之云濠濮閒想羲皇上人頗覺切合蓋君方絃歌江浦縣以爲三徑之資也无識治小學用力甚深有洪漁集殷絜文爲詩見懷賦一首詩係五古並自注約二千餘言斑剝陸離得未曾有以太長未錄茲再錄其不甚似散原者九日登北極閣云叢林翳翳掩城阿延賞寒空又一過野氣蒼涼秋日瘦山靈憔悴刼灰多五年抗迹欺雲壑何處高翔避罻羅照影分明後湖水心池猶恐有風波審言臥病滬上有書來賦寄云李先發藻儒林者分手遲迴七歲年不信著書天雨粟長愁窺戶海成田故人消息能窮餓絕學商量見愛憐累讀一緘忘不得白頭病肺滬江邊辛酉守歲云酸風飄雨漏聲殘宿雪連階燭影寒尚覺啼呼滿郊野寧容歡喜對杯盤壯懷漸惡仍今夕淺醉初消又萬端占歲明朝要晴旭東窗揩眼幾回看此首儼具先憂後樂懷抱句如雪浪石云愛力相續壽乃久中有百代詩人魂諦視文理極奇詭如瞿塘峽灩預根雞鳴寺

云凝哉凡夫心學佛昧眞諦所以六道中乃有餓死帝高淞荃爲敍莊子補注賦呈云世且囂然疑此意誰相知者定吾文春郊云春風滿地難收束一尺夭桃已著花

南通馮善徵有達廬詩錄一厚册前有馮夢華撫部一序曾同宦四川也詩甚雅健多古體長篇有黃河鐵橋歌最工不靠新名詞能將新題目寫得逼肖因長未錄欲讀者求之本集可也

近賢詩淸脆者多雄俊者少潮安石銘吾維嚴潮州劉仲英仲英閩縣曾履川克耑皆可以走僵籍湜者履川欬叟宗魯後更名福謙孫欬叟字伯厚以郎用知縣官蜀兩袖淸風遺子孫以淸白而已履川少劬學閒關數千里自蜀至京師請業於一時聞人肆力詩古文辭前歲余有子之喪至都履川來見出示舊作散體文數首則才氣有餘範以方姚渠矱並撰五言古三首爲贄兀傲不羣讀之使人氣王其一云老去亂屢經名高禍踵至頗哀石遺翁看盡湖海氣索句有

閉門四海馳姓字廿年騰驥子微傳未憂墜豈意高明家天故不子惠欲使窮愈工憂患巧位置嗟哉骨肉親終學形骸僞闔棺如欲語一瞑竟長棄淚盡思子亭萬里猶馳轡浩刼行且來蒼生日凋瘵哀此垂絕軀衆手爭一試死所誰復知瞪目視諸帥其二云怪奇鬱文字萬世寧能滅沆瀣感意氣翻疑造化設大羣委末化慘痛紛顚躄橫流跳猛獸未足方其烈夫子吾鄉彥聲譽照江國忍淚餘看天震名咸撟舌抱一式天下餘事包孔墨神慮迴濤瀾一卷沁氷雪末學眩高文輒思尋其穴洪鑪鑄萬化妙技試點鐵平生百無戀師友念獨結此意當誰告刳肝有瀝血其三云學雖未可知氣不甘人下騏驎騁天衢吾寧舍十駕豪桀擢萬古庶幾一戰霸懷此亦有年獨唱畏人和豈伊知者希念之輒悲咤顧瞻鄉里親愛就耆舊話儼若父祖臨或者警余惰晚景迫世變翻恐漸凋謝謦欬接所歡私意珍無價獨感招致誠猶幸及親炙奇才愧昌谷敢賦高軒過心肝嘔示公所求在譏罵三詩勃鬱煩寃末篇直不啻千迴百轉矣

仲英有讀石遺集七言長古云侯叟(乙符丈)示我石遺集謂光宣來此一人我知公名始丙辰越八載今始識眞棄粕吐醨吸古醇芟蕪抉穢絕陳陳瀋幽涵遠何淸新結廬秋山明月鄰掬泉蹋石藉芳茵朱徽藥鼎坐古春不知人世有纖塵以此持喻或等倫儷之斯世譬鳳麟更難能者言靄仁使我讀之幾逡巡同時陳鄭吾能云並示爬梳去翳繁取材高古非俗藩陵踔凝鍊不可馴但恐狻張僨脈筋馨蘭自熸東坡論荒寒不似人世文淒緊既非中和言衰季志危心放奔誰與挽回元氣元宛陵香山公所欣更推南宋非斷斷筆意陰同固其因更有神契俗不聞聖道自漢中沈淪矯矯唐宋義始伸涵泳微旨復性純志粹氣完心寬溫發爲聲文無躁紛香山遭世多邅迍聖俞頓躓宋燕踐自比鮎魚辛酸辛微有苦語雜笑嚬皆能蘊藉無憤嗔不安悻悻肆哀呻惟公養境與之羣豈求辭語能窮源捧書讚歎語逡煩我年十七志皇墳更貪排比忘朝昏資荷作鏡闇不分盆之愈亂如治軍未甘自棄敝帚珍欲求智炬然途遵因

書問訊鷺江濆更請安心不二門海月珠光燦雲旻何時重照韓公軒江城握管意存存篇中兩處暗轉極見結構余報以一律云劉生雄驁孟郊材淩紙論文怪發來並世欲推壓元白古人直遺媲歐梅宋唐區畫非吾意（來詩矯矯唐宋原作有宋）漢魏臨摹是死灰萬卷有書眞讀破吐醨棄粕快銜杯

銘吾有讀石遺室詩集呈石遺老人八十八韻云有淸一代間論詩首漁洋漁洋標神韻雅頌不敢望歸愚主溫厚詩教非不臧然或失而愚字缺挾風霜是皆傍門戶終莫拓宇疆壽陽祁相國輔以曾湘鄉壽陽宗杜韓春海相頡頏湘鄉詩若字低頭豫章黃杜韓蘇黃間蝯翁目助張邵亭巢經巢列宿森其旁諸公丁世亂雅廢詩將亡所以命辭意迴異沈與王窮者秋蟪館並世伏敔堂詩人信以窮詩道於以昌石遺老人出揭櫫號同光雙井孕散原半山孳海藏弢菴於二者亦頗扼其吭節庵工超逸中晚多感傷乙菴喜詰屈深語難淺商觚菴學簡齋杜味得蒼涼香宋比陵陽精卓莫低昂劍丞親伯足長者或徐行博

麗門工巧雲門共龍陽噉谷迨觀槿后山步趨蹈蒼虬起後勁陳鄭觀徬徨（散原嘗云此世有仁先使余與太夷詩皆不免爲傖父）壬秋守漢魏舊派衍湖湘公度五七言謝翺欲與翔喜蘇不喜黃南皮一文襄各不爲地囿道分而鑣揚諸子自一時石遺實兼長石遺持偏師能以弱制強石遺揮巨刃大道闢榛荒石遺拗禿筆有時放毫芒每每下一語鍊於百鍊鋼生澀者平易平易者微茫微茫者冷峭冷峭者鬱蒼池館恣閒適江山助悽愴風雨供馳騁鳳鸞接高颺詞約而事備貌柔而氣剛視孟窮纍纍視韓富穰穰窮可醫肥俗富可饋貧糧有如一老樹著花自芬芳又如老雄雞爪觜獨擅場橄欖初苦澀啖之甘回嘗洪鐘無大小扣之聲鏗鏘白日忽飛動大風翻巨樟攀躋既非易摹仿焉可常云從皮陸入畢竟多皮相用心已到聖直逼夫子牆近人盛宗宋時服炫古粧根本不盛大謬云欲祧唐學人與詩人大抵非殊方往持詩教者大官坐廟堂石遺位非高大力鄙小倉小倉結公卿遂令天下狂公獨潔其身俗士蹈

且偃公身雖獨善公名乃彌彰品詩軼鍾鑠話詩淩滄浪徵詩逾南山評詩壓兩當（仲則有詩評一卷）說詩淵無盡千頃波汪洋涵詩如聞政尤能振紀綱庚戌客宣南偶見長短章丙辰過申江公名震書坊立志學公詩此願久不償雜報乏胥鈔剪採貯奚囊雖未窺全豹淸詞沁肺腸厥後常知公講學居上庠慶曆胡安定元和韓侍郎今歲侯乙符言公壽而康言公工琢璞琢焉成圭璋言公斂槎枒不肯露鋒鋩儕輩偶疵謬舍公孰相匡後生偶造請公語必精詳侯子言未終而余起肅將年來詩道衰白戰方披猖其中空無有咀嚼若秕糠話言謂獨創寒山實濫觴謂闢新紀元擊壤早津梁自命活文學病已入膏肓筌蹄視經史可嗟不自量野狐思參禪野馬思脫韁野草終獮薙野火終自殃際此道掃地念公愈不忘惡風日澒洞有公抵危檣途路日紛歧有公不亡羊今讀石遺集恍如飲瓊漿侯子抱此本余臂欲先攘鮀江隔鷺島一葦幸可杭

篇中振起處筆意奇橫

嶺南門人姚君慤梓芳外多未見面石銘吾曾至厦門訪余余已回里候乙符節欲來不果刻又赴南洋羣島矣乙符生平有詩一二千首下筆千百言立就余恐其率易也題其集後云短長千百首頗覺患才多磨礪新鎚鑿推排老白窠云云蓋潮汕饒有詩人率宗隨園見乙符漸事苦吟多怪詫之同志者惟銘吾仲英及丁叔疋之兄訥菴乃潛耳故乙符有春日試筆奉懷石遺師云傳薪已及嶺南人饕飫名言簇簇新詩學一家工手法筆談千里當身親文章結構艱辛處花木園亭爛熳春老我侯芭頻問字停車待話去來因石師惠寄詩文集奉呈云公詩久風行小子未深覽朝日出暘谷闚見何陋闇惠我數寸集元氣味醰醰竪義必堅卓岳軍不可撼名言時領略契如嗜昌歜海藏論詩訣初如咀橄欖散原務生澀沈鬱雜哀感公以老鴻博精深出閎淡卌年主騷壇抗手問誰敢我讀金石跋文字歸總攬詰屈驟難解會心時一領近體糅唐宋廉悍究難拚持此勤揣摩丹黃溢鉛槧籍湜學昌黎巨刃欲破膽其二云十年走

風塵山水拓詩境一舸江之南鶯花誰管領莫愁澹煙波玄武汎菱荇半山艮其背平山造其頂六朝幾陳迹在在足引頸放膽動賦詩磬控肆馳騁未嘗畏流宕何以策精警豈知行吟地公早摹清景筆力所揮灑宏深而俊穎及茲亟鑽仰故技庶可屏趙德爲之師更爲潮人請(時方函請先生來遊潮陽)句如春日同秋園閒行云尋芳風雪後新題自督課花意若目成山影一肩馱此間安詩榻餐秀飽寒餓可以秀色可餐四字贈之飛霞洞云羣峯恍列屏二水如束帶眼前語寫得出觀大龍湫瀑布云四圍峭壁風凜冽氣象嚴肅意孤危深山中奇絕巖壑七字眞寫得出千步沙觀潮云其來如捲席大陸變巨沛亦寫得出拙政園用吳梅村連理山茶原韻居然梅村太長未錄

訥菴作詩力求鍛鍊造語迴不猶人茲錄其警闢而復幽秀者上巳雨云沿岡度陌若無情坐惜輕紅墮欲平蠻榼勸人還寂寞屋山吹霧失晴明相逢已晚荼蘼恨且住爲佳杜宇聲回首昔年行樂地秋千鈴索最縱橫夜坐白蘭花下

云退志何卒卒於此蔭林樾明月不吾戀而吾戀明月微涼拂梢來坐裏香已奪詎惟鼻知之且以善宵魄光光草頭螢照人共今夕我欲囊其燄覔久了無跡世事政爾耳已往安所獲對伊指牛女不說河漢隔塵中自多離附會寧有益深夜葉墜露微微濕巾幘始覺林際月移影已尋尺月旣不我待我亦將遠客夏日捨舟山行云水流本無質人事淸濁之問其所以然流水亦不知畏熱覔溪行不令暑相欺青山似惠我潑翠舒我眉我不識青山奚其低昂爲水遠送鷗到鷗習已無機信我如鷗閒來聽吟鷗詩坐久已忘鷗亦忘我爲誰句如吳山早秋云久客先秋覺逢僧共影癯驚濤猶霸國暮氣欲沈城閒居云冷檠遮短夢急雪定羣峰枕醒催孤雁齋空斷百蟲答逸老云吾嘗與子言逃俗猶避漲重九云冷雲覆屋不出戶淸坐無花情自佳次韻曾月樵云望裏青山無可宅愁邊黃葉不成題消夏雜詠云便面初成暑雨圖持將涼意扇江湖所作名匏存室詩鈔

南通費範九（師洪）常與余文字往來喜爲詩張嗇庵高弟也有讀范彥殊蝸牛舍詩賦寄云此事君家有祕傳遙遙詩脈鎭相連春風又被蝸牛舍獨霸淮南三百年詩人大率長貧者吐納江山氣自奇芳草古祠題句在何時一櫂弄晴曦潘斆安過訪卽招范彥殊陳保之邵伯言同酌夜分始散云春色隨人赴今夕清談未忍負燈光曠懷天地容孤放到眼滄桑易老蒼一片凫鷗偕舍靜四園花柳客衣香當前縱有千秋想三十江湖尙稻粱句如中秋集憶舫云危尊待月戰雲邊月斂清光未忍圓無復閑謠酬令節祇餘孤憤散荒煙語皆清而摯

前數年有近代詩鈔之役故人之作多未入選其時方避兵滬上未遑徵集也吾鄉若劉筱雲（崧英）林大年（則銘）其尤稔者筱雲壯遊蜀中中年宦江右嶺南不得意歸教授學校益以賣文鬻字僅免寒餓飲量故洪醉則高歌醒則孤吟盡棄少作尙有詩數百首平生口未嘗臧否人物而觀其詩不乏憤時嫉俗之

語茲錄其稍自得者通仙里云迎仙門北通仙里大樹長池白板扉陋室數間兩年住只貪湖上看斜暉君故自有室廬而旁妻別居於此故又有通仙里第二宅落成賦視同社諸子云漫營小屋不能深徙處聊完卜築心負郭陂塘皆我有窺樓嶺樹待君臨暫來警夜馴鄰犬相對忘機狎水禽咫尺湖西遊冶地閉門肯許俗塵侵此於賃屋左近別營一屋故首聯云云其地甚僻有陂池其屋有樓可以見山望湖故二三聯云云池上雜興云宅後林塘當小湖春波微動躍娵隅晚禽各自發清哢渾似通名朝老夫自嘲云和仲自觀猶可厭（一本蘇詩）長貧如我更堪羞老來彌與酒難斷運去敢云文易酬只管浩歌休嫚罵頗能奇想不窮愁里門耐作酸寒事歲課生徒已十周竹窗雜感云立苗欲踈竹欲密東牕正倚遮炎日閱年舊竹祇許長豈意新篁乃拔出地寬聊可容攢生雨足倖乘生氣溢此時且勿貪天功歲寒未必不蕭瑟笑爾後生孟晉多猶爲先生怨遺佚筆意婉曲昔遊詩云峽江八百里雪霽攢奇峯萬態不暇接

拏空皆玉龍灘舟駛如箭猶恐崩冰春朝發白帝城暮泊巫山曲巫山望無極十二峯相續三日抵江陵驚魂始斂束此少陵追昔遊之例也詠玉尺山檜云老檜撐天四十尺絕不依牆不附石孤根挺直懸瘦蛟望之森然無枝格近梢綴葉非凡姿離立樹叢寧矜奇徘徊其下若有悟柳誠懸字涪翁詩聞雁云倦翮昏林盡熟眠叫羣猶自度遼天前身不是耽吟客怎與詩人夜有緣七月初三晚看雲云曉出驕陽便若焚晚來何益見氤氳未能一雨甦羣暍任爾瀰天不算雲皆不作人云亦云語

好句甚多如寄潘穆荃茂才新嘉坡云滿島金銀氣孤燈鐵石人贈何梅生五古篇長錄其警句云千鳩與萬雀啾唧輕相賣又云我肥縱非癡君瘦較爲福又云寒花亂鍤瓶好書高連屋首聯言梅生分纂志局嫉謗者多也君腰腹甚大故詩中屢自言之林劍農飲余江樓云引杯好與消秋色臨水能令減暮愁花朝移柳云不合羣芳稱壽日獨爲此樹左遷時左遷二字用得有趣和國容

云野燒誰能爲幸草扶桑見說庇強枝和梅生客夜云深院月生宵靜後故人天遠夢醒時東園雪丁香云年來忘與冰姿熟春去猶爲玉戲看從山僧乞竹云入世此君寧免俗凌雲底事不如人輓鄭無辯云劇憐玩世工諧謔頗怪論詩過刻深聞警云裘帶漫言儒將度橐鞬難結客軍誠挈熙兒遊西公園云偶耽稚子嬉春樂稍減衰顏逐歲蒼次梅生韻云得屏囂塵差類隱自澆磊塊復誰尤病中偶成云漸怯西風成老態暫疏旨酒奈愁腸庭柯云庭柯歲歲添新葉凡體年年減舊容余舊見此二詩頗不樂酒人至與酒疏素健人至說病往往不能久未幾年君竟下世次國容根樓晚眺韻云晴多漸蘄池塘水寒酷因思嶺海裘（有弟在粤）聯英社女弟子餉佳菊云風來吹酒增醇釅吟罷題箋當綺紈道山亭落成重陽日幼薌招飲云肯辜佳日從轟飲緩放黃花似鍛詩望裏靑山稀故態晚來秋色耐遙思閏花朝集舊濤園云長筵攤花羅罇瓶歲凡幾集消芳馨又云燈光棲壁如明星花影人影交晶屏衆秀可餐香可聽

大年詩名虛心齋遊蹤所至北燕齊南湘楚東吳越率有題詠而吟朋若何梅生劉筱雲鄭無辯輩多在里中唱和尤數數霜夜菊前同梅生作云先生酒病愛霜天默坐秋齋意適然片月不孤今夜好數花雖瘦向君妍宵闌清話寧輸飲老去新詩儘可傳早晚青山謀小隱枳籬竹屋枕書眠再答梅生云花下吟深月轉廊與君不忍負秋光未眠散步幽人慣敢比蘇州詠夜涼贈梅生云不獨年來蹤迹親愛憎殊俗見君眞安能名隱聊相晦未悔同清穩得貧載酒時過揚子宅閉門且避庾公塵彌天鳥雀紛啼噪坐任垂垂白髮新同小雲過蒙泉山館蔘觀留飲云雨中嘯侶赴嘉招三五吟朋話此宵已自清冷泉更冷本無塊礧酒仍澆閒搜石蘚前題在坐聽風篁醉意消老去輸君專一壑卷簾嵐翠挹朝朝憶杭州舊游云尙有孤山百樹梅春風常入夢中來當時鬢影湖波識坐歎姿年去不回君詩氣韻在二皇甫劉文房之間有悽黯近冬郎者如友人約往越王觀桃花至則已謝云苦揩病眼試相望枉向花叢逐隊忙流水愁

邊條斷片綠陰盡處見斜陽茲游誰遣來何暮全盛元知事不常明日池塘消一盞傷心豈獨有冬郎句如湖樓春暮云年年春盡啼鶯外風雨彌天嬾出游又云白髮憑闌能幾醉不應禪坐下簾鉤別玉尺山云好花竟入俗人手老樹可完太古春春雨病思云偶病不曾將酒廢少間頓覺此身輕與無辯飲酒樓云長夏與誰商遣日中年底用戒貪杯君里居幾無日不醉有子官京師能辦酒錢也宛在堂看雨云幽禽解語停佳客枯樹能花絡瘦藤同雨漁于山觀大水訪楞根上人留飯云春色明朝成悵惘溪流一瞥沒村墟高僧先掃林間榻熟客新嘗雨後蔬春感云幾經換主園林在終覺爭巢鴉鵲癡陳氏草廬夜飲云牆頭樹影如山立塔頂鈴聲到寺沈

吾鄉中詩之戛戛獨造不肯一語猶人者梅生愓菴可稱二難然二人面目又頗不同梅生作所錄已不少愓菴則遺珠尚多夜歸雙驂圖云草荒徑仄夜三更攜影籠東道廢城境寂多聞如有遇心懸遠火卻關情了知鬼亦不到處稍

喜園猶鄒日名踽踽未須增感慨生人昊壤本孤征天遺惠詩答之云稅屋荒寒暫定居詣人來客並稀疏俗聞妙自施千障曠矚遙能攬六虛早付苓通天下事忻承語笑袖中書祇殘一物難消遣未辦奴星結柳車二詩寫出所居荒僻無對景象心懸本作心孤以與孤征複爲改作懸然不如孤字矣花朝孝泉招飲村店和石遺師韻云春半南中未見春高樓歸雁正愁人厲風誰怒常終日佳月相還恐爾塵望海登邱空意遠讀詩舉酒一神親二分流水從無賴便置除憂去累身清明有懷寄碧栖福州梅生陀菴京師云逢辰羌亦欲云云倚遍句闌易夕曛疏壤涉春殊未綠小山負海直能雲攜家上冢傾城郭欵寺追花盛屐裙南朔佳時耑可念等閒玄髮數奇分石遺先生命和荷塘遇雨之作云連塍界陌見幽塘雨過田田送水香未厭無花迎白墮稍忻有纖貌青涼高吟誰會嗟呀意薄植盧云長養方憑仗東君好回施南風四月倘爭場南普陀長至夜望月呈石遺師云窮日盲風可小休穹樓寥夕暫舒眸清光無改頑山

醜暗汐如將枉渚浮試遺微吟迴夙倘漫憑節物逭鄉愁人間鵬鷃眞何限乞示心源學至游感懷奉寄石遺師碧棲丈福州云高層徙倚日俄西似劍羣巒望益迷又向南天見新月依然孤處介荒蹊逢辰集感催宣髮貰醉憑誰續曩題雪後看山正同快(里中春雪甚大)夢回不奈曉鴉啼君詩體格在近人沈子培陳散原之間古體之佳者選入近代詩鈔不過十之一二當時未見全稿也比使補鈔則所鈔皆近體矣又石遺先生以和公荊重九詩命和云半世登高共弟兄今年獨起異鄉情羌無萸菊資吟思劣有杯柈對月明展轉兵間來七字和歌海外逮孤生斜川早嗣東坡法劫媿從前闕寄聲此首君詩之最不生澀者哲嗣達深以厦門大學學生及余門嗜飲能詩有春盡日旅厦陪石遺先生小飲云並少殘紅太可憐送春何處作春筵樓前綠剩齊腰柳池上香遲撲鼻蓮盡醉不妨泥似我開懷安得酒如泉東公怪汝輕相別一倍還人約隔年

余初至厦門大學可與言詩者惟葉生俊生長青龔生達清旋屆重陽同往南普陀登高俊生先有一律云微霜昨夜點江濱歲序推遷感又新佳節他鄉回溯處（石師言壯歲後重陽多作客）哀時詞客苦吟身登臺杜老猶能健賣賦相如未算貧（近售稿得數十金）獨有家山增悵望白雲非復舊思親（時方丁先大母憂）余次韻和之云橫舍高樓壯海濱重陽風日足清新數峰排闥如相識卌載登臺尚此身案有和詩殊不寂瓶餘濁酒未爲貧兩生青眼高歌望昕夕過從倍覺親達深亦次韻云追隨杖履鷺江濱陟彼南山景物新下望樓船愁老眼行看瓦礫見金身（謂普陀寺）逢辰酒盞胸澆塊累世師門學饋貧風日清嘉良可念珠璣咳唾復相親貧韻最雅切惕菴數昆季皆受業於余伯兄惕菴又將以伊川待余也

俊生字俊生後改名長青字長卿在厦學余舉充文字學教員劬於著作詩亦絕去俗塵惟過求生澀再錄其不生澀者三日陪石遺師惕菴丈再至虎溪巖

云此是從遊第幾回溪山如見故人來層巖觀瀑虛前約（清明約遊三節澗未果）野寺臨流作小陪大有舞雩風浴意（某校小學生數十來此）可無蘭渚詠歌才只今俛仰情何限便遣春愁付酒杯坐雨終日讀石遺室詩有作云書齋課雨兼吟望不識蕭間堂裏人知否將公詩徑寸依公聲調讀千巡余嘗語俊生厲樊榭燕子磯絕句爲能學唐人故鄉今夜思千里二語而變化出之俊生體會成此首昔人論文所謂貌異心同者矣然達夫樊榭只末二句迴環用筆此詩則合三句而迴環用筆尤覺一新又俊生讀詩抑揚抗墜能仿余聲調余家兒童皆以爲逼肖雨後云雨後山光數笏青芒鞵一路有詩情春田處處鳴流水可想懸巖斷峽聲贈若掄云由來遇合豈無天三載辭家苦坐氈窮海見聞惟濁浪野花開謝自經年心殷兄弟親朋友地老干戈遠市塵且喜論交疏酒肉荒村古木傲蒼煙題斠玄所著陝西紀遊後云石鼓東登嶽三島華顛北睇小雙俄題名竟過高標塔畫壁應歌遠上河望氣牛封知尹喜側身鳥

瞰失秦阿遥思青主居停處（西北大學校長傅君聘主講）起喚汀茫奈汝何至鼓山聽水齋云枕流漱石真成癖幾度空齋待月明谷鳥儻知歸樹好古泉猶吐出山聲句如寄公荊云識荊不恨論交晚積稾懸知繼業雄用荊字恰切訪梅云衝寒何處尋高格寫照誰人善白描江樓遠望云雲氣漸隨雙雁盡濤聲無改一鷗閒陪惕菴丈論詩云著眼用心幾聖處不重幹軀重魂魄又云世人通病端異此七步八叉稱巨擘飲直園寄懷游翰明江蘇云翰明善詩復善飲酒兼賢聖詩豪雄我亦愛酒兼愛詩詩料妙手愁空空遺詞聊從白傅白陶情常共紅友紅

游翰明（綮）遵義人極慕其鄉先生鄭子尹年少力學研究周秦諸子工詩文在厦門校中嘗呈四律中二首云名山著作日星垂價重雞林未足奇（美國圖書館有石遺室近著）吏部精能出天地草堂元氣入肝脾正聲刪定詩萬首文獻搜羅筆一枝莫慮壯懷漸消歇纂修直欲到期頤避地逍遥當泛槎一生

強半是浮家看山有約常攜酒到處移居必種花偶爾南圖嘉嶼僻幾回西望蜀川賒（最慕蜀中山水以亂未果遊）藍輿不藉門生舁早晚登臨腳力加可云妥貼排奡餘二首有頌禱語未錄年來翰明因家貧投筆從軍矣

潮州謝幼安（倬）亦大學諸生喜爲詩時作窮愁幽憂之語善病忽自謂必死要朋友作輓詩余作一絕句鬬之云吳中名士曾求死海外東坡亦浪傳我勸伯倫休荷鍤何方埋骨事由天幼安答云曾聞子在回何敢造物無親古所傳不道離騷眞可反魂招宋玉向遙天

王孝泉（振先）同客厦島少作詩有作必穩愜贈俊生云久聚不知樂將離百感生贈言吾豈敢勖學子能鳴風雨猶如晦波濤壯此行他年多述作記共硯田耕

丙寅三月重至厦門學子勖學者又得兩人晉江邱立吳大玠立字豫凡肆力文字學時有心得而罕爲詩大玠未有字使余字之字曰圭峰詩筆輕倩最近

十硯老人憶家云客裏風情薄似紗倚樓日日望歸鴉一春長見相思子不許離人不憶家厦島滿山皆紅豆所謂相思子也句如春日偶成云花事不多簾影外春愁無限雨聲中秋日郵居云留客宜於微雨後登樓好在夕陽時潮平兩岸歸漁艇葉落孤郵見酒旗楊花云一江流水無多綠三月東風太薄情石遺師避亂鷺江云鷺江一片佳山水暫得詩人作主人再益以讀書則濃至矣

門人何寶生榮光二十年前兩湖師範生也自安東寄懷余云經師回憶事申轅講座湖堂笑語溫書局幾經陵谷變謠觚彌覺斗山尊八閩文獻歸叢橐六籍菁華養道根我是先芬叨表著豈徒籍湜附韓門末聯謂余曾爲其尊人表墓第三句謂余總志局三遇兵亂志稿幾不保

長青文字骨肉有桂林陳柱尊柱鹽城陳斠玄鐘凡皆考據家兼教育家各主任江南一大學文科斠玄遊覽山水作遊記而不作詩或云有之祕不示人柱尊亦僅讀一二首如見桂林山水之奇登桂臺云亂石欲飛天其勢不可制挺

作萬山雄桂臺最凌厲我來拾級登山頭小留滯南望盡萬家北望窮天際紅塵飛不到青天或可至臨風一開襟眞能雄一世倉卒下山去恐與石飛逝自注山在桂林句如追題句漏洞云洞啓雲常關塵來風自掃又徑隋或傷衣穴窄時礙帽又縱未盡幽深已略明要妙又異邦雖信美茲山更獨造自注洞在北流。

山陰俞伯敭以字行晚始相見於京師得讀長句數首知與羅敷菴黃晦聞相稔蓋不苟爲詩者中秋次敷菴韻同晦聞作云雲外微芒月暗生起看大角正纓兵已酬佳節三杯過難放深宵一晌明歲久淹留生桂樹露涼激楚變蟬聲城南詩客當茲夕同耐千窮賦短檠春晚道階和尚招法源寺看花云辛夷一過看丁香移病游春似未妨隔巷市聲驚夢早入城花擔壓肩忙衰齡三黼猶強飯世事千篇已健忘日日風沙暗雙眼又隨齋鼓入僧房二詩體格皆極似羅黃二君殘臘夜坐有懷云彈燭觀梅信有情坐消寒夜賴餘醒旋添香炷看

煙上靜對茶爐聽浪生舊俗漸微存節物故園雖在廢春耕靑氈有味黃齏好一蹋緇塵誤已成此首氣味在放翁後村之間句如東城臨眺云大野黃塵古北平客心愁送雁南征登臺人去望遐想入市歌來少壯聲有談珠江之勝者云無柳陰中無畫舫有闌干處有靑山

說詩社人多有園離孫沈冠生有濤園女夫吳鐵菴鐸有吳園自是林謙宣葆忻營息園江伯修古懷營雙荔園馬感漚光楨營及園各有勝處而蘇幹寶南上梭獨有宅一區在丁戊山下軍門前無所謂園也一日忽成河園詩一首徧示同社索和詰之則曰屋後臨河有板橋達對岸有地數弓有榕有雜樹有短垣蔽之官所有也即假以爲吾園可乎余首成五言古二十二韻張之云昔余客春申所居旁臨河臨河籬爲墻蒙密牽薜蘿余復抉其籬以河爲吾沱（即池）每當江月來穆穆搖金波更乘江潮上閃閃紋旋鞾滿庭皆荇藻花影方婆娑損軒濤園輩車馬時相過夜談每失眠欠伸眼屢搓至今卅餘載猶憶此

行窩蘇生有室廬頗恨乏庭柯屋後枕河流可以耀自佗隔河餘尺地雜樹高峨峨添種幾竿竹臨風舞傞傞南窗此坐對置身儼澗薖逐水通柴門板橋平不頗即此爲吾園客來足嘯歌返照隨船來估客肩相摩何異挂西窗南堂詠東坡何異釣水檻比鄰喧鴨鵝所以名河園作詩洗白窠因此懷舊居陳迹陳人多持較臨河帖感慨當如何於是社中人各有詩裒然成集矣既而西園（陳文翰）鹿莊（陳壽璚）說洲（陳海瀛）如香（張培挺）諸人入社在後幹寶則催其補作督促甚急西園一首甚有逸趣云祇園千二百人俱河園恆河沙區區茲河況復非汝有從而園之尤近誣蘇侯與客俱胡盧循名責實無乃迂我言此園特橋耳盍以丁戊名之乎（君宅丁戊山麓）許家丁卯故有例他年舉似詩人盧不然以姓亦不惡西湖有隄長姓蘇君言我意殊不爾平生喙硬膽氣麤人皆有園我獨無入門何以對妻孥忽然鑿空發奇想玉津金谷成斯須古人牽船岸上住非園園之曾何殊園成不難名不易一字知費幾躊躇試

呼河伯出鯉魚開園醉客春風初但周官以九職任民二曰園圃毓草木蓋圃以種菜蔬園以樹果木故毛傳云園所以樹木也許書云園所以樹果也總之有樹木卽可稱園不問其大小也

題河園詩尙有可諷者再錄如下陳友漁（樵）句云奇哉此園寄河旁一步之闊十步長野梅夾榕榕倚桑疏篁娟娟出短墻知君胸次萬象藏眼底涔蹄心汪洋南牕正與園相望踞床可納園中涼黃樨觀（涵光）云園地尺與尋河流蹄與涔中有一詩人其量江海深傎哉彼鄰叟非理故相侵茵溷人間世蘇侯無容心所以園雖小三上足高吟所以河雖狹仰見嵩之岑中有本事陳肖潔（忻侯）句云樹影天然兼水影詩家宛似一漁家幹寶自己句云宅後隔河岸兩樹已充牣其地之小可知矣伯修句云雖無池與沼河水淸不涸雖無亭與榭河梁身可托有河斯有園長足慰寂寞董仲純（子良）詩云蘇子河園落成久我時適向錢塘走歸來合眼搆意園大好湖山皆我有靈鷲飛來作屋墻煙霞嵌空當

戶牖無邊花木不老春孤山寒梅六橋柳湖光萬頃葡萄醅醉呼白蘇爲吟友眼開乃在陋室中意之所適忘好醜河園河園安在哉河廣如帶園如斗人坐板橋如坐船雜樹兩三映左右古人擅壑子擅河持較意園略同否此眞可爲河園解嘲矣

幹寶有祉侶小集河園分得約字云篠床竹几列橫彴六七吟朋亦寬綽河流涓涓水自瀠岸樹陰陰枝互錯城中三伏日輪烘傍晚河堧罷焦灼擎茶把酒勤獻酬說鬼談狐恣笑謔樹梢風起水光搖衫袖飀飀覺稀薄宵分更看夜潮生三五估船行與泊河園雖小多可欣願客常來不須約

去福州省垣水程百餘里地名琯頭屬連江界有山如蓋其色靑翹然拔出於衆山之間者靑芝也以其多洞又名百洞余十餘歲即耳其勝蹉跎數十年前數年始往遊山乏水與樹專以石勝洞屈曲貫通高下銜接陽羨之善卷匡廬之白鹿杭州之靈鷲煙霞紫雲皆遠不逮也余未遊之前曾爲人作一記未能

形容其眞相既遊作一律項聯云礐空百石穿珠曲壁立重陘拔地生亦不過狀其大概而已幹寶有宿梅花樓與陳彥秋談百洞山諸勝詩較詳云賢豪自愛佳山水山水亦藉賢豪傳董公去後百洞塞榛莽蕪沒三百年陳侯乃繼董公起玲瓏百洞仍貫穿董公偏重靑芝寺猿公師子與八仙至今巖壁遺蹟在銀鈎鐵畫泐吟篇深憐虎館遭薄視似寵衆女屏嬋娟陳侯導我搜剔處虎館實較石竇妍履幽蹈險窈無地窺空睨罅小有天如蛇赴壑備蜿蜒如蟻穿穴幾轉旋陳侯於此補題詠董公闕憾可以蠲季綏（陳子兆履）涼生（林子之夏）昔同到所惜巖洞遊未全梅花樓頭月如霰（夜微雨）銜杯共聽溪潺湲留詩我乏葉相句搜奇侯媿董公賢百洞山爲明末董崇相侍郎應舉所開闢葉臺山相國向高則表章福清之福廬互相賦詩夸示然茲山葉相國亦甚稱賞洞中留有詩刻也幹寶詩長多於古體已見近代詩鈔者不複錄其摯友二人皆能詩一陳不浮天聽蹈海死不存一字一季綏只記得二句云朝詠

清晨登隴首宵吟微月透簾櫳皆借用五言成句

軍人能詩者又有一黃挺生懋和故人子穆先生敬熙令子也充海軍陸戰隊旅部參謀長巡洋至廈門聞余在大學停舟過訪不見殆廿餘年矣握手道故極歡次日以詩來云昔年支社早知名絕世才華莫與京海內文章曹子建江東詞賦謝宣城地偏難得黃花賞市遠聊將白酒傾父執今茲存有幾摳衣來拜慰平生家常語尤見摯愛之情支社者子穆與林畏廬李畬曾諸人所結吟社余亦偶與急和之云慣看賓客舊兒童卓犖英姿照眼中難得揚帆能過我何曾投筆始從戎幾年索句傳師法七字耽吟有父風白酒黃花勞點綴先施慚愧到衰翁君至倉卒無以餉客惟對酌膏粱酒下以水果餅餌校中菊花不少少佳種者故君有地偏云云支社專賦七律故有七字耽吟云云

續得挺生詩數紙再錄如左輓唐庭孫云戰馬悲鳴失主回徒令籌筆恨難灰臨流空灑英雄淚酹酒長增壯士哀未報風雲收大澤欲從夢寐覓泉臺祇今

血染陳陶水猶作江頭匹練來此詩佳在處處切此番戰地第二句是參謀長語句如贈經夫云偶得奇書思共讀久藏斗酒待同傾馬江夜泛云潮聲夜入江干寺蜃氣朝浮海上峰登長門礮臺云不與滄桑同換刼我心深淺問蓬萊登東山石室云滄海波濤難渡鳥遙天風雨欲沈山君年少治軍豪壯語自其本色而花朝句云燒殘銀燭還同賞寫罷蠻牋已廢眠又淸言何綺矣

余敍天遺詩嘗言樊樊山平生以詩爲茶飯天遺亦然說詩社中人陳梅峯亦庶乎近之初入社時每間三數日必以詩筒至至必數首不啻日課一詩矣先錄其斷句之佳者如左春感云似我慣聽僧舍雨避人還倚酒家旗如何能制懷歸淚一箇西湖一卷詩又云心隨歸雁穿雲去詩似寒鶯出谷鳴晤愛吾云夢中相見猶肝膽亂後何須問漢秦雨意初來深院後雷聲欲作大江春登望耕臺云天公爲破幽人顏雨隨詩意生遠山聞東巖山開詩社云來遊祇覺風盈耳入夢頗疑松生腹行吟時與濤聲和長嘯能令山鬼伏西園師見示和舜

卿詩云地僻每思長日臥眼明忽覩故人詩秋懷云三百里頻增客感十餘年漸長吟髭人日集息園云社人初集庚申歲社事中興甲子年問世不殊天寶亂題詩欲續草堂篇修墓云行子坐爲衣食累還鄉況有亂離憂懷壺社同人云春半還山猶未晚劫餘對酒恐難狂和感漚崎江榷舍作云監稅詩人原有例移官亂日爲無田舊耿莊云平池水積兼旬雨繞徑花爭卓午晴飲友人家云止雨喜看燈市鬧入春漸覺醉人多與秀淵虛谷云不爲飢驅寧作吏直排衆論以爲詩和感漚云我說還鄉子閉門半生此願各空存送叔藩云送君便有留君意十里蘭陂水可漁歲晚云珍茲毛羽推孤鶴耐彼風霜敬野梅五言如花朝集半野軒云夭桃欲灼人穠李如隔幔盈盈出畫堂盛服以待且寫得出立春後買花云坐看春意足便算吾年豐春曉云鴉先羣鳥曉蜂占百蟲春全首者如題林楓丹西湖把釣圖云三山之間富山水何處不可容釣徒而君掉頭不肯住去釣於越之西湖一竿在手日卓午蒼茫獨立孤亭孤千章古木

水一曲晚風謖謖生菰蒲定知旁有漁父笑書生之見何其迂不辭千里觸熱至終朝垂釣魚則無不知君意別有在故鄉無此好畫圖因之著箇似漁而非漁陳澤觀鳴則亦題此圖云湧金門外客夥頤銷金鍋裏誰可兒管絃車馬日塡咽問君何處垂釣絲君言三潭印月底綷縩寒風衣袂起遊人畏晚不肯留此地此時意釣耳不須更問魚有無興至而行盡而止何人爲寫好東絹手捲湖天入行李歸來坐我高齋頭耳邊髣髴聞流水題頗寬廓二作皆能束之使緊

梅峯有觀樓含章指書云八口憑君食指食一指可抵千萬筆當其興酣落紙時指揮顧盼風雨疾有時見指不見書靜如治絲細引結有時見書不見指動如龍蛇走鬱律張顛以頭君以指書家創例乃有匹抵抱擫撩指用四君也去三用其一筆工聞之爽若失有生便與筆俱來彼中書君可不設指書始於何人未考樓君名卜雄諸暨人嘗爲梅峯書聯貺余

梅峯七律如林莊約舜卿不至云漁簑野艇水平湖來寫荒莊主客圖林杪鐘聲搖欲定門前屐響認還無江樓春望有懷蘭蓀云浮嵐輭翠滿江樓如此春光合出遊歲始愛聞人語樂天晴彌覺鳥聲柔元旦聞雷云此是開年第一聲東鄰野老最關情或云盛夏憂洪水又恐中原更構兵皆聚精會神於上半首嘗論七言律不易討好即在意不足鋪須八句則後半往往妥適而已其入春一律云入春事簡早休衙愛聽家人笑語譁嬌女斷葱成短笛雛兒然爆作飛花漫云小巧終何用也算靈心漸有芽鐙節已過須上學且將紙筆任塗鴉此首氣勢不及前三首然卻完全似放翁

梅峯哭其師西園五古四首情詞切至格調不落恆蹊以頗長未錄其社集雙荔園懷西園師翌日至林氏祠議師葬期云棟花白後詩人逝荔子紅時獨客悲此夕何心數鄉物明朝有淚對荒池湖天百尺營無日香火三秋薦有期滄海門生淒絕處江干丹旐望多時社人議於九日祀西園師於宛在堂云準擬

迎公祀水濱。瓣香報此苦吟身。後村不作將千載。趙璧而還祇一人。孤鶴難收清夜唳。老梅苦憶去年春。從今躑躅西郊路。湖月林風助愴神。哭友漁社丈云。干戈倥偬謁元戎。肝膽輪囷共我公。亂日理財猶用士。平生抵死不言窮。林亭飲罷荷花白。湖海魂歸荔子紅。最時夜深悽絕處。劍池水滿月當中。吳園觀荷云。南植紅蓮北白蓮。淡粧濃抹若爭妍。吳儂生長湖山曲。(用蘇句)管領名花六月天。園近北湖越山。第三句借用恰切。

石遺室詩話卷三十

桑溪爲近郊最佳處余數遊無詩只有一記卽同說詩社十數子往遊所作諸子詩佳者頗多西園一律云一冬失計掩柴荊如此溪光不出城平野無花霜葉艷遠山有雨溼雲橫稍添亭榭眞堪畫便買田園欲退耕盡與晚歸還縱酒潺湲猶帶耳邊聲句云山猶龍啓通文舊地與東禪聖井連言閩王與後宮禊遊舊迹也友漁七言古句云兩山屈曲夾溪流溪流如腸石如齒剜苔剔蘚見題字文人好事石爲紙幹寶云未知溪流處先聽溪流聲山迴忽見溪奔湍何環瀠溪石列嵯峨洶湧如吐瓊褰裳俯溪流眺詠適我情

同社哭西園詩佳者甚多西園行已接物無可疵議而學問切磋同人交誼尤摯也黃楫觀云年來汐社數交期尊酒論文喜賞奇寫照臨湖君始病築樓故里返何遲番風楝子傷春日(卒於穀雨後)斜月梧桐絕筆時昨夜夢中嗚咽起淚痕墨瀋共離披楫觀句如人日田園招飲云又於人日題詩句如坐春風

長箋花示郤痁云羽毛豈爲卑栖鎩文字終當亂日昌和感漚崎江權舍詩云羣山高處雲仍嬾一水忙時客自幽晨起四山皆雪同人約作禁體云左鼓不鳴右旗掩騁子妍辭事酣戰嗟嗟世界方苦寒高處更寒君莫戀

余去年別營小園以其小而方也名之曰囦囦古窗字多栽桃李花方春已有開者宴客於此其時尙未定園名故陳說洲詩云樓屋新成未著名食單先遣議門生息園春色終當讓人日題詩不敢輕座上衣冠皆舊對庭前花木有嘉聲歸來醉墜初無恙熟視泥塗意自平（飮歸墜車）往歲余多於人日宴客嗣謙宣成息園適有牡丹遂讓其作主人乙丑年後復歸於我故此詩第三句云云亦一故事也醉墜用少陵詩題恰好

又余每於春盡日宴客甲子春盡日客鷺門有寄懷說詩社諸子云說詩社中廿許人一歲飮我數十巡杯盤肴核束脩意酒脯言報勞精神惟逢人日春盡日匹園主人不作賓園中花發本造次一春粧點差紛綸山殽野簌集諸子詩

篇明日投鮮新年來避兵因旅食樓居望遠江海滑柳條弄色偶一見不知幾處花飄茵今年春盡尤無賴愁紅數朵度芳晨不羞老去效年少早共兒女悲沾巾諸君今日在何許息園春抑吳園春有詩定繼賈主簿誰和寂寞眞山民此詩社中和者只數首林西園一首似亦未工說洲和韻云李膺孔融通家人門闌望拜時逡巡堂堂海內文章伯驅使萬卷如有神每從滄趣聞論列南皮開府舊上賓可仕不仕名愈重扁舟散髮歸垂綸一篇出手傳萬口餘子皺汗走驚麈邂來說詩坐里社靈光下燭閩海滑酒酣以往聽滾滾不愁爛醉汗車茵生郊戎馬花事寢坐傷龍尾占伏辰迢迢鷺島隔一水風流想望林宗巾新詩遠捧意隆重故園春盡逾思春松枝東指歸訊近佇看近集鐫手民時說洲初入社故首從未見面時說起末辰民二韻最爲工切題海南所居云歲輒三遷似轉蓬去將安適鼠方豐(東坡詩亡貓鼠益豐)瘴鄉地溼常疑雨老屋窗虛易受風啜茗漸教諳世味灌花聊與補天工牆東容我須臾臥堂上併優舞

未終。

昔劉知幾言修史文字有貌異心同者詩亦有之余往在京師遊慈仁寺有句云眼中春物百胚胎曾剛甫極賞之說洲於乙丑人日匹園招飲有句云春前新意湧如泉七字只一春字相同而結想則大同小異一寫北地之春一寫南方之春冷暖異也

說詩社中詩才敏捷者有伯修謙宣 林葆炘 感漚伯修謙宣皆有詩數百首感漚詩未多見然頗有長篇茲錄其近體數首丙寅上巳西園同年入祀宛在堂與祭感賦云經年未與西堂祭爲汝千秋始一來花樹有知應憶舊（曾同西園評花湖上）湖山無色若銜哀（是日陰雨）流螢門巷人何在（西園有門前人比流螢少句）斜月梧桐夢不回（夢時我還家落日搖江楓醒時我在客斜月明梧桐爲西園絕筆詩）賸有瓣香酬晚集奠餘掩淚幾低徊流螢斜月各句范德機所謂語太幽有鬼氣者也今適供感漚一聯詩料何等渾成

何等悽惻不再論於西園名下矣示劉伯遠都轉云文采風流故自賢白頭淪落豈關天美官不換三竿日厚糈何如數頃田濁世功名投溷上照人肝膽見花前祇今若作平生錄醉舞狂歌二十年同天遺笵屋介菴湖上看月四鼓而歸云疏林漘月舊朋知適意平生得幾時春夢已隨流水去煩襟欲借好風吹酒醒鬢影空相惜人靜湖光若可私生事明朝渾不管偏看三匝鵲無枝次如香湖遊晚歸韻云野草繁花自鬥妍短程多事著先鞭別留面目看湖水浪擲文章換酒錢俯仰意超臺閣外囁嚅氣盡簿書前勞生何似閒身好爛醉場中自在眠句如苦熱云惡木盜泉時自審焦頭爛額亦徒然不信麾戈能卻日只除舉扇與遮塵皆陳蘭浦所謂不同困臥紙上者

謙宣長篇以輓江杏村侍御爲最妥帖排奡云伯父文直公四十轉御史一疏獨批鱗申飭奉嚴旨再起益敢言南荒貶萬里潮陽與夷陵時論持相擬公亦列門墻直聲眞可比戊申客宣南階前識杖履公方入烏臺特達百寮底朝野

慶得人想望風釆始行人避驄馬婦孺識直指惟時臺諫官仗馬寒蟬耳而公獨嶽嶽誓必肅綱紀本初竊國柄早已懷不軌手握畿輔兵目睨帝王璽公首揭其奸奏章震遐邇風雨已如晦雞鳴猶不已同惡有慶父最不飭簠簋苞苴夜進門詔命晝出己爵如羊頭濫官皆爨頭鄙公謂此巨惡不去難不止瀝血以作書刳肝以爲紙伏闕至三四自分無生理沖聖憐汲黯但把豸衣褫溫詔返詞曹猶近天顏咫主恩自優容臣母已暮齒請乞骸骨歸一慰門閭倚權貴交相賀謂莫余毒矣詎知善人去國步即傾圮橫涕望西陵孤吟滯九鯉空山甲子年臥病遂不起我忝附通家束芻寄哀誄地下逢文直定爾訊猶子爲道落江湖種種髮如此近體如林西園入祀宛在堂云重修禊事及春三雨歇風漪接遠嵐度地待營香火社（時議建說詩社）招魂先妥水雲菴此堂風月無邊好一盞寒泉分外甘算是湖山眞作主年年兩度拜詩龕（片時占作湖山主西園句）試燈節集息園呈石師並示同社云客子歸裝欲浣塵（與師均

歸自厦）直園先占息園春（人日事）舊醅人日初開甕（是日開八年舊醅）佳茗天心試入脣（余方得天心巖奇種）燈影還如前度好髩絲卻較去年新高樓倘待湖西築來歲題詩滿水濱句如聞石師說靑芝之勝云咽喉保障資防海巖洞深幽別有天湖上偶成云水暖人家初放鴨草薰野徑漸聞蟲石磯得雨長新綠村店沽春發醉紅以薔薇贈林紀洲云如此春光不容惜亦知來日已無多雨後同林鼎燮張秀淵澄瀾閣茗坐云柳色自靑吾髮白雨聲乍歇夕陽斜大風雨同伯修師晦飲開化寺云風雨不違前日諾湖山收入早秋詩同秀淵伯修飲洪橋酒樓將遊塔江寺云策杖來尋臨水寺登樓先看隔江山過橋合讓誰題柱遯世何妨隱抱關洪塘道中云一塔江心知有寺數家水曲不關門士人能說張經略里社猶傳翁狀元挽王俶田云已將世事還能者爲問伊誰是可人次西園來韻云典裘買宅眞奇絕卻爲藏書拓一窩九日飲息園云世亂無如貧賤好城危差幸室家安烽煙未熄笙歌起幕府高開井里寒

同觀心玩月云疎影梅花容我補傷神詩句得秋先料君別有難言隱對此蟾光覺太圓過濤園視觀心云此情於我成陳迹偕隱輸君未棄官時君與觀心皆經悼亡也陪螺江太傅遊石鼓云今宵崇讓里明日給孤園小雄觀瀑返大頂宿雲屯皆穩切大略律詩注意中二聯流轉可誦者多題棲隱村云茲山未聞名惟子乃得專子名日以大山名日以傳當時鄭夾漈(村有路通夾漈)今日陳莆田又云我家在城市所恨遠溪山子家近溪山乃復居市闤請將棲隱村換我水流灣

往者林贊虞侍郎(紹年)喜山水游而罕作紀游詩令子子有(葆恆)提學無游不從侍郎逝後子有時出游亦未讀其詩近從其從弟謙宣抄詩一束見示喜錄數首沅叔以九日出遊將由祕魔厓道香山以達大觀寺郤寄云記踏京塵又七霜登高幾度過重陽馬蹄得得成孤往雁影年年負故鄉坐對黃花認佳節可無紅葉作秋光幽懷輸與藏園叟排日藍輿叩上方重陽後一日挈內子恩

姪文女游秘魔厓獅子窩觀霜葉云霜風獵獵展重陽舉宅藍輿叩上方濃翠樹如爭晚節殷紅山漸鬥姸粧老妻解說看松好（弘德寺前有松數株奇絕）稚女渾知拾橡忙似此刑于良不惡一邱何日課耕桑不知者必以刑于二字爲腐不宜用之於詩然少陵詩云山鳥山花吾友于董文友詞云山鳥刑于山花友于用之正見其趣展重陽係十九日用之重陽後一日亦無不可句如謁先文直公墓云壯健江聲仍隔岸青蒼松影漸參天艱難萬里爲歸客離亂重來定幾年次阜爲登高韻寄謙宣弟云茱萸例作詩人料松菊懸知舊徑荒雲梯庵云人語落松顛不記有人說過否尙有寄園落成五古數首甚妥帖以有刺時語未錄

說詩社中以詩爲性命者無如林西園（翰）初西園未入社余見其秋日雜興二絕句云中原此局算衰殘蕭瑟江關活計難白髮黃金雙怪物看人老大與飢寒肯損秋齋一夜眠望空微喟擘瑤箋七分星月三分雁占斷東南萬里天此

等落想不凡似惟東坡集中始有之又二首云朱顏綠髮舊風姿笑向秋霜一致辭大勢今年侵略盡鬢毛直下又吟髭未敢人前詡獨醒霝屑小飲本無名一杯一石同時醉紫蟹黃花爲不平則誠齋放翁有之矣西園初學昌谷間以玉溪生入社後盡捐故技一意爲雅健沈摯之詞佳者不勝錄摘錄其警句如下雨後至湖上云孤亭斜日望悠悠不爲殘鐘定去留天遣雨師驅俗客我將炎暑當清秋答仲純海嘯紀災作云獨使書生憂水旱幾聞官府念飢寒送春云何方不遣晨鐘動分付前山解事僧游鼓山云舉家來遊佛不嗔佛以山色爲施捨此行意在山水間禮佛齋僧皆虛假又云懶僧長以水撞鐘古佛惟將石作瓦碉泉爲耳謀清涼風葉著身飾幽雅和謙軒息園落成作云吾家豪俊世所驚卜宅酒衕常清醒又云藏書萬卷不屬意意在梅譜兼鶴經題秀淵知非齋詩云能作雋語似王孟能使勁筆如韓蘇一家之言不足學死守門戶眞庸奴幹侯四十生日索詩云今之爲關能賦詩未有詩人習爲暴所憂索詩如

索逋撾門向我搜括到歲暮政求雞犬寧腹貧自笑筐篋倒人日說詩社初集息園云人如社燕重尋約詩似春雪未發聲寒雨撲簷兒樹立雜花照酒蠟燈明李生爲作秋山行旅圖並以詩來云邱壑不關年少事畫山只合贈山人觀製造鑄幣及槍礮云酷哉富媼至不仁是生五金鑄萬惡貝幣不行錢法起矢石無威火器作又云我來有聲發屋梁雷公風伯紛摶攫輪扁何時掣萬輪追奔定折夸父腳又云弭兵之事今所難聚鐵未爲鑄大錯看君造錢如泥沙一揮可塡萬谿壑看君造兵如山陵昆吾爲墟若耶涸九府論功駕桑孔四疆作戰資衞霍聞石遺師談百洞山之勝云說山說皮不說骨鬼斧神工寫未出夷者拓爲梵王宮奥者造成虎豹窟木貧石富水絕無鬼面焦枯見凹凸此山當以怪動人左旗右鼓空齮齕古藤花曲云公館不合栖虎貔繁條礙路花豈知將軍斫花如斫賊威猛有過封家姨末云願君惜取斫花手迴轡斫賊淸四陲感時云行邊無數龍淵劍道是橫磨卻未磨送師範學校講師歸日本首云天

雞引吭若木顚蓬萊萬里來飛仙佩囊相向出丹藥能換凡骨登九天中云國家文獻歎衰謝擔荷絕學勞仔肩神州史事不可道緘口欲學磨兜堅坤輿一日蹙百里俛仰圖籍應涕漣仙人胡爲亦不樂一揖烏石辭靑氈說史莫說甲午後畫地莫畫東南邊末云國仇師恩本二事隔海相望山娟娟過薛公池云學貴普及今所聞載當以車量以斗十年以後斯道危六經駭視如蝌蚪觀頤和園云一花一草中人產爲土爲沙太府錢以上數題皆語意之近沈痛者

全首如渴必隆刀歌云渴必隆刀七寶鞘黃門跪進黃袱包錫比麾鉞專征勦重器不屑剸犀蛟待吸頸血貴人衂紫光勳臣斬蒿茅白頭解甲鳴金鐃懸之太廟球圖凹殿上貔虎寒不虓乃孫不肖弓裘拋祖刀斬首懸竿梢至尊輟朝后徹庖方今疆圉蹄跡交風雨漂搖欲危巢管蔡啓釁矜怱烋安得請刀太廟誅羣啾此爲端莊二王興義和團作也格登山御碑歌筋節音節俱好以稍長未錄

西園悼亡之作沈痛中尤有想入非非處淑慧哀詞云來無所住去何依夢裏頻伽得並飛一十七齡壽者相升天入地兩非非靈臺無礙極周游修到泥犂不易修解脫恆河沙數刼菩提樹下駕春虬維摩十笏現樓臺卿爲人間苦惱來就我造因渾不了生生有我住塵埃哭淑慧云嫁得文簫解畫眉崑崙石爛總堪疑平生不信銷魂獄直到天荒地老時土花蛛網滿羅帷十二筠簾月上時眉目肌膚都想見癡心還道是生離句如天上長河海上山夢魂未忍覓紅顏騎鸞爲我呼箕伯吹散情天萬種愁欲倂一生千斛淚勻泥作墓葬文鴦丙午五月初一日句云昨夜夢化人導見枯骨枯千八十日前花貌將雪膚中元節祭先室人云一念幽冥動百哀中元法食望歸來杯盤悔乏齊眉舉衣髩惟餘伏枕猜又絕句云一杵霜鐘百感灰漸知貧病是輪迴萬錢營奠曾何益要補山門幾樹梅

其他警句如中秋夜陰雨云何時吐明月不使黃霧塞天上無蝦蟆天下無盜

賊春夜渡揚子江放歌云我將舍舟尋岧嶢倚樹爲挂箕山瓢藏光韜形避帝堯勿以萬乘臨漁樵不忍池魔窟歌云萬人爲鴛萬人鴦日日看花花曰否花不如人人看人薔薇嬌壓櫻桃口除夜有成云木有怒根能揭地雲多怨氣欲熏天末云約略平生如意事醉呼殺賊夢游仙聞都中大僚死事云本意閉門觀鬥蟀卻賠一命殉山河七月初三日喜雨云颯颯似聞天雨粟彎彎不記月如弓聞陳一齋先生入祀宛在堂寄鑑寶云邊事雖非吟事在平生此意愛蘇南題陶靖節圖云典午雖亡栗里存宋末爲得晉未失此巾曾漉鄰家酒此服未入督郵室又云國亡不忍看禾黍歲晚何心飽粳秫五言如積書傲將相不讀亦解顏天意造離亂似妒此公閒吾儕有創論作詩勝餌藥對花夜坐云花意勸行樂無爲傷時艱海天閣云白雲挾出山一臥事不易

閒適句如草痕界斷雙江路山色粧成一槀詩做美天收初夜雨遲行人戀故鄉山繫馬屢愁山雨至易衣時覺酒痕新萸酒醉呼山鬼共風箏響並塔鈴高

有確似長吉者如一雙鵂鶹立不叫枯枝久絕樵斧迹我哦楚騷心膽涼石幢忽墜蟾蜍魄有故作趣語者如閒與老妻同一櫂自矜湖上載西施

詩有不甚費力而自佳絕者如陳友漁宿雪峯寺云遶寺峯巒出水蓮又如百獸護參禪野雲歸後鐘初杵林雨收時月上弦說法老僧八十歲開山古樹一千年沙門也喜邀游客盤眼新煎卓錫泉第二聯使人讀之不厭明遠樓雨中望石鼓云雷雨翻空屋宇震滂暑中來涼一陣黑雲接山作山形石鼓縣高數百仞大峯小峯皆茫然如懸瀑布如湧泉萬松化龍得雲雨何不掉尾吟吾前此首則似乎師子搏兎用全力矣然看去亦極自然春感三首之一云花朝底事負良辰藥鼎聲中百感新問世心隨春色謝思鄉意到病時眞纏愁欲祝蠶無繭愛靜生憎燕作鄰尺素遠來多晚輩始知身已老風塵聞石遺師談青芝之勝云夢中曾過萬松關耳食如經百洞山遊客詩詞題壁在先生杖屨帶雲還石多怪異嶔崟狀人歷玲瓏剔透間名勝豈能皆眼見聊將想象當登攀時

君倘未遊鼓山故首句云然過鼓山廨院云院後羣松欲化龍院中寂寂不聞鐘過門已識閒僧懶一任疏蘿上破墉花朝集半野軒因病不與云風塵息影早知難偷得閒來病亦安已覺連朝逃酒陣豈惟今日避詩壇新雷破夢燈光小夜雨添愁藥鼎寒又是池魚長尺許不堪欹枕念春盤重九日伯修哲菴招飲郤痁樓云高風吹我上高樓小樹陪人占小橋鐙檠暮城聲隱隱茱萸歸夢路迢迢吳園有酒江園醉三月名花九月嬌(櫻花忽開)遊篋歸來剩何物秋光猶帶廣陵潮時君方遊江浙歸也君年將五十始肆力爲詩其深造如此高達夫未能專美於前矣惜見其進未見其止也遺稿名丘園

友漁斷句時有力避凡近者如登海天閣云大石兩旁題作碣閩江萬頃縮爲池又云爲報京華遺老道苔痕不上落成詩生子戲答肖絜云爲人牛馬如足賀一飽還讓君先施(時肖絜亦纔生子)集濤園有懷社侶云松濤欲捲新詩去社燕相思舊侶來公讌陳太傅云重來聽水東山屐俯視滄洲百尺樓月夜

由白沙泛舟而下云兩岸漸平江漸闊一輪初掛汐初來登金山云北固山垂
江岸盡中泠泉對寺門淸焦山秋望云江樓借我消殘暑天塹供人入小詩五
言如月夜登貴庵山云拾級叩廟門攜月想入室初夏治亭小集云及時聚三
益垂老學詩囚憶栖隱村五排以稍長未錄
題棲隱村圖詩同社皆作幹實作極爲自然云畫中風景吾能說一度幽探老
不忘最好橋邊添酒旆未應山腹失僧房急流投澗雷聲大怪樹拏雲鬼臂長
有屋數間田十畝此鄉不隱隱何鄉句如特觀云溪魚味美嬴封鮓山芋年豐
異采薇粱芬敏馮瓚云君家栖隱村隱者在何許惟其人不傳有之乃千古芬
敏近長齋皈佛並詩亦不爲矣伯修云君看天下山水奇終須詩人幾首詩
秀淵張葆逵善評詩甚嚴而當自爲詩亦務求剝膚存液常欲以少許勝人多
許余已選數首入近代詩鈔近出其年來所作則矯健無前如七月初九夜大
風雨和鹿莊作云風雲雷雨日月星一元默運天蓋高晢謀肅乂過則玩於秋

行刑無可逃帝乃震怒命風后汝位東南權其操又命汝龍爲之貳爲朕髮櫛而苗薅臣后臣龍拜稽首千乘萬騎揮弓刀山移海倒沙石走雖有巢窟誰堅牢含沙射影在在是山都木客時時遭伏莽則蝮蛇豺虎吞舟則蛟鱷鯨鼉下至蒼蠅赤蟻醜附臭穢以爭腥臊凡爲民害殺無赦如掃枯枿如燎毛窮簷何知坐歎息四壁滲漉聲颼飀非常之原爾勿懼從來永逸當一勞因嗤蘭臺侍從陋雌雄貴賤陳滔滔又怪漆園莊叟誕衆竅大小詳咢譹豈知迅烈有必變聖也修省況吾曹亂國重典古有訓嗚乎安得士師咎嗚乎安得士師咎題友漁栖隱村圖云四山夾澗泉潺湲晴耶雨耶迷雲煙樵夫牧子三五輩山上村落山下田披圖我疑非人世欲往從之路渺然匡廬金焦豈不好終覺俗物汙林巒何如茲山落荒僻魚鳥花樹全其天山人在山山自幽山人出山山更閒世無知者子勿惜縋鑿須防謝山賊和吳哲庵遊山遇虎云聖王不作暴物熾冥穴罤剪無專職豺狼橫道蝗蝻田殺人害穀日千百有虎有虎名雖暴荒山

窮谷自成國飢食藜藿渴飲泉於世何尤人何迫子不戒愼犯其境虎寧怯懦爲子匿威能攫人不用威力能吞人不恃力始知大豪巨猾賢猶勝煦仁子義賊夷狄則進門牆揮斯義吾當斯虎直風高月黑林莽多目睛夾鏡爪牙磨一聲長嘯千巖過人間弓矢將奈何

近體如冬感二首云大雪南方猶未雪斷風無力雨霏霏陰晴預課簷前鳥寒煖頻更身上衣書爲授兒溫漸熟詩將寄友看還非去年今日豹屏路秋後霜林映夕暉入共朝餐出晚鐘官齋隨伴又經冬事稀顧我猶多愧秩散於人倘見容宿雨能靑深淺竹閒雲欲暝兩三峯莫嫌風物歸蕭瑟拾自詩人意便濃二詩雜諸劍南集中殆不能辨和感漚崎江榷舍之作云士不功名臺閣間何如吏隱返鄉關五年官舍科贏絀一櫂江流習往還力可十千呼美酒醉輕百萬買紅顏浩然更有湖山興野鶴沙鷗相與閒（原詩有但祝篝車如願後湖西日暮一扁舟故云）昔沈子培論詩以爛熳爲最佳境以上三首近之矣此

首起調獨生新次韻無競上巳日社集娛園兼呈如香云無競風情落幘巾閉門索句不知春如香才調紛珠玉掃徑迎賓更可人一醉借名三月節孤吟自斷百年身直呼花氣相推激更遣燈光照苦辛和芬敏屏山晚眺云山連北城壯樓與白雲齊此地十年到吾詩七字題臺洪江上下旗鼓嶺東西未敢多延佇天陰戰鬼啼以上二首洒落不羣前一首格調生新同芬敏翼才如香暮遊北湖云環城一泓水隔水幾家村婦剪抽畦菜童收臥地豚虛舟待野客趁渡傍林根點點山鴉盡重重嶂日昏此首亦是放翁

陳西園詩善於斬關奪隘如題棲隱村圖卷云前人結茅傍山麓本願子孫守樵牧陳侯生世誤讀書塵土功名悔馳逐懷歸寫此青山青眼中雲氣棲窗牖慢藏一旦發扃祕譙讓正恐來山靈吾州名勝略可匹卅六洞天得第一逢人未敢誇桃源今當戎馬縱橫日此其下半首也南臺志社詩樓成詩以落之云高高越王臺月照作詩苦顧茲窮事業只合託賃廡羣公雅好事拓地作豪舉

慘淡營此樓歸然瞰平楚山川信壯闊雲物供區處秋聲正西來江流自東注此其中段也四十初度感賦云吏俗賈人賤其志將毋同而我不自愛兩役嘗兼充一旦俱舍去快如鳥脫籠只無儋石儲何以閱我躬獨共庭樹語天不輟嚴冬本實苟未撥何歲無春風答梅峯冬日感懷云十載困抱關自拔苦不早吁嗟兩少年幾共柝聲老我既幸脫韝君亦悔戀皁夜寒放膽眠裳衣免顛倒如何鮮旨畜出處復草草以上二首皆工於嗟歎者題鹿莊哀妹辭後云比雪能香比玉剛見危授命事堂堂九壇誤祭洪經略生死殊途各反常詩共四首命意頗不猶人此其末首

陳鹿莊（壽璠）天懷甚坦向所爲詩歡娛多而愁苦少近出一卷則婉而多風矣如凍鶴云乘軒夢冷臥青田風雪瀰漫歲晚天孤立不爭雞鶩食茲寒一任甚堯年感事絕句云肚皮滿不合時宜有癖耽吟徹底癡至竟老妻最解事輕裝爲附劍南詩亂至辭官計已疏閉門未許賦閒居匹夫無璧誠知罪深悔當年

誤讀書兵戈滿地世堪哀歲暮爭投避債臺不爲居貧爲辭富輕舠我亦渡江來西崦人家靜掩扉大難賓至竟如歸終朝一飽無餘事帶眼多應放舊圍不愁寒也不愁飢散步長廊覓句宜歸去自佳留亦好偸閒日課兩篇詩白頭翁云山河危涕未曾收雙鬢星星隻百憂野鳥那知興廢事等閒霜雪也蒙頭暴雨云濃雲潑墨勢如傾飛鏃縱横猛可驚驟至料無終日理看看簷霤且收聲除夕云騰騰爆竹一年終城市山林約略同也與吾家存漢臘更兼遺俗襲幽風明年租稅先期了今夕杯盤盡意豐定爲舊題無好句故教守歲草廬中村舍雜詠云柴扉換新符倒置君莫笑識字憂患多荷鉏飢可療風較城中大月比城中多宜冬不敢知宜夏夫如何雄雞從其雌得蟲輒疾走行行若倡隨爭食忘其耦野步云草木及春萌看山趁晚晴歸牛知路窄側立讓人行散步前村云兵塵不到水雲鄉家住桃源日月長野老那知新服製笠簑未改舊時裝郵翁邀往前山觀桃花云一叟前行拄瘦笻度阡越陌幅巾從天公早把丹青

筆點染山頭春色濃以上兩三詩頗有野趣

舊詩留余處者再擇錄如下立春後六日西湖公讌並度地建說詩樓云人日佳招欠一詩立春又泛息園厄大難風雨同羣集自古樓臺近水宜亂後祇餘文字樂醉中不問別離期(鄂樓謙宣將遠行)湖山也有留賓意濕葦寒庖飯熟遲林西園同年入祀宛在堂云昔日湖堂共倚欄瓣香今作古人看清尊惆悵幽明隔遺集區分內外刊(石師爲分作內外集)但使幾篇成膾炙不辜半世嘔心肝此間片席還乾淨末座能參亦大難二詩皆眼前語說來頗有味題友漁栖隱村圖一律中二聯亦自淸妥擬只留首尾改作截句云大隱逃名栖碧山邨名亦恥落人間遙知結屋西崖者養得苔痕日掩關登樓看山雪約社人作禁體本十韻七古擬刪節只留七韻云昨宵雪來五更時重衾不煖吾先知羣山萬壑失蒼翠大筆粧點誰執持老梅作花見強項新柳展葉成龐眉南中得此誇壯觀語之北客爲所嗤擁裘吾輩猶覺冷懸鶉百結哀窮兒忍寒索

句成何事雙肩山聳寧非癡人生泡幻春雪耳得錢沽酒無復疑句如展墓云松是去春栽葱葱不數尺草是去秋鋤離離復如昔墓草日以靑兒髮日以白又云子孫寧路人一來逾半年眞語不能僞作讀昌谷集云當年嘔心事苦吟探視錦囊嗔阿母寄言母兮且勿嗔心肝不隨骸骨朽末七字警語欲追長吉晚湖云老圃今年秋更瘦危亭獨立影何孤

壽寧林隆山棟禮部舊贈其所著梅湖吟稿一册未細閱也近始知爲西園婦翁則下世已數年矣國變後還山詩多幽趣夏日山居卽事云世事千山外山深許讀書風來窗自啟蟬唱意何如午日永松陰遙天低草廬未須方管樂但願侶崔徐浩詠出門去白雲如我閒好山常獨往樵子偶同還茅舍春新葺竹扉宵不關園蔬頻餉客未覺野人慳句如題梅湖圖云陳醪新茗閩川冠豆腐花豬天下無湖頭泛舟云野鳧波暖將雛出溪樹春歸逐水高贈山中老人云久居窈谷長林裏便有洪荒太古心其夢到家作一律則尙滯都門時也云八

載長安踏軟塵。今朝喜見故園春。小孫迎戶呼翁至。雛燕入簾窺客頻。萬戶侯
封多壯士。一村花事屬詩人。宅柳休擬先生柳。身是無名太古民
天下有其名甚大而其實平平無奇者。蘇州寒山寺以張繼一詩膾炙人口。至
日本人尤婦孺皆知。余前後曾得兩絕句。一云。祇應張繼寒山句。占斷楓橋幾
樹楓。實則並無一楓也。一云。算與寒山寺有緣。鐘樓來上夕陽邊。實則並無鐘
也。桐城方賁初（守彝）有絕句云。曾讀楓橋夜泊詩。鐘聲入夢少年時。老來遠訪
寒山寺。零落孤僧指斷碑。殆亦與余同其感想矣
門人龍榆生（沐勛）詩。叔寶神清而仲宣體弱。年少專攻選體。爲所束縛也。近多
看陳簡齋集。近體漸有變態。苦雨云。日日窮陰壓小樓。冷風吹浪打汀洲。寒侵
書幌歸雙燕。雨閣疏簾見一鳩。幽興漸同花黯淡。好春惟與夢沈浮。爐峯翠色
應如染。爭肯飛來赴客愁。沈陰如昨悵然重賦云。幾見汀洲故更新。高樓獨立
海之濱。飛花又過寒食節。欹枕忽憶江南春。燕子呢喃欺客夢。東風料峭上吟

身嘔心不作驚人句一度搜腸一愴神初夏集美寓樓玩月云淡淡遙山見黛痕寶珠嶼似阮公墩縱然不及湖煙好他日猶應繫夢魂

又九日天馬山登高一律頗有悲壯之概云犖确何嫌一徑微故山風物記依稀極天烽火悲重九撼地寒潮逼四圍無佛稱尊聊復爾有花堪揷亦忘歸傷心嬾數南飛雁獨立蒼茫念昨非曉行集美村遙望金門島云羈思愁永夜臥聽百鳥喧披衣起視之殘月已無痕宿霧籠衰草牛羊出遠村紅光發荒島千林捧朝暾翩翩估客帆欲蔽海東門澄波鏡面平炯炯入望昏陰晴山向背依約雲吐吞萬變豈終極幽懷渺若存飄搖委輕軀沈潛固靈根秋色盡堪娛匪獨菊可餐庶保養生術悠然返田園此首兼學陶謝並得其氣味前半確是集美村景物後半確是自己思想

黃晦聞詩弟子曰何達安之兼江右人榆生摯友同教授集美學校工塡詞嗜詩詩才極清而苦瘦如寄素昭云匝月愁凝闕寄音故鄉兵氣正深深一春生

意風前盡數載歡悰物外尋已斷衆緣成獨往乍凋雙鬢爲誰吟經秋不見應無恙難解年時蘊結心今之少年往往好作苦語固緣世亂而早爲客亦一時風氣所趨也

南通劉松之元弼文似孫可之教授集美兩載辭歸別榆生達安云天涯磊砢兩詩人從此相望重愴神直似去官猶戀闕不知何處著吟身肺腸結轖憑誰省肝膽輪囷覺汝眞別後新詞常寄我江干明日輾征塵松之艱於生計故言之憮然又寄陳鳳五休寧云獨客數千里西風一雁過書從天外落愁是客中多體病吟仍健心雄髩已皤相憐兩憔悴爲得楚狂歌

門人諶湛溪貴州平遠人學礦學爲礦師有年充厦門大學教授相見已隔廿年許自言舊日所知舊學曠若隔世矣然喜言詩令出所作則生澀似學古樂府以逮謝皐羽答黃禮卿云天孫分巧太支離半偈微茫不自持禪意百千惟一指新粧長短誤雙眉試收甘旨饗冬日莫作衣裳爲嫁時揚子江頭商女泣

泣云日日只悲絲其二云漫道悲絲未展眉開箱檢點又支頤天衣難補當新製襪線差長莫自疑金粉湖山銷越艷東南光彩耀吳姬（謂蟄仙季直）明朝有詔裁宮錦尺剪不教胡女持代內贈云一到人間百事非百年人只送春歸關山有意添新夢衣帶無情長舊圍井桃未知天月遠蓮心敢信藕絲微蝶飛此夜九千里欲織回文不上機答內云結髮至今二十載細思相聚無多時太常何事愛幽獨季子重遊輕別離學劍學書消壯歲不鳴不躍豈男兒待到高適能詩日相攜入山偕老期寄秉農山云漫道仙心十有八桑田夢到飯胡麻黃泉幽路滿荊棘（客歲輓錢浩如下聯云君今長眠地下我今長工地下靜動雖異各從世外到黃泉）白日長安足黽蛙傾身豈竟刑天舞持簡盍窺阿母家欲問葛洪丹鼎事故教青鳥入南華數首皆有寄託而無俗韻湛深與農山同學摯友而農山絕不作詩厦門別後見寄云華岳三峯石削成一回瞻眺一心傾未知四度秦川眼何似陳門立雪情

陳省吾耀嫣入說詩社最晚以詩十三首爲贄錄數首於後次無競感賦韻時丁巳祀竈日云歲闌無夢逐繁華流落江湖似出家有句難醒司命醉負暄不分夕陽斜後時益遣思佳日得氣偏教讓雜花桃李爭姸人自槁春風多事到天涯和鄭稚辛宛在堂秋祭云後時益遣念佳辰可奈重陽臥病身石壁廿年空醉墨湖堂終古屬詩人無多飲啖猶關分一昨兵塵總愴神生晚讓渠名字大還輸曾作太平民珠江夜月句云世忘急景嬉殘夜天以淸光被客身均感慨有味輓嚴又陵先生句云高文當代推嚴樂合傳何人稱孟荀頗切當廣州西園酒家古木棉歌云自我來嶺南七閱嶺南春春風風人已如醉人日況復逢佳辰南園北園夙載酒惟見羣卉爭姸新牡丹深紅辛夷白香豔徒與供笑嚬今來西園裏木棉絕可喜參天廿丈閱陌年造物留茲示奇詭不然六榕無一存淨慧寺僅去尺咫西園主人斟叵羅勸我試作木棉歌獨漉已往翁山死才薄將奈木棉何我歌先問樹一根胡兩柯中間各銜癭纍綴如蜂窠得毋植

物有圓覺並榦連理能諧和鶼鶼之禽駏蛩獸微生亦解相佐佑然萁煮豆習成風胞與何人眞在宥我作木棉歌更爲木棉壽材大不中爲棟梁質美寧容作薪標居於才與不才間莊生木雁言非謬春初花尙孩春半花盛開虬枝作勢向空闊點綴億萬紅瓊瑰定知其間可巢鳳凡鳥誰足相追陪經春涉夏還作絮衣被南服休疑猜酒家得汝名不朽會須酌我美酒三百杯木棉花漳泉以至嶺南多有之福州則未之見花大如杯紅如玫瑰並未見其作絮不知何以稱棉據此詩則作絮矣厦門所植高者常兩三丈廿丈者無有也此詩意態頗似粵人宋芷灣之作余嘗謂厦門樹木特別者三種紅豆刺桐木棉花湊一絕句云滿山盡是相思樹老乏風情只憶家獨坐高樓誰是伴刺桐花與木棉花。

梅峯近有二絕句甚似其鄉先生劉後村立春後一日冒雨至湖上觀梅並寫照云討春已過立春辰春在青山綠水濱細雨絲絲風片片梅花百樹著吟身

翼日同仲起至湖上寫影時有微雪少來遊者云與我相從寂寞濱梅花如雪草如茵此中風景君須記十里西湖屬兩人後一首末句與葉損軒之只算寒山尋拾得一無人處兩人行取徑相近又句云聚及早春商社事老猶異縣作詩人入座莫言離亂事銜杯便算太平民公事忙從初日白詩心生及夜燈紅皆佳

福安鄭守堪（宗霖）有西園入祀宛在堂七律云早知君復必傳名豈爲湖堂有重輕先輩於今同位置故人到此了平生來遲未與寒泉薦夢覺眞成落月驚絕念詩龕將享日師門哀感那勝情追紀天遺老人入祀云晚於湖上日相親香火分明認夙因蕭瑟平生雙老淚蒼茫天地一吟身高風汐社同埋恨片月西江未洗貧百本梅花千歲鶴閩山亦有姓林人第一首首聯爲西園占身分自是確論第四句不勝悽黯第二首第二聯似不過一窮老詩人通常寫照而於天遺之一生別無他好只嗜吟詩而所吟之詩無首非一雙老淚者字字恰

切貧韻尤切天遺一官江右不名一錢末韻妥貼渾成又將曉下半首云暝猜世局魂都悸默數年華意漸平笳吹隔墻喧不息恍疑身是落邊城寫得出警句如秦皇焚書恨未盡留得種子淪賤貧餓死溝壑聖所賜腐腸曷怪成枯鱗又雁鳴能引人呼嘯蛩語如吟世亂離閱盡滄桑還不死太平何日問希夷天遺詩爲小西湖而作者十居六七湖雖一勺之水然吾鄉可遊處甚寡會心良不在遠孟尉之投金瀨其細已甚坡公得潁十日而九日河之湄故余爲其遺詩作序援樊榭老人以相況也（樊榭詩爲西子湖而作者十居五六）石遺丈歸自鷺江因病久未趨謁昨過開化寺回首往歲偕游諸處悵然有作云不是西湖景物非欲持故目與心違未涼殿宇皆秋氣偌大亭林賸夕暉來日逆知黄菊損背人靜看白鷗飛舊游空在思何益再會能無感式微起兩聯秋氣滿紙古人云遂爲詩人所覺者此也三月三日宛在堂春祭到者五六十人可謂盛矣喜而有作云湖上斜陽一倚欄天晴猶自帶餘寒平波如掌殊堪愛雜

卉無名不厭看討勝幸從詩老後薦馨聊結古人歡今年此會滋生色風雅依
稀舊晉安次聯非眞有山林氣者說不出所謂會心不在遠也二詩收皆減色
君詩末多衰颯余常憂其與晚景有關後果然湖夜云獨遊興味易闌珊道左
忻逢素所歡夜半西湖如我醒月中清景當詩看歸人欲盡心逾爽寂處相容
地尙寬生受涼風能幾許車塵明日又漫漫此殆天遺詩之最適者無辨所謂
明日天遺定有詩詩中定道月光奇者正在此時矣晚赴敏生約湖上飲酒相
與泛月歸呈石遺丈云荷風散晚涼湖氣滿亭子舉頭未見月月意先在水酒
闌扶醉行人靜景愈美夜幽燈力微時有驚禽起平生江海志晚歸弄清泚身
世一扁舟且作須臾喜草樹已望秋冰輪缺如此一似早衰人憔悴不自理悵
然擕影歸遇我清泠底（家臨河上月夜輒看水久之）湖遠月依然未嫌在城
市
天遺嗜好惟對酒看花余小園稍有花樹人日春盡日必招飲必有天遺其餘

花朝上巳寒食各佳辰不出遊亦必置酒花開遲早天遺往往以詩來探飲則必有詩卒之歲招之飲以畏冷辭強之至飲亦不暢余方慮其不能久及秋下世矣卒前兩日寄陳香雪有云黃葉已乾行且落可容少待看秋光眞乾且落矣春盡日石遺丈招飲匹園云晨興喜新晴忘卻春垂盡招邀得寸紙陡覺新題緊日斜過匹園花淨樹留影主人如春風入座意先醒相將上層樓煙嵐出屋頂全山餘一片可惜無多景(丈云烏石山被人占盡只有此一片耳)悵然下呼酒咄嗟足蔬筍尊前六七人餞春須痛飲一年幾佳日獨讓詩人省繁華事易非淚落還強忍春去行復來人老長酩酊莫問落花時桑海亦俄頃人日石遺丈召飲云草堂人日有佳招坐遺風花不寂寥佳處園林歸一老百年文獻話先朝食單可許門生議春色從難白髮饒歲歲強歡拚美飲差強身世是漁樵匹園海棠二株一自十月至今猶盛一則不作一花感作呈石丈云海棠能作先春花占斷流光處士家滿意正當全樹發向隅別有數枝斜菀枯各自

參消息種溉元無辨等差同在東風噓拂裏讓人獨秀幾嗟呀此詩君蓋別有寄慨余急次韻慰之有攀折也歌金縷曲沈埋猶在玉鉤斜云云君又有久不到匹園海棠諒已花矣回首去年悵然有作次聯云想見春風依舊好自憐殘客再來遲余家海棠三株樓前二株高已過牆此花本絕豔而君詩總說得悽黯殆罷官後境遇蕭條之故然君狷介自持可取即在此也

守堪好詩甚多佳句尤夥幾不勝收如次競字韻五古云吟事譬兵事此論古已競老兵律必嚴新兵氣恆盛例如兩師出衞青霍去病疊韻云閩詩今大昌壇坫盟爭競古追漢魏晉律邁初中盛烹炙六籍精研磨四聲病次梅峯冬日感懷云城居先衆寒屋小朔風早古無千歲人念之頓忘老梅意與我同花開葉任槁題陳友漁栖隱村云我家草堂有一樵與侯同名稱健者和幹寶宛在堂吟集云江山亂亟詩逾健文字緣深誼自長感漚生日云富貴壽考爾何物糞土猗頓殤彭聃人日集息園云蟄居感衰亂渾忘歲已春六日不出戶惘惘

逢茲辰忽聞息園集勃發春精神又云生落人日後萬事宜後人又云同社得諸子大若晉楚秦而鄭莒爾國焉敢爲等倫和鹿莊茱萸郞云避亂寧知論魏晉哀生忽已沒黃虞和如香秋陰云涼風自弄衰花影濁酒難豪白髮心獨抱牢愁向誰語離墻呼出倦飛禽弔畏廬云一代畫師入能品百家詞派洗閩人乙丑除夕云披猖榛莽山間盜零亂松楸夢裏親丙寅元日云椒觴在手聊堪醉吾意須臾見太平題虎口餘生圖云蒿目世無乾淨土天不生人恣生虎題山與樓云樓爲君所獨山爲人所同與君不與人毋乃山非公君笑曰否否山豈與吾厚與人人棄之遂爲吾樓有又云山與本山意詎吾力能致與樓非與吾吾更安得棄

詩情幽詩筆峭者其人多瘦張如香 培挺 瘦人也秋懷四首云好秋如高人隔歲才一遇人苦入秋悲我愛留秋住開軒迎爽氣林葉過無數回飇約之歸似指迷途誤疏花明晚照瘦蝶不一顧幽香貴自持奚足獻遲暮靜觀得物情去

去復何慕。窗明日影橫。秋熱猶難觸。黃昏得一雨。殘暑失其酷。繁聲集破蕉。分潤上棋局。高枝渴烏蘇。調吭如鳴玉。園居太寒窘。頗憶看湖淥。得涼情稍慰。失月意未足。還期入宵晴。清光照杯醁。夜起看秋旻。片雲薄如楮。廊虛星光涵。曳履停蛩語。流螢出叢篠。開合若相佇。風過聞笛聲。詩思在何許。連夕逢秋陰。待月過更殘。今宵得霽月。待我白雲端。有如故人來。呼酒急爲歡。懸蛛曳風簷。寒蟀吟井闌。窗竹篩涼影。歷亂千琅玕。池荷明露珠。不惜傾盈盤。羣物爭涼夜。清輝私誠難。頗思乘風遊。玉宇專高寒。湖遊云。薄暮詩愁理不開。林陰深處幾徘徊。討春細事還人後。桃杏花過始一來。暮春云。團紅糝綠眼迷塵。太好春光亦惱人。花片半檐苔半院。一分春勝十分春。皆詩瘦如其人矣。宛在堂春祭云。誰謂窮愁便不名。詩家麟閣勝公卿。仆碑發墓尋常事。著眼千秋意自平。送伯修之泰寧云。莫向層霄假羽毛。未容曲巷翳蓬蒿。出門誰詡非投暗。惜別惟期免廣騷。末世深交還盜道。窮途謬賞亦人豪。君詩原帶幽燕氣。躍馬邊關調更高如香故家子。年少登科。家有林亭。以不善治生。漸即窘境。送伯修一首。可謂借他人之酒杯。澆自己之壘塊矣。題鹿莊聯軒作後半有云。我生孤露兄弟鮮。庭荆三折傷同根。僦廬反顧等破甑。難支一木供豪呑。過軒令我心如焚。歸來抽毫坐夜分。叫羣冷雁聲落雲。匡牀無對那忍聞。幾使人不能卒讀。然有此美才。未必詩終能窮人也。

江伯修古懷。亦最不善治生者。以舊館職降志爲邑宰。脂膏不潤。且以失其官亦可謂拙宦矣。買地築一園。舉債纍纍。至從軍於數千里外。又不得久安其身。有人日寄林息園句云。戰後有家還樂事。天涯到處盡驚魂。兵氛天地無春色。歸意江湖有夢痕。可以知其近況矣。伯修南至南詔。北出榆關。行數萬里路。有詩千餘首。佳句甚夥。余曾爲作序。還之全稿。在其行篋。無從多採。八月十六日集沁園云。荔支樹下池水淸。虛堂照水光晶瑩。涼風颼飀起天際。斗覺屋外皆秋聲。昔年此地不可問。過者惟聽寒蛙鳴。主人築屋不數楹。已數易主。爲今名。

滿堂賓客十有二一老說詩最可聽酒酣耳熱夜繼日月色恰比前宵贏月臨池上色逾好風平水定羣魚行羣魚若解說詩意魚我之樂庶其平謙宣以牡丹盛開招飲云爲愛新年強自歡連朝春酒慰春寒小園共有蘭成賦一著輸君有牡丹清明日西園招集治亭云臨池長憶舊遊時課讀餘閒弄碧漪隔院書聲還不斷千年劍氣定何之林花亭角春剛半尊酒燈前夜任遲難得良辰兼雅集豈徒勝地繫人思末用靈運四美說恰合治亭在越山歐治池上古蹟之最古者沁園本荔水莊爲李蘭屏先生奉親地古蹟之甚近者在福州皆不可多得之勝句如同張八陳大登大夢亭云春色不辭來禿樹水邊猶得聚浮萍

陳澤觀鳴則年來從事水利局亦多小西湖詩如出郭云出郭行行日向西身閒路熟景清淒絕無滯穗田成坼剩有團焦屋較低鳥避草人飛上樹童窺水馬坐臨溪豆棚瓜架歸零落更數炊煙晚未齊寫出一種荒寒蕭瑟之景恍於

秋冬行福州近郊諸處湖上探梅句云北雪南風爭勝仗東皋西崦息勞薪社人燕集鏡湖亭兼約勛夫友漁云不解爲雲去逐龍同州異縣始相逢從知客是登樓粲頗訝師如倒屣邕夾影湖光開一鑑犂眉月色照千峯如何中酒催歸去未聽山門午夜鐘

林雪舟 宗澤 喜表章他人之詩而懶於自作有作皆絕去點塵如西園仲純招集宛在堂云雨裏斜陽畫不成坐看一月出高城淸光一片眞佳絕惜欠煙中打槳聲此景分明合有詩可能不睡向風漪人間何處無燈火不是今宵對酒時是能以少許勝人多許者同社招集荔水莊舊址云西園三百載二老最風流金石成新錄圖書認舊樓可堪文藻地空賸草堂秋太息城西水銷沈到白鷗自注二老鹿原榕園雪舟最熟鄉邦掌故言之如數家珍荔水莊已數易主君言其水木之勝乃小集於此

陳肖絜 炘侯 法律專家喉舌復辯才無礙壯歲得貞疾幾於僂而伏行則專意

學詩進境甚速而自謂了無長進有志愧三絕句云自是凡胎已著埃百回辜負道場開蚤知佛法無邊大敢向山門喫棒來夢裏陽臺若有情醒來雲雨一天清美人僅隔盈盈水只許相思未目成東風著意護羣芳穠杏夭桃鬥一場不是海棠卻沈睡闌干寂寞總無香三首皆設譬之詞後二首尤趣謙宜息園落成云富人築園窮丹青詩人築園先正名不待園成名曰息可知詩人非干榮吾身息假亦云久吾園未辦空復情俛仰茲園一動念眼中樓閣何峥嶸憶昔與君同游宦意氣有若黃河傾聞人懷居輒齒冷私謂天下不足平吾今久病且成廢君縱多才難畢呈有園無園同一息此中奚復論重輕長才抑鬱借題一吐其慨慷未幾遂下世矣傷哉句如半野軒云暝痕曲折環山合月意模糊隔樹看寫景曲肖

仲純自號意園又自號弓園實未有園一弓之地何處覓有也不多作詩而詩筆跳脫可喜答謙宜招飲賞牡丹云也作詩人也作官也將隙地拓來寬新懸

齋匾顏中隱欲富春光買牡丹杯酒快陪元已集盤蔬況勝腐儒餐此花自昔吾州少定惹鄉鄰接踵看答梅峯招集環碧池之作云我悵春光留不住西園餞送有餘思何期環碧飛觴日緊接花光索句時宿酒雖醒猶作病舊逋未了又催詩長篇說盡池塘景險韻雄詞敢鬭奇

哲菴家有池館突過龔氏環碧軒詩筆故自清俊如半野軒社集云柴門雖設亦常關花竹蕭蔬相對閒城市山林原一樣綠陰深處即深山盤飧閉戶差兼味老圃池塘足取資未免豚蹄抱奢願詩人一飽可無詩如所言亦足樂也而以家累用不足日僕僕爲升斗之謀亦可慨矣

舊歲陳愛吾（乃元）訪余於厦門大學始相識今歲以書局事同梅峯枉過昨梅峯出示其舊作二首登同安天馬山（莆田有天馬山故以同安別之）云化工爲山累土石山足山頭撐山脊昂頭奮足欲奔騰羈靮不施鬱奇迹漢家烈士鄭將軍雄據此土爭寸尺（謂鄭延年）嘶風久已不聞聲毛拳細草毿毿碧我

行躍馬立其峯俯覘鷺江一練白美人（峯名）含笑侍其旁豪氣柔情共脈脈呼童攜酒逐我行遊山何須雙不借興致未闌日已西暮煙四合迷古驛歸來墮馬笑樵夫髀肉欲生感今昔筆氣豪邁白韻尤壯除夕道上遇雨云一聲爆竹歲華闌沐雨長途感百端空谷雲封人語響故山夢入筍輿寒有懷投筆雄心在無力掀天熱淚彈偏是客中斟臘酒明朝春色馬頭看殊有關山失路之感次聯能寓情於景

侯官林韻芳女士芳四川循吏戟門先生振棨之女適邱卓生茂才中年而寡能詩文詞下筆敏捷邱本故家有池館名小荔灣吟榭中落後三子僅支持家計韻芳教授女學校鬻文字以養九旬生母今之黃皆令也十數年來逢余生日必以詩爲壽有甚雅切者余詩話例不錄壽詩今只錄雜詩數首讀石遺先生遊山詩因之神往次韻奉和云令人神往晚春晴入畫山光覽勝行身健多應天所賦名高更與世何爭遙知笠屐傳幽致只恨釵裙枉此生自有暮年好

詞賦江關不數庾蘭成初夏召飲匹園疊遊山韻云恰喜清和雨乍晴山深好作聽鶯行著書歲月人長健驚座才名世敢爭鐘戀殘春賈島佛花飛高閣玉溪生齋廚櫻筍多宜酒金谷題詩任不成直園新築成召飲鳴謝云未能載酒及師門許坐春風宴直園一飲渾如十日醉買絲端合繡平原月底聽歌帶醉回(姬人能歌)梅花爛熳草堂開明朝人日題詩寄只當巡檐索笑來芳昨於半野軒折得海棠數枝因念花光樓下正在盛開云想見當時燭底粧耐人樓下看花光折枝何似三姝媚笑靨嫣然勸舉觴百尺高樓幾度來幾生修到此銜杯名花自喜名流賞越向風前得意開句如一闋花光詩絕唱三山荔譜志兼修以上皆未免過譽然才調自不可沒

余生平見人失子每爲異常作惡以爲此人生至逆之境也前歲此厄既輪到我作一聯語輓之云我何人斯乃繼孔仲尼卜子夏鄭康成朱元晦而哭汝壽非福也請看傅青主顧黃公竹垞翁查初白之暮年海內朋輩及門人以詩哀

輓者且百篇擬彙爲哀錄刊之以冠激楚堂遺集卒卒未就今先錄其最沈痛者數首於此陳散原云殘年未滅思兒淚今與而翁共此悲我只吞聲延氣息而翁猶及費文辭互爲藥誤天難問獨許才強世所期料得九原憐二老兵戈相望更何之蓋前二年散原方喪其長子師曾師曾與洎兒同官京師甚相稔也夏劍丞云送君歸閩日問君相見期君言別暫耳寇至當復來果來必避寇八九可揣猜奈何從北至一棺載兒骸此耗初未聞聞之驚且駭念君有佳兒方舉拜慶杯伏中帆瘴海竟爲寒熱媒微祿忍曹官錄錄斂其才以是處亂世何朕召飛災君往一撫視羣醫力難回君歷舉古人自況以塞哀孔聖至近賢十輩命等儕老皆喪首子報施謬是非辛酉我哭子至今有餘悲慰君無一言自慰辭多乖一面別君去對坐無好懷

李次貢三首云我從石遺師黌舍初執經洎師歸故山乃始識公荊邂逅酒座間以意度姓名肖師在微尙非辨貌與聲詩腴人則瘦欲淡官自輕佐師脫千

稿下筆氣崢嶸哀哉此便已君書有未成壽夭原不常公荆無死理閒關謀壽觴往返輕萬里力疾作家書猶自諱不起與父訣須臾艱難忍死俟命淺親恩深言在無言裏生死操諸天天有不可恃以孝傷其生何以勗爲子奔哭視吾師百慰無一可忍淚撫君兒乃僅離襁褓師謂老而頑汝壯反不保百年人事長衰殘反負荷行挈汝妻孥歸理汝遺稿文字有淵源人肯惜梨棗不朽在令名何必爭壽考

楡生亦有輓暨兒五言二章云久不得師書念師若飢渴如何五月別開緘轉悽咽平生哭子淚又爲今茲熱暨也長而賢蒼顏森竹柏奈何知命年乃不可說測奈何乞巧夕巧與老親訣敢曰詩窮人胡乃有斯厄吾鄉老散原此痛亦同轍賤子兩豚犬衆鬼紛攫奪雖則懷中物恩情豈斷絕我有千結腸利劍不能割我有九逝魂風波不可越願師廣其慮獅吼爲我發願師轉悲心拈花爲我說浩然本大空解脫亦虛設我今黯無言開帷鑒寒月缺月浸疏篁破碎弄

光輝悠悠一枕夢夢繞匹園飛彷彿初夏時微風搖雙扉過庭有鯉趨似聞語依依鄰雞忽已唱嚴霜亦已霏宛爾有生滅覺來無是非間用韓孟法仍是選體氣味。

李審言云石遺一門自師友婦如梁端王照圓晉有壽髦浙文益公荊媲之無間然秦女乘鸞向煙霧才子今復凋天年蓮蘇（青主孫名）桐稻譽貽厥那得文度依膝前鳳毛漸老苗結實中道橫貫尤漼焉吾觀暨也犯不祥獨於文字工鑽研草亡木卒鐵崖語主司奮墨輕相捐擢犀擢象自有策漢書僻如南華篇汝暨落第固宜耳人窮如此天方憐廣桑山與白玉樓擇一畀汝期高鶱尙餘老父七十翁頭童眼闇窮丹鉛曝書亭集霜紅龕依例附汝千秋傳師曾哀後哀公荊惜吾老友同後先吾家長男亦久逝豚犬兒耳非汝賢

宗孟死至可哀僕有五言一首哀之頗爲解脫後讀拔可作則吾所不如矣亟錄之云朝爲法曹長暮和乞食吟相君削瓜面誰知不祥金抗志斆長者爲文

非刻深軍旅未嘗學稱戈豈所任何故喜用短納交違初心揖客席未暖二毛翻遭禽吞炭語患難南冠終土音死固不擇蔭神州行陸沈雪池共一飯羣兒如梯階那解失怙悲還隨戰骨來爲位縱野哭淚眼聊一揩奪得烏鳶餘權爲狐貉埋死者已忘死生者未忘骸向來狗名人既患夙所胎脫命亦歧路望門誰見哀爲厲苟殺賊猶勝千徘徊但念左輪殷悼此不世才

吳小鏗素亦苦吟祕不示人惟梅生偶見之謂近四靈體近見陳弢老代書一楹帖云蛙喧池自靜烏衆樹能容頗有寄託梅生之言可信也

石遺室詩話卷三十一

近於書堆檢得堯生舊作一首戲和瘦公贈酒未收入近代詩鈔者急錄之云羅侯不飲能好客客中往往有酒癖酒半羅侯擲客去兩腳盤山蹋天碧酒人十九無酒錢各盼羅侯轉雙屐宣南雪花大如席一夜西山玉龍白賴逢溫尉解痛飲遂要楊子長安陌液中闌入便宜坊羅侯見之當蹙額天生羅侯故難測歸自盤山攜玉液將詩送到一罏香謂有千年老松節羅侯官閒手詩冊丈室焚香老禪伯酒國如何通掌故是酒恐出迦音策亦如羅浮君未識終日千山說泉石羅侯指酒向余笑汲井何須辨泉脈人生無事無來處若不昏昏當自責我聞再拜羅侯賜羅侯詩似峽泉劈自今仗馬老不鳴甕天當入盤山籍萬愁且以酒澆之酒盡還尋半塘宅屈曲恣肆恍共都門雪天痛飲情景今生恐難再矣半塘王幼遐號瘦公寓其舊宅也

閨秀能詩者多未深造以眞肆力者少脫不了女兒口氣也同邑劉秀明有都

門出遊遇雪云花飛六出晝漫漫踏遍瓊瑤不畏寒梅爲爭春新璀璨松堪耐冷老盤桓得時自覺平吳易乘興何嗟訪戴難且趁良辰娛美景慢將高臥學袁安次句有易安居士在建業城上披簑戴笠氣象後二聯有議論與但工寫景者不同秀明極喜看雪自言居京都數年大雪必出遊嚴寒不怯雪詩最多南歸則無此樂矣故又有西山回首路漫漫偃蹇喬松再見難及三分詩與人無寐一載時光指暗彈靜夜沈沈香縷縷春風紙閣雪花攢各云云皆追憶詞也七夕後二日風雨大作卽事有感云忽似驚濤半夜生天公慣作不平鳴雨摧電桿燈無焰風震山樓壁有聲大木拔教橫逕臥飛花捲向隔墻縈幾多茅屋無乾土愁倚危床坐到明竟有杜陵懷抱誰謂女人不可作丈夫語耶秀明所居樂幽樓亭臺高敞不以獨樂而忘世若此春燕云乍見瀟湘隱落暉俄爲新月上荊扉幽居那識春何許喜聽梁間舊燕歸與李易安梁燕語多終日在薔薇風細一簾香二語情景極相似韻琛大妹抱恙作此慰之云一感微風病

百端蕙蘭弱質不禁寒詩心當與花爭發書味休隨蠟共殘詠雪才華珍重惜浮雲世事等閒看瘦生倘爲長吟苦隨意觀書莫染翰頸聯勉勵語有興會而末韻頗難指詞收束得法樓居和外子韻云閒雲歸岫碧天寬眼底風光欲畫難遠樹春山濃潑翠小樓獨坐捲簾看蓋樓外平疇千頃南抵高蓋山方山又遠出高蓋之上東望石鼓圓頂兀立絕無依傍與他處所見不同也

王子仁余媚婭也兩少女娟秀嗜書史行七者名眞號耐軒行八者名閑號堅廬皆能畫能詩文詞幼從鄭無辯何梅生學梅生並誨之琴子仁官福建外交司長所居崇樓臨臺江爲置書萬卷實焉滿園高樹幽花皆詩料也二女每自恨作詩不脫兒女子口吻所游僅吾鄉石鼓杭州西子湖都門諸名勝無名山大川盪其胸次然梅生詩詞幽遠精深一時罕有其匹眞詩人之詩也二女經其陶鑄所作雜置梅生集中幾不能辨分別言之耐軒根柢陶韋王孟下逮閬仙四靈而絕句有極似荆公后山處意筆能力避直致也蟬云抱枝飲露自甘

心不爲風多減卻吟猶恐晨朝攙俗韻滿林唱徹五更深全首從義山詩翻出自甘心三字用和靖語身分恰合第二句又所謂不惜十指絃爲君千萬彈也梨花云漫言桃李鬧紛紛不是梅花未許隣猶似惜梅香故在和香除卻任清眞此首用意用筆不止后山眞誠齋矣彼繞屋吹香併是梅句恐前賢猶當畏後生也尙有前一首末二句云羞與餘花爭俗艷故將白雪點新粧的是梨花斷非梅花然視後一首之追進一層則止堪作前馬矣春陰云春陰日日怯登樓只向芳園小作遊迎著桃花成一笑要渠去我眼中愁別爐云留寒卻暖恨無因夜火殘紅意最親桑下苦除三宿戀別爐滋味也如人寒食云紫陌依然御柳斜春城無復五侯家漢宮寂寂聞啼鳥日暮東風猶落花何梅生批云漁洋學唐之作信然矣余謂此首乃耐軒壓卷之作以二十八字寫盡亡國景物義山之半作障泥半作帆牧之之隔江猶唱後庭花不能過也耐軒閒闢入都不慮此行矣抄詩人夜云曾因弱病累心驚每爲翻書問幾更今夜悽然燈下

坐猶疑隔室喚兒聲此憶其亡父之作也耐軒憶父作甚多此首最眞切又有感云撫置也曾從膝上悲涼今只有傷神此見他人之父撫愛其子而感傷者山行有感云此邱彷彿馬鞍邱一望淒然淚不收溪上幽花堤上草臨風盡作蓼莪愁馬鞍邱其父葬處登羅漢臺云羣峰橫翠各爭奇一片江天落照時若使此中來白傅也應卽景寄微之無題云當壚吟到白頭詞織錦回文也可悲若道有才終著恨無才有恨阿誰知句如靈源洞云高岩著綠生新色細草吹香入舊情無限遊心凄欲絕靈源石上似三生睡起聞茶聲云不似人閒風與水冷冷別有一家聲最是幽牕滋味好擁衾懶起聽茶聲此二聯與先室人燈影不負菊茶聲無讓松一聯異曲同工靜夜云吟窗幽絕處月瘦近簾鉤與先室人衫袖風添襉簾櫳月當鉤一聯亦相似魚池云行到池邊吟望久舊欄干處長新愁亦畫欄今已朽何況倚欄人意也夜牕聽雨云今夜枕邊何所夢松江煙裏一簑衣花朝云蜂蝶忙飛俱有事臨風獨著一閒儂亦不肯直致者探

梅云一路幽香聞不斷著人似作十分親晚園云何處詩情來眼底綠陰深裏一花開墻花云東風不管人閒事又放墻花數朶紅望晴云還坐小窗殊未愜聊拋書卷學吹笙臨水登山無一可裁詩覓句總難成小齋云琴裏心閒原自領書中味足更何加暮春云閉門非爲春深病生性由來嬾是眞夏日幽居云幾卷道經消永晝滿簾竹影快新晴送春云靜坐聽鶯鶯語老捲簾待燕燕歸遲皆不減放翁者靜坐句從周美成詞語來歲晚思家云誰識片雲頭上黑催詩不至只催愁與得枚丈石屋山見憶云欲向湖山尋舊迹春風恐并舊愁來用意略同

五言如野望云流雲有禪意到處不依依夜香云靜極難爲適閒中有未忘賞雨云焚香何所賞夜雨是深禪車行云春風憐我意爲送到湖邊論交云彈冠終有以結襪豈無因早起云花開如昨日月落已今晨山遊云林泉一適意萬事風馬牛風止云君看昨夜風驚心而動魄來時何其威此去無遺迹世事無

不然縱暴亦當晝能見其大晚雨云園甤寒不住凝想坐難睡雨後海棠無恙
云我無塵念牽爾不遭物忌歡言愜清賞孰云非天意二詩一憂一喜具見懷
抱樓夜云空階疑雨聲落葉勢漸猛春晴云不解賞春晴詩思何由起山遊云
卻於芳草裏尋得白雲心齋罷云高峰隨雲出雲積半岩閒岩亦不隱雲推雲
上林端到山云玩景苦不盡趨途如作環回顧我徒侶隱約翠微閒雨夜云倚
床渾不寐欲作通宵賞倚欄云秋削羣峰瘦雲開一水寬詩情無限好只在倚
欄干五言多能得詩中靜趣他如新燕陳莊所居樓日對岃崱峰屢言遊未果
過網百擋等作通首皆佳限於篇幅未錄
堅廬詩閒適自喜專學陶韋曉月云高樓曠野氣憑闌好時節何以慰寂寥愛
此下弦月素星已半落清輝猶未絕懸嶺疑有無依雲欲明滅曙色正相催佳
景幽難說往嘗論少陵工詩首在寫景逼肖風林纖月落未上弦月也殘夜水
明樓下弦月也懸嶺十字實下弦以後之月五更始出者蘇堪舊有擬謝靈運

怨曉月賦手稿藏余處寫景甚工惜一時覓不出未知視此詩何如也秋室即事云四鄰寂無譁斗室即邱壑望江云欄外何所見長江煙中出翠靄蕩夕霏急流碎寒日苦熱云或思坐幽篁或欲依松柏廢書無所爲猶未爽胸膈樓上對月云夜來無所爲憑樓廣幽意明覺天宇高涼疑露華墜清輝寐欲無靜賞情更忝風止云園樹葉摧殘綠陰非疇昔牆頹即可營樹茂非朝夕晚雨云窗外何所有細雨如煙至村墟明滅見靑山次第異以上多近小謝近體閒詠云琴弦時卜雨花影乍迎晴小室云江出重重樹簾開面面山瓶花供白業尊酒伴朱顏閒牕云佳氣生春袖斜陽半夕扉暮江云畫欄通夕倚爲愛欲明天七言小窗云莫怪旁人笑我狂小窗無事也添忙欲鉤湘箔風偏緊纔減羅衫晚已涼爲愛靑燈初展卷卻憐微雨又焚香蕭寥夜坐疑無賴辦得微吟趣便長似劍南登樓云黯淡春江日欲沈高樓西角獨登臨靑山迴繞閩州地不斷天涯萬里心倔強可喜李贊皇之獨上高樓不免日暮途遠矣松云不爲風霜損

綠陰深藏空谷自甘心與耐軒之飲露自甘心可謂同心之言望晴云無奈天公作意奇雨來偏向有花時初晴晚步云花香細坐吟因久草碧閒行步自遲萬松岡晚步云不是詩人未許知天風淡蕩夕陽時十五夜云爐冷花寒夢乍醒冷然露氣滿中庭此與木庵先生花濃月皎四更時句同意

江右都昌黃養龢福基次純仁基鷗山樵隱百我司曹錫明之喆嗣也往者胡詩廬學詩於散原而面目不類其師養龢風格似詩廬而面目卻肖散原茲錄其不甚似散原者讀散原精舍詩云肝肺槎枒陳吏部吟噫風莽觸胸奇冥搜元化幽荒氣自浥靈根曠古姿詭語橫天窺罔兩貞懷濺雪耿須眉荷衣不與頹流老國論淵淵是可師第二句及第五六句仍似散原讀近代詩鈔有懷石遺先生云一編流轉到山阿山氣靈光與盪摩脫手風騷關世運抽身塵土息勞歌亭懷野史中州在社續吳溪變雅多千里陶江寒浩淼晚窗秋葉近如何贈余詩者多矣往往非不及即太過不如此首字字切實包括余一生行藏起

筆說從僻處讀到詩鈔甚得勢末句用余坐黑晚窗思鶩遠吟黃秋葉紙悽迷詩事也爲散原作者似散原爲余作者則甚似余亦異矣園居云未肯遨嬉向江海躭人花石與淸疏長嘘中酒春無礙瘦高鐫詩水不如香散藥欄一簾雨靑分梧几半園蔬登樓稍覺橫山近日日白雲來起予句如除夕云頹顏短鬢支殘夜濁酒園蔬剩舊貧末三字佳書感云寥寂自傷醒似醉是非微覺曲成弦寄純弟南昌云徑自癡頑凝道氣可能淡定養詩魂春蠹日貽珠樓茗坐云小檻人稀花獨秀高樓春去雨無聲暑氣初成循簷得句云身容萬綠中閒住詩引千洄澮泞思雪晴曉望云山氣氤氳春欲動溪光明艷日生東過幼時讀書處云井華分硯初懷舊苔壁留題恐近名胡侍御沒後三年重過退廬云亂後幾枯銜木淚我來三聽辨亡論重九前五日純弟約遊橫山云因亂轉能親骨肉登高何處避寒飢晴明莫說尋山便還望秋霖漲涸池末二句饒有後樂之念病起云能貧能病還多事野莽齋糜更苦吟五言如雜詩云萍荇菱芡藻

未減萬柄荷園居云劚筍香留鍤餐芹綠漲盤病中作云林居雨自佳臥聽殊了了向來好雨聲況復病溫燥雨喧人自寂聽雨忘達曉此雨倘未休我病或可好此與蘇堪一聽虛堂雨知君病漸蘇同工矣全首有雪中放歌淡如寄示新刊詩卷均佳稍長未錄

養和詩顏鏤冰室次純名淸餘閣次純詩無多而可采者不尠寄酬和兄云鈴語淒淸攬夜眠歸思偏發麥秋前衆雛含笑親應健花蕚留風詩可絃透甲筍香知餉美緘書箴石接燈妍吟魂每抱明蟾影映取西堂曉夢邊假歸渡姑塘遇風云急裝赴晚渡賴是新月生篙師怪我頑輕與長颷爭跳波忽化雨沾衣凝作聲感此舟一葉孰若吾生輕時危謠易盛念母心怦怦不惜顛躓苦但傷老淚傾誰爲照肝膽三兩寒星明絕句尤多有味者泛舟至三村看桃花云同來打槳指深幽飄水衣香一舸浮知否摘花須問主幾家生計在枝頭發家書更綴一詩贈內云陌上言歸柳暗初排愁以夢計終疎累卿月下浣紗手爲攬

淸光讀此書涂埠車中云秋張凝寒菰葉齊推窗獨對萬鴉低我行已在匡山外午夢還應誤向西留別吳君云計時君已不多留及此留人始欲愁但乞茅檐三日雨蓮波萬疊阻歸舟訪友不值云佳話相期竟不然空教剝啄破輕煙逸妻掃葉紅纔了正是晚霜收柏天句如月色滿襟殊未覺萬蟲呼我起招涼桂花山路應堪踏楓葉江頭又此行倦擁村書無限好稍談家國不能長備盜禪房餘朴陋忍飢游客怯崔嵬寄余五言古一首曲而至稍長未錄

鷄山樵隱詩都昌黃百我部曹錫朋著古詩皆選體律詩妥帖排奡者居多與胡瘦唐侍御至契嘗合陳伯嚴李梅庵朱艾卿喻庶三列諸五君詠秋感八首所謂梅尉辭官失諍臣指瘦唐也與潄唐同年夜語云交味釀於公瑾醴吟情孤似伯牙絃即瘦唐敍百我詩所謂聚首都城過從甚密者也閱湘綺樓詩集絕句云秦灰吹盡問耆英九十傳經見伏生豔說扶風絳紗帳累人淸節是才名早時歌曲動皇都曾詠圓明涕淚俱此日江亭揈一醉未堪回首盼蒼梧蒲

帛誰云晚見招自傷白髮已蕭蕭樓中鐵笛留餘韻腸斷廉夫客婦謠絕不爲皮裏陽秋矣山居感懷云薇蕨應非周草木桃花未識漢山河詠菊云一生俱淡色香味三徑就荒歸去來皆名句也遊廬山暮歸云辨色忽已暝迷蹊苦難迴碎玉山泉鳴清響池荷開耳鼻皆識塗險夷兩無猜六句寄託遙深自命不凡憩舍北大樹下云貧家廢營構安有臺沼樂求之慮寂中意造足邱壑此新名詞所謂精神上快活耳

近來詩派海藏以伉爽散原以奧衍學詩者不此則彼矣若樊山之工整祈嚮者百不一二六橋閻公其最也遼陽黃黎雍（式敍）有詩一卷名松客集遠道寄余則散原季直亟稱其才推許甚至而與陳鶴柴縞紵最密然其詩與散原數子絕不相類而頗似樊山過清舊宮云倚虹堂外柳如鬖玉水瓏琤一道斜目斷青荷中婦鏡心傷白髮上陽花枝頭鸜鵒懷唐室園裏蝦蟆泣晉家留得釦墀纖步影金蓮往事不勝嗟句如呈柯鳳老云一世令狐德棻學十年司馬子

長書題馬蓋卿遯園云仲雅新居三影閣文淵老住二薇亭地於萬舞千吟裏人在三休四適閒山夜懷濬谿云峨峨鼓就高山操惻惻歌成上堵吟適齋去職將歸吉林云三葉不遷顏駟老五噫初就伯鸞歸三十初度自述云叔子寧如銅雀妓沂公本是木魚僧濁世難逢開口笑醜人工作捧心顰越百步緊登三十三天云峭崖百丈高裂此盈尺道則散原海藏之佳處矣

今年春閒余有三疊晨韻詩因揖唐先有詩五疊釋戡韻速余北游也詩云素心誰與共宵晨著述流傳已等身書到倘將思子淚春寒苦憶閉門人逢辰簪勝何曾老繞屋看山未是貧至竟長安行樂地高歌日日動梁塵關切之意深於桃花潭水矣其疊貧韻答秋岳云吟來詩好君應瘦話到才難世已貧信筆疊人韻云從赤松遊原易事爲蒼生出待何人皆工曹纕蘅疊韻見懷下半首云吟觴應憶宣南盛書局差同洛下貧不信津梁公欲倦還堪騎馬踏京塵亦苦盼北來之意

與堯生音問阻隔者又三年矣近忽得其一書三詩大賞余獨眠及斗室二詩嗜好眞在酸鹹之外其見懷有無故思君切每醉將君說懷舊出詩看等句眞吾兩人相念之切到無可奈何時跳不出此幾句白話詩亦惟堯生能寫得出也

戴聖儀寄到黃巖七十四叟柯輔周（肆威）四時讀書歌四首可謂耄而好學急摘其雋句以爲年少者勸春時云問我讀書胡狂嘯歲歲逢春老猶少夏時云勿云夏日炎可畏長如小年貴於金秋時云四顧天宇滿商意喜有心花秋不凋冬時云問我讀書何其勇歲寒逼人神爲悚

靑浦沈瘦東（其光）介李審言寄瘦東詩鈔一小册審言云瘦東詩私淑其鄉先輩蘭泉侍郎繙閱之則五言古皆選體七言古皆步趨北宋近體佳句獨多大雪寒甚空齋歌嘯念生理窘迫且與老飢相抗賦此自嘲云空階積雪夜來深曉起窺園凍不禁衰柳似人髡短髮寒鴉如葉點疎林忍飢判作溝中斷得句

猶矜爨下音閉戶未妨高臥樂古人先已獲吾心第四句從紀阿男棲鴉流水點秋光愛此蕭疏樹幾行二句化出一幅倪迂畫本矣題春澍紀遊畫册云雲溪洗硯墨花春自寫鴻泥證昔塵萬水千山行得得一生長作畫中人眼前語甚妙無錫公園云池面春波漾縠紋林閒亭榭絕塵氛我來未覺風光晚才落梅花一二分極似放翁後邨得意處除日云俗塵袞袞逼人來花下雙扉懶不開別有歲除閒況味手攜刀剪剔叢梅初夏遊曲水園云草合渾無徑荷香不在花視金冬心荷葉繞門香勝花尤不費力曉起云斫竹思開徑看山擬毀牆與黃秋岳壞牆能見翠微山句異曲同工常州飲鄧子春澍四韻堂云君詩不獨清而妍亦有妙筆迫荊關邇來作計頗不左畫山卽賣還遊山吳中山水天下絕一夜東風萬梅發昨從玄墓銅坑歸畫本詩篇盡冰雪遣興云桐花落盡尋方麴梅子黃時買步泥遠似樊榭近似樊山遣悶云喜有吳郎過舍好許同朱老喫梅來倚樓云新晴鵲噪東西屋平野秋橫遠近山題半野亭壁云酒熟

開尊香滿屋詩成書竹紛黏衣立夏云花留晚蕚迎朱夏燕領新雛語綠陰幽居書懷云湖蓴出水蝸蜒滑山笋掀泥犢角尖皆新穎蒲褐山房詩話中所不多有也至哭淮安段笏林何減蘇堪哭子鵬哭求珩何減蘇堪哀東七以過悲不錄

瘦東詩侶吳縣鄒尊瑩湛如寒夜漫興云燈小影逾瘦衾寒夢更淸曉立云苔因礙路時刪綠花爲依牆倍襯紅有感云樹高偏易黃秋色心直無難白故人寄潘省安農部云小牀書似亂山疊老屋梅爭仙骨臞亦皆蒲褐山房詩話材料也湛如有甓廬詩鈔

寧德陳襄侯（贊勛）率其哲嗣（景綱）來見以詩爲贄詢諸西園蓋苦吟有年所者別後寄來數首一律最雅飭云蒯侯短劍落江湖曾記趦趄謁大巫杜老肯將花徑掃阿咸許附竹林無說詩有眼瞳人活飲水知源肺葉蘇光怪歸裝人早料此行定探得驪珠（蒙賜尊著）句如得石遺集云捧讀鴻編尊所聞然燈

說法獨殷勤敬恭一瓣香誰爲鍛鍊諸家火要文文韶佳景綱字希舉有見贈詩中數語云昨夜夢見公矍鑠未華顛問公壽幾何公言我少年尚有萬首詩付與萬口傳噫噫汝來前授汝以眞詮亦黃仲則張亨甫輩家法也

黃玉樵廷璋寧德人襄侯詩弟子望月懷襄侯師云詩腸生白露望眼逐流輝寄懷孫梅伯云苦語零星動客悲近來不晝入時眉村居即目云衣桁數家收落日書燈幾點傍荒邱皆好句也

達濤嗜酒懶作詩而時有可喜之作園居懷石遺師云橫庭松石影交叉尚有蒼蒼一徑斜此景眞堪日日醉鄰翁未許時時賒行書想又百十幅木筆今開第幾花擬向廬堂娛獨坐擕詩索醉一喧譁十五夜在廈大映雪樓憶石師云海濤拍岸夜深時坐月銜杯聽講詩風景不殊天各一眼前何物可相思前首天眞爛漫後首則倒戟而出之矣其從弟觀禮亦多余門亦嗜飲能詩夜泊白水營云舉杯成獨醉澎湃聽江流亂夢千山雨漂身一葉舟安知今夜月不滿

故山樓慙愧運租者高吟消客愁

默園自武昌寄示近作數首余最愛九日過抱冰堂結聯云登高預計明年處廿載江亭幸放還遊覽地之多以北都稱最江亭雖不過一小邱而二百年文酒所萃景物別有一種風味久寓北都者率未能恝置也

永定賴岐生維周才筆兀傲而刻摯文似黃石齋李寒支詩直是金亞匏苦語使人不能卒讀亦其遇使然非無病而呻者比多錄之亦以知亂離有至於此極者丙寅紀亂云辤家既兼旬親語猶在耳老母送我行痛惜意難已豈期到南州亂發不可止八月十三晚大亂從此始翌日人語喧大軍滿城市擾攘數日間後禍誰能揣其月十八晨賊遂全師潰越戶恣飽掠當者輒飲匕喋血通衢中民命等羊豕我居邇市廛賊至寧可避傾我橐中物盡我室中器但能償賊眼莫復論細碎分贓看既盡哄哄去如矢遺我以兀然有身無地置蜷伏樓閣中憑高互巡視稍聞推戶聲便起如着魅飛奔屋脊上雖險了無忌一夜奔

鄰家不復知何地主人起肅客世亂無彼此瀹茗意自慇留宿情尤摯天明越戶歸驚定還拭淚同鄉偶存問謠諑不可紀飄然出戶去滿眼淒涼意秋風抱湖吹糞舍面目異行行過吾師推戶久乃至開門辨客聲喜極忘所以後會期將來擄劫豈足齒歸來才一朝賊潰無留趾聚此賊萬千背城聊一試九月初三日圍其東南鄙積漸圍既合四至成礮壘但見熤熤光砉然彈過矣玉石既不分了無生全理攻守久漸弛圍解偶得出街衢往復還十九餘毀垝民食看看盡賊來忍不畀初猶索米鹽繼則必佳胾所願寬一死區區敢惜費老幼空巷逃婦女尤憔悴呼男喚女聲聞之氣亦餒念此無辜民顛沛至如此昂藏七尺軀對茲寧不媿猶有環城居萬家扇威熾餘威不可逼屍臭欲酸鼻我居幸得全所差僅尺咫當時檢行裝勉作火爐備鄭重告諸弟火至死無二生當共此逃死當共此死死亦何所悲所悲吾親爾哀哉兩決絕此恨誠無比攻殺近一月十事憶難四我欲不紀之事過恐失墜紀之傷我心哀痛如何制且當冥

萬念歌以當哀誄南昌圍解逃九江云九月十五日狼狽圖一走同行十許人
舉車數千口蟻命懸旦夕可哀尤諸婦男兒死卽爾賊燄寧可鬥車行一何遲
情迫愈覺久懷憂復忍飢內熱成昏瞀窗間偶張望屍敗蹲羣狗傷哉且歸座
卽死知誰某明月皎以潔初過涂家阜萬籟不復聲起視亦何有才聞兒啼聲
旣又喚其母似聞拍使睡語細不可究我時覓隙地僵臥如醉酒闖然出九江
此睡酣無偶頗怪胡芝甫醒我何其陡星河曙耿耿去矣此賊藪此亦丙寅作
也逃兵問云爾兵幸來前吾將一問爾爾豈無父母爾豈無妻子一旦南方來
半爲飢寒始富貴期所求遂爾以命市誰知戰禍開不死亦斑痍朝爲秦人兵
暮作楚人士當夫鏖戰日又何論爾彼平生固無仇此日爲誰死模糊血肉軀
十九埋螻螘舍此姑不論苦毒旣難比譬如今季冬嚴寒徹骨髓衣單冒雪風
問日飽糠粃趨敵幸生還不然如宰豕爾主則何如珍羞必盡美夜闌焰赫初
妖姬欲敗視鼙鼓喧郊原主臥猶未起晉秩誰得知堂哉呼電旨死爾千萬人

官一人而已同室而操戈實出野心使戰而未必勝勝亦未必仕退伍尤可悲
得之必飲七爾其速歸休食貧修來耜父母與妻子尤可知其喜始得家書報
鄉亂云消息既日惡客懷漸冰炭羣言不可衷疑信終參半要當決家書解此
久懸案今夜燈開時赫然堆眼畔持此不敢發厚楮非常翰倒我兩眶淚鎭我
百病漢嗚呼此厚楮是中寧忍看明明封面書欹斜事必亂不然驚顫餘倉忙
震兩腕哀哉數十口奔迸知何竄牆根唧唧聲豈其家人嘆剪下傷心肝此事
誰能斷九月廿八日賊始敗永定兩賊互犄角此賊走捷徑吾村號千戶正復
起賊與賊首劉志陸翻騰不及鐙疾馳五十里遂爾無留乘所餘羸餓卒賊命
不一聽散擾入民居萬物皆夙訂但能賞賊眼破爛亦頗稱因而沿路居比戶
無一賸貧家幸無恙云以米鹽賵諒哉祖考恩積德一朝應吾家賡丞翁父子
鄉里望國亡猶禮賢古人實可尙不謂賊徒來報施至此妄翁則縛林間刀鎗
舁其上頗恃蚨鏹力僅得逃懲創令子擄陣間以之攻前仗人言必無幸善行

語皆誑天奪逆賊心黑夜敗山嶂遂爾逃荒山幾幾歸槖葬寄語賢父子當爲鄉里亢強暴有時焚爲善終能當南山有少婦夜半聞賊至慌忙懷嬰娩還復肩細碎后戶旁山林夜昏雨翻隧摸索迷東西眼眩心乃魅踵滑身遂傾槎枒洞其鼻但聞兒啼聲兒啼母漸異淤血蔽衰顏智眼翻愕眙一命歸窮泉兒啼欲誰飲賊來兩晝夜去當初一晨天陰雨滂沱騷擾定無倫頗聞某家郎擄去近浹旬死生莫可卜父老家尤貧但願信再來爾既歸爾身汪李竄咸同千里絕炊煙聞之先大母亂後空無鄰但見牆根石略可辨前闔飢民咽松毛甚則啗死人往昔聞此言夜夢驚吾親當時無良吏遂令痛長湮只今賊過處刮盡地上塵吾鄉尚如此他鄉寧較馴縱敵在一朝遺禍貫全閩嗚呼事可知吾歸欲何詢一年兩大禍此禍寧能堪憶我六月歸請述母子談四月初七日聞賊心漸惔忽然蔽山來空村無一男貧家唯母守鎮日抱孫探舉家遁山中萬鈞一身擔賊來如隄潰食盡乃無甑其去以月杪但聞賊漸南當時道路言使我

戍昏愍毋言猶信宿鄉亂遂再酣粒米貴於珠坐令賊賤餘何況繼以劫後患尤難勘民生在衣食鄉人將何貪牛哀必化虎昔聞今見之嗚呼八閩人就死當無期不見申包胥一哭破吳師丈夫誓許國恩仇豈不知要能報大仇亡國何足悲生平恨古人閩亂史無辭遂使後之人披志不可治歲月積既長巨痛忘曩時行當作信史留以貽後支公羊大復仇古訓不吾欺此乙丑作也匹園謂石遺師云平生抱恨居山縣更値家貧少册書及事名師時既后況逢衰日亂之餘堂堂此老天能健草草來遊願未虛准擬閉門修舊業紛爭蠻觸且憑渠此丁卯冬日作岐生尙有論詩絕句二十八首亦嗜好與俗殊酸鹹者限於篇幅未錄

松之本好吟遊杭所作尤夥余已饒有甄錄矣近生理益困寄來詩文一束笋眞有窮而愈工者納悶云也欲買牛無劍賣茫茫前路復何之又云行廚淡飯皆鄉味瘦笋春盤是食單續定龕秋心詩云便過一生吾也得莫愁此腹不能

枵喜到家云不隨羣動緣眞懶總有千愁付健忘石師報書謂近作可入摘句圖並贈詩文續集賦謝二首云萬點桃花尺半魚阮亭曾溢美其徒魚蝦黃葉無多子那辨張爲主客圖大集從來不持贈憐貧破例具深心殘年嗜好無他物當作劉叉許攫金松之有書至自謂必死欲乞先爲墓志云云昌黎薦士無救東野之窮餘慶憐才庶免閔鄉之厄願天下尙有鄭餘慶其人者詩有逝者如斯一擲梭也知去死已無多陳徐鬼錄庚庚在梁宋吹臺惘惘過等語不忍卒讀矣

南通詩人張季直范肯堂父子外則門人劉松之均選入近代詩鈔若詩話矣費範九師洪近始見其淡遠樓稿一卷乃知其爲季直詩弟子詩卻不學季直之生澀平潮市同善堂落成云名堂仍舊說饗客要新詩屢徙花當檻多斟月入危心惟諸佛護事必百年期望望桃村上濃陰共覆之的是此題語和顧時輔雪禊詞云遙想趨庭春正酣移園詩說滿淮南從知陸橘姜魚外佳句娛親

味更甘寫得佳句値錢處喜奚度公自江浦至云瀟灑江城五月天相逢豪氣落尊前好風先送瓶梅句（先晤錢笑吾爲述君詠瓶梅有問誰試刀翦強汝媚軒窗句）一笛當窗弄碧烟鳴琴百里才原屈典册三年道自新浦上容君成宦隱萬山青翠擁詩人度青余故人甚工詩尙未見其瓶梅句讀此深如黃祖腹中矣內子來江寧因同游諸勝云故鄉常覺山嫌少今喜山光亂入城紅樹參差秋滿地與君攜手畫中行西去芙蓉一徑幽澄澄雲水上簾鉤六朝環珮多於雨祇賸空湖號莫愁余舊有題馬通伯圖卷句云潑眼山光一縣城與君山光句頗相似亂字好平潮市西北豐利寺宋代古刹也有銀杏樹二株蒼然古茂陰可數畝今改建國民學校爲賦一詩付校生護之云寺經六百載兩樹若相持風雨聞龍吼人民付鶴悲森森叱樵斧穆穆護書帷千尺昂霄氣諸君幸與期第二句寫得出第四句沈痛太倉許九疇來避亂相見旅舍云執手倉皇淚欲吞亂離賸見一身存腥風血雨江南地何計能收劫後魂沈痛句如

秦淮得月樓閒坐云女牆舊月尤可人見慣塵沙換珠綺舊月二字經用鮮明寄祝程子大徵君六十云宇宙猶容雙眼大兵戈不礙一身貧題季弟士惟遺象云士能殉學他何問天不憐才昔已然聞顧延卿丈病逝云直以著書窮歲月況當流涕對山河皆骯髒而不衰颯陳心銘約游靈谷寺樹木叢茂誌公塔高出樹杪塔額有張嗇庵師題字（文曰眞空眞住）流連至夕而返云一偈眞空古塔存巍然猶見誌公尊夕陽西下諸峯悄滿袖松風出寺門余遊靈谷于今四十年矣讀此猶宛然

江逸雲（已見本詩話）堯生詩弟子詩清到骨酷似堯生但不多作近得其南遊雜詩一卷錄夏灣云風送荷香月上時扁舟搖曳入玻瓈人生安得髫年再復與羣兒作水嬉勉兒送媳赴長崎雲仙養疴云新拓林泉歲未經海天六月共揚舲登高惜汝非能賦歸說雲仙與我聽莫干山旅舍云斜風吹雨散林霏竹裏看山碧四圍菽水養親身自在棋枰歛手局全非涼生草樹蟲先覺日

落簾櫳燕未歸獨把村醪花下坐細聽巖溜已忘機三詩皆天眞活潑絕去雕飾者句如留園云客子爭誇泉石好主人翻愛市朝喧玄武湖云湖心彌望皆蘆葦勝此蹄涔水可憐五言如秦淮夜泛云宵涼宜有月水遠自生煙天池寺云風來先就竹雨過當澆花細綠沿陂草初黃滿架瓜皆足供淸諷

高迪菴贊鼎梅生詩弟子詩卻是海藏派而不甚如梅生殆近與海藏倡和故也雪中與嘯麓同訪太夷丈云起看萬瓦白如銀因念高樓賞雪人四壁墨光增慘淡一庵夜色轉精勻論詩信有通天識寫景教傳下筆神乘興門前來共立迴風還爲舞冰鱗仍用夢鞋韻留別嘯麓云此身已入全家夢數宿高齋始回鞋戴月而來乘雪歸詩力信堅能禦凍客中流景催殘年淸歌別酒心黯然日邊桃杏空春影天際樓臺永後緣首句可謂單刀直入句如仲雲約同履川遊雞鳴寺云莫話前朝興廢事江南賦就戊辰冬戊辰冬三字恰切舟抵南臺云城郭人民事事非翻用城郭是恰切

語言文字各人有各人身分惟其稱而已所以尋常婦女難得偉詞窮老書生恥言抱負至於身廁戎行躬擐甲冑則辛稼軒之金戈鐵馬岳武穆之收拾山河固不能繩以京兆之摧敲飯顆之苦吟矣軍人之能詩詞者近不多見涼生榦寶種棻閉門其佳什已略論次及余門者尚有黃挺生少將懋和永福十研老人族孫子穆大令少子也子穆詩祈嚮吳祭酒挺生承其家學而年少崎嶇兵間足跡幾遍各行省其客路諸作如書感云弱冠從戎筆早投當年原不作書囚終南風月吟邊路薊北山河眼底秋對影徘徊愁把盞思親憔悴懶登樓何當一舸家鄉去烟靄微茫弄釣舟關東道中云夕陽古道草萋萋萬里征人駐馬蹄薄靄遙連滄海闊遠山斜枕塞雲低平湖新雨留鴻跡（時從西湖返京旋赴關東參謀旅行）茅店殘春落燕泥縱使今宵頻有夢夢魂知否到遼西鄭州旅夜云欹枕挑燈夜氣清迢迢長路若爲情愧無詞筆呑三峽剩有離

懷到五更幾處鳴笳驚曉夢一春屈指數行程浪遊銷盡輪蹄鐵空負湖山昔日盟由西安赴京輞川道中作云鷄聲茅店攬征衣薄靄遙天一鳥飛輞水鶯聲空嚦嚦灞橋柳色獨依依敢因世亂思歸隱總爲親存擬拂衣獨有長安忘不得幾回立馬對斜暉古田雜詩云十丈牙旗赴上游馳驅何以拯民憂雲從絕磴危邊出水向懸崖坼處流不斷濃陰天欲暝無多清籟暑先收行行又過荒村道父老猶聞祀李侯（唐開元二十八年都督李亞邱始奏設古邑）其二云開元入版舊封疆御史文章日月光漫道溪山多樂土甯知兵燹半荒村（周蔭人李生春軍隊先後皆經是邑）澄清未許遲來日攬勝居然到上方寄語玉田賢令尹莫栽楊柳好栽桑皆與秀才從軍故作壯語者不同

年家子李釋戡（宣倜）拔可從弟亦軍人之肆力韻語者余已選其詩入近代詩鈔矣釋戡無他嗜好喜顧曲遊山近京師改北平行省景物繁盛大不如前釋戡疊寄來數詩余最愛其九日攜家人登香山遂過自青榭云晴秋山色鬥春

姸盡室來經玉乳泉已辦餘生窮勝景稍從佳日感流年千林霜葉紅如燒一壑風松老未專絕羨自青好居士湖陰水竹似斜川通體冷然善也第三聯尤佳第六句尤屢讀不厭自青榭亦年家子卓君庸營別墅於玉泉山側以奉親余曾爲撰記者也雨窗云秋雯亦解送輕雷暗雨催成恨一堆坐覺桓靈猶盛世枉思燕趙有奇才連邊故壘添新骨往日名流半死灰二十一年彈指過祇餘殘淚記金臺（近方續鞠部叢談）釋戡晨韻元唱次聯云不隱不官寧有道自哀自樂豈關人中秋次聯云稍疑北月輪南月不覺中秋已暮秋皆不打誑語。

世只知潘邠老以滿城風雨近重陽一句得名而不知其在黃州業酒店早交東坡又名列江西宗派圖中陳起在臨安開書坊而選刻江湖小集邠老本福建長樂人起有謂亦閩人者南臺多巨商少詩人翁蕙卿李星村林畏廬其最著也畏廬有友居闤闠中營配鹽幽尗之業能詩而絕喜余詩從畏廬借余詩

本去累月始還此四十年前事也余久客四方未見其人亦忘其姓名比歸聞其人已死不獲錄其一字畏廬又逝深呼負負矣近乃得一林楓丹密精理財學經營貨幣而能文工詩積書萬卷余甚愛其江樓玩月句云出樹冰輪觀自在隔江石鼓認分明必不能移他處看月用使錄舊作數首將采入詩話而楓丹匆匆攜家出遊寄示紀遊諸詩如入姑蘇云悄別杭州去姑蘇更問津土肥諸可樹水嫩一如人吳越風微異江山迹已陳由來歌舞地容易著兵塵中秋夜西湖泛月云看潮先此看湖光佳節攜家忘異鄉明月滿船容我載微風吹酒不多涼釵香幾陣疑丹桂笛響誰家傍綠楊潭影悠悠人影散三更猶戀水中央二詩頸聯名句得未曾有句如赴杭車中即目云幾灣小港三叉水一片平林萬本桑又云篇詩即景吟方就迎面青山已到杭的是滬杭汽車上風景食紅萊菔云秋中萊菔已生兒疑是丹砂染作皮可謂體物瀏亮

余初見楓丹詩為其次韻和梅峯四律凡鑱兩韻云朋交如命看垂老情性於

詩見大凡欲約白頭同負荷劉伶鍤與杜陵鑱酣南兩韻云位汝水曹身始稱看人槐國夢初酣將軍誰是終湖上大長今寧一海南皆工穩林社徵詩七言古開手云郡國安用諸侯王皇帝與二千石良突兀結云禮義廉恥四維亡天下再莫逢龔黃嶄絕中警句云翰林主人能文章甘辭金馬居黃堂又云踏青豈徒多巾裳裙釵襁褓相扶將似蘇

全首者如匹園師花朝召飲以園花分插十瓶中懸吳倉石所繪牡丹寓花王意命即事賦詩云今年花朝花如何城中匹園春較多春風用意寫錦窠千朵萬朵供婆娑玉容縞衣疑素娥紅粧鬥艷胭脂坡移春妙手舞天魔壁間呼出劉師哥（天彭牡丹譜有劉師哥一種）如聞天香紛曼陀使諸弟子參維摩破禪同醉金叵羅望湖樓社集遇雨云疾風過山來一霎雲腳低湖重欲壓菰蒲相戰柳自顛一片寒漪萬鱗甲奔騰雷雨勢莫當如龍破壁虎出押爾時游人各星散不敢仰視心膽怯豈知天公命詩題更許披圖授畫法詩人意自與

衆異相對銜杯笑言狎滿樓涼氣疑入秋歸挈篇詩欲忘筐歸來月色還微明旗鼓依然半天插和息樓間中苦熱元韻云野人驕我無一錢淸風消受松根眠膏粱醉飽轉足汗何如喫菜和寒饘城中夏日最可畏望如火繖非黃棉二子晝夜吮膏血無分肥瘠無後先上天無雷乖號令耿耿不寐憂如煎會須散髮復赤脚在湖之湄山之巓如何鄰家樵纖子還來相約嬉秋千老雨云老雨過春放霽遲道塗見骨已無皮玄龜曳尾違巾笥白馬傷心化鐵驪民力曾勞千版築（南城已毀）人間誰造一泥犂吾儕還有柴車出多少行人淚暗垂豹屏山陶器出土蔭亭有詩和作云毀城想見築城時城下纍纍塚不知出土於今還有器銘幽何氏竟無碑千年朽骨疑松化一例傷心感黍離如許祕藏終必洩昭陵誨盜更何癡

沈文肅公生平不作詩子姓能詩者濤園墨藻冠生余既錄其詩於詩話及近代詩鈔矣冠生尙有從弟劍知覲安年少美才工書善畫詩格雅近梅邨阮亭

而時復沈摯蒼老自秣稜泝江赴蕪湖潮逆久不至云牛渚望不見蟂磯念更
愁長江千古水何事只東流未五字專爲蟂磯說更佳登石頭城云昏鴉殘照
與徘徊金粉南朝夢幾回隔岸山如胡騎列兼天浪送蜀船來漫言形勝非疇
昔恐有英雄尙草萊立馬危城問身世中原萬里起黃埃和林向炘久客江南
有感次韵云雷雨何年化壁梭等閒義馭著鞭過功名無分垂垂老師友相期
負負多下馬空能爲露布迴車盡見是朝歌那堪更上長安道懷古徒教賦馺
娑初飲息園贈主人云停節欲問主人居喜見門前長者車(石遺舅祖先至
一尺山光春挽髻半樓風片晝翻書園中草木詩無數腹内韜鈐酒不如未敢
盧聲取蒓菜岩菰味更勝鱸魚昔人嘲宋末詩人動言柴扉藜杖因欲易停節
爲停車既而思今之少年無不攜文明杖遂仍之奉酬翼才肎園見和感春元
韻云平生浪漫次山元江海歸來幸自存獨抱影形投夜寂難搜字句答春溫
花非落盡將誰惜酒欲醒時轉不言只管流年如水逝便消多恐也無魂送月

云纔上欄干便自斜夜深閒煞半庭花不辭更爲須斯立送汝量移過別家此上弦月也寫到恰好地步江瑤柱（以海參威所產爲冠）云花瓷照座捧玫瑰飽送無勞酌婦催（日本倩好女壓酒謂之酌婦）値得荔枝低首拜世間何物是楊梅海蜘蛛（產海中以形似名）云雪花如掌壓船麤勸我尋眠就酒壚去國不知身萬里朝朝飽食海蜘蛛二絕亦漁洋枳殼花麝囊花之例也車過西京望富士山云雪色雲端積萬峯爲汝低不辭相送遠已過舊京西亦漁洋風調自題胡服小景云中原文物衣冠盡卻愛胡兒短後裝愴聞可卿病亡云最有曉風殘月恨紙錢誰弔柳耆卿其人蓋花叢過一生者故云與孟韓長兄除夕坐雨云稍喜共聽連夜雨其如又老一年人登鎭海樓云天生形勢鎭名州列嶂長江若環堵的是閩江濟南云畫船月落藕花涼水巷風迴菰蒲語水巷二字極肖大明湖五言答蓴樓索畫云因癡聊作畫多病未工詩題息園云耆欲役其身園林匹金紫能見其大苦熱云蚊悍來爭榻螢閒伴繞廊繁

星垂火齊靜樹列千將後十字如觀雲漢圖矣

建甌王德齋子懿詩頗饒生趣如匹園花朝宴集云詩人愛花本成癖今朝况值花生日匹園爲花張壽筵恨無花王美不全花王寫眞吳缶廬懸之不覺爲畫圖海棠梨杏盡北面儼一小朝廷規模偶然游戲都成趣假借詩題爲嬉娛世人祇知慕富貴作如是觀眞亦僞椽燭高燒照酒紅坐有詩人瞿鑠翁壽花花解爲翁壽滿園桃李醉春風大雨下半首云陡添山色千峰沐新漲江流兩岸平遙想村農大觀喜安排驅犢事春耕宛在堂春祭中兩聯云展拜詩龕如學子安排春宴付庖丁湖波蕩漾新翻綠吟草商量待殺靑（說詩社詩正擬發刊）

陳寄今（爲銚）十餘年來馳驅世路鞅掌簿書初未見其爲詩偶讀其贈逸才二首云湖海吾家有妙才文書官燭喜相陪偶因小極勞存問稍接淸流愧挽推郊墅討春歡把袂市樓醉月浪呼杯恠君官味平生淡曾共黃花入世來（逸

才九月生日）滄海歸來意欲禪起予長句識君賢新詩淡似吳江水白酒清於九月天邊塞當年行萬里茅廬無地築三椽相看短鬢兵戈裏一髮中原共惘然風調可入漁洋感舊迦陵篋衍集中也連日勞碌宵來睡甚酣適云堆案文書日百忙久將黃嬭味都忘宵來一枕間風月樂土人間算睡鄉可以想見其塵勞矣寄今以福建度支使總祕書常代庖使事吾鄉財政枯竭拮据捋茶無寧晷也望湖樓社集風雨驟至云山藍水碧浸欄干付與詩人袖手看樓外雨聲偕客至燈前鬢影先秋寒是晚景物寫得出

永安黃蔭亭曾樾弱冠畢業法蘭西里昂大學而夙耽舊學其師法國老博士某甚器之使著中國周秦諸子哲學概論著錄巴黎圖書館得贈哲學博士中國人所未有也歸國從余遊致功詩古文詞者甚摯詩工絕句如到南平云玉屏杉翠塔尖迷海鳥驚疑返故棲倦翮欲休休未得舊巢更在萬山西與養清弟同宿青州云襟期湖海樂長征勞燕東西歲十更誰意青州三月暮弟兄茅

店聽鷄聲到沙縣云土語虬溪混故鄉城西孤塔插天長到來渾忘身仍客此去家還五舍強(離永安百六十里)到家云歲歲還家夢始眞還家景物太愁人可憐一隻遼東鶴小別才經十五春歸舟云閩江水勢瀉如傾船似蠶叢峽裏行一過洪山回首看滔天巨浪咽榕城看菊云秋圃忘憂恍舉杯夕陽遲我共徘徊羣芳爾怨風霜酷風緊霜嚴菊始開秋夜云荒園料峭病槐黃缺月雲陰吐晚涼我與寒鴉共蕭瑟更深來此對秋光取勢皆不平衍古體音調多悽惻蓋蔭亭早失怙而留學異國數載喪其配偶歸家始知故到家一首云然秋夜五言古云夜闌羣動息明月生樹端多情入我懷起坐爲長嘆憑欄一東顧關塞路漫漫涼颸吹衣裳百感摧心肝家家御棉纊吾家衣葛單離亂雙親老江湖一雁寒粗糲苦難飽安敢祝加餐嚴霜更凜冽摧折九畹蘭愧無漆園達一念一沈瀾嗟哉五年別恆沙量悲歡萬緣蚊聚散獨剩此心丹落拓男兒事肯謂行路難中悼亡語亦沈痛哭賴靜軒云常存嚶求意欲罄天下才幾人得

如君使我懷抱開氣同性絕異相得殊怪哉平生喜縱酒挈徒飲巷隈畏酒常
懦我顧喜邀我陪笑謂天下事付此酒一盃嗒然眞喪我玉山方將頹吾雖昧
茲樂竊憐君志灰黃罏復經過此路爲君迴西州華屋淚今始知其哀長安勢
利藪朋友干戈媒人琴渺何許繞屋空徘徊筆意倜儻不羣遊攝山云言訪桃
花澗披榛更越巒五峯屛四面（山有五峯）一壑徑千盤旁午如將暝觀天
似未寬（一綫天在桃花澗左）俗緣渾忘卻林鳥共忻懽又句云山靜蟬逾
噪翻前人語覼一鳥不鳴山更幽較便

莆田多詩人近又得黃仲良祖漢詩味甚足用造語輒可誦題友漁棲隱村圖
云故鄉有箕潁眞隱待何人地極溪山勝君猶奔走身深潭收瀑布老樹作龍
鱗應許丹靑裏他年與結鄰壺社同人集泗華書院云出城兩三里滿耳水聲
喧溪遠疑無路林深欲隱村臥看天際鳥醉打上方門（酒後遊某寺）覽景
誰先去詩成山色昏次韻磊芝病中見寄云孰向中原解亂絲東樓高臥欲無

知偷閒長日惟看菊卻病良方是賦詩萬木凋零山瘦盡片雲掩映月明遲人間何世君休問一部南華且自隨（君有一部南華是我師之句）北郭迎西園櫬至山與樓感賦云天縮千峯雨（是日雨意甚盛而竟不雨）迎君入北門故人扶病骨（佛心師扶病出迎）野老有啼痕迹渺詩長在樓空鳥自喧不堪頻苦憶縱酒醉黃昏過山與樓云地僻林荒宿鳥投重來何物不生愁遂巡猶自扶牆聽疑有吟聲出小樓讀以上二詩使我悽然過雙驂園云烏山富奇石樹木亦清麗雙驂占其西老屋間古荔敲門久乃譍藉草聊一憩地高便築樓路曲或爲砌風雅曾幾時堂堂此深閉舊題半掩沒叢竹空搖曳落葉作新泥日暮朔風厲負手欲成吟寒翠壓雙袂書册連宵爲鼠嚙破一詩韻一放翁詩集也戲作云書册無多到處隨曉看狼藉費猜疑吾齋饑鼠何風雅不愛殘羹只愛詩人日石師招飲聞雨樓下賦呈云寒雨漫山集此堂（是日適有雨）擁爐酌酒紫蘭香不知師意還天意詩味由來帶冷長

春日行汀州山中云千巖萬壑迴旋處處觀天總不寬樹色能消三日醉泉聲眞養一春寒鳥堪對語寧嫌寂道可攀登未算難惘惘西行吾亦得倘餘詩句落吟鞍峯市道中云已覺山中寒更遇山中雨萬泉趨一溪激石白於乳人稀路正滑林暗鳥獨語暢遊吾何曾茲行且自許村村山所圍儻是仙人處脚疲叩紫荆謀醉問餘酺歐齋夜飲水漲至臥室云摧竹傾梅夜未休歐齋一雨得涼秋五更笑看燈前水臥榻眞如臥小舟

望湖樓賞雨云登樓非看雨雨至絶可愛遠從蓮花峯峯峯失所在瀰漫及石鼓雲低如束帶西南還蒼然暝色疑無礙忽焉寒撲面咫尺起萬籟雷電震其威風勢前驅屆鳥魚皆驚伏摧樹損畦菜破空倏通明轉眼返昏曖一雨亦尋常頃刻變百態三更蹇衣歸我意寧云敗彳亍過長隄古寺送鐘唄句如遊鼓山云盤磴人行深樹裏高樓鐘打斷雲隈上方淸淨僧偏俗題句縱橫石有災雜感云人到世人皆欲殺此才惟有少陵憐今年裘敝還無礙臘月霜風未釀

寒寄蕭艷公云萬事只應詩膽大一生惟望酒錢多小樓獨坐云寂寂生涯誰作伴青山無數入窗斜皆佳

劉仲英近頗詩窮所作多似散原讀之不歡再錄其舊作兩首一廣州雜詩六榕塔禮東坡像云獨與盧敖遊汗漫南荒九死勝生還人間快意成奇絕心折西泠陸講山潮州西湖云山北有鵲南無鵲舊栽官柳已飛綿當時枉有騎驢意不向山靈乞墓田自注湖爲洪兆麟所修工成後三載洪被刺於上海舟中

華鬘久不見以詩來近書詢牴牾二字末附一絕句云物盛爲災滿必傾好文貴老本非平雞雍桔梗猶相帝虞世南兒那可輕持世者可以審矣

福清縣福廬山專以石勝天下殆罕其匹而著聞甚晚明萬曆間葉臺山相國始表章之詳余所著福建山經中毘連有靈巖者與福廬實一而二長樂施涵宇（景琛）孝廉改名爲施山作歌張之有序略云福廬山余既倡修並作歌紀之矣距福廬二里許有靈巖綿亘相屬首尾相望蓋一本而分支也二山皆以石

勝而巖於石稍遜獨林泉視廬爲勝巖前松風不同凡響蓋風蓬蓬自谷中起將至巖爲石所掣不即散以故松輒聲聲移時而濤不息此林之勝也入山澗水潺潺澗中皆盤石屈曲數十丈此泉之勝也巖而曰靈未知何據明天啓間陳宏已游靈巖記有云巖之名不知起何時惟增其勝而廣其名者則自施孝廉兆昂始陳氏之意地以人傳功固在施氏矣昔定襄之山曰神山金元裕之讀書於此因號遺山明晉王崇尚元裕之道德文章改神山曰元山示景仰前哲意也靈巖爲孝廉公讀書處吾擬援元山之例改靈巖曰施山與元山後先輝映亦表彰先德意也歌長未錄錄其施山二十景絕句尤勝者以爲好遊者先導靈泉云施山小志議新修明月清風恣取求戛玉引人先入勝清涼散作四時秋湛如石云一片玲瓏不滓身落花流水武陵津無絃共道琴逾好日夕空潭自瀉春天會岩云中秋爭說幔亭峯笙管華筵幾度逢此亦羣仙游讌地仰觀星斗自羅胸穿雲峽云松聲挾雨偶聞猿絕似三巴斷客魂自是孤舟穿

不得芒鞋竹杖踏雲根淸盧洞云棋子丁丁響一枰小奚箕踞對茶筅河山劃據尋常事舉世沈酣黑白爭雌雄松云雌雄秀挺最稱奇（一結子一不結子）大壑深山兩介眉三友何須梅與竹天然偕老歲寒姿留月臺云詩瓢酒琖夜沈沈今古嫦娥共此心一磬山門諸籟動玉蟾墜曉澗花深碧霞洞天云五色雲邊見晚晴洞門一角夕陽明別饒異彩疑松翠那管人間有赤城慧日峰云往歲扶筇岃崱峯松關才動五更鐘模糊遙認流球島垂老登攀意未慵離垢洞云軟紅十丈憶金華走馬春風倦看花此地庾塵吹不到絕無煙火但煙霞千頃雲云瀟湘望眼碧如煙詩畫兼收入輞川新筍登盤堪佐飯山家種竹當良田涵字尙有福廬山歌甚雄邁篇太長未錄

梁和鈞（敬錞）年少嗜學能爲梅村體歌行有雙栝行哀林宗孟也宗孟寓京師景山下庭有雙栝中警句略云主人才高好儀宇每挹雄談傾衆吐典章文物出襟袖將相王侯斥簿鹵此時吾栝亦有神怒幹繁枝鬱鬱春又云闕外忽傳

佛肸使急足蠟封走千里回戈本爲民塗炭讓政敢從公鞭弭中車羽幣日數馳公今不出蒼生死主人對客初躊躇中夜推几忽長吁自古陪臣叛大夫春秋義戰今有無又云萬騎垂看易漢幟二崤遺恨失蘇屯末云鎖廳秋冷射堂虛斜巷蒼涼蒿滿目樹猶如此人奈何明朝新主買新屋

石遺室詩話

四冊

版權所有

中華民國十八年五月初版

每部定價大洋叁元伍角
外埠酌加運費匯費

著者 陳衍

發行兼印刷者 上海寶山路 商務印書館

發行所 上海及各埠 商務印書館

一六八和